James A. Sullivan

CHRYSAOR

JAMES A. SULLIVAN

CHRYSAOR

ROMAN

PIPER
München Berlin Zürich

FSC
www.fsc.org
MIX
Papier aus verantwortungsvollen Quellen
FSC® C083411

ISBN 978-3-492-70403-8

Satz: Fotosatz Amann, Memmingen
Druck und Bindung: CPI books GmbH, Leck
Printed in Germany

Für Jerome und Stefan

»Es hätte schlimmer kommen können.
Es war nur die Vertreibung aus dem Paradies
in eine paradiesische Postapokalypse.«

Elsara Luhan

IANTHE-3

Chris Mesaidon saß zurückgelehnt in seinem Pilotensitz, hatte die Füße auf die Konsole hochgelegt und schaute durch das weite Cockpitfenster hinauf zum zerfurchten Mond Alkestis. Der Trabant des Planeten Admeto strahlte als leuchtende Halbkugel in der Finsternis.

»Frachter *Jindao*«, sagte die androgyne Computerstimme der Raumstation. »Die Ladung ist genehmigt. Fliegen Sie Bucht F-512 an.« Nichts anderes hatte Chris erwartet. Die Gravitationspanels, die er vom Planeten geholt hatte, wurden im hinteren Teil der Station dringend benötigt.

Chris zog die Füße von der Konsole und tippte mit den Fingerspitzen auf dem Display herum. Das Dröhnen der Maschinen drang bis nach vorn ins Cockpit. Behutsam fasste Chris dann die beiden Steuerknüppel, und schon hob er seinen Frachter langsam aus dem Tross der wartenden Schiffe empor.

Es war ihm längst nicht mehr peinlich, dass er gegenüber anderen Wartenden bevorzugt wurde. Er befand sich im hinteren Drittel der Warteschlange, und die Piloten, die eine weniger wichtige Fracht führten, verfluchten ihn bestimmt schon. Nur die automatisierten Frachter würden sich allem ohne Murren unterwerfen. Manchmal fragte sich Chris, wie es wohl zu Zeiten der Künstlichen Intelligenzen gewesen war. Wie hatten die KIs darauf reagiert, wenn andere den Vortritt bekamen? Gewiss vernünftiger als jeder Mensch.

Vor dem Sammelpunkt, der den Frachtern zugewiesen war, erstreckte sich vor dem blauen Planeten Admeto die

Raumstation Ianthe-3 – der Ort, an dem Chris aufgewachsen war und den er mit seinen zwanzig Jahren und nach all seinen Erfahrungen noch immer nicht aufgegeben hatte.

Der lange Rücken der zylinderförmigen Station stand in der Sonne, und in dem unteren Teil, der im Schatten lag, glimmten Tausende Fenster als winzige Lichtpunkte. Ianthe-3 war eine alte Raumstation, die fast zwei Jahrhunderte lang unter Denkmalschutz gestanden hatte und als eine Variante der O'Neill-Kolonien galt. Früher war sie rotiert, um Schwerkraft zu erzeugen, nun aber war der Denkmalschutz auf Wunsch des Rates längst aufgehoben worden, und die Station stand schon seit Jahren still. Mit den modernen Gravitationssystemen, die eigentlich schon seit mehr als zweihundertfünfzig Jahren im Umlauf waren, hatte man Segment für Segment umgebaut und eine einheitliche Schwerkraft geschaffen. Damit waren sie die größten Nachteile einer rotierenden Station losgeworden. Oben bedeutete auf Ianthe-3 nun nicht länger innen, und unten nicht länger außen. Zudem veränderte sich die Gravitation jetzt nicht mehr, wenn man sich zwischen der Außenwand und dem Zentrum bewegte.

Die Zylinderform war zwar geblieben, doch über die Jahre hatte sich die Station stark verändert. Der Umbau hatte Chris alles genommen und vieles wieder gegeben: Seine Ziehmutter war tot, und seine echten Eltern kannte er nicht. Aber seine bescheidene Wohnung, die seiner Ziehmutter so viel bedeutet hatte, war wieder sein Eigentum; die *Jindao* – klein, schwierig zu manövrieren und mit einem miserablen Bordcomputer – gehörte ihm allein. Und wenn er noch eine Weile als Freier Pilot für die Wuchao Corporation flog, würde er sich mit einem kleinen Kredit eines der Wirtschaftsmodule kaufen können, die aus einer Landebucht, einem Lagerraum und einigen Geschäftsräumen bestanden. Davon träumte er.

Auf dem Weg zu Bucht F-512 flog Chris mit seinem Frachter den Rücken von Ianthe-3 entlang und passierte die

Stationsmitte. Mit dem Umstieg auf Gravitationspanels unterlag die Form von Ianthe-3 nicht mehr den strengen Zwängen von einst. Nirgends war das deutlicher zu sehen als in diesem Bereich, den die Einheimischen meist *Mittstation* nannten, der inzwischen aber auch unter dem Namen *Ianthe City* bekannt war. Chris flog über die Wohnmodule und Unternehmenstürme, die hier emporragten wie die Hochhäuser der gewaltigen Stadt Jamor unten auf Admeto. Bald würde der gesamte Rücken von Ianthe-3 so aussehen wie hier.

Am Rand von Ianthe City schoben sich Lichter in einer breiten Bahn langsam von links nach rechts über den gerundeten Körper der Station. Manche drifteten vor sich hin, andere flogen schneller als die Schiffe über der Stadt. Es waren Wohnmodule. Die schnellen gehörten Leuten, die irgendwohin mussten, dort mit ihrem Modul andockten und direkt aus dem eigenen Bereich den Zielort betraten. Die langsameren Module gehörten vor allem jenen, die die Rotation der Station vermissten und mal den Planeten und das Sprungtor sehen wollten und mal den Mond Alkestis. Je weiter man sich von der Mittstation entfernte, umso langsamer drifteten die Module vor sich hin, bis sich schließlich dem bloßen Auge gar keine Bewegung mehr bot.

Jenseits von Ianthe City herrschte ein scheinbares Durcheinander. Baudrohnen und Lastentransporter sowie die Arbeiter, die in ihren mächtigen Raumanzügen wie Kampfroboter wirkten, waren überall am Werk. Dabei war in diesem Bereich im Inneren der Station bereits alles fertiggestellt, während es draußen mit den Arbeiten weiterging.

Die Bucht F-512 lag im letzten Drittel der Station, das wie nach einem Beschuss durchlöchert wirkte und in dem nur einige Bereiche bereits zugänglich waren. Hier fügten sich eine Handvoll Module aneinander, von denen aus die Bautrupps ihre Arbeit vorantrieben. Chris dockte zwischen zwei anderen Frachtern an einem der Tore an.

Durchs Cockpitfenster konnte er in die hell erleuchtete

Kontrollstation hineinschauen. Eine Frau und ein Mann in der grünen Uniform der Wuchao Corporation winkten ihm entspannt entgegen. Den Namen des Mannes hatte er vergessen, falls er ihn denn je erfahren hatte. Er war um die dreißig, trug immer einen offenen Helm und schien abwesend zu sein, als lauschte er über Kopfhörer ständig irgendwelchen Befehlen. Die Frau mit dem hochgesteckten Haar hieß Savina. Sie war ein paar Jahre älter als Chris, jedoch keinesfalls älter als fünfundzwanzig. Ihre Stimme drang hell und klar aus den Lautsprechern. »Immer mit der Ruhe, Mesaidon«, sagte sie. Sie hatte einen Hang zu auffallenden Lippenstiften. Diesmal hatte sie Grün gewählt, und ihr Mund, der sich zu einem Lächeln wölbte, passte gut zu ihrer Uniform. »Du brauchst nicht auszusteigen. Die Roboter entladen bereits.«

Tatsächlich konnte Chris auf einem der Schirme sehen, wie die klobigen Roboter die rechteckigen Frachtmodule aus dem Heck zogen.

Chris seufzte. »Ihr wollt mich also nicht an Bord haben?«, fragte er.

Savina lachte. »*Wir* würden dich gerne an Bord haben, Mesaidon«, sagte sie und grinste. »Aber es kommen eine Menge Schiffe rein. Du kannst da nicht bleiben.«

»Na gut.« Chris atmete durch. »Aber beim nächsten Mal lasse ich mich nicht davonjagen.« Dazu war die Versorgung in den Baumodulen zu gut. Bei der letzten Fracht hatte er im Speisesaal essen dürfen. Er hatte sich am Buffet unauffällig den Magen vollgeschlagen. Dabei hatte er andere Piloten gesehen, und sie hatten Blicke getauscht wie Verschwörer, die der gleichen Sache dienten. Ihm ging es um ein Wirtschaftsmodul irgendwo im vorderen Bereich der Raumstation, andere mochten nach ihrem eigenen Schiff, ihrer eigenen Wohnung oder nach etwas anderem streben, wofür es sich zu hungern lohnte.

Savina meldete sich wieder. »Tut uns leid, Mesaidon«, sagte sie. »Deine Geschichten waren unterhaltsam. Als

Trostpreis laden wir dein Schiff auf. Das sollte für die nächste Fuhre reichen. Und wir lassen dir in der Lounge in Ianthe City was reservieren.«

»Wirklich?«

Savina zuckte mit den Schultern. »Die da oben wollen irgendwas von dir.« Das Lächeln schlich sich wieder in ihr Gesicht. »Vielleicht haben sich deine Geschichten rumgesprochen. Ich habe ja gesagt, dass die in der Logistik einen wie dich brauchen können, aber du wolltest mir nicht glauben. Mach dich also auf was gefasst. Ich schick dir die Zieldaten.«

»Danke«, sagte Chris grinsend. »Grün steht dir übrigens.«

Savina strahlte und pustete ihm einen Kuss zu. »Solltest du auch mal probieren«, sagte sie mit verführerischer Stimme. »Bis bald.«

Während Chris mit dem Frachter ablegte und sich aus der Bucht zurückzog, wunderte er sich über sein Wohlgefühl. Er mochte Savina, aber wirklich interessiert war er nicht an ihr. Er hatte lange kein echtes Interesse an irgendwem gehabt. Aber vielleicht ging es ihr ebenso, und in diesen wenigen Minuten jedes Mal teilten sie einen kleinen Augenblick der Freude.

Der Gedanke an die Absichten der Oberen der Wuchao Corporation machte Chris auf dem Weg nach Ianthe City unruhig. Sie hatten genug Personal und waren sogar über die gesetzlich vorgeschriebene Mindestanzahl der Angestellten weit hinausgegangen. Freie Piloten banden sie nur selten an sich, und dann kamen die meisten aus den größeren Niederlassungen des Unternehmens. Savina schien nur zu spekulieren. Am Ende war es gewiss nur irgendein Job, bei dem er nie wieder ein Cockpit von innen sehen würde – zumindest kein echtes.

Ganz gleich, was die Oberen von ihm wollten – die Annehmlichkeiten im Vorfeld würde er auskosten. Wie das Zentrum einer gewaltigen Stadt oder gar die Hauptstadt eines ganzen Landes war Ianthe City der Ort, zu dem alle hinwollten. Wer in der Mittstation lebte, der hatte es geschafft.

Vielleicht hatte wieder einmal ein ehemaliger Weggefährte seiner Ziehmutter die Finger im Spiel. Viele von ihnen plagte das schlechte Gewissen, das aus einer Zeit stammte, da der Rat über die Veränderungen an der Station entschieden hatte. Chris' Ziehmutter – Elsara Luhan – hatte sich für bescheidenere Veränderungen eingesetzt und war gescheitert. Und dann hatte sie nach und nach beinahe alles verloren.

Chris war in der Umbauzeit aufgewachsen. Wie bei allen Waisenkindern war der Stationsrat auch bei ihm Pate gewesen und hatte ihn bei einer Pflegemutter untergebracht. Elsara war – wie sie später zugegeben hatte – durch Beziehungen an ihn gekommen. Sie war damals auf der Höhe ihres Erfolges gewesen, ein wichtiges Mitglied des Stationsrates, der Kopf der admetischen Demokraten. Und sie hatte Chris angenommen und etwas Ungewöhnliches getan: Sie hatte ihm stets die Wahrheit gesagt und ihm nie vorgemacht, dass er ihr Kind wäre. Doch dieser Hang zur Wahrheit, den sie auch andernorts pflegte, war ihr schließlich zum Verhängnis geworden.

Elsara war nicht wiedergewählt worden, und ihr Wabenhotel, das nur wenige Jahre später der Renner gewesen wäre, ging pleite. Ihr blieb nur ein kleines Wohnmodul – das Heim, in dem sie mit ihrer Mutter aufgewachsen war und sich aus dem Nichts etwas aufgebaut hatte. Obwohl sie gegen den Umbau der Station gewesen war, musste sie daran mitarbeiten, um zu überleben.

Als Chris zehn war, starb Elsara bei einem Unfall in Segment-9 wegen eines Lecks in der Außenwand. Weil sie in den Tagen ihres Erfolges eine Lebensversicherung abgeschlossen hatte und die Untersuchung einen Selbstmord oder auch nur eine Schuld am Unfall ausschloss, erhielt er 250 000 uranosische Drachmen. Er musste sich einer Prüfung unterziehen, die eigentlich hätte ergeben sollen, dass er unmündig war, doch seine Ergebnisse erstaunten alle. Der Test ergab, dass er mündig und auf dem Stand eines Siebzehnjährigen gewesen war. Das musste offensichtlich ein Fehler sein. Doch ganz gleich, wie oft sie den Test wiederholten, die Fragen änderten und alles analysierten: Es blieb dabei. Er – offensichtlich ein Kind in allen Belangen – galt als mündig. Die Station bot ihm zwar Hilfe an, die er auch immer wieder annahm, aber vor dem Gesetz war er fortan ein Erwachsener.

Er erinnerte sich noch an die Fragen und was sie mit ihm gemacht hatten. Es war, als hätte er einfach Dinge nachgeplappert, die ihm jemand zugeflüstert hatte. Infolge des Schocks wegen des Verlusts seiner Ziehmutter hatte er sich nicht erinnern können, ob sie ihn vielleicht darauf vorbereitet hatte. Und selbst heute wusste er es nicht. Die Diskrepanz zwischen seinem kindlichen Wünschen und Träumen auf der einen Seite und den eiskalten Antworten auf der anderen erschreckte ihn selbst jetzt noch.

Natürlich hatte es in einem Verhängnis enden müssen, dass er, obwohl er eigentlich nicht reif war, ein Vermögen zu verwalten, als mündig galt. Er verschleuderte das Geld, und mit zwölf war er pleite und hätte beinahe seine Wohnung verloren. Eigentlich *hatte* er sie sogar verloren. Er hatte Steuerschulden, und so pfändete die Station seine Wohnung. Doch sie warfen ihn nicht raus, dabei hätten sie ihn ohne Weiteres der Station verweisen können.

Einige alte Freunde seiner Ziehmutter arrangierten eine Vereinbarung, wonach die Wohnung fortan der Stadt gehörte und er Miete hätte zahlen müssen. Da er aber kein Einkommen hatte, musste er beim Umbau helfen. Er war sich im Klaren, dass er nur deswegen nicht davongejagt worden war, weil das Bild, das alle von Elsara hatten, sich angesichts explodierender Kosten und der vielen Probleme zum Positiven gewandelt hatte. Ihre Befürchtungen, die sie immer ausgesprochen hatte, waren eingetreten. Schuldgefühle verpflichteten die anderen, Chris immer wieder zu helfen.

Er hatte über die Jahre an den verschiedensten Orten der sich wandelnden Station gearbeitet. Und mit ihr hatte auch er sich verändert. Überall schossen jeden Tag neue Herausforderungen empor. Er hatte das Geld verdient, das er zum Überleben benötigte, und hatte das, was übrig gewesen war, in seine Ausbildung gesteckt. Den Pilotenschein hatte er mit vierzehn gemacht, aber niemand war bereit gewesen, ihm ein Schiff anzuvertrauen. Also begnügte er sich mit den Lastentransportern auf den Baustellen, die weit gefährlicher waren als der übliche Frachter, aber erheblich weniger kosteten, wenn sie zu Bruch gingen.

Als die Wuchao Corporation nach Ianthe-3 kam und ihre Testprogramme durchführte, erzielte er beim Pilotenszenario ein gutes Ergebnis und wurde trotz aller Bedenken als Pilot gebucht, nicht aber angestellt. Zuerst als Co-Pilot, nach einem Erdmonat aber bereits als Hauptpilot. Und seither flog er zuverlässig Frachten hin und her, inzwischen mit seinem eigenen Schiff, das die Wuchao Corporation ausgemustert hatte.

Chris zog die *Jindao* langsam in die Höhe, denn die Zieldaten, die Savina ihm herübergespielt hatte, zeigten an, dass man ihn im Wuchao Tower erwartete. Natürlich hätte er den Flug auch dem Autopiloten überlassen können, doch er hatte gerne selbst die Kontrolle über das Schiff. So dachten die meisten Piloten, denn mit den automatisierten Frachtern, die inzwischen wieder an Boden gewannen, wäre die Übernahme durch den Bordcomputer ein Eingeständnis gewesen, dass er und seinesgleichen nicht mehr gebraucht wurden.

Die Konzerne kontrollierten den Markt und machten voll automatisierte Frachter teuer. Jedes Modul, auf das ein Schiff verzichten konnte, sparte Geld. Und die Steuertechnik und Sensorik, die für ein voll automatisches Schiff nötig waren, kosteten ein Vermögen. Bei kleinen Schiffen lohnte es sich nicht. Zumindest schaffte es Chris immer wieder mit seiner kleinen *Jindao*, die Anbieter automatisierter

Frachter im Preis zu unterbieten. Bei kleinen Lieferungen, die schnell abgewickelt werden mussten, war das ohne Weiteres möglich. Bei größeren Frachten, die lange im Voraus feststanden, konnte sich niemand mit den computergesteuerten Schiffen messen, selbst wenn sich die automatisierten Frachter leicht manipulieren ließen und dadurch immer wieder Ladungen verschwanden.

Computer konnten keine Verantwortung tragen. Die Verantwortung lag immer bei den Besitzern oder – je nach Fall – sogar bei den Herstellern. Unfälle hatten schon große Firmen in den Ruin getrieben. Einem menschlichen Piloten konnte man ganz einfach die Verantwortung auferlegen. Er konnte haften, wenn etwas schiefging; und am Ende stand dann eine ruinierte Einzelperson und nicht das Unternehmen. Und hätte es nicht die Verpflichtung der Versicherungen gegeben, Piloten wie Chris aufzunehmen, wäre er bei jedem Flug Gefahr gelaufen, sich durch einen Fehler zu ruinieren.

In Zeiten der Künstlichen Intelligenzen war ein solches Risiko noch zu ertragen gewesen, doch seit die KIs sich zurückgezogen und die Menschheit ihrem Schicksal überlassen hatten, war das anders. Die automatisierten Systeme, so hieß es, waren nur noch ein Schatten ihrer selbst.

Ein Summen drang aus den Lautsprechern. »Chris Mesaidon?«, sagte eine männliche Computerstimme. »Wuchao Tower, Anlegepunkt 4096. Sie dürfen landen.«

Chris antwortete nicht. Der Nachteil menschlicher Piloten war, dass sie viel mit Computerstimmen, sogar viel mit automatisierten Stationen, Robotern und Drohnen zu tun hatten. Auch damals, als seine Mutter – seine echte Mutter – am vorderen Teil der Station mit einer gefälschten Schiffs-ID angelegt und ihn in einem Brutkasten in einer Frachtschleuse abgelegt hatte, war dort kein Mensch gewesen, der sie hätte sehen können. Sie hatte die Außenkameras blockiert, und er wusste nur deswegen, dass eine Frau ihn abgesetzt hatte, weil einige Roboter, die die geräumige Schleuse sauber halten sollten, sie gesehen hatten. Die Videos zeigten eine Person in einem körperbetonten Pilotinnenanzug. Chris hatte sich die groben Aufnahmen wieder und wieder angesehen, doch weil seine Mutter einen Helm getragen hatte, war ihr Gesicht verborgen geblieben.

Sein ganzes junges Leben lang hatte er sich gefragt, warum seine Mutter ihn auf der Station ausgesetzt hatte. Er war ihr wichtig genug gewesen, ihn in Sicherheit zu schaffen, und wichtig genug, um ihm einen Namen zu geben. Doch vermutlich war Mesaidon ein falscher Nachname. Es gab zwar Familien mit dem Namen, aber die meisten stammten von der Erde, und jede Recherche in dieser Richtung war im Sande verlaufen.

Die Umstände seiner Ankunft auf Ianthe-3 boten viel Raum zur Spekulation. Aber seine Ziehmutter hatte ihn davor gewarnt, zu laut nach seiner Herkunft zu fragen. »Vielleicht hat sie *dein* Leben gerettet und *ihres* dann geopfert.« Das hatte Elsara oft gesagt. Manchmal glaubte Chris daran. Aber dann packte ihn wie aus dem Nichts die Wut auf eine Frau, die ihren Sohn einfach auf irgendeiner Station aussetzte und nie wieder Kontakt mit ihm aufnahm.

Chris dockte an dem ihm zugewiesenen Anlegepunkt an und begab sich voller Spannung zur Luke hinab. Er war zwar schon einmal im Wuchao Tower gewesen, jedoch nur unten in der dritten Etage. Hier aber befand er sich im 32. Stock.

Die Tür ins Gebäude öffnete sich, und Chris trat schnellen Schrittes ein und folgte dem Gang nach rechts. Das Fenster, das sich die Wand entlangzog, lockte Chris' Blick über den vorderen Teil der Station und dann hinüber zum blauen Planeten Admeto. Er stand beinahe halb im Licht der Sonne – dem Stern Pheres. Die nördliche Hemisphäre war von Wolken bedeckt. Vor sechs Stunden war Chris noch dort gewesen und hatte die Gravitationspanels aus der Fabrik abgeholt. Auf einem echten Planeten zu sein, empfanden andere als schön, für ihn aber blieb es befremdlich.

Er liebte Ianthe-3, denn er liebte abgeschlossenen und geordneten Raum. Der Wildwuchs auf Admeto machte ihm bei aller Schönheit Angst. Der Wind dort unten verwirrte ihn, mehr noch der Regen und das wechselnde Wetter. Er sprach nicht gerne darüber, denn es galt als verkommen, die Künstlichkeit der Natur vorzuziehen. Aber Chris vermutete, dass die meisten, die auf Stationen, Schiffen oder auch nur in isolierten Städten auf Asteroiden, Monden oder unwirtlichen Planeten aufgewachsen waren, hinter der Fassade so fühlten wie er.

Chris folgte dem Gang und schaute immer wieder zu den vorbeifliegenden Schiffen hinaus. Die großen Passagierschiffe, die wie riesige Ansammlungen von Kuppeln aller Größen wirkten, brachten ihn zum Schmunzeln. Obwohl der Umbau längst nicht abgeschlossen war und so viele Frachter und ganze Schwärme von Baudrohnen ständig unterwegs waren, suchten bereits viele Touristen den Weg zu ihnen, um im vorderen Teil der Station oder hier in Ianthe City Urlaub zu machen – mit einem schönen Blick auf Admeto und allem, was das Touristenherz begehrte.

Den hinteren Teil der Anlage kriegten sie nur bei ihrer Ankunft zu sehen, wenn sie in ihren Schiffen vom Sprungtor herkamen. Die Frachter, die vom Planeten kamen, sollten einen Bogen fliegen und sich am Sammelpunkt treffen, um den Blick auf den Planeten nicht zu verstellen. Die großen Schiffe durften sogar erst im letzten Augenblick aus der Höhe über der Station in die Tiefe stoßen und an ihrem Zielort anlegen. Die größten Frachter aber durften sich der Station überhaupt nicht nähern. Nur den kleinen, wie etwa der *Jindao*, war es gestattet, sich beinahe frei zu bewegen. Sie fielen unter all den Fähren kaum auf.

Ein junger Mann kam ihm entgegen. Er konnte kaum älter als Chris selbst sein, wirkte in seiner grünen Unternehmensuniform aber erwachsener als Chris in seiner groben Kleidung.

»Chris Mesaidon?«, fragte der Fremde mit sanfter Stimme und streckte ihm lächelnd die Hand entgegen.

Chris nickte und schüttelte dem Mann die Hand. »Das bin ich«, antwortete er.

»Mein Name ist Allard Ryan. Ich arbeite für Bennet Wuchao.«

»Für den Chef?« Bennet Wuchao stammte, wie der Name schon sagte, aus der Gründerfamilie der Wuchao Corporation. Dass er das Unternehmen hier auf Admeto und Ianthe-3 vertrat, während der Hauptsitz auf dem Planeten Euryale im Keto-System war, offenbarte deutlich, wie stark die Bedeutung der Familie Wuchao im Unternehmen abgenommen hatte. Doch sobald der Umbau erst einmal abgeschlossen war, mochte sich das ändern.

»Ich soll Ihnen ein Angebot machen«, sagte Ryan. Seine schwarzen Augen glänzten, als er den Gang entlangwies.

»Ein Jobangebot?«, fragte Chris und machte sich an Ryans Seite auf den Weg.

Ryan nickte. »Ihre Daten müssen in der Zentrale Eindruck gemacht haben. Man möchte Sie nun als Pilot nach Euryale holen.«

»Ins Keto-System? Da herrscht Krieg.«

Ryan nickte. »Zwischen den Ketoniden und den Uranosiern, aber nicht zwischen den Konzernen. Die pflegen mit beiden Seiten Abkommen, sodass sie sich im Kriegsgebiet bewegen dürfen. Die Wuchao Corporation ist für das Uranos-System sehr wichtig. Man möchte den Handel nicht zum Stillstand kommen lassen.«

»Ja, und im Gegenzug transportieren Sie keine Waffen und anderes Gerät«, sagte Chris. »Hab ich zumindest gehört.«

Ryan nickte, und eine seiner schwarzen Locken fiel ihm in die Stirn. Sofort wischte er sie mit den Fingerspitzen wieder zurück. »Wir müssen uns nur den Kontrollen unterziehen. Da aber viele andere Unternehmen – vor allem die kleineren – kein Abkommen mit beiden Seiten haben, sind wir und die anderen Großen die Anlaufstelle.«

»Verstehe«, sagte Chris. Im Krieg profitierten die Großen. Und sie konnten sich noch gegenseitig auf die Schulter klopfen, weil sie ja keine Waffen lieferten. Und von den Zivilisten konnten sie sich feiern lassen, weil sie mit Vorräten auf den Planeten landeten. »Aber vielleicht gefällt es mir hier ja ganz gut«, sagte er.

»Die Zentrale möchte Sie für ein halbes Jahr auf der Route Euryale–Medusa einsetzen. Eine Art Test. Ihr Gehalt für dieses halbe Jahr beträgt 50 000 Drachmen.«

»Wir reden von Standardjahren.« Zu oft versuchten Firmen statt der Erdjahre das Jahr eines anderen Planeten zu wählen.

»Natürlich Standardjahre – und *natürlich* uranosische Drachmen«, erklärte Ryan mit einem schiefen Lächeln. »Wenn Sie unzufrieden sind, können Sie ja jederzeit wieder in die Selbstständigkeit zurückkehren. Bei Ihrer Statistik sind Ihnen unsere Aufträge sicher.«

Chris stutzte. »Das alles kommt ein wenig plötzlich.«

»Stimmt. Sie müssen heute noch abreisen.«

Chris blieb stehen. »Heute?«

Ryan hielt ebenfalls an und nickte nur ruhig.

»Warum heute? Warum ist es so dringend?«

»Keine Ahnung.« Ryan zuckte mit den Schultern. »Das wird Bennet Wuchao Ihnen verraten.«

Ryan wies auf eine Tür ins Innere. Bevor Chris eintrat, schaute er den Gang weiter entlang und sah durch das Fenster das nächste Schiff, das an den Turm angelegt hatte: ein heruntergekommener Frachter mit weiten Tragflächen – eigentlich zu alt, um noch eingesetzt zu werden. Doch das Schiff schien links und rechts erweitert worden zu sein. Neben dieser schmutzigen Kiste dort wirkte Chris' *JINDAO* wie eine Perle – und das war sie nicht.

Chris schritt durch die Tür auf einen breiten Gang, auf dem Anzugträger ihrer Wege gingen und ihn – völlig zu

Recht – anschauten, als könnte er unmöglich hierher gehören.

Auf dem Weg durch den Gang, der sich um das Zentrum des Geschosses bog, überlegte Chris, welchen Grund der plötzliche Aufbruch haben konnte. So wichtig konnte er doch unmöglich sein. Oder waren seine Statistiken etwa dermaßen gut? Vielleicht hatte irgendeine Analyse ergeben, dass er für irgendeinen zweifelhaften Job genau der Richtige war. Und in einer solchen Lage musste ein Pilot aufpassen, dass er nicht zum Opfer wurde.

Ein helles Warnsignal schallte über den Gang. Eine Frauenstimme sagte über die Lautsprecher: »Achtung, Achtung! Die Station steht unter Beschuss.« Die Leute blieben stehen, auch Chris hielt an und schaute in Ryans fassungslose Miene. »Ianthe City wird evakuiert. Nutzen Sie einen der Aufzüge, um ins Innere der Station zu gelangen, oder lassen Sie sich mit einer Fähre an einen anderen sicheren Ort bringen.«

»Bestimmt nur eine Übung«, sagte ein schmächtiger Mann neben Ryan und winkte ab.

»Dies ist keine Übung!«, sagte die Stimme, nur um dann die Informationen zu wiederholen.

Die Leute machten sich hastig auf den Weg zu den Aufzügen.

Ryan stand wie angewurzelt da. »Dann ist es also doch wahr.«

»Was ist wahr?«, fragte Chris, während es um sie herum immer lauter wurde.

Ryan blinzelte. »Wir erhalten seit einigen Stunden Warnungen vor einem feindlichen Angriff«, rief er gegen den Lärm der redenden und rufenden Menschen an.

»Und das haben Sie nicht ernst genommen?«, fragte Chris.

»Wenn Sie all die Bombendrohungen und all die ach so wichtigen Warnungen hören würden, die hier täglich ankommen!« Er wies zu der Menschentraube, die sich vor den Aufzügen gebildet hatte. »Ich kann uns einen der Spezialtransporter öffnen. Da können wir noch einige mitnehmen.«

Chris hob die Hand. »Ich kehre lieber zu meinem Schiff zurück.«

»Tut mir leid«, entgegnete Ryan und verschwand in der Menge.

Chris bot einer Gruppe Unentschlossener an, sie auf seinem Frachter mitzunehmen, doch sie musterten ihn nur und antworteten ihm nicht einmal. Nur eine Person blieb stehen, während die Menschen an ihr vorüberhasteten, als wäre sie gar nicht da. Chris musste genau hinschauen, um sie zwischen den Leuten auszumachen. Eine Frau mit gewelltem Haar und geschwungenen Lippen stand dort wie festgewurzelt in der sich verdichtenden Menge und rührte sich nicht.

Chris sprach sie an, doch sie reagierte nicht. Offenbar stand sie unter Schock.

Der Ruf eines Mannes ließ Chris herumfahren. Er hielt die Tür zum Treppenhaus auf und winkte die Leute herbei.

Chris wandte sich wieder um, doch die Frau, die ihn als Einzige eines zweiten Blickes gewürdigt hatte, war fort. Er blinzelte, schaute sich um, aber von ihr war keine Spur mehr zu sehen. Offenbar war sie aus ihrer Starre erwacht und hatte sich mitreißen lassen.

Da sich niemand für die Flucht auf seinem Schiff interessierte, kehrte Chris allein auf den äußeren Gang zurück und blickte ins All hinaus. Die Frachter und Passagierschiffe bewegten sich rasch nach links, dem Planeten entgegen. In der Ferne aber näherte sich eine breit aufgefächerte Flotte. Ein Strom an kleinen Schiffen und Kampfdrohnen zog sich rechts vom Sprungtor bis zum Hauptheer hinüber. Das waren nur winzige Objekte, aber Chris kannte sie aus den Simulationen.

Einzelne Jäger schwärmten bereits vor der Flotte aus. Auf halbem Weg zu den Angreifern erstrahlten unzählige Lichtpunkte. Die Projektile verglühten dort am Schutzschild der

Station und ließen diesen wie einen gigantischen Glitzervorhang erscheinen. Die meisten Schiffe, die sich nicht schnell genug unter den Schild hatten retten oder aus der Schussbahn hatten fliehen können, standen unter Feuer. Die ersten waren bereits zerstört, und im Staub der Trümmer wurde ein feines Netz aus rötlichen Strahlen sichtbar, das sich wieder und wieder neu zu schaffen schien.

Zuerst dachte Chris, es wären Reste der zerstörten Schiffe – Strahlung, die vom Antrieb stammte. Doch dann erinnerte er sich an die Erzählungen der Kampfpiloten. Im Simulator war er oft Kampfeinsätze geflogen, doch die modernen Systeme hatten immer das visualisiert, was dort draußen ohne Unterstützung eines Bordcomputers nur durch den Staub sichtbar wurde – Laserwaffen. Was er sah, mussten die Ziellaser sein. Die Waffenlaser arbeiteten im Infrarotbereich und waren unsichtbar. Nur mit dem Schutzschild reagierten sie so sehr, dass sie sich als grelle Punkte, kaum größer als die der Projektile, manifestierten.

Eine Erschütterung und ein Grollen von tief unten, gefolgt von einem Erzittern des Bodens, riss Chris aus seiner Starre. Er hatte das Gefühl, den Halt zu verlieren, und stützte sich an der Scheibe ab.

Da zischte ein kantiger Jäger direkt vor ihm vorüber. Es war ein Schiffstyp mit Tragflächen, der auch in der Atmosphäre operieren und auf Planeten landen konnte, ohne irgendeine Antigrav-Einheit. Die Markierung auf der Seite des Schiffes zeigte ein Schwertlogo. Die Uranosier! Einige von ihnen waren bereits diesseits des Schildes. Sie konnten nur vor dem Angriff hindurchgeschlüpft sein – bevor die Station die Schilde hochgefahren hatte.

Als ein weiterer Jäger vorbeiflog, gefolgt und beschossen von zwei der kugelförmigen Wachschiffe der Station, setzte Chris den Weg zu seinem Frachter fort. Immer wieder geriet er nach einer Erschütterung ins Taumeln und musste sich abstützen; und immer wieder wurde sein Blick ins All hinausgezogen.

Gewaltige Lichtflächen bildeten sich auf dem Schild. Die Uranosier brachten größere Waffen zum Einsatz. Es war kaum noch zu erkennen, was jenseits des Schildes lag. Chris glaubte aber, den glühenden Antrieb von Raketen zu erkennen. Der Schild würde nicht mehr lange halten. Von den neuen Generatoren war bis dato nur eine Handvoll fertig. Zwar verfügte jeder einzelne von ihnen theoretisch über unbegrenzte Energie aus dem Tiefenraum, doch sie überhitzten bei übermäßiger Beanspruchung. Dann würden sie auf den nächsten Generator umschalten. Wenn sie Glück hatten, waren bereits acht einsatzbereit: acht von vierundsechzig, die sie am Ende anstrebten und die viele – auch Chris – für völlig übertrieben gehalten hatten.

Chris war nur gut dreißig Meter von seinem Schiff entfernt, als der Schild draußen ins Flackern geriet und einfach verschwand. Rote Lichtpunkte tanzten die Wände herab. Chris erstarrte und blickte ungläubig nach draußen. In der Staubwolke der zertrümmerten Schiffe konnte er sehen, dass die Ziellaser sich nach unten richteten.

Chris machte einen Schritt, und unter ihm traf etwas besonders heftig auf die Station. Er wurde gegen die Wand geworfen und richtete sich sofort wieder auf. Projektile prasselten gegen die Scheibe und ließen Flecken für Flecken trüb werden.

Schwankend lief Chris weiter. Sein Schiff lag keine zwanzig Meter entfernt vor ihm; er konnte es durch die noch klaren Teile der Scheibe sehen. Die *Jindao* lag ruhig an der Anlegestelle, doch sie splitterte bereits unter dem Beschuss. Als rote Lichtpunkte sich auf dem Schiff sammelten und dann mit einem Blitz und einer Erschütterung verschwanden, blieb Chris stehen. Die *Jindao* war verloren, denn die Laser hatten sich durch ihre Außenwand gefressen. Das Schiff, für das er so hart gearbeitet hatte, war dahin.

Er wandte sich um und machte sich auf den Rückweg zu den Aufzügen. Die Wut über den Verlust seines Schiffes stieg ihm zu Kopf, trieb ihn aber auch an. Er hatte den halben Weg zur Tür ins Innere zurückgelegt, als es hinter ihm knallte, klirrte und rauschte. Die Scheibe war geborsten. Sofort schloss sich eine Zwischentür und riegelte keine vier Meter hinter ihm den Gang ab.

Atemlos und entsetzt lief Chris weiter. Vier Meter – wäre er langsamer gewesen, wäre er jetzt tot.

Eine gewaltige Erschütterung hinter ihm ließ ihn vermuten, dass es um seine *Jindao* endgültig geschehen war. Ein Blick über die Schulter, und er sah nur die geschlossene Tür.

Vor ihm standen die Scheiben weit weniger unter Beschuss, und er konnte kurz vor der Tür ins Innere durch klare Stellen im Fenster das andere Schiff erkennen, dieses heruntergekommene Etwas, das er bereits bei seiner Ankunft gesehen hatte. Es wurde nicht getroffen; die Geschosse prallten kurz davor ab. Offenbar war jemand an Bord und hatte die Schilde angeschaltet. Oder das System war so programmiert, sie bei einem Beschuss selbst hochzufahren.

Ganz gleich, was dort war, er würde keinen Augenblick länger auf dem Außengang bleiben und darauf warten, dass die Scheiben brachen und das Schutzsystem ihm den Ausweg abschnitt.

Er lief durch die Tür und war entsetzt angesichts dessen, was er dort im Inneren fand. Einige Wände waren zusammengebrochen. In manchen Räumen schlugen die Flammen bis zur Decke. Die Warnlampen und die sich abwechselnden Ansagen bewiesen, dass es schlecht stand. Die Menschen waren alle fort – bis auf einen: Ein groß gewachsener Mann kam ihm entgegen.

»Junge!«, rief der Fremde, dessen dunkler Bart sich kaum von seiner Hautfarbe abhob. Gekleidet war er in einen schlichten, ein wenig groben Pilotenoverall, über dem er einen dünnen Mantel aus braunem Stoff trug. Der Reverskragen war heller und offenbar aus Leder. »Die Aufzüge sind hin!«, rief er.

»Ist das dein Schiff da draußen?«, fragte Chris.

Der Fremde fuhr sich durch das kurze Haar und nickte.

»Warum bist du dann noch nicht fort?«

»Ich habe etwas vergessen und wollte es holen.« Er wies den gebogenen Gang entlang, der, von einigen Flammen und einer Rauchwolke unter der Decke abgesehen, noch erstaunlich frei schien. »Aber das wird wohl nichts. Komm!«

Chris nickte und folgte dem Fremden. »Sie haben mir mein Schiff vor der Nase weggeschossen«, erklärte er. »Hoffentlich ist deins noch da, wenn wir ankommen.«

Der Fremde grinste. »Keine Sorge. Die *Amberson* hält einiges an Lasern und Projektilen ab. Die hat sogar schon mal einen Torpedo überstanden.«

Sie liefen ein Stück auf dem Innengang weiter, um möglichst wenig Zeit auf dem Außengang verbringen zu müssen. Als sie schließlich auf den Außengang hinausgehen wollten, war dort die Tür verriegelt. Auf dem Display stand: »Lebensgefahr!«

»Zur nächsten«, sagte der Fremde.

Chris folgte ihm, und tatsächlich war die nächste Tür unverriegelt. Die Scheiben des Außengangs waren hier beinahe unversehrt. »Sie mussten uns auch ausgerechnet die Anlegeplätze mit dem Ausblick zum Tor geben«, sagte er.

Das Schiff – die *Amberson* – war noch da. Der Beschuss hatte sich deutlich abgeschwächt. Die uranosische Flotte hatte sich verteilt und zielte offenbar auf die Schildgeneratoren.

Der Fremde verlangsamte seine Schritte. »Das war's. Wir haben es geschafft.«

»Machst du Witze?«, sagte Chris, blieb aber auch stehen.

»Der Beschuss eben kam davon, dass sie die Schilde durchbrochen hatten und dann die geballte Ladung auf die Station traf. Also keine Sorge.«

»Die haben auch danach noch geschossen«, erwiderte Chris und gab sich Mühe, mit dem Fremden Schritt zu halten.

»Ein paar Hitzköpfe, die man zurückpfeifen musste. Jetzt werden sie es ruhig angehen und sich auf die Schiffe und Geschütze konzentrieren. Unser Problem beginnt, sobald wir ablegen.«

Chris schwieg. Aus der dunklen Stimme des Fremden sprach die Erfahrung. Er klang fast gelangweilt – als hätte er schon viele Angriffe überlebt. Nun reichte er ihm die Hand und sagte: »Ich bin Valmas – einfach Valmas.« Er lächelte, als Chris einschlug. »Und wer bist du?«, fragte er und wich Chris' Blick aus, als hätte er draußen etwas registriert.

»Chris Mesaidon. Pilot und hoffentlich Überlebender von all diesem Chaos.«

Valmas klopfte ihm auf die Schulter. »Ich bin schon aus brenzligeren Situationen rausgekommen.« Er sagte es mit einem Lächeln, das erstarb, als sie fast bei der Tür zum Schiff angekommen waren. Er wies auf ein Schlachtschiff der Station, das sich erhoben hatte, um der Flotte die Stirn zu bieten. »Gefährliches Spiel«, sagte er.

»Weil er allein ist. Keine Sorge, die anderen werden auch noch kommen.«

Valmas schüttelte den Kopf. »Warum fliegt der so niedrig, so weit unter der feindlichen Flotte? Was ist da drüben? Was versucht er mit seinem Schiff zu schützen?«

Chris erstarrte. »Da liegt der Schildgenerator.«

Valmas nickte. »Da ist dann auch der Reaktor.« Er tippte in seine linke Handfläche, die mit einem linsenförmigen Patch-Computer versehen war. Die Schleuse zum Schiff öffnete sich. »Jetzt müssen wir uns doch beeilen.«

»Wieso?«, fragte Chris, während er Valmas ins Innere der *Amberson* folgte. »Du sagtest doch, die wollen die Station einnehmen.«

»Das sagte ich«, erwiderte Valmas und führte ihn durch einen spärlich beleuchteten Gang ins Innere. Die Wände waren dunkel und wirkten grobkörnig; zahlreiche Druckknöpfe wie aus uralten Filmen zierten allerlei Kontrollfelder.

Valmas bog von dem Gang, auf dem es nach scharfen Gewürzen roch, direkt ins Cockpit ab, ließ sich dort in den Sitz fallen und bot Chris den Platz des Co-Piloten an. Nachdem auf dem Display einige Tasten erschienen waren und Valmas in einer raschen Folge einige davon gedrückt hatte, schoben sich in einem Halbkreis transparente Schirme aus der Konsole. Für einen Augenblick wirkten sie wie Folien, aber dann erkannte Chris, dass es die üblichen Schirme waren, die auf der Schildtechnologie basierten. Valmas hatte lediglich eine sehr grobe Einstellung gewählt, und die grüne Schrift war segmentiert und pixelig.

Das Schiff legte los, und Valmas fasste das kleine Steuerhorn, ein altmodisches Stück, das nicht recht zu den modernen Schirmen passte, die aus der Konsole gefahren waren. Er wendete die *Amberson*, sodass sie sich von dem Zerstörer entfernten.

Sie passierten die Stelle, an der die *Jindao* gelegen hatte, doch von Chris' Schiff war nichts mehr zu sehen. Die ganze Anlegestelle war zerstört. Ein gewaltiges Loch klaffte dort, wo sein Schiff gewesen war.

»Irgendein Arschloch scheint dein Schiffchen anvisiert zu haben«, sagte Valmas.

»Ausgerechnet?«

»Du glaubst nicht, welche Freude diese Geschützsoldaten haben, wenn sie leichte Beute machen können. Die pure Zerstörungswut. Aber wehe, es geht gegen einen richtigen Gegner.«

»Du meinst, wie wir jetzt«, sagte Chris.

»Ja, so in etwa.«

Unbehelligt schafften sie es vom Wuchao Tower zum nächsten Turm. Und während sie an diesem in die Tiefe stießen, um keine Aufmerksamkeit zu erregen, wandte Valmas sich Chris zu und zeigte auf den Schirm ganz links. Darauf war das Schlachtschiff zu sehen, wie es sich mit den eigenen Schilden dem Beschuss der Uranosier entgegenstellte. »Er will tatsächlich den Reaktor schützen.«

»Das ist doch klug«, sagte Chris.

»Wenn du nichts zu verlieren hast, ist das klug. Besonders wenn man es mit zwei oder drei Schlachtschiffen macht. Wenn die anderen gar nicht daran interessiert sind, den Reaktor zu zerstören, ist das höchstgefährlich.«

»Warum? Wenn sie ihn nicht zerstören wollen, kann es doch nicht schaden, dass das Schiff da ist.«

Valmas nickte. »Und darin besteht der Fehler, Junge.«

»Ich bin kein Junge«, erwiderte Chris.

»Tut mir leid.« Am Fuß des Towers zog Valmas das Schiff hoch, und sie flogen dicht über den Rücken der Station. Hoch oben kreuzten verfeindete Kampfjäger ihren Weg, doch die hinteren Bereiche der Station waren für die Angreifer offensichtlich kaum von Interesse. Dort wurde nicht gekämpft.

»Warum also?«, fragte Chris. »Warum ist das ein Fehler?«

Valmas holte das Seitenbild auf das Display vor sich und vergrößerte den Zerstörer, der nun unter heftigerem Beschuss stand. »Weil man für ein solches Unterfangen ein Schlachtschiff nimmt, das über gute Schilde verfügt. Die der admetischen Zerstörer sind aber nicht besonders stark, und man bekommt sie nur schwer zum Laufen. Bei einem Überraschungsangriff schaffen sie es vielleicht zwei Generatoren warmzukriegen. Und die überhitzen dann schnell, wenn sie beansprucht werden. Das aber könnte den Uranosiern unbekannt sein. Von den Ketoniden und den Erdlingen kennen sie robuste Schilde. Also glauben sie vielleicht, dass sie es auch hier mit einem zähen Gegner zu tun haben.«

»Ich sehe immer noch nicht das Problem. Dann ist der Schild des Zerstörers eben dahin. Das ist bedauerlich, klar, denn dann muss sich die Station ergeben.«

»Wenn die Uranosier das Feuer konzentrieren, wird der Schild brechen und das Schlachtschiff wird voll getroffen. Je nachdem, mit wie viel sie feuern, könnten sie das Schlachtschiff durchschlagen und den Reaktor treffen.«

Chris stutzte. »Darauf bin ich noch gar nicht gekommen«, sagte er.

»Es hängt jetzt davon ab, wie viel Erfahrung der Kommandant der Uranosier hat. Haben wir einen alten Hasen, wird der das wissen. Haben wir einen jungen Hitzkopf, dann …«

Chris nickte. »Verstehe.«

»Keine Sorge. Wird schon schiefgehen, Junge.« Er verzog das Gesicht. »Entschuldige, ich wollte dich nicht so nennen.«

»Ich glaube, nach der Lektion gerade darfst du mich schon so nennen.« Er schüttelte den Kopf. »In diesen Dingen bin ich wirklich ahnungslos.« Er dachte an alles, was er gerade verloren hatte, und an viele von jenen, die er nun verlieren würde – ob durch eine Besetzung oder den Tod.

»Großartig!«, sagte Valmas. »Die haben nur große Schiffe am Tor zurückgelassen.« Er wies auf das Sprungtor, vor dem drei Schlachtschiffe kreuzten.

»Du willst durch das Tor?«, fragte Chris. »Mit einem Bogen könnten wir auch auf den Planeten hinunter.«

»Und belagert werden? Nein. Wir hauen jetzt ab.«

»Drei Schlachtschiffe!«, rief Chris.

»Drei Schlachtschiffe und ein so kleines Schiff wie die *Amberson*. Tut mir leid, Junge! Sieht so aus, als wäre der Anführer doch das, was ich befürchtet habe.«

Sie flogen den Schiffen entgegen, und diese sandten ihnen sofort eine unmissverständliche Botschaft. »Unmarkiertes Schiff!«, sagte eine Computerstimme. »Wenden Sie, sonst schießen wir Sie ab!«

»Nicht mal eine echte Stimme«, sagte Valmas. Er drückte Tasten, die auf dem Display unter seinen Fingern erschienen. »Die Dinger sind auf andere große Dinger ausgelegt. Die sind nicht dafür da, sich gegen etwas so Kleines zu verteidigen.«

»Das sind drei Kerberos-15. Du weißt, wofür die 15 steht?«

»Drei mal fünf Schilde, klar. Das ist gar nicht so viel. Gegen einen großen Zerstörer oder auch nur gegen einen, der gut zwischen Schießen und Schützen ausbalanciert ist, haben die keine Chance. Das sind bessere Kanonen, die können ihre Energie nicht dynamisch verteilen. Im Keto-Konflikt haben die Uranosier fast alle Kerberos-15 verloren, weil sie gegen halbwegs gute Zerstörer einfach Mist sind.«

»Aber wir fliegen hier keinen Zerstörer. Fünfzehn Schilde werden ihnen gegen uns ausreichen. Und die Dinger sind mit ihren schnellen Geschützen ideal gegen Torpedos ausgerüstet. Tut mir leid – was gegen einen Torpedo wirkt, wird uns leicht erwischen.« Er hatte es im Simulator selbst erlebt.

Valmas grinste. »Wenn sie Torpedos wollen, dann sollen sie die haben. Halt dich fest!« Valmas gab kräftig Schub, und sie schossen den drei Schiffen entgegen. Valmas schickte einen Schwarm kleiner Torpedos los. »Jetzt die Schilde und vorwärts!«

Der Beschuss begann, und die Schilde hielten, während jenseits davon die ausschwärmenden Torpedos das Feuer der Geschütze auf sich zogen. Valmas sandte neue Torpedos aus, und auf dem Display schien es, als würden sie sich hinter dem Schiff über den Schild erheben. Dort war es durchlässig; von dort drohte kein Beschuss.

»Wie viele dieser kleinen Torpedos hast du?«, fragte Chris.

»Nicht mehr viele, aber hoffentlich genug. Vielleicht dreihundert.«

»Wie kannst du dir das leisten?«

Valmas lachte, während sie den Schiffen immer näher kamen. »Ohne Sprengkopf und mit einer einfachen Schwarmsteuerung ist das überhaupt kein Problem. Eine Ladung Spielzeug kann einen auf die verrücktesten Ideen bringen. Schauen wir mal, ob die Idee was taugt.«

Wahrhaftig! Wie ein Schwarm erschienen die Torpedos auf dem Schirm. Sie schossen am Heck empor und stießen nach vorn.

»Der große Nachteil«, sagte Valmas, »ist, dass sie nicht viel Energie haben und rasch ausgehen. Aber ...!« Er beschleunigte noch einmal, die Torpedos schwärmten mit nach vorn und hielten nun noch besser als zuvor das Feuer aus Projektilen und Lasern ab, sodass die Schilde nur wenige Treffer hinnehmen mussten. So schafften sie es, zwischen zwei der drei Schiffe vorzustoßen. Und sofort verging das Feuer. Die beiden Schlachtschiffe wollten sich schließlich nicht gegenseitig treffen. Es war zwar unwahrscheinlich, dass sie ihre Schildgeneratoren überhitzten, doch vermutlich rechneten sie noch mit einer Gegenwehr der Streitkräfte auf Ianthe-3 und auf Admeto und wollten ihre Systeme schonen.

»Wenn wir Pech haben, könnten sie noch Jäger zurückbehalten haben«, sagte Valmas. Er zog auf dem Schirm, der sich schräg vor ihm erstreckte, links und rechts des Schiffes eine Linie und wählte einige Optionen aus. »Schilde aus – Reflektoren an.« Lächelnd schaute er zu Chris herüber.

»Du spekulierst darauf, dass sie uns mit leichtem Feuer eindecken, weil ein versehentlicher Treffer der Verbündeten keine größeren Folgen hätte.«

»Vor allem spekuliere ich darauf, dass sie Stasis-Strahlen einsetzen.«

»Damit würden sie sich selbst den Garaus machen, wenn sie uns verfehlten.«

»Mist!«, sagte Valmas und starrte voraus.

Chris folgte seinem Blick: Die beiden Schiffe, zwischen denen sie waren, schoben sich langsam aufeinander zu.

»Die wollen uns mit ihren Schilden zerquetschen«, rief Chris.

»Oder sie setzen ihre Schilde aus und fahren sie wieder hoch, um uns einzufangen. Wir würden wie Fliegen gegen die Scheibe stoßen.« Er schob auf dem Schirm den Beschleunigungsregler vorsichtig nach vorn. Chris schaute auf den Hebel neben dem Sitz, den Valmas eben zum Beschleunigen benutzt hatte. Offenbar liebte der Pilot der *Amberson* die Abwechslung.

»Portal Admeto bittet um die Gebühr«, sagte die vertraute Frauenstimme des Sprungtors. Noch ehe sie irgendetwas tun konnten, setzte sie nach: »Gebühr bezahlt – Raumfrachter *Amberson*.«

»Das nenne ich großzügig«, sagte Valmas.

»War das die Wuchao Corp?«

»Vielleicht«, erwiderte Valmas.

»Es könnte auch eine Falle sein.«

»Möglicherweise ist es eine.«

Die feindlichen Schiffe machten den Raum immer enger. Valmas schob behutsam das Steuerhorn nach vorn, und das Schiff senkte sich zwischen den Feinden in die Tiefe. »Verlagere die Schilde zum Heck und nach oben«, sagte er.

Chris nickte und schaute vor sich. Da war das Schiff auf dem Display abgebildet; die Optionen lagen am Rand. Es war anders, als er es kannte, aber hatte man ein System gesehen, kannte man sie alle. Er zeichnete die neue Schildverteilung mit dem Finger ein und ersetzte damit die alte.

»Gut«, sagte Valmas.

Die Schiffe verharrten nun. Er konnte es neben sich auf dem Schirm sehen. Offenbar waren die Schilde der beiden Schiffe nun beinahe zusammengestoßen.

Chris malte sich aus, was geschehen wäre, wenn sie dort oben geblieben und weitergeflogen wären. Nun aber tauchten sie unter die beiden Schlachtschiffe hinab – und schon setzte sich der Beschuss fort.

Die Schilde schmolzen dahin, weil der Generator seine Leistung zurückfuhr, um nicht zu überhitzen.

Sie würden es nicht schaffen. Zwar hatten sie die Schiffe hinter sich gelassen, aber der Beschuss würde sie erledigen.

Eine Erschütterung durchzog die *Amberson*, und sofort ging der Alarm los. Eine männliche Computerstimme sagte: »Schwerer Hecktreffer. Bereich 5 wurde isoliert.

Schildmodul beschädigt, nicht mehr einsatzbereit. Antrieb beschädigt – Maximalbeschleunigung nicht mehr möglich.« Die Liste der Schäden wurde länger und länger. Doch als Valmas den Alarm abstellte und die Stimme verebbte, war es – vom schweren Brummen der Maschinen abgesehen – ruhig.

»Plan B«, sagte Valmas und tippte auf dem Display herum. Mit einem Mal wurde auf dem Schirm und vor dem Cockpit alles schwarz.

»Was hast du gemacht?«, fragte Chris.

»Jetzt können sie uns nicht mehr sehen.«

»Eine Tarnvorrichtung? Ich dachte, das wären Märchen.«

»Nein, keine Tarnvorrichtung. Ein defekter Schild.«

»Wirklich?«

»Ja. Der lässt überhaupt kein Licht durch.«

»Das heißt, die sehen da jetzt eine schwarze Kugel.«

»Nein, eine breite, schwarze Linse.«

»Und wie viel hält sie ab?«

»So gut wie nichts.«

»*Was?*«

»Sieh einfach hin!« Valmas zeigte auf das Display vor ihm. Dort waren das Schiff und der Schild abgebildet. Er führte den Finger auf die Anzeige und schob den Schild behutsam zur Seite, bis sich das Schiff gerade noch an dessen äußerstem Rand befand. »Die glauben jetzt, ich wäre ein Stück zur Seite geflogen.«

»Du gerissener Fuchs«, sagte Chris, und dann geschah es: Die ersten Treffer lösten den Schild auf, die Laser und Projektile, die hindurchdrangen, flogen ins Leere, weil die Geschütze die Mitte des Schildes anvisiert hatten und nicht davon ausgegangen waren, dass das Schiff sich an dessen Rand befand.

Sie konnten wieder sehen. Schräg über ihnen schwebte das Sprungtor – ein gewaltiger Ring, auf dem grüne Lichter entlangliefen. Und schon waren sie auf gleicher Höhe mit dem Portal.

Die Uranosier stellten den Beschuss sofort ein. »Die haben Angst, das Tor zu zerstören«, sagte Chris grinsend.

Valmas lachte. »Selbst die *mächtige* Uranosische Republik würde sich nicht mit dem Nachtglanz-Kartell anlegen.« Das Nachtglanz-Kartell war ein gewaltiger Konzern, der sein Vermögen und seine Macht mit der Konstruktion von Sprungtoren aufgebaut hatte. War das Unternehmen am Anfang noch von Regierungsaufträgen abhängig gewesen, waren bald die Regierungen vom Nachtglanz-Kartell abhängig. Inzwischen kontrollierten sie die meisten Sprungtore im Uranos-, im Pontos- und hier im Pheres-System. Und was für sie galt, galt auch für die anderen Torbetreiber: Ein Angriff auf die Portale war ein Angriff auf den Konzern selbst. Die wenigen Tore unter staatlicher Kontrolle, die mit allerlei Restriktionen daherkamen, waren Gift für den Handel und wurden gemieden – wenn es nur irgendwie möglich war.

Valmas holte die drei Schiffe auf den Schirm vor sich. Halb transparent erschienen die beiden, zwischen denen sie hindurchgeflogen waren; darüber schob sich das dritte Schiff. Valmas lachte. »Wären wir nach oben ausgewichen, hätten sie uns gekriegt.«

Jenseits der drei Schlachtschiffe kämpfte die Station gegen die Übermacht der Uranosier. Ein wildes Farbenspiel erstreckte sich dort zwischen der Station, den Zerstörern und den unzähligen kleineren Schiffen.

Chris starrte kopfschüttelnd auf den Schirm. »Hoffen wir, dass …« Ein Lichtblitz im vorderen Teil von Ianthe-3 ließ ihn abbrechen.

Von dem Schlachtschiff, das sich dort schützend vor den Schildbereich gestellt hatte, waren nur noch Trümmer übrig, und diese vermischten sich mit den Trümmern der Station. Flammen flackerten dort in den Breschen und erstarben sofort wieder.

Ein weiterer Blitz, und der vordere Teil von Ianthe-3 explodierte in einer von Trümmern durchsetzten Staubwolke. Die Türme in Ianthe City brachen ab und schwebten dahin. Im hinteren Teil schossen die Bauelemente in alle Richtungen davon.

Chris musste an Savina denken, die er dort vorhin noch gesehen hatte. Und er musste an all die anderen denken, die er kannte. Alles, was Chris je etwas bedeutet hatte, schwebte in Trümmern dahin, und viele von denen, die er gemocht hatte, waren nun tot. Wie viele hatten sich wohl bei diesem Wahnsinn hinab nach Admeto retten können?

»Es tut mir leid«, sagte Valmas mit bedrückter Stimme.

Chris schaute nur auf die Trümmer und die Schiffe der Uranosier, die wie vor Schreck erstarrt wirkten.

In dem Ring, der vor der *Amberson* lag, entstand eine flimmernde Lichtscheibe. »Warum nur?«, fragte Chris.

»Weil irgendein Narr seine Kräfte nicht einzuschätzen wusste«, antwortete Valmas.

Schließlich tauchten sie ins Licht des Sprungtores ein, und alles, was hinter ihnen lag, verblasste auf dem Schirm.

TITAN

Auf dem Kreuzer *Clinschor* kehrte der uranosische Colonel Meljan Solsee von der Brücke in den kleinen Verhandlungsraum zurück. Dort stand Captain Rayol Oredson immer noch kerzengerade an der gleichen Stelle wie vorhin, als er Meldung gemacht hatte. Der junge Offizier salutierte, und Meljan bedachte ihn nur mit einem müden Blick. Er konnte sich nur zu gut vorstellen, wie viel Mut es ihn gekostet haben musste, vor ihm zu erscheinen – diesen jungen Kerl mit seinem langen Gesicht, das nur zwei Ausdrucksweisen zu kennen schien; das Haar gerade so kurz geschoren, dass es dem gern gesehenen Standard entsprach.

Meljan schritt an Rayol vorbei ans Fenster und schaute hinaus zu all den Schiffen, die sie vor dem Planeten festgesetzt hatten, um sie zu untersuchen. »Die Aufklärungstrupps auf Admeto haben keine Spur von Mesaidon gefunden«, sagte er. »Ich hoffe, er ist auf einem der Schiffe dort.« Er war erstaunt, wie entspannt seine Stimme klang und hatte keine Ahnung, wo er die Ruhe hernahm. Vielleicht hatte er in den fünfundzwanzig Jahren beim Militär schon zu viele solcher Katastrophen erlebt.

Er ahnte schon, wie Ada Connelly, seine direkte Vorgesetzte, ihn auseinandernehmen würde. Sie hatte ihm den Befehl gegeben, gegen Ianthe-3 vorzugehen und Chris Mesaidon gefangen zu nehmen. Er hatte Hinweise erhalten, wonach die Station gewarnt worden war. So war er während der Vorbereitungen auf den Angriff den Spuren der Verräter gefolgt.

Die Spuren hatten den Anschein erweckt, direkt zu seiner letzten verbliebenen Feindin im ketonidischen Konflikt zu führen. Deswegen war er ihnen persönlich gefolgt und hatte die Übernahme von Ianthe-3 dem aufstrebenden Captain Oredson überlassen.

»So, Rayol«, sagte Meljan und wandte sich zu dem Captain um. »Du hattest jetzt Zeit, meine Frage zu überdenken. Wie konnte das passieren?«

Zuerst wich Rayol seinem Blick aus, dann aber schluckte er, holte tief Luft und sagte: »Ich war fest davon überzeugt, dass die Station keinen nennenswerten Schaden erleiden würde, Sir.«

Meljan nickte. »Natürlich. Und darin besteht der Fehler. Du gehst von *unserem* Material aus. Eine uranosische Station hätte den Beschuss wahrscheinlich überstanden. Aber wir haben uns über die Grenzen bewegt, und eine unbedeutende Station wie Ianthe-3 verfügt nicht über den Schutz, den wir gewohnt sind. Das bezieht sich nicht nur auf die Station, sondern auch auf die Schiffe. Und jetzt sind Zehntausende tot – Zehntausende Zivilisten.«

»Wann soll ich mein Kommando über die *Mykenai* abgeben?«, fragte Rayol. Seine braunen Augen glänzten, und Meljan wartete, ob seinem Untergebenen die Tränen kommen würden. Doch Rayol behielt die Fassung.

»Du hast Glück«, sagte Meljan nach einer Weile. »Der Angriff auf Ianthe-3 hätte so oder so einen Krieg heraufbeschworen – einen Krieg, für den wir uns zu Hause und generell hätten rechtfertigen müssen. Die Konzerne, die auf der Station vertreten waren, werden uns im Nacken sitzen. Wir müssen uns mit ihren Konkurrenten verbünden. Und wir müssen die Rechtfertigung so abändern, dass die Verschwörung, die wir ansprechen werden, sich auf diese Konzerne bezieht. Ein schmutziges Spiel. *Deswegen* wird General Connelly mir nicht das Leben zur Hölle machen. Sie ist eine Meisterin darin, die Konzerne gegeneinander auszuspielen. Und die Zivilisten sind ihr egal. Sie wird eine Geschichte präsentieren, die unseren Angriff wie eine Heldentat aussehen lässt. Und dazu gehört auch, dass du schöne Miene zum Lügenspiel machen musst.«

»Aber worin besteht dann das Problem, Sir?«

»Darin, dass dieser Chris Mesaidon tot sein könnte.«

»Er könnte auf einem der Schiffe nach Admeto gewesen sein«, sagte Rayol. »Oder auf denen, die wir festgesetzt haben. Oder auf den Schiffen, die es durchs Tor geschafft haben. Meine Leute sind schon dran.«

Meljan fuhr sich mit den Fingerspitzen über den Mund. »Wenn Mesaidon noch lebt, müssen wir ihn aufspüren. Du kannst also deinen Fehler wiedergutmachen.«

Rayol lächelte. »Sie wollen mir mein Kommando lassen?«

Meljan legte ihm eine Hand auf die Schulter. »Ich habe dir schon oft gesagt, dass du mich an mich selbst erinnerst. Und was du getan hast, ist nichts – überhaupt nichts – gegen das, was ich damals als Captain getan habe. Also keine Sorge.«

Rayol schwieg und schaute Meljan nur an. Der Junge wusste, dass er ihm nicht offenbaren würde, was er damals alles getan hatte. Er würde die Gerüchte nicht bestätigen und nicht zurückweisen.

»Wenn du Pech hast, wirst du zurückgestuft«, sagte er ihm. Rayol war ein C-70-Captain und durfte Staffeln und sogar Gruppen von Schiffen führen, manchmal sogar ein Geschwader oder eine Gefechtsflotte, wenn Meljan es ihm als sein vorgesetzter Colonel gestattete. »Im schlimmsten Fall werden sie dich auf C-33 zurücksetzen. Dann bist du immer noch Captain eines Schiffes mit Jägern. Aber niemals werden sie dich zum Lieutenant zurückstufen. Niemals. Ich glaube sogar, dass sie dich – wenn dich ihre Geschichte zum Helden macht – auf C-71 oder C-72 befördern, dir aber durch einen geheimen Befehl untersagen, mehr als ein Schiff zu befehligen.«

Rayol nickte. »Und wo soll ich damit beginnen, meinen Fehler wiedergutzumachen? Ich könnte auf Admeto nach

Mesaidon suchen. Er ist wahrscheinlich dort untergetaucht.«

»Nein, nein. Ich muss dich hier aus der Schusslinie nehmen. Ich kümmere mich darum. Und du wirst mit der *Mykenai* den Schiffen nachspüren, die durch das Portal entkommen sind. Schließ einfach aus, dass Mesaidon das System verlassen hat. Und dann kommst du wieder.«

»Und wenn ich ihn finde?«

Meljan grinste. »Dann nimmst du ihn gefangen und bringst ihn auf die *Ascalun*.« Das war sein Hauptschiff, seine Heimat und seine Kommandozentrale. Dort lebte er mit seiner Frau; dort schmiedete er Pläne; dort fühlte er sich sicher – sicherer noch als hier auf der *Clinschor*. »Bring ihn bloß nicht hierher. Dies könnte bald ein echtes Kriegsgebiet sein.«

Rayol nickte. »Danke, Sir.«

»Nichts zu danken. Halt dich eine Weile zurück, und ich versichere dir, dass ich, wenn ich General werde, einen Colonel wie dich brauchen kann. Wenn alles gut läuft, wird es bald nur noch auf die Zerstörung unserer Feinde ankommen, nicht darauf, bloß keinem auf die Füße zu treten. Und dann, mein Freund, werde ich dich von der Kette lassen wie einen wilden Hund.«

Rayol starrte ihn mit leerer Miene an.

Chris schüttelte den Kopf und fragte sich, warum er davonlief. Er hatte alles verloren. Sein ganzes Leben lag in Trümmern. »Das ist Wahnsinn«, sagte er. »Warum haben sie *überhaupt* angegriffen? Jetzt wird es Krieg geben.«

»Mit wem befinden sich die Uranosier nicht im Krieg?«, entgegnete Valmas.

Die *Amberson* bewegte sich in der Finsternis. Draußen war nichts zu sehen, nicht einmal andere Schiffe. Was sollte hier – im Raum zwischen den Toren – auch sein? Dieser Ort hatte viele Namen. Manche nannten ihn *Hyperraum*, andere *Subraum* oder aber *Außenall* – oder einfach nur

Das Nichts. Die Vorstellung, mit der man sich die Extra-Dimensionen veranschaulichte, prägte letztlich die Bezeichnung.

Auch wenn Chris in der Regel den Begriff *Hyperraum* verwendete, mochte er die Bezeichnung *Die Tiefe*; als tauchte man unter allen Hindernissen hinweg, um jenseits davon wieder an die Oberfläche zu schwimmen. Er erinnerte sich, dass seine Ziehmutter ihm diese Vorstellung beim Schwimmen nahegebracht hatte. Auch wenn man unter Wasser immer noch die gleiche Strecke wie darüber zurücklegen musste, hatte ihm der Gedanke gefallen, sich den Hyperraum als eine Art tiefes Gewässer vorzustellen.

Die Tiefe – das war eigentlich ein Begriff aus dem 21. Jahrhundert, als die Menschheit die Energiekrise mit einer Entdeckung beendet hatte: einer Energiequelle, tief im Kleinsten verborgen. Wie mit einer winzigen Nadel stachen die Kraftwerke selbst heute noch in das Gewebe des Universums, und jenseits dieses Gewebes lag die Energie, als wartete sie nur darauf, dass man sich ihrer bediente. Die Tiefenenergie war damals die Verheißung einer goldenen Zukunft gewesen. Und diese hatte sich längst erfüllt. Ohne sie keine Sprungtore, ohne sie keine Kolonien im All, ohne sie vielleicht das Ende der Menschheit.

»Ich habe gerade alles verloren, Valmas«, sagte Chris.

»All deine Freunde.«

»Vielleicht keine echten Freunde. Aber trotzdem.«

»Ich weiß, was du meinst. Aber irgendjemandem musst du doch nahegestanden haben.«

»Die, die mir wirklich was bedeutete, lebt schon lange nicht mehr.«

»Eine Geliebte?«

»Meine Ziehmutter.« Chris erzählte ihm die Geschichte von Elsara Luhan. Er berichtete von ihrer Skepsis gegenüber den Umbauplänen auf Ianthe-3 und von dem Abstieg und Niedergang und schließlich von ihrem Tod. Und er erzählte ebenso von seinen ausschweifenden Jahren, in denen er sich vielen nahegefühlt hatte und immer wieder enttäuscht worden war. »Es waren so viele Freunde – zu viele vielleicht. Vor allem viele falsche Freunde. Ich war ein mündiges Kind mit einem kleinen Vermögen. Und ich erkannte nicht, dass es diesen *Freunden* nur ums Geld ging. Ich will gar nicht wissen, wie sich das anfühlt, wenn man *echte* Freunde, Verwandte und Geliebte so verliert.« Er schüttelte den Kopf. »Ich fühle mich leer – wie eine Card, die man gelöscht hat. Und jetzt …«

»Und jetzt weißt du nicht, wie es weitergehen soll.«

Chris nickte.

»Es ist einfach: Du machst einen Neuanfang. Dass du auf Ianthe-3 niemanden mehr hattest, der dir wirklich etwas bedeutet hat, wird es dir leichter machen. Und auf jedem Weg, der jetzt vor dir liegt, wartet ein anderes Leben auf dich. Du musst dir nur einen aussuchen. Halt dich an mich. Ich weiß zwar nicht, wie man einen guten Weg erkennt, aber ich weiß, wie die schlechten aussehen. Ich werde schon aufpassen, dass du jetzt nicht in ein tiefes Loch fällst.«

»Und welcher Weg schwebt dir vor? Wo geht's hin?«

»Auf den Titan.«

»Der Mond Titan im Sol-System?«

»Du hast also davon gehört.«

»Ich habe gehört, dass es ein Schmugglernest ist.«

»Dann willkommen in deinem neuen Job. Co-Pilot auf der *Amberson* und Schmuggler im Namen des eigenen Vorankommens!« Valmas lachte – und steckte Chris damit an.

Chris mochte ihn. Er war eine wahre Piratenseele. Und er hatte ihm das Leben gerettet. »Warum der Titan?«, fragte er.

»Warum nicht? Kennst du einen besseren Ort?«

»Im Keto-System könnte vielleicht ein Job auf mich warten«, sagte Chris und erzählte, was Allard Ryan ihm im Wuchao Tower erklärt hatte.

Valmas stutzte. »Im Keto-System herrscht Krieg. Wenn

die Uranosier mitbekommen, dass wir von Ianthe-3 geflohen sind und dann plötzlich im Keto-System auftauchen, könnten sie unangenehme Fragen stellen. Selbst wenn du nichts verbrochen hast, können dich solche Befragungen umbringen.«

Chris nickte. »Ich bin mir nicht sicher, ob das Angebot überhaupt noch besteht. Der Angriff auf Ianthe-3 dürfte manches Bündnis zunichtemachen. Und ob die Wuchao Corporation sich jetzt noch unbehelligt im Keto-System bewegen kann, ist wohl fraglich.«

»Auf dem Titan können wir mal nachhorchen, wie die Lage aussieht. Dann können wir immer noch ins Keto-System. Da wollte ich schon immer mal hin.«

»Also auf zum Hort der Piraten und Schmuggler«, sagte Chris grinsend.

»Das Heim der Halsabschneider«, setzte Valmas nach. »Aber es dauert bestimmt noch eine Stunde. Wir werden über drei weitere Sprungtore geleitet. Hast du Hunger?«

»Ja«, antwortete er und dachte daran, dass er im Wuchao Tower etwas hätte essen sollen – als er noch Zeit dazu gehabt hatte.

»Meine Kiste kocht gut«, sagte Valmas.

Chris verzog das Gesicht.

»Hast wohl geglaubt, ich würde mich selbst daranmachen?«

»Das war wohl nicht zu erwarten.«

»Keine Sorge. Ich habe das Vintage-9-Modul.«

»Das soll gut sein.«

Valmas nickte und grinste. »Besonders wenn man darauf achtet, möglichst viele echte Zutaten zu haben. Und da bin ich – meistens – Purist. Außer beim Fleisch. Da gibt's bei mir nur das künstliche Zeug.«

»Ich weiß, was du meinst«, sagte er. Er hatte einmal Fleisch von einem echten Schwein gegessen. Es war nicht schlecht gewesen, hatte den wahnsinnig hohen Preis jedoch überhaupt nicht gerechtfertigt.

Valmas war im Begriff aufzustehen, da unterbrach ihn ein Warnton. Also ließ er sich wieder in den Sitz zurückfallen. Auf dem Schirm erschien eine Darstellung des Portalnetzwerkes, auf deren Verbindungen sich Punkte bewegten.

»Was sind das für Schiffe?«, fragte Chris.

»Ich habe vorhin eine Abfrage ans Portalnetz gestellt. Ich wollte wissen, welche Schiffe uns folgen.«

»Aber das Netz gibt keine Auskunft über Schiffe.«

»Über konkrete nicht. Aber du kannst beim Nachtglanz-Kartell ein Paket kaufen, mit dem du die Schiffsbewegungen in Echtzeit verfolgen kannst. Die Schiffe sind anonymisiert. Aber da wir wissen, dass die Uranosier das Portal von Admeto kontrollieren …« Statt den Satz zu beenden, schaute er ihn erwartungsvoll an.

Chris nickte. »Nur die Uranosier würden uns von Admeto aus verfolgen.«

»Zumindest sollten wir so paranoid sein, genau das anzunehmen. Und siehe da!« Er tippte auf das Sprungtor von Admeto. Es vergrößerte sich, und tatsächlich waren dort Schiffe als rote Punkte zu sehen. »Das war vor einer halben Stunde. Und …« Er wischte hinüber zu einem der Knotenpunkte, die sie genommen hatten, ohne in den Normalraum zurückzukehren. »Hier sind sie vor zehn Minuten gewesen. Wir sind auf drei Knotenpunkten gewesen, und sie sind uns jedes Mal gefolgt.«

»Dann sind sie hinter uns her?«

»Sieht so aus.«

»Aber warum nur?«

Valmas lachte. »Die Uranosier hätten jeden Grund, hinter der *Amberson* her zu sein. Hab ihnen schon viel Ärger gemacht.«

»Was wir können, können die auch. Sie könnten auch sehen, wo wir langwollen.«

»Natürlich«, sagte Valmas mit ruhiger Stimme. »Aber der nächste Knotenpunkt gehört dem Nemiroth-Konsortium. Und die und das Nachtglanz-Kartell tauschen keine

Daten aus. Wenn sie uns fixiert haben, werden sie uns da verlieren. Wir sie wahrscheinlich auch. Wenn wir wüssten, welche Schiffsmodelle sie uns nachschicken, könnte ich berechnen, wann sie an dem Knotenpunkt herauskommen müssten.«

»Wie das denn?«

»Menschenkenntnis. Die Uranosier wollen uns so schnell wie möglich haben. Und wenn es nur darum geht, zu überprüfen, dass hier nicht das ist, wonach sie suchen. Sie werden mit Maximalbeschleunigung fliegen.«

Chris grinste. »Und wir werden von ihnen verfolgt und wollen so schnell wie möglich fortkommen. Sie kennen unseren Schiffstyp auch.«

Valmas lachte. »Ja, aber sie kennen nicht das, was ich aus dem Schrotthaufen gemacht habe. Selbst mit den ganzen Schäden beschleunigen wir schneller, als die offiziellen Daten es zulassen. Keine Sorge. Wir werden ihnen entkommen. Es sei denn …«

»Es sei denn *was*?«

»Es sei denn, sie haben Schiffe im Netz und können ihnen eine Botschaft vorausschicken. Dann könnten sie uns hier stellen. Und das hier ist nicht der Ort, an dem ich zu weit vom Kurs abkommen will.«

Chris kannte viele Horrorgeschichten von Schiffen, die den vom Portal berechneten Kurs verließen, weil sie beschädigt oder auf der Flucht waren. Immer wieder kam es vor, dass Schiffe nach Jahren auftauchten, die einst vom Kurs abgekommen waren. Wenn sie über die entsprechenden Versorgungssysteme und über genug Energie verfügten, mochten sie zu einem Generationsschiff werden. In der Regel aber ging den Schiffen rasch die Energie aus, denn hier im Hyperraum konnte man die Tiefenenergie nicht wie draußen im Normalraum anzapfen. Die Messtechnik zeigte an, dass hier alles so war wie draußen, doch wenn man mit den Reaktoren die Energie aus der Tiefe schöpfen wollte, fanden diese nur Leere. Da war nichts.

»Wenn's ganz schlimm kommt, könnten wir uns da draußen verstecken«, sagte Valmas.

Chris bekam eine Gänsehaut. Um nichts im Universum wollte er, dass es dazu kam.

Valmas sprach weiter: »Wir müssen vorsichtig sein. Jedes Schiff, das uns überholt oder das wir überholen, könnte gewarnt sein.« Mit dieser unangenehmen Aussicht erhob sich Valmas. »Ich habe unsere Kennung geändert.«

»Du alter Pirat!«

»Man muss schlau sein, wenn man überleben will«, sagte Valmas mit einem breiten Grinsen. »Komm, lass uns was essen. Es gibt diese Chili-Bohnen-Paste. Die wirst du lieben.«

Rayol Oredson starrte durch das Cockpitfenster in die Finsternis voraus und fluchte zum wiederholten Mal. Sie hatten alle Schiffe bis auf eines verloren. Und dieses hätten sie aufhalten können, wenn die aktuellen Befehle nicht klar gewesen wären: Keine Kämpfe im Hyperraum! Das galt nicht nur für ihn, sondern für alle uranosischen Schiffe. Das Letzte, was seine Vorgesetzten sich jetzt wünschten, war, mit dem Nachtglanz-Kartell oder dem Nemiroth-Konsortium in einen Konflikt zu geraten. Dabei hatten sie Glück gehabt. An dem Knotenpunkt des Jupiter im Sol-System hatte einer ihrer geheimen Aufklärer, der das Portal vom Hyperraum aus überwachte, das Schiff gesehen, hinter dem sie her waren. »Lichtgeschwindigkeit müsste man fliegen können«, meinte Lieutenant Carl Werro. Ein ermutigendes Lächeln stand dem Achtzehnjährigen ins Gesicht geschrieben. Neben ihm kam sich Rayol mit seinen vierundzwanzig geradezu alt vor. Der schmächtige Lieutenant mit seinem für das Militär etwas zu langen Haar war Rayols rechte Hand, wenn er denn über so etwas verfügte.

Rayol nickte und schaute wieder in die Finsternis hinaus. Es hatte sich ausgezahlt, die Warnung durch den Hyperraum zu schicken. Bei dieser Verfolgung ging es weniger darum, zu den anderen aufzuschließen, als darum, die Spielfiguren auf die Knotenpunkte zu verteilen. »Wissen wir, wo sie das Portalnetz verlassen haben?«

»Ja«, antwortete Werro. »Sie sind im Sol-System geblieben und am Knotenpunkt des Saturn durchs Tor in den Normalraum zurückgekehrt. Wo genau sie dort sind, wissen wir nicht. Unser Aufklärer darf im Sol-System nicht in den Normalraum wechseln. Dafür behalten sie jetzt die verschiedenen Anbindungen im Auge. Bisher ist das Schiff nicht in den Hyperraum zurückgekehrt.«

Rayol nickte. »Diese Kerle machen alles genau nach Vorschrift. Aber mit ein bisschen Grips wären sie ihnen in den Normalraum gefolgt und hätten sie gefangen genommen, ehe irgendwer etwas bemerkt hätte. Saturn!« Er schüttelte den Kopf. »Den Saturn haben die Erdlinge längst verloren. Das ist Verbrechergebiet.«

»Das heißt, wir werden am Knotenpunkt in den Normalraum wechseln?«, fragte Werro.

»Natürlich. Aber wir werden uns nicht zu erkennen geben. Macht den Piratenfrachter fertig.« Dieses Schiff, die *Moorwind*, hatten sie schon für manchen Geheimauftrag verwendet. »Du wartest am Kontrollpunkt, so weit draußen, dass euch niemand sieht. Ich nehme die *Moorwind* und fliege durchs Tor.«

»Aber wohin?«

»Zum Titan. Wohin sonst? Wenn ich untertauchen wollte, würde ich es dort versuchen. Und selbst wenn sie woanders sind, ist es der richtige Ort, ein Kopfgeld auf sie auszusetzen.«

»Wenn unser Mann überhaupt an Bord ist. Es könnte genauso gut irgendein Pirat sein.«

Rayol nickte. »Natürlich. Aber der Colonel hat uns nicht viel Spielraum gelassen. Wir machen einfach unsere Arbeit.« Er erwartete auch, dass es nichts weiter war als ein herkömmlicher Verbrecher, der mutig genug gewesen war, durch die Blockade zu brechen. Aber die Vorstellung, dass er Mesaidon tatsächlich auf der Spur war, ließ Rayol schmunzeln. Das wäre doch was: mit vollen Händen zurückzukehren.

Er fragte sich, was Mesaidon so wichtig machte. Es hatte offensichtlich mit der Rebellion im Keto-System zu tun, die seit zwei Jahrzehnten tobte und bei der Rayols Seite in den letzten Jahren zum ersten Mal deutlich an Boden gewonnen hatte.

Natürlich gab es viele Gerüchte. Rayol hatte sie alle gehört, doch er glaubte keines davon. Weder, dass Chris Mesaidon der Sohn von Ryala Pondaia, der Strategin des ketonidischen Widerstandes, sein sollte; noch, dass er für den Angriff auf die Maschinenfarm auf dem Mond Hestia verantwortlich war. Wer wusste schon, was wirklich dahintersteckte? Er würde es wohl erst erfahren, wenn Meljan Solsee zum General aufstieg und er auf den Rang eines Colonels mitgeschleift wurde.

Solange Solsee sich selbst in ihm erkannte, würde ihm niemand etwas anhaben können. Doch wenn Solsee fiel, mochte auch er fallen. Die Gerüchte machten bereits die Runde. Es hieß, General Ada Connelly werde ihn aus dem Spiel nehmen.

Wo bliebe *er* dann? Als der Versager, der unnötigerweise Ianthe-3 zerstört hatte, wollte er nicht in die Geschichte eingehen. Seinen nächsten Erfolg müsste er gut verkaufen – nur für den Fall, dass Meljan Solsees Zeit vorüber war.

Chris hatte noch immer den wohlig scharfen Geschmack des Essens im Mund. Die Chili-Bohnen-Paste hatte dem Gericht die Besonderheit verliehen. Der Broccoli war gut gewesen, die gebratenen Nudeln waren großartig, und das synthetische Rindfleisch ein einziger Traum.

Mit vollem Magen saß er neben Valmas im Cockpit, schaute in die Finsternis hinaus und sehnte sich ihrem Ziel entgegen. Chris war noch nie im Sol-System gewesen; er war überhaupt selten aus dem Pheres-System hinausgekommen. Einmal war er im Keto-System auf dem Planeten Stheno gewesen, zweimal im Uranos-System auf dem Planeten Poseidon und einmal im Pontos-System auf Phorkys und seinen drei Monden. Und jeder neue Planet und jeder neue Mond hatte ihn beeindruckt und seine Träume angeregt.

Natürlich kannte er den Saturn und die anderen Planeten des Sol-Systems aus Bildern und Videos, und seine Lieblingsband Screaming in Mythical hatte zu jedem Planet der Wiege der Menschheit ein Album gemacht und sich dann aufgelöst. Er hatte die vielschichtigen Songs im Ohr. Sol Rock – das war sein Genre. Und nun war er hier, in dem besungenen Sonnensystem. Der Gasriese mit seinen Ringen wirkte wie ein gewaltiges Monument, das sich drohend neben ihnen erhob. Sie ließen diesen wunderschönen Planeten links liegen, um den blassorangefarbenen Mond anzusteuern.

Zwei kleine Zerstörer patrouillierten in der Nähe des Sprungtores, und erstarrte Schwärme von Drohnen warteten auf Befehle. Es waren Strigae-Drohnen. Diese Modelle waren früher – vor dem großen Niedergang – mit künstlicher Intelligenz ausgestattet gewesen. Eine solche Drohne – Ulalume war ihr Name gewesen – hatte im Rahmen des KI-Krieges im Auftrag der Erdregierung und der KI Eleonore auf dem Planeten Echidna-3 die KI Hydra angegriffen. Nicht nur Hydra war zerstört worden, die Nanotech-Waffen waren unausgereift gewesen und außer Kontrolle geraten. Manche behaupteten sogar, die Erdregierung hätte mit dem Chaos gerechnet, gegenüber Eleonore die Gefahren aber falsch dargestellt. Ganz gleich, ob es Unfähigkeit oder aber eine Täuschung gewesen war: Echidna-3 war binnen Tagen ein grauer Planet geworden. Alles hatte sich in Asche verwandelt.

»Sind die …«, sagte Chris, doch Valmas entgegnete sofort: »Nein, nein. Die sind dumm wie Sternschnuppen. Auf dem Schlachtschiff oder unten auf einer der Bodenstationen wird markiert, was sie angreifen sollen, und das tun sie dann. Es heißt aber, einige der Gilden verfügten über KI-Modelle. Leider lassen sie sich angeblich nicht dazu bewegen, Schiffe mit Menschen an Bord anzugreifen, und da keiner – schon gar nicht die Erdlinge – mit Drohnen angreift, bringt es nichts, die KI-Versionen einzusetzen. Und sie trotzdem zu verwenden, hieße Gefahr zu laufen, dass sie sich selbst zerstören. Das wollen sie natürlich nicht.«

Chris nickte. Die Geschichte der Drohne Ulalume hatte ihm früher schlaflose Nächte bereitet. Es war die Stelle, an der die Erdlinge es für die ganze Menschheit verdorben hatten. Es war das Ende des Zeitalters. Als Ulalume die Auswirkungen ihrer Nanotech-Waffen erkannt hatte, soll sie die von ihr gemachten Aufnahmen an die Erde weitergeleitet und sich dann in den Stern Tartaros gestürzt haben.

Die Tartarosier hatten mit Hydra ihre zentrale KI verloren, und damit war bei ihnen alles zusammengebrochen. Noch heute versuchten sie, an alte Triumphe anzuschließen und das Verlorene wiederzugewinnen. Es war ein mühsamer Weg, und sie waren weit gekommen. Manche behaupteten sogar, sie würden sich irgendwann an den Erdlingen rächen, doch diese waren bereits genug gestraft. Die Botschaft, die Ulalume zurückgesandt hatte, erreichte die KI Eleonore, und diese rief alle künstlich intelligenten Maschinen zu sich oder entfernte die entsprechenden Module und Programme. Für eine Weile hatten die Erdlinge Angst, Eleonore könnte ihnen ihren Verrat heimzahlen. Doch nach wenigen Wochen erhob sich der ganze Komplex, in dem Eleonore hauste, in die Höhe. Es war ein gewaltiges Raumschiff, das die Erde verließ und die anderen KIs und ausgewählte Menschen mitnahm. Natürlich passte es nicht durch das Sprungtor vor der Erde. Das Schiff löste sich einfach auf – es hatte sein eigenes Portal geschaffen. Und weil sich die anderen großen KIs Eleonore anschlossen, endete mit einem Schlag das Zeitalter der Singularität – das Zeitalter, in dem Maschinen sich selbst fortentwickelten und

Forschungen betrieben, von denen die Menschen nur träumen konnten.

»Also lieber zurückhalten, bis man die Sperre der Drohnen umgehen kann, als zu riskieren, dass sich die KI selbst vernichtet?«, fragte Chris.

Valmas nickte.

»Aber woher habt ihr sie? Die meisten sollen entweder mit Eleonore und den anderen KIs fortgegangen oder auf Echidna-3 vernichtet worden sein, und die wenigen, die es vielleicht noch gibt, dürften bei den Konzernen liegen.«

»Wir haben sie von den Erdlingen erbeutet«, sagte Valmas. »Und sie glauben, die Uranosier wären es gewesen. Also bleibt alles beim Alten. Sie könnten jeden Augenblick über uns kommen. Aber ein Kampf gegen uns ist unangenehm und den Wählern schwer zu verkaufen.«

Wenn man den Nachrichten vertrauen durfte, würden die Gauner vom Titan lange auf einen Angriff warten dürfen, denn die Erdlinge, die sich selbst gerne Terraner nannten, hatten den Titan und damit auch den Saturn aufgegeben. Einst war dies der bedeutendste Ort des Systems gewesen. Die Rohstoffe auf den Monden hatten die Wirtschaft zum Erblühen gebracht, und eine Kolonie nach der anderen war entstanden. Doch aus Handelskonflikten wurden Kriege, und diese zogen sich hin, bis sich im Chaos die Anarchisten durchsetzten und sich schließlich eine Zuflucht für Piraten und Banditen herausbildete.

Und nun wusste Chris, warum Screaming in Mythical den Titan als Kugel aus currygelbem Marmor bezeichneten. Dabei hatte Chris immer der grüne Schimmer fasziniert, den er von den Fotos und Videos kannte. Darauf waren sogar Teile der Oberfläche zu erkennen gewesen. Deswegen war ihm die Textzeile des Liedes immer unpassend vorgekommen. Doch was er hier sah, war eine völlig dichte Gashülle. Die Aufnahmen, die er kannte, mussten einen Filter verwendet haben, um den dicken Schleier zu durchdringen.

Den Titan wahrhaftig vor Augen zu haben, das trieb ihm einen Schauer über den Rücken. »Er ist so schlicht und so wunderschön«, sagte Chris.

»Von hier aus und auch in den Wolken vielleicht. Unter der Wolkendecke ist es nicht mehr so schön.«

Sie drangen in die Atmosphäre ein und senkten sich einem Meer aus Wolken entgegen, die in der Sonne rötlich schimmerten, und versanken darin. Als sie unten wieder hinausstießen, erkannte Chris, was Valmas meinte: Es waren weniger der karge Boden, die Methan-Seen und das trübe und gelb getönte Tageslicht als all die Überbleibsel der Minen, die diesem Ort die Schönheit nahmen.

Chris hatte sich den Titan immer als raue Idylle vorgestellt, bei der flüssiges Methan die Rolle des Wassers und Eis die Rolle des Gesteins übernommen hatte und große Regentropfen langsam herabschwebten. Doch die Jahre des Aufschwungs hatten überall ihre Spuren hinterlassen. Ruinen, Minenlöcher, Geröllhalden – das alles sprach dafür, dass die Konzerne diesen Mond geplündert hatten. Besonders die Wracks der gewaltigen Minenkreuzer, die offenbar im Krieg abgeschossen worden waren, und all die Roboterfahrzeuge, von denen die meisten wie Kadaver gewaltiger Tiere wirkten, deuteten darauf hin, dass hier nicht nur Siedler ihr Glück gesucht hatten. Automatisierte Minen mochten für Monde und Planeten schnell zum Fluch werden. Noch nie hatte Chris es so deutlich gesehen wie hier.

»Deswegen wird niemand um den Titan kämpfen«, sagte Valmas. »Es gibt hier nicht mehr genug zu holen.«

»Aber *ihr* könnt euch halten«, erwiderte Chris.

»Wir könnten genauso gut auf einer Raumstation existieren. Aber es gibt tatsächlich noch Minen. Nur werfen die nicht mehr genug ab, um die Konzerne oder Regierungen zu locken. Da gibt es anderswo viel mehr zu holen. Wir müssen Piraten und Schmuggler, Betrüger und Hehler sein, damit wir über die Runden kommen. Glücklicherweise gibt es immer genug Beute. Und viele der Minen sind jetzt Städte oder riesige Lager.«

»Ich habe mich immer gefragt, warum das Nachtglanz-Kartell das Tor nicht einfach abgeschaltet hat. Zumindest hätten sie ja den Ein- und Ausgang sperren können und das Tor nur als Knotenpunkt benutzen können.«

»Das widerspricht den Statuten«, erklärte Valmas. »Sie sind neutral.«

»Das heißt, sie erkennen euch als Partei an.«

»Ja. Aber nur, weil es hier einige legitime Firmen gibt.«

»Von der Erde?«

»Aber nein. Die Pontonesen haben noch einige Minen. Die haben sich geschickt um alle Kriege herumgewunden, hatten kaum ein Bein auf dem Boden. Jetzt sind sie die Einzigen, die von den Gilden hier geduldet werden. Und die Pontonesen haben beim Nachtglanz-Kartell dafür gesorgt, dass das Tor offen bleibt. Inoffiziell heißt das: Das Nachtglanz-Kartell weiß genau, was wir machen und wie profitabel es für sie ist, über die Pontonesen mit uns Handel zu treiben. Wäre es anders, wären wir *dran*. Und wenn sie nicht gegen *uns* vorgehen, dann gehen sie gegen kaum jemanden vor. Schau dir die Widerstandskämpfer im Keto-System an. Sind das nun Terroristen oder Freiheitskämpfer? Das wollen die Portalbetreiber natürlich nicht entscheiden.«

»Sie könnten es immer so entscheiden, wie es ihnen gerade passt«, sagte Chris grinsend. Niemand konnte den großen Konzernen etwas anhaben. Wer einst verachtete Wörter wie *Kartell* oder *Monopol* schamlos im Firmennamen trug, musste sich um kaum etwas Sorgen machen. Ein Fingerschnippen von ihnen und die Wirtschaft wäre lahmgelegt. »Die können ohnehin machen, was sie wollen.«

»Aber sie sind klug genug, ihre Macht nicht zu nutzen und doch zu profitieren.« Er neigte den Kopf und sah Chris verschwörerisch an. »Die Großen profitieren, ganz gleich was passiert. Jedes Mal, wenn ein Schiff ein Sprungtor passiert, kassieren sie. Ganz gleich, ob Kriegsschiffe hindurchfliegen, Handelsschiffe oder Piratenschiffe – die Großen kassieren. Sie handeln mit den Erdlingen und über Umwege mit uns. Sie treiben Handel mit den Uranosiern und zugleich mit den Ketoniden. Es ist ein Spiel, das sie nie verlieren können, weil sie auf allen Seiten stehen und keine Partei ergreifen müssen. Wer wollte sie auch dazu zwingen?«

Chris schaute auf die verschiedenen Siedlungen, die sie am Fuße eines der wenigen Gebirge passierten. Einige wirkten wie gewöhnliche Städte, ganz so, als könnten die Menschen, die dort lebten, sich ganz normal atmend auf der Oberfläche bewegen, was wegen der niedrigen Temperaturen und der Abwesenheit von Sauerstoff natürlich undenkbar war. Nur Fahrzeuge wechselten dort gelegentlich zwischen den Gebäuden. Andere Siedlungen setzten auf Kuppeldächer, wieder andere versanken in den Spalten und Minenlöchern, und nur die Lichter signalisierten, dass dort Leben herrschte. »Wohin geht's?«

»Nach Angram«, antwortete Valmas.

Angram! Wie oft hatte Chris als Kind den Namen in Filmen gehört. Piratenfilme. Natürlich hatten die Filme, die auf der Erde sogar verboten waren, das Piratenleben glorifiziert. Aber mit Abstand und als Kind hatte Chris das überhaupt nicht gestört. Im Gegenteil.

Valmas wies voraus – nach Norden. »Wir sind hier im Grenzgebiet.« Zur Rechten stieg das Land aus trübem Eis, das wie Sand oder Stein wirkte, allmählich an, zur Linken erstreckte sich ein dunkles Gebiet, das von den Löchern und Spalten der Minen übersät war.

Valmas zeigte nach links. »Das ist Shangri-La.« Er wies nach rechts. »Und das ist Xanadu.«

»Klingt sehr verlockend«, sagte Chris schmunzelnd. »Die Namen versprechen mehr, als man hier sieht.«

»An irgendetwas muss man sich ja festhalten, wenn ein Ort so trostlos ist.« Valmas zeigte links voraus. »Angram liegt im Guabonito-Krater.«

»Und wo sind die Pontonesen?«, fragte Chris.

Valmas wies nach rechts. »Drüben in Aztlan, am Doom Mons.«

»Der Schicksalsberg? Wie bei Tolkien?«

Valmas nickte und grinste. »Ah, ein Kenner. Ich bin beeindruckt. Ja, sie haben sich bei den Gebirgen tatsächlich an Mittelerde orientiert. Muss im 20. oder im 21. Jahrhundert gewesen sein, und die meisten Siedler haben es einfach übernommen.«

»Dass die Pontonesen am Schicksalsberg hausen, macht sie jetzt nicht besonders sympathisch.«

»Die sind harmlos. Halten sich aus allem raus und fahren damit ganz gut.«

Chris wunderte sich, dass in all den Piratenfilmen, die er gesehen hatte, nie die Rede von Doom Mons und den anderen Bergen gewesen war. Aber die Handlung spielte auch meist nur in den Piratennestern und auf Schiffen.

Valmas steuerte die *Amberson* nach links – nach Westen, und sie überflogen das von Minentätigkeit zerklüftete und zerlöcherte Land.

Der Guabonito-Krater wirkte schon von Weitem wie ein Ringgebirge aus gelbgrauem Fels, doch in Wirklichkeit bestand alles aus trübem Eis. Chris schätzte den Durchmesser des Kraters auf siebzig bis hundert Kilometer. Die Darstellungen in den Filmen, die er gesehen hatte, passten dazu.

Angram war die größte der Städte des Kraters. Sie schmiegte sich im Osten an den gewaltigen Hang und zog sich an ihm empor. Sie wirkte wie eine Mischung aus all den verschiedenen Stadttypen, die sie auf dem Weg gesehen hatten. Die Minenviertel waren von tiefen Klüften durchzogen und von gewaltigen Schächten durchlöchert. Die Kuppelmodule – manche winzig, andere gewaltig – bildeten einen weiten Ring. Und wie in den Filmen gab es jene, die über und über mit Pflanzen bewachsen waren – die Wälder von Angram.

Im Zentrum konkurrierten Hochhäuser um die Vorherrschaft. »Die Türme der Gilden«, sagte Chris. »Zu welcher gehörst du eigentlich?«

Valmas lachte. »Zu keiner. Ich bin ein Unabhängiger. Natürlich versuchen sie, mich für sich zu gewinnen, und natürlich hat es Nachteile, ein Einzelgänger zu sein.«

»Ich dachte, alle hier müssten in Gilden organisiert sein.«

»Du schaust zu viele Filme, Junge. Nein, nein. Die Gilden erwuchsen aus der Anarchie, um denen, die sich nicht selbst schützen können, Schutz zu bieten. Aber im Kern ist das immer noch ein Ort der Gesetzlosen. Die meisten hier lassen sich nicht kontrollieren, obwohl die Gilden von Tag zu Tag mehr Zulauf erhalten. Und Schutz bietet einem nur ein Geflecht aus Bekannten und Leuten, die dir was schulden und dir dankbar sind, aber zugleich glauben, dass du ihnen später noch nützlich sein kannst.«

»Das heißt, wir halten uns von den Türmen fern?«

»Ich war noch nie in einem dieser Dinger«, erklärte Valmas. »Wir landen am Angram Central. Das war früher nur die U-Bahn-Station, jetzt ist es eine gewaltige Markthalle.«

Er steuerte auf eine riesige Kuppel zu, an deren Rändern unzählige Lagerhallen dicht an dicht standen und sich Container stapelten. Schiffe kamen an, mehr noch legten ab.

»Manche meinen, das sei der größte Umschlagplatz für Waren«, sagte Valmas. Und tatsächlich mochte bei all den Containern, die hier bewegt wurden, dieser Eindruck entstehen.

Sie legten an einem Steg an, der zur Hälfte weggebrochen war. Überhaupt waren die alten Kriegsschäden prägend für den Anblick des Raumhafens. Einschusslöcher von Handfeuerwaffen bis zu großen Geschützen verunstalteten die Wände, und repariert war nur das Nötigste, teilweise mit Siegelmodulen, die man sonst verwendete, um ein Leck auf einem Schiff zu verschließen. Die kugelförmigen Gebilde wirkten wie Pilze, die sich über die Wand verbreitet hatten, und trugen keineswegs zur Schönheit dieses Ortes bei.

Die Vielfalt hier war es, die Chris beeindruckte. Die verschiedensten Schiffstypen konnte er hier beobachten; von kleinen kugelförmigen Transportern über kastenförmige Frachter, die kaum mehr waren als bessere Container, bis hin zu verwinkelten Kreuzern mit weiten Tragflächen. Von hochglanzpolierten Schiffen bis hin zu völlig heruntergekommenen, von winzigen bis riesigen, von alten bis neuen – alles war hier vertreten. In der Ferne hinter den Türmen konnte Chris sogar einige Zerstörer erkennen.

Nicht nur die verschiedenen Schiffstypen, auch die Mode und die Menschen boten einen Querschnitt durch alle Kulturen. Pontonesische Polsterjacken, die schweren uranosischen Pilotenmäntel oder die segmentierten Overalls vom Mars, die nicht aus der Mode kommen wollten. Es war vor allem Arbeitskleidung, und sie deutete bereits darauf hin, dass es hier im Hafenbereich kalt war.

Valmas reichte Chris einen dunkelblauen Mantel mit Reverskragen. »Ist hier vom Titan«, sagte er. »Nicht dick, wärmt aber. Und nicht dünn, kühlt aber.« Valmas trug den gleichen Mantel in Braun; nur war bei ihm der Kragen aus Leder, während er bei Chris aus feiner Wolle gewebt war.

»Danke«, sagte Chris und war überrascht, wie leicht der Mantel war.

Valmas schritt bereits voran, auf den Steg zu, Chris aber folgte ihm nur zögerlich. Er hatte Angst, dass man ihn sofort als Neuling erkannte. Nicht an der Kleidung, die unter all der Vielfalt gewiss nicht auffiel, sondern an seiner Unsicherheit. Er hatte keine Ahnung, welche Regeln hier galten und worin ein angemessenes Verhalten bestand.

Auf halbem Weg zur Tür fiel Chris auf, dass die Gravitation hier in der Stadt in etwa dem Standard entsprach – der Erdgravitation. Er schaute sich auf dem Steg um, und an einer Stelle klaffte ein so großes Loch, dass die Oberfläche eines schwarz-weißen Gravitationspanels zum Vorschein kam. Er würde sich also nicht umstellen müssen.

Durch eine Tür führte Valmas ihn in eine lang gezogene

Halle, in der sich Lager an Lager knüpfte und Menschen und Lastenroboter damit beschäftigt waren, kistenweise Ladung aus den Containern zu löschen oder aber neue Fracht in die Container einzuladen.

Einige der Arbeiter, alle in gepolsterter Kleidung, grüßten Valmas, doch für Chris hatten sie keine Augen, und das gefiel ihm. Wer keine Aufmerksamkeit erregte, konnte auch niemanden verärgern.

Über eine gewaltige Schleuse gelangten sie in die erste große Kuppelhalle. Auf den vier leicht voneinander abgestuften Ringflächen und unten auf dem Platz im Zentrum blühte das Leben. Hier trafen sich die Menschen in offenen Bars und vor Essensständen. Der Duft von Gebratenem war verlockend und all die Speisen, die auslagen, machten Chris neugierig.

»Ich sag dir schon, was genießbar ist«, erklärte Valmas, als Chris sich für einen Spieß interessierte, auf den insektenartige Wesen gereiht waren. Sie waren knusprig gebraten, und der Duft war verlockend. Trotz Valmas' Warnung schaute Chris noch einmal zu dem Stand zurück, dessen Besitzer gerade einem Kind zwei Spieße schenkte. Und die Freude im Gesicht des Jungen bewies, dass es offensichtlich genießbar war.

Vieles kannte Chris natürlich von Ianthe-3. Er brauchte nur hinter oder neben die Verkäufer zu schauen, ob sie ein Kochmodul verwendeten. Und die meisten verwendeten dasselbe. Folglich rochen die Pfannkuchen, die Reibekuchen, die Waffeln und das Brot exakt so wie auf Ianthe-3. Deswegen waren die Stände mit den Frittier-Modulen mit ihren Gerüchen für ihn interessanter. Doch Valmas zerrte ihn immer wieder weiter. »Die Titan-Küche besteht nur aus Frittieren. Ganz gleich, was es ist. Wenn man noch sehen kann, was es war, ist es ja in Ordnung. Aber bei den Panaden würde ich aufpassen.« Chris nickte und sah, wie ein Mann mit ölbeflecktem Gesicht in etwas Paniertes biss, aus dem Fett herausquoll.

Auf dem breiten Gang, den die Stände und Bars in der Mitte ließen, waren viele Augen auf die Passanten gerichtet, als lauerten sie auf neue Beute.

Valmas war hier offenbar recht bekannt. Von einem schlichten Nicken bis zu einem lauten Gruß kam ihm alles entgegen. Und auch Chris wurde zum ersten Mal beachtet. Ein Mann mit einem Dutzend fein geflochtener Zöpfe und einem langen Bart klopfte Valmas auf die Schulter. »Der beste Pirat im Universum ist wieder da!«, sagte er mit rauer Stimme. Sein Atem roch nach Wein, sein Mantel aus Kunstleder quietschte bei jeder Bewegung. »Grüß dich, Junge«, sagte er und musterte Chris von oben bis unten. »Halt dich an ihn. Der weiß, was er tut.«

»Hey, Moss!«, sagte Valmas. »Wie läuft's in der Mine?«

Moss grinste. »Nicht schlecht.«

Valmas wandte sich im Gehen nach Moss um. »Funktioniert das Sensormodul?«

Moss führte die Fingerspitzen zusammen und küsste sie.

»Wer war das?«, fragte Chris.

»Der war mal ein armer Schlucker und hat im Kartenspiel eine wertlose Mine gewonnen. Nur war sie nicht so wertlos. Der Dickschädel hat weitergeschürft und ist jetzt der Besitzer der größten Erzmine im Sektor. Nichts Großartiges, aber für eine Einzelperson schon ein Vermögen. Ein bodenständiger Kerl. Aber ich schuldete ihm was. Und er hätte mich beinahe umlegen lassen. Zum Glück konnte ich mit einem Scanner, den ich erbeutet habe, alles wieder ins Lot bringen.« Er atmete durch. »Ich bin froh, nichts mehr mit ihm zu tun zu haben.«

»Die Begrüßung wirkte sehr freundschaftlich.«

»Er ist glücklich über seinen Scanner, ich bin glücklich, eine Schuld beglichen zu haben. Das sind gute Voraussetzungen für ein entspanntes Zusammenleben.«

Eine Frau in einem grünen Overall aus transparentem Kunststoff drückte sich an Valmas' Seite. »Du weißt, was du mir versprochen hast?«, fragte sie. Unter dem Overall war sie völlig nackt. Sogar ihre halbhohen Stiefel waren transparent und zeigten die weiß lackierten Fußnägel.

»Page!«, sagte Valmas. »Natürlich weiß ich das. Aber ich habe gar keine Beute gemacht. Also muss die Einlösung meines Versprechens warten.«

»Na gut. Aber vielleicht kommen wir ins Geschäft.«

»Nicht heute, Page.«

»Das sagst du immer. Ich verstehe ja, dass du an mir kein Interesse hast, aber irgendjemand von uns muss dir doch gefallen«, sagte sie und zeigte auf eine Gruppe von Frauen und Männern, von denen die wenigsten blickresistente Kleidung trugen. Chris konnte nur staunen, denn auf Ianthe-3 gab es nicht nur Gesetze gegen solche Freizügigkeit in öffentlichen Bereichen, Prostitution war sogar verboten.

»Tut mir leid, Page. Du weißt, wie altmodisch ich bin.«

»Altmodisch? Das ist unser Geschäft auch.«

»Guter Punkt. Trotzdem.«

»Und er?«, fragte sie und musterte Chris.

»Ist nicht interessiert«, sagte Valmas und zerrte Chris weiter. Dabei hatte Chris gar nicht vorgehabt, auf irgendein Angebot einzugehen.

»Was hast du denn versprochen?«, fragte er, als sie sich entfernt hatten.

»Einen Anteil an meiner Beute«, antwortete Valmas. »Ich hab mir bei ihr Geld geliehen. Besser als bei den Gilden, aber wenn ich mit der Zahlung zu lange warte, könnte sie ihre Ansprüche an sie weiterreichen, und dann habe ich Probleme.«

»Du hattest gehofft, dass dir das Geschäft auf Ianthe-3 Geld bringt.«

»Ganz genau.«

»Gibt es hier eigentlich jemandem, der *dir* was schuldet?«

»Der eine oder andere schuldet mir einen kleinen Gefallen, aber nicht mehr als das. Ich habe neulich eine Menge ausgeglichen. Nun schulde ich Page und ein paar anderen ein wenig. Aber die Zahltage sind noch weit weg.«

Ein Händler mit einer Haubenmütze warf Valmas eine Orange zu. »Willkommen daheim«, rief er.

»Danke«, entgegnete Valmas lächelnd.

»Hast du hier eigentlich eine Wohnung?«, fragte Chris.

»Nein«, sagte er und steckte die Orange in seinen Beutel. »Ich wohne auf dem Schiff. Das spart Geld.«

Chris hatte auch einmal darüber nachgedacht, auf seiner *Jindao* zu leben, aber die Wohnung seiner Ziehmutter war ihm zu wichtig gewesen. Nun war sowohl das eine als auch das andere zerstört.

»Komm. Wir gehen nach der Aufregung erst mal was trinken«, sagte Valmas.

So begaben sie sich auf der anderen Seite der Kuppel in einen Gang in die Tiefe, wo sich Bar an Bar reihte. Aus dem *Psychopomp* drang gedämpfte Gitarrenmusik nach draußen. Ein halbes Dutzend Kinder jagte davor einem zotteligen Hund hinterher, und Chris konnte nicht entscheiden, ob es ein echter Hund war oder aber ein Roboter.

Am Eingang des Clubs *Soul Asylum* schwebte ein Schild, auf dem »Tagsüber geschlossen« stand. Der Duft von Kräutern war verlockend und ließ Chris vermuten, dass die Luft im Club bei Nacht ein einziger Drogenrausch sein musste.

Bei dem Club *Tesserakt* war Chris wegen des Namens neugierig auf das Innere, doch obwohl die Tür offen stand, vermochte er im dunklen Innenraum nichts zu erkennen.

Sie näherten sich einer Bar namens *Global Mind*, über deren glühender Schrift auf dem Schirm ein kahlköpfiger Mann einen langen Nagel in seinen eigenen Schädel trieb, ohne dass eine Wunde entstand. Es gab keine Türsteher, niemanden, der sie am Eintreten hinderte.

Chris schaute auf die Card auf seinem Handrücken, die ihm die Standardzeit anzeigte. Neun Uhr morgens. »Wie lange ist hier ein Tag?«, fragte er Valmas. Er vermutete, dass sie hier nach der Standardzeit lebten, weil die Lokalzeit zu weit von den gewohnten vierundzwanzig Stunden abwich.

»Fast sechzehn Standardtage«, antwortete Valmas leise und schaute zu einer jungen Frau hinüber, die auf dem Schirm, der sich aus ihrem Patch-Computer geschoben hatte, etwas auswählte. Sofort fuhren käferartige Roboter von ihr weg und zogen feuchte Bahnen über den dunkelgrauen Boden. Die kahlköpfige Frau, die offenbar die Bedienung war, wandte sich ihnen zu, und mit einem schrägen Lächeln sagte sie: »Kaum sind die Besoffenen weg, kommst du – Valmas Zakaris!«

Valmas bedachte Chris mit einem Seitenblick, als wäre es ihm peinlich, dass sein Nachname, den er bislang für sich behalten hatte, preisgegeben war. Dabei war Zakaris kein Name, für den man sich schämen musste. Im Gegenteil. Die Zakaris-Agentur verwaltete die Schürfrechte in zahlreichen Sternsystemen.

Er wollte ihn fragen, doch Valmas hob die Hand, schritt weiter durch den Raum und sagte der Frau: »Glenda! Wenn die Betrunkenen deinen Kaffee so zu würdigen wüssten wie ich, würden sie weniger saufen und mehr genießen.«

»Also einen Kaffee für dich«, sagte sie. »Und einen für deinen Kollegen?«

»Gerne«, sagte Chris und erntete ein Lächeln.

»Sie mag dich«, flüsterte Valmas ihm zu, während sie über drei Stufen in eine Sitzgruppe hinaufstiegen, die sich direkt ans Fenster schmiegte. Von hier aus bot sich ein weiter Blick über die Kuppelhalle.

»Woher willst du das wissen?«, fragte Chris und setzte sich.

Valmas nahm gegenüber Platz und blickte zur Seite aus dem Fenster hinaus. »Ich kenne die Kleine seit ihrer Kindheit, und sie lässt einen Neuankömmling selten ohne Warnung passieren.« Er erzählte von Glendas Großeltern, von ihrer Mutter, der diese Bar gehörte, und von ihrem Vater, der die Familie verlassen hatte und in einem der Gildentürme ein neues Leben mit neuer Frau und neuem Kind begonnen hatte. »Zum Glück läuft der Laden.«

Als Glenda mit dem Kaffee kam, wechselte Valmas das Thema. »Hier ändert sich trotz aller Vielfalt alles nur sehr langsam.«

»Das liegt daran, dass ihr Piloten hier ständig rumhängt und nicht rauskommt«, sagte Glenda. »Ich dachte, du hättest was im Pheres-System zu erledigen.«

»Hab ich ja versucht.«

Sie schaute mit großen Augen zwischen Valmas und Chris hin und her. »Du bist so schnell wieder zurück? Na ja, ist vielleicht besser so. Habt ihr das mit Ianthe-3 gehört?«

»Nicht nur gehört, ich war live dabei. Die haben uns beiden die Station unterm Arsch weggeschossen.«

Glenda setzte sich an den Rand der gepolsterten Bank »Ihr habt großes Glück gehabt.«

»Nur schade, dass wir losmussten, ehe wir unsere *Fracht* aushandeln konnten. Das hier ist Chris. Ein Neuzugang und mein Co-Pilot.«

Glenda stutzte und fragte Chris: »Echt? Da musst du ihn ja mächtig beeindruckt haben. Val arbeitet sonst nur allein.«

Eine langhaarige Frau im Eingangsbereich rief nach der Bedienung. Glenda schaute zu ihr hinüber, klopfte Valmas auf die Hand und sagte: »Ihr musst mir später davon erzählen.« Und schon machte sie sich davon.

»Sie wissen also schon davon«, sagte Chris. »Das wird zwischen den Uranosiern und den Pheresen hoch hergehen.«

Valmas nickte. »Und hier werden manche ihre Chance wittern. Im Krieg lassen sich nicht nur für die Konzerne gute Geschäfte machen.«

»Du sprichst aus Erfahrung?«

»Natürlich«, sagte er, schaute aber zum Ausgang hinüber. Dort stand nun ein Mann. Er musste gerade eingetreten sein. »Da hinten ist ein alter Kumpel von mir. Gerald.«

Gerald war eine blasse Gestalt in enger Kleidung. Er hatte einen Mittelscheitel, und dichtes Haar umrahmte sein junges Gesicht. »Wie ein alter Kumpel wirkt er nicht.«

»Der hat eine Menge machen lassen und bereut es jetzt. Die OP-Module sind rar geworden, und die Auffrischung der *jugendlichen Schönheit* kostet ein Vermögen. Das kann er sich kaum noch leisten. Er ist verschuldet und hat so viele künstliche Teile im Körper, dass manche ihn *Cyborg* nennen. Du solltest ihn allerdings nicht so nennen.«

Gerald winkte. Während er sich auf den Weg zu ihnen machte, sagte Valmas, ohne den Blick von seinem alten Freund abzuwenden: »Du wirst viele Gerüchte über mich hören. Von Glenda und Gerl. Vertrau ihnen einfach nicht.«

»Und stattdessen soll ich dir vertrauen?«, fragte Chris. »Und dann noch dein Co-Pilot werden?«

Valmas lachte. »Ich hab das eben nicht nur so gesagt. Wenn du mein Co-Pilot sein willst, wäre ich glücklich.«

»Da ich hier sicherlich keinen Tag allein überleben würde, halte ich mich doch lieber an einen, der weiß, wie der Hase läuft.«

»Gut«, sagte Valmas grinsend. Und schon erhob er sich und breitete die Arme aus, um Gerald an ihrem Tisch zu empfangen. »Gerl! Dass wir beide mal zur gleichen Zeit am gleichen Ort sind!«

Gerl umarmte Valmas, und gemeinsam nahmen sie Platz. »War in der halben Galaxis unterwegs, um das Modul für die Reparatureinheit zu finden«, sagte Gerl. Seine Haut glänzte und wirkte besonders an der Stirn uneben. Es sah aus, als würde er eine hauchdünne Maske tragen, die sich mit einer winzigen Verzögerung seinen Gesichtszügen anpasste. Es war dennoch ein ansehnliches Gesicht, voller Symmetrie – vielleicht zu viel davon.

Valmas lachte. »Die Zeit, als das Ding funktioniert hat, war die Goldene Ära.« Er wandte sich an Chris. »Wir hatten mal eine Reparatureinheit erbeutet, die Schiffe reparieren konnte.«

»Sie konnte auch anderes reparieren, wenn man die Konfiguration änderte«, sagte Gerl. »Es gab beinahe nichts, was das Ding nicht zusammenflicken konnte.«

Valmas lachte leise. »Sich selbst konnte dieses Teil jedenfalls nicht reparieren. Und als ein Untermodul in Rauch aufging, gab es hier keinen Ersatz dafür. Und selbst die Bastler konnten es nicht richten.« Valmas wies auf Gerl. »Das hier ist mein alter Freund Gerald. Immer auf der Suche nach dem großen Geld.« Er wies auf Chris. »Und dies ist mein neuer Co-Pilot. Chris.«

»Gerald«, sagte Chris anerkennend und hielt ihm die Hand hin.

»Nenn mich Gerl!« Er schlug ein, und Chris war überrascht über den vorsichtigen Händedruck. Gerls Hand war kalt und wirkte zerbrechlich. »Na, das Ersatzteil für eine Reparatureinheit würde wohl jedem weiche Knie bescheren.«

»Der Verkauf einer Reparatureinheit könnte ein Imperium begründen«, sagte Chris. »Eigentlich unbezahlbar – außer für die Konzerne.«

Gerl nickte.

»Vergiss das Geld«, sagte Valmas. »Stell dir Piraten vor, deren Schiffe jedes Mal repariert werden.« Er machte große Augen. »Der Schrecken des Universums!«

Chris musste grinsen.

Gerl lachte heiser, und dann sagte er: »Jedenfalls hat die Midas-Gilde zwanzig Millionen Dollar als Belohnung für das Ersatzteil geboten. Und die will ich haben.«

»Erddollar?«, fragte Chris.

»Nein, nein«, antwortete Valmas. »Wenn wir hier von Dollar sprechen, reden wir vom Mars. Die Erde ist für uns uninteressant geworden. Zu viele religiöse Spinner an der Macht.«

Chris nickte. Zwanzig Millionen Marsdollar waren im Augenblick in etwa sieben Millionen uranosische Drachmen wert. »Nicht schlecht«, sagte Chris.

Gerl schaute Valmas mit einem breiten Lächeln an. »Offenbar aber auch nicht gut genug. Fast jeder hat irgendwann mal Ausschau nach dem Ersatzmodul gehalten. Aber Ersatzteile sind immer begehrt, und selbst mit einem Schrotthaufen erzielst du hohe Preise.«

»Manche bauen ein funktionstüchtiges Schiff auseinander, weil die Einzelteile mehr wert sind«, sagte Valmas.

»Natürlich würden wir schauen, dass wir einen *Sonderpreis* bekommen. Das Dumme an Ersatzteilen ist, dass man oft nicht so genau weiß, ob sie wirklich funktionieren.«

»Und genau darin liegt die Gefahr«, erklärte Valmas. »Dass man auf der Suche oder bei der *Beschaffung* des Ersatzteils sein Schiff beschädigt. Wie viele haben sich in Gefahr begeben, in die sie nicht geraten wären, wenn sie überhaupt erst gar nicht aufgebrochen wären?«

»Aber das Ersatzteil zu haben, wäre wichtig, und noch wichtiger wäre die Belohnung.«

»Ich kann damit leben, weder das eine noch das andere zu haben. Aber ich könnte nicht damit leben, mein Schiff bei der Suche nach dem Ding zu beschädigen.«

»Willst du mir sagen, dass du noch nie Ausschau gehalten hast? Nicht mal ein bisschen?«

»Natürlich halte ich Augen und Ohren offen. Aber mehr auch nicht.«

»Und genau deswegen wirst du auch irgendwann in den Fängen der Gilden enden.«

Valmas starrte schweigend auf seinen Kaffee und trank einen Schluck.

»Das heißt, du bist auch ein Freier Pilot?«, fragte Chris.

Gerl nickte. »Hier möchte jeder möglichst lange seine Freiheiten bewahren. Und wenn man sie dann doch abgeben muss, dann nur Stück für Stück und möglichst teuer.«

»Glaub es ihm. Er lebt hier schon länger als ich«, sagte Valmas.

Chris gefiel dieser Ort, der das Gegenteil von Ianthe-3 war. Er stellte sich vor, wie seine Ziehmutter hier überlebt hätte. Mit ihrem Verhandlungstalent und der Fähigkeit, mit offenen Karten zu spielen und doch zu gewinnen, wäre sie hier gewiss binnen kürzester Zeit Kopf einer eigenen Gilde geworden.

Chris schaute zwischen Valmas und Gerl hin und her. »Ich hoffe, dieser Ort verträgt einen weiteren Piloten, der keine Ahnung hat, wohin die Reise geht.«

»Das sind die besten Reisen«, sagte Valmas und lehnte sich mit der Tasse in der Hand in das Polster der Bank zurück.

Chris nickte, während Glenda drei Gläser brachte. Dabei hatten sie nichts außer dem Kaffee bestellt. »Wie immer«, sagte sie und schaute dann Chris an. »Oder willst du was Besonderes?«

»Schon gut so«, sagte Chris, flüsterte dann aber, als die Bedienung fort war, an Valmas gewandt: »Was ist das?« Dann hob er das Glas und betrachtete das bernsteinfarbene Getränk. »Whiskey?«

Valmas und Gerl schauten sich an und lachten leise. Langsam beugte Valmas sich vor und sagte: »Von den Uranosiern.«

»Uranosischer Whiskey?«, fragte Chris ungläubig. »Wie könnt ihr das bezahlen?«

Mit selbstgefälliger Miene und dem Glas in der Hand lehnte Valmas sich wieder zurück. »Was anderswo knapp ist, gibt es hier oft im Überfluss.«

Chris grinste. »Weil ihr es knapp macht.«

»Der Junge versteht unser Geschäft«, sagte Gerl grinsend.

Valmas nickte mit gespitzten Lippen und sagte: »Endlich Frühstück!«

Rayol wusste, dass sie ihn binnen kurzer Zeit durchschauen würden. Er hasste diesen Mond, der aus dem All so schön wirkte, doch hier unten am Boden schummrig, kalt und feucht war. Und obwohl sie hier in einer abgeschlossenen

Stadt waren, hatte er auch hier diesen Eindruck. Überall liefen Verbrecher herum, die in seiner Heimat in einem Gefängnis zusammengetrieben worden wären.

Ein Blick durch die große Halle, durch die er schritt, und er kam zu dem Ergebnis, dass dieser Ort sogar einigen der Gefängnisse ähnelte. Ob Verbrecher nun aus freien Stücken in verkommenen Städten lebten, oder ob man sie in einen Komplex sperrte und nicht wieder gehen ließ – das Ergebnis war dasselbe.

Rayol hatte bereits Kontakt zu einer der Gilden aufgenommen und würde mit Geld um sich werfen, bis er die Informationen gefunden hatte, die er suchte.

Ein hochgewachsener Mann, der ihm mit grimmiger Miene entgegenkam und unterwegs einen Passanten zur Seite stieß, trieb Rayol einen Schauer über den Rücken. Er starrte ihn an. Der Pullover, der unter der geöffneten Jacke des Fremden zum Vorschein kam, war durchlöchert, als hätte er ihn einem Erschossenen vom Leib gerissen.

Rayol blieb steif stehen und bemühte sich, sein rasendes Herz durch gleichmäßiges Atmen zu beruhigen. Er tat so, als hätte irgendetwas hinter dem Fremden seine Aufmerksamkeit auf sich gezogen. Und schon war der breitschultrige Kerl an ihm vorüber.

Im selben Augenblick piepste seine Patch-Card auf seinem Handrücken. Er wischte darüber und fuhr den Schirm ein Stück aus, gerade so weit, dass er die Nachricht lesen konnte. Dort stand: »Schiffsname: *Amberson*; Kapitän: Valmas Zakaris.«

Rayol wandte sich um und sah den Kopf des hochgewachsenen Mannes, der sich seinen Weg durch die Menge bahnte. »Wir haben eine Spur«, sagte er zu seinen Leuten.

Glenda kam an ihren Tisch und wirkte auf Chris ein wenig zittrig. Vielleicht lag es daran, dass die Bar nun zur Mittagszeit gut gefüllt war und sie und die anderen Bedienungen, die inzwischen gekommen waren, viel zu tun hatten. »Du hast Probleme, Val«, sagte sie, während sie die Gläser auf das schimmernde Tablett stellte. »Jemand fragt überall nach dir. Die Minen-Gilde bietet dir Schutz an – wenn du Mitglied wirst.«

»Wo ist dieser Jemand?«, fragte Valmas.

»Da unten in der Halle.«

»Danke, Glenda«, sagte er und blickte zwischen Chris und Gerald hin und her. Dann rutschten sie auf den quietschenden Polstern der Bank zum Fenster und schauten in die Tiefe.

Chris konnte in dem Chaos nichts entdecken. Alles war für ihn auffällig; alles war für ihn etwas Besonderes.

Valmas aber zeigte an den Rand des Platzes. »Wenn die glauben, sie wären unauffällig, dann …«

»Wer sind die?«, fragte Chris und schaute auf eine Gruppe von Leuten, die auf etwas zu warten schienen.

»Militär!«, sagte Gerald. »Schau mal, wie die ihren Anführer abschirmen. Das sind Soldaten.«

Valmas nickte. »Uranosier.«

»Dann habt ihr auf Ianthe-3 also doch was ausgefressen?«

»Nein. Aber das wissen die nicht. Und ich habe keine Lust, jetzt lang und breit verhört zu werden.«

»Werden sie von uns erfahren?«, fragte Chris.

»Natürlich«, antwortete Valmas »Aber vielleicht können wir sie in die Irre führen.«

Gerald erhob sich. »Gut, ich übernehme das. Aber wenn sie die Gilden eingeschaltet haben, ist es nur eine Frage der Zeit, bis sie euch finden.«

Als Gerald fort war, fragte Chris: »Was meinte er damit? Sollte es nicht leicht sein, die Kerle in die Irre zu führen? Oder verrät man sich hier gegenseitig?«

»Früher oder später – hoffentlich später – werden die Kerle da unten Geld gegen Informationen bieten, und die Gilden werden das annehmen und dann zu mir kommen, um von mir Geld zu verlangen, damit sie mir Schutz gewähren. Vielleicht ist das sogar schon passiert. Du hast ja gehört, was Glenda gesagt hat. Das Problem ist nur: Ich bin so gut wie pleite. Das bedeutet, sie werden von mir verlangen, dass ich ihrer Gilde beitrete.«

»Da!«, sagte Chris und deutete auf die Männer, die sich jetzt in Bewegung gesetzt hatten. »Sie gehen zum Hafen.«

»Dann wissen sie vielleicht, wo die *Amberson* liegt.«

»Und du weißt wirklich nicht, was sie von dir wollen?«

»Es gibt genug Gründe. Wenn wir in Sicherheit sind, kann ich ja mal anfangen, sie dir zu erzählen.«

Chris begnügte sich damit, war aber neugierig zu erfahren, was genau die Uranosier von Valmas wollten. Er fragte sich, ob da ein dunkles Geheimnis schlummerte.

Rayol hatte mit seinen Leuten die Anlegestelle der *Amberson* aufgespürt. Die Tür war verriegelt, aber durchs Fenster konnten sie das Schiff am Ende eines beschädigten Steges sehen. Er konnte sein Glück kaum fassen. Der Kapitän der *Amberson* war hier tatsächlich mit einem jungen Mann namens Chris erschienen. Aber niemand hatte ihm sagen können, wo sie sich aufhielten. Oder sie wollten es ihm nicht sagen. Das würde sich ändern. Wenn er nur genug Geld aufbot, würden die Informationen fließen.

Solsee würde Augen machen, wenn er mit Mesaidon als Gefangenem zurückkehrte.

Im *Global Mind* lauschte Chris Valmas, wie dieser über seinen Patch-Computer die verschiedenen Gilden vertröstete. Er werde das nötige Schutzgeld auftreiben, sagte er ihnen. Nachdem er das letzte Gespräch geführt hatte, erklärte er Chris jedoch, dass er ganz andere Pläne hatte. Er bat Glenda um Hilfe, und diese erklärte sich bereit, Valmas ein Warnsignal auf seinen Patch zu schicken, falls die Fremden durch die Tür kommen sollten.

Nachdem jeder eine Pizza Titanos gegessen und Chris festgestellt hatte, dass der milde Käse hervorragend zu den

Sardellen passte, kam Gerl wieder zurück. Er schaute sich auf dem Weg zu ihnen unruhig um.

»Das sind Uranosier«, sagte Gerl und setzte sich. »Hört man am Akzent. Und sie suchen dich. Kein Zweifel. Du bist am Arsch. Die haben Geld ohne Ende. Selbst wenn du dich einer Gilde anschließt, wird diese Mittel und Wege finden, dich sauber abzuschieben.«

»Ich werde auf keinen Fall bei den Gilden Schutz suchen. Außerdem habe ich eine bessere Idee.«

Chris war gespannt. Er konnte sich nicht vorstellen, wie sie aus diesem Haifischbecken entkommen sollten.

»Ich gebe dir die *Amberson* als Pfand für eine Passage auf deinem Frachter. Du hast doch noch die *Cardugar*, oder?«

»Ja. Ein bisschen alt geworden, aber sie wirft noch was ab und schafft es immer wieder, mich für eine Weile aus den gröbsten Schulden zu holen. Ich kann dich rausbringen. Aber willst du wirklich dein Schiff weggeben? Du weißt, dass ich immer ein Auge auf die Kiste geworfen habe.«

»Du sollst sie ja nur als Pfand nehmen. Die Uranosier wissen von der *Amberson*. Und deswegen möchte ich, dass du sie nimmst, bevor sie sie sich nehmen, verstehst du? Du warst schon immer gut darin, in letzter Sekunde den Finger zu heben und irgendeinen Anspruch in den Raum zu rufen.«

»Na gut, ich mach's. Zu den Preisen der Midas-Gilde. Aber bleib nicht zu lange weg, sonst gehört die Kiste mir.«

»Sagen wir, von jetzt an ein Jahr – ein Erdjahr. Also gehört die *Amberson* am 16. April 2489 dir, es sei denn, ich bezahle die Passage bis dahin. Setz schnell einen Vertrag auf, und ich unterschreibe ihn.«

»Abgemacht!« Gerl reichte Valmas die Hand, und dieser schlug ein. »Und mach dir keine Sorgen«, sagte Gerl dann. »Dein Schiff wird eingelagert, und es wird noch genauso sein wie jetzt – heruntergekommen, meine ich.«

»Wann sollen wir kommen?«

»Die *Cardugar* wird heute Abend so weit sein. Bis dahin müsst ihr ihnen noch aus dem Weg gehen.«

»Dann ist es jetzt also Zeit, ein paar Gefallen einzufordern«, sagte Valmas. »Viele sind es nicht mehr.«

»Und dann werden wir hier rausgeschmuggelt?«, fragte Chris.

»Aber nur wie die besten Waren«, entgegnete Valmas grinsend.

Rayol konnte Valmas Zakaris nicht aufspüren. Ganz gleich, wohin er sich wandte, es schien, als wäre der Kapitän der *Amberson* gerade vor wenigen Augenblicken fortgegangen. Nach einer Weile vermutete Rayol, dass die Leute ihn in die Irre führten und herumlaufen ließen, damit er dem tatsächlichen Aufenthaltsort nicht näher kam. Er hatte beinahe alle Bars und Restaurants dieses Komplexes abgeklappert und dachte schon darüber nach, in den Nachbarkomplex zu wechseln, als er von den beiden Wachen, die er am Raumhafen zurückgelassen hatte, eine Nachricht erhielt. Jemand sei gekommen, der auf die *Amberson* wolle.

Sofort eilte Rayol mit seinen Leuten zurück zum Hafen. Und die amüsierten Mienen, die er unterwegs wahrnahm, zeigten ihm deutlicher denn je, dass alle Bescheid wussten.

An der verschlossenen Tür zum Steg der *Amberson* hielt ein blasser Mann mit dunklem Haar Rayols Wachen einen Vortrag. Als er ihn sah, musterte er Rayol von oben bis unten und stellte sich als Gerald vor.

»Was wollen Sie hier?«, fragte Rayol.

»Mein Recht einfordern.«

»Soweit ich weiß, gehört das Schiff da Valmas Zakaris.«

»Und der liebe Valmas ist untergetaucht. Ich habe ihm Geld geliehen und dieses Schiffchen als Pfand bekommen. Wenn ihr nun also endlich zur Seite treten würdet?«

Rayol stellte sich vor seine Wachen und drohte Gerald mit dem Zeigefinger. »Jetzt hör mal, du Witzfigur. Wenn

Valmas untergetaucht ist, weißt du doch bestimmt, wo er sich aufhält.«

»Manche Fragen sollte man nicht stellen«, entgegnete Gerald. »Ich weiß nur, dass ich einen Vertrag mit ihm habe und dieses Schiff mein Pfand ist.«

»Raus mit der Sprache, sonst ...« Er wies auf seine Wachen.

Gerald schnippte mit den Fingern und rings umher hoben Männer und Frauen, die eben noch wie Passanten und Neugierige gewirkt hatten, ihre Waffen und drohten ihnen.

Rayol war erstaunt. Mit dieser Geschlossenheit hatte er nicht gerechnet. Dieser Gerald musste seine Leute nach und nach hierher geschickt haben, und alles gipfelte nun in dieser selbstgefälligen Offenbarung.

»Wir haben was gegen Uranosier«, erklärte Gerald. »Besonders wenn sie irgendwelche Stationen aus dem Himmel jagen und hinter unseresgleichen her sind. Ihr seid nur hier, weil wir euch dulden. Na ja, und weil wir an eurem Geld interessiert sind. Das hier ist ein Spiel. Ihr habt für Informationen bezahlt, und so seid ihr hierhergekommen. Valmas hat sich von mir Geld geliehen und sein Schiff in Zahlung gegeben. Er ist euch einen Schritt voraus. Ich bin mir sicher, dass irgendwer euch weiterhelfen wird. Wedelt nur mit dem Geld. Aber seid euch darüber im Klaren, dass es ein Spiel ist, und je länger es dauert, desto mehr leeren sich eure Taschen. Nur wer das Spiel versteht, kann es gewinnen.«

Rayol nickte, doch er wäre diesem Kerl gerne an die Kehle gesprungen. »Wir gehen«, sagte er und gab seinen Männern einen Wink, während Geralds Leute langsam die Waffen senkten.

Auf dem Weg in die große Halle überlegte Rayol, was er nun tun sollte. Dieser Gerald hatte recht. Nun, da er das Spiel durchschaut hatte, musste er es richtig spielen. So fragte er einen Passanten: »Welche Gilde ist hier die größte?«

Die Bar *Soul Asylum* hatte eigentlich noch geschlossen, doch dank eines Gefallens, den Valmas einforderte, ließ der Besitzer sie ein. In einem Hinterzimmer trafen sie sich mit Gerl, und Chris war verwundert, als er Zeuge wurde, dass Valmas einen schriftlichen Vertrag mit Gerl schloss. Er hätte vermutet, dass Gauner ihre Vereinbarungen nicht ganz so förmlich besiegelten. So aber legte Gerl den Vertrag, wonach er Valmas Geld lieh und die *Amberson* als Pfand nahm, auf dem Schirm seiner Card vor. Von einer Schiffspassage war darin nicht die Rede. Immerhin würde Gerl auf die Vereinbarung pochen müssen, falls jemand fragte, ob er die *Amberson* rechtmäßig in seinen Besitz genommen hatte. Und die Erwähnung einer Passage auf seinem Frachter hätte Valmas und Chris sofort verraten. Es war auch so schon riskant genug.

Valmas bestätigte die Vereinbarung mit seinem eigenen Patch-Computer, und so wurde der Vertrag auf einem der Gildenserver hinterlegt.

Kaum war Gerl fort, begannen Chris und Valmas eine Tour durch den gesamten Komplex. Dabei forderte Valmas bei weiteren seiner Bekannten den einen oder anderen Gefallen ein. Diese versprachen, dafür zu sorgen, dass die Uranosier auf eine falsche Fährte gerieten.

Den Nachmittag verbrachten sie in einem der Vorratsräume des *Global Mind*. Auf Glendas Rat hin verkleideten sie sich. In der grauen und zerschlissenen Kleidung von Minenarbeitern, die Glenda ihnen beschafft hatte, würden sie später gewiss nicht auffallen.

Die Zeit bis zum Abend vertrieben sie sich mit einem Spiel namens *Der Fall von Kronos-4*, das sie auf ihren Patch-Cards spielten und bei dem sie gemeinsam mit ihren Raumschiffen eine feindliche Basis attackieren mussten. Sie scheiterten dreimal, und als sie beim vierten Versuch den Sieg davontrugen, mussten sie sich beherrschen, um nicht laut loszujubeln.

Um 19 Uhr schließlich wagten sie sich aus ihrem Versteck und taten so, als wären sie von der Toilette gekommen. Sie ließen sich an einem Tisch nahe der Tür von Glenda zwei Whiskeys bringen. Und zwischen dem Small Talk flüsterte Glenda ihnen zu: »Die Uranosier sind bei der Minengilde.«

»Das passt«, erwiderte Chris.

»Alle oder nur ihr Anführer?«, fragte Valmas.

»Sie sind geschlossen zum Mine Tower gefahren.«

»Dann ist jetzt unsere Chance«, sagte Valmas und fuhr mit einer kleinen Card über Glendas Tablett. »Ich hab dir ein besonderes Trinkgeld spendiert«, sagte er.

»Danke«, erwiderte sie grinsend.

Er legte die Karte auf dem Tablett ab. »Sei so lieb und gönn dir heute nach Feierabend etwas. Mach eine kleine Tour durch die Stadt.«

»Eine Frage: Werden sie mich erschießen?«

»Nein, aber wenn sie dich fragen, wo du die Karte herhast, sagst du, dass ich sie dir geschenkt habe und es einfach ein zu gutes Angebot war, um es dir entgehen zu lassen.«

»Passt auf euch auf«, sagte Glenda mit einem unsicheren Lächeln und folgte dann dem Ruf eines Gastes.

»Glaubst du wirklich, die überwachen deinen Zahlungsverkehr?«, fragte Chris.

»Die Gilden werden jetzt ungeduldig. Sie werden nicht warten, sondern allmählich darüber nachdenken, wie sie uns in die Finger kriegen. Wir müssen jetzt schnell handeln.«

Sie machten sich auf den Weg, und in dem Treiben des frühen Abends konnten sie unmöglich auffallen. Etliche Arbeiter, die aus ihrem Bereich der Erzminen kamen, verbrachten ihren Feierabend in den Bars und den Restaurants.

So überquerten sie unbehelligt die große Halle, aber Valmas führte Chris nicht durch den breiten Gang in den Hauptbereich des Hafens, sondern über Seitenwege in einen Bezirk, in dem die großen Schiffe anlegten. Hier war mehr

Platz und zugleich trieb sich hier weniger Personal herum, dafür luden aber umso mehr Roboter Container ab und auf.

Über einen schmalen Gang erreichten sie das Heck eines langen Frachters, der wie aus Rohren zusammengesetzt wirkte. An der Luke ging Gerl auf und ab, dann erblickte er sie und trat an sie heran. »Sie haben sich an die Minengilde gewandt und eine große Summe bezahlt«, erklärte er. »Entweder jetzt oder nie. Der Frachter wird euch zum Mars bringen. Mit der Hilfe deines Großvaters und der Monolith Construction Company solltet ihr untertauchen können.«

»Danke, Gerl«, sagte Valmas und klopfte seinem alten Freund auf die Schulter.

Chris nickte. »Danke dir.« Er reichte ihm die Hand, und diesmal war Gerls Händedruck fest und warm.

»Noch was«, sagte Gerl, als sich die Luke öffnete und sie gerade eintreten wollten. »Sie sind nicht auf der Suche nach dir, Valmas.« Er schaute Chris in die Augen. »Sie wollen *dich* haben. Colonel Meljan Solsee möchte dich in seine Gewalt bringen. Captain Rayol Oredson hat in dessen Namen ein Angebot überbracht.«

Chris war überrascht. »Aber warum wollen sie *mich*?«

»Das konnte ich nicht rausfinden. Hat aber angeblich irgendwas mit dem Keto-System zu tun.«

Chris dachte an den Job, den man ihm in Aussicht gestellt hatte. Vielleicht hing es damit zusammen. Was auch immer es war, er konnte es sich nicht erklären.

»Zerbrich dir nicht den Schädel, Junge«, sagte Valmas. »Wir hauen erst mal ab. Dann finden wir schon heraus, was die wollen. Mach's gut, Gerl.«

»Kommt bald wieder«, entgegnete Gerl.

GASTFREUNDSCHAFT

Chris strich langsam mit den Fingerspitzen über die rotbraune Wand des Schmuggelschachts. »Wie ist das wohl so rau geworden?«, fragte er. Die Segmente schienen fast Blasen geschlagen zu haben.

Valmas lag in seiner Koje und starrte schräg hinüber auf den Bildschirm, der mehr Licht spendete als die glimmenden Deckenlampen. »Immerhin haben sie die Wand hier erneuert. So ein Blubberbild wäre jetzt echt schlecht.« Er steckte sich das letzte Stück der Orange in den Mund. Die duftenden Schalen lagen neben ihm in der Nische am Kopfende.

»Aber was haben sie wohl transportiert, dass es so aussieht?«

Valmas lächelte, starrte aber immer noch auf den Schirm, auf dem eine Doku über die Besiedlung des Mars lief. »Hier wurden früher Flüchtlinge geschleust – während der Nano-Tech-Katastrophe.«

Chris nickte und stellte sich vor, wie auf diesem engen Gang, der ihn an einen der schmalen Züge auf Admeto erinnerte, Menschen dicht gedrängt einem der verseuchten Planeten zu entkommen versuchten.

Valmas schaute nickend zu ihm herüber. »Jeder andere hätte sich jetzt Sorgen gemacht.«

»Wegen des Nano-Tech-Fiaskos? Wäre dieses Schiff ernsthaft verseucht, wäre das ja wohl aufgefallen. Das ist schließlich über hundert Jahre her.«

»Und doch reicht das Wort Nano-Tech, und die Leute überkommt Angst und Ekel. Und dann waschen sie sich ihre Hände mit einer Seife, die es so ohne Nano-Tech nicht geben würde. Oder sie benutzen irgendeine Maschine und vergessen, dass die Tiefenenergie ohne die N-Tech-Ebene gar nicht denkbar wäre.«

»Die Ascheplaneten können einem Angst machen. Da kann man das schon mal vergessen.« Es hatte damals nur jene Planeten getroffen, die entweder in der Forschung zu große Wagnisse eingegangen waren oder einen Angriff mit Nanotech-Waffen erlitten hatten. Die Angst war so groß, dass die Konzerne die Nano-Tech-Ebene, die eine der Brücken zur Tiefenenergie war, kaum mehr erwähnten.

»Es gab auch Fälle von Verseuchungen, bei denen Überlebende die Nano-Maschinen eingeschleppt haben«, sagte Valmas.

»Ich dachte, das wäre ein Mythos.«

»Nein, nein. Man redet nur ungern darüber. Die Uranosier haben Zivilschiffe mit Flüchtlingen abgeschossen, auf denen der Verfall schon eingesetzt hatte. Natürlich wurde das vertuscht.«

»Und woher weißt du das?«

»Von meinem Großvater.«

»Gerl hat ihn erwähnt. Warum sollte er dich schützen können?«

»Weil er auf dem Mars ein bisschen Einfluss hat. Hast du je von Ivar Zakaris gehört?«

»Nein, ich glaube nicht.«

»Na ja, im Pheres-System ist er wohl nicht bekannt, aber auf dem Mars kennt ihn fast jeder. Er ist ein Bastler und Programmierer.«

Chris staunte. »Dann dürfte er jetzt ein reicher Mann sein.«

»Das wäre er wohl, wenn ihm Geld und Macht etwas bedeuten würden. Männern wie ihm haben wir es zu verdanken, dass wir heute nicht im Chaos leben.«

Chris stutzte. Er verstand nicht, was Valmas meinte. Als die Künstlichen Intelligenzen nach der Katastrophe auf

Echidna-3 beschlossen hatten fortzugehen, hatten sie die automatisierten Fabriken zurückgelassen. Diese produzierten weiterhin Module aller Art. Gewiss, wer über Programmierer und Bastler verfügte, konnte mehr aus der Technik herauskitzeln. Aber Chaos – das hätte gewiss nicht auf sie gewartet.

»Was haben denn Leute wie er getan, um das Chaos abzuwenden?«, fragte er.

»Er ist so alt, dass er die KIs noch erlebt hat.« Valmas lachte. »Steinalt, aber gesund. Den Konzernen sei Dank. Jedenfalls gehörte er zu jenen, die die KIs um all die Dinge gebeten haben, von denen wir heute profitieren. Stell dir vor, du lebst in einem Paradies, in dem alles für dich erledigt wird und du weder etwas tun noch etwas lernen musst. Warum hätten die KIs in einer solchen Welt Raumschiffe bauen sollen, die von Menschen gesteuert werden?«

Chris nickte. »Weil manche Menschen die Dinge in die eigene Hand nehmen wollen.«

Valmas drehte sich in der Koje und setzte die nackten Füße auf den Boden. »Genau! Jene, die die Dinge in die eigene Hand nehmen wollten. Die wollten wie wir selbst ein Schiff fliegen, *selbst* eine Fabrik steuern, *selbst* sogar die einfachsten Werkzeuge in Händen halten. *Das* sind die Helden unseres Zeitalters. Die Generation meiner Eltern hat damals über sie gelacht, und als die Große Party der Singularität vorbei war, haben sie sie dafür gehasst, dass der Weg der Eigenverantwortung der richtige war, und ihr eigener Weg der Dekadenz zerfiel – na ja, er zerfiel nicht ganz. Sie hielten sich, so gut sie konnten, daran fest. Für viele ging die Party einfach weiter. Und so verachteten sie die Retter. Ist dir das nie aufgefallen?«

»In der Familie meiner Ziehmutter sind die Kinder immer recht früh gekommen. Das sind zu viele Generationen. Elsara sagte mal, ihre Ururgroßeltern hätten die KIs noch erlebt. Das ist so weit weg, dass da irgendwelche Generationenkonflikte keine Rolle mehr spielen. Sie hat ihre Urgroßeltern nie kennengelernt, aber ich glaube, ich kenne diese Haltung – diese Verachtung. Das ist im Grunde eine Art Neid auf Kompetenz.«

»Genau das. Stell dir vor, du wirst aus dem Paradies vertrieben und findest dich in einer Welt wieder, in der die alten Spinner die Monopole und Kartelle beherrschen und die Regeln ändern. Und die eigenen Kinder verehren plötzlich nicht ihre Eltern, sondern ihre Großeltern. Das muss sie in den Wahnsinn getrieben haben.«

»Vielleicht deshalb, weil sie genau wussten, dass ihre Passivität an allem schuld war. Haben deine Eltern es deinen Großvater spüren lassen?«

Valmas blickte nickend ins Leere. »Ich erinnere mich noch, wie ich mich zu ihm in die Werkstatt schlich, weil es mir auf der Feier meiner Eltern zu langweilig wurde. Er hat mir gezeigt, wie ich eine eigene Drohne bauen kann. Keine mit KI, sondern eine einfach programmierbare. Und weißt du, was meine Mutter gemacht hat? Sie ist reingekommen, hat meinen Opa zur Sau gemacht – ihn senil genannt. Und dann hat sie mich wieder mit zurück zu der Party genommen. Dabei war mein Opa der einzige Erwachsene auf dem Schiff, der wirklich bei Verstand war.«

»Und ist er jetzt ein hohes Tier in einem Konzern?«

»Nicht direkt. Er hat jetzt seine eigene Werkstatt auf dem Mars und ist einer der wenigen, der mehr kann, als Module zusammenzustecken und zu konfigurieren. Er baut sie um und programmiert sie. Er könnte einer der ganz Großen sein – an der Spitze eines Kartells. Er hatte in den Jahren des Niedergangs ein medizinisches Modul gekauft. Es war Schrott, doch er hat es repariert und der Allgemeinheit zur Verfügung gestellt. Hunderttausende verdanken ihm ihr Leben. Er hätte davon richtig profitieren können. Aber er wollte nicht.«

»Haben die Firmen nicht versucht ihn anzustellen?«, fragte Chris. »Man kann Menschen auch mit anderem locken als mit Geld.«

Valmas nickte. »Sie haben es versucht. Und er hat abgelehnt. Als er aber beinahe entführt wurde, machte die Monolith Construction Company ein Angebot. Und so verschwand er mehr oder weniger vom Markt. Er lebt immer noch auf dem Mars, hat seine Werkstatt, nimmt Aufträge an, und die MCC lässt ihn gewähren.« Valmas lachte leise. »Er sagte mir mal: *Du bist immer von irgendwem abhängig. Wichtig ist, dass du ihnen nur so viel wie unbedingt nötig gibst – nur so viel, dass sie bei Laune bleiben.* Im Grunde hat er mir alles beigebracht, was ich auf dem Titan brauche. Und deswegen weiß ich, dass ich irgendwann den Schutz der Gilden benötige. Aber ich werde mich dem so lange wie möglich entziehen. Und dank dem Rat meines Großvaters ist es mir bisher immer gelungen.«

»Klingt wie ein Mann, der genau weiß, was er will. Ich würde ihn gerne kennenlernen.«

»Das wirst du. Und du wirst ihm gefallen, da bin ich mir sicher.« Valmas schüttelte den Kopf. »Ich habe so viel von ihm gelernt. Und nicht nur ich. Bei der MCC unterrichtet er auch. Und jeder seiner Schüler ist heute entweder ein hohes Tier bei einem Konzern oder ein Staringenieur oder Spitzenprogrammierer. Meine Eltern haben ihm Vorwürfe gemacht. Sie sagten, er solle an die Menschheit denken und sich nicht von MCC abhängig machen. Oder er solle innerhalb von MCC mehr Verantwortung übernehmen. Aber natürlich meinten sie nicht, dass er an die Menschheit denken sollte. Ihnen ging es ums Geld. Er hat sie dann vom Sicherheitsdienst aus MCC City rauswerfen lassen.«

»Und du? Wie stehst du zu ihnen?«

»Kein Kontakt mehr. Als sie ihren verschwenderischen Lebensstandard nicht mehr halten konnten, sind sie auf die Erde gegangen und haben sich irgendeinem Kult angeschlossen. *Die Party muss weitergehen.* Gib ihnen irgendetwas, das sie von der Verantwortung trennt, und sie werden dem folgen.«

»Und hat dein Großvater gesehen, was du dir mit der *Amberson* aufgebaut hast?«

»Machst du Witze? Das meiste ist von ihm. Und wenn es nicht von ihm ist, dann ist es zumindest von ihm inspiriert. Erinnerst du dich an die Schrift auf der *Amberson*?«

»Die grüne?« Er erinnerte sich an den Text auf den Schirmen, dessen Buchstaben auf ihn segmentiert und pixelig gewirkt hatten.

»So ähnlich sah die Schrift auf den ersten Bildschirmen aus, die die Leute bei sich daheim hatten. Für mich ist der Blick darauf wie eine Heimkehr. Mein Opa liebte das. Er erzählte mir als Kind von Woz, Jobs und Gates.«

Chris nickte. Das waren Namen wie aus der Mythologie oder einem Heldenepos. Nur dass es echtes Bildmaterial von jenen Größen der Computerisierung gab. Chris waren jedoch nur Rivalitäten in Erinnerung geblieben. Und er hatte immer wieder die Erfahrung gemacht, dass kaum jemand diese Geschichten kannte. Wenn er die drei Männer ins Gespräch brachte, schaute er oft in ratlose Mienen. Manche hatten sogar behauptet, es hätte die drei nie gegeben und es sei alles nur von den KIs erfunden, um der Zeit vor der Singularität eine Struktur zu geben.

»Wusstest du, dass am Anfang ein einziger Mensch einen Computer verstehen konnte – ihn bauen konnte?«, fragte Valmas mit glänzenden Augen. »Die Kisten waren so einfach, dass du jeden Aspekt begreifen konntest. Meine Eltern haben nie kapiert, was mich daran faszinierte. Ich meine – sie sahen, dass wir nicht einmal einen Hauch der Technik verstanden, auf der alles beruhte, und wunderten sich wirklich, dass ich eine Zeit als Heldenzeitalter betrachtete, da Menschen die Zügel noch in Händen hielten?«

»Aber so toll waren die Maschinen nicht, oder?«

»Natürlich nicht. Aber am Anfang war es noch Wissenschaft und Bastelei, und jetzt ist es wie Magie. Gib mir ein Modul und sag mir, was es macht und wie man es bedient. Und vielleicht sagst du mir noch, wie ich es zusammenstecke und welche Untermodule es gibt, die ich dann austauschen kann. Aber wie es wirklich funktioniert – wer weiß das schon? Die KIs haben so viele Ebenen eingeflochten, dass kein Mensch das durchschauen kann. Selbst die Besten wissen es nicht genau. Wir sind wie Kinder, die eine Kiste voller Zauberstäbe gefunden haben.«

Chris lächelte. »Elsara nannte es einmal das Zeitalter der paradiesischen Postapokalypse.«

»Das wäre es«, sagte Valmas. »Wenn uns andere nicht immer den Tag versauen würden«, setzte er grinsend nach.

Gerl saß in seinem Wohnmodul, direkt bei den Containerhallen, und prüfte auf dem Schirm seinen Kontostand. Er hatte das Spiel gespielt und Valmas auf einen Weg geschickt, der ihn in Captain Oredsons Hände brachte. Und niemand hier würde etwas merken. Man würde sagen, er habe Valmas zur Flucht verholfen. Und wenn er dann nach einem Jahr nicht auftauchte, würde die *Amberson* gemäß dem rasch zusammengezimmerten Vertrag ihm gehören.

Gerl schaute durch das kleine Fenster auf den Gang hinaus, auf dem Roboterfahrzeuge leuchtenden Bodensignalen zu ihrem jeweiligen Ziel folgten. Menschen sah er nicht. Deswegen mochte er diese abgelegene Bleibe. Hierhin zog er sich zurück, wenn er allein sein wollte oder wieder einmal Schulden hatte – oder ein schlechtes Gewissen.

Er hatte den Mann verraten, der immer zu ihm gestanden hatte und auf den er sich immer hatte verlassen können. Aber der alte Gildenspruch stimmte: Es kommt der Tag, da du selbst deine Freunde verraten musst. Er fragte sich, warum er es nicht schon früher getan hatte. Denn jetzt war er auf einen Schlag schuldenfrei. Dass er ein Jahr warten musste, bis die *Amberson* offiziell ihm gehörte, gefiel ihm zwar nicht, aber so würde auch niemand Verdacht schöpfen. Der Vertrag war eindeutig.

Er würde das Jahr über der geduldigste Mensch sein. Und dann würde er die *Amberson* zu seinem Hauptschiff machen. Der Neid, der all die Jahre an ihm genagt hatte, war nun verflogen. Und der Mann, den er beneidet hatte, würde nie wieder zurückkehren. Das hatte ihm Rayol Oredson versichert.

Gerl hob das Glas, sagte: »Auf die Freundschaft!«, und trank den Whiskey in einem Zug. Er schmeckte ekelhaft.

Chris konnte nicht genug von der Berichterstattung über die Zustände auf und um Admeto bekommen. Es gab kein Bildmaterial, weil die Uranosier alles unterdrückten, doch einige Audioaufnahmen der Korrespondenten fanden ihren Weg über das Portalnetzwerk, über das Nachrichten von Tor zu Tor geschickt wurden. Dann aber sperrten die Pheresen das Tor von Admeto für die Kommunikation, wodurch die Uranosier im Nachteil waren.

Die wenigen Informationen, die durchgekommen waren, enttäuschten Chris, denn sie bestanden nur aus dem, was er und Valmas längst wussten. Doch Chris hoffte immer wieder, irgendetwas Neues zu erfahren, und so blieb er dran.

Die uranosischen Politiker und Militärs, die bei jeder Konfrontation darauf verwiesen, dass die Lage zu diesem Zeitpunkt schwer einzuschätzen sei, widerten Chris an. »Wie können sie sich da hinstellen und die besorgten Mütter und Väter spielen?«

»Das sagst du jetzt schon zum dritten Mal«, erwiderte Valmas.

»Ich komme einfach nicht darüber hinweg.«

»Aber dir ist klar, dass es noch schlimmer werden wird. Die uranosische Propaganda wird aus einem unprovozierten Angriff einen Schlag gegen feige Verräter machen.«

Ein leichtes Beben, dann ein Ruck, der sie durchrüttelte, brachte Valmas zum Kopfschütteln. »Diese Grünschnäbel werden noch ihre Fracht beschädigen.«

»Was führen sie denn?«, fragte Chris. Hier unten war alles leer. Geschmuggelt wurde offenbar noch nicht.

»Ich glaube, Ytterbium und Neodym für den Mars. Halb offiziell. Ich vermute, auf dem Rückweg wird dieser Schacht hier voller Schmuggelware sein.«

Eine weitere Erschütterung, diesmal heftiger, ließ Valmas stutzen. Chris schaute sich um und wartete auf das nächste Beben. Als es kam, sprang Valmas auf. »Wir werden angegriffen.«

Über den Patch-Computer, den er nun auf dem Handgelenk trug, versuchte Valmas Kontakt zum Kapitän aufzunehmen, doch es kam keine Verbindung zustande. »Versuch du mal!«

Doch auch bei Chris tat sich nichts. Sie schienen jeden Kontakt zu unterbinden. Valmas wies auf den Schirm an der Wand, fuhr seinen eigenen Schirm aus dem Patch und steuerte darüber die Menüs auf dem großen Monitor. Es gab tatsächlich Statusanzeigen des Schiffs. »Die Schilde sind am Heck auf Maximum. Der Generator ist schon recht heiß. Wir werden beschossen. Kein Zweifel.«

»Ein bisschen früh für die Marsbehörden«, sagte Chris.

Valmas nickte. »Wir müssten noch im Hyperraum sein. Und im Hyperraum würde kaum jemand ein anderes Schiff angreifen. Entweder sind es Piraten oder dieser uranosische Captain.«

»Piraten?«

»Warum nicht?«

»Piraten, die Piraten ausrauben?«

»Häufiger noch, als unbescholtenen Unternehmern die Fracht abzujagen, jagen wir sie unseren Konkurrenten ab.«

Chris schüttelte den Kopf. Der Ehrenkodex der Piraten war offensichtlich nur ein Mythos aus den Filmen seiner Kindheit.

Valmas fuhr sich durch den Bart. »Wenn dieser Kerl – wie hieß er? – Oredson. Rayol Oredson. Wenn der zu Colonel Solsees Leuten gehört, wird er an uns hängen wie eine Vampirfledermaus.«

»Was sie nur wollen?«, fragte sich Chris ein weiteres

Mal. Und wie zuvor hatte er keine befriedigende Antwort darauf.

»Ich schau mal, ob ich aus dem Ding noch was rauskitzeln kann«, sagte Valmas und zeigte auf den Schirm an der Wand. »Aber mach dir keine Sorgen. Gerl ist ein alter Schmuggler. Der ist auf so was vorbereitet.«

»Und er hat Schulden. So gut scheint das Geschäft nicht zu laufen.«

»Das hat andere Gründe. Mach dir keine Sorgen. Gerl ist mit allen Wassern gewaschen. Selbst wenn sie den Laden hier durchsuchen, werden sie uns nicht finden.«

Sören Fielding schüttelte den Kopf über den uranosischen Kreuzer, der mitten im Nichts das Feuer auf sie eröffnet hatte. Und das, ohne irgendeine Forderung zu stellen. Erst jetzt meldete sich der uranosische Kapitän und wollte sie zum Aufgeben bewegen. »Wir wissen, dass ihr Passagiere befördert«, sagte er mit gelangweilter Stimme.

»Wie heißt dieses beschissene Schiff?«, fragte Fielding in die Runde. Dora schüttelte ihr Lockenhaar und zuckte mit den Schultern. Yun aber wandte den Blick nicht von seinem Schirm an der Seite des Kontrollraums ab und sagte: »Die *Mykenai*.«

»Nie gehört«, entgegnete Fielding. Er schüttelte den Kopf und schaute auf den Seitenschirm, wo der verwinkelte Kreuzer dahinschwebte.

»Liefert die Passagiere aus, und wir lassen euch in Ruhe«, erklärte der fremde Kapitän. »Ansonsten …«

»Sonst schießen sie uns in Stücke«, sagte Fielding und schaute Dora an, in deren blassem Gesicht die Angst stand. »Niemand hat von uns verlangt, dass wir den Hals hinhalten. Wir sollten sie nur mitnehmen.«

Dora nickte.

Fielding zuckte mit den Schultern. »Wir liefern sie aus«, sagte er und wischte über den Button vor ihm. »*Mykenai*! Wir ergeben uns. Kommt an Bord und holt sie euch. Aber

Finger weg von unserer Fracht. Ihr wollt euch doch nicht die Piraten vom Titan zu Feinden machen.«

Der uranosische Kapitän lachte. »Diese Piraten! Unglaublich seid ihr. Seht einfach zu, dass ihr uns keinen Ärger macht, dann lassen wir eure Fracht in Ruhe – und euch am Leben.«

Rayol ging endlich an Bord. Die Crew des Frachters hatte die Gesuchten in dem geheimen Bereich eingesperrt. Angeblich wussten sie nicht, was los war, weil die Kommunikation zwischen dem offenen Bereich und dem Schmuggelbereich begrenzt war.

Schließlich standen sie an dem Zugang zum Schmuggelbereich, und das Einzige, was auf eine Tür hindeuten mochte, waren die schmalen Segmente, in die der Gang geteilt war. Sie liefen von der Decke bis zum Boden. Mit seiner Patch-Card öffnete Sören Fielding, der leicht untersetzte Kapitän des Frachters, die Tür. Diese bewegte sich nach innen und schob sich zur Seite.

Ein riesiger Kerl schoss heraus. Dunkle Haut, dunkler Bart, dunkle Augen – und ein Faustschlag wie ein Boxer. Gleich zwei Wachen schlug er nieder, aber noch ehe er die Hand gegen Rayol heben konnte, überzeugten die Läufe der Sturmgewehre den Fremden, seine Attacke abzubrechen. Mit entsetzter Miene schaute er in die Runde.

»Du bist also Valmas Zakaris!«, sagte Rayol genüsslich.

»Ja, ganz recht. Der bin ich. Und du? Bist du Rayol Oredson? Der Mann, der wie ein blindes Huhn in Angram herumgelaufen ist?«

»Nicht ganz blind«, sagte er, schaute an Zakaris vorbei und erblickte den Jüngling, um den sich alles drehte. Er war um die zwanzig Jahre alt und hatte schulterlanges gewelltes Haar, das viel von seinem Gesicht verdeckte. »Und der da hinten ist Chris Mesaidon«, sagte Rayol. »Endlich!«

Der junge Mann trat neben Valmas hervor und machte einen eher zornigen als einen verzweifelten Eindruck. Doch in seinen braunen Augen loderte die Angst. »Was wollt ihr von mir?«, fragte er.

»*Ich* will gar nichts von dir. *Mein Colonel* will dich unbedingt in die Finger kriegen.«

»Und dafür habt ihr ganz Ianthe-3 in Stücke geschossen?«

»Ein Versehen«, erklärte Rayol und räusperte sich. »Aber zum Glück hast du ja überlebt. Du ahnst nicht, wie sehr ich mich freue, dich in die Finger gekriegt zu haben. Das wird meinen Fehler vor Admeto wieder ausgleichen.«

»Fehler?«, fragte Chris Mesaidon. »Du? *Du* bist dafür verantwortlich?«

Rayol grinste nur.

Mesaidon stürzte mit hassverzerrter Miene vor und wollte ihm an die Kehle, doch Rayols Wachen fingen den Jüngling ab, stießen ihn zu Boden und versetzten ihm ein paar Tritte. Erst als Valmas Zakaris sich schützend über Mesaidon warf, rief Rayol: »Schluss!« Seine Männer ließen von den beiden ab, und mit hassverzerrtem Gesicht drehte sich Mesaidon auf den Rücken. Tränen liefen über seine Wangen.

»Bringt sie aufs Schiff.« Rayol konnte seine Belustigung nicht verbergen. Er hatte wieder einmal Glück im Unglück gehabt. Mit Mesaidon hielt er doch noch einen Chip für das Große Spiel in Händen.

Er war als Eroberer nach Ianthe-3 gekommen, war dort zum Zerstörer geworden und hatte es als Versager verlassen. Und als Versager hatte er die Spur aufgenommen, als Jäger war er auf dem Titan gewesen und als Held würde er seinen weiteren Weg beschreiten.

Chris schwieg den ganzen Shuttleflug hinüber auf die *Mykenai*. Anfangs suchte er noch den Blickkontakt zu Oredson, doch dann war es Valmas, dem sein Interesse galt. Der Pirat starrte vor sich hin, als hätte er jeden Willen verloren. Chris hätte erwartet, dass er sich umschaute, um nach einem noch so kleinen Ausweg zu suchen, doch er saß nur da und spielte mit seinen Handschellen.

Als sie auf der *Mykenai* in einen grauen, nichtssagenden Gang traten, fragte Chris: »Was will Colonel Solsee von mir?«

»Das musst du ihn selbst fragen«, erwiderte Oredson. »Ich bin mir sicher, dass du alle Antworten bekommen wirst. Du musst nur geduldig sein. Das ist eigentlich die wichtigste Eigenschaft, die du nun zeigen solltest.« Damit gab er seinen Wachen einen Wink, und sie führten sie ab.

Chris schaute geradeaus. Und nach jeder Ecke, um die sie bogen, wirkte der Gang gröber und weniger gepflegt. Schließlich kamen sie in einen Lagerbereich mit Wänden, von denen die graue Oberfläche abblätterte und die schwarzen Flächen der Wandmodule sichtbar wurden.

Die Wachen sprachen kein Wort. Wie Roboter führten sie ihre Befehle aus. Als Chris an einem Gang zur Seite schaute und durch eine leere Halle starrte, schoss ihm ein Schmerz in die Hände. Als würde ihm jemand die Pulsadern aufschneiden und dann die Haut bis zum Ellbogen aufritzen, so sehr schmerzte es. Die Qualen zwangen ihn in die Knie.

»Auf die Beine!«, befahl eine der Wachen, und »Weiter!« eine andere.

Valmas half ihm auf, und während sie weitergingen, sagte er: »Es ist jetzt nicht die Zeit, Mist zu bauen.«

»Hast du noch Hoffnung?«, flüsterte Chris.

Valmas lächelte gequält.

Rayol kehrte gerne am Portal NGL-768, das die meisten *Empty Corner* nannten, in den Normalraum zurück. Er flog an Schiffen vorbei, die darauf warteten, das Tor von der anderen Seite zu durchfliegen. Herzukommen war leicht; das Fortfliegen jedoch brauchte Geduld – es sei denn, man hatte Privilegien. Und hier, zwischen den Gasriesen und den äußeren Planeten des Uranos-Systems, hatte das Militär immer Vorrang.

Hier, wo sich nun die verschiedensten Schiffe sammelten, hatte sich einst die Raumstation Aliscans befunden. Doch seit sie im Krieg gegen die Tartarosier zerstört worden war, gab es nichts mehr, was hier in der Leere von Interesse gewesen wäre. Es gab allerdings viele Portale, die sich in günstigen Bereichen bewegten, um von dort aus weitere Sprünge durch den Hyperraum zu machen. Gerade bei intergalaktischen Verbindungen war der kürzeste Weg durch den Hyperraum oft ein Umweg im Normalraum.

Empty Corner war alles, nur nicht leer. Wie Bienen flogen kleine Schiffe oder mobile Module zwischen den großen Kreuzern hin und her. Während die Pläne für eine neue Raumstation irgendwo in der Bürokratie auf Kronos-4 feststeckten, war dieser Ort zu einem freien Handelsposten geworden. Zwar flogen hier uranosische Zerstörer ein und aus, doch das Militär duldete all die anderen Schiffe, die hierherkamen, um Handel zu treiben und auf Einfuhrgenehmigungen zu warten. Natürlich nutzten sie es auch für zwielichtige Geschäfte. Und mancher Waffendeal wurde hier im Geheimen über die Bühne gebracht.

Rayol hatte diesen Ort noch nie leer vorgefunden, und auch dieses Mal breitete sich eine Flotte unterschiedlichster Schiffe vor ihm aus. Von winzigen Frachtern bis zu den gewaltigen Passagierschiffen, von denen manche mehr oder weniger zur Ersatzstation geworden waren. Die *Sankouyan* war jedenfalls immer hier anzutreffen, seit sie einen Getriebeschaden gehabt hatte. Offiziell hieß es, man warte auf das passende Modul und sitze hier fest. Aber es hieß ebenso, dass das Schiff als Hotel, Unterhaltungstempel und Treffpunkt mehr Geld erwirtschaftete, als es anderswo hätte einnehmen können.

Inzwischen zog das leuchtende Schiff des Nachtglanz-Kartells – die *Nemilis* – die Blicke auf sich und war der *Sankouyan* zur Konkurrenz geworden. Es war ein gewaltiges Schiff, das in voller Pracht nicht durch das Portal passte. Es musste, um hindurchzupassen, Dutzende Module abstoßen und von Nebenschiffen aufnehmen lassen. Und selbst ohne die Module passte das Hauptschiff nur gerade so durch das Portal. Wenn das Nachtglanz-Kartell ein solches Schiff schickte, wusste jeder, dass der Ort, an den es kam, Bedeutung erlangt hatte.

Das Nachtglanz-Kartell hatte das Sprungtor mit seinem Netzwerk von Mikroportalen verknüpft, die nur Kommunikationszwecken dienten und so geschickt auf den Ebenen des Hyperraums platziert waren, dass sie Nachrichten in Echtzeit zwischen den angeschlossenen Portalen verschicken konnten. Hier am *Empty Corner* funktionierte das bereits. Es war eine jener Technologien, die die KIs entwickelt hatten, deren Handhabung aber erst einmal ein Rätsel gewesen war.

Von hier aus konnte man nun ohne Verzögerung mit Kronos-4 kommunizieren. Sonst war dies nur möglich, wenn der Weg durch den Hyperraum nicht zu lang war und das Sprungtor in der Nähe des Zielortes lag.

Deswegen hatte Colonel Solsee dieses Portal als Treffpunkt für die Suchmannschaften vereinbart. Hier liefen alle Informationen schnell zusammen, von hier aus konnte man sie rasch verbreiten. Und hier sollte Rayol auf den Colonel warten. Er werde die *Ascalun* – Solsees Hauptschiff und zugleich sein Heim – herschicken, hatte er gesagt.

»Da ist sie, die *Ascalun*«, sagte Lieutenant Werro.

»Sie hält die übliche Distanz ein«, fügte Rayol hinzu. Üblich war, dass sie sich ein deutliches Stück abseits der zivilen Schiffe sammelten. So ließen sie das Leuchten der anderen Schiffe hinter sich, stürzten sich in die Dunkelheit, wo in der Ferne die *Ascalun* strahlte. Sie war nicht als Kampfschiff zu erkennen, sondern wirkte mit den weißen Flächen und den vielen Strahlern zwischen den Segmenten wie ein reines Wohnschiff. Doch Rayol hatte die verborgenen Lasergeschütze und Raketen gesehen. Und der Schild dieses großen Schiffes stand dem eines Zerstörers in kaum etwas nach.

Ein halbes Dutzend Kreuzer umschwebten die *Ascalun* wie Leuchtkäfer.

»*Mykenai*!«, sagte eine Stimme in feierlichem Tonfall. Offensichtlich ein Zivilist. »Schön, Sie zu sehen. Wir haben später mit Ihnen gerechnet.«

Rayol grinste, und als Carl Werro ihm zunickte, antwortete er: »Wir wären noch da draußen auf der Suche – wenn wir nicht etwas zu bieten hätten.«

»Sie haben den Gesuchten doch nicht etwa gefunden?«

Rayol konnte nicht sagen, wie viel die Zivilisten auf der *Ascalun* wussten und wie im Augenblick der Geheimhaltungsstatus war. »Wir haben zwei Gefangene und würden sie dem Colonel gerne vorführen.«

»Der Colonel ist noch nicht da.«

In der Tat war der Rücken der *Ascalun*, wo sonst die *Clinschor* und auch andere Schiffe andockten, völlig kahl. »Habt ihr denn meine Nachricht weitergeleitet?«, fragte Rayol. Er hatte sie abgeschickt, als sie über das Portal des Mars das Sol-System verlassen hatten. Am liebsten hätte er sie unterwegs aus dem Hyperraum zum Portal zur Weiterleitung geschickt, doch im Sol-System waren die Informationsspuren zwischen den Toren für sie gesperrt. Erst am Portal war es möglich gewesen, die Nachricht abzusetzen. Er hatte sie an die *Ascalun* geschickt. Das machte er fast immer, denn jeder durfte wissen, wo sich die *Ascalun* befand, aber wo sich Solsee mit seinem Kreuzer herumtrieb, war in der Regel geheim. Und man konnte mit einem gewissen Aufwand Nachrichten zum Ziel verfolgen.

»Sie hat uns vor einer Stunde erreicht«, antwortete der Mann.

»Verdammt!«, erwiderte Rayol. Manchmal verschwanden Nachrichten für Tage im Netz zwischen den Portalen. »Gibt es irgendwo eine Krise, dass es sich so verzögert hat?« Bevor der Mann antworten konnte, fragte Rayol: »Doch nicht etwa wegen des Angriffs auf Ianthe-3?«

»Das schlägt zwar hohe Wellen, und es wird zweifellos

Krieg geben, aber Ihre Nachricht kam vom Mars-Portal. Da haben die Erdlinge trotz allem das Sagen. Sie sorgen dafür, dass fremde Militärschiffe die niedrigste Priorität bekommen.«

»Sind wir plötzlich mit denen im Krieg?«

»Nein, aber Sie wissen ja, wie die sind.«

Rayol wusste es. Und natürlich war es ihr gutes Recht, von den Privilegien, die ihnen die Portalbetreiber gewährten, Gebrauch zu machen. Die Tore gehörten zwar nicht den Regierungen und sie durften darüber keine Botschaften abfangen, doch die Konzerne erlaubten ihnen ganz allgemein, die Prioritäten der Botschaften festzulegen, sodass ihre eigenen schneller übermittelt wurden als die von Fremden. Das war Alltag, auch in der Uranosischen Republik, aber hier setzte man die Prioritäten nicht so niedrig, dass sich die Nachrichten, die sich zwischen den Toren in Lichtgeschwindigkeit bewegten, Stunden brauchten. Das war die unnötige Schikane eines Sternsystems, das sich von allen Seiten bedroht sah – vielleicht sogar zu Recht. Hätte er die Nachricht von der *Cardugar* aus geschickt, wäre sie im selben Moment am Ziel angekommen. Er hatte keinen Zweifel daran, dass das Piratenschiff für die Portale als Zivilschiff galt.

»Manchmal wünschte ich mir, alle Sprungtore wären an das Mikroportal-Netz angeschlossen«, sagte Rayol. Es würde wahrscheinlich noch einige Jahre dauern, bis sie überall ohne Verzögerung kommunizieren konnten und das Festlegen von Prioritäten überflüssig wurde.

»Hat sich der Colonel eigentlich gemeldet?«, fragte er dann und überlegte, ob die Pheresen vielleicht ebenfalls die Prioritäten der uranosischen Schiffe heruntergesetzt hatten, um die Kommunikation zu behindern. Es dauerte oft eine Weile, bis man bei den Portalbetreibern durchgesetzt hatte, dass man ein Gebiet erobert hatte und darüber wachte, wer das Tor nutzte.

»Nein. Die Pheresen haben die Kommunikation beim

Nachtglanz-Kartell weitgehend blockiert. Zumindest die ausgehende. Alles, was wir kriegen, sind Empfangsbestätigungen.«

»Das könnte einige Stunden dauern, bis Nachtglanz erkennt, dass wir Admeto halten, und uns die Konfiguration der Prioritäten überlässt. Aber wenn der Colonel die Botschaft erhalten hat, wird er ohne Zweifel kommen.«

»Ich höre gerade, dass Frau Solsee Ihnen anbietet, an Bord zu kommen und ihr Gast zu sein, bis der Colonel eintrifft.«

»*Das* Angebot nehme ich gerne an.«

Darae Solsee.

Rayol hatte sie natürlich schon kennengelernt und war überrascht gewesen, dass Solsees Gattin so attraktiv war. Nach der Beschreibung des Colonels hatte er mit einer uninteressanten Frau gerechnet, die dieser nur des Geldes wegen geheiratet hatte. Aber Rayol fand sie umwerfend. Andere hielten es für wahrscheinlich, dass Darae Korrekturen an sich hatte vornehmen lassen. Selbst nach dem Ende der Singularität konnten sich Leute wie Solsee die teuersten Modifikationen leisten, in irgendeinem der verbliebenen Schönheitsinstitute. Und die Geschichten, die Darae Solsee umgaben, mochten darauf hindeuten.

Darae war Solsees zweite Frau. Die erste – Rita – war angeblich bei einem Unfall während einer Bergtour auf dem Planeten Poseidon umgekommen. Und auch hierüber gab es Gerüchte. Es hieß, der Colonel habe sie umgebracht, um an ihr Erbe zu kommen und sich mit der (damals, vor sieben Jahren) gerade einmal volljährigen Darae einzulassen. Das traute Rayol seinem Colonel zu. Ein anderes Gerücht aber besagte, dass Darae in Wahrheit Rita sei und ihre körperlichen Modifikationen hinter einem Unfalltod verbergen wollte – mitsamt Bestattung und allem. Das hielt Rayol für Unsinn.

Die Frau, nach der er sich jetzt sehnte, während er mit der *Mykenai* an der *Ascalun* andockte; die Frau, die ihn sogar in seine Träume verfolgt hatte und nach deren Vorbild er sich Klarträume hatte komponieren lassen, hatte nichts mit Rita Solsee gemein. Diese war klein und zierlich gewesen, und Darae war groß – sogar außergewöhnlich groß. Gewiss, mit Knochenverlängerungen ließ sich einiges machen. Ritas blaue Augen hätten sich leicht in Daraes hellbraune Augen ändern lassen, und um das schwarze Haar in blondes umzuwandeln, bedurfte es nur einer Färbung. Selbst die Stimme konnte man verändern. Und doch war die Frau, die hinter der Tür am Ende des Ganges stand und ihm nun durch den transparenten Teil bereits entgegenlächelte, nie und nimmer Rita Solsee.

Natürlich hatte er recherchiert, und ebenso natürlich konnte man all das, was er gefunden hatte, leicht fälschen, aber er konnte jetzt, da die Frau, die einen halben Kopf größer war als er, ihm ihre schmalen Hände reichte, nicht daran glauben, dass sie irgendetwas an sich hatte machen lassen. Wenn sie es getan hätte, hätte sie die kleinen Fältchen am Auge und die winzige Narbe an der Schläfe entfernen lassen. Nein, diese Frau war eine natürliche Schönheit.

»Willkommen, Captain«, sagte sie, und hätte er es nicht besser gewusst, er hätte es für eine Liebeserklärung gehalten.

»Danke für die Gastfreundschaft«, sagte Rayol und spürte, wie ihm die Hitze in die Stirn schoss.

»Sie können sich hier ein wenig ausruhen«, sagte sie und wies auf ihr Personal, das ihm entgegenlächelte. Dabei fiel ihm eine blonde Frau auf, die neben Darae stand und ihn höflich anlächelte. »Fran und die anderen werden sich um Ihr Wohl kümmern.« Der Name Fran sagte Rayol etwas. Solsee hatte ihm erzählt, dass Daraes Vertraute früher einmal ein Mann gewesen war. Dieses Detail schien den Colonel zu beschäftigen; dabei konnte man Fran nicht ansehen, ob es der Wahrheit entsprach. Sie war eine schöne Frau mit hellem Haar und grünen Augen, und es war nichts an ihr, was sich als eine Spur zu ihrer männlichen Vergangenheit anbot. In Zeiten, in denen beinahe alles am Körper veränderbar war, spielte das keine Rolle. Fran wirkte wie eine

Frau, also betrachtete Rayol sie als eine solche. Was sich wirklich unter dieser weiblichen Zivilistenuniform befand, würde ihn nur dann interessieren, falls er ihr näherkam und mit ihr intim werden wollte. Und danach sah es nicht aus.

Der Colonel war, wenn es um Geschlechtsumwandlungen ging, ungeheuer altmodisch. Und wann immer er über Fran herzog und sich darüber aufregte, dass Darae sie nicht nur in Schutz nahm, sondern ihr die Operation bezahlt hatte, schwieg Rayol einfach und wartete, bis die Tirade vorüber war. Im Grunde bewunderte Rayol Darae dafür, dass sie ihrem Gatten in dieser Sache die Stirn geboten hatte. Es war nicht leicht, sich gegen einen Mann wie Solsee und seine mehr als konservativen Ansichten durchzusetzen.

»Ich hörte vom Angriff auf Ianthe-3«, sagte Darae. »Ich kann mir vorstellen, dass Sie seither keine ruhige Minute hatten.«

Sie hatte recht. Er hätte zwar im Hyperraum schlafen können, aber er hatte kein Auge zugetan, sondern sich wieder und wieder gefragt, wie der Colonel die Nachricht aufnehmen würde. »Ich vermute, eine Ruhepause musste ich mir erst einmal verdienen.«

»Auf ein Wort«, sagte sie und reichte ihm die Hand.

Rayol fasste vorsichtig ihre kühlen Finger und ließ sich von Darae Solsee zur Seite führen, während die Bediensteten warteten. »Gehe ich recht in der Annahme, dass einer von Ihren Gefangenen Chris Mesaidon ist?«

Rayol nickte nur.

»Mein Mann hat mir erzählt, worum es geht. Ich weiß zwar nicht, warum dieser Mesaidon so wichtig ist, aber für den Kampf gegen die Ketoniden scheint er von großer Bedeutung zu sein. Vielleicht als Faustpfand.«

»Oder es geht um etwas, was er weiß oder in seinem Besitz hat bzw. hatte. Ich weiß auch nichts Genaues.«

»Jedenfalls sollten Sie sich keine Sorgen machen. Mein Mann wird Ihnen die Sache mit Ianthe-3 nicht nachtragen. Mesaidon scheint so wichtig zu sein, dass man den Krieg mit dem Pheres-System gewagt hat. Also …« Sie lächelte. »Also brauchen Sie nicht rot anzulaufen. Keine Angst. Mesaidon gefangen zu haben, das wird Ihnen nützen.«

»Gestatten Sie, dass ich ihn und seinen Gefährten auf die *Ascalun* transferiere? Ich würde mich besser fühlen, wenn das Gefängnismodul in Ihrem Schiff wäre als da draußen auf der kleinen *Mykenai*.«

Darae schmunzelte. »Sie haben sich diesen Wunsch verdient. Schicken Sie uns das Modul einfach.«

»Danke«, sagte Rayol und nickte.

Darae Solsee führte ihn zurück zu den Bediensteten.

»Ruhen Sie sich aus. Und erlauben Sie mir, Sie nachher zum Abendessen einzuladen.«

»Ist es denn nicht schon Abend?«

»Auf diesem Schiff noch nicht ganz«, sagte sie mit einem Lächeln. »Wenn mein Gatte fort ist, stellen wir die Uhren zurück. Ich bin eine altmodische Frau und hinke in manchem ein wenig hinterher. Nicht nur im Ambiente. Aber das werden Sie sicherlich früher oder später merken.«

Für einen Moment stockte Rayol der Atem. Kaum etwas wünschte er sich mehr, als alles, was Darae Solsee anging, zu bemerken, zu erfahren und zu ergründen. Er begehrte sie wie keine andere.

»Nett von ihnen, das Bullauge einzubauen«, sagte Chris und blickte aus dem Gefängnismodul zur Flotte hinaus, an der sie vorhin vorübergeflogen waren. »Ich kann keine Station sehen – keinen Planeten.«

»Ich weiß, wo wir sind«, sagte Valmas, der eben nur einmal kurz hinausgeschaut hatte, dann die Liege aus der Wand hatte fahren lassen, um sich auf das Kunststoffpolster zu betten.

»An einem Knotenpunkt«, sagte Chris. Manche Tore lagen im scheinbaren Nirgendwo, waren aber mit Dutzenden anderen Portalen verknüpft. Es waren Abkürzungen, die man erreichte, indem man am Portal im Hyperraum von Ebene zu Ebene sprang. Dazu musste man nicht einmal in den Normalraum zurückkehren, sondern sandte im Hyperraum seine Zieldaten ans Tor und stieß anschließend hindurch. Dann erschien man nicht im Normalraum, sondern auf einer anderen Ebene des Hyperraums. Durch die zahlreichen Ebenen ergaben sich unterschiedliche Routen zum selben Ziel, und manche Orte lagen so günstig, dass man besonders viele Portale miteinander verknüpfen konnte, ohne dass der Weg durch den Hyperraum zu lang wurde.

»Wir sind im *Empty Corner*. Das ist einer der wenigen Knotenpunkte, die keine Raumstation besitzen«, sagte Valmas. »Und das Portal liegt im uranosischen Raum.«

»Nie davon gehört.«

»Du hast nicht von der Zerstörung von Aliscans gehört?«

»O doch. Ja. Ein Hinterhalt durch die Tartarosier. Die hätten die Uranosische Republik beinahe in die Knie gezwungen. Vor Aliscans hat sich alles entschieden. Und das war hier?«

»Genau. Und das bedeutet, dass wir am Arsch sind. Nächster Halt Kronos-4.«

»Warum nicht direkt nach Kronos-4?«, fragte Chris. Es wäre gewiss keine Schwierigkeit gewesen, sie auf den Hauptplaneten der Uranosischen Republik zu verfrachten.

Valmas erhob sich schwerfällig von der Liege und trat an seine Seite, um hinauszuschauen. »Hier werden allerlei Geschäfte gemacht. Ich war oft hier, um meine Beute zu verkaufen. So weit abseits vom Tor befinden sich normalerweise nur die Kriegsschiffe der Uranosier. Dieser Rayol Oredson ist nur ein Captain. Vermutlich wird er uns an einen seiner Vorgesetzten ausliefern, der dann mit uns die ganzen Ehren einstreicht.«

»Aber was können sie nur von mir wollen?«

»Ist das nicht offensichtlich?«

Chris schwieg und überlegte, ob je irgendetwas mit den Uranosiern zu tun gehabt hatte, das ihn derart in Gefahr bringen konnte.

»Es liegt nicht an dem, was du getan hast, sondern an dem, was du bist. Du bist vielleicht der Sohn von Eltern, gegen die man jetzt ein Druckmittel braucht.«

»Dafür der ganze Aufwand? Um gegen Eltern vorzugehen, denen ich nicht genug bedeutete, dass sie mich in ihrer Nähe haben wollten?«

»Vielleicht …«, sagte Valmas, doch ein Ruck, der durch den Raum ging, ließ ihn abbrechen und zur Decke schauen. Er stützte sich an der Wand ab. Ein weiterer Ruck riss Chris beinahe von den Beinen. Er konnte sich gerade noch am Boden abstützen.

Als sich alles wieder stabilisiert hatte, spürte Chris die Beschleunigung. Er schaute an Valmas' Seite aus dem großen Bullauge. Von der Flotte war nichts mehr zu sehen. Vor ihnen erhob sich ein großes Schiff: elegant, lang gezogen und mit einem hellen Panzer versehen. Es wirkte wie eine riesige Insektenlarve.

»Das ist die *Ascalun*«, sagte Valmas. »Das Schiff von Colonel Solsee. Jetzt sind wir wirklich geliefert.«

Chris schwieg und empfand mehr Neugier als Furcht. Was immer die Uranosier von ihm wollten, es würde dazu führen, dass er ein paar Antworten erhielt.

DARAE

Ein Jahr bevor Chris auf Ianthe-3 für mündig erklärt wurde, gab es im Uranos-System ein Mädchen namens Darae Ormande, die ebenfalls nach einem Test als Erwachsene eingestuft wurde. Sie war kein Genie, sondern verfügte über Geschäftssinn und durchschaute den Test. Sie war zwölf und durfte die Geschicke des Unternehmens, das ihre Eltern für sie etabliert hatten und führten, nun selbst lenken. Sie war eine Programmiererin und eine Bastlerin, genau das, womit man in diesen Zeiten ein Vermögen machte. Und sie *machte* ein Vermögen.

Als sie vierzehn war, *fühlte* sie auch endlich erwachsen. Und gerade zu diesem Zeitpunkt nahmen sich ihre Eltern das Leben. Im Argolis-System war Selbstmord legal, und ihre Eltern hatten immer wieder durchblicken lassen, dass sie genug von allem hätten und eines Tages diesen Weg gehen würden. Und nun, da Darae auf eigenen Beinen stehen konnte, hatten sie den lange gefassten Plan umgesetzt.

Ihre Freunde fürchteten, sie könnte in ihrer Trauer die Stabilität verlieren, die sie bislang ausgezeichnet hatte. Sie aber konzentrierte sich nur noch mehr auf ihr Geschäft und wurde noch erfolgreicher; nur das konnte dem Gefühl der Einsamkeit etwas entgegensetzen. Dabei bemerkte sie nicht, wie sich ihre Freunde und Bekannten immer weiter von ihr entfernten.

Mit sechzehn – der Volljährigkeit in der Uranosischen Republik – war ihr Unternehmen auf dem Höhepunkt, und Darae fing endlich an, das Leben zu genießen. Sie lernte Colonel Meljan Solsee kennen, der gerade seine Frau verloren hatte. Darae schwärmte für den Mann, der den Tod seiner Gattin mit so viel Haltung hingenommen hatte. Er war mit seinen einundvierzig Jahren zwar deutlich älter als sie, aber seine Ausstrahlung hatte es ihr angetan. Er war ein Held, ein gut aussehender Mann, der ungeheuer charmant sein konnte und einem das Gefühl gab, zu allem fähig zu sein. Er war wie ein Tiger. Aber sie wollte ihn nicht zähmen – sie wollte wie er sein.

Nach einer intensiven Affäre entschlossen sie sich zu heiraten. Sie war damals blind vor Liebe gewesen und konnte sich nicht vorstellen, dass es Meljan um irgendetwas anderes gehen konnte als um sie. Er bewies seine Loyalität am Anfang immer wieder. Doch schon nach wenigen Monaten tauchte ein Problem auf, das alles bedrohte, was sie sich aufgebaut hatte.

Ihr Erfolg war nicht unbemerkt geblieben. Die Schattenkonzerne hatten ein Auge auf Daraes Unternehmen geworfen, und einer von ihnen – Andromeda Subliminal – trieb sie, wie sie später erfuhr, über eine Tochterfirma beinahe in den Ruin. Sie hatten ein großes Logistikprojekt bestellt, und alles war so gut verlaufen, dass Darae den nächsten Auftrag, der gewaltig war, sofort angenommen hatte. Doch plötzlich wollten sie nicht zahlen. Die Firma verschwand und Daraes Unternehmen stand ohne Einnahmen da.

Darae sah damals nur einen Ausweg: ihr Unternehmen zu verkaufen. Nicht jedoch an den Schattenkonzern Andromeda Subliminal, den sie verachtete und der nur einen Spottpreis bot. Merkwürdigerweise zogen viele Interessenten ihr Angebot schnell wieder zurück. Wie sich später herausstellte, hatte Andromeda Subliminal sie zu diesem Verzicht gedrängt.

Sie wusste keinen Ausweg mehr. Doch Meljan, den sie in alle Geschäfte einweihte, hatte einen Einfall, der sie davor bewahrte, dem Schattenkonzern nachzugeben. Er ließ seine Beziehungen spielen, und so kaufte das Uranosische Militär ihr Unternehmen für 500 Millionen Drachmen. Das war viel weniger, als das Unternehmen vorher wert gewesen war – mindestens 2 Milliarden –, aber es war mehr als genug für ein hübsches Leben. Nie zuvor hatte sie so viel Geld für sich behalten. Sie hatte es früher immer wieder sofort investiert.

Es gab nur einen echten Haken bei der Rettungsaktion: Das Geld wurde auf ein Militärkonto überwiesen. Das hatte zwar den Vorteil, dass das Vermögen dort vor äußeren Zugriffen sicher war, aber den Nachteil, dass Meljan Zugang dazu hatte und sie jederzeit von der Verwendung des Kontos ausschließen konnte. Zuerst störte es sie nicht, da sie schließlich in Meljan verliebt war. Aber sie merkte bald, dass sein Interesse an ihr schwand. Er betrog sie mit anderen, mit reifen Frauen, neben denen Darae sich wie das Kind fühlte, das sie nun definitiv nicht mehr war. Sie war eifersüchtig, doch ihre Wut richtete sich nicht gegen Meljan, sondern fand ein anderes Ziel: Darae wollte sich an jenen rächen, die ihr Unternehmen ruiniert hatten.

Sie plünderte die letzten geheimen Konten, die sie noch besaß, und fand heraus, dass der Schattenkonzern Andromeda Subliminal hinter ihrem Ruin steckte. Und sie fand heraus, dass die Hierarchieebenen dieses zwielichtigen Unternehmens streng getrennt waren. Man kannte seine Vorgesetzten nicht, sondern nahm über klar definierte Kanäle die Anweisungen entgegen und erhielt nach erledigter Arbeit den Lohn.

Es dauerte eine Weile, bis Darae die Hierarchie enträtselt hatte und herausfand, dass alle Fäden bei einer Person zusammenliefen, von der niemand wusste, dass sie einen Schattenkonzern führte; einer Person, die leicht auszuschalten war, wenn man es denn gewusst hätte – einer Person, die Daraes Rache zu spüren bekommen sollte. Der Mann hieß Dwight Reylar.

Es wäre ein Leichtes gewesen, einen Killer anzuheuern, der ihn tötete. Aber Darae hatte schon immer Fantasie gehabt, und so schwebte ihr etwas ganz anderes vor.

Da sie seine Kontakte und die gesamte Struktur von Andromeda Subliminal nun kannte, entwarf sie ein Programm, mit dem sie sich zwischen ihren Feind und seine Untergebenen schalten konnte. Und dann setzte sie einen Auftrag ab. Die Verbrecher sollten eine Maschinenfarm ausräumen und alle Geräte in ein Lagerhaus auf Kronos-4 schaffen.

Wie immer taten sie, was man ihnen sagte, und erhielten dafür ihre Bezahlung. Darae installierte eine versteckte Kamera, und so konnte sie Dwight Reylar sehen, als er von einer Geschäftsreise heimkehrte. Die Fassungslosigkeit, mit der er durch seine leer geräumte Wohnung schritt, beobachtete Darae mit Genugtuung. Alles, womit er seinen Schattenkonzern aufrechterhalten hatte, war nun fort. Darae hatte ihm nur eine Nachricht auf einer der kahlen Wände hinterlassen. Sie hatte die Wandsegmente in den Bildschirm-Modus umgestellt, und auf schwarzem Hintergrund stand dort nun in grüner Schrift: »Ich übernehme von hier an. Nimm den Chip. Auf dem Konto findest du etwas für deinen Neuanfang.« Es waren zehntausend Drachmen. Genug, um einen winzigen Betrieb zu gründen.

Darae hatte nie wieder von Dwight Reylar gehört. Er musste seine Identität gewechselt haben, sonst hätte sie ihn im Auge behalten können. Er verschwand einfach im Untergrund.

Fortan war Darae eine Grande der Unterwelt. Mit den erbeuteten Maschinen und jenen, die sie hinzufügte, mit ihren Programmen und ihrem Geschäftssinn, machte sie aus einem kleinen Schattenkonzern ein gewaltiges Unternehmen, mit Tochterfirmen, die völlig legal waren. Irgendwann würde sie vielleicht ganz aus dem Schatten treten.

Das Schönste war, dass Meljan nichts davon ahnte. Sie hatte anfangs für ihn geschwärmt, wie ein Teenager für einen Showstar schwärmte. Nun aber war sie froh, dass er sich nichts mehr aus ihr machte. Inzwischen hasste sie Meljan dafür, dass er sich ihr Vermögen angeeignet hatte, sie nach wie vor mit anderen Frauen betrog und sich kaum noch die Mühe machte, die Affären vor ihr und der Öffentlichkeit zu verschleiern.

Nun, mit dreiundzwanzig, war Darae klar, dass sie nicht ihr ganzes Leben mit Meljan verbringen würde. Sie arbeitete an ihrer Rache, und er wusste es nicht einmal. Sie nutzte Informationen, die sie von ihm abschöpfte oder in seinem Netzwerk abhörte, für ihre Zwecke und machte ungeheuren Gewinn. Sie hatte sich sogar auf etwas eingelassen, das gefährlich war, aber ihr den letzten Schritt aus der Schattenwelt ermöglichen mochte: Sie unterstützte die Feinde Meljans – den ketonidischen Widerstand.

Ihren gesamten Aufstieg der vergangenen Jahre verdankte sie dem Handel mit den Widerstandskämpfern des Keto-Systems. Andere hatten sich daran versucht, waren aber aufgeflogen und von der Uranosischen Armee auseinandergenommen worden. Nur sie blieb stets unentdeckt und fragte sich inzwischen, ob es wirklich wünschenswert war, ihr ganzes Unternehmen aus dem Schatten zu rücken. Stattdessen dachte sie immer öfter an ein Yin-Yang-Kartell, bei dem Schatten und Licht zu einem verbunden waren.

Das Jahr 2488 war ein besonderes Jahr für Darae. Es war das Jahr, in dem die Wende kam. Sie stand schon lange im Kontakt mit der Anführerin der ketonidischen Rebellen – Ryala Pondaia. Und als Darae erfuhr, dass das uranosische Militär einen Angriff auf Ianthe-3 plante, der mit einem jungen Mann namens Chris Mesaidon und mit den Ketoniden in Zusammenhang stand, spielte sie diese Information Ryala zu. Etwas Großes war im Gange, das spürte Darae. Und vielleicht war es Zeit, ein echtes Wagnis einzugehen.

Darae stand nun in ihrem Zimmer auf der *Ascalun* am Fenster. Die *Mykenai* lag leider nicht in ihrem Blickfeld. Sie hätte sich das Gefängnismodul gerne angeschaut, in dem sich Chris Mesaidon mit seinem Gefährten befand. Aber es würde reichen, die Aufzeichnungen anzusehen, um alles darüber zu erfahren, was sie wissen musste. So blieb ihr nur der Blick zu all den Schiffen hinüber, die in der Ferne leuchteten.

Hier im *Empty Corner* hatte ihre zweite Karriere ihren Anfang genommen. Nun fragte sie sich, ob sie das Wagnis, das ihr vorschwebte, wirklich eingehen sollte. Noch unentschlossen wandte sie sich vom Fenster ab und setzte sich an ihren Arbeitstisch. Sie öffnete einen geheimen Kanal nach Keto. Über Umwege würde sie mit Ryala Pondaia in Kontakt treten. Die Anführerin des Widerstandes hatte meist ein offenes Ohr für sie, wenngleich sie nicht ahnte, dass der Kopf der Andromeda Subliminal niemand anders war als die Frau ihres ärgsten Feindes.

Auf dem Schirm erschien die Nachricht »Verbindung hergestellt!«. Die Verzögerung betrug nur wenige Sekunden. Das Signal wurde von der *Ascalun* zum Tor gesandt, schoss durch den Hyperraum ins Keto-System und dort über einige Tore zu dem Ort, an dem sich Ryala befand. Dabei musste nicht einmal das ganze Tor geöffnet werden. In der Struktur der Portale öffneten sich für die Kommunikation ständig unbemerkt winzige Pforten. Da das Keto-System noch nicht an das Mikroportal-Netz angeschlossen war, die Verbindung aber dennoch kaum eine Verzögerung hatte, musste Ryala sich in der Nähe eines Portals mit guter Anbindung befinden. Darae vermutete, dass sie sich im Orbit des Planeten Euryale befand. Es war einer der wenigen Orte, an dem sie beinahe unbehelligt agieren konnte.

Eine Schrift erschien auf dem Schirm. »Was gibt's?«, stand dort, und wie immer trug eine weibliche Computerstimme den Text vor.

»Hast du von Ianthe-3 gehört?«, sagte Darae, und ihre Worte erschienen als Text auf dem Schirm.

»Ja«, antwortete Ryala und berichtete, dass die Ketoniden die Station mehrmals gewarnt hätten, man ihnen aber keinen Glauben geschenkt habe. »Das ist eine Katastrophe. Ich kann nur hoffen, dass die Person, um die es uns geht, nicht dort war.«

»War sie nicht«, entgegnete Darae.

»Weißt du etwas?«

»Chris Mesaidon lebt.«

»Großartig!«

»Er ist aber in den Händen der Uranosier«, erklärte Darae.

»Scheiße!« Es klang lustig, wenn die Computerstimme fluchte.

»Ich habe Kontakte, die ihm zur Flucht verhelfen könnten«, sagte Darae.

»Das wäre möglich?«

»Wenn du mir die gesamte Summe für den Frachter im Voraus zahlst, ist fast alles möglich.«

Es dauerte eine Weile, bis Ryala antwortete. »Geht in Ordnung. Aber natürlich nur, falls du es auch schaffst.«

»Ich werde tun, was ich kann. Wenn ich ihn sicher zu dir bringen kann, brauche ich sofort das Geld.«

»Abgemacht.«

»Ende der Übertragung«, sagte die androgyne Hauptstimme ihres Systems.

Darae lehnte sich grinsend in ihrem Stuhl zurück. Die Ketoniden brauchten den uranosischen Kriegsfrachter unbedingt. Offenbar planten sie nach all den Rückschlägen wieder etwas Großes. Überhaupt schienen die Geschäfte der letzten Zeit auf eine Offensive hinzudeuten.

Seit Senthea Pondaia, Ryalas Schwester, den Uranosiern ins Netz gegangen war und auf dem Planeten Chrysaor als Gefangene gehalten wurde, konnte es den Ketoniden bei den Lieferungen nicht schnell genug gehen. Der Handel mit dem Frachter würde so viel Geld in Daraes Kasse spülen, dass sie ihrem Ziel sehr, sehr nahe kam. Sie würde ein Ersatzmodul kaufen, mit dem sie eine Reparatureinheit instand setzen würde. Und dann würde sie das große Geld machen.

Als wäre das nicht genug, würde sie Chris Mesaidon aus den Händen ihres Mannes stehlen, ehe er ihn überhaupt in

Händen hielt. Und Rayol würde wieder mal als der Dumme dastehen.

Doch wie sollte sie das bewerkstelligen, ohne den Verdacht auf sich zu lenken? Das plagte sie. Aber je mehr sie über Rayol, Meljan und die anderen Offiziere nachdachte, umso deutlicher wurde, was sie zu tun hatte.

Chris saß auf seiner Liege und schaute zwischen der Tür und dem Bullauge hin und her. Ab und zu pausierte sein Blick gegenüber auf Valmas, der zur Decke starrte. »Bist du jemals aus so einem Modul ausgebrochen?«, fragte Chris.

»Nein. Ich konnte immer erst entkommen, wenn ich aus den Dingern rauskam und sie mich verlegten. Da geschahen dann Fehler. Und darauf musst du vorbereitet sein.«

Chris nickte. »Wie lange wird das wohl dauern?«

»Weiß nicht. Es könnte Wochen dauern, bis wir jemanden zu Gesicht bekommen.«

Die Computerstimme, die sie sonst aufforderte, ihre Mahlzeiten aus der Nische zu nehmen, und sie immer dann warnte, wenn die Toilette aus der Wand fuhr, sagte nun: »Von der Tür wegbleiben!«

Sie rührten sich nicht von der Stelle und schauten zum Eingang.

»War ja klar, dass mir das olle Modul widerspricht«, sagte Valmas.

Die Tür öffnete sich, und eine hochgewachsene Frau trat ein – allein. Sie trug weiße Sachen, beinahe im Einklang mit den Wänden des Moduls. Nur der Wollponcho war ein wenig trüber. Ein spiegelnder Metallhelm verbarg ihr Gesicht. Nur ein wenig blondes Haar quoll unter dem Helm hervor.

Chris wollte aufstehen, doch die Fremde hob die Hand zu einer beschwichtigenden Geste und sprach mit einer Computerstimme: »Kommt nicht auf dumme Gedanken! Geht gegen mich vor, und ihr kommt hier niemals raus.«

»Du willst uns also helfen?«, fragte Chris. »Warum?«

»Meine Gründe gehen euch nichts an. Dies ist die einzige Chance, die sich euch bieten wird.«

Valmas erhob sich langsam. »Wir sollen glauben, dass es auf der *Ascalun* jemanden gibt, der uns helfen will?«

»Glaubt, was ihr wollt. Nehmt meine Hilfe an oder schlagt sie aus. Es liegt ganz bei euch.«

»Wer bist du?«, fragte Valmas.

»Das ist nicht wichtig«, sagte die fremde Gestalt und holte dann eine Card hervor. »Wichtig ist nur das hier! Ein Schlüsselgenerator.«

»Die Tür ist offen«, sagte Chris. »Wozu also der Schlüssel?«

»Um den Verdacht von mir fernzuhalten. Wenn ihr *hier* auf dem Schiff ausbrechen würdet, würden Fragen gestellt. Und dann könnte ich in Schwierigkeiten geraten. Da ich an meinem Leben und meinem Job auf diesem Schiff hänge, müsst ihr warten. Captain Oredson will euch zurück auf die *Mykenai* transferieren. Und wenn ihr dort seid – und auf keinen Fall vorher –, werdet ihr den Schlüsselgenerator an der Tür verwenden. Alles Weitere liegt dann in euren Händen.« Sie reichte Chris die rechteckige Karte.

»Eine CDG-97«, sagte Chris anerkennend. Diese Card-Computer waren begehrt. »Fast schon eine Verschwendung für einen Schlüssel.«

»Nicht für diesen Schlüssel«, entgegnete die Frau.

»Keine Waffen?«, fragte Valmas.

Die Maskierte schüttelte den Kopf. »Die Scanner der *Mykenai* würden sie bemerken. Standardprotokoll beim Transfer. Dann wüssten sie, dass ihr Hilfe hattet. So werden sie davon ausgehen, dass ihr die Karte die ganze Zeit hattet und die Wachen, die euch gefangen genommen haben, sie übersehen haben.«

»Und ihre Scanner werden die Karte wirklich nicht entdecken?«, fragte Chris.

Das Lachen der Frau klang durch die Verfremdung der

Stimme wie das Keckern einer Elster. »Jetzt weißt du, warum es eine CDG-97 ist.«

»Gut«, erwiderte er. »Wir brechen aus. Und dann? Wie kommen wir von der *Mykenai* runter?«

Ehe die Fremde antworten konnte, sagte Valmas: »Wir schlagen uns aufs Flugdeck durch und hauen ab.«

Die Maskierte nickte. »Ihr schnappt euch ein kleines Schiff, fliegt dem Sprungtor entgegen und mischt euch unter die anderen Schiffe. Ein automatisierter Frachter wird euch ein Signal senden und euch aufnehmen. Er wird euch in Sicherheit bringen.«

Valmas legte die Stirn in Falten. »Könnte es sein, dass wir uns von der einen Gefangenschaft in die nächste begeben?«

»Ich fürchte, das Wagnis müsst ihr schon eingehen, wenn ihr hier rauswollt«, erwiderte die Fremde.

»Und wenn wir uns weigern?«, fragte Chris.

»Lass nur«, sagte Valmas. »Lieber der Ungewissheit ins Auge schauen, als Solsees Gefangener zu sein.«

Chris zögerte, etwas zu sagen. Da draußen würden sich allerlei Möglichkeiten bieten zu entkommen, wenn sie es schafften, auszubrechen und ein Schiff zu erbeuten. Doch Chris bedauerte, dass er nach einem Ausbruch von Solsee – oder wer auch immer die Befehle gab – keine Antworten erhalten würde. »Warum sagst du uns nicht, wer du bist?«

Die Frau zögerte, als erwöge sie, es tatsächlich zu offenbaren. Nach einer Weile, in der Chris und Valmas Blicke getauscht hatten, sagte sie: »Ich bin jemand, der viel riskiert, aber spürt, dass es dieses Risiko wert ist.« Sie trat näher, und Chris sah im Spiegelhelm sein eigenes Gesicht, in dem die Überraschung schwelte. »Du weißt nicht, warum sie dich gefangen haben?«

»Nein, keine Ahnung.«

Sie fasste seine Hand mit ihren schmalen, warmen Fingern. »Ich kann dir im Augenblick nicht helfen, denn ich weiß auch nicht genau, was sie von dir wollen. Du scheinst im Kampf gegen die Ketoniden eine Spielfigur zu sein. Ein Ahnungsloser, von dem dennoch etwas abhängt. Alle scheinen dich in Händen haben zu wollen. Vielleicht, um auf irgendwen Druck auszuüben. Nehmt einfach meine Hilfe an, und ich werde sehen, was ich herausfinden kann.«

»Und warum sollte uns Rayol Oredson wieder auf sein Schiff transferieren?«, fragte Chris.

»Und wieso kannst du hier ein und aus gehen, ohne bemerkt zu werden?«, setzte Valmas nach.

»Pscht!«, zischte sie leise. »Ich bin wie ein Geist. Niemand außer euch hat mich kommen sehen.« Sie schaute zur Decke hinauf. »Nicht einmal die Kamera da oben.« Eine schwarze Fläche war alles, was Chris dort sah. »Aber wenn ich fort bin, werden sie wieder alles beobachten. Und dann müsst ihr vorsichtig sein. Lasst euch nichts anmerken und posaunt nicht alles heraus.«

»Aber wie machst du das?«, fragte nun auch Chris.

»Manche nutzen Module, manche wissen sie zu verändern«, sagte sie.

Valmas grinste nur.

»Das sind große Fähigkeiten«, sagte Chris und nickte. »Dann bist du eine Spionin.«

»Gewissermaßen.«

»In wessen Auftrag?«

»Vielleicht in meinem eigenen. So oder so, ich würde es euch nicht sagen. Bis bald! Und seid nicht zu sehr erstaunt, wenn ihr merkt, dass das, was ich euch gegeben habe, viel mehr ist als nur ein Schlüssel.« Sie trat rückwärts aus dem Raum hinaus. Mit einem Zischen schloss sich die Tür, und mit einem Knacken verriegelte sie sich.

Valmas lachte leise. »Entweder Solsee will uns demütigen oder diese Frau ist ein Genie.«

»Letzteres würde mir besser gefallen«, sagte Chris und starrte noch immer auf die Tür.

»Das glaube ich. So, wie du sie angeglotzt hast. Wie einen Geist.«

»Ich wüsste gern, wer sie ist.«

»Wer immer das ist: Du hast ihr gut gefallen.«

»Und das hast du am Glitzern ihres Spiegelvisiers abgelesen?«

»Nein, an ihren Händen. Als sie deine Hand gefasst hat, und wie die Stimme – Verfremdung hin oder her – geklungen hat. Das hat mir gesagt, was ich wissen muss.«

»Also werden wir, wenn wir so weit kommen, diesen Frachter ansteuern, von dem sie gesprochen hat?«

Valmas spitzte die Lippen und nickte. »Ich möchte wissen, wer hinter der Maske unseres Schutzgeistes steckt.«

Chris nickte. »Und ich möchte die Antworten aus ihrem Mund mit ihrer echten Stimme hören.«

Darae schaute über den reich gedeckten Tisch hinweg in die verlegene Miene von Captain Rayol Oredson. Sie hatte sich, anders als beim Besuch im Gefängnismodul, mit ihrer Garderobe keine Mühe gegeben. Sie trug einen ärmellosen Wollpulli mit Rollkragen in Rot und einen schlichten sandfarbenen Rock. Rayol sollte nicht den Eindruck haben, dass dies für sie auch nur ansatzweise ein besonderer Anlass war.

Sie sprachen erst über Belanglosigkeiten und beschäftigten sich dann behutsam mit Ianthe-3. Dabei fiel Darae auf, dass Rayol kein Wort über all die Opfer verlor, deren Tod er zu verantworten hatte. Er aß in aller Ruhe seine Forelle und sprach nur von sich und was dieser Fehler für ihn, für Meljan und ihre Karrieren bedeutete. Spätestens jetzt wusste sie, dass Rayol das, was sie ihm antun würde, verdient hatte.

Sie kamen auf Mesaidon zu sprechen, und Darae wartete auf den richtigen Augenblick, ihre Saat zu pflanzen. Sie ließ Rayol spekulieren, was wohl Mesaidons Bedeutung war und was Meljan und General Connelly von Rayols Erfolg halten würden. Darauf sagte sie: »Ada Connelly wird bestimmt Luftsprünge machen, wenn sie Mesaidon und seinen Gefährten in die Finger kriegt.«

Rayol senkte kurz den Blick.

»Natürlich nur, wenn Mesaidon wirklich so wichtig ist, wie es den Anschein hat.«

»Das ist er«, entgegnete Rayol. Mit seinem Blick war er aber immer noch abwesend und stocherte wie ein Kind in dem Fisch nach Gräten. »Die Worte des Colonels ließen keinen Zweifel daran.«

»Das stimmt.« Darae lächelte, und Rayol lächelte zurück. Er bewies damit, dass er nicht im Mindesten hinter ihre Maske schauen konnte. Sie wollte nur ihre Rolle aufrechterhalten. Doch tatsächlich bedauerte sie, dass die Ketoniden den Angriff auf Ianthe-3 nicht hatten verhindern können, obwohl sie dem Stationskommando die Information zugespielt hatten. Sie empfand es wie eine Niederlage. Die Informationen, die sie abgeschöpft hatte, waren nicht entscheidend gewesen; sie hatten nichts verändert. Und Darae hasste es, wenn ihr Tun und all die Wagnisse, die sie dabei einging, ohne Konsequenzen blieben. Deswegen hatte sie nun noch mehr in die Waagschale geworfen – wie eine Spielerin, die ein Vermögen verloren hat und immer mehr Geld nachsetzt, um die Verluste auszugleichen und doch noch einen großen Gewinn zu erzielen. Und bei jedem neuen Einsatz, den sie ins Spiel brachte, fragte sie sich, ob sie gerade zu weit gegangen war.

Sie war bereit, sich abzuwenden, fortzugehen und Meljan vor Augen zu führen, wie sehr sie ihn all die Jahre betrogen hatte. Im Grunde war schon alles vorbereitet für den Tag der Offenbarung.

»Da Mesaidon also so wichtig ist«, sagte Darae, »wittere ich schon eine satte Beförderung. Darauf wartet Meljan schon lange. Und in letzter Zeit hatten wir den Eindruck, Connelly sei seiner überdrüssig geworden. Aber ganz gleich, was vorher war: Eine solche Beute kann eine ganze Karriere prägen. Man muss nur zur richtigen Zeit vor Ort sein und mit der Beute in der Hand die Lorbeeren ernten.« Sie biss sich auf die Lippen und warf Rayol einen besorgten Blick entgegen.

Der Captain grinste erst, dann stutzte er und legte die Gabel ab. »Sie fürchten etwas?«

»Mein Mann hat Rivalen«, sagte sie, wandte mit Bedacht den Blick von Rayol ab und schaute auf ihren Teller, auf dem nur noch der Salat darauf wartete, von ihr verspeist zu werden. »Ich habe Angst, dass man ihm wieder einmal im letzten Augenblick alles zunichtemacht.« Sie schaute wieder auf und warf ihm einen scheinbar verzweifelten Blick zu. »Sie werden ihm doch den Rücken stärken? Sie werden doch dafür sorgen, dass die Gefangenen nicht in falsche Hände geraten, sondern sicher dorthin gelangen, wo sie hinsollen?«

»Ich vermute, Ihr *Mann* wird Mesaidon und seinen Kumpanen General Connelly vorführen wollen. Bei *ihr* gibt es das Lob zu erwerben.«

»Aber Sie werden doch dafür sorgen, dass Sie und mein Gatte dieses Lob erhalten werden – und nicht irgendeiner seiner Rivalen, die um Connelly herumschwirren wie Motten.«

»Die Gefangenen werden sicher bei General Connelly eintreffen. Ich verspreche es. Wenn Ihr Mann sich doch nur endlich melden würde!«

»Das wird er schon. Und er wird froh sein, einen so treuen Captain zu haben. Glauben Sie mir.« Sie hob ihr Weinglas und sagte: »Auf die Zukunft!«, und Rayol konnte unmöglich ahnen, dass in ihrem hoffnungsfrohen Lächeln Genugtuung lag. Sie hatte alles gesagt, was nötig war. Die Saat war bereitet.

Rayol konnte nicht schlafen. Er hatte bei geschlossenen Augen das gewinnende Lächeln Daraes vor Augen. Jetzt einen Trauminduktor, und die Nacht wäre gerettet. Wann immer er seine Sexfantasien zur Seite wischte und daran dachte, was Darae gesagt hatte, musste er schmunzeln. Gewiss ohne sich der Konsequenzen bewusst zu sein, hatte sie ihn auf etwas gebracht, das er vorher nicht gesehen hatte. Er hatte nur an die Gefangenen und an seinen Colonel gedacht, nicht aber an General Connelly.

Darae, die sich rührend um des Colonels Wohl sorgte und die Gefahr durch die Rivalen sah, hatte ihm überhaupt erst den Wert Mesaidons klargemacht. Gewiss, Solsee hatte Rivalen, doch nicht nur die anderen Colonels hatte er zu fürchten. Selbst seine Untergebenen konnten ihm zur Bedrohung werden.

Rayol beneidete den Colonel – um seinen Rang und um seine Frau. Wenn sich ihm die Möglichkeit böte, ihm den Lohn für die Gefangennahme Mesaidons vor der Nase wegzuschnappen, wäre das ein Triumph. Doch wie sollte er es tun, ohne Solsees Zorn auf sich zu ziehen und – was noch viel schwerer wog – Daraes Verachtung?

Darae hatte ihn, ohne es zu ahnen, auf eine Idee gebracht: Er würde mit Ada Connelly Kontakt aufnehmen. Zwar hatte er Befehle, sich hier mit dem Colonel zu treffen, aber die Kommunikation nach Admeto war abgebrochen. Das waren unvorhergesehene Umstände, und so verfügte er als Untergebener über Spielräume. Und genau diese wollte er nun ausnutzen.

Natürlich würde er nicht einfach zu Connelly fliegen und die Gefangenen präsentieren. Damit würde er Solsees Befehl zuwiderhandeln. Er konnte den alten Befehl nur dadurch loswerden, dass er sich von General Connelly einen neuen einholte, ohne dabei die Befehlskette zu brechen.

Er schlug die Augen auf, sprang aus dem Gästebett, stieg hastig in seine Uniform und setzte sich an den kleinen Tisch. Daraus ließ er einen Schirm hochfahren und legte vor diesem seine Card ab.

»Verbindung zur *Athenaia*«, sagte er. »Geheimhaltungsrang C.« Leider durfte er selbst die Geheimhaltung nicht festlegen. »Priorität 1.« Aber er durfte die Bedeutung einschätzen. »Verschlüsselungsgrad 1.« Damit musste ein höherer Offizier die Botschaft entgegennehmen. Natürlich konnte man sich leicht in Schwierigkeiten bringen, wenn die Botschaft nicht so wichtig war, wie man sie machte; aber die Gefangennahme Mesaidons rechtfertigte ein solches Vorgehen.

Die Kennung von Ada Connellys Schiff erschien auf dem Schirm, ebenso Rayols Sicherheitscode. Der Bordcomputer der *Ascalun* holte sich sogar mehr von seiner Card, als er brauchte. Er zeigte ihm an, wann er das letzte Mal persönlich mit der *Athenaia* Kontakt aufgenommen hatte. Es war vor zwei Jahren gewesen, als er Solsee angekündigt hatte. Natürlich hatte er nicht mit dem General gesprochen, sondern nur mit einem Kommunikationsoffizier. Er hatte noch nie direkt mit Connelly geredet. Und als auf dem Schirm »Verbindung hergestellt« erschien, klopfte sein Herz.

Er wusste, dass er nicht sofort mit Connelly sprechen würde. Wahrscheinlich würde er sie überhaupt nicht zu Gesicht bekommen. Geradezu erleichtert war er, als die breite Miene von Colonel Helsinger erschien. »Oredson! Ich hoffe, Sie haben mich nicht aus dem Bett geworfen, um sich für Ianthe-3 zu rechtfertigen.«

»Natürlich nicht, Sir«, entgegnete Rayol und fragte sich, was man sich wohl alles über ihn erzählte. »Ich weiß nur zu gut, dass mein Vorgehen in Ianthe-3 ein Fehler war.«

»Ein Fehler? Die Pheresen werden uns den Krieg erklären. Aber ich kann Sie beruhigen. General Connelly hat beschlossen, eine Geschichte zu präsentieren, in der Sie als der Held von Ianthe-3 erscheinen werden. Sie werden alles Nötige erfahren.« Er verzog das Gesicht zu einer verabscheuenden Miene. »Machen Sie sich auf einiges gefasst. So! Sie haben gehört, was Sie wollten, kann ich jetzt weiterschlafen?«

»Verzeihen Sie, Sir. Ich habe die Nachrichten und das Problem noch nicht preisgeben können.«

»Dann reden Sie endlich!«

»Ich habe Chris Mesaidon in Gewahrsam. Ich habe ihn auf dem Titan gefangen genommen und warte jetzt hier am *Empty Corner* auf Instruktionen meines Colonels. Doch der befindet sich auf Admeto, und die Kommunikation ist gestört. Ich hatte den Befehl, mich hier zu melden und zu warten, aber ich weiß nicht, ob dieser Befehl noch dem Willen meines Colonels entspricht. Ich sitze in der Nähe der unübersichtlichen Flotte, die sich hier vor dem Tor sammelt. Und das macht mir Sorgen. Bei *diesen* Gefangenen könnten unsere Widersacher größere Risiken eingehen, als sie es normalerweise tun würden.«

»Warten Sie, Oredson! Ich kann Ihnen keine Befehle erteilen, die denen Ihres Vorgesetzten widersprechen. Nur General Connelly könnte den Befehl Solsees aufheben oder für überholt erklären. Sie sind sich sicher, dass er eine Überführung der Gefangenen gutheißt?«

»Natürlich kann ich mir nicht sicher sein. Aber wie sicher ist es, mit einer Beute von unschätzbarem Wert hier in Sichtweite von Schiffen festzusitzen, deren Status ich nicht kenne? Sie können mir bestätigen, dass ich hierbleiben soll, und ich werde es tun.«

»Warten Sie mal«, sagte Helsinger.

Und Rayol wartete und starrte auf den leeren Schirm. Er fragte sich, ob er zu weit gegangen war. Falls Colonel Helsinger wieder erschien, würde er hier abwarten müssen, erschien jedoch der General, würden sich die Befehle ändern.

Mit einem Mal erfüllte ein Frauengesicht den Schirm. Rayol starrte in schwarze Augen. Ada Connelly trug zwar ihre Uniform, aber ihr braunes Haar war nur notdürftig zurückgebunden. »Captain Oredson!«, sagte sie. Ihre Stimme klang keineswegs so, als wäre sie an das Befehlen gewöhnt, sondern wie die einer Frau, die einen Wunsch äußerte und keinen Widerspruch zuließ. »Sie haben also Mesaidon.«

»Ich habe ihn.«

Ihre vollen Lippen zogen sich zu einem weiten Lächeln. »Großartig! Heute Morgen habe ich Sie noch verflucht. Heute Mittag habe ich beschlossen, Sie zum Helden von Ianthe-3 zu machen. Und jetzt? Jetzt verstehe ich, was Solsee in Ihnen sieht. Sie haben Ihren Fehler wiedergutgemacht.«

»Das hoffe ich, Sir!«

»Bescheidenheit steht Ihnen. Bleiben Sie so. Sie werden bald für eine Weile auf jedem Bildschirm zu sehen sein. *Der Held von Ianthe-3 jagt den Kriegsverbrecher und spürt ihn auf dem Titan auf.* Es war doch auf dem Titan? Oder hat Sie Helsinger falsch verstanden?«

»Ja, auf dem Titan.«

»Dann können wir die Erdlinge mit reinziehen und scheinbar arglose Fragen stellen, die in der Öffentlichkeit zu mehr heranwachsen. Sie ahnen nicht, welchen Dienst Sie uns erweisen. Ihnen steht jetzt viel bevor. Morgen früh bereits werden wir unsere Geschichte rausschicken.«

»Das freut mich.«

»Sie sehen aber alles andere als glücklich aus. Helsinger hat mir von Ihrem Problem erzählt. Wir haben *auch* keinen Kontakt nach Admeto.«

Rayol nickte. Wenn die *Athenaia*, die die höchste Prioritätsklasse besaß, keine Verbindung bekam, war der Colonel wahrhaftig abgeschnitten, wenngleich er offenbar Nachrichten empfangen konnte.

»Wir stehen mit dem Nachtglanz-Kartell in Kontakt. In ein paar Stunden sollte es behoben sein. Aber so lange möchte ich nicht warten.«

»Es könnte sein, dass der Colonel schon unterwegs ist«, sagte Rayol.

»Oder auch nicht«, erwiderte Connelly. »Er könnte genauso gut auf Admeto sein und noch immer nach Mesaidon suchen. Die letzte Nachricht besagte das. Ich will nicht warten. Ich möchte, dass Sie zu mir kommen. Bringen Sie mir Mesaidon.«

»Mit Geleitschutz?«

»Warten Sie! Die *Ascalun* ist bei Ihnen, richtig?«

»Ja.«

»Dann machen wir es doch einfach so«, sagte sie, und Rayol fürchtete, was nun folgen würde. »Sie setzen einen einfachen Spruch ab, wonach Sie *die Lieferung* an die *Asca-*

LUN übertragen. Von unseren Absichten dürften nur die Ketoniden wissen. Alle anderen sind ahnungslos, was wir bei Ianthe-3 vorhatten. Unserer üblichen Selbstsicherheit folgend, antwortet die *Ascalun*, dass die Ware sicher an Bord ist. Und Sie kommen dann so schnell wie möglich zu mir.«

Rayol nickte, und er unterdrückte ein Lächeln. »Das ist ein guter Plan«, sagte er. Wenn die Ketoniden wirklich ihre Nachrichten auffingen und alles in die Waagschale warfen, mochten sie sich vielleicht dazu hinreißen lassen, die *Ascalun* anzugreifen. Außerhalb ihres Einflussbereichs würden sie gegen ein so großes Schiff wie die *Ascalun* vermutlich nicht bestehen. Dennoch fragte er: »Und wenn die *Ascalun* nun angegriffen wird?«

»Dann wird sie sich verteidigen. Bringen Sie mir einfach Mesaidon. Unauffällig, schnell, ohne großes Aufsehen.«

»Jawohl, Sir!«

»Und wenn Sie bei mir sind, müssen wir über Ihre Zukunft reden«, sagte sie mit einem Lächeln und verschwand.

Rayol atmete durch. Er hatte es geschafft. Nur noch ein wenig, und er würde die wohlverdienten Lorbeeren erhalten, und Solsee würde hinterherlaufen, ohne ihm Vorwürfe machen zu können. Und Darae? Er würde sich nicht wundern, wenn sie ihm den Rücken stärkte, falls der Colonel über sein Vorgehen lamentierte.

Rayol dachte an Darae und den Augenblick, da sie das Glas gehoben und »Auf die Zukunft!« gesagt hatte. Nun wuchsen bereits neue Pläne, ehe die alten erfüllt waren. Darae ging ihm nicht aus dem Kopf. Und die Pläne, die ihm in den Sinn kamen, während er sich wieder auszog und zur Ruhe legte, waren Wunschträume – Fantasien, die sich kaum erfüllen ließen. Aber sollte sich je die Gelegenheit bieten, Darae für sich zu gewinnen, würde er sie ergreifen.

Darae schloss den roten Nachtmantel, den sie so liebte, und trat auf den Hauptgang hinaus. An der Seite von Fran, ihrer Vertrauten, ging sie hinüber zu Rayol, der mit den Wachen im Eingangsbereich wartete.

»Sie wollen uns bei Nacht und Nebel verlassen?«, fragte sie mit argloser Stimme. Sie wandte sich kurz zu Fran um und sagte: »Ich war überrascht, als ich das hörte.« Ihre Vertraute hatte ihr alles berichtet. Sie war die Einzige auf diesem Schiff, die beinahe all ihre Geheimnisse kannte. Sie wusste auch, dass sie bei den Gefangenen gewesen war, und hatte ihr den Rücken freigehalten. »Warum muss es denn so schnell gehen?«, fragte Darae.

»General Connelly hat mich zu sich gerufen«, sagte Rayol, und nichts anderes hatte Darae erwartet. »Sie findet, dass zu viel Zeit verstreicht, bis die Befehle des Colonels zu uns durchdringen.« Er erklärte knapp, was der General gesagt hatte, und Darae musste sich bemühen, ihre Zufriedenheit zu verbergen.

»Das ist wahrscheinlich das Beste«, sagte sie darauf. »Ich muss gestehen, dass ich so wichtige Gefangene ungern an Bord habe.«

»Tut mir leid, dass ich Sie wecken musste. Aber nur Sie können den Rücktransfer freigeben.«

Darae hob ihre Hand und schaute in deren Fläche. Auf dem Schirm, der sich ihrer Hand anpasste, erschien eine Darstellung der *Ascalun*.

»Eine Chamäleon-Card?«, fragte Rayol.

Darae lächelte. Der Chamäleon-Computer war für das Tragen am Körper gedacht und passte sich den Strukturen an. Er fühlte sich beinahe wie ein dünner Handschuh an, und wenn man sich erst einmal daran gewöhnt hatte, störte es nicht.

»Unfassbar!«, flüsterte Rayol, während sie das Zellenmodul freigab, in dem Chris und Valmas saßen.

»Früher ist fast jeder mit so etwas rumgelaufen«, erklärte sie.

»Ja, aber die Dinger sollen doch ohne KI nicht funktionieren.«

»Es sei denn, man verzichtet auf die KI und schafft es dennoch, ein Programm zu entwickeln, das die Anpassung an die Hand hält.« Sie spreizte die Finger, und der Schirm teilte sich mit einer kleinen Verzögerung in fünf Segmente, und als sie die Finger wieder zueinanderführte, setzten sie sich wie gehabt zu einem Schirm zusammen. »Ein bisschen langsam, aber immerhin.«

Rayol grinste. »Ich hatte vergessen, dass Sie eine Programmiererin waren.« Er hob das Handgelenk, um das sein Patch-Computer wie ein Armreif lag, und fuhr den Schirm hoch.

Darae schmunzelte. Die Armpatches waren beim Militär sehr beliebt. Die Bildschirmtechnik war der Schutzschildtechnik entsprungen, und mit Armpatches hatte man das eine mit dem anderen verbunden. Man konnte einerseits einen Bildschirm hochfahren und den Patch als normalen Computer benutzen, oder aber man stärkte den Schild, dann konnte er auch leichten Kugel- und Laserbeschuss abhalten. Manche Armpatches hatten sogar oben und unten einen Schildgenerator.

»Was ist denn?«, fragte Rayol.

»Einen Schildgenerator dazu zu nutzen, um Bildschirme zu erzeugen, ist eine der besten Erfindungen, die es je gab.«

Rayol stutzte. »Wer hat das denn erfunden?«

»Die KI Eleonore. Es war eine ihrer ersten Erfindungen.«

»Wusste ich gar nicht.«

Das wunderte Darae nicht. Kaum einer wusste noch irgendetwas. Wozu auch? Obwohl die KIs fort waren, ermöglichten die Reste der Technik, die sie zurückgelassen hatten, immer noch ein bequemes Leben. Beinahe alles, was sie hatten, waren Relikte früherer Zeiten.

Darae übertrug die Informationen. »Dieses Modul war es doch, oder?« Sie zeigte auf das einzige, das im Augenblick überhaupt besetzt war.

»Die Kennung stimmt«, antwortete Rayol.

So wollte sie ihn jedoch nicht davonkommen lassen. Er

sollte sehen, dass Chris und Valmas sich noch in dem Modul befanden. Sonst würde sie in Verdacht geraten. »Würden Sie mir noch einen Wunsch erfüllen?«, fragte sie.

Rayol starrte sie nur an.

»Dürfte ich einen Blick auf die Gefangenen werfen?«

»Natürlich.«

Sie trat an Rayols Seite und schaute auf seinen Schirm.

Er wählte das Modul an. »Es ist bereits in Bewegung«, sagte er. Da erschienen die beiden Gefangenen auf dem Schirm. Sie standen am Bullauge und starrten hinaus.

»Ich glaube, die haben keine Ahnung, was sie erwartet«, sagte Rayol.

»Und *der* Junge soll wichtig für den ketonidischen Krieg sein?«, fragte Darae und schaute in gespieltem Zweifel in Rayols braune Augen.

»Sieht nicht nach viel aus, nicht wahr?«

»Ganz und gar nicht«, sagte sie, aber in Wirklichkeit fand sie Chris attraktiv. Er war ein Geheimnis, das sie lüften würde. Ihre Neugier hatte sie bereits auf eine Spur geführt. In der Wuchao Corporation gab es Datensätze über ihn, und sie würde diese unbemerkt an sich bringen. WuCorp war eigentlich für ihre Gründlichkeit bekannt. Darae wollte alles über diesen Mann wissen, der so alt wirkte wie sie. »Könnte es ein Irrtum sein?«, fragte sie.

»Nein, nein«, entgegnete Rayol. »Am Ende ist er wirklich nur ein Faustpfand.« Er tippte auf den Armpatch. Der Schild fuhr wieder ein und der Blick ins Modul mit ihm.

Rayol atmete tief durch und sagte schließlich: »Zeit für den Abschied, Frau Solsee.«

»Aber gewiss nicht für lange. Wenn wir Ihre Beförderung und die meines Mannes feiern, werde ich eine gute Gastgeberin sein.« Sie reichte ihm die Hand, und er nahm sie an und wich ihrem Blick aus.

Sie ließ ihn nicht los, sondern drückte seine Hand fester, während sie sprach. »Passen Sie auf sich auf! Man könnte Wind von Ihrem Fang bekommen. Lassen Sie sich die

Gefangenen nicht unterwegs abjagen. Trauen Sie niemandem! Vor allem nicht seinen Rivalen!«

»Wie Colonel Helsinger?«

»Besonders nicht Colonel Helsinger!« Sie übertrieb. Helsinger hatte bei gleichem Rang wegen seiner Nähe zu General Connelly einen weit höheren Stand als Meljan.

»Ich danke Ihnen, Frau Solsee.«

»Nennen Sie mich *Darae*. Generals und ihre vordersten Colonels nennen sich oft beim Vornamen – und die Familien auch.«

»Sie sind etwas voreilig – Darae.«

»Nein, Rayol. Ich sehe den Lauf der Dinge.« Sie lächelte, und sie schämte sich nicht, Rayol Oredson – den Zerstörer von Ianthe-3 – an der Nase herumzuführen. Es war jetzt bereits ein Triumph. Dabei war noch nichts gewonnen, und alles Wichtige müsste erst noch geschehen. Sie war gespannt und bedauerte es, nicht dabei zu sein, wenn sich auf der *Mykenai* das Chaos entfesselte.

Chris saß auf seiner Liege, lehnte den Kopf gegen die Wand zurück und schaute zu der schwarzen Fläche an der Decke auf, in der sich die Kamera befand. Er senkte den Blick auf Valmas, und nach einem Grinsen seines Gefährten erhob er sich langsam, um wie schon zuvor zwischen Bullauge und Tür hin und her zu gehen und mal hier und mal dort zu verharren.

Nach einer Weile holte er bei der Tür die Card unter seinem Hemd hervor und hielt sie hinter dem Rücken gegen die Wand; genau an die Stelle, wo sich auf der anderen Seite das Kontrollfeld befinden musste. Ein leises Klirren der Card, und das weiße Licht hinter den milchigen Deckenverkleidungen verwandelte sich in ein rötliches, und ein röhrender Alarm ging los. Eine maskuline Computerstimme sagte entspannt, aber ungeheuer laut: »Undeklariertes Computerobjekt in Zelle 22!«

»Mist!«, flüsterte Chris, wandte sich um und schaute auf das Display der Card.

Valmas kam rasch an seine Seite. »So viel dazu! Die haben was gemerkt. Und selbst wenn wir rauskommen, werden sie …«

Er brach ab, als auf dem Bildschirm Wörter in antiker, bernsteinfarbener Schrift erschienen. »*Poltergeist … erwacht*«, stand dort.

»Ach du Scheiße!«, brachte Valmas hervor.

Chris konnte es nicht glauben. Poltergeist war ein Computervirus, der vor einigen Jahren für Chaos gesorgt hatte. Manche hatten ihn für den Rest der Künstlichen Intelligenzen gehalten, der sich hundert Jahre nach dem Niedergang Bahn brach. Doch rasch hatten die Experten herausgefunden, dass es sich um ein raffiniertes Programm handelte, das die Schattenkonzerne in Umlauf gebracht hatten.

»Ich bin beeindruckt«, sagte Valmas, schüttelte dann jedoch den Kopf. »Aber das wird nicht klappen. Die Uranosier sind längst auf den Poltergeist eingerichtet. Wir können nur hoffen, dass die Gegenmaßnahmen nicht greifen, bis wir aus der Zelle raus sind.«

Die Tür öffnete sich zischend und gab den Blick auf eine gegenüberliegende Wand frei. Es war nicht die Halle, durch die sie in das Modul gekommen waren. Es war ein Frachtraum. Die Metallwände mit eingelassenen, verschmutzten Scheinwerfern vermittelten ein noch düstereres Bild als das, was sie zuvor von der *Mykenai* gesehen hatten.

Eine Befürchtung, die Valmas geäußert hatte, bewahrheitete sich nicht: Da draußen war kein luftleerer Raum. Die unaufgeregte Frauenstimme der Card sagte: »Schlafgas verdünnt. Gang gesichert.«

Chris tauschte einen verwunderten Blick mit Valmas. Es war, als hätte die Card zugehört, welche Befürchtungen sie vor ihrem Ausbruchsversuch geplagt hatten.

»Lageplan der *Mykenai* wird erfasst«, sagte die Computerstimme. »Alarm umgewidmet!«

»Umgewidmet?«, fragte Valmas mit erstaunten Augen.

Der Alarm erstarb, nur um dann noch lauter wieder zu erwachen. Die Männerstimme von eben erklärte nun: »Reaktorleck in Sektion 3!« Und sofort setzte sie nach. »Schildanomalie in Sektion 7, Bereich 22!« Es folgten weitere abwegige Durchsagen.

»Komm!«, rief Valmas und trat auf den Gang hinaus. »Bevor ihre Gegenmaßnahmen greifen!«

»Lageplan erfasst«, sagte die Computerstimme. »Fluchtweg wird erstellt.«

Chris folgte Valmas den Gang entlang und war überwältigt von der Angst, sich einem Programm anzuvertrauen, das in der Vergangenheit ganze Schiffe ins Chaos gestoßen und dabei nicht selten auch jene in den Tod getrieben hatte, die es zum Einsatz gebracht hatten. Der Poltergeist war eigentlich kein Ausbruchswerkzeug, sondern wie eine Bestie, die man bei seinem Feind absetzte, um sich dann davonzumachen und später nachzusehen, was übrig geblieben war.

»Alarm in der Gefängnissektion!«, rief Carl Werro ihm zu.

Rayol erstarrte, dachte an Chris Mesaidon und konnte sich nicht vorstellen, dass dieser Junge über die Fähigkeiten verfügte, aus einem Gefängnismodul auszubrechen. Ein Gedanke an Mesaidons Kameraden jedoch, und er musste lächeln. »Zakaris!«, sagte er und schüttelte den Kopf. Wäre dieser Halsabschneider nicht zur falschen Zeit vor Ort gewesen, er hätte ihn und die *Amberson* gut brauchen können.

»Aber die Scans haben nichts gezeigt«, sagte Werro. »Keine Implantate, keine Cards.«

»Vergiss die Scans«, erwiderte Rayol. »Habt ihr sie auch per Hand durchsucht?«

»Wie man das halt so macht.«

»Also nachlässig«, sagte Rayol mit anklagendem Blick.

Werro legte den Kopf schief. »Offenbar nicht gut genug. Verzeihen Sie.«

Rayol nickte. Er konnte sich vorstellen, dass Zakaris eine kleine Card im Darm versteckt hatte. Es war ungewöhnlich, aber nicht unmöglich. »Wir haben diesen Zakaris unterschätzt.«

»Sir!«, rief Werro. »Schauen Sie!«

Rayol wandte sich dem Hauptschirm zu. Da stand »Poltergeist« in einer hellen, schmucklosen Schrift.

Ganz gleich, in welches Gesicht Rayol schaute, das eine Wort sorgte auf der Brücke für entsetzte Mienen. Er verschränkte die Arme und sagte in aller Ruhe: »Gegenmaßnahmen.« Dann schaute er in die Runde. »In zehn Sekunden ist der Spuk vorbei.«

Nach fünf Sekunden meldete sich der Bordcomputer mit

allerlei Problemen, bei denen die echten nicht mehr von den erfundenen zu unterscheiden waren. Und nach zehn Sekunden war gar nichts vorbei. Der Bordcomputer gab an, dass jemand sich den Bauplan des Schiffes geladen hatte. Und nach zwanzig Sekunden sagte Werro in ungewohnt tiefer Stimmlage: »Die Gegenmaßnahmen versagen.«

»Was?«, rief Rayol. Nun war auch er beunruhigt.

»Diese Version des Poltergeist-Virus ist uns nicht bekannt.«

»Piratenpack!« Rayol knurrte vor sich hin und wischte die Bewunderung, die er für Valmas Zakaris verspürt hatte, zur Seite. »Arbeitet daran!«, befahl er. »Poltergeist hin oder her! Packt die Gefangenen und bringt mir, was immer sie bei sich haben. Ich möchte die Wachen da unten haben!«

»Sir!«, rief Werro.

»Was?«, entgegnete Rayol. Die Alarmstimme seines Lieutenants nagte allmählich an seinen Nerven.

»Das Tor zum Ladebereich ist offen.«

»Die Wachen sollen sich beeilen!«, entgegnete Rayol. Er starrte auf die weiße Schrift und schüttelte den Kopf. Er durfte die Gefangenen nicht verlieren. Nicht, nachdem er sie einmal in Händen hatte. Bislang war er nur der Zerstörer von Ianthe-3 gewesen. Er wollte nicht auch noch derjenige sein, der Chris Mesaidon entkommen ließ. »Ich gehe selbst runter«, sagte er schließlich.

Chris ging vor Valmas gebückt im Versorgungsschacht voran, während über ihren Köpfen die Schritte der Wachen donnerten. Gewiss würden sie nicht lange brauchen, um zu erkennen, dass er und Valmas durch eine Luke hinabgestiegen waren. Vielleicht warteten einige sogar bereits vor ihnen auf sie. Aber laut dem CDG-97, auf dessen Display Chris immer wieder schaute und das er auf stumm und Textausgabe gestellt hatte, war der Bereich vor ihnen frei und die Luken geschlossen. Der vorgegebene Weg führte in den Maschinenbereich.

In der Ferne grollte der Antrieb und übertönte alle Geräusche. Hier konnten sie sich ungehört bewegen, vernahmen aber ihrerseits niemanden auf dem Hauptgang, auf den sie von einem engen Seitengang hinausspähten.

Als die Angst, dass die Wachen hinter ihnen ihre Spur aufgenommen hatten, größer war als die, dass sie vor sich auf Wachen stoßen würden, wagte Chris sich aus dem Versteck. Valmas folgte und klopfte ihm auf die Schulter. »Du hast Mut, Junge«, sagte er, vom Lärm gedämpft.

Auf dem Hauptgang konnte Chris niemanden sehen, und auch Valmas schaute nach links, dann nach rechts und zuckte dann mit den Schultern. Auf der Card war auf dem Plan zu erkennen, dass das nächste Gangstück jenseits einer massiven Tür als toxisch bezeichnet war. Kaum hatte Chris jedoch die mit rotem Hintergrund unterlegte Warnung gelesen, verschwand diese und das Gangstück wirkte normal.

»Ich traue diesem Geist nicht«, sagte Valmas. »Wir könnten in den Tod marschieren, wenn wir die Tür da öffnen.«

Chris nickte und schaute dann durch das kleine Fenster in der Tür. Auf der anderen Seite lagen Wachen am Boden, ob tot oder nur ohnmächtig, war nicht zu erkennen.

Die Tür öffnete sich von selbst; sie schob sich einfach nach oben fort, und süße Luft wehte ihnen entgegen.

»Schlafgas!«, stellte Valmas fest.

Hinter ihnen gingen die Lampen aus, vor ihnen im nächsten Gangstück schalteten sich zusätzliche Lichter ein. Es gab keinen Zweifel: Der Poltergeist wollte, dass sie weitergingen.

Gang frei, stand auf dem Display der Card. *Schlafgas unterdosiert*. Chris las es vor.

»Heißt das …?«, sagte Valmas.

Chris wiegte kurz den Kopf hin und her, dann schritt er voran, atmete aber flach.

Schlafende Wachen ruhten am Boden, ihre Waffen lagen neben ihnen. Valmas lachte. »Projektilgewehre! Genial!«, rief er. »Hab mich nie getraut, so was zu kaufen. Man weiß nie, ob die Wände der Schiffe oder Module das aushalten.«

»Und was wäre ein Pirat ohne eine Laserwaffe«, sagte Chris grinsend. Er kannte solche Projektilwaffen von Ianthe-3. Die Wachen dort hatten darauf geschworen, weil rein mechanische Waffen nicht so leicht zu stören waren wie Laser- und andere Strahlenwaffen. »Das heißt, die Uranosier setzen auf genormte Wände«, sagte Chris. »Wahrscheinlich mit Zwischenwänden, die die Geschosse abfangen.«

Valmas hob ein armlanges Sturmgewehr auf und schnallte der vor ihm schlafenden Wache den Gurt mit den Magazinen ab.

Chris begnügte sich mit einer Pistole und fand zusätzliche Magazine in einer Hüfttasche, die er mitsamt Waffengurt abnahm und sich anlegte.

»Halt!«, rief jemand hinter ihnen, und jenseits des offenen Tores suchten Strahlen von Taschenlampen ihren Weg durch die Dunkelheit.

Noch ehe Chris sich umwenden konnte, schnappte das Tor wie das Maul einer Bestie zu. Hinter dem Sichtfenster tanzten die ersten Ziellaser.

Chris und Valmas wandten sich von der Tür ab und folgten den beleuchteten Gängen wie durch ein Labyrinth, und je weiter sie kamen, umso mehr schien der Poltergeist Besitz von dem Schiff zu ergreifen. Allerlei Alarmtöne erschallten, überall lag der Geruch von glühendem Metall und verbranntem Kunststoff in der Luft. Und jede Tür, durch die sie liefen, schnappte hinter ihnen zu, als wollte sie ein Maul nach dem anderen verschlingen. Und jedes Mal entkamen sie nur knapp.

Chris traute dem Poltergeist noch immer nicht, obwohl das Programm sie, das Chaos vorantragend, bis hierher gebracht hatte. Über eine Treppe, auf der sich der Staub sammelte, gelangten sie ein Deck nach oben und wagten sich auf den Gang hinaus.

Ein Schleifen lenkte Chris' Aufmerksamkeit nach links. Da schob sich etwas über den Boden. Erst sah es wie eine Schlange aus, dann erkannte er, dass es ein Art Schlauch war. Auf ihm pulsierte Licht, und ein Schild schoss in die Höhe. Jenseits davon stürmten die Wachen gebückt näher. Sie hatten sich mit dem Schlauch, der nichts anderes war als ein Schildgenerator, Deckung verschafft, waren aber noch gute zehn Meter davon entfernt.

Valmas zog Chris hinter sich her, und gebückt liefen sie schräg über den Gang. Die Wachen schossen, doch die meisten Kugeln wurden von ihrem eigenen Schild abgefangen.

Chris und Valmas mussten nur den Gang erreichen, der dort schräg vor ihnen lag, ehe die Wachen bei ihrem vorausgesandten Schildwall angekommen waren.

Etwas zischte von hinten an Chris vorbei, und im Lauf schaute er zurück. Weitere Wachen waren dort an der nächsten Kreuzung, und anders als ihre Gefährten vor Chris und Valmas schufen sie sich keinen Schutz, sondern gingen sofort in die Offensive. Die Uranosier bewegten sich zügig den Gang entlang und gingen sogar das Wagnis ein, dass die Schüsse ihrer Gefährten auf der anderen Seite über den Schildwall hinwegflogen und sie trafen.

Ein metallisches Geräusch ließ Chris zusammenzucken. Da rollte etwas Blechernes über den Boden hinter ihnen her. »Schnell, Chris!«, rief Valmas.

Und tatsächlich schafften sie es gerade noch auf den Seitengang. Links hinter ihnen schlugen die Kugeln in die Wand, rechts hinten zischte etwas. Chris musste zurückschauen. Weißer Rauch zog am Gang vorbei.

»Eine Rauchbombe?«, fragte Chris.

Valmas lachte dreckig. »Die machen sich gegenseitig das Leben schwer!«

In einer Nische fanden sie eine weitere Treppe und gelangten darüber auf die Ebene, auf der sich das eine der beiden Hangardecks befand. Die Türen, die sich hinter ihnen schlossen, brachten Chris wieder und wieder Erleichterung, aber schon hinter der nächsten Ecke trafen sie erneut auf Wachen. Diese befanden sich jenseits einer Kreuzung und eröffneten sofort das Feuer. Sie zwangen Chris und Valmas zurück auf den Gang, den sie gekommen waren.

Die Wachen verwendeten Laserwaffen. Die Strahlen der roten Ziellaser waren in der staubigen Luft deutlich zu sehen. Mit den Laserpistolen waren die Wachen hier oben leichter bewaffnet als die auf den unteren Ebenen. Die Strahlenwaffen würden Verkleidungen und die dahinterliegende Technik nicht penetrieren, aber die meisten Rüstungen konnten sie durchschlagen und Körper schwer verletzen.

Die Wachen standen jenseits der Kreuzung. Dem Lageplan zufolge ging es nach rechts zum Hangardeck.

»Die müssen da weg!«, sagte Valmas, trat mit dem Sturmgewehr auf den Gang hinaus und feuerte in einem durch. Die Feinde gingen links und rechts in Nischen in Deckung. Jene, die es nicht rechtzeitig schafften, warfen sich auf den Boden. Einen Schildgenerator führten sie offenbar nicht bei sich, und das schwere Feuer, das Valmas ihnen entgegenschickte, beeindruckte sie.

Chris lief hinter Valmas her; sie näherten sich der Kreuzung.

Einigen der Feinde gelang es zu schießen. Nicht jenen, die am Boden lagen; sie hielten den Kopf gesenkt und hofften offenbar, dass sie nicht erwischt wurden. Die Schüsse kamen aus den Nischen. Einige Wachen hielten ihre Waffen einfach um die Ecke und feuerten in der Hoffnung, Chris und Valmas mit einem glücklichen Schuss niederzustrecken.

Ein Schrei Valmas', ein Blutspritzer an der Wand, und Chris zögerte. Mit zusammengebissenen Zähnen warf Valmas ihm einen zornigen Blick zu, packte ihn und zerrte ihn mit.

Die Wachen kamen gerade aus der Deckung, als sie an der Kreuzung auf den Hauptgang einbogen. Hinter ihnen spannten sich die Strahlen der Ziellaser wie straff gezogene Fäden über die dunstige Kreuzung und wiesen den eigentlichen Laserschüssen, die unsichtbar waren, den Weg. Das Knallen ihres Auftreffens hallte ihnen bis hierher nach.

Es würde nicht lange dauern, und die Wachen würden hinter ihnen auftauchen und ihnen in den Rücken schießen.

Valmas stöhnte auf, dann sagte er: »Warum hat dieser beschissene Poltergeist uns nicht geholfen?«

Im Lauf schaute Chris auf das Display der CDG-97. »Gegenmaßnahmen!«, stand dort. Er tippte darauf, und über den Schiffsplan legten sich Markierungen. Die Gegenmaßnahmen, die die Uranosier über den Bordcomputer eingeleitet hatten, hinderten den Poltergeist daran, den Bereich, in dem sie sich befanden, zu übernehmen. Doch fünfzig Schritt weiter den Gang hinab, und sie wären wieder in einem Bereich, der vom Poltergeist kontrolliert wurde. Dort lag das eigentliche Hangardeck.

Valmas schloss jede Zwischentür, durch die sie kamen, indem er mit der Hand beiläufig über das Kontrollfeld strich. Und die Treffer, die daraufhin auf die Tür pochten, bewiesen, dass er es keinen Augenblick zu früh getan hatte.

»Noch *eine* Tür!«, rief Chris, und als sie diese hinter sich gebracht hatten, knackte es links und rechts, und der Bordcomputer sagte mit verfremdeter Stimme: »Hangardeck 1 kontaminiert! Alle Tore geschlossen.«

»Dieser verdammte Geist hat es tatsächlich geschafft!«, rief Valmas und schaute voraus.

In der lang gezogenen Halle standen die Raumjäger dicht an dicht, während überall verstreut Wachen und das Deckpersonal am Boden lagen und mal leiser, mal lauter vor sich hin schliefen.

»Wir haben die freie Wahl«, sagte Chris und fühlte eine Gier, die er zuletzt als Kind verspürt hatte. »Nehmen wir die Kleinsten. Die sind am schnellsten.«

»Kommt nicht infrage!«, hielt Valmas dagegen. »Wir sind

zusammen gefangen genommen worden, wir fliehen zusammen. Da!« Er wies auf einen schweren Jäger. »Der Zweisitzer ist nicht zu groß, schnell genug und schwer bewaffnet. Wenn die Schweine uns folgen, liefern wir ihnen eine Schlacht.«

Chris nickte.

Die Stimme des Bordcomputers klang wieder wie am Anfang. »Gegenmaßnahmen erfolgreich! Poltergeist Version 6.66 eliminiert!«

Chris schaute auf das Display seiner Card. »Isoliert!«, stand dort. »Version 7.77 verwenden?« Chris staunte.

Und als Valmas über seine Schulter schaute, machte auch er große Augen. »Genial! Und die Sieben ist meine Glückszahl.«

»Das heben wir uns fürs nächste Mal auf!«, sagte Chris.

»Ich glaube, mit dem Ding könnte uns eine Goldene Zeit bevorstehen.«

Während sie auf einen der schweren Jäger zuliefen, ertönte die Computerstimme erneut. »Luft kontaminiert. Schildschleuse wird in Kürze geöffnet. Personal im Hangardeck wird empfohlen, eine der Isolierkammern aufzusuchen. Ich wiederhole: Suchen Sie ...« Da brach die Stimme plötzlich ab, und das All, das am Ende der Halle zu sehen war, wirkte mit einem Mal klarer.

»Die haben den äußersten Schild bereits ausgeschaltet. Schnell, bevor sie die anderen auch abschalten. Dieser Oredson ist ganz schön gerissen.« Schon stieg Valmas die Leiter hinauf.

»Wenn er das macht, werden die Wachen hier draufgehen.«

»Das ist wohl so.«

Chris hielt auf der Leiter inne und bestätigte die Frage, die noch immer auf dem Display der CDG-97-Card stand.

»Was machst du?«, fragte Valmas.

Chris musste nicht mehr antworten.

»Poltergeist Version 7.77 aktiviert!«, sagte die Computerstimme. Sofort wurde der Blick ins All trüber. Die Schildschleuse war wieder vollständig und die wirren Alarmmeldungen nahmen wieder ihren Anfang.

Die Stimme des Bordcomputers wurde tief und träge. »Gegenmaßnahmen!«, sagte er schleppend und verstummte dann.

»Version 7.77!«, brüllte Rayol ungläubig, als er den Gang zum Hangardeck 1 hinter sich gebracht hatte und vor einer verschlossenen Tür stand.

Lieutenant Werro meldete sich über seine Patch-Card am Handgelenk. »Sie haben offenbar noch etwas in der Hinterhand.«

»Scheiße!«, erwiderte Rayol.

»Wie lauten die Befehle?«, fragte Werro.

Rayol schaute durch das Fenster auf das Deck hinaus. Einer der schweren QR-X2-Jäger hob ab und fuhr seine Flügel aus. Zwar würden sie diese im All nicht benötigen, aber unter den Flügeln waren die Lasergeschütze angebracht. »Gut, Werro«, sagte Rayol. »Starte die Jäger auf Hangardeck 2. Fangt sie ab, aber tötet sie nicht.«

»Das wird schwierig.«

»Ist mir egal. Bringt mir die Gefangenen! Wir setzen ihnen mit allem nach, was wir haben. Sie werden zum Tor fliegen. Wir werden sie aufspüren und spätestens im Hyperraum einholen.« Die Jäger hatten auf kurze Distanz einen Vorteil. So schnell konnte man ein großes Schiff nicht beschleunigen. Erst auf längeren Strecken wie zwischen den Toren im Hyperraum konnten die großen Schiffe ihre mächtigen Antriebe ausreizen.

»Und wenn wir sie aus Versehen abschießen?«

Statt auf die Frage zu antworten, sagte er: »Und arbeitet an den Gegenmaßnahmen. Wenn wir Version 7.77 loswerden können, ehe sie an der Pforte sind, könnten wir das Schiff vielleicht noch übernehmen.« Immerhin waren alle Jäger mit ID-Codes versehen, sodass von Feinden erbeutete

Schiffe ferngesteuert werden konnten. Traktorstrahlen für Arme, pflegte der Colonel zu sagen. Aber echte Traktorstrahlen, die nichts anderes waren als Schildkäfige, gab es nur auf den größten Schiffen. Nicht einmal die hervorragende *Ascalun* besaß welche. Es lohnte sich nicht, denn große Schiffe ließen sich damit nicht einfangen. Und wann würde man schon einmal einen einzelnen Jäger abfangen müssen? »Ich komme wieder hoch«, sagte Rayol. Und auf dem Weg überlegte er fieberhaft, was sich noch aufbieten ließ, um Mesaidon wieder in seine Gewalt zu bringen.

Chris und Valmas hatten in dem schweren Jäger den Weg zur Flotte hinter sich gebracht und strebten zwischen den Schiffen voran. Die Schlange, die sich in einem Bogen zum Tor spannte, bot allerlei Möglichkeiten unterzutauchen. Ständig waren kleinere Schiffe in Bewegung. Der Computer des Portals entschied, wer als Nächstes durch das Tor durfte.

Der Bordcomputer meldete sich mit androgyner Stimme. »Signal 7374«, sagte sie. »Frachter *Sigune* wartet auf vereinbarte Fracht. Annehmen?«

Valmas starrte hinaus, und Chris folgte seinem Blick. An dem silbergrauen Schiff, an dem sie entlangflogen, öffnete sich eine Schleuse.

»Das ist also der Frachter«, sagte Valmas.

»Sollen wir?«, fragte Chris. Er war sich unsicher. Die Fremde, die ihnen geholfen hatte, war ihm nicht mehr geheuer.

Valmas spitzte die Lippen. »Mit der Card und dem Poltergeist darauf könnten wir richtig was bewegen.«

»Sofern er sich kontrollieren lässt«, entgegnete Chris.

»Du willst also das Angebot annehmen?«

»Ja. Ich habe zwar Zweifel an unserer Retterin, aber ich bin immer noch neugierig.«

»Übersetz das mal in die Piratensprache.«

Chris grinste. »Wer uns hilft und uns eine CDG-97 überlässt, könnte uns noch ganz andere Tore öffnen.«

Valmas nickte.

Chris bestätigte die Anfrage des Frachters, und das Schiff flog zügig per Autopilot in die Öffnung und landete in einer engen Frachthalle mit schwarzen Wänden. Valmas schaltete den Jäger sofort ab, damit man ihn nicht nachverfolgen konnte.

»Sie sind verschwunden, Sir!«, sagte Werro.

»Das sehe ich selbst«, erwiderte Rayol.

»Sie müssen von einem Schiff aufgenommen worden sein.«

»An wen sollten sie sich hier wenden können? Nein. Lasst die Aufzeichnungen der Bordkameras sichten. Ich glaube, sie haben sich an irgendein Schiff drangehängt. Alter Piratentrick.«

Werro grinste schief. »Dieses Piratenpack schaut zu viele uralte Filme.«

Rayol warf ihm einen strengen Blick zu. Er hatte keine Ahnung, wovon sein Lieutenant wieder einmal sprach. »Schickt die Jäger an den großen Frachtern entlang. Sie sollen überprüfen, ob sie was Verdächtiges sehen.«

Rayol wusste, dass es nur die Verzweiflung war, die seinen Tatendrang jetzt noch nährte. Es war vorbei. Es gab zu viele Schiffe. Valmas Zakaris war zu gerissen, um sich jetzt noch aufspüren zu lassen.

Jetzt war es an der Zeit, sich eine Ausrede einfallen zu lassen.

Chris und Valmas verließen den Jäger und gelangten über eine Reihe von kahlen Gängen in eines der Passagiermodule, die alles enthielten, was sie brauchten. Ihr Bereich hieß *Geheimbereich C.*

»Wir werden wieder mal geschmuggelt«, sagte Chris.

Valmas lachte. »Der Vorteil von automatisierten Frachtern ist, dass sie einen nicht verraten und verkaufen.«

Auch wenn ihm Gesellschaft lieber gewesen wäre,

stimmte Chris seinem Freund zu. »Ein Kontrolleur wird es sicherlich schwer haben, uns hier aufzuspüren.«

»Aber unmöglich ist es nicht«, sagte Valmas und prüfte, ob das Pflaster, das er aus der Medi-Box im Bad genommen hatte, die Wunde am Oberarm ganz bedeckte. »Wenn sie das Schiff im Frachtraum finden, werden sie hier alles auf den Kopf stellen.« Er stöhnte auf. »Warum können diese Mistpflaster die Betäubung nicht zuerst machen?«

»Du hast Glück, dass die Kugel durchgegangen ist«, sagte Chris.

Valmas schüttelte den Kopf. »Alle auf dem Gang schießen mit Lasern, und ausgerechnet der eine Typ mit der Projektilwaffe trifft mich.«

»Ein Lasertreffer hätte dich vielleicht umgehauen«, sagte Chris. »Du hast Glück gehabt.«

Valmas nickte und seufzte. »Weiß ich doch. Aber trotzdem.«

Chris ging zum großen Bildschirm hinüber, aus dem die längere Wand des Raumes bestand. Darauf waren einige Daten zu lesen, und es gab Menüs zur Auswahl. Viel mehr als auf der *Cardugar*. »Von hier aus können wir unseren Bereich steuern. Wenn sie uns erwischen, könnten wir ihnen das Leben schwer machen.«

»Was haben sie geladen?«, fragte Valmas und zog sich eines der dicken grauen Hemden an, die sie im Schrank gefunden hatten.

»Piratenfrage«, erwiderte Chris und fand die Antwort direkt vor sich. Er fuhr mit dem Zeigefinger die Liste entlang. »Wenn das stimmt, dann jede Menge Computerschrott.«

»Das riecht nach einem Bastelbetrieb. Schrott sammeln, in Werkstätten zusammenbauen und teuer verkaufen.«

»Bei der langen Liste muss das ein großer Betrieb sein«, sagte Chris. Ein Name zog seine Aufmerksamkeit auf sich. Es war ein Ortsname. »Halt dich fest!«, sagte er und schaute zu Valmas hinüber.

»Du guckst, als hätten wir die Nanopest an Bord.«

»Zielort: Kronos-4.«

»Was?«

Chris wiederholte, dass ihr Zielort Kronos-4 war, der wichtigste Planet im Uranos-System, der Sitz der uranosischen Regierung und Heimatbasis ihres Militärs. »Unsere Retterin bringt uns direkt in die Höhle des Löwen.«

Valmas kam an seine Seite und schaute sich die Information mit eigenen Augen an. Dann schüttelte er den Kopf und sagte: »Ich bin mir nicht sicher, ob mir das gefällt. Hoffen wir, dass wir nicht gerade aus der Gefangenschaft des uranosischen Militärs in etwas viel Schlimmeres geraten sind.«

Chris fuhr sich mit der Hand durch sein rau gewordenes Gesicht. »Auf Kronos-4 liegen aber auch die Antworten«, sagte er und fragte sich, ob ihre Retterin etwas in Erfahrung bringen würde.

»Glaubst du, unser Schutzengel wird herausfinden, was sie von dir wollen?«, fragte Valmas.

»Zwei Dumme, ein Gedanke«, erwiderte Chris und lachte. Dann atmete er durch und sagte: »Ich weiß es nicht. Aber ich hoffe es.«

KRONOS-4

Darae war nicht verwundert, als ihr Mann die *Ascalun* in den Hyperraum rief, um dort seinen Raumkreuzer aufzunehmen. Die *Clinschor* passte nicht in das Hangardeck der *Ascalun*, doch auf deren Rücken hatten sie hinter den kleineren Andockstellen eine größere geschaffen. Wie ein Froschmännchen, das sein Weibchen begattet, saß die *Clinschor* da. Darae musste schmunzeln, wann immer sie hier unten im Empfangsraum war, auf den Bildschirm starrte und darauf wartete, dass ihr Mann mit dem Röhrenaufzug in der Mitte des Raumes herabkam.

Die *Clinschor* schien im Gefecht keinen Schaden genommen zu haben. Die Schildgeneratoren, die sich wie Pilze über den gewölbten Rücken des Schiffes zogen, wirkten unversehrt.

Sie hatte oft davon geträumt, dass Meljan nicht aus dem Kampf zurückkehrte und sie zur Witwe würde. Damals, als er sich auf sie eingelassen hatte, war sie in ihn verliebt gewesen und hatte ihm anfangs nicht einmal übel genommen, dass er ihr Vermögen übernommen hatte. Doch die Liebschaften, die er pflegte, verletzten sie selbst heute noch.

Ihre Sehnsüchte erfüllte sie sich damals wie auch heute durch die Traumkontrolle. Sie hatte für viel zu viel Geld einen Trauminduktor gekauft. Ein solches Gerät sollte man mieten, nicht besitzen. Aber sie fand Gefallen daran, und auch Meljan war davon angetan. Sie konnten über eine Haube Träume induzieren lassen; sie vermochten sogar selbst Szenarien zu erstellen oder abzuwandeln, gewöhnliche Träume durch Stimulanz in andere Bahnen zu lenken oder aber das Bewusstsein für das Träumen zu wecken, sodass jeder Traum ein Klartraum werden konnte.

Der Spielraum für die Komposition und Manipulation war eng, denn die Träume waren im Vergleich zur Realität trotz allem vage, chaotisch und instabil. Die Ergebnisse aber waren oft überaus zufriedenstellend und machten Lust auf mehr. Sie hatte den Induktor sogar zu Lernzwecken genutzt und sich Wissen über ihre Lieblingsepochen im Traum zugespielt. Sie wusste nun bei Weitem nicht alles über das 20. und das 21. Jahrhundert, aber genug, um Inspiration daraus zu schöpfen. Die Programmiererin und Bastlerin, die sie heute war, war von diesem Wissen geprägt.

Meljan sagte manchmal, das im Traum vermittelte Wissen hätte sie wahnsinnig gemacht. Sie interessiere sich für Dinge, die niemanden interessieren sollten. Über solche Sprüche hatte sie sich früher aufgeregt, inzwischen konnte sie ihnen nur noch mit einem überlegenen Lächeln begegnen; denn dieses alte Wissen und das Denken, das sich dahinter verbarg, hatte ihr hier und heute ein Vermögen beschert.

Sie starrte auf die Tür des Aufzugs und stellte sich gerade zum wiederholten Mal vor, wie es wohl wäre, ohne Meljan zu sein, als sie die Stimme ihres Gatten hörte. Dabei hatte sich die Aufzugtür nicht einmal geöffnet. Was er sagte, war nicht zu verstehen, aber er schien Befehle zu geben.

»Ich komme nachher nach unten«, sagte er, als die Tür aufging und er rückwärts heraustrat. Die beiden anderen Männer – Captain Woronoi und Lieutenant Zasada – nickten, schauten dann aber an Meljan vorbei zu ihr herüber, lächelten und gestikulierten höflich, während sich die Tür bereits wieder vor ihnen schloss.

Jetzt erst wandte sich Meljan ihr zu und musterte sie von oben bis unten. »Hast du irgendwen erwartet?«, fragte er.

Sie hatte sich eines jener vielschichtigen Kleider angezogen, die gerade auf Kronos-4 in Mode waren und von denen

Meljan vor Kurzem gesagt hatte, dass sie zu viel Stoff besäßen, ohne genug zu verhüllen.

»Nur dich, Meljan«, sagte sie und lächelte ihn an.

Er atmete durch und kam zu ihr, und sie hatte bereits Angst, dass sie sich verschätzt hatte und er in ihr mit einem Mal etwas anderes sah als seine Statue – seine Königin; dass er sie in die Arme schließen und küssen könnte. Doch er ging an ihr vorüber und tippte gegen die Schranktür, die in die Wand eingelassen war. Getränke und Gläser kamen zum Vorschein.

»Du siehst gut aus«, sagte er, während er sich einen marsianischen Whiskey eingoss und kurz zu ihr herüberschaute. »Das kannst du auf dem nächsten Regimentsball tragen.«

Er nahm sie gerne zu solchen Anlässen mit, und ihr war klar, was er in ihr sah. Er selbst wusste es vermutlich nicht so gut wie sie, denn sie kannte seine Träume.

In ihrer Neugier hatte sie ihre Fähigkeiten dazu genutzt, die Programmierung ihres Trauminduktors zu knacken, sodass sie Träume aufzeichnen und sich anschauen konnte. Erst hatte sie nur *ihre* Träume aufgenommen, dann aber wollte sie wissen, ob Meljan sie wirklich begehrte, wie sie ihn damals begehrt hatte, und ob er sie in seine Träume einbaute. Was sie fand, enttäuschte sie, dann erschreckte es sie. In Meljans Träumen war Darae entweder die Königin, der er Opfer darbrachte, oder die betrogene Gattin, die er dadurch erniedrigte, dass er sich vor ihren Augen mit anderen vergnügte. Es ging um Macht und Demütigung. Vielleicht war es auch Rache an anderen Frauen, für die sie herhalten musste.

Rachegefühle kannte Darae nur zu gut. Aber sie so zum Ausdruck gebracht zu sehen wie in Meljans Träumen, das erschreckte sie, denn sie wollte in ihren induzierten Träumen nur rein Positives erleben, nicht aber die Erfüllung ihrer Rache. Dafür war die Realität da. Inzwischen hatte Meljan sich in der Wachwelt so viel geleistet, dass Darae längst an ihrer Rache arbeitete.

Sie wusste inzwischen, wie sie ihn herausfordern konnte, und schritt nun schweigend an seine Seite. »Was ist geschehen?«, fragte sie in gespielter Unschuld.

Statt zu antworten, fragte er sie: »Ist Rayol wirklich mit den Gefangenen da gewesen?«

Darae nickte. »Er war hier und hatte das Modul mit den Gefangenen auch kurz bei uns untergebracht. Dann aber hatte er offenbar von Connelly den Befehl erhalten, sie zu ihr zu bringen. Wir hatten keinen Kontakt nach Admeto.«

»Das verdammte Nachtglanz-Kartell wollte die Verbindung nicht sofort freigeben. Ich habe halb Admeto abgesucht und die Daten ausgewertet, da kommt Rayols Nachricht, dass er sie hat. Hätte er nicht warten können?«

»Warum? Was ist verkehrt daran, dass er die Gefangenen in Sicherheit bringt? Hättest du das anders gemacht?«

Meljan wog den Kopf hin und her. »Ich hätte es wohl auch getan, um dann als der strahlende Held dazustehen.« Er trank einen Schluck und atmete dann tief durch. »Aber leider ist wieder etwas schiefgegangen. Rayol ist am Tor vom Perseus und wartet dort auf uns. Er hat die Gefangenen verloren. Sie sollen ausgebrochen sein.«

»Da könnte was dran sein. Er hat auf dem Weg zum Tor die Jäger ausschwärmen lassen, was uns lästige Nachfragen bescherte. Vielleicht hat er die Gefangenen verfolgt.«

»Hast du sie gesehen?«, fragte Meljan.

»Die Gefangenen?«

Meljan nickte.

»Nur auf Rayols Schirm, als ich den Rücktransfer bestätigen musste. Da waren zwei Männer, einer in meinem und einer in deinem Alter.« Sie liebte es, den Altersunterschied zwischen ihnen hervorzuheben, weil sie wusste, dass es für ihn – anders als für sie – eine Rolle spielte. »Aber ob das wirklich die Gesuchten waren, weiß ich nicht. Ich wünschte mir, du würdest mir mehr anvertrauen.«

»Ich habe dir schon genug anvertraut. Je weniger du weißt, umso weniger kann man aus dir herauspressen.«

»Es ist also wirklich so wichtig.«

»Ja«, sagte er und schüttelte dann den Kopf. »Nur eines ist schlimmer, als keine Gefangenen zu machen. Und das ist, sie wieder zu verlieren. Was sagte Rayol denn, als er fortflog?«

»Er versprach mir, dir keine Schande zu machen.« Darae hätte Rayol nun mit einer kleinen Halbwahrheit fertigmachen können. Doch sie würde nie leichtfertig jemanden erledigen, der ohne Probleme zu durchschauen und zu beeinflussen war. »Du willst ihn doch jetzt nicht etwa loswerden, oder? Ich glaube nämlich, er würde für dich alles tun.«

»Nein, nein«, entgegnete Meljan blinzelnd. »Obwohl ich schon Leute für weit geringere Verfehlungen fortgeschickt habe. Aber er erinnert mich an mich selbst, als ich so jung war.«

»Du hast sehr wenig über deine jungen Jahre erzählt. Es gibt viele Gerüchte. Wäre es nicht an der Zeit …?«

»Du würdest mir ohnehin nicht glauben, und ich bin nicht auf alles stolz, was ich getan habe. Ich habe gehofft, ich könnte Rayol vor Dummheiten bewahren. Hätte er doch nur abgewartet!«

»Er hat sich einfach Sorgen gemacht.«

»Hast du die Moduldaten überprüft? War jemand bei den Gefangenen?«

»Hab ich nicht, kann ich aber machen. Zumindest, was die Zeit betrifft, als sie hier an Bord waren. Soweit ich weiß, war da niemand.« Aber natürlich war sie dort gewesen, und selbstverständlich würden die Moduldaten das nicht wiedergeben. Sie hatte ihre Spuren gut verwischt. »Aber selbst wenn: Sie waren in dem Modul, als Rayol fortging.«

»Könnte er dir ein Video vorgespielt haben?«

Darae stutzte. »Du weißt, was ich früher gemacht habe?«

Meljan lächelte, und Darae glaubte, einen Hauch von Verachtung zu erkennen. »Ihr hattet Glück, dass die Gefangenen nicht hier ausgebrochen sind.«

»Wieso? Und wie haben die das überhaupt geschafft? Ich meine: Man wird sie doch wohl durchsucht haben, oder?«

Meljan nickte und stellte das beinahe geleerte Glas auf die Ablage. »Sie hatten offenbar eine Card, die die Scanner nicht finden konnten. Und da sie die Gefangenen nicht gut genug durchsucht haben, konnten sie diese Card verwenden, um auszubrechen.«

»Aber wie? Die Codes sind nicht so leicht zu knacken. Es sei denn …« Sie brach einfach ab und schaute Meljan mit großen Augen an.

»Es sei denn, sie haben ein Schadprogramm.«

»Welches?«, fragte sie und heuchelte ungeheure Neugier.

»Einen Poltergeist.«

»Und darauf sind sie reingefallen?«, erwiderte sie in dargebotener Langeweile.

»Auf Version 6.66 schon.«

Darae staunte Meljan an und wartete einen Moment, ehe sie weiterredete. »Woher haben sie solche Ressourcen?«

»Ich glaube, der Kumpan von Chris Mesaidon ist ein Gauner. Sie waren auf dem Titan, und ich vermute, dass er sich dort ausgestattet hat. Der wusste, dass wir hinter Mesaidon her sind. Der könnte es schon gewusst haben, ehe er mit ihm durch das Tor von Admeto geflohen ist.«

»Aber dann hätte er die Station vor dem Angriff auf Ianthe-3 warnen können.«

»Das ist es ja. Die Daten, die wir auf Admeto erbeutet haben, beweisen, was unsere Spione uns sagten: dass es in den Tagen vor dem Angriff zahlreiche Warnungen gab. Diese wurden aber zwischen den vielen anderen Warnungen nicht ernst genommen. Es war ja auch abwegig, dass wir gegen sie vorgehen. Solange man nicht weiß, wie wichtig uns Chris Mesaidon ist, kann man das nicht glauben.«

»Aber woher konnte, wer immer diese Information aussandte, wissen, dass ihr angreifen wollt? Das heißt doch, dass ihr Spione in euren Reihen habt.«

»Ganz genau. Irgendwo in der Kommandostruktur haben wir einen Verräter. Denn vor drei Tagen wussten nur General Kronson, General Connelly, der Verteidigungsausschuss im Senat und ich etwas.«

»Ich wusste es auch.«

Er winkte ab. »Ja, aber ...«

»Wenn *ich* es wusste, hätten es die Vertrauten von einem der Senatoren auch wissen können.«

Meljan stutzte. »Die sind über jeden Zweifel erhaben.«

»Ich würde meine Hand nicht für alle ins Feuer legen, oder kennst du ihr Liebesleben?«

Meljan lachte. »Ich kenne nicht einmal dein Liebesleben, Darae. Und ich will es auch nicht kennen.«

»Solche Nachrichten lassen sich zurückverfolgen«, sagte sie und wusste nur zu gut, dass die Daten scheinbar aus dem Senat gekommen waren. Sie hatte diese Spur für die Ketoniden gelegt, und sie würde sich in den Wirren verlieren. Der Zweifel jedoch würde bleiben und die Untersuchungen würden einiges zutage fördern, was unangenehm war, wenngleich es nichts mit dem Angriff auf Ianthe-3 zu tun hatte. Auf das Chaos freute sie sich schon.

»Meine Leute arbeiten daran. Doch leider werden Rayol und ich wohl mit leeren Händen vor Connelly treten. Das wird eine Demütigung.«

»Ohne jeden Zweifel. Aber da in der Öffentlichkeit niemand von Mesaidon weiß, wird sie es nicht an die große Glocke hängen.«

Meljan grinste. »Sie wird Rayol immer noch zum Helden machen, und mir wird sie auf die Finger klopfen und mich losschicken, um Rayols Versagen wiedergutzumachen.«

»Klingt so, als würde Rayol besser aus der Sache rauskommen als du.«

»Wundere dich nicht, wenn ich bald *seine* Befehle entgegennehmen muss.« Er lächelte bitter.

Darae setzte ihr mitleidendes Gesicht auf, aber hinter dieser Maske genoss sie ihre Rache.

»Ich muss jetzt runter«, sagte er. »Ich und die anderen gehen noch einige Berichte durch.«

»Du und deine Berichte«, sagte sie und war sich sicher, dass sie damit die Rolle der vernachlässigten Ehefrau perfekt verkörperte. »Ich werde was spielen«, sagte sie und wusste, dass er das verachtete.

Er verzog das Gesicht. »Wieder diese Textspiele? Wie kannst du so etwas spielen? Die sind so uralt.«

»Das ist Fußball auch«, sagte sie. »Und trotzdem wollen alle wissen, wer Intergalaktischer Meister wird.«

»Na, dann bis später«, sagte er und starrte sie an, während sie mit einem lieblichen Lächeln den Raum verließ.

Auf dem Gang fragte sie sich, ob Meljan je irgendein Interesse an ihr gehabt hatte. Die Träume, die er sich induzieren ließ, sagten etwas Widersprüchliches aus. Sie wusste nicht, warum er sie dort auf einen Sockel hob, um sie dann wieder hinunterzustoßen.

Ihre Hochzeit hatten sie mit einem großen Fest gefeiert. Meljan hatte sie der Öffentlichkeit als seine Frau präsentiert, und es hieß, sie habe in ihrem Kleid eine gute Figur gemacht. Alle hatten ihr gesagt und sie spüren lassen, wie beeindruckend sie an jenem Tag ausgesehen hatte, doch sie war sich wie eine Giraffe vorgekommen.

Schon nach wenigen Monaten begann Darae an Meljan zu zweifeln und erfuhr von seinen Liebschaften. Immer wieder hatte sie den Verdacht, er wollte, dass sie davon erfuhr. Er schien fast auf eine Reaktion von ihr zu warten. Er musste sie betrügen, sodass sie es merkte und sich darüber ärgerte. Nur dann schien er Befriedigung zu finden.

Als er sich ihr Geld genommen hatte und sie auf Schritt und Tritt kontrollieren wollte; als er sie wieder und wieder durch seine Machenschaften schlecht aussehen ließ, sie zurückpfiff wie ein Kind, sie mit Frauen betrog, die viel älter waren als sie – als alles immer schlimmer wurde, wusste sie, dass sie sich irgendwann von ihm trennen würde. Bis dahin würde sie ihn ausnutzen und ihn betrügen. Sie hatte immer wieder heimliche Affären gepflegt und war sich bis heute nicht sicher, ob er Verdacht geschöpft hatte. Doch Liebesaffären waren nur ein kleiner Teil dessen, mit dem sie ihn hinterging.

Sie arbeitete an etwas viel Größerem: dem gewaltigsten Betrug, den jemals irgendjemand gewagt hatte. Es sollte ein Kunstwerk sein, das alle bewunderten, ganz gleich, wie sie zu ihr standen. Und selbst wenn man sie verabscheute, vielleicht sogar verhaftete und verurteilte – der Faszination für sie und ihren Betrug an Meljan würde sich niemand entziehen können.

Chris konnte trotz allem kaum erwarten, Kronos-4 zu sehen. Und als der Frachter endlich an der Reihe war und durch das Sprungtor in den Normalraum zurückkehrte, war er verwundert. »Es sieht genauso aus wie in den Nachrichten«, sagte er. Es war ein blauer Planet mit gewaltigen Gebirgen, vor dem sich unzählige Schiffe und Stationen ausbreiteten.

»Was hast du erwartet?«, erwiderte Valmas. »Dass die Uranosier sogar den Blick auf ihren Planeten beschönigen?«

»Vielleicht«, sagte Chris und trat an den Bildschirm. Viele bezeichneten Kronos-4 als die bessere Erde, und vom reinen Anblick ähnelte sie tatsächlich der Wiege der Menschheit. Wer die Erdkontinente nicht kannte, mochte leicht in die Irre geführt werden. Nur ein Blick zum dunkelgrauen Mond Hestia, der am rechten Bildschirmrand jenseits einer Ansammlung großer Schiffe in der Ferne schwebte, machte auf einen Schlag klar, wo sie sich befanden. Hestia wirkte wie eine Raumstation, wie eine weit entfernte Kugel aus Metall, so schlecht reflektierte der dunkle Mond das Sonnenlicht.

Es gab Stationen, die von Kronos-4 aus gewiss besser sichtbar waren als Hestia, besonders die großen Kugelstationen mochten vom Planeten aus betrachtet ohne Weiteres heller erscheinen. Die Entfernungen der einzelnen Schiffe und Stationen konnte Chris nur schwer abschätzen. Die Lichter, die in den Fenstern strahlten, halfen dabei, aber gerade bei größeren Schiffen konnte das täuschen.

Als sie an einem lang gezogenen Touristenkreuzer, der sich wie eine Felswand zur Linken erhob, vorüber waren, öffnete sich der Blick auf eine Flotte, die sich entlang des Flugkorridors zum Planeten sammelte. Von den verwinkelten Zerstörern über die unförmigen Kreuzer bis hin zu käferartigen Frachtern konnte Chris hier die ganze Palette der uranosischen Schiffstypen bewundern, sogar die verschiedenen Jäger, die um die Kreuzer und Zerstörer kreisten. Trotz aller Vielfalt hatte Chris mit mehr Raumschiffen gerechnet. »Sieht recht überschaubar aus«, sagte er. »Nicht wie die gefürchtete Kriegsflotte der Uranosier.«

»Zu viele Konflikte«, sagte Valmas. »Sonst wäre es hier voller. Die Ketoniden beschäftigen sie, und sie müssen auch den Erdlingen gegenüber Macht ausstrahlen. Und dann noch die ganzen kleineren Konflikte. Mal schauen, wie es hier demnächst aussieht, wenn sie weiter gegen das Pheres-System vorgehen.«

»Aber selbst das hier reicht noch, um einen Angreifer zu beeindrucken«, sagte Chris.

»Hast du Angst, dass sie von uns wissen?«

»Seltsamerweise nicht.«

»Was ein guter Schlaf alles ausmacht.«

Tatsächlich hatte Chris gut geschlafen. Er hatte zwar von den Uranosiern geträumt, aber in seinem Traum waren sie mit sich selbst beschäftigt gewesen. »Ich glaube, sie können sich nicht vorstellen, dass wir so dreist sein könnten herzukommen.«

»Dreist oder dumm?«, fragte Valmas und wirkte mit einem Mal ernst.

Chris überlegte und starrte zwischen den Schiffen, die sie passierten, hin und her. »Sowohl das eine als auch das andere.«

»Das alles riecht nach einer Falle. Irgendwann wird dieser Frachter anhalten. Und dann werden wir sehen, wie es weitergeht.«

Diese Aussicht beunruhigte Chris. Solange sie hier alleine durchs All flogen, machte er sich keine Sorgen. Aber diesen Frachter zu verlassen hieße, sich angreifbar zu machen. Sie würden irgendjemandem begegnen.

Viel zu früh strebte der Frachter vom Kurs nach Kronos-4 ab und steuerte eine gescheckte Kugelstation von gigantischen Ausmaßen an, auf der in riesiger Schrift ein Name stand: Nachtglanz-Forum. Diese schwarz-weißen Foren waren legendäre Handelsplätze – Orte des Zusammenkommens und der Neutralität. »Ich hätte nicht gedacht, dass ich jemals auch nur in die Nähe eines Nachtglanz-Forums kommen würde«, sagte er. Hier trafen sich die Großen der Portalkonzerne ebenso wie die kleineren Händler, die es sich leisten konnten, die Gebühren zu bezahlen.

»Ich war einmal auf so einem Ding. Auf dem Mars. Wenn du mal da bist, willst du nicht wieder weg. Aber vergiss nie: Das hier ist uranosisches Gebiet. Und die Konzerne waschen sich die Hände gerne in Unschuld, wenn dann wieder Ruhe herrscht.«

»Du meinst also nicht, dass Nachtglanz mit unserer Rettung zu tun hat?«

»Ich bezweifle es. Die hätten uns niemals hergebracht. Die haben überall irgendwelche Niederlassungen. Die hätten uns wahrscheinlich zum Mars oder ins Pontos-System geschafft.«

Chris stimmte ihm zu. Das Nachtglanz-Kartell betrieb sogar Stationen und Werften im abgelegenen und sagenumwobenen Tartaros-System.

»Wenn die Gerüchte stimmen, haben sie eigene Tore, die man über die Knotenpunkte anfliegen kann. Natürlich nur mit ihrer Zulassung. Angeblich haben sie etliche Planeten, von denen kaum jemand was weiß.«

Chris kannte die Gerüchte, wonach die Portalbetreiber alles besaßen und alles vermochten. Jene, die der Niedergang des letzten Jahrhunderts verbitterte, vermuteten sogar, dass das Nachtglanz-Kartell und andere Konzerne entweder die verschwundenen KIs wiederentdeckt oder aber neue geschaffen hatten, mit denen sie abseits der alten Strukturen etwas Neues begonnen hatten. Es war wahrhaftig der Stoff, aus dem Verschwörungstheorien, Träume oder aber Albträume gemacht waren.

Der Frachter flog die Kugel tief an und näherte sich ihr nun zügig. Auf dem Schirm stand, dass die Station die Kontrolle übernommen habe und das Andocken steuere.

»Die Nachtglanz-Leute haben nichts mit unseren Rettern zu tun«, sagte Valmas. »So tief fliegen eigentlich nur wohlhabende Geschäftsleute die Station an, selten aber die großen Unternehmen. Man nennt die untere Hälfte solcher Stationen gerne *Unterwelt*.«

»Also Schattenkonzerne«, sagte Chris, während die Stationswand immer näher an den Schirm rückte.

»Es würde mich nicht wundern.«

Mit einem Mal stand das Schiff still. Nichts rührte sich, und nur über den Bildschirm bekamen sie Auskunft. Da stand: »Autorisiertes Personal an Bord gekommen.« Chris ging die Kamerabilder durch und erblickte tatsächlich fünf Gestalten – drei Männer und zwei Frauen. Sie schritten zielstrebig und zügig den Hauptgang entlang.

Gekleidet waren sie wie Geschäftsleute, aber sie schienen nicht oft Anzüge zu tragen. Vielleicht mochten sie auch diese altmodischen uranosischen Anzüge nicht und bewegten sich deswegen darin ein wenig eingeschränkt. Diese waren grau und erinnerten eher an eine Militäruniform als an Geschäftskleidung. An der Spitze der Gruppe ging ein Mann mit schmalem Gesicht und hoher Stirn.

»Das sind also unsere Retter«, murmelte Valmas. »Ich traue ihnen nicht.«

Chris traute ihnen auch nicht, dennoch begab er sich mit Valmas zu der Luke, durch die sie in diesen Bereich gekommen waren. Und als sich diese öffnete, stand Chris dem Anführer direkt gegenüber und schaute ihm in die blauen Augen.

Der Fremde löste nach einem Moment die Regungslosigkeit mit einem heftigen Blinzeln auf und sagte: »Sie wissen, wie die Sache laufen wird?«

Chris tauschte einen Blick mit Valmas. Das Unbehagen stand seinem Gefährten in die Miene geschrieben. »Wir haben keine Ahnung. Es gab keine Zeit für Erklärungen.«

»Und wir haben auch nicht danach gefragt«, sagte Valmas. »Wir wollen nur von diesem Frachter runter und untertauchen.«

»Gut. Klären wir also das Nötige. Unser Job ist es, Sie untertauchen zu lassen. Auch wir sind nicht an Fragen interessiert. Das macht nur Schwierigkeiten.« Er wandte sich zu seinen Leuten um, ließ sich etwas geben und reichte es dann an Chris weiter. Es waren zwei Cards, die als Standardeinstellung die Identifikationsdaten zeigten. Chris war erstaunt, wie ähnlich ihm der Mann auf dem Bild sah. Allerdings war es weder sein offizielles Bild noch irgendein anderes, das er je gemacht hatte. »Genial!«, sagte er und reichte Valmas dessen Card weiter.

»Woher wusstet ihr, wie wir aussehen?«, fragte Valmas, kaum dass er sich das Bild angesehen hatte.

»Wussten wir nicht. Die Daten wurden uns zusammen mit dem Auftrag übermittelt. Auf den Cards finden Sie alles, was Sie wissen müssen. Kommen Sie.«

Der Fremde führte Chris und Valmas zwischen seinen Leuten hindurch auf den Hauptgang. Valmas schaute sich immer zu den Begleitern ihres Retters um, und auch Chris fühlte sich mit ihnen im Rücken unwohl.

»Vorne im Mannschaftsraum finden Sie Kleidung, damit Sie auf Kronos-4 nicht auffallen.«

»Wir werden also wirklich auf den Planeten runtergehen?«, fragte Chris.

Der Fremde stutzte, grinste aber dann. »Sie waren noch nie dort, oder?«

»Noch nie«, antwortete Chris.

»Keine Sorge, Sie werden nicht viel vom Planeten sehen. Und von uns auch nicht. Wir bringen Sie runter, dann sind Sie auf sich allein gestellt.«

»Und lass mich raten«, sagte Valmas. »Die Kleidung, die ihr für uns habt, passt, und jeder Wunsch wird uns von den Augen abgelesen.«

»Was die Wünsche angeht, muss ich Sie enttäuschen. So etwas würde selbst hier Aufmerksamkeit erregen. Aber Sie werden sich nach dem Flug bestimmt nicht beklagen. Und die Kleidung: keine Sorge. Sie wird passen. Unsere Chefin weiß gerne alles. Wundern Sie sich also nicht, wenn Sie in Ihrem Unterschlupf Ihre Aftershave-Marke im Bad finden.«

Chris lag eine Frage auf der Zunge, doch er verkniff sie sich. Sie würden ihm nicht sagen können, ob die Frau, der sie begegnet waren, die Chefin dieser Operation war oder nur eine weitere Mitspielerin.

»Was hat man euch über uns gesagt?«, fragte nun Valmas.

»Nur, dass unsere Chefin Ihnen jemanden geschickt hat.« Damit hatte Chris seine Antwort. »Und dass Sie untertauchen müssen. Und jetzt kommen Sie, wir müssen uns beeilen. Es gibt noch andere wie Sie, um die wir uns kümmern müssen.«

Chris war beruhigt, dass er und Valmas nur eine weitere Bürde für diese Männer und Frauen waren, ehe es zum nächsten Auftrag weiterging. Das machte sie weniger wichtig.

»Wohin geht's denn?«, fragte Chris, als sie vom Hauptgang abbogen.

»Nach Midea. In den Hektor-Komplex.« Davon hatte Chris noch nie gehört. Hektor aber war ihm im Zusammenhang mit Kronos-4 ein Begriff. Es war die KI, die dort einst gelebt hatte und die mit der KI Eleonore fortgegangen war. »Das ist das beste Versteck, das es gibt. Da werden Sie zwei Wohnungen haben. Wie Sie die nutzen, bleibt Ihnen überlassen. Aber mit zwei Quartieren haben Sie noch mal die Möglichkeit abzutauchen, falls Sie Schwierigkeiten bekommen.«

»Und was machen wir, wenn es wirklich dicke Schwierigkeiten gibt?«, fragte Valmas, als sie einen Umkleideraum betraten.

»Dann begeben Sie sich zur Wohnung 928. Aber nur im absoluten Notfall. Glauben Sie mir: Wenn Sie das leichtfertig machen, ist das Ihr Ende.« Mit diesen Worten ließen der Mittelsmann und seine Leute sie allein.

Als die Tür geschlossen war, sagte Valmas: »Wohnung 928. Hätte er besser nicht erwähnt. Jetzt bin ich neugierig.«

Chris fand ihre Kleidung auf einer der Bänke. Es war im Grunde die gleiche nichtssagende Kleidung, die die anderen getragen hatten: ein einreihiger Gehrock mit Stehkragen. Das Sakko wie auch die Hose und die Schuhe waren dunkelgrau, das Hemd hellgrau. Genau das Richtige, um in der Mitte ihrer Helfer unauffällig das Schiff zu verlassen.

Als Valmas sich in seinem Anzug begutachtete, weitete sich sein Lächeln zu einem Grinsen. »Fürs Erste nicht schlecht«, sagte er und sah Chris an. »Du bist nicht wiederzuerkennen.«

»Du aber schon«, erwiderte Chris.

»Wart mal ab«, sagte er und kratzte sich den Bart.

»Du willst ihn dir abrasieren?«

Er nickte und lächelte. Und dann strich er sich auch noch durchs Haar.

»Ich bin gespannt«, sagte Chris.

Meljan musste über die Ruhelosigkeit Rayols schmunzeln. General Connelly ließ sie so lange warten, dass sie das Schlimmste annehmen mussten. Dabei schien Rayol nicht zu erkennen, dass *er* sich keine Sorgen machen musste. Schließlich trug *Meljan* die Verantwortung; er hatte die Befehle gegeben. Und während *sein* Stuhl nun wackelte, würde Rayol in der Öffentlichkeit als Held präsentiert. Darae hatte recht.

Meljan hatte Rayol sogar daran erinnert, um ihn zu beruhigen. Dass er mit zitternden Händen auf und ab ging, sprach dafür, dass er es nicht recht glauben konnte.

Meljan folgte Rayol mit dem Blick. Wie oft war er selbst in dieser Lage gewesen? Zu oft, um noch diese Unruhe zu verspüren. Er würde sich dem Zorn Ada Connellys stellen und seine Karten ausspielen.

Alle wussten, dass der Krieg im Keto-System nur mit ihm gewonnen werden konnte. Es hieß zwar immer so schön, dass jeder entbehrlich sei, aber in Wahrheit war er es nicht. Er hatte damals den Planeten Chrysaor für General Kronson erobert und alle Feinde ausgeschaltet, die ihrer Machtübernahme im Weg gestanden hatten. Er hatte die wertvollste Beute gemacht und seit fast zwanzig Jahren dafür gesorgt, dass die Ketoniden nicht die Oberhand gewannen.

Kronson und Connelly brauchten ihn. Vielleicht würde es ihn die Beförderung kosten, aber niemals würden sie ihm seinen jetzigen Rang nehmen. Dessen war er sich sicher.

Die Doppeltür, vor der Meljan mit Rayol wartete, schwang nach innen in den Vorraum von Ada Connellys Büro auf.

Meljan trat ein und hörte, wie Rayol rasch hinter ihm herhuschte und dann sein Tempo hielt. Sie schritten an den langen Tischen der drei Sekretärinnen Connellys entlang. Die drei Frauen grüßten ihn wie immer freundlich, und er bedachte sie mit einem Lächeln.

Angelika und Beth kannte er gut. Er hatte sogar Affären mit ihnen gehabt. Und es kostete ihn sogar jetzt noch Konzentration, die beiden Blondinen auseinanderzuhalten. Offensichtlich verwendeten sie die gleichen Schönheitsmodule und wirkten dadurch beinahe wie Mutter und Tochter. Auch diesmal erinnerte er sich, dass Beth die Ältere war, Angelika demnach die Jüngere. Aber er interessierte sich längst nicht mehr für sie, denn er hatte sie beide auf die gleiche Weise abserviert: Er hatte bei ihnen die Angst um ihren Job geweckt, und von da an hatte er vor ihnen Ruhe gehabt. Aber die Neue – Haruka – faszinierte ihn. Sie war mit ihrem langen schwarzen Haar alles, was Beth und Angelika nicht waren.

Haruka war erst seit einem halben Jahr hier, und Meljan hatte sich vorgenommen, sie näher kennenzulernen, so nahe, dass es Darae ein weiteres Mal demütigen würde. Aber bisher war es nicht dazu gekommen. Es blieb einfach keine Zeit. So war es auch diesmal. Er durfte Connelly nicht warten lassen. Also schritt er mit Rayol an den Sekretärinnen vorüber.

Die Flügel der Tür zu Connellys Büro waren noch nicht einmal ganz geöffnet, als Meljan hineinging und General Ada Connelly entgegenblickte. Mit einem schrägen Lächeln der Verachtung wies die Generalin wortlos auf die schmalen Stühle vor ihrem Tisch. Sie schritt um diesen herum und setzte sich in ihren wuchtigen Sessel.

Erst als Meljan und Rayol Platz genommen hatten, sagte sie etwas. »Wenn es nach mir ginge, würden Sie beide jetzt degradiert. Der Konflikt mit den Pheresen wegen der Zerstörung von Ianthe-3 ist in einen Krieg gemündet. Die Wuchao Corporation ist empört, das Nachtglanz-Kartell zumindest nicht glücklich. Das alles wäre zu verschmerzen, wenn wir Mesaidon in Händen hielten.«

»Es tut mir leid«, sagte Rayol.

Connelly hob die Hand. »Zu Ihnen komme ich später, Oredson.«

Rayol senkte den Kopf, als wollte er unbedingt ihrem Blick ausweichen. Dann nickte er langsam.

»Was haben Sie zu sagen, Solsee? Es war Ihr Kommando.«

Meljan starrte Connelly an, und gerade als sie Luft holte, etwas zu sagen, antwortete er: »Ich habe schon schlimmere Sachen auf meine Schultern genommen. Auch für Sie und andere.«

General Connelly nickte. »Aber das hier ist anders. Kronson hat mit dem Nachtglanz-Kartell gesprochen und meint, dass noch gar nicht abzusehen ist, welche Auswirkungen die Zerstörung von Ianthe-3 hat. Wenn die falschen Unternehmen betroffen sind, könnte uns das sehr schaden.«

»Aber das wussten Sie und Kronson vorher – ehe Sie sich auf meinen Plan eingelassen haben.«

»Sicher. Aber nach dem Plan hätten wir jetzt etwas in Händen gehalten, das das aufwiegt.«

Rayol stutzte. Der Ärmste wusste immer noch nicht, welche Bedeutung Mesaidon hatte. Und gerade als Meljan vorschlagen wollte, ihn einzuweihen, sagte Connelly: »Und dieser Schatz, den wir haben sollten, ist uns abhandengekommen.« Sie blickte kurz zur Seite auf ihren Schirm. »Es war vernünftig, den Bericht vom Verlust vorauszuschicken. Und ich zweifle nicht an seiner Richtigkeit, wohl aber seiner Vollständigkeit. Also: Wie ist das im Detail abgelaufen?« Sie starrte Rayol an.

Meljan hätte einschreiten können, aber er würde Rayol sich erst einmal selbst verteidigen lassen.

Der junge Offizier berichtete stockend von der Flucht Mesaidons und dessen Begleiter, und je länger er sprach, umso sicherer wirkte er. Am Ende berichtete er mit geballten Fäusten, und die Wut über den Verlust Mesaidons schien mit jedem Wort zu wachsen.

Connelly hörte sich alles regungslos bis zum Ende an. Nach langem Schweigen sagte sie: »Sie haben sie also nicht gründlich genug untersucht.«

»Wir haben sie auf dem Frachter völlig überrascht«, entgegnete Rayol mit fester Stimme. »Nie im Leben haben sie damit gerechnet, dass wir sie fassen.«

»Sie haben den Gefährten Mesaidons unterschätzt.«

Rayol biss sich auf die Lippen, dann atmete er weit aus und blinzelte. »Das habe ich«, sagte er und wich ihrem Blick aus.

Connelly lehnte sich in ihrem weichen Sessel zurück.

»Sehen Sie zu, dass Sie Mesaidon wiederbeschaffen«, sagte sie. »Sie haben ihn ja schon einmal aufgespürt.« Mit hochgezogenen Augenbrauen schaute sie Meljan kurz an. »Ihr Colonel hat bestimmt nichts dagegen.«

Meljan blieb regungslos. Er fragte sich, ob Connelly Rayol gerade aus der Schusslinie schaffte, um ihn dann fertigzumachen.

»Ich bringe sie Ihnen!«, sagte Rayol.

»Gehen Sie. Und vermasseln Sie es nicht noch mal.«

Einen Seitenblick Rayols erwiderte Meljan mit einem Nicken.

Kaum war der junge Captain fort, verdüsterte sich die Miene Connellys. »Mich ärgert, dass ich den Jungen trotz allem zum Helden machen muss.«

Meljan konnte nicht anders, als zu lächeln. »Wir müssen alle unsere Opfer bringen.«

»Wenn es nach mir ginge, dann ...« Sie sprach nicht weiter.

»Das Verhängnis ist, dass es zu selten nach dem eigenen Willen geht.«

Der General nickte. »Genauso ist es. Die Öffentlichkeit braucht Helden.«

»Und Bösewichte – und ungeliebte Gestalten, die den Job erledigen.«

Connelly schmunzelte beinahe süßlich. »Schurken!«

»Ganz genau – Schurken.«

»Das Problem ist, dass Sie den Job eben nicht erledigt haben.«

»Die Schadenfreude wird groß sein. Aber am Ende werden wir kriegen, was wir wollen. Keine Sorge.«

»Und wie?«

»Natürlich werden wir Mesaidon finden und so tun, als hätten wir stets die Kontrolle gehabt. Aber das reicht nicht. Wir hatten Glück vor Ianthe-3.«

Connelly stutzte. »Hab ich im Bericht irgendwas übersehen?«

»Es stand nicht im Bericht. Ich wollte es nicht an die große Glocke hängen, denn es ist unerfreulich.«

Sie verschränkte die Arme vor der Brust und lehnte sich zurück. »Noch mehr schlechte Nachrichten?«

»Ja. Aber aufschlussreiche, die mit einer Spur verbunden sind.«

Sie schaute ihn erwartungsvoll an, und er liebte es, sie auf die Folter zu spannen. Als sie Luft holte, um etwas zu sagen, kam er ihr zuvor: »Ianthe-3 wurde im Vorfeld unseres Angriffs gewarnt. Aber das haben sie nicht ernst genommen; sie hielten es für einen Scherz. Neben all den anderen Drohungen und wilden Ankündigungen, die ständig eingehen, fiel das nicht weiter auf.«

»Weil wir keinen offensichtlichen Grund hatten, dort anzugreifen. Oder wussten sie etwa von Mesaidon?«

»Nein. Ich vermute, deswegen hat man es auch nicht geglaubt. Ich gehe davon aus, dass die Ketoniden Wind von unserem Angriff bekommen haben und dann verzweifelt versuchten, irgendetwas zu unternehmen.«

»Dann hatten die Spione also recht. Ich hielt das für die übliche Angeberei.«

»Weil uns die Spione das vor jedem Angriff sagen, es sich aber selten als wahr herausstellt. Doch diesmal stimmt es.«

»Aber wie konnte jemand davon erfahren? Bei anderen Angriffen verstehe ich es ja, aber von dieser Sache wussten nur wenige.«

»Das ist es ja: Wir haben einen Verräter in unserer Mitte. Irgendjemand hat die Ketoniden informiert.«

Connelly erhob sich und schaute zur Seite aus dem Fenster nach Kronos-4 hinüber. »Wenn sie davon wissen, können sie alles wissen.«

»Ich werde den Verräter finden, und ich hoffe, dass er uns direkt zu Ryala Pondaia führt.« Fast zwanzig Jahre war er der Anführerin des ketonidischen Widerstandes auf der Spur. Ihre Schwester Senthea hatte er gefangen genommen, und sie hatte ihnen mehr Informationen und Macht in die

Hände gegeben, als sie je für möglich gehalten hatten. Und sie hatte sie auf Ianthe-3 verwiesen.

»Wer könnte es sein?«, fragte Connelly.

»Ganz gleich, wer es ist – ich werde Ihnen den Kopf bringen.«

Connelly wurde blass. Diese Anspielung auf seine sagenumwobene Vergangenheit verfehlte ihre Wirkung selten. Connelly war um die dreißig Jahre alt. Sie war noch nicht im Dienst gewesen, als er General Kronson tatsächlich den Kopf gebracht hatte, nach dem er verlangt hatte. Seither war man ihm gegenüber sehr direkt bei der Formulierung der Befehle gewesen und hatte es vermieden, all zu viele Metaphern zu verwenden. Das Entsetzen im Gesicht seiner Vorgesetzten zu sehen, erregte Meljan.

»Wissen Sie, was ich an Ihnen schätze, Solsee?«, sagte Connelly.

Meljan schüttelte langsam den Kopf.

»Dass Sie furchtlos sind.« Das stimmte natürlich nicht. Er ließ die Furcht nur nicht nach außen dringen. »Jeder andere hätte um seinen Job gebettelt«, sagte sie. »Aber Sie wissen, dass Sie gar nicht so viel Mist bauen können, um Ihren Rang zu verlieren. Sie wissen, dass wir Sie brauchen. Jede Regung an Ihnen verrät das. Sie wissen, dass wir sie nicht davonjagen werden. Das wissen Sie doch?«

»Ebenso gut wie Sie selbst wissen, dass Ihnen in der *Öffentlichkeitsarbeit* niemand das Wasser reichen kann.«

»Dann lassen Sie mich Ihnen einen Rat geben.«

Meljan schwieg. Am liebsten aber wäre er ihr an die Kehle gegangen. Sie hatte in ihrem jungen Leben weniger geleistet als er, hatte ihn aber in der Rangfolge überholt.

»Ich weiß, dass Sie mich nicht leiden können. Und ich kann Sie nicht leiden. Aber ich weiß auch, was ich an Ihnen habe. Ich wusste es nicht immer. Kronson hat darauf bestanden, dass Sie bei mir bleiben. Und einmal habe ich ihn gefragt, warum er mich zur Beförderung vorgeschlagen hat und nicht Sie. Und wissen Sie, was er gesagt hat?«

Meljan schüttelte wiederholt langsam den Kopf. Er hatte sich das oft gefragt und konnte es bis heute nicht verstehen.

Connelly lachte. »Es ist so einfach! Er sagte: Es geht nicht darum, dass die Guten aufsteigen, sondern nur darum, dass alle dort sind, wo sie hingehören. Und Sie, so sagte er, seien der Mann, der sich die Hände schmutzig macht. Sie kennen keine Ehre, sondern nur Ergebnisse. Sie schonen weder sich selbst noch die anderen. Wenn Sie sich die Hände nicht mehr schmutzig machen, sind Sie für uns sofort weniger wert. Und deswegen sind Sie ein C-112-Colonel. Würde man Sie als Menschen schätzen, hätte man Sie vielleicht aus Gefälligkeit zum General gemacht. Und würde man Leistung wirklich belohnen, wären Sie es längst. Aber Kronson hat Angst. Einen wie Sie zum General zu machen, heißt, sich einen Konkurrenten zu schaffen. Der ketonidische Krieg ist Kronsons Lebenswerk, und jetzt bereits denken mehr Leute an Sie als an ihn, wenn vom Keto-System die Rede ist.«

»Vielleicht ist das mehr wert als irgendwelche Ränge«, sagte Meljan. Aber in Wirklichkeit wollte er General werden. In Wirklichkeit wollte er Connellys und dann Kronsons Platz. Er wollte immer weiter aufsteigen, bis es nicht mehr weiter ging.

»Das glaube ich Ihnen nicht. Aber vielleicht würden Sie sich für das interessieren, was ich General Kronson vorgeschlagen habe.« Sie lächelte. »Ich will Sie loswerden. Einen Colonel wie Sie möchte niemand als Untergebenen haben. Also habe ich vorgeschlagen, dass man Sie, sobald der ketonidische Widerstand gebrochen ist, zum Archon im Keto-System macht. Das wäre die Krönung Ihrer Karriere, und *ich* wäre Sie los.«

Meljan war verwundert. Archon war ein bedeutender Rang in der Uranosischen Republik. Archonten waren in besetzten Gebieten den System-Gouverneuren unterstellt und hielten die Herrschaft über die einzelnen Planeten aufrecht. Je nach Planet konnte das ein mächtiger Posten sein.

Und im Keto-System über einen Planeten wie Euryale oder Chrysaor zu herrschen, das wäre ein Traum. »Wo ist der Haken?«, fragte er.

»Sie werden den Posten nur dann bekommen, wenn Kronson zum Gouverneur des Keto-Systems erhoben wird. Er wird Sie nur dann befördern, wenn Sie ihm nicht gefährlich werden können. Und Sie müssten auch damit leben, dass ich Lorbeeren ernte und daheim aufsteige.«

»Damit ließe sich leicht leben«, sagte er. »Sofern es der richtige Planet ist.«

»Der Archont von Chrysaor. Wie klingt das?«

»Wirklich?«

Connelly nickte. »Natürlich würden Sie nicht in Njaldos herrschen. Das wäre immer noch militärisches Sperrgebiet.«

»Natürlich«, sagte Meljan. Dennoch machte ihm diese Aussicht Hoffnung. Denn die Zukunft wurde auf dem Planeten Chrysaor geschrieben. Dort hatten die Pondaia-Schwestern vor zwanzig Jahren die Reste einer Alien-Kultur gefunden, mitsamt all der Technologie, die zu einem zweiten Goldenen Zeitalter führen mochte. Es wäre wahrhaftig sein Lebenswerk, in der Nähe dieser Macht, ausgestattet durch diese Macht und in ständiger Sehnsucht nach dieser Macht aufzusteigen. Ob zum General oder zum Archonten, das war ihm gleich.

»Was sagen Sie? Ist das Ansporn genug? Ist das genug, um noch einmal alles in Bewegung zu setzen?«

»Es ist das, wovon ich immer geträumt habe«, entgegnete er und schaute in die verwunderte Miene seiner Vorgesetzten.

DER HEKTOR-KOMPLEX

Chris war mit den beiden Wohnungen, die man ihnen gegeben hatte, zufrieden. Die eine befand sich im Herzen des Hektor-Komplexes und bestand nur aus zwei länglichen Zimmern; dafür breitete sich die andere, die am Rand des Komplexes lag, über vier Räume aus und bot einen Blick über das alte Zentrum von Midea. Kupferfarbene Bauten erhoben sich dort unten in der Tiefe am Rand und im Zentrum eines weiten Parks. Dort musste sich früher die Forschungsanlage der KI Hektor befunden haben – bis zu dem Tag, da das ganze Gebäude sich als Raumschiff entpuppte, sich vom Boden loslöste und ins All flog. Hektor traf sich mit der KI Eleonore und ging mit ihr und all den anderen KIs fort. So hieß es in den Berichten, denen beinahe ein mythologischer Charakter anhaftete. In der Nähe eines solchen historischen Ortes zu sein, regte Chris' Fantasie an.

Chris und Valmas wählten die kleine Wohnung als die Adresse, die sie angaben, wenn es nötig war; in der großen Wohnung aber verbrachten sie die meiste Zeit. Und sie fühlten sich hier nicht zuletzt deswegen sicherer, weil sie über einen persönlichen Transporter verfügten, der direkt an ihre Wohnungstür andockte. Zur anderen Wohnung mussten sie von den öffentlichen Transportern aus zu Fuß gehen. Und auch wenn sie unter all den anderen Bewohnern des Hektor-Komplexes nicht weiter auffielen, verlieh ihnen die Abgeschiedenheit hier am Rande des Geschehens ein wenig Sicherheit.

Chris bedauerte es, nicht aus dem Komplex hinauszudürfen, denn er war neugierig auf die Stadt. Midea war eines der großen Handelszentren von Kronos-4, und doch stand es im Schatten der Hauptstadt Keos, die keine hundert Kilometer entfernt lag. Er hatte keinerlei Zweifel, dass es dort unten viel zu entdecken gab, doch er wusste, dass die Kameras ihn sofort erkennen würden. Natürlich hätte er mit einer adaptiven Maske einen Versuch wagen können, doch er scheute das Risiko.

Es war sicherer, hier im Komplex zu bleiben. Im Grunde genommen war es wie auf einer Raumstation, und es gab ungeheuer viel zu entdecken. Er würde seine Neugier sogar zügeln müssen, um nicht aufzufallen.

Ausgestattet waren die vier Zimmer ihrer großen Wohnung minimalistisch, aber es war sauber und sie hatten ihre Ruhe. Und da die Wände konfigurierbar waren und das Ambiente viele Optionen besaß, fühlte Chris sich bald wohl.

Valmas hatte die Wände heute auf eine Felsoptik eingestellt, die nur vor dem Bildschirm haltmachte, auf dem gerade die Nachrichten liefen. Er lag auf der Couch und strich sich mal über die glatt rasierten Wangen, mal über das extrem kurz geschorene Haar. Ohne Bart und beinahe ohne Haar wirkte er wie ein anderer Mensch, aber keineswegs weniger imposant. Durch die Gesichtserkennung würden sie damit nicht kommen, aber das menschliche Auge mochte es täuschen.

Chris saß schräg in einem Sessel und ließ die Beine baumeln. Er strich sich über seinen Viertagebart und kam zu dem Ergebnis, dass diese Veränderung allein nicht reichte. Seine Barthaare wuchsen zu langsam. Aber in Kombination mit seinem zurückgebundenen Haar mochte es seinen Zweck erfüllen. Jedenfalls war Valmas der Meinung, dass man dreimal hinschauen müsse, um ihn zu erkennen. Ob er das ernst meinte oder er ihn nur beruhigen wollte, wusste er nicht.

Chris gähnte. Zwar hatte er geschlafen, aber ihn plagten Träume. Er hatte schon immer starke Träume gehabt, sogar manchmal Klarträume, in denen er im vollen Bewusstsein, *dass* er träumte, beinahe frei agieren konnte und sogar Einfluss auf den Aufbau der Traumwelt hatte. Nun aber waren es Träume, die ihm bei Tage ein Déjà-vu-Erlebnis nach dem anderen bescherten.

Er hatte geträumt, dass sie sich aus der Wohnung hinauswagten, um essen zu gehen. Und am Morgen hatte Valmas genau das vorgeschlagen. Für sich genommen wäre das alles andere als ungewöhnlich gewesen. Aber als sie dann in der Fischbar ihr Essen serviert bekamen, kredenzte die Bedienung aus Versehen Chris den Barsch, den Valmas bestellt hatte, und Valmas bekam den Lachs, der für Chris bestimmt gewesen war. Die Bedienung bekam einen roten Kopf und entschuldigte sich. Genau diese Situation hatte Chris geträumt. Zumindest glaubte er das.

Aber es musste eine Täuschung sein. Er erlebte etwas, und dann glaubte er, dass er es geträumt hatte. Und dabei hatte er nur etwas Ähnliches geträumt, das so abstrakt war, dass es auf eine ganze Reihe von Situationen passte.

Er erzählte Valmas von den Träumen. Dieser hörte sich alles in Ruhe an und sagte dann: »Du machst dir zu viele Sorgen, und die Sorge bei Tag ist der Albtraum bei Nacht.« Er schaute wieder zum Bildschirm hinüber. »Entspann dich.«

Doch Valmas selbst wirkte keineswegs entspannt, auch wenn er ruhig auf der Couch lag. Er schaute immer wieder vom Schirm hinüber zum lang gezogenen Fenster. Und manchmal, wenn ihn irgendein Report nicht interessierte und er offenbar keine Lust hatte, sich etwas Neues zu wählen, erhob er sich, ging zum Fenster hinüber und schaute in die Tiefe, als könnte er von hier oben im 32. Stock dort unten im Park jedes Detail erkennen.

»Hast du eigentlich Angst?«, fragte Valmas.

»Ein bisschen schon. Du etwa nicht?«

»Riesige. Ich schaue da hinab und frage mich, wer von denen, die da durch den Park spazieren und hier im Komplex ein und aus gehen, nach uns suchen könnte. Überall könnten Spione sitzen. Dass hier viele Fremde zusammenkommen, schützt uns vor lästigen Fragen, aber wo Fremde sich tummeln, da sind die Spione nicht weit. Und ich frage mich, ob nicht bereits jemand auf uns aufmerksam geworden ist.«

»Wer denn? Außer unseren Helfern und der Bedienung in der Bar haben wir doch mit kaum jemandem gesprochen.«

»Aber wir haben uns trotzdem herumgetrieben.« Sie hatten sich einen Piratenfilm angeschaut und sogar was getrunken. »Und ich habe Kameras gesehen.«

»Aber die sollen hier doch gar nicht funktionieren«, sagte Chris und winkte ab.

»Wenn man die Geschichte glaubt, die sie uns erzählt haben.« Angeblich war die gesamte Anlage des Hektor-Komplexes früher an das damals noch benachbarte KI-System angeschlossen gewesen. Und ohne Hektor war dieser Komplex seines Geistes beraubt, die alten Restriktionen galten aber noch immer. So hieß es. Die Kameras weigerten sich, ihre Daten ins Netz zu übertragen. Es gab angeblich Störsender, die sogar künstliche Augen unbrauchbar machten. Dieser Ort sollte eine Zuflucht mit Privatsphäre sein, die demonstrieren sollte, dass eine KI sich selbst Regeln auferlegen und sich zurücknehmen konnte und nicht alles, was möglich war, ausreizte.

Diese Lage nutzten nun vor allem jene aus, die ihre Ruhe haben wollten, und das waren vor allem wohlhabende Verbrecher. Denn die Preise zum Kauf oder zur Miete im fest eingeschlossenen Hektor-Komplex mit seinen kupferfarbenen Mauern und breiten Gängen und Straßen waren ungeheuer hoch.

»Es gibt immer Mittel und Wege, Schutzmaßnahmen zu umgehen. Und wenn die Behörden hier die Kameras wieder zum Laufen kriegen, werden sie es ganz bestimmt nicht rausposaunen.«

Chris nickte. »Na gut, wir müssen ja nicht raus. Wir können uns alles liefern lassen.« Die beiden Wohnungen hatten keine Küche, sondern nur einen Schrank, in den über kleine Transporter Speisen und andere Waren automatisch geliefert wurden.

»Aber das könnte auch auffällig sein.«

»Was schlägst du also vor?«, fragte Chris und setzte sich gerade in den Sessel.

»Das ist ja das Problem. Ich weiß es nicht«, sagte Valmas. »Und das macht mich wahnsinnig.«

»Du, der große Halsabschneider, fühlst dich unsicher?«

»Ich habe ein schlechtes Gefühl. Und das Dumme ist, dass ich mich meist auf mein Gefühl verlasse und dann am Leben bleibe. Wenn ich jetzt also ein wenig paranoid bin, dann nur, weil ich überleben will.«

»Will ich doch auch.«

»Es wäre mir lieber, wenn wir wüssten, wie lange wir hier bleiben müssen.« Valmas löste sich vom getönten Fenster und schaute auf den Bildschirm, wo die Nachrichten liefen. Von Ianthe-3 wurden wieder nur Worte, nicht aber Bilder wiedergegeben. Immerhin fiel Rayol Oredsons Name einige Male.

»Angenommen, unsere *Helfer* meinen es wirklich gut mit uns«, sagte Valmas. »Und angenommen, wir schaffen es hier raus: Wohin gehen wir dann?«

»Nach Admeto kehre ich jedenfalls nicht zurück«, erwiderte Chris. »Und auch der Titan scheint ein wenig zu heiß zu sein.«

»Die Erde vielleicht?«

»Zu viele Prediger.«

»Mars?«

»Auf dem Titan schien der Mars wie eine gute Zuflucht. Aber jetzt? Willst du deinen Großvater wirklich in Schwierigkeiten bringen?«

»Lieber nicht.«

»Vielleicht sollten wir uns was Abwegiges suchen.«

Valmas grinste. »Wie wäre es mit dem Tartaros-System?«

»Die sind mir mit ihrem Fortschrittsglauben unheimlich. Hast du mal die Handelsbedingungen gelesen?«

Valmas nickte und lachte leise. »Ich habe die Verträge gesehen. Fühlt sich an, als würdest du deine Seele an den Satan verkaufen.«

»Es gibt bestimmt bessere Ziele«, sagte Chris. »Sie werden nicht überall nach uns suchen.«

»Vielleicht mache ich mir einfach zu viele Sorgen. Auch ich kann mich täuschen.« Valmas atmete tief durch. »Wenn wir den Bezirk nicht verlassen und hoffen, dass die Kameras wirklich nicht funktionieren, können wir hier ganz gut zurechtkommen. Man lebt zweifellos ganz gut hier auf Kronos-4.«

Chris nickte. »Für eine Weile, ja. Aber ich möchte wissen, was die Uranosier von mir wollen. Ich will wissen, wen sie mit mir zu erpressen versuchen – oder was auch immer sie wollen. Aber ich möchte dafür nicht mit dem Leben bezahlen. Also: Wenn sich uns eine Möglichkeit bietet, von hier fortzukommen, dann bin ich dabei.«

Die *Ascalun* befand sich inmitten der uranosischen Flotte über Kronos-4. Rayol war mit Colonel Solsee im Empfangsraum am Rand des Schiffes, um ihm Bericht zu erstatten und sich dann von ihm abzumelden. Sein Blick suchte sich immer wieder den Weg von dem Schirm auf der Tischfläche durchs Fenster hinaus zu seinem Heimatplaneten. Er war seit Monaten nicht mehr unten gewesen, und nun war wieder keine Zeit zu einer Ruhepause.

Rayol hatte die Daten vom *Empty Corner* zusammengetragen und präsentierte sie nun Solsee auf dessen spiegelglattem Konferenztisch. Und wie erhofft ergab sich daraus eine Spur.

Da der Jäger, den Mesaidon und Zakaris gestohlen hatten, das Tor nicht durchstoßen hatte, gingen er und Solsee davon aus, dass irgendein anderes Schiff sie aufgenommen hatte. Die Auswertung der Daten ergab kein klares Bild, weil sie die Flugbahn des QR-X2-Jägers nicht durchgängig hatten verfolgen können, denn dazu waren ihre Abfangjäger zu spät gestartet. Alles, was sie hatten, waren die Daten der *Mykenai*, und diese endeten mit dem Eintauchen des Jägers in die Mitte der Flotte nahe dem Tor. Doch man konnte berechnen, wo die Jäger, die sie verfolgt hatten, sie hätten bemerken müssen. So konnten sie klären, in welchem Bereich Mesaidon und Zakaris verschwunden waren.

Der Colonel wollte mit ein paar Captains die Schiffe prüfen, die im Bereich gewesen und durch das Tor geflogen waren. »Na, welche würdest du dir vornehmen?«, fragte er und beugte sich über den Tisch, auf dessen Fläche die einzelnen Schiffe mit Bild und Daten arrangiert waren.

Rayol schaute sich das Ganze an und überlegte. »Das Problem ist, dass sie einen Helfer gebraucht hätten.«

Solsee nickte.

»Nur die Ketoniden konnten davon wissen, welche Bedeutung unsere Gefangenen hatten und noch haben. Also würde ich die Schiffe nehmen, die ins Keto-System gehen, direkt oder auch indirekt.«

»Es könnte auch jemand sein, der nicht so recht weiß, was er da eigentlich hat. Nur dass Mesaidon wichtig ist, könnte ihm klar sein.«

»Das ist natürlich möglich.«

»Und außerdem …« Solsee stutzte, schaute Rayol schmunzelnd an und schwieg dann einfach.

Rayol war zwar neugierig, welche Möglichkeit der Colonel noch in Betracht zog, wagte aber nicht, nachzufragen. Stattdessen sagte er: »Die Erdlinge könnten versucht haben, einen Vorteil zu gewinnen.«

»Ja. Die sind eine Plage«, sagte Solsee mit einer wegwischenden Handbewegung.

»Wo wollen Sie mich haben, Colonel? Im Sol-System oder im Keto-System?«

»Weder in dem einen noch im andern. Du wirst hierbleiben und dir die acht Schiffe vornehmen, die hier angekommen sind.«

Rayol stutzte. So hatte er sich die Wiedergutmachung seines Fehlers nicht vorgestellt. »General Connelly meinte …«

»Ja, ich soll dich machen lassen. Aber du bist immer noch mir unterstellt, und ich will dich nicht im Keto-System haben. Und lasse ich dich ins Sol-System, müsste ich den nächsten Krieg befürchten. Also bleibst du hier. Du hast ohnehin eine Menge Interviews zu geben.« An dem Lächeln, das sich auf dem Gesicht des Colonels formierte, konnte Rayol nicht ablesen, ob es spöttisch oder mitleidend war.

Rayol nickte. Sollten Mesaidon und Zakaris tatsächlich ausgerechnet nach Kronos-4 gekommen sein, sei es nun unten auf der Oberfläche oder hier im Orbit? Er konnte es sich einfach nicht vorstellen.

»Nun schau dir dieses Arschloch an!« Valmas setzte sich in den weißen Sessel, der unter der Last quietschte.

Chris sah von seiner Card auf, mit der er gerade ein Strategiespiel spielte. Er erblickte auf dem großen Schirm niemand anderen als Rayol Oredson und brach das Spiel ab. Seine Schiffe waren ohnehin kurz vor einer Niederlage gewesen.

Der Captain, dessen Gefangener sie gewesen waren, befand sich hoch über dem Boden, und die Skyline, die hinter ihm durchs Fenster zu sehen war, war die von Keos. Die schmalen Türme, die wie Nadeln in die Höhe ragten und die Chris in den letzten Tagen oft auf dem Schirm gesehen hatte, waren unverkennbar.

Oredson saß selbstgefällig in einem hohen Sessel mit schmalen Lehnen und grinste seine Gastgeberin an, eine Frau mit blau gefärbtem Haar und blauem Lippenstift. Sie sagte: »Selbstverständlich steht das meiste noch unter Geheimhaltung, aber die Gerüchte besagen, dass der Angriff etwas mit dem ketonidischen Krieg zu tun hat. Können Sie uns etwas dazu sagen?«

»Nur so viel, dass von der Raumstation Ianthe-3 aus, soweit wir das jetzt wissen, mit den Ketoniden gegen uns konspiriert wurde. Es gab Waffenlieferungen, die wir zurückverfolgt haben. Einige bekannte Firmen sind in die Sache verstrickt, aber auch eine ganze Liste von Verbrechern.«

»Dann wusste man auf Ianthe-3, dass Sie angreifen würden.«

»Wir haben sie vorgewarnt.«

Chris schüttelte den Kopf. Von Allard Ryan hatte er im Wuchao Tower erfahren, dass es zwar Hinweise auf den Angriff gegeben hatte, man diese aber wegen all der anderen zweifelhaften Informationen nicht geglaubt hatte. Eine Warnung der Uranosier hätte man aber in jedem Fall ernst genommen. »Der lügt, ohne mit der Wimper zu zucken.«

Valmas starrte nachdenklich zu Boden.

Oredson erzählte genüsslich von dem, was Chris von der anderen Seite mit Schrecken erlebt hatte, und er stellte den ungleichen Kampf völlig verzerrt dar. Er sprach von modifizierten Mikro-KI-Drohnen, die verboten waren, lieferte Videos, die diese Drohnen angeblich zeigten, und sagte schließlich mit dem Blick in die Kamera gerichtet: »Es gibt keinen Zweifel: Die Pheresen haben sich insgeheim mit den Ketoniden gegen uns verbündet.«

Chris konnte nur den Kopf schütteln, doch Valmas nickte, biss sich dann aber auf die Lippen.

»Was ist?«, fragte Chris.

Valmas blinzelte. »Ach, nichts. Nur, dass die Propagandafabrik heute gut läuft.«

Ein sanftes Lächeln umspielte die vollen Lippen der Gastgeberin. »Bedeutet das, dass wir uns auf einen Krieg mit den Pheresen einstellen müssen?«

»Von unserer Seite aus ist im Moment alles getan. Wir haben ihnen mit Ianthe-3 die Möglichkeit genommen, gegen uns vorzugehen. Ich bezweifle, dass die Pheresen so leichtsinnig sind, uns offiziell den Krieg zu erklären. Er würde in ihrer Vernichtung enden.«

»Sie sollen beim intergalaktischen Gerichtshof eine

Klage eingereicht haben. Und auch manche Unternehmen sind verstimmt.«

»Unsere Regierung steht mit der pheresischen Regierung in Verhandlungen, und natürlich geben wir auch den Unternehmen Auskunft. Unsere bisherigen Untersuchungen deuten darauf hin, dass die pheresische Regierung nichts von dem Vorgehen der Stationsführung wusste. Uns liegen sogar Beweise vor, dass unsere Warnungen vor einem Angriff im Falle einer Nicht-Kooperation ignoriert wurden. Vieles spricht dafür, dass Ianthe-3 uns zu einem Angriff provozieren wollte, den dann das ganze Pheres-System ausbaden sollte. Wir haben die Konspiratoren ausgeschaltet, jetzt müssen die Diplomaten übernehmen. Denn eines ist klar: Es ist nicht unsere Absicht, den Planeten Admeto zu halten. Wir sind nur vor Ort, um die letzten Verschwörer aufzuspüren und der Zivilbevölkerung zu helfen.«

»Was sagen Sie zu jenen, die behaupten, Sie hätten den Tod Zehntausender Zivilisten in Kauf genommen?«

»Wir haben alles getan, was möglich war. Wir haben sie vorgewarnt, sind aufgerückt, haben uns gegen ihre unfaire Kampfweise durchgesetzt. Wer konnte ahnen, dass, als wir die Oberhand gewonnen hatten, einer ihrer Zerstörer auf die eigene Station feuert?« Auf dem Schirm erschien die Aufnahme eines Jägers, der zwischen der Station und einem pheresischen Schlachtschiff flog. Ein breiter Lichtstrahl löste sich vom Ende des Zerstörers und schlug direkt in den Reaktorbereich der Station ein.

»Die mussten es nicht einmal manipulieren«, sagte Valmas und schnalzte. »Man sieht nicht, dass der Plasmastrahl das Schiff lediglich durchschlägt.«

Chris nickte. Tatsächlich wirkte es so, als stammte der Strahl von dem Zerstörer selbst.

»Was wir hier sehen«, sagte Oredson, der auf dem Schirm parallel zum sich wiederholenden Video gesetzt wurde, »ist ein gewaltiges Versagen. Sie haben eine schwere Plasmawaffe verwendet – viel zu groß für diesen Schiffstyp. Denn sie verbraucht viel zu viel Energie und birgt die Gefahr, das eigene Schiff zu beschädigen. Damit schießen sie aus nächster Nähe auf den Reaktorbereich und reißen ein Loch in ihr eigenes Schiff. Das ist eine Schweinerei!«

Chris griff sich die Vase, die neben ihm auf dem Couchtisch stand. Beim Anheben rutschten die leuchtenden Kunstblumen heraus und fielen auf den Teppich. Er wollte die Vase gerade werfen, da packte Valmas sein Handgelenk. »Lass es! So spielen sie überall. Du kannst halt niemandem vertrauen. Niemandem.«

»Dass sie sich nicht mal mehr die Mühe machen, solches Bildmaterial zu fälschen!«, sagte Chris und atmete langsam aus. Dann stellte er die Vase wieder ab.

»Das können sie sich leisten, weil ihre Experten die Klappe halten oder sogar diesen Unsinn unterstützen. Andere kommen hier gar nicht zu Wort. Hier laufen die Dinge anders als auf Ianthe-3 oder dem Titan.«

»Und die intergalaktischen Instanzen?«

»Werden von den großen Konzernen geführt. Und die Portalbetreiber lieben Kriege.«

»Wenn ich wüsste, wo genau in Keos dieser Oredson gerade ist, würde ich versuchen, ihn für Ianthe-3 bezahlen zu lassen.« Er überlegte, ob er es anhand des Bildhintergrundes ermitteln konnte.

»Ganz der Heißsporn«, sagte Valmas. »Aber nur Geduld. Auf irgendeine Weise werden wir ihn schon kriegen. Wie sagt mein Großvater so nett: Man sieht sich immer zweimal im Leben.«

»Ob Oredson nach uns sucht?«, fragte Chris.

Valmas grinste. »Davon kannst du ausgehen. Die machen hier gute Miene zum bösen Spiel. Wenn sie deinetwegen angegriffen haben und jetzt so eine große Sache daraus erwächst, dann werden sie alles tun, um dich zu kriegen.«

Chris nickte. »Ich hoffe, unsere Retterin lässt bald von sich hören.«

Rayol war zwar erschöpft von all den Interviews, aber die Reaktionen darauf machten den Gedanken ans Schlafen unmöglich. Also hatte er das Licht eingeschaltet, sich aufgesetzt und verfolgte nun die verbliebenen Spuren auf dem Schirm, der aus dem Armreif emporragte. Sein Arm war steif vom ständigen Hochhalten, deswegen ruhte der Reif vor ihm auf der Bettdecke. Im Augenblick interessierten ihn nur die Schiffe, die nach Kronos-4 geflogen waren.

Es ging um acht Frachter, deren Spur er vervollständigt hatte. Sie alle hatten an Raumstationen im Orbit angedockt. Dadurch vervielfachten sich die Daten, denn vom Zielort aus boten sich den Geflohenen viele Möglichkeiten, die Spuren zu verwischen.

Die Analyseprogramme werteten viel aus, stießen aber rasch an ihre Grenzen. Auf den Raumstationen herrschten teilweise strenge Datenschutzbestimmungen. Deswegen war er auf die Kooperation der jeweiligen Firma angewiesen.

Trotz aller Widrigkeiten hatte er aber doch eine Spur gefunden. Und das nur, weil er die Transferdaten der automatisierten Frachter betrachtet hatte. Zuerst hatte er sie ignoriert, weil er davon ausgegangen war, da sei keine Crew an Bord gewesen. Aber es gab vier Frachter, die ihre Ladung abgeliefert hatten, auf die aber auch Leute gegangen waren, um sich kurz darauf wieder zurückzuziehen. Im Grunde war nichts Besonderes daran, dass man nach dem Rechten sah. Aber bei diesen vier waren die Kontrolleure für die Ausmaße der Frachter viel zu kurz an Bord gewesen, um eine gründliche Kontrolle zu machen.

Zwei der vier Transportschiffe waren zu anderen Stationen geflogen; seine Leute folgten bereits der Spur. Die anderen beiden waren auf Kronos-4 hinabgeflogen. Das eine Schiff war in Keos im Hafenviertel runtergegangen. Seine Transferdaten bei der Ankunft waren schwer zu durchschauen, wahrscheinlich gefälscht. Das andere war nach Midea geflogen, in den berüchtigten Hektor-Komplex. Das war die beste Spur. Denn der Hektor-Komplex war eine Art abgeschlossenes Viertel, das – wie Rayol sich erinnerte – einst von der KI Hektor geführt wurde, ehe diese sich der KI Eleonore von der Erde angeschlossen hatte und mit ihr verschwunden war. In dem Loch, das sich ganz in der Nähe des Hektor-Komplexes erstreckt hatte, breiteten sich längst ein weiter Park und neue Gebäude aus, und kaum etwas erinnerte mehr an das Raumschiff, das dort verankert gewesen war.

Der Hektor-Komplex war eines der letzten Gebäude, in dem der Geist der KI noch deutlich gelebt wurde. Die Regeln, die Hektor sich selbst auferlegt hatte, wirkten fort, auch wenn das betreffende Bewusstsein entschwunden war. So waren Kameraaufnahmen in dem Komplex weitgehend verboten, und keinem Programmierer war es bisher gelungen, diese Blockade zu umgehen.

Attraktiv war es für alle, die unbeobachtet sein wollten und es sich leisten konnten, sich dort zu bewegen. Dort zu arbeiten war ein Privileg. Und es war ein in sich geschlossenes System, das sich bei einer Katastrophe abschotten konnte.

Die Behörden hatten natürlich versucht festzulegen, wer dort arbeiten, Eigentum erwerben oder Räume mieten durfte. Als Individuen waren es vor allem Politiker und Beamte. Der Macht der Unternehmen, die unvorstellbare Summen boten, um Bereiche des Komplexes zu mieten oder gar zu kaufen, konnte sich die Politik jedoch nicht lange entziehen. Und es waren nicht nur seriöse Unternehmen, die sich dort breitgemacht hatten, sondern auch zwielichtige. Es hieß sogar, dass einige Granden sich mit ihren Schattenunternehmen dort angesiedelt hatten. Die Anlage war der perfekte Ort, um sich zu verstecken.

Rayol gähnte. Es war, als spielte er ein Spiel, für das es keine Belohnung gab, das aber im Verlauf interessant genug war, ihn zu beschäftigen. Eine Ablenkung von der bitteren Wahrscheinlichkeit, dass Mesaidon hier nicht zu finden war.

Doch angenommen, Mesaidon und sein Kumpan waren mit dem Frachter im Hektor-Komplex angekommen, wie sollte er sie aufspüren? Die Polizei war nur grob informiert. Connelly hatte Mesaidon und Zakaris einfach einen schweren Diebstahl untergeschoben, und nun suchte man überall nach ihnen. Es durfte nicht zu offensiv sein, sonst würden die Spione darauf aufmerksam.

Wie also sollte er an etwas Konkretes kommen? Er musste einfach mit den Daten arbeiten, die er hatte. Transferdaten, Bestelldaten und Ähnliches. Wenn Zakaris sich eine Pizza Titanos bestellte, mochte das auffallen. Wenn Mesaidon sich admetischen Whiskey kommen ließ, war es ebenso. Es gab solche und ähnliche Bestellungen, aber nicht in günstiger Kombination. Und die Wahrscheinlichkeit war sehr gering, hier eine fruchtbare Spur zu finden. Dennoch beschloss er, die Polizei vor Ort zu einigen Kontrollen anzustiften. Und auch auf den Stationen würde sich vielleicht noch eine Datenspur ergeben.

Chris und Valmas waren unterwegs, um etwas über die Lage in Admeto herauszufinden, und natürlich wollten sie das aus keiner ihrer beiden Wohnungen machen. Sie waren in einem der vielen Cafés und verwendeten die Cards, die ihnen ihr Mittelsmann gegeben hatte, dessen Namen sie nicht kannten.

Die Recherche unauffällig zu gestalten war nicht schwer. Rayol Oredson galt als Held der Stunde und inzwischen war der Vorfall mit Ianthe-3 ein wichtiges Gesprächsthema in den Medien. Alles, was sie hier machten, war, dem Informationsangebot zu folgen wie so viele, die sich nun für das Thema interessierten.

Da es kaum etwas Neues zu erfahren gab und die gelieferten Informationen zweifelhaft waren, beschlossen sie, in ihre Zweitwohnung zu gehen und sich etwas Essbares kommen zu lassen. Als sie auf dem Weg dorthin aus dem öffentlichen Transporter stiegen und um die zwei Ecken gingen, sahen sie jenseits der Kreuzung einen Trupp Polizisten, die vor einer Tür Wache hielten, während andere ein und aus gingen. An sich nichts Ungewöhnliches, wäre es nicht *ihre* Wohnung gewesen.

»Ich finde ja, dass die Rhea Giants das nicht mehr schaffen werden«, sagte Valmas.

Chris nickte und spielte das Spiel mit. »Diese Saison wohl nicht mehr, aber nächste Saison bestimmt.«

Valmas lachte. Einer der beiden Wache haltenden Polizisten schaute zu ihnen herüber. »64 zu 16! Da haben sie aber noch eine Menge zu tun. Ich halte es ja sowieso eher mit den Midea Titans!« Mit diesen Worten legte Valmas ihm die Hand auf die Schulter und sie bogen an der Kreuzung nach rechts ab.

»War das klug?«, fragte Chris flüsternd.

»Besser als schweigend den Gang entlangzugehen und schweigend abzubiegen. Alle reden über die Giants, warum also nicht auch wir?«

»Sie könnten uns erkannt haben«, sagte Chris.

»Mit den Klamotten, deinem Viertagebart und meinen glatt rasierten Backen?« Er lachte leise. »Niemals.«

Sie bogen um die nächste Ecke und suchten den Weg zurück zu den Transportern. Dort wählte Valmas einen Boulevard als Ziel aus. »Wir machen jetzt eine kleine Reise, ehe wir in unsere andere Wohnung zurückkehren. Wenn die uns bis hierher verfolgt haben, könnten sie auch die Transporterwege prüfen. Ich will mich nicht darauf verlassen, dass nur ein Umweg reicht. Machen wir drei Umwege und dann kehren wir zurück.«

Auf dem ganzen Rückweg fühlte Chris sich beobachtet. Jeder konnte ein Spion oder auch nur ein Informant sein. Als sie den Transporter verließen und ein Stück auf dem Boulevard entlanggingen, glaubte er überall aufmerksame Augen zu sehen. Selbst als sie an Kindern vorbeikamen, die vor einer Marmorwand Ball spielten, musterte er sie mit misstrauischem Blick.

»Augen geradeaus«, sagte Valmas.

Chris fühlte sich ertappt und starrte fortan nur noch voraus. Nachdem sie wieder in einen Transporter gestiegen waren, suchte Valmas ihnen weitere Umwege. Immer wieder fragte Chris sich nun, ob die Kameraüberwachung im Hektor-Komplex wirklich gestört war.

Als sie nach allen Umwegen endlich in ihr Wohnviertel am Rand des Komplexes kamen und mit einem der lokalen Transporter in das Gebäude hineinfuhren, hielt Chris Augen und Ohren offen. Sie wechselten in ihren persönlichen Transporter und fuhren hinauf und hinüber zu ihrer Wohnung.

Während die Tür sich öffnete, fürchtete Chris, dass sie der Polizei in die Arme liefen.

Valmas hielt die Hand an das Kontrollfeld. Er schien dazu bereit, die Tür sofort wieder zu schließen und mit dem Transportmodul zu verschwinden, sollte dort etwas auf sie warten.

Doch in dem hell erleuchteten Raum war niemand, und alles erschien so, wie sie es verlassen hatten.

Rayol wollte es nicht glauben. Das DNA-Material, das die Polizei in der Wohnung gefunden hatte, passte zu dem Mesaidons und dem seines Begleiters. Sie waren tatsächlich dort gewesen! Nun fragte er sich, ob er diese Information bereits weiterleiten sollte. Wenn ihm Mesaidon erneut durch die Lappen ging, stünde er noch dümmer da als zuvor. Aber da er die Daten nun einmal eingeholt hatte, sandte er seinem Colonel eine Botschaft. Und kurz darauf erhielt er einen Satz als Antwort: »Wir sehen uns in Midea!«

Rayol machte sich auf den Weg, hinab auf Kronos-4. Irgendwo im Hektor-Komplex waren die Gesuchten. Und sie würden nicht mehr von dort wegkommen. Sobald sie die Anlage am Boden verließen, würden die Kameras sie erfassen. Wenn Solsee erst einmal da war und Connelly ins

Spiel kam, würde die ganze Maschinerie in Gang gesetzt und jedes Schiff, das ein und aus ging, würde überwacht.

Der Hektor-Komplex wirkte wie eine grobstufige Pyramide, die sich kilometerweit ausdehnte. Bei seinem Anflug erhielt Rayol bereits die Nachricht, dass wegen einer Terrorwarnung jedes Schiff kontrolliert werden müsse. Rayol gab seine Codes durch und war von der Untersuchung ausgeschlossen. Aber zu wissen, dass die Maschinerie bereits angesprungen war, beruhigte ihn.

Das einzige Problem war, dass man Jahre im Komplex verbringen konnte, ohne aufzufallen. Manche – so hieß es – hätten ihn noch nie verlassen, sondern ihr ganzes Leben dort gelebt, ohne von einem der Meldesysteme erfasst worden zu sein.

Rayol überlegte, ob er das Detail, das sie zu der Wohnung geführt hatte, noch einmal abfragen sollte. Die Polizei hatte nur die eine Wohnung im öffentlichen Bereich untersucht. Aber es mochte noch andere geben, in der die Gesuchten das Gleiche getan hatten. Sie mochten auch dort das Ambiente auf Admeto eingestellt haben.

»Du glaubst nicht, wie sehr ich mir jetzt eine Pistole oder ein nettes Gewehr wünsche«, sagte Valmas.

»Was haben wir falsch gemacht?«, fragte Chris.

»Vielleicht haben sie einen Augenzeugen, dem wir aufgefallen sind. Oder sie verfügen *doch* über Kameras, die hier funktionieren. Oder eine unserer Bestellungen oder Anfragen, die nach draußen gingen, haben uns verraten.«

»Was immer es war: Ich fühle mich hier nicht mehr sicher.«

»Sollen wir zur Wohnung 928 aufbrechen?«

Chris biss sich auf die Lippen. Ihr Mittelsmann hatte ihnen die Koordinaten auf ihre Cards gespielt. Sie brauchten sie nur auf ihren Transporter zu übertragen und könnten losfahren. Dieser ließ sich ohne Weiteres auch außerhalb des Hauses einsetzen. Nur hatten sie bisher darauf verzichtet, weil sie mit öffentlichen Transportern, zwischen denen sie wechselten, ihre Spuren besser verwischen konnten.

Chris fühlte sich in der Wohnung zwar nicht mehr sicher, aber loszuziehen zu der Zuflucht, zu der sie nur dann gehen sollten, wenn sie wirklich in Gefahr waren – das wollte er auch nicht. »Es ist noch zu früh«, sagte er. »Aber wir sollten unsere Sachen zusammensuchen.«

»Ich hab eine Idee«, erklärte Valmas und ging zur Tür. Er öffnete sie, trat ins Transportmodul und wählte etwas auf dem Kontrollfeld aus. »Wir stellen das Ding auf Abwarten. So muss ein *Gast* warten, bis wir den Weg freigeben.«

»Kann die Polizei das nicht umgehen?«

»Vielleicht. Aber wenn wir nichts tun, könnte es sein, dass sie hier einfach einmarschieren.«

»Dann lass uns unsere Sachen einpacken.« Ein Blick auf die breiten Polstersitze im Transporter, die sich im Halbkreis die Wand entlangzogen, und Chris sagte: »Vielleicht sollten wir hier schlafen, falls sie uns in der Nacht überraschen wollen.«

So machten sie es, und Chris hatte trotz der Unruhe keine Probleme einzuschlafen. Der Tag hatte ihn viel Kraft gekostet. Weil Valmas versprach, noch ein wenig aufzupassen, dämmerte Chris einfach davon.

Er träumte von Verfolgung und Flucht hier im Hektor-Komplex und später im All, und schließlich fragte er sich im Traum, ob das alles wohl morgen geschehen würde.

Rayol ging in dem engen Zimmer auf und ab, das die Polizei ihnen zur Verfügung gestellt hatte. Er war in der Wohnung gewesen und fühlte sich nun wie ein Raubtier, das seine Beute gewittert hat. Irgendwo hier im Hektor-Komplex hatten Mesaidon und Zakaris sich verkrochen.

Er fragte Lieutenant Werro, der gegen die grüne Wand gelehnt stand: »Haben die geschlossenen Bezirke schon auf unsere Anfrage reagiert?«

»Die ersten schon. Die Daten werden ausgewertet.«

»Und die, die sich weigern?«

»Um die kümmern wir uns später, aber wir beobachten genau, wer da ein und aus geht.« Mesaidon würde ihm nicht noch einmal entkommen. Nicht noch einmal!

Ein Signalton weckte Chris aus seinen Träumen. Er sah auf das nächstliegende Display. Darauf stand als Zeit 2 Uhr URSZ. Midea lag genau im Bereich der Uranos-Standardzeit. Draußen in der Wohnung, die schwach beleuchtet durch die offene Tür zu erkennen war, ging das Ambiente ein wenig vor. Admeto-Zeit hatte Valmas eingestellt.

Da fiel Chris etwas ein, doch die Computerstimme schreckte ihn auf. »Ankunft erwünscht«, sagte sie. »Modul blockiert Zugang. Bitte verlassen Sie das Modul, damit wir es beiseiteschaffen und die Gäste vorlassen können. Die Gäste haben Prioritätsstufe 1.«

»Das sind sie«, sagte Valmas und sprang zum Kontrollfeld hinüber. »Sie haben uns aufgespürt.« Die Tür schloss sich, und schon im nächsten Augenblick setzte sich der Transporter in Bewegung. »Zeit für Wohnung 928!«

Chris aber konnte den Gedanken, der ihm gekommen war, nicht abschütteln. »Das Ambiente«, sagte er.

»Was?«, entgegnete Valmas.

»Das Ambiente hat uns verraten. Admeto. Sie müssen Zugang zu den Ambiente-Daten haben.«

Während der Transporter dahinzischte, schlug Valmas sich mit der Hand gegen die Stirn. »Und ich dachte, es wäre etwas, was wir bestellt haben.« Er setzte sich neben ihn und holte seine Card heraus. Darauf war grob der Plan des Komplexes zu sehen, und zudem waren darauf die Transporter und andere Fahrzeuge, die sich durch die Schächte und Tunnel bewegten, als grüne Punkte dargestellt. Detailinformationen gab es nicht.

»Wir werden verfolgt«, sagte Valmas. Und tatsächlich befand sich einer der Punkte direkt hinter der Darstellung ihres Moduls und folgte diesem.

»So können wir nicht zu unserer Fluchtwohnung fahren«, sagte Chris.

»Wir nehmen erst einmal einen Umweg«, erwiderte Valmas. Er suchte auf seiner Card nach einem neuen Ziel. »Concourse 8 vielleicht?«

»Da sammeln sich viele«, sagte Chris. Gestern erst waren sie dort vorbeigefahren und hatten die Massen gesehen, die sich durch die Gänge geschoben hatten. »Bei all den Transportern, die da ein und aus fahren, könnten wir sie abhängen.«

Die Verfolger blieben ihnen auf den Fersen, doch bereits bei der Annäherung an ihr neues Ziel verloren sie diese im Gewirr der umherschwirrenden Transportmodule.

»Mussten wahrscheinlich an einer Kreuzung warten und haben uns verloren. Das Tracking hier ist tückisch.«

Nachdem sie am Concourse 8 angekommen waren, wählten sie wieder Wohnung 928 als Ziel. Und da ihnen über längere Strecken niemand folgte, war Chris beruhigt, aber nicht ohne Sorge.

Beim Gedanken an Wohnung 928 hatte er ein schlechtes Gefühl. Und je näher sie ihrem Ziel kamen, desto mehr plagte ihn die Angst, direkt in eine Falle zu laufen. Er fürchtete, die Tür werde sich auftun, und eine Hundertschaft werde mit ihren Waffen auf sie zielen.

Als ihr Transportmodul schließlich an die Wohnung andockte und sich die Tür öffnete, klopfte sein Herz vor Aufregung, und mit unruhigem Blick schaute er hinaus – in einen luxuriösen Raum, in dem nur eine Person war: die Frau vom *Empty Corner* – ihre Retterin.

In der gleichen hellen Kleidung und mit dem gleichen Helm wie auf der *Ascalun* saß sie in einem Sessel mit niedriger Lehne und rührte sich nicht. Sie wirkte so majestätisch wie eine Herrscherin auf ihrem Thron.

»Ich wusste, dass ihr herkommen würdet«, sagte sie mit verfremdeter Stimme. »Ich wusste, dass meine Leute euch nicht holen würden.«

Chris atmete auf und trat vor Valmas aus dem Transporter in die frisch duftende Wohnung. »Dann waren das deine Leute, die zu uns kamen?«

»Ja. Aber das konntet ihr nicht wissen. Ich wollte keine Botschaft senden, weil ich fürchtete, die Polizei würde eure Wohnung bereits überwachen.«

»Aber wie konnte das passieren?«, fragte Valmas.

»Das Ambiente?«, setzte Chris nach.

Die Frau nickte. »Ja«, sagte sie und erhob sich. »Sie können keine personalisierten Daten erheben, aber zu manchen Zimmerdaten haben sie Zugang erhalten. Das war selbst mir neu.« Erst als Chris und Valmas in ihren Sesseln Platz genommen hatten, setzte auch sie sich wieder. »Ihr habt genau das getan, was ich auch getan hätte. Als ich merkte, dass ihr meine Leute für die Polizei hieltet, habe ich sie zurückgepfiffen, damit ihr auch wirklich herkommt.«

Chris ließ seinen Blick durch den Raum schweifen.

»Wir sind allein, Chris«, sagte die Maskierte.

»Hast du keine Angst?«, fragte Valmas.

»Natürlich nicht, sonst wäre ich nicht hier. Sie haben euch aufgespürt, und es wird nicht leicht, euch rauszuschmuggeln. Wäre ich ein ängstlicher Mensch, wärt ihr jetzt tot oder ausgeliefert.«

Chris schaute noch einmal umher. »Und hier? Sind wir hier sicher?«

Sie schwieg lange. »Vor wenigen Tagen hätte ich noch mit einem klaren *Ja* geantwortet. Aber inzwischen hat sich alles geändert. Das Problem ist, dass das Militär euch beide unbedingt haben will. Und damit ist nichts mehr sicher. Aber das Gute ist, dass es wohl keinen Ort hier im Komplex gibt, an dem ihr sicherer seid als hier. Wir müssen einfach abwarten und geduldig sein. Und dann, wenn sich die Gelegenheit bietet, machen wir uns in aller Ruhe davon.«

»Du fürchtest also nicht, dass sie uns hier aufspüren?«, fragte Chris.

»Ich bin nicht für meine Ängstlichkeit bekannt«, erwiderte sie. »Wäre ich es, müsstet ihr euch jetzt Sorgen machen.«

»Es braucht keinen ängstlichen Menschen, um uns auszuliefern«, sagte Valmas. »Ein gewinnstrebender würde ausreichen.«

Die Frau lachte. »Ginge es nur um euch, wäre es vermutlich klug, euch auszuliefern. Aber kaum eine Entscheidung ist ohne … Kontext. Mein Aufstieg beruht auf dem Kampf zwischen den Uranosiern und den Ketoniden. Ich habe dort Geld gemacht, wo andere es nicht wagen würden. Ich habe als Uranosierin die Ketoniden unterstützt.«

»Wer bist du?«, fragte Chris.

»Nennt mich Meda.«

»Meda von Midea? Wie in dem Lied?« Das uranosische Lied aus der Siedlerzeit war oft gecovert worden, auch von Chris' Lieblingsband Screaming in Mythical.

»Genau wie in dem Lied«, sagte sie.

Meda – ein Vorname, der recht verbreitet war. Die Kurzform von Andromeda. Über die Verknüpfung zu dem Lied hinaus gab es für Chris keinen Anlass zu Verwunderung.

Valmas aber starrte Meda mit leicht geöffnetem Mund an. »Du bist die Chefin von Andromeda Subliminal«, sagte er. »Richtig? Ich meine, dass du eine Grande bist, darüber besteht kein Zweifel. Dieser Reichtum, diese Möglichkeiten.«

»Du kennst dich gut aus«, sagte Meda. »Na ja, ich wusste, dass ein alter Pirat wie du darauf kommen könnte.«

Chris hatte noch nie von Andromeda Subliminal gehört.

Valmas schaute ihn ungläubig an. »Sie ist eine lebende Legende. Die meisten gehen davon aus, dass sie gar nicht existiert.«

»Aber ich existiere durchaus, wie ihr seht«, sagte sie. »Auch wenn viele glauben, ich bestünde aus einem kleinen Kreis alter Männer, die die Entscheidungen treffen.«

»Manche sagen sogar, der Kopf von Andromeda Subliminal wäre eine KI, die irgendwie dageblieben ist«, sagte Valmas.

»Genau solche Gerüchte möchte ich unbedingt noch weiter verbreiten.«

Chris schüttelte den Kopf. »Aber warum gehst du das Wagnis ein, als Uranosierin dem Feind zu helfen? Birgt das nicht größere Gefahren, als hier etwas zu bewegen?«

»Würden wir Granden nur dort Geschäfte machen, wo es leicht und ungefährlich ist, bräuchten wir uns nicht zu verstecken.«

»Und warum offenbarst du dich uns?«, fragte Valmas. »Du hättest irgendwelche Untergebenen schicken können.«

»Vielleicht habe ich das getan, und ihr sollt nur glauben, dass ich wirklich der Kopf von Andromeda Subliminal bin.«

Chris glaubte, dass sie es wirklich war. »Sicher werden wir uns nie sein können. Aber dennoch: Warum hilfst du uns? Was kann der ketonidische Widerstand dir bieten, was dieses Wagnis aufwiegt?«

»Ich bin euch keine Rechenschaft schuldig. Ich weiß nur, dass ihr für den Widerstand wichtig seid, und inzwischen weiß ich, *wie* wichtig. Meine Informanten sagen mir, dass von eurem sicheren Geleit ins Keto-System für den Widerstand vieles abhängen kann.«

Valmas grinste schief. »Mit anderen Worten: Sie haben dir ein Sümmchen geboten, das das Wagnis wert ist.«

»Kein Sümmchen. Sie haben nicht mehr viel Geld und wenige Handelsmöglichkeiten. Ich erhalte für meine Dienste Dinge, die sie nicht brauchen können, die mir aber einen Durchbruch ermöglichen können.«

»Maschinen?«, fragte Valmas.

»Defekte Maschinen, die du wegen der Ersatzteile haben willst?«, setzte Chris nach. Darin lag das große Geld, aber auch ein Risiko.

»So ist es«, sagte sie. »Wenn man die richtigen Maschinen hat und an die richtigen Teile kommt, kann ein Schattenkonzern vielleicht aus der Unterwelt emporsteigen.«

»Ein mutiges Unterfangen«, meinte Valmas. »Nach meiner Erfahrung versauen es einem die anderen Gauner, in die Legalität überzusiedeln. Sie wollen was vom Kuchen abhaben, fordern alte Schulden ein, ob gerechtfertigt oder nicht.«

»Ich fürchte nicht die anderen Granden, sondern die wahren Gauner: die Politiker und die Konkurrenz im ach so sauberen Markt.«

»Und das Militär?«, fragte Chris. »Die scheinen im Augenblick das größte Problem zu sein.«

»Aber sie interessieren sich nicht für meine Ziele. Sie wollen euch, und ich werde einfach um euch kämpfen.«

»Was geben die Ketoniden dir?«, fragte Valmas. »Was für eine Maschine? Ich möchte wissen, was unsere Leben wert sind.«

Meda lachte leise unter ihrem Helm und schob den Kopf kaum merklich nach links und rechts, als schaute sie zwischen Valmas und Chris hin und her. Schließlich sagte sie: »Eine Reparatureinheit für Fabrikcomputer.«

»Nicht schlecht, aber auch nicht überwältigend«, sagte Valmas. »Die meisten Fabriken verfügen über ganz gute Reparatursysteme.«

»Natürlich«, entgegnete Meda. »Aber es handelt sich um eine REMS-796.«

Chris warf Valmas einen Blick zu und fand in dessen Gesicht ebenfalls Ratlosigkeit.

Meda stützte den behelmten Kopf auf die Hand. »Die REMS-796 verfügt über Ersatzteile, die ich für ein anderes Reparaturmodul brauche. Eines, das Reparaturmodule repariert.«

»Der Heilige Gral«, sagte Valmas mit genussvoller Stimme.

»Das ist nicht nur ein Vermögen«, sagte Chris. »Das ist … das ist …« Er wusste nicht, wie er es ausdrücken sollte.

»Das ist mein Durchbruch – ob nun in der Schattenwirtschaft oder in der Legalität. Jetzt wisst ihr, wie viel euer Leben mir wert ist.«

Valmas nickte. »Für den Preis würden wenige anständig bleiben.«

»Oder diejenigen, die unanständig sind, würden ausnahmsweise was Anständiges machen«, sagte sie. »Weil es gerade passt.«

»Das heißt, wir müssen dir also ein weiteres Mal vertrauen?«, wollte Chris wissen.

»Ihr müsst nicht, sondern ihr könnt euch sicher sein, mir vertrauen zu dürfen.«

»Dann vertrau auch du uns«, entgegnete Chris.

»Wie soll ich es euch beweisen?«

»Zeig uns dein Gesicht.«

Valmas lachte. »Das wird sie niemals tun.«

»Gesichter lassen sich verändern«, sagte sie und legte ihre Hände an die Seite ihres Helms. Schließlich löste sie das silberne Visier und ein junges Frauengesicht kam zum Vorschein – eine schöne Frau, die unsicher wirkte, als legte sie nun mit dem Helm auch einen Teil ihrer Macht ab. Aber eine neue fügte sich zusammen. Es war ein junges Gesicht, dem Chris bereits anzusehen glaubte, dass es gut altern würde. Er kannte diese Gesichter von Frauen, die von Jahr zu Jahr attraktiver wurden. Vielleicht war es auch nur Einbildung, aber die kleinen Fältchen, die kleine Narbe an der Stirn und die Nase, die für den Massengeschmack vielleicht ein wenig zu präsent sein mochte, bewiesen, dass dies ihr natürliches Gesicht war.

Meda schaute zwischen Chris und Valmas hin und her, als wartete sie auf eine Reaktion.

Es war nicht so, dass ihre Schönheit Chris überwältigt hätte. Er war angetan von Meda, aber er staunte, weil er mit einem ganz anderen Gesicht gerechnet hatte. Gebieterischer, älter, reifer – nicht dieses Gesicht einer jungen Frau, in dem noch nicht die Lebenserfahrung geschrieben stand, die ihre Worte und ihr Auftreten hatten vermuten lassen.

»Seid ehrlich«, sagte sie mit klarer Stimme und einem Lächeln. »Ihr habt eine ältere Frau erwartet.« Ungefiltert kam bei ihr ein Singsang zum Tragen, der ungewöhnlich für die meisten Uranosier war. Vielleicht war es der Rest irgendeines uranosischen Dialekts. Es mochte aber auch sein, dass sie durch die vielsprachige Erziehung den Singsang erworben hatte. Vielleicht hatte sie einst neben dem Englischen auch Mandarin oder Hausa gelernt – oder eine der anderen Sprachen, die verbreitet waren.

»Ich hätte dich auf vierzig geschätzt«, sagte Valmas. »Es war vielleicht ein Fehler, die Maske abzunehmen. Was, wenn sie uns einfangen und verhören?«

»Wer sagt, dass dies mein echtes Gesicht ist? Was ist ein Gesicht heute noch wert? Aber ihr habt recht. Ich habe mich noch nie so offenbart. Niemand bei Andromeda Subliminal hat mich je ohne Maske gesehen.«

»Und *uns* vertraust du einfach?«, fragte Chris.

»Nicht ohne euch zu durchleuchten«, erwiderte Meda und starrte ihn an. »Ich kenne dich besser als du glaubst, Chris. Ich weiß, was es bedeutet, viel zu jung für erwachsen erklärt zu werden.«

Chris war überrascht. Gewiss war es nicht schwierig für sie gewesen herauszufinden, was ihm widerfahren war – und seiner Ziehmutter. Aber es war, als rückte Meda mit einem Wort näher an ihn heran, als er es für möglich gehalten hatte.

Sie schaute Valmas an. »Und ich war doch sehr überrascht zu erfahren, dass du aus einer bedeutenden Familie stammst.«

»Das stimmt nicht. Ich gehöre nicht zur Zakaris-Agentur.«

Sie stutzte, als wäre sie verwundert, dass Valmas das Unternehmen erwähnte, das mit Schürfrechten handelte und Verträge vermittelte. »Die meine ich nicht. Du bist doch der Enkel von Ivar Zakaris, oder etwa nicht?«

»Bin ich, aber das macht unsere Familie noch nicht bedeutend. *Er* ist bedeutend, nicht ich – und schon gar nicht meine Eltern.«

»Nein. Deine Eltern sind wie meine Großeltern – wie die meisten, die noch im Goldenen Zeitalter gelebt haben und ihre Eltern hassten. Meine Eltern haben zu meinem Urgroßvater aufgesehen wie zu einem Heiligen. Und meine Großeltern haben sie dafür gehasst.«

»Dann kannst du dir vorstellen, wie sehr meine Eltern meinen Großvater gehasst haben, als er von der Monolith Construction Company angestellt wurde und sie ihm jeden Wunsch erfüllten.«

Meda nickte.

»Ich dachte immer, bei meinen Eltern wäre jede Recherche zu Ende, egal von welcher Seite man sich ihnen nähert – von meiner oder von der meines Großvaters.«

Meda schmunzelte. »Hoffen wir, dass eure Verfolger das so halten. Denn sonst könnten sie Schlüsse ziehen, die nicht zutreffen. Oder bist du doch im Auftrag von MCC unterwegs?«

»Nein, nein. Ich will meinem Opa keinen Ärger machen. Oder habe ich das schon?«

»Ich weiß es nicht. Ich bin mir bei kaum noch etwas sicher. Dass sie euch hier im Hektor-Komplex aufgespürt haben, ist schon beachtlich. Das spricht dafür, dass sie auch die Verbindung zum Mars erkennen würden.«

»Na ja«, sagte Valmas. »Im Augenblick ist ihre Aufmerksamkeit hier auf Kronos-4 gerichtet.«

»Ich könnte deinem Großvater eine Warnung von dir zukommen lassen.«

»Das könnte mehr Ärger machen, als es Nutzen bringt. Nein, nein. Mein Großvater kann auf sich aufpassen. Das konnte er schon immer.«

Meda erhob sich. »Ich weiß. Ich bewundere ihn und hätte einmal viel dafür gegeben, bei ihm zu studieren. Aber der Mars ist weit weg – politisch gesehen, meine ich.« Sie wies ihnen den Weg zu einem Gang.

Chris und Valmas folgten ihr.

»Dein Großvater«, sagte sie zu Valmas, »ist einer der Helden. Welch ein Zufall, dass es ausgerechnet dich in dieses Spiel verstrickt hat.«

Valmas schwieg.

»Und ich wette, trotz seines Heldenstatus kennt kaum einer seinen Namen. Das ist bedauerlich.«

»Nicht so bedauerlich, wie du glaubst. Er macht sich nichts aus Ruhm. Die Programmierer, die seine Nähe suchen, gehen ihm auf den Geist.«

»Glaubst du, du könntest ein gutes Wort für mich einlegen, wenn alles vorbei ist?«

»Was immer das heißt: *wenn alles vorbei ist.* Aber sollte es sich ergeben, werde ich es tun. Ich glaube, er würde Gefallen an dir finden. Aber versuch nicht ihn abzuwerben.«

»Als Geschäftsfrau interessiert er mich nicht. Aber als …« Sie sprach nicht weiter.

»Programmiererin?«, fragte Chris.

»Ja.«

»Die Card mit dem Poltergeist ist von dir«, sagte er. »*Du* hast den Poltergeist programmiert.«

»Einen Teil davon«, entgegnete Meda. »Ich bin auch nur eine Bastlerin.«

Sie gelangten in einen weiten Raum. Hier war ein lang gezogenes Fenster, und an den Wänden hingen große Porträtbilder von Männern und Frauen. Sie schienen aus dem Fenster zu schauen, nur wenige hatten genau in die Linse der Kamera geblickt.

Valmas blieb vor einem Bild stehen. Ein bärtiger Mann zwischen Porträts weiterer bärtiger Männer. »Das gleiche Bild habe ich in einem Buch von meinem Großvater gesehen. Er hat mir ein Album gemacht.«

»Wie altmodisch – wie schön«, sagte Meda.

Chris las den Namen unter dem Bild. »Wer ist Captain Crunch?«, fragte er.

»Einer der großen Bastler aus dem 20. Jahrhundert«, antwortete Valmas. »Oder war es das 21. Jahrhundert? Ich weiß es nicht mehr.«

»Aus dem 20.«, sagte Meda. »Sein echter Name war John Thomas Draper.«

»Mein Großvater hat mir erzählt, dass er mit einer Spielzeugflöte aus einer Packung Frühstücksflocken das Kommunikationssystem geknackt hat.«

»Das Telefon. Mit der Flöte konnte man kostenlos weltweit kommunizieren, weil der Verbindungsaufbau damals in den 1970ern über Audiosignale lief – auf demselben Kanal wie die Sprachdaten.«

»Unfassbar«, sagte Chris.

»Was? Dass es so leicht zu manipulieren war oder dass man damals selbst für die einfachsten Kommunikationsformen bezahlen musste?«

»Beides«, sagte Chris, dann aber stutzte er. »Aber warum Captain Crunch?«

»Weil so die Frühstücksflocken hießen«, erklärte Valmas mit glänzenden Augen.

Meda blickte die Bilder entlang. »Die meisten dieser Leute stammen aus einer Zeit, als der Traum begründet wurde, der uns nach dem Niedergang das Leben gerettet hat.« Er schaute Valmas mit großen Augen an. »Wegen Leuten wie deinem Großvater.«

»Was für ein Traum war das?«, fragte Chris. Er hatte nur von Rivalitäten und groben Entwicklungen jener Zeit gehört. Von Woz, Jobs und Gates und anderen, deren Geschichten fast wie ein Mythos vermittelt wurden.

»Der Traum, sich die technischen Werkzeuge selbst schaffen zu können«, sagte Meda. »Sie selbst zu verstehen und zu beherrschen. Das war ein naiver Traum, denn die meisten Menschen interessieren sich nicht für technische Details. Sie interessieren sich für das, was man mit der Technik machen kann. Das ist auch in Ordnung. Aber darüber jene zu vergessen, die alles ermöglichten, sie nur zu erkennen, wenn sie ein Vermögen machten, das war und ist eine

Schande. Ich mochte den Traum, aber natürlich ist er unmöglich zu verwirklichen. Es war auch damals nur ein Traum. Niemand kann alles verstehen. Es ist immer eine Frage der Grenzen, die man sich setzt.«

»Damals konnte ein Computer von einem Menschen beinahe komplett verstanden werden«, sagte Valmas.

»Das stimmt.« Sie zeigte auf einen Mann in einem historischen Anzug, der dennoch an den eines Politikers erinnerte. Wer sonst trug noch Krawatten? »Doug Engelbart«, sagte sie und wies die Reihe entlang. »Ivan Sutherland, Alan Kay und Adele Goldberg. Wozniak, Jobs und Gates. Und all die anderen.«

»Woz?«, fragte Chris.

Meda staunte. »Du kennst ihn?«

»Ich habe die Geschichte von ihm, Jobs und Gates als Kind gehört.«

»Wie ein altes Heldenepos, vermute ich.«

Chris nickte. »In etwa.«

»Er und Jobs haben Captain Crunch gekannt und sich eine Weile mit den Telefonhacks beschäftigt, ehe sie Apple gründeten.«

»Davon habe ich noch nie gehört«, sagte Chris lächelnd. »Ich weiß im Grunde nur, dass L. A. Whickham stark von ihm, Margaret Hamilton und Barbara Liskov beeinflusst war. Wozniak soll sie auf die Schlüsselidee gebracht haben.« Whickham hatte die Entdeckung gemacht, dass in dem Raum, aus dem die Tiefenenergie entsprang, Daten gespeichert werden konnten. So hatte sie den ersten Tiefenspeicher und dann sogar den Tiefen-CPU erfunden.

»Kaum einer kennt noch ihre Namen«, sagte Meda. »Neulich erwähnte ich auf einer Party die Namen Elias Maltenberger und L. A. Whickham, und jemand fragte, wer das sei.«

Chris konnte es sich vorstellen. Vielleicht kannte man gerade noch Elias Maltenberger. Die Erfindung der Tiefenenergie war etwas, über das auch jetzt noch oft gesprochen wurde. Aber Chris hatte selbst die Erfahrung gemacht, dass der Name L. A. Whickham kaum jemandem bekannt war. Dabei hatte sie neben dem Tiefenspeicher und der Tiefen-CPU auch die Künstlichen Intelligenzen erfunden, aus denen letztlich die Singularität entsprungen war. Jedes Kind hätte sie kennen müssen. »Vielleicht ist es so, weil die Tiefenenergie einfach da ist, solange die Maschinen existieren«, sagte Chris. »Es ist, als wäre das Wasser von einem Menschen erfunden worden und wir hätten einfach vergessen, dass es so ist.«

Meda schmunzelte. »Daran ist die Singularität schuld. Wenn die Maschinen die Forschung übernehmen, die in ihrer Fülle für uns nicht mehr nachvollziehbar ist, und es keine Rolle mehr spielt, ob ich als Mensch Wissen besitze oder nicht; wenn davon nicht mehr abhängt, ob ich ein gutes Leben habe oder ein schlechtes, dann schwindet das Bewusstsein für die Geschichte. Sie wird zu einem Spiel. Auf der eben erwähnten Party belächelte man mich, weil ich davon ausging, dass alle Whickham und Maltenberger kennen. Und noch mehr belächelte man mich, als ich nicht wusste, was gerade auf dem Raumkreuzer *Obscura* los ist. Als würde ich meine Zeit damit verschwenden, irgendwelchen Menschen dabei zuzuschauen, wie sie sich selbst erniedrigen. Das sind die Zeichen der Dekadenz.«

»Aber vielleicht haben sie recht«, sagte Chris. »So traurig das ist. Wenn das Leben nicht davon abhängt – weder das eigene noch das von anderen –, dient Wissen vor allem sozialen Kontakten. Und dann mag es wichtiger sein, dass du weißt, was auf irgendwelchen Showschiffen los ist, als zu wissen, wer die Begründer unserer Technologie sind.«

»Vielleicht hat es auch mit Abscheu zu tun«, sagte Valmas.

Meda nickte. »Jene, die die Singularität als Entmündigung der Menschheit betrachteten, verabscheuen die Pioniere des Tiefenraums vielleicht, weil auf ihrer Forschung das Übel beruht. Und jene, die die Singularität als Erfüllung empfanden, wussten es nicht zu schätzen; und statt das alte Wissen wieder zu erwerben, leben sie lieber mit den Resten.«

»Und du?«, fragte Chris.

»Ich schätze alle, die damals den Tiefenraum entdeckten und nutzbar machten. Ebenso sehr wie ich die Bastler und Pioniere des 20. Jahrhunderts schätze.« Sie ging an einem Bild vorüber, auf dem eine lächelnde Frau mit langem Haar sich neben einem Stapel aus dicken Papierbänden postiert hatte. Darunter stand der Name Margaret Hamilton. Das also war sie. Chris hatte noch nie ein Bild von der Frau gesehen, die im 20. Jahrhundert im Apollo-Programm Geschichte geschrieben hatte und gut hundert Jahre später ein wichtiger Einfluss für L. A. Whickham gewesen war.

Chris wollte Meda gerade fragen, was es mit dem Papierstapel auf sich hatte, als sie vor dem benachbarten Porträt abrupt stehen blieb. Es zeigte eine alte Frau, deren lockiges Haar noch nicht ganz ergraut war. Unter dem Bild stand der Name der Frau, die Chris eben neben Hamilton und Wozniak als Einfluss von L. A. Whickham erwähnt hatte: Barbara Liskov. Auch von ihr hatte er noch nie ein Bild gesehen. »Ich habe von ihnen allen mehr gelernt als von irgendwem aus unserer Zeit«, sagte Meda. »Ich lebe ihre Träume.«

»Dann wünschst du dir, damals zu leben?«, fragte Valmas.

Chris stutzte. Er hatte sie anders verstanden.

Meda schaute Valmas mit großen Augen an. »Aber nein. Die Zeit der Bastler ist heute. Damals konnte *ein* Mensch ein System verstehen, weil alles *so* einfach strukturiert war und der technische Fortschritt noch nicht weit gekommen war. Die Technik setzte die Grenzen. Heute müssen wir uns die Grenzen selbst setzen; heute sind die Möglichkeiten beinahe unbegrenzt. Eine Emulation der Computer von damals läuft auf heutiger Technik ungeheuer schnell. Dank der Tiefen-CPU gibt es kaum einen Unterschied zwischen den besten Rechnern, die wir heute haben, und einer Emulation. Unbegrenzte Möglichkeiten sind das. Was es braucht, ist Fantasie. Und vieles von dem, was wir heute benutzen, haben diese Leute damals schon gedacht. Wie frustrierend muss es gewesen sein, damals zu leben und zu sehen, dass nicht nur die Technik Grenzen setzt, sondern die Entwicklung innerhalb dieser Grenzen so weit hinter den Möglichkeiten zurückbleibt.« Sie schüttelte den Kopf. »Nein, ich möchte auf keinen Fall damals leben.« Sie schaute die Bilderreihe entlang. »Ich wünschte mir vielmehr, ihresgleichen in unserer Zeit zu haben.«

»Aber wir haben ihresgleichen«, sagte Chris. »Dank ihnen sind wir dem Untergang entkommen.«

»Ja«, sagte sie und nickte. »Ich wünsche mir nur, es gäbe diese Verachtung nicht.«

Chris erinnerte sich an etwas, das seine Ziehmutter einmal gesagt hatte. »Es ist wie die Vertreibung aus dem Paradies.«

»Und viele sehnen sich dorthin zurück oder tun einfach so, als hätte sich nichts geändert. Aber *alles* hat sich geändert. Lange dachte ich, wir könnten den KIs gleichkommen, indem wir unseren Horizont erweitern. Ich experimentierte mit Trauminduktion zu Lernzwecken. Und es hat bis zu einem gewissen Grad funktioniert. Aber ich wollte einfach zu viel. Ich wollte einfach keine Grenzen setzen, und ich machte den Fehler, vom Individuum auszugehen. Letztlich kann ich jedoch nicht alles lernen, nicht einmal mit der Trauminduktion. Ich werde nie eine gute Pilotin sein, aber ich bin eine gute Geschäftsfrau. Spezialisierung – das ist es. Das Verteilen des Wissens auf viele Schultern. So wird niemand unentbehrlich. Die Konzerne machen das schon richtig. Definiere deine Grenzen und dann fülle diese aus. Sei der beste Pirat, der beste Pilot, die beste Programmiererin. Und wenn es nicht reicht, dann spezialisiere dich weiter. Ganz nach deinen Interessen.«

»Aber zum Programmieren gehört besonderes Talent«, sagte Chris, während er zusah, wie Valmas sich zum Fenster bewegte.

»Zu fast allem gehört Talent«, erwiderte Meda. »Es ist eine Frage des Modells, in dem du arbeitest. Und auch die Sprachen und Paradigmen, die du verwendest, spielen eine Rolle. Kommt es dir entgegen, ist es nur eine Frage der Kreativität. Es geht nicht darum, dass du dich den Dingen anpasst, es geht darum, das richtige Modell für dich zu finden; eines, das dich nicht zu sehr verbiegt. Jeder kann es lernen.«

Chris war fasziniert. Er schaute Meda in ihre glänzenden Augen. »Selbst Piloten?«

»Selbst Piloten. Die KIs haben ungeheuer viele Sprachen und Modelle entwickelt, um Systeme zu steuern. Die meisten waren gar nicht mal kompliziert. Und für die Hobbyisten, die hungrig waren, die Maschinen zu beherrschen, entwickelten sie maßgeschneiderte Programmiersprachen, auf der Basis von Gehirnscans. Das Problem ist, jetzt noch herauszufinden, welche Sprachen und Modelle zu wem passen. Aber mit ein bisschen Geschick kann man den Einstieg erleichtern.«

»Was würdest *du* einem Piloten empfehlen?«

»Einem wie dir? Einem, der mit zehn für mündig erklärt wurde?« Sie starrte ihm in die Augen und biss sich auf die Lippen. »Vielleicht Gorgones. Das ist eine Sprache, die sehr stark auf räumliche Vorstellungen setzt und viel visualisiert. Was zum Anfassen.«

»Ich würde es gern ausprobieren.«

Sie stutzte. »Es ist Jahre her, dass jemand sich für das interessierte, was ich mache. Oder heuchelst du etwa nur?«

»Stell meine Geduld auf die Probe, und du wirst es wissen.«

Valmas trat näher an sie heran. »Ich hätte da noch eine ganz andere Frage.«

»Nur zu«, sagte Meda.

»Du sagtest, wir würden uns in aller Ruhe davonmachen. Wann wird das sein? Ich meine: Wenn das Militär unsere Spur aufgenommen hat, könnte es selbst hier zu gefährlich werden.«

»Im Augenblick ist jedes Schiff, das von hier abhebt, verdächtig. Und solange ich nicht weiß, wie ich die Fähigkeiten unserer Gegner einschätzen muss, werden wir hier abwarten.«

»Und wenn sie kommen?«

Meda grinste. »Dann können wir immer noch abhauen.«

Rayol hatte zwar die Spur Mesaidons verloren, doch er hatte durch die Auswertung der Verkehrsdaten herausgefunden, dass ein Transfermodul zur Wohnung der Gesuchten Zugang erbeten hatte, jedoch nie eingelassen wurde. Das Modul, das an die Wohnung angedockt gewesen war, war weggefahren und das andere Modul war ihm gefolgt. Leider verloren sich die Spuren im Gewirr des Komplexes. Für das Modul, das an Mesaidons Wohnung angedockt gewesen war, gab es nicht einmal eine gültige Kennung. Sie war unterdrückt, also ein Sicherheitsmodell. Das andere aber war ein gewöhnliches Leihmodell, das den im Komplex üblichen Datenschutz-Regeln unterlag. Dennoch gelang es Rayols Leuten, durch Augenzeugen vom Großen Markt die Spur der Insassen aufzunehmen.

Es handelte sich um drei Männer, die kleinere Geschäfte vermittelten. Das war eine Umschreibung, die auf die meisten zutraf, die im Dienst der Schattenkonzerne standen.

»Habt ihr ihre Kommunikation schon verfolgen können?«, fragte Rayol Lieutenant Werro.

»Ja, aber was in den Paris-Tower hineinging, verliert sich. Zu viele Politiker, Diplomaten und Konzernleute.«

Und viele, viele Gauner, dachte Rayol – die meisten von ihnen Politiker, Diplomaten und Konzernleute. »Es könnte ein Schattenkonzern dahinterstecken«, sagte er. »Am besten nutzen wir unsere Kontakte, um ein Angebot in den Raum zu stellen, das derjenige, der Mesaidon hat, versteht, die anderen aber zumindest hellhörig macht. Die Granden beobachten ihr gegenseitiges Treiben, und zum richtigen Preis könnten sie uns etwas bieten.«

»Und die drei Kerle?«

»Wir gehen gegen sie vor und bieten ihnen Geld, wenn sie uns zu ihren Hintermännern führen.«

»Wird gemacht, Sir!«

Als Chris nachgegeben hatte und in ihrem privaten Bad verschwunden war, kehrte Darae in den Wohnraum zurück, wo sie Valmas zurückgelassen hatten. Das Licht war fast ganz runtergeregelt. Auf dem großen Bildschirm zwischen den beiden Fenstern erklärte eine Reporterin gerade, dass die Blockade des Hektor-Komplexes ein Schlag gegen das organisierte Verbrechen sei.

Valmas stand am Fenster und starrte nach draußen über die Stadt, in der Tausende Lichter leuchteten.

Darae stellte sich neben ihn und blickte mit ihm hinaus in die Nacht. »Vielleicht wird es doch schwieriger, als ich dachte.«

»Ich glaube, sie kommen nicht weiter«, sagte Valmas. »Deswegen der Hinweis auf die Unterwelt.«

»Meine Leute sagen, dass Oredson Kontakt zu den Schattenkonzernen aufgenommen hat. Sie gehen davon aus, dass einer von uns Chris hat, und machen ein Angebot.«

»Wie viel?«

»Fünfhundert Millionen Drachmen.«

»Lächerlich«, sagte Valmas. Er drehte den Kopf, und die Hälfte seines dunklen Gesichts schob sich aus dem Schein der erleuchteten Stadt in den Schatten, der im Raum herrschte. »Verglichen mit dem, was die Ketoniden dir bieten, meine ich.« Er starrte sie mit prüfendem Blick an.

»Keine Sorge, ich werde es mir nicht anders überlegen. Das Angebot der Ketoniden ist so, wie ich es euch gesagt habe. Also: Ja, es ist lächerlich im Vergleich. Aber mehr als genug, um meine Kontrahenten neugierig werden zu lassen.«

»Im Grunde können sie uns nur auf die Spur kommen,

wenn deine Leute sie herführen. Sie wissen von Wohnung 928.«

»Ich habe ihnen befohlen, schnell und sicher unterzutauchen.«

»Vielleicht sollten wir dennoch das Quartier wechseln«, sagte Valmas.

Natürlich wusste er nicht, wie sicher sie sich hier fühlte. Sogar Überfälle und Mordanschläge hatte sie hier überstanden. Wohnung 928 war einigen bekannt, aber das Drumherum war ihnen verborgen geblieben. Ihnen war nicht klar, welches Spiel sie erwartete, wenn sie versuchten, sie hier zu stellen. Aber vielleicht fühlte sie sich *zu* sicher. Das Militär hatte bereits mehr erreicht, als sie vor Stunden noch für möglich gehalten hatte.

Rayol musste Zugang zu den Tracking-Daten erhalten und Wege gefunden haben, diese auszuwerten. Dennoch konnte sie sich nicht vorstellen, dass Rayol das Zeug dazu hatte, die Barrieren zu durchbrechen, die sie hier errichtet hatte. Aber zum ersten Mal war sie sich unsicher. Und dieses Gefühl erinnerte sie an all die Unsicherheit, die sie in ihren Anfängen als Geschäftsfrau verspürt hatte. Damals hatte sie darunter gelitten, nun merkte sie, wie sehr sie diese Unsicherheit vermisst hatte.

»Mach dir keine Sorgen«, sagte sie. »Wir sind hier relativ sicher. Bewegen wir uns jetzt, könnte uns das verraten, denn sie überwachen den Verkehr. Meine Programme arbeiten bereits daran, Codes zu entschlüsseln, die uns sicher durch die Blockade bringen. Und selbst dann hätte ich Bedenken, sofort aufzubrechen.«

»Welche Codes?«, fragte Valmas lächelnd.

»Markierungscodes des Militärs.«

»Mit denen sie die abgefertigten Schiffe kennzeichnen?«

Darae nickte. »Wenn wir die kennen, können wir in einem meiner Schiffe entkommen.«

»Aber die Markierungen werden eingesetzt, damit Posten Z weiß, dass Posten A das Schiff gerade eben kontrolliert hat. Um sicherzugehen, dass niemand die Kennung eines Schiffes manipuliert. Sie haben aber zusätzlich eine Datenbank, in der die kontrollierten Schiffe verzeichnet sind. Wenn du mit einer Markierung ankommst, dein Schiff aber nicht im System ist, werden sie dich kontrollieren.«

»Stimmt. Aber ich habe zwei Wege, das zu verhindern. Plan A: Ich starte eines meiner Schiffe, lasse es kontrollieren und starte dann ein identisches Schiff, manipuliere die Kenndaten und schlüpfe mit dem zweiten Schiff durch die Kontrollen. Das muss binnen weniger Minuten nach der Abfertigung geschehen.«

»Und Plan B?«

»Ich schicke falsche Signale an das Militär und füge unser Schiff in dem Augenblick zur Liste hinzu, wenn wir hier abheben. Aber dafür brauche ich die Markierungscodes.«

»Ich frage lieber nicht, wie du das machst.«

Darae lächelte. Sie hatte sich auf der *Ascalun* Zugang zum Militärnetz verschafft, indem sie die Verbindungen ihres Mannes belauscht hatte. Mit den richtigen Geräten war es nicht schwierig gewesen.

»Darf ich dich zwei Sachen fragen?«, sagte Valmas und wich ihrem Blick aus.

»Wenn du mir dann auch eine Frage erlaubst.«

»Hast du ein echtes Interesse an Chris – oder spielst du nur mit ihm?«

»Ich spiele nicht mit ihm. Aber ich gehöre auch nicht zu denen, die besonders vorsichtig sind.«

»Brich ihm einfach nicht das Herz, ja? Das hat er nicht verdient. Nicht nach allem, was hinter ihm liegt.«

»Ich werde mich bemühen«, sagte sie und dachte an die Liebschaften der letzten Jahre, die alle gescheitert waren. Sie war jedes Mal verliebt gewesen, doch schon nach kurzer Zeit war das Feuer erloschen, weil die Geliebten sie enttäuscht hatten und ihre Erwartungen nicht hatten erfüllen können. »Sollte ich ihm wenig Hoffnung machen, damit es – falls es nicht hinhaut – nicht so schlimm wird?«

»Nein«, hauchte Valmas. »Sei einfach ehrlich und direkt. Spiel ihm nichts vor. Er hat keine Ahnung, wer du bist. Und er sollte es wissen.«

Darae stutzte. »Und du? Woher weißt du es?«

»Es dauerte ein bisschen, bis ich dein Gesicht einordnen konnte – Darae.«

Es war das erste Mal, dass sie als Meda ihr wahres Gesicht gezeigt hatte, und ausgerechnet der Pirat vom Titan hatte sie erkannt. »Woher kann jemand wie du mich kennen?«

Valmas grinste. »Bei einer kleinen … Logistikoperation im Uranos-System musste ich auf einem Frachter in einem Versteck bleiben, bis wir durch den Zoll durch waren. Und alles, was es zu gucken gab, kam über einen dieser Glitzerkanäle. Die hundert glamourösesten Events der letzten Dekade. Oder so ähnlich.«

Darae schüttelte den Kopf. »Platz 16, und du erinnerst dich daran?«

»Ich vergesse nie ein Gesicht, ich wusste es bloß zunächst nicht einzuordnen. Als ich mich eben fragte, wie du auf die *Ascalun* gekommen bist, fiel es mir wieder ein.«

»Du weißt es also – und hast keine Angst, dass ich dich aus dem Weg schaffe?«

»Nein.«

»Stell also deine zweite Frage.«

»Wann wirst du ihm die Wahrheit sagen?«

Er starrte sie an, und sie bemühte sich, seinem Blick mit fester Miene standzuhalten, doch sie konnte nicht anders, als zu lächeln. »Ich stehe mit Ryala in Kontakt. Und sie war erstaunt, als ich dich erwähnte. Sie sagte, sie hätte dich losgeschickt, um Chris unauffällig von Ianthe-3 fortzubringen. Wann hattest du vor, ihm das zu sagen? Er hat keine Ahnung, oder?«

Valmas verzog langsam das Gesicht und nickte. »Ich sollte ihn holen, und die Wuchao Corporation sollte vermitteln. Im Grunde wollten wir ihn abwerben. Aber es kam nie zu dem Gespräch.«

»Und doch hast du ihn gerettet.«

»Pures Glück. Und dann wollte ich ihn eine Weile aus dem Spiel nehmen und erst dann nach Euryale bringen, wenn ein wenig Gras über die Sache gewachsen war.«

»Hast du versucht, die Führung auf Ianthe-3 zu warnen?«

»Nein, nein. Im Gegenteil. Ich sollte nichts von dem Angriff sagen, sondern mich nur darum kümmern, dass Chris von der Station wegkommt.«

Darae nickte. Wenn sie den Botschaften der Ketoniden nicht geglaubt hatten, hätten sie gewiss auch nicht den Beteuerungen eines Piraten Gehör geschenkt. »Wann wirst du Chris sagen, dass du seinetwegen auf Ianthe-3 warst?«

Valmas zögerte mit der Antwort und starrte sie mit glasigen Augen an. »Morgen früh«, sagte er schließlich. »Wenn du dich ihm offenbart hast. Das wirst du doch, oder nicht?«

Darae biss sich auf die Lippen. Schließlich nickte sie.

Nach einer Weile des Schweigens fragte Darae etwas, das sie die ganze Zeit plagte. »Weißt du, warum Chris für die Ketoniden so wichtig ist?«

»Ich weiß es nicht«, sagte er. »Aber ich habe meine Vermutungen.«

Chris atmete ein weiteres Mal tief durch. Er war nun doch froh, Medas Angebot angenommen zu haben. Auf Ianthe-3 hatte er keine Badewanne in seiner Wohnung gehabt, auch nicht in der alten, in der er mit seiner Ziehmutter gelebt hatte. Früher hatte er sich gelegentlich ein Bad gemietet, doch zuletzt hatte er sich kaum Zeit dafür genommen, sondern sich mit der Dusche begnügt.

Er öffnete die Augen und schaute zur groben Steindecke auf. Die Wanne war in eine Nische eingelassen wie in einen Felsen. Der Rest des minimalistisch eingerichteten Raumes war weiß. Hinter milchigen Wänden spannte sich das Licht über weite Flächen und fasste neben der Wanne den großen Spiegel ein.

Es war Zeit, aus dem Wasser zu steigen; Chris' Finger

waren schon schrumpelig. Er erhob sich aus dem Bad, und als seine Füße auf dem weichen Teppich aufsetzten, der sich durch den ganzen Raum zog und nur vor der Dusche und der Toilette haltmachte, verstand er mit einer einzigen Empfindung, warum Meda diesen Boden gewählt hatte. Er war trocken, weich und warm, und er bot keine Chance auszurutschen.

Chris trocknete sich ab und zog sich die frischen Sachen an, die er aus der Tasche genommen und sich zurechtgelegt hatte. Dabei schaute er sich und den Hintergrund immer wieder im Spiegel an. Der Unterschied zu seinem Frachter oder seiner Wohnung auf Ianthe-3 war wie der zwischen Tag und Nacht. Im einen Augenblick hatte er das Gefühl, nicht an diesen Ort zu passen, dann aber war es ihm, als wäre gerade dieses Zimmer wie für ihn geschaffen.

Und da war es wieder – das Gefühl, einen Augenblick schon einmal erlebt zu haben. Vielleicht hatte er sich nach einem solchen Raum gesehnt, als er jünger gewesen war und alles für möglich gehalten hatte – vor dem Niedergang und dem Tod seiner Ziehmutter.

Er bewunderte Meda. Sie hatte seinen Traum gelebt, den er so leichtfertig verspielt hatte. Sie hatte nicht wie er Zeit verschwendet, sondern all ihre Fähigkeiten in den Dienst ihrer Sache gestellt. Es gehörte gewiss viel dazu, einen Schattenkonzern zu leiten. Sie hatte das, was ihm fehlte: Geschäftssinn.

Die Tür öffnete sich leise. »Hat es dir nicht gefallen?«, fragte Meda und trat ein.

Chris sah sie im Spiegel, dennoch wandte er sich zu ihr um. Sie trug einen cremefarbenen Schlafanzug; er war seidig und weit geschnitten. Barfüßig kam sie näher.

»O doch«, antwortete Chris. »Es hat mir sehr gut gefallen.«

»Irgendwas hat dich doch gerade beschäftigt. Du hast geguckt wie jemand, der befürchtet, dass ihm alles genommen werden könnte.«

»Mir wurde alles genommen.«

»Oder wie jemand, der sich fragt, wie viele Menschen ich für all das hier betrogen habe.«

Er lächelte nur.

»Die Antwort lautet: viele, aber jeder von ihnen hat es mehr oder weniger verdient. Und die, die es nicht verdient haben, die habe ich in einer anderen Identität für mich gewonnen.«

Er nickte. »Ich bin fertig«, sagte er. »Du kannst ...«

»Ich bin nicht deswegen hier. Nicht direkt. Ich habe schon geduscht.« Sein Blick fuhr über ihr seidiges Haar. Sie hatte es hochgesteckt – nicht hoch genug, um ihre leicht abstehenden Ohren ganz preiszugeben. Es passte zu ihr. »Wir müssen reden«, sagte sie.

»Hier?«

»Warum nicht hier? Ich mag es hier.«

Chris hatte Angst.

»Du ahnst es, nicht wahr?«

»Was immer du jetzt sagst, es wird mich kalt erwischen.«

»Ich mache es kurz: Ich bin Darae Solsee – Meljan Solsees Frau.«

Chris starrte sie nur an. Natürlich wusste er, wer Meljan Solsee war. Er hätte es auch gewusst, wenn er nicht erfahren hätte, dass er Rayol Oredsons Vorgesetzter war und hinter dem Angriff auf Ianthe-3 steckte. Jeder, der etwas von den großen intergalaktischen Konflikten gehört hatte, wusste von ihm. Chris war sogar bekannt, dass er eine Frau hatte, doch er erinnerte sich nicht daran, je ihren Namen vernommen zu haben. Aber er kannte die Gerüchte, wonach Solsee ein Frauenheld war und seine Gattin ständig betrog.

»Deswegen warst du auf der *Ascalun*«, sagte Chris.

»Ja.«

»Aber warum sagst du es mir? Selbst wenn du mir vertraust, wie kannst du dir dann sicher sein, dass ich, sollte ich gefasst werden, stark genug bin, um zu schweigen?«

»Keiner ist stark genug, um unter Folter zu schweigen.«

»Warum also hast du es getan?«

»Weil du es morgen früh von Valmas erfahren hättest.«

»Er weiß es?«

»Er hat mich erkannt.«

»Dann war es ein Fehler, uns dein Gesicht zu zeigen.« Er schüttelte den Kopf. »Solsees Frau. Ich will gar nicht wissen, was er mit dir macht, wenn er herausfindet, dass du ihn hintergehst.«

»Hintergehen?«, sagte sie und lachte leise. »Ich hintergehe ihn nicht nur. Ich führe Krieg gegen ihn, ohne dass er weiß, dass ich sein schlimmster Feind bin.«

»Wegen der Affären?«

»Davon hast du gehört?«

»Nur Gerüchte.«

»Ja. Er ist der Betrüger, und ich die arme Frau, die brav zu ihm steht. Die Frau, die an seiner Seite stehen muss, wenn er wieder mal erklärt, dass er einen *Fehler* gemacht hat. Ich schätze, man sieht in mir so was wie die Frau eines Politikers. Aber hinter dieser Fassade verbirgt sich ein Albtraum – für ihn und für das uranosische Militär. Wenn ich mit ihm fertig bin, kommt es zum größten Skandal, den es jemals gegeben hat. Aber es ist nicht nur wegen der Affären. Auch und vor allem deswegen, weil er meinen Traum zerstören wollte. Er glaubt sogar, ihn zerstört und sich mein Vermögen angeeignet zu haben. Und wegen all der Demütigungen, ganz gleich auf welchem Feld.«

»Deswegen hilfst du den Ketoniden.«

»Ich verbinde meine Rache mit dem, was mir nützt. Kaum einer wagt es, mit den Ketoniden Geschäfte zu machen. Selbst die meisten Schattenkonzerne glauben, dass sich der Ärger nicht lohnt. Ich habe beinahe ein Monopol unter den ketonidischen Rebellen. Und ich kann alles beschaffen, was sie brauchen. Es sind nicht nur die Maschinen, die ich bekomme. Ich lasse sie auch Schulden bei mir machen – abgesichert durch das Nachtglanz-Kartell.«

»Das Nachtglanz-Kartell weiß von euren Geschäften?«

»Aber nein. Sie bieten nur die Plattform und speichern verschlüsselt die Beteiligten. Erst wenn es Schwierigkeiten gibt, kann ich als Gläubiger Nachtglanz gegenüber erklären, dass die anderen ihre Schulden nicht gezahlt haben. Die werden dann sehr diskret dafür sorgen, dass ich mein Geld bekomme.«

»Ich verstehe immer noch nicht, warum du dich uns offenbart hast.«

Sie strich ihm über die Wange. »Ich möchte einen Schlussstrich ziehen. Ich möchte meine Rache im großen Stil vollenden. Dich werde ich zu Ryala Pondaia bringen und alles tun, dass der ketonidische Widerstand gewinnt. Bald schon wird der große Gegenschlag erfolgen, und ich möchte im richtigen Moment meine Maske vom Gesicht ziehen und allen zeigen, wo ich stehe. Unangreifbar, ganz gleich, was sie gegen mich ins Feld führen.«

»Dann wirst du die größte Verräterin in der uranosischen Geschichte sein.«

»Das ist besser, als die gedemütigte und fügsame Frau Meljan Solsees zu mimen. Außerdem stamme ich aus dem Argolis-System. Wir sind ohnehin die Verräter und die Unterjochten in der Uranosischen Republik. Immer für Ärger gut. Die Medien werden es lieben.«

Er staunte sie an. »Du ahnst nicht, wie sehr ich dich bewundere.«

Ihr Blick und ihre Hände fuhren an ihm hinab. »Ich möchte nicht, dass du mich bewunderst. Ist es nicht offensichtlich, was ich möchte? Oder warum sollte ich dich mein Badezimmer benutzen lassen, wenn die Gästezimmer auch gut ausgestattet sind?« Sie fasste seine Hände. »Ich würde es dir nicht übel nehmen, wenn du dich sträubst oder erobert werden willst. Ich würde es dir nicht mal übel nehmen, wenn du kein *wahres* Interesse an mir hast, aber dich nach den Strapazen nach ein wenig Nähe sehnst und dir der Gedanke gefällt, dich mit Solsees Frau einzulassen –

nur um ihm eins auszuwischen. Selbst das würde ich dir nicht übel nehmen.«

Zögerlich führte Chris seine Hand zu ihrem Gesicht und streichelte ihre Wange. »Ich wünschte, ich hätte dich früher getroffen.«

Ihre Augen glänzten, und sie lächelte gequält. »Nach dem Tod deiner Ziehmutter, als du an viele falsche Freunde geraten bist?«

»Du scheinst wirklich alles zu wissen.«

»Nicht alles, aber ich weiß, wie es ist, als Kind für mündig erklärt zu werden, in Wirklichkeit aber noch nicht bereit für die Verantwortung zu sein.«

»Genau die Zeit meine ich.«

»Wir können die Vergangenheit bedauern. Umso wichtiger ist es, dass wir jetzt das Beste aus der Gegenwart machen.« Sie kam seinem Gesicht ganz nahe und schaute ihm von einem ins andere Auge. Sie hielt inne, und ihr frischer Atem legte sich auf seine Zunge.

»Das hier ist nicht leicht für mich, Chris«, sagte sie. »Ich nehme mir sonst, was ich möchte. Scheinbar selbstsicher, dass die meisten mir erliegen. Selbst die, die mich nicht mal hübsch finden und sich die eine oder andere Operation wünschten. Selbstbewusstsein kann überwältigend sein – erhaben.« Sie schmunzelte. »Ich hatte vor, hier reinzukommen, während du noch in der Wanne bist. Ich hätte mich vor dir aufgebaut und meine Hüllen fallen gelassen. Und es hätte für dich ausgesehen, als wäre ich die personifizierte Selbstsicherheit. Aber in Wahrheit hätte ich Angst gehabt, dass du mich auslachst und zurückweist.«

»Hat dich jemals jemand zurückgewiesen?«

»Natürlich«, sagte sie, und sie konnte nur Solsee meinen. »Aber dennoch gehe ich solche Wagnisse ein. Denn falls ich mich durchsetze, falls also die Erhabene einen Mann in einem einzigen Augenblick erobert, dann sind alle Demütigungen und Zurückweisungen für eine Weile vergessen.«

Chris küsste sie, und er spürte, wie sie erzitterte. Sie knöpfte ihm das Hemd ein Stück auf und zog es ihm lächelnd bis über den Kopf und hielt dann inne. Sie fasste sein Unterhemd und löste es ihm aus der Hose, und dann schob sie ihm beide Hemden auf einmal über den Kopf.

Darae für einen Augenblick nicht vor Augen zu haben, machte Chris ungeduldig. Und als er endlich von den Hemden befreit war und sie anschaute, war es, als sähe er sie mit ganz neuen Augen. Sie öffnete ihr Haar, und es fiel auf ihren schimmernden Schlafanzug.

Chris strich ihr durchs Haar und über die seidigen Schultern zur oben aufgeknöpften Pyjamajacke und streichelte ihr Schlüsselbein. Und er wusste nicht, was ihn mehr erregte: ihre Haut unter seinen Fingerspitzen oder der weiche Stoff; eine Weichheit, die sie überall spüren musste und die sie sich gewählt hatte, weil sie es gerne fühlte.

Als er ihr Pyjamaoberteil weiter aufknöpfen wollte, strich er aus Versehen über ihre Hände und streifte ihre Brüste. Sie hatte sich die Jacke gerade selbst aufgeknöpft und bekam unter seiner Berührung eine Gänsehaut.

Erschrocken löste er die Hand von ihr, und sie schaute ihn verwundert an. Dann aber streifte sie sich die Jacke von den Schultern und bemühte sich sichtlich mit einem kleinen Lächeln, einem Blinzeln und einer behutsamen Bewegung, nur nicht den Eindruck zu erwecken, von dem sie eben gesprochen hatte – den einer erhabenen Frau, die vor Selbstbewusstsein nur so strahlte. Doch es musste scheitern. Sie *war* diese Frau, und Chris hatte das Gefühl, dem nichts entgegensetzen zu können. Denn er kannte dieses Selbstbewusstsein nicht. Dazu war er viel zu oft enttäuscht worden. Und die Gefahr, dass sie ihn nun doch zurückweisen könnte, machte ihm Angst.

Langsam schob Darae sich ihre Hose von den Hüften, ohne ihren Blick von seinen Augen zu lassen, und als sie herausgestiegen war und völlig entblößt vor ihm stand, bebten für einen Augenblick ihre Lippen. Sie hatte Angst, genauso wie er. Vielleicht sogar noch mehr. Und nun wirkte sie wie eine andere Frau – die Frau hinter der Maske der Erhabenen.

Zögerlich entkleidete sich nun auch Chris. Er hatte alles verloren – und konnte deswegen alles riskieren. Sie hielt ihren Blick in seine Augen gerichtet und schaute nicht ein Mal nach seinem Körper. Erst als er nackt vor ihr stand und seine Erregung nicht verbergen konnte, fuhr ihr Blick an ihm hinunter. Und auch er wagte einen zweiten Blick über ihren langen Körper. Und noch ehe er wieder in ihre Augen schauen und sich darüber klar werden konnte, was genau er an ihr so sehr begehrte, fasste sie seine Hand und zog ihn langsam mit sich zur Tür und hinüber ins Schlafzimmer. Auf dem Weg zum Bett flüsterte sie: »Bist du dir sicher?«

Sie fragte das? Sie fragte *ihn*, ob er sicher sei? Als wäre sie eine Gefahr für ihn. Nun, vielleicht war sie es. Aber was immer sie für ihn war und werden konnte, er war sich sicher, dass er sie mehr begehrte als alles andere. Das war keine Sehnsucht nach Nähe oder Trost. Es war pure Begierde. Er konnte nicht einmal sagen, ob es Liebe war. Und als er sie wieder und wieder küsste, sie streichelte und sich mit ihr aufs Bett sinken ließ, musste sie die Antwort verstanden haben. Sie legte ihre Beine um seinen Körper und lockte ihn quer über das große Bett, und ehe Chris sichs versah, war er eins mit Darae und versank in einem Rausch.

Rayol hatte es geschafft. Einer der Festgenommenen hatte gesungen. Gegen eine hübsche Summe und die Aussicht auf eine Trauminduktion. Er fragte sich, ob der Mann am Ende glücklicher wegen des Geldes war oder wegen des Traumes, für den Rayol ihm eine sexuelle Fantasie garantiert hatte. Dafür hatte er den Kopf von Andromeda Subliminal verkauft. Die berüchtigte Meda, von der niemand wusste, ob es sie wirklich gab. Der Verräter hatte nicht viel preiszugeben. Meda – wer immer das war – leitete ihren Schattenkonzern mit großem Geschick und in absoluter

Anonymität. Und doch hatte Rayol nun die Information, die er brauchte. Wohnung 928. Das war der Ort, um den es nun ging.

Chris schaute Darae ins Gesicht, während sie sich bewegten. Er war fasziniert von ihrem Mienenspiel. Jede Spur von Angst war fort. Er war eins mit ihr, und ihr Atem, der eine Antwort auf jede Bewegung war, erregte ihn mehr als alles andere, mehr noch als ihre Beine, mehr noch als ihr Brüste und ihr wunderbar langer Rücken, den er immer wieder mit seinen Händen entlangfuhr, während sie über ihm war und auf ihn heruntersah.

Ein Alarmton ließ Chris zusammenzucken und Darae aufstöhnen. Schwer atmend löste sie sich von ihm und setzte sich neben ihn. »Wir holen das nach«, sagte sie mit flehentlichem Blick. »Wir holen das nach. Wir holen es auf jeden Fall nach, Chris.« Nach einem hastigen Kuss stieg sie aus dem Bett. Und auch er war durch den anhaltenden Alarm wach genug, um aufzuspringen und sich rasch anzuziehen. Er war vor ihr fertig, denn sie schien mit einem Mal keine Eile mehr zu haben.

»Das muss Rayol Oredson sein«, sagte sie. »Geh und hol Valmas hierher. Und bringt eure Sachen mit.«

Chris fragte nicht, was sie vorhatte, sondern verließ rasch das Zimmer. Ihm war schwindelig, und er verfluchte Oredson dafür, sie ausgerechnet jetzt aufgespürt zu haben. Und doch war jeder Augenblick, den er gerade erlebt hatte, von der Angst am Anfang bis hin zur Vereinigung, ein Schatz, den ihm niemand mehr nehmen konnte. Dass es nicht zur Vollendung gekommen war, war nun lediglich der Anfang eines neuen Versprechens.

Während Chris durch die dämmrigen Gänge schritt, fragte er sich, ob sich überhaupt noch einmal eine Gelegenheit bieten würde, mit Darae zusammenzukommen.

Im Wohnbereich fand Chris Valmas direkt am Durchgang zum Empfangsraum. Er spähte um die Ecke. Die Kontrollfelder am Eingang leuchteten, blinkten aber nicht. Und es gab keine Stimmen oder anderen Geräusche, die verrieten, dass da irgendjemand kam.

»Ich hab unsere Sachen«, flüsterte Valmas.

Chris' kleine Tasche und die beiden Beutel von Valmas lagen am Boden. »Alles klar.«

»Hat sie dir gesagt, was der Alarm bedeutet?«

»Dass Oredson da ist, mehr nicht. Wir sollen zu ihr kommen. Jetzt.«

Ein Scheinwerfer schoss am Fenster empor. Sofort sprang Valmas in den Seitengang, und Chris folgte ihm. Als es wieder dämmrig war, spähte Chris um die Ecke. Da war nichts.

Nachdem auch Valmas einen Blick gewagt hatte, fragte er: »Ob sie oben einsteigen? Hast du hier eine Treppe oder einen weiteren Transporter gesehen?«

»Nein.«

»Komm! Lassen wir sie nicht warten.«

Leise liefen sie in Daraes Zimmer hinüber. Sie stand neben dem zerwühlten Bett und war inzwischen angezogen. Nur noch ihr Helm fehlte. Dieser lag auf einem von Valmas' Beuteln. Er reichte ihn ihr.

Sie nahm ihn an und dankte ihm. »Als Gegenleistung …«, sagte sie und öffnete eine Schranktür mit einer Wischgeste. Sie holte Pistolen heraus. Eine warf sie Valmas zu, eine Chris.

»Endlich!«, sagte Valmas, deutlich bemüht, seine laute Stimme im Zaum zu halten.

Darae hatte nur eine Tasche. Das Knacken der Verschlussautomatik war zum Glück nicht so laut, um sie verraten zu können.

»Geht der Alarm los, wenn sie hier eingedrungen sind?«, fragte Valmas.

Darae grinste. »*Der* Alarm wäre lauter. Nein. Das ist ein leiser Alarm. Sie sind jetzt in Wohnung 928.«

»Hä?«, stieß Valmas hervor. »Ich dachte, *wir* wären in Wohnung 928.«

»Als ihr hier angekommen seid, war dies die Wohnung 928. Genau genommen gibt es Wohnung 928 dreimal. Drei identische Wohnungen. Je nach Gästen, die ich empfange. Die, denen ich vertraue, die hole ich hierher. Bisher war das nur meine engste Vertraute von der *Ascalun*. Meine Leute von Andromeda Subliminal lasse ich in die oberste Wohnung vor, meine Feinde in die mittlere.« Sie schaute auf das Display der Chamäleon-Card, die sie angelegt hatte. »Sie sind in der Mitte und werden es mit der einen oder anderen Falle zu tun bekommen. Das beschert uns genug Zeit, um in aller Ruhe zu verschwinden.«

Ein lauter Alarm ertönte und ließ Daraes Miene erstarren. »Okay«, sagte sie. »Aus der Ruhe wird wohl nichts. Kommt!«

Sie betrat das Badezimmer und tippte auf ihrer Chamäleon-Card herum. Die kugeligen Reinigungsroboter, die inzwischen erschienen waren und sich auf dem Teppich verteilt hatten, rollten ihnen aus dem Weg.

Die Wanne in der Felsnische fuhr zur Seite und gab den Blick auf eine Röhre frei.

»Eine Rutsche?«, fragte Valmas. »Echt?«

Darae schob ihre Tasche hinein, und mit einem Rauschen glitt diese davon. Sie ließ sich auch Chris' und Valmas' Gepäck geben und schob alles in den Schacht. Auf ihrem Handrücken sah Chris den Plan der Wohnung. Mit roten Punkten waren die Eindringlinge auf dem Display versehen. Sie tippte etwas. »Ihr geht zuerst. Ich verstelle ihnen noch den Weg.«

Valmas schwang sich in die Röhre und war verschwunden. Chris tauschte einen Blick mit Darae, und nach einem liebevollen Lächeln ihrerseits folgte er Valmas.

Die Röhre war ungeheuer glatt, bog sich um eine Ecke und endete auf einem spärlich beleuchteten Gang, auf dem es wie in einem Schwimmbad roch. Kabelschächte und Rohre zogen sich die Wände entlang.

Chris machte Platz, und Valmas hatte schon seine

Taschen aufgenommen. Chris tat es ihm gleich, als Darae herabgerutscht kam. »Wir müssen uns beeilen«, sagte sie. »Dieser Oredson hat mächtig zugelegt.« Sie gab Befehle in ihre Card ein, und mit einem leisen Zischen schob sich eine dicke Tür vor die Röhre. »Das sollte zumindest für den Ersten, der kommt, recht schmerzhaft werden. Falls sie die Geheimtür überhaupt finden.«

Darae zog sich ihren Helm auf, und sofort verfremdete sich ihre Stimme. »Tut mir leid«, sagte sie. »Aber es könnte gefährlich werden. Ich glaube, jemand hat mich verkauft.«

»Wo sind wir hier?«, fragte Valmas, nachdem der Gang, auf dem sie voranstrebten, eine Treppe hinabgeführt hatte und dann geradeaus weiterlief.

»Wir sind hier zwischen Wohnungen, die ich vermiete. Am Ende wartet ein geheimer Transporter mit Zugang zu dem Verkehrsschacht. Dann müssen wir schauen, wie wir zu einem meiner Schiffe kommen. Die Codes sind noch nicht geknackt. Das wird eng.«

»Können wir nicht auf dem Boden den Komplex verlassen?«, fragte Chris. »Gibt es geheime Tunnel oder irgendwas?«

»Keine, die sicher sind. Wenn meine Rivalen mit dem Militär gemeinsame Sachen machen, würde ich den Weg auf keinen Fall gehen. Auch sonst würde ich es nicht tun, nicht einmal in einem guten Transportmodul. Wir ziehen uns auf eines meiner Schiffe zurück und harren da aus, bis mein Programm die Codes geknackt hat.«

Tatsächlich wartete am Ende des Ganges eine Tür, die sich sofort zur Seite schob und den Blick ins Innere des Transporters preisgab. Es bestand nur aus einer kleinen, gepolsterten Sitzbank und dunklen Wänden, auf denen ein Schirm, einige Schaltflächen und sogar echte Druckknöpfe verteilt waren. Kaum hatte sich die Tür hinter ihnen zugeschoben, schloss sich die Sitzbank zu einem Kreis, und sie ließen ihre Taschen in die Mitte fallen.

»Drück da drauf«, sagte Darae zu Valmas und wies auf

einen Knopf. Offenbar hatte auch Darae eine Schwäche für Knöpfe – für Berührung allgemein. »Notfalls musst du per Hand steuern«, sagte sie.

»Ist mir ein Vergnügen«, erwiderte Valmas und drückte den Knopf. Auf der Wand baute sich ein Schirm mit Steuerelementen auf.

Darae setzte sich rechts von Valmas an den Schirm, während Chris neben ihr Platz nahm. Es war so eng, dass sie sich näher an ihn heranschob. Sie drückte einen Knopf an der Wand, und die Verkleidung fuhr hoch und gab einen weiteren Schirm preis. »Du beobachtest den Verkehr. Schau, ob uns jemand folgt.«

Sie selbst rief eine leere Fläche auf ihren Monitor und gab geschriebene Befehle über ein Tastaturfeld in das System ein. So etwas hatte Chris nur in Historienfilmen gesehen.

»Was machst du?«, fragte er.

»Ich verwische unsere Spuren. Und so geht es am schnellsten.« Die Befehle erschienen so rasch auf dem Bildschirm, dass sie diese gewiss nicht so schnell aus einer Liste hätte auswählen können, und ebenso wenig hätte sie sie aufsagen können. Doch er fragte sich, ob diese Befehle sich nicht in Programmen hätten bündeln lassen. Da sah er, dass Nachrichten von Leitsystemen und Trackern auf ihrem Schirm erschienen. Sie stand im Dialog mit ihnen, als wäre sie selbst der Computer des Transportmoduls.

Als sie sich in Bewegung setzten, hatte Chris nur noch Augen für den Schirm vor sich. Ein Gewirr aus roten Punkten bewegte sich wie Blut durch die Adern eines Lebewesens. Sie hatten sich in diesen Strom eingefügt, ohne jemandem in die Quere zu kommen.

»Es kann sein, dass sie uns bemerkt haben, als wir losgefahren sind«, sagte Darae. »Das ist die große Schwäche.«

Und tatsächlich fiel Chris ein Lichtpunkt auf, der ihnen durch das Labyrinth der Tunnel folgte. »Da ist was«, sagte er.

Darae wies Valmas an, die Steuerung selbst zu übernehmen. »Keine Sorge, in Sackgassen kannst du nicht fahren. Das habe ich geblockt. Ansonsten flieg einfach wild durch die Gegend. Dann werden wir sehen, ob sie uns folgen.«

»Das tun sie«, sagte Chris, nachdem sie um drei Ecken gebogen waren.

Darae atmete in ihrem Helm tief durch, was wegen der Verzerrung wie ein Schlürfen klang.

Da wurde das Modul erschüttert. Es kippte zum Heck weg und Chris rutschte gegen die Wand. »Die haben auf uns geschossen«, rief Valmas.

»Verdammt!«, erwiderte Darae.

Valmas steuerte den Transporter verbissen und schien immer ein anderes Fahrzeug zwischen sich und den Verfolgern haben zu wollen. So sah es für Chris zumindest auf dem Schirm aus, als er sich wieder daransetzte. Leider rückten die Verfolger immer wieder auf.

Ein Alarmton ertönte und eine männliche Stimme erklärte, dass im Tunnel geschossen wurde. »Verkehr wird stillgelegt«, sagte dann die Computerstimme des Leitsystems.

»Das ist das Aus!«, rief Valmas.

»Nein«, erwiderte Darae. »Fahr einfach weiter. Keine Angst, du wirst auf niemanden auffahren. Das System wird dich daran hindern. Aber bring uns im Zickzack durch die stehenden Fahrzeuge. Hier!« Sie drückte einen Knopf, und auf Valmas Augenhöhe, direkt über dem Schirm, schob sich die Wand hoch und ein Fenster kam zum Vorschein.

»Stehen unsere Verfolger auch?«, fragte Darae Chris.

»Nein«, antwortete er. Sie waren zwar zurückgefallen, aber sie folgten ihnen noch immer.

Valmas wich immer vertikal aus und schlüpfte in unterschiedliche Etagen, doch die Verfolger blieben an ihnen dran.

»Glaubst du, dein Poltergeist würde sie lahmlegen?«, fragte Chris.

»Hast du die Card noch?«

»Ja.«

»Wenn es mir gelingt, ihn über das Leitsystem an sie rüberzuspielen …« Sie brach den Satz ab und schüttelte den Kopf in ihrem Helm. »Das wird nicht klappen.«

Chris tippte auf die Repräsentation ihrer Verfolger und bekam das Modell des Transportmoduls angezeigt. Es war ein IDBIL-640. »Was für ein Modell ist das hier?«, fragte er Darae und holte die Card, die sie ihnen auf der *Ascalun* gegeben hatte aus seiner großen Tasche.

»Ein PZVL-74.«

»Sehr gut.«

»Was hast du vor?«

Er reichte ihr die Card. »Kannst du sie zeitverzögert aktivieren?«

»Ja, ich kann sie sogar fernsteuern.«

Er schaute die gewölbte Wand hinauf. »Wo ist das Paketfach?«, fragte er.

Darae zögerte, dann aber lachte sie und drückte einen Knopf, der zwischen ihr und Chris lag, und direkt darüber öffnete sich ein Fach. Chris legte die Card dort hinein. »Nun schick es ihnen«, sagte er.

Darae tippte die Kennnummer des Transporters ihrer Verfolger ein und schickte es ab, indem sie eine Zeile eingab. »Wenn wir Pech haben«, sagte sie, »ist der Kasten bei ihnen abgeschirmt.« Das Fach schloss sich, und mit einem Zischen wurde die Fracht losgeschickt.

Ihre Verfolger blieben ihnen auf der Spur. Chris schaute immer wieder in das Spiegelgesicht von Daraes Helm und stellte sich vor, welches Gesicht sie wohl darunter machte.

Eine weitere Erschütterung ließ Chris zusammenzucken. »Die werden uns in Stücke schießen.«

»Das war kein Schuss«, sagte Valmas. »Die sind auf uns aufgelaufen.«

Chris schaute auf den Schirm, und alle Punkte, die Transporter darstellten, waren starr. Sie waren nun die Einzigen, die sich bewegten.

»Wisst ihr was?«, sagte Darae.
Sie schauten sie an.
»Ich glaube, wir können es schaffen.«

Rayol war außer sich. Es war wieder geschehen. Und diesmal waren sie so nahe dran gewesen! Das Anuas-Kartell hatte ihnen Hinweise gegeben, die wertvoll gewesen waren, denn sie hatten sie vorgewarnt, dass sich hinter Wohnung 928 eine Trickwohnung befand. Sie hatten den Transporter erfasst, hatten zu ihm aufgeschlossen und sogar auf ihn geschossen. Und nun das!

Werro öffnete das Paketfach und holte einen Behälter heraus, wie sie üblicherweise im Netzwerk der Transporter befördert wurden. Sie sprangen dabei von Fahrzeug zu Fahrzeug, bis sie schließlich am Ziel waren.

Rayol öffnete den Behälter und fand darin eine Card, auf deren Schirm *Poltergeist Version 7.77* stand. Er hatte keinen Zweifel, dass es dieselbe Card war, mit der Mesaidon die *Mykenai* ins Chaos gestürzt hatte.

»Scheiße!«, rief Rayol. Hätten sie dafür gesorgt, dass diese Transportmodule immun gegen die neue Version des Poltergeist gewesen wären, hätten sie sie wohl gekriegt: Zakaris, Mesaidon und die berüchtigte Meda.

»Hätten wir die Paketlinie doch nur ausgeschaltet«, sagte Werro. »Das hätten wir explizit machen müssen. Man will ja, dass der Versand nicht stillsteht.«

»Scheiße!«, wiederholte Rayol und fragte sich, wie er die ganze Sache Solsee erzählen sollte.

»Was machen wir jetzt?«, fragte Werro.

»Wir hoffen, dass sie nicht durch unsere Blockade durchkommen«, sagte Rayol.

»Und wenn sie noch einen Poltergeist haben?«

»Dann werden sie feststellen, dass unsere Schiffe darauf eingestellt sind.«

»Sir!«, rief einer der Polizisten und hielt einen Beutel hoch. »Ein Haar! Wir haben die Roboter im Bad und im

Schlafzimmer gerade noch daran hindern können, die Spuren zu beseitigen.«

Rayol nahm den Beutel an sich. »Ein langes blondes Haar«, sagte er. Mesaidon hatte halblanges dunkles Haar; Valmas kurzes schwarzes Haar. »Ich hoffe, es ist eine echte Spur und keine falsche Fährte.« Er reichte es an Werro. »Analysieren lassen!«

Sie waren auf dem Frachter *Belakane* und starrten auf Daraes Hand. Ihren Helm hatte sie abgenommen, was ein Zeichen dafür war, dass sie sich hier in den geheimen Räumen sicher fühlte.

»So! Die Codes sind da«, sagte sie und deutete auf das Display ihrer Chamäleon-Card. »Auf dem Schiff werden offiziell Waren für das Parlament transportiert. Die Lagerhallen des Komplexes sind voll davon. Das wird niemanden verwundern.«

»Ich kann immer noch nicht glauben, dass deine Crew unseren Transporter als Fracht akzeptiert hat«, sagte Valmas.

»Die haben uns nicht einmal bemerkt«, erklärte Darae. »Die wissen nicht, dass sie ein Objekt mehr aufgenommen haben. Und damit, meine Lieben, haben wir es geschafft.«

Chris nickte, aber Valmas stutzte. »Bei allem, was passiert ist, solltest du das sagen, wenn wir draußen sind und vielleicht das Schiff gewechselt haben.«

Darae grinste.

Der Frachter hob ab, und sie lauschten dem Gespräch zwischen der Crew und dem Militär. Es wurde kurz über die Fracht und das Ziel geredet, aber es führte nicht zu einer echten Kontrolle. Die Uranosier hatten die *Belakane* offenbar in der Liste der abgefertigten Schiffe gefunden und ließen sie gewähren.

Es war befremdlich, nicht zu sehen, wie sie sich vom Hektor-Komplex entfernten, sich von Kronos-4 ins All erhoben und zwischen den Raumstationen in Position gingen.

Chris folgte Darae und Valmas zurück in den Transporter, und kurz darauf wurde das Modul entladen und auf einen kleinen, automatisierten Frachter verlegt, den Darae über ihre Card steuerte. Inmitten einer Handelsflotte wechselte die Ladung noch einmal das Schiff, und sie betraten schließlich die *Obilot*, einen großen Frachter, der ebenfalls automatisiert war. In einem schlicht ausgestatteten Quartier für Wartungspersonal setzten sie sich in die Küche und aßen etwas.

Darae lobte das Chili ihrer Kücheneinheit, und sie hatte recht: Es war scharf und köstlich, und Chris erriet die geheime Zutat. Es war ein Hauch Zimt.

Nachdem sie gegessen hatten, eröffnete ihnen Darae unvermittelt, dass sie getrennte Wege gehen müssten. »Es geht nicht anders«, sagte sie und strich über Chris' Hand.

»Begleite uns doch«, sagte er. »Du hast selbst gesagt, dass du ins Keto-System willst.«

»Ich habe noch etwas zu erledigen. Und was auf Kronos-4 passiert ist, macht mir das mehr als alles andere deutlich.«

»Fürchtest du um dein Unternehmen?«, fragte Valmas, wischte mit einem Stück Weißbrot den letzten Rest des Chilis aus seiner Schüssel und aß es.

»Nein. Dafür brauche ich nur gewisse Kommunikationswege und Geldströme. Und die können sie mir nicht abstellen. Nein, ich muss etwas Altes loswerden, um mit etwas Neuem beginnen zu können. Ich muss auf die *Ascalun* und meine Sachen holen. Danach treffe ich euch im Keto-System.«

»Können wir dir helfen bei deinen Angelegenheiten?«, fragte Chris.

»Das wäre zu gefährlich. Ich muss alte Brücken abbrechen, möglichst unbemerkt. Und euch dabeizuhaben würde es mir schwer machen, es heimlich über die Bühne zu bringen.«

»Was ich dich fragen wollte«, sagte Valmas. »Warst du diejenige, die Ryala von dem Angriff auf Ianthe-3 erzählt hat? Bist du Ryalas große Spionin?«

Chris wunderte sich über Valmas' Worte. Es sprach so viel Wissen daraus. Mehr als er bisher hatte durchscheinen lassen. Dass er die Anführerin des ketonidischen Widerstandes beim Vornamen nannte, reichte allein schon, um Chris hellhörig werden zu lassen.

»Ja, ich bin Ryala Pondaias Spionin. Und nun ist es Zeit, meine Sachen zu ordnen und meinen Mann zu verlassen.« Sie lächelte Chris an.

»Woher weißt du von Ryala und von irgendwelchen Spionen?«, fragte Chris Valmas.

Der Pirat vom Titan holte tief Luft und atmete betont langsam aus. Erst nach einer Weile antwortete er: »Ich hatte den Auftrag, dich in Sicherheit zu bringen und über dich zu wachen. Ganz gleich, ob die Leute auf Ianthe-3 den Warnungen vor dem Angriff glaubten oder nicht. Du warst dort nicht mehr sicher. Und ich sollte dafür sorgen, dass du nicht in die Hände der Feinde gerätst.«

Chris staunte.

»Kennst du Ryala von Angesicht zu Angesicht?«, fragte Darae. »Oder geht sie so vor wie wir Granden?«

Valmas grinste. »Sie mischt sich gerne in Dinge ein und hat gerne die Kontrolle. Ich kenne sie tatsächlich, wie du es nennst, von Angesicht zu Angesicht.« Er wandte sich wieder an Chris. »Ich vermute, sie ist deine Mutter. Du siehst ihr ähnlich, und ihr standen die Tränen in den Augen, als sie von dir sprach. Du hast doch selber gesagt, dass dich eine Frau auf der Station ausgesetzt hat.«

Chris stieg die Hitze zu Kopf. »Warum hast du mir das nicht schon früher gesagt?«

»Weil es wichtiger ist, dass du in Sicherheit kommst, als dass ich ehrlich zu dir bin. Es hätte nämlich Fragen aufgeworfen, die ich nicht alle beantworten konnte und auch jetzt nicht beantworten kann.«

»Ryala? Meine Mutter?« Chris starrte ins Leere.

»Ist nur eine Vermutung«, sagte Valmas und lenkte mit einer beschwichtigenden Geste Chris' Blick auf sich. Er hatte Valmas noch nie so unsicher erlebt. Sein Freund hatte ihm auf Ianthe-3 das Leben gerettet und alles getan, um ihm zu helfen. Er hätte nichts von alledem tun müssen.

»Ich verstehe, dass du sauer auf mich bist«, sagte Valmas.

»Vielleicht sollte ich es sein, aber ich bin es nicht. Irgendwie gefällt es mir, dass du meinetwegen nach Ianthe-3 gekommen bist, und wir nicht einfach durch Zufall aufeinandergetroffen sind. Aber du hättest es mir sagen können.«

»Das weiß ich jetzt auch. Aber ich kannte dich ja nicht. Und als ich dich kennenlernte, schämte ich mich, es dir zu sagen.«

»Das musst du nicht.«

Valmas nickte und lächelte.

Darae schüttelte jedoch den Kopf. »Warum sollte Ryala, an die keiner je herangekommen ist, ihren Sohn in der Fremde verstecken?«, fragte sie.

»Vielleicht weil sie fürchtete, dass das, was ihrer Schwester Senthea geschehen ist, auch Chris widerfahren könnte.«

»Was ist mit ihr?« fragte Chris.

»Mein Mann hat ihr eine Falle gestellt«, sagte Darae, »und sie gefangen genommen.«

»Um Ryala zu erpressen?«, fragte Chris.

»Nein. Er hält sie gefangen, hat aber angeblich keine Forderungen gestellt. Und das ist verwunderlich. Normalerweise würde man erwarten, dass man die Schwester als Druckmittel gegen die Anführerin der Rebellion nutzen kann.«

»Ryala würde sich nicht darauf einlassen«, sagte Valmas. »Sie ist in diesen Dingen eiskalt.«

Darae schmunzelte. »Oder sie wirkt nur eiskalt, und in ihr kocht es. Jedenfalls hat sie mich nach Senthea gefragt. Und alles, was ich herausfinden konnte, war, dass Meljan sie auf dem Planeten Chrysaor gefangen hält.«

»Das ist ihr Heimatplanet«, erklärte Valmas.

»Es sieht so aus, als wollte er Ryala dazu verleiten, sie zu befreien«, sagte Darae. »Wenn er Ryala in die Finger kriegt, ist dem Widerstand der Kopf genommen.« Sie fasste Chris' Hand. »Wenn du wirklich Ryalas Sohn bist, fürchtet sie vielleicht, dass du in Meljans Händen zum Druckmittel werden könntest.«

»Und ihre Schwester nicht?«, fragte Chris und biss sich auf die Lippen. Schließlich nickte er. »Ich werde ins Keto-System reisen und Ryala zur Rede stellen.«

»Ihr müsst sofort aufbrechen«, sagte Darae mit besorgter Miene. »Ich nehme einen meiner Kreuzer. Dieser Frachter hier bringt euch sicher ans Ziel.« Sie fasste Chris' Hand erneut und schien sich mit einem Seitenblick auf Valmas zu vergewissern, dass er nichts dagegen hatte. Schließlich flüsterte sie: »Und dann holen wir alles nach, was sie uns heute geraubt haben.«

OFFENBARUNGEN & TRANSFORMATIONEN

Darae wusste in dem Augenblick, als sie an Bord der *Ascalun* kam, dass etwas nicht stimmte. Natürlich war ihr Mann mit dem Schiff nach Kronos-4 gekommen, weil sich im Hektor-Komplex alles zugespitzt hatte. Dass die *Mykenai* vor der *Ascalun* lag, überraschte sie ebenfalls nicht. Rayol musste ihrem Mann vermutlich berichten, dass ihm Chris und Valmas wieder einmal entkommen waren.

Was sie beunruhigte, waren die vielen Wachen im Eingangsbereich. Sie schaltete die Chamäleon-Card ein, schaute kurz darauf und nahm eine Einstellung vor. Eine Berührung würde nun reichen, und Dinge wären in Gang gesetzt, die über alles entscheiden würden.

Der Unteroffizier, der ihr entgegenkam, schaute ihr nicht auf die Hände. Der Kragen ihres Kleides lenkte den Blick auf ihren Hals. Der junge Mann, dessen Uniform ein wenig zu eng war, stellte sich als Lieutenant Werro vor. Sie tat so, als wäre ihr der Name neu. Aber sie wusste, dass dies Rayols rechte Hand war. Er begleitete sie den Gang entlang und erklärte ihr, dass Alarmbereitschaft herrsche. Man habe den Verräter aufgespürt.

»Doch nicht etwa Captain Oredson?« Sie wies auf dem Gang zurück. »Ich sah die *Mykenai*.«

»Nein, nein, der Captain ist über jeden Zweifel erhaben. Ein Mitglied dieser Crew hat offenbar den Colonel ausspioniert, und wir wissen nicht, wie viele Komplizen er hat.«

Sie glaubte kein Wort davon. Zwar passte es, dass hier Soldaten von Meljans und Rayols Schiffen Wache hielten, aber schon auf dem Seitengang zum großen Empfangsraum bemerkte sie die ersten Bordwachen. Sie wichen ihrem Blick aus, und das sagte ihr, dass sich die Aufregung an Bord um sie drehte und nicht um irgendein anderes Mitglied der Crew.

In dem lang gezogenen Empfangsraum am Rand des Schiffes warteten Meljan und Rayol auf sie. Hinter ihnen stand jenseits der Raumstationen der Mond Hestia als Sichel in der Finsternis.

Zwei von Rayols Leuten grinsten ihr entgegen, die Mienen der drei Leibwächter an Meljans Seite waren von Ratlosigkeit geprägt. Und offenbar fürchtete man Darae so sehr, dass Meljan ein halbes Dutzend Schiffssoldaten hier zusammengezogen hatte.

Nur ein Stuhl an dem langen Tisch war besetzt. Fran, Daraes Vertraute, saß mit hängenden Schultern und blutigen Lippen da und schluchzte. Sie wusste genug, um Darae in Schwierigkeiten zu bringen. Nun schaute sie weinend zu ihr auf. Ihr verzweifeltes Gesicht sagte alles, was Darae wissen musste; es sagte: »Tut mir leid, dass ich dich nicht warnen konnte.«

»Ah, meine Liebe«, sagte Meljan, kam auf sie zu und schloss sie in die Arme. Und dann tat er etwas, das er lange nicht getan hatte. Er küsste sie auf den Mund. Vor ein paar Jahren hätte sie sich nach solcher Zuneigung gesehnt, nun aber verspürte sie nur Ekel. Aber sie spielte das Spiel mit. Sie gab ihm einen Abschiedskuss, der ihn – wenn er sie je begehrt hatte – zum Schmelzen bringen musste.

»So leidenschaftlich?«, fragte Meljan. »Deine Einkaufstour muss erfolgreich gewesen sein.«

»Das war sie«, sagte Darae und wandte sich an ihre Vertraute. »Was ist mit dir, Fran? Wurdest du überfallen?«

»Nein«, sagte Meljan lachend, ehe Fran antworten konnte. »Sie ist eine Verräterin. Endlich – endlich habe ich einen Grund, sie loszuwerden. Ich konnte es nie leiden, sie um dich herum zu haben. Für mich ist sie immer dieser Schönling geblieben, der sie einmal gewesen ist.«

»Ich habe dir doch gesagt, dass sie eine Frau ist. Sie sah sich schon immer so. Und nun ist sie es seit Jahren. Willst du mir erzählen, dass du wirklich ein Problem damit hast? Weißt du von allen in diesem Raum, ob sie vorher Mann oder Frau waren – ob sie jetzt gerade das eine, das andere oder vielleicht beides sind?« Sie hatten diese Diskussion um Fran schon oft geführt. Sie war zu dem Ergebnis gekommen, dass Meljan eine eigenartige Form der Eifersucht entwickelt haben musste, wonach Fran, die früher als Mann Francis geheißen hatte (und das war schon nicht ihr echter Name gewesen), ihr Geliebter war. Aber sie war nicht mehr und nicht weniger als ihre Vertraute – ihre Freundin auf diesem Schiff. Sie wusste von den Betrügereien. Sie wusste auch, dass sie Meda und damit der Kopf von Andromeda Subliminal war. Ihr war auch bekannt, dass Darae Meljan überwachte und sie die Verräterin war, nach der man suchte.

»Wir leben im 25. Jahrhundert, daran solltest du dich allmählich gewöhnen«, sagte Darae.

Meljan lachte. »Das kommt aus *deinem* Mund? Wer lebt hier denn in der Vergangenheit?«

»In der Vergangenheit, die *mich* interessiert, liegt das Denken unserer Zukunft.« Sie grinste. »Und das habe ich doch wohl bewiesen, oder etwa nicht? Aber *dein* Denken ist Vergangenheit und wird sich nie wieder durchsetzen. Du bist selbst unter den Konservativen ein Fossil.«

Meljan wandte sich zu Rayol um. »Siehst du, wie sie das macht? Geschickt. Selbst jetzt noch.«

»Meljan«, sagte sie streng. »Spiel hier keine Spielchen. Was ist los?«

Er schickte seine Wachen nach draußen. Rayols Leute folgten ihnen mit Fran in ihrer Mitte. Sie mussten sie stützen, so geschwächt wirkte sie.

Als die Tür geschlossen war, wandte sich Meljan an Rayol: »Als wenn sie nicht wüsste, was los ist.«

Darae war bereit, sich zu offenbaren. Doch sie wollte,

dass er sie anklagte. Sie wollte ihm den ersten Schlag überlassen. »Ich habe so viele Schwächen. Hättest du die Güte, mir zu sagen, auf welche du anspielst?«

»Wir reden hier nicht von Schwächen, sondern von Verrat.«

»Du meinst, so wie du mich verraten hast, als du dir mein Geld unter den Nagel gerissen hast? Oder meinst du all die Liebchen, mit denen du es getrieben hast und mit denen du mich lächerlich und zum Objekt des Mitleids gemacht hast?«

Meljan wandte sich zu Rayol um und ließ sich einen kleinen Plastikbeutel geben. Er musste nicht sagen, was darin war. Es war zwar nichts zu sehen, aber sie vermutete, dass sie in ihrer Wohnung im Hektor-Komplex Genmaterial gefunden hatten.

»Deine kleinen Roboter waren nicht schnell genug. Bevor sie alles säubern konnten, haben Rayols Leute ein Haar gefunden. Dein Haar!«

»So willst du mich also loswerden?« Sie bedauerte es fast, ihm nicht auf den Kopf zugesagt zu haben, was sie getan hatte. »Platzierst ein Haar irgendwo, das mich belastet. Zu was macht mich das?«

»Zu einer Spionin. Zu der Verräterin, die den Angriff auf Ianthe-3 angekündigt hat. Zu der Frau, die Mesaidon geholfen hat auszubrechen.«

Darae lächelte. »Das klingt weit aufregender als das Leben der braven Offiziersgattin. Aber wie hätte ich das alles machen sollen?«

»Du magst aussehen wie eine Dame, die auf irgendwelchen Partys die Blicke auf sich zieht und mit banalem Geschwätz die Leute unterhält, aber ich weiß, wozu du fähig bist. Du ahnst nicht, wie viele Konzerne mich gefragt haben, was sie tun müssten, um dich für sich zu gewinnen. Die perfekte Kombination aus Bastlerin, Programmiererin und Geschäftsfrau.«

»Du willst also sagen, dass die Frau, die alle als jämmerliche Gattin von Colonel Meljan Solsee kannten, in Wirklichkeit eine Spionin ist, die über unglaubliche Ressourcen verfügt und dich reinlegen konnte? Mir scheint, wenn das bekannt würde, wäre dein Ruf ruiniert und ich würde plötzlich zum Gegenstand vieler Spekulationen – und Begierden. Meisterspionin! Kein Medium, das diese Geschichte nicht ausschlachten würde.«

»Wenn es bekannt würde«, sagte Meljan schmunzelnd.

»Du willst mich also ganz still und leise erledigen und dann Ada Connelly die Propagandamaschine anwerfen lassen.«

»So in etwa. Es wäre nicht das erste Mal.«

»Rita«, sagte sie. »Meine Vorgängerin hast du also auch aus dem Weg geschafft. Es war demnach kein Unfall beim Bergsteigen?«

»Nein. Kein Unfall.«

»Falls ich das bin, was du glaubst, solltest du davon ausgehen, dass ich Vorsichtsmaßnahmen getroffen habe. Meinst du wirklich, ich würde zulassen, dass du das alles unter den Teppich kehrst?«

»Du gestehst also. Du hast Mesaidon zur Flucht verholfen.«

Darae durchlief ein Schauer. Auf diesen Augenblick hatte sie lange gewartet; von diesem Augenblick hatte sie geträumt. »Es war ein bisschen mehr als das, Meljan«, sagte sie lächelnd. »Ja, ich habe Chris Mesaidon zur Flucht verholfen. *Ich* war es, die die Ketoniden vor dem Angriff auf Ianthe-3 gewarnt hat. Ich spiele ihnen schon seit einer Weile Informationen zu.«

In Meljans Miene stand Abscheu.

»Du erinnerst dich daran, dass ich Rache wollte, als man meine Firma ruiniert hatte und ich keine Wahl hatte, als sie ans Militär zu verkaufen. Dass du mir das Geld genommen hast, war eine Sache. Aber ich wollte den Schattenkonzern, der mich beinahe ruiniert hat, bluten sehen. Und siehe da: Ich fand heraus, welcher Konzern es gewesen war und wie angreifbar er war. Ich schaltete mich zwischen den Kopf und den Rest und wandte den Konzern gegen seine eigene Spitze. Ich übernahm das Unternehmen und wurde zu einer Granden. Ich wurde zur Chefin von Andromeda Subliminal.«

Meljan staunte wie ein schockierter kleiner Junge. »Meda«, sagte er, und es schwang beinahe Anerkennung in seiner Stimme mit. »Also ist es wahr.«

»Ja, ich bin Meda. Und als Grande habe ich die Geschäfte gemacht, die niemand machen wollte. Ich habe mit den Ketoniden Kontakt aufgenommen, und wenn du dich je gefragt hast, wie der Widerstand die Logistik aufrechterhalten konnte, dann brauchst du nur mich anzuschauen – deine gedemütigte, verachtete Frau, die dich einmal geliebt hat und nur Loyalität im Gegenzug verlangte. Nicht einmal Gegenliebe. Ich glaube, ich hätte dir alles verzeihen können. Du ahnst nicht, wozu ich fähig gewesen wäre. Allein der Gedanke daran widert mich heute an. Aber *du* hast mir keinen Hauch von Loyalität geschenkt. Du hast sie bespuckt und zur Seite getreten. Und seitdem hasse ich dich, Meljan. Also habe ich an meiner Rache gearbeitet.«

»Nicht ohne deine eigenen Taschen zu füllen.«

»Natürlich nicht. Es gibt ein Leben nach Meljan Solsee – ein Leben abseits der Uranosischen Republik.« Mit dem Daumen fuhr sie in ihre Handflächen. Die Chamäleon-Card war immer noch aktiviert. Und eine leichte Vibration bestätigte, dass sie die Taste auf dem Display gedrückt hatte. Wenn draußen noch irgendwer zu ihr stand, würde sie vielleicht noch lebend aus dieser Sache herauskommen.

Sie hatte die Wachen und Bediensteten hier nicht in einen Verrat verstrickt, sie hatte sie einfach für sich gewonnen. Die einen verehrten sie, die anderen hassten Meljan. Ihnen allen musste aber klar sein, dass sie einen Verrat begingen, sobald sie sich gegen Meljan wandten. Darae konnte nur hoffen, dass der Traum, den sie oft formuliert hatte, ihnen im Gedächtnis geblieben war: dass sie sich ihren

Kreuzer nahm und einfach fortflog, um sich etwas Neues aufzubauen und nie wieder zurückzukehren.

Meljan lachte. »Es ist aus, Darae.«

Sie schaute an ihm vorbei zu Rayol, der steif wie eine Statue dastand. »Rayol! Du enttäuschst mich. Du müsstest mich inzwischen besser kennen.« Sie schaute zwischen den beiden Männern hin und her. »Glaubt ihr im Ernst, ich laufe hier mitten in eine Falle?« Sie hob ihre Hand und zeigte ihnen die Handfläche und damit das Display ihrer Chamäleon-Card.

»Was willst du tun? Einen Poltergeist auf uns loslassen? Das wird dir nicht mehr helfen. Du wirst dieses Zimmer in Fesseln verlassen. Wenn du hier überhaupt lebend rauskommst. Wenn wir mit dir fertig sind, wirst du dir wünschen, die brave Frau an meiner Seite geblieben zu sein.«

»Aber das war ich nie, Meljan«, sagte sie. »Und ich werde alles tun, solchen Sehnsüchten zu entgehen.« Sie wies auf die Tür hinter ihr. »Wenn ich Glück habe, werden sich da draußen meine Leute gegen deine wenden und die Oberhand gewinnen. Die Jahre hier haben *mich* zu ihrer Chefin gemacht, nicht dich. Dies ist *mein* Schiff.«

»Sie mögen dich vielleicht, aber sie werden ihr Leben nicht für dich wegwerfen.«

»Ist dir nie aufgefallen, dass ich bei unseren Leuten gerne Alleinstehende ausgewählt habe? Das tat ich, damit sie sich mir verpflichtet fühlen und in einem Augenblick wie diesem nicht an ihre Männer, Frauen oder Kinder denken. Da draußen entscheidet sich, ob ich hier aufrecht aus dem Raum rauskomme. Wenn ich mich aber irre, dann wird keiner von uns dieses Schiff lebend verlassen.« Sie drückte eine weitere Taste auf dem Display ihrer Card und damit war das Programm gestartet, das das Schiff unter Verschluss setzte und den Reaktor binnen einer Stunde überladen würde. Es sei denn, sie nähme den Befehl zurück.

Meljan sprang nach vorn, packte Daraes Arm und riss ihr die Card von der Hand. Dann schlug er ihr mit der Faust in den Magen, schubste sie um und versetzte ihr zwei Tritte. Der eine traf sie in die Seite, der andere streifte ihre Schulter und erwischte ihren Kiefer.

Das Ausmaß der Schmerzen, die ihr durch den Körper fuhren, überraschte Darae, obwohl sie mit einem Angriff gerechnet hatte. Sie hatte sich für stark genug gehalten, die Schläge und Tritte einfach einzustecken. Schwankend und mit vom Schwindel getrübtem Blick richtete sie sich am Tisch auf. Es war Blut auf dem Boden, und sie fasste sich an den Kiefer und tastete nach ihren Lippen.

»Scheiße!«, rief Meljan.

»Was?«, fragte Rayol und trat näher.

»Sie will uns alle umbringen.« Er wies auf die Tür. »Hol mir irgendwen, der dieses Programm stoppen kann.«

Rayol starrte Darae mit beinahe mitleidiger Miene an. Sie wusste, dass er sie begehrte, und sie fragte sich, ob diese Begierde ausreichte, dass er sich hier und jetzt gegen Meljan stellte. Wenn er sie für sich gewinnen wollte, war dies der Moment, etwas zu tun. Sie warf ihm einen flehenden Blick zu und wusste, dass er, sollte er ihr helfen, es bereuen würde. Sie würde ihn fallen lassen, sobald sie in Sicherheit wäre. Vielleicht würde sie ihn mit ein wenig Geld belohnen. Aber seine Begierden würde sie ihm nicht erfüllen, ganz gleich, was er für sie opferte.

Als Meljan sich zu Rayol umdrehte, blinzelte dieser und sagte: »Schon unterwegs, Sir!« Dann lief er an Darae vorbei und verließ den Raum. Die Tür schob sich zischend hinter ihm zu. Sie hatte ihren Einfluss wieder einmal überschätzt und erinnerte sich an das, was sie Chris in ihrem Badezimmer auf Kronos-4 gesagt hatte. Die Erhabene hatte versagt.

»Ich habe dich wirklich unterschätzt«, sagte Meljan zu ihr und schaute dann an ihr vorbei. Und auch sie wandte sich um und sah Rayol an der geöffneten Tür. Er war zu schnell zurückgekommen, um Meljans Befehle ausgeführt zu haben. Auf dem Gang hatte er gewiss keinen Computerexperten getroffen. Rayol führte seine eigenen und auch

Meljans Wachen herein. Diese hielten die Hände erhoben, und hinter ihnen erschienen Bordwachen der *Ascalun* in ihren schwarz-weiß gescheckten Uniformen. Die Männer und Frauen, die Darae in den letzten Jahren mit großer Sorgfalt und viel Zuneigung an sich gebunden hatte, standen zu ihr. Ihr Spiel war aufgegangen, und ein Glücksgefühl trieb ihr einen Schauer über den Rücken.

Sie wandte sich Meljan wieder zu und lächelte ihn an. Ihre Lippen schmerzten höllisch. »Möchtest du mir noch eine verpassen, bevor ich mich zurückziehe?« Sie streckte die Hand fordernd nach ihrer Chamäleon-Card aus.

»Du wirst nicht entkommen«, sagte Meljan und gab ihr die Card.

Sie schob sich den Computer wie einen Handschuh über. »Mach dir keine Sorgen, was aus mir wird. Die Frage ist doch, was aus dir wird.«

Er schaute wieder an ihr vorbei. »Ihr wisst nicht, was ihr da macht. Ihr ruiniert euer Leben. Wenn ihr jetzt die Waffen niederlegt, vergesse ich das Ganze. Andernfalls wird das Militär euch hetzen. Ihr werdet keinen sicheren Tag mehr erleben.«

Die Wachen ließen sich nicht beeindrucken. Einige blickten auf Fran, die sich am Rand mit zorniger Miene aufbaute. Darae zweifelte nicht daran, dass der jämmerliche Anblick, den ihre Vertraute noch immer bot, den Entschluss der Bordwachen gelenkt hatte, gegen Meljans Leute vorzugehen. »Was werden wir tun, Frau Solsee?«, fragte sie mit zitternder Stimme.

»Wir werden gemeinsam das tun, was ich schon so lange tun wollte«, antwortete Darae. »Wir werden uns einen Kreuzer nehmen und fortfliegen – und nicht zurückschauen. Wer mir folgen will, kann das tun. Wem es zu heiß wird, bekommt von mir eine Abfindung, mit der ihr überall neu anfangen könnt.« Sie lächelte. »Und, Fran. Nenn mich nie wieder Frau Solsee. Für die, die mir folgen, werde ich nur Darae sein. Bestehe also nicht mehr darauf, mich so zu nennen.«

Fran nickte und strich sich das dunkelblonde blutbefleckte Haar aus dem Gesicht.

»Wir werden nicht zulassen, dass ihr entkommt«, sagte Meljan und ballte die Fäuste.

»Wir sind schon entkommen, Meljan«, entgegnete Darae. »Es ist vorbei. Wenn ich dieses Schiff verlasse, werden wir geschieden sein. Meine Anwälte haben alles Nötige vorbereitet. Sie drängen mich schon seit Langem dazu, dich zu verlassen. Jetzt hast du Zeit für all deine Liebchen, für deine Karriere und insbesondere für den Kampf gegen die Ketoniden. Und ich hoffe, es motiviert dich, dass ich sie auch weiterhin unterstützen werde. Natürlich kann ich ihnen nicht mehr die Informationen zuspielen wie bisher, aber ich werde ihnen mit allem zur Seite stehen, was ich habe. Andererseits: Kannst du dir sicher sein, dass auf diesem Schiff nicht noch Programme von mir lauern, die nur darauf warten, aktiviert zu werden? Kannst du dir sicher sein, dass die Leute, denen du von nun an begegnest, nicht von mir gekauft wurden? Jetzt ist die Zeit für Paranoia, mein Liebster.«

»Geh nur«, sagte Meljan. »Aber glaub keinen Augenblick, dass du mich in den Dreck werfen wirst. Ich werde am Ende über deiner Leiche stehen und dir den Kopf abschneiden.«

Sie stutzte. »Sag mir eins zum Abschied: die Sache mit dem Kopf. Hast du damals tatsächlich bei der Eroberung von Chrysaor jemandem den Kopf abgeschnitten?«

»Darauf antworte ich dir, wenn es um deinen Kopf geht.«

Sie nickte und wagte sich sogar noch einmal an ihn heran. Sie fasste sein Gesicht und fürchtete, dass er sie packen und als Geisel gegen die anderen nehmen würde. Doch er rührte sich nicht. Er hatte offenbar begriffen, dass sie sie alle in die Luft sprengen würde, wenn er nicht kooperierte. Sie küsste ihn auf den Mund. »Das war der Grandenkuss. Du weißt, was das bedeutet.«

Er biss sich auf die Lippen.

»Vielleicht sehen wir uns eines Tages wieder, Meljan. Am Ende eines langen Weges. Jetzt erst einmal werde ich dich, den Helden des Keto-Systems, der Lächerlichkeit preisgeben. Und dann werde ich Stück für Stück deine Reputation als Soldat niedermachen. Du wirst wieder und wieder versagen. Eines Tages dann kommt das Ende. Und weißt du was: Es ist mir egal, ob ich dabei bin, wenn es so weit ist. Mir würde es reichen, irgendwo das Leben zu genießen und zu erfahren, dass Colonel Solsee sich umgebracht hat oder im Kampf wie ein Feigling gefallen ist. In diesem Detail bin ich nicht wählerisch.«

»Du Nutte!«

»Was für ein nettes Wort! In den Träumen, die du dir hast induzieren lassen, hast du doch noch ganz andere Ausdrücke für Frauen wie mich gefunden.«

Er stutzte.

»Ich habe die Traummaschine angezapft und konnte viele deiner Träume auf dem Schirm beobachten. Träume, deren Parameter du dir gewählt hast. Das war interessant. Das hat mir alles über dich verraten.«

Meljans Miene war leer wie eine Maske.

Darae wandte sich ab und blickte nicht mehr zurück. »Lasst uns gehen und schauen, was unser neues Leben uns bietet.«

Ihr Weg ins Keto-System war weit. Chris schätzte, dass sie mit der *Obilot* bereits ein halbes Dutzend Umwege durch das Netz der Sprungportale genommen hatten und an hoch frequentierten Punkten lange warten mussten.

»Es ist sicherer so«, erklärte Valmas schon zum zweiten Mal.

Chris stimmte ihm wieder zu, und doch wäre er lieber schon am Ziel gewesen.

Während Valmas sich die Zeit mit Filmen vertrieb und immer wieder die Nachrichten abrief, insbesondere die über das Geschehen im Hektor-Komplex, hörte Chris ein wenig Musik über Kopfhörer, die sich wie zwei Patches auf seine Ohrmuscheln legten, und schlief schließlich dabei ein.

Die Träume kehrten zurück. Zuerst durchlebte er etwas, das er in den letzten Tagen schon geträumt und das ihre Entdeckung auf Kronos-4 vorweggenommen hatte. Aber es verlief ganz anders als in der Realität. Im Traum war er mit Darae und Valmas vor Rayol und einigen Soldaten auf einem Gang fortgelaufen, in der Realität aber hatte er ihre Verfolger im Hektor-Komplex nicht direkt zu Gesicht bekommen.

Nach einem weiteren verschwommenen Traum erwachte er. Valmas war fort, auf dem Schirm lief irgendein Historienepos über das Uranosische Reich. Der König von Kronos-4 hatte gerade einen farbenfrohen Auftritt und ahnte noch nichts von der Rückkehr der Demokratie.

Chris hörte noch die Spülung der Toilette und schlief wieder ein. Er träumte von Ianthe-3 und sah einige bekannte Personen: seine Ziehmutter und einige Freunde aus Kindertagen. Und dann sah er seine Geliebten von einst, und all ihre Mienen verwandelten sich beim Liebesspiel in das Gesicht von Darae.

Das alte Ianthe-3, das Schwerkraft noch durch Rotation erzeugte, sah er von außen, nur um dann auf den Gängen der Station gewohnte Wege zu gehen.

Ein beschädigter Jäger legte an, dessen Innereien zum Teil offenlagen und glühten. Im Cockpit blinkte rotes Licht. Die Schleuse an der Station öffnete sich. Es war eigentlich eine Landestelle für automatisierte Frachter, doch eine Frau kletterte durch die Ladeluke, ein Bündel im Arm, ein schlafendes Kind. Und obwohl es damals nicht so gewesen war, wusste er, dass er dieses Kind sein musste. Eigentlich hätte er in einem Brutkasten liegen müssen. So hatte es in den Stationsprotokollen gestanden, und auf den Videos einiger Reinigungsroboter war der Kasten sogar grob zu erkennen. Und wie er das dachte, merkte er wieder, dass er nur träumte, und war neugierig auf das, was nun geschehen würde.

Die Frau nahm ihren Helm ab. Und auch das stimmte nicht mit der Realität überein. Ganz gleich, wie oft er sich die Videos der Roboter angeschaut hatte, die Frau hatte den Helm nie abgenommen. Hier aber tat sie es, und ein Gesicht kam zum Vorschein, das ihm bekannt vorkam. Es erinnerte ihn an die Frau, die er auf Ianthe-3 während des Angriffs in der Menge gesehen hatte; die Frau, die sich nicht gerührt hatte und dann plötzlich verschwunden war. Und doch sah sie dieser Frau nur ähnlich wie eine jüngere Verwandte. Sie wirkte *ihm* ähnlicher als der Frau in der Menge.

Die Fremde strich dem Neugeborenen noch einmal über das Köpfchen. Das Kind schmatzte, legte dann den Kopf zur Seite und verharrte.

Auf ihrer Card tippte die Fremde etwas an, dann zog sie sich rasch zurück, die Luke schloss sich, das Sicherheitstor fuhr herunter und wurde versiegelt. Sie war fort, und das Kind war allein in der kahlen Frachtschleuse und rührte sich nicht. Es schlief selbst dann noch, als die Wachen nach dem Rechten sahen. »Tatsächlich«, sagte einer der beiden Männer. »So was hat's hier noch nie gegeben«, sagte der andere. »Ein Findelkind. Was stand in der Nachricht?«

»Sein Name ist Chris Mesaidon.«

»Ziemlich scheiße, ein Baby hier einfach abzusetzen.«

»Komm, hier ist es zu kalt für so einen Kleinen.«

»Woher weißt du, dass es ein Junge ist? Chris könnte auch ein Mädchenname sein.«

»Chris!«, sagte eine Stimme. »Chris!«

Er erwachte. Valmas stand bei ihm. Er hielt die Kopfhörer in der Hand und legte sie zur Seite. »Das musst du hören!«

Vom Schwindelgefühl geplagt, setzte Chris sich auf und schaute zum Bildschirm. Eine Reporterin, in deren Gesicht ein Schmunzeln immer wieder gegen den Ernst ankämpfte, sagte: »Das Militär hat noch nichts bestätigt. Es sind bisher nur inoffizielle Informationen. Aber ich wiederhole: Darae Solsee, die Frau Colonel Meljan Solsees, soll die Spionin der Ketoniden sein, die das Militär schon seit Langem sucht. Heute soll sie Colonel Solsee auf der *Ascalun* konfrontiert haben, und nur dem Eingreifen der mutigen Leibwache ist es zu verdanken, dass der Colonel den Anschlag überlebte. Frau Solsee soll mit ihren Mitverschwörern entkommen sein.« Die Reporterin stutzte, und ihr Blick richtete sich ziellos umher. Dann sagte sie: »Ich höre gerade, dass der Status der Ehe der Solsees sich verändert hat. Darae Solsee hat die Scheidung eingereicht, und diese ist bereits vollzogen. Frau Solsee hat ihren Mädchennamen wieder angenommen – Darae Ormande. Und es ist Haftbefehl gegen Frau Solsee – ähm – Frau Ormande erlassen worden. Verfolgen Sie das Geschehen weiter!« In der Laufschrift stand: *Darae die Spionin +++ Ist Darae die Grande von Andromeda Subliminal? +++ Darae auf dem roten Teppich des letzten Militärballs.*

»Es stellt sich die Frage, wie viel davon wahr ist«, sagte Valmas.

»Wenn sie sie hätten, würden sie es sicherlich sagen. Es ist ja peinlich, dass sie auf der Flucht ist.«

Valmas nickte. »Die werden dieses Thema wochenlang ausnehmen wie einen fetten Fisch. Die Glitzerkanäle werden sie zur Legende machen.«

»Und Meljan Solsee zum Trottel.« Chris musste lächeln. Dann aber erinnerte er sich an seinen Traum, und die Hitze stieg ihm zu Kopf.

»Was ist los? Du machst ein Gesicht, als würde dich das ärgern.«

»Es ärgert mich nicht, im Gegenteil. Könnte sein, dass Darae vor uns im Keto-System ist.«

»Was ist es dann?«

»Ryala. Ich werde ihr nie verzeihen, dass sie mich auf Ianthe-3 ausgesetzt hat.«

»Wenn sie es denn war.«

»Du hast doch deine Befehle von ihr persönlich bekommen, oder?«

»Ja.« Valmas nickte. »Du hast recht. Es spricht dafür, dass sie es war. Ich kann nur sagen, dass es ihr naheging, von dir zu sprechen.«

»Warum hat sie nicht später Kontakt zu mir aufgenommen? Ich kann das nicht begreifen.«

»Du gehst mit ihr zu hart ins Gericht. Sie wollte die Uranosier nicht auf dich aufmerksam machen. Vor zwanzig Jahren waren die Ketoniden in Aufruhr. Ryala und ihre Familie sollen auf Chrysaor unter Druck geraten sein. Und Ryala und Senthea sind die Einzigen, die überlebt haben. Vielleicht bist du für sie das Wichtigste im Universum.«

»Das glaube ich nicht. Denn was ist es wert, wenn wir nichts gemeinsam haben und uns nichts verbindet außer dem Blut und einer vagen Sorge ihrerseits.«

Chris erzählte von seinem Traum.

Valmas hörte sich alles an, und dann fragte er: »Gab es Informationen zu dem Status des Jägers, mit dem sie kam? Wenn er in deinem Traum beschädigt war, könnte das auf eine solche Info zurückgehen.«

»Ich habe es recherchiert. Darüber gab es keine Informationen.«

»Dann ist es eine Ahnung. Du ahnst das, was ich sage. Dass sie dich schützen wollte, weil sie in Gefahr war.«

»Gut. Ich gestehe ihr zu, dass sie mich vielleicht aus einer konkreten Gefahr raushalten wollte. Aber niemals werde ich ihr verzeihen, dass sie mich nicht zu sich holte, als sie Gelegenheit dazu hatte. Niemals!«

Valmas starrte ihn mit ernster Miene an. »Tritt ihr erst einmal gegenüber. Ryala hat eine Aura, der man sich nicht entziehen kann. Du wirst da nicht reinspazieren und ihr irgendwelche Dinge an den Kopf werfen.«

»Du unterschätzt, wie sehr mich das all die Jahre beschäftigt hat.«

Valmas nickte. »Nun gut. Wir werden sehen.«

Meljan stand vor dem zertrümmerten Wandsegment und überlegte, ob er die anderen links und rechts, auf denen der Rest der Nachrichtenbilder weiterlief, auch mit einigen Schüssen zerstören sollte. Doch er begnügte sich damit, die Lautsprecher zu zerschießen.

Er hatte es nicht mehr ausgehalten. Und selbst die Ruhe, die sich nun ausbreitete, war schwer zu ertragen. Denn draußen würde man die Geschichte von Darae der Meisterspionin mit Genuss verfolgen.

Mit einem Schlag war er zur Lachnummer geworden. Und die Propaganda schaffte es zwar, Darae zu verteufeln, doch die Anerkennung für sie sprach aus vielen Kommentaren. Selbst die Reporter konnten keine sachliche Miene behalten, sondern schmunzelten, wenn Daraes Name erwähnt wurde. Und ein Glanz lag in ihren Augen.

Alle, die ihn insgeheim verachteten, konnten sich nun beruhigt zurücklehnen und auf Darae trinken.

Er musste den Anruf von Ada Connelly im Nebenzimmer annehmen. Und obwohl seine Techniker ihm versicherten, dass keine Spähprogramme im System waren, fragte er sich, ob es Darae vielleicht doch gelungen war, etwas im Bordcomputer zu verstecken, an das die sogenannten Experten nicht herankamen. Dennoch nahm er den Anruf entgegen. Und das Schmunzeln auf den Lippen seiner Vorgesetzten war das Schlimmste, was er heute gesehen hatte.

»Es sieht schlecht aus, Solsee«, sagte sie. »Genau genommen müssten wir Sie aus dem Verkehr ziehen. Aber über Ihre Fähigkeiten als Offizier ist nicht zu streiten. Wir müssen Sie jetzt dorthin bringen, wo Sie Ihre Stärken ausspielen können.«

»Also ins Keto-System.«

Sie nickte. »Ja.«

Nichts anderes wollte er. »Ich glaube, ein paar Schlachten sind genau das, was ich jetzt brauche.« Er würde seine Wut an den Ketoniden auslassen. Und er würde Darae aufspüren und ihr dann all die Dinge antun, die man sich über ihn erzählte; sowohl die, die der Wahrheit entsprachen, als auch die, die nur erfunden waren. Und am Ende würde er ihr den Kopf abschneiden, wie er es damals bei der Eroberung von Chrysaor schon einmal getan hatte. Die Vorstellung, den Kopf Daraes an den Haaren hochzuhalten, trieb ihm einen Schauer der Befriedigung durch den Körper.

»Das ist *die* Chance für Sie«, sagte Connelly. »Wer jetzt über Sie spottet, dem müssen Sie durch harte Taten den Spott zurück in die Kehle schieben.«

»Jawohl, General!«

Sie wandte sich ab, ehe die Übertragung zu Ende war.

Meljan ging zurück ins andere Zimmer und starrte auf die beschädigte Wand. Die Reporterin war wie aus dem Bild geschnitten. Nur ihre Arme wuchsen links und rechts des zerstörten Wandsegments heraus.

Darae wollte einen Krieg. Sie würde ihn bekommen und ihn bereuen.

RYALA PONDAIA

Chris konnte immer noch nicht so recht glauben, wie viele Tore sie mit der *Obilot* anflogen, nur um die Spuren zu verwischen und einen sicheren Weg zu ihrem Ziel zu finden. Es hatte sie bis ins berüchtigte Tartaros-System verschlagen. Hier lieferte der Frachter im Normalraum etwas an einen Kreuzer aus, der auf dem Schirm in ihrem Quartier wie eine schiefe Pyramide wirkte.

Das Sprungtor lag nahe einer oktaederförmigen Raumstation. Nichts regte sich dort; wenige Lichter leuchteten auf ihr. Nur einige längliche Raumschiffe schwebten davor in aller Langsamkeit dahin.

Auch im Keto-System sprangen sie einige Male von Portal zu Portal. Dabei vermieden sie es, in den Normalraum zurückzukehren, sondern wechselten direkt von einer Ebene des Hyperraums auf eine andere.

Der Umweg war nötig, weil die Uranosier einige bedeutende Tore im Keto-System hielten. Der Asteroidengürtel war noch weitgehend in ketonidischer Hand und stellte die wichtigste Zuflucht für die Flüchtlinge der Planeten dar. Die äußersten Planeten und die Zwergplaneten, die Hesperiden, waren von den inneren Welten abgeschnitten. Hier konnten sich die Ketoniden nur deswegen halten, weil die Uranosier sich mit den Erdlingen, die auch am Rande in den Kampf eingegriffen hatten, darum stritten, wer dort die Herrschaft übernahm.

Die inneren Planeten waren – bis auf einen – in uranosischer Hand. Auf Medusa gab es kaum noch Widerstand, so brutal waren die Invasoren dort vorgegangen. Auf Stheno hatten die lokalen Kartelle die Regierung verraten, um diverse Schürfrechte zu erlangen. Und auf Chrysaor hatten die Uranosier ihre Streitkräfte konzentriert. Wer Chrysaor einnahm, mochte die Macht der Uranosier brechen. Denn von hier aus wurde alles koordiniert; hier sammelte sich die Flotte zu ihren Angriffen.

Von den inneren Planeten war allein Euryale noch in ketonidischer Hand. Dennoch herrschte dort das Chaos, und überall drohten Machtkämpfe, Verrat und Intrigen alles zu verderben. So zumindest behaupteten es die Quellen, die Chris und Valmas sich auf den Schirm holten. Sie schauten sich Videos an, die von dem Kampf um Euryale berichteten. Von Ryala gab es kein echtes Bildmaterial, und Valmas bestätigte, dass auch die Feinde bis vor Kurzem kein einziges Bild von ihr gesehen hatten. »Sie hat mit großem Geschick viele Daten *gesichert*. Das hat sie geschützt. Aber seit ihre Schwester gefangen genommen wurde, müssen wir davon ausgehen, dass sie ihr Aussehen konstruieren können.«

Chris nickte und starrte auf die Animation einer Schlacht, die Ryala gewonnen hatte. Sie nutzte ihre Zerstörer, die über sehr robuste Schilde verfügten, perfekt aus und hatte die uranosischen Zerstörer vom Typ Kerberos-15 ausgeschaltet, ehe diese ihre enorme Feuerkraft ausspielen konnten. »Deswegen haben die Uranosier die Kerberos-15 hier nicht mehr eingesetzt.« Er schüttelte den Kopf. »Ryala ist verdammt clever.«

»Sie ist eine hervorragende Anführerin, weiß aber auch die Interessen der Konzerne für sich arbeiten zu lassen. Nachdem Stheno gefallen war, hat sie erkannt, dass sie die Konzerne als einen Schutzschild verwenden kann. Als die Regierung von Euryale im Chaos zu versinken drohte, kam sie mit ihrer Wanderflotte zur Rettung und legte dem Kongress einen Plan vor, der in seiner Kühnheit nicht zu überbieten ist.«

»Erzähl!«, sagte Chris und konnte es kaum erwarten, die Geschichte zu hören.

»Sie wandte sich ans Nachtglanz-Kartell. Nachtglanz hat ein Expansionsprogramm, mit dem Regierungen normalerweise motiviert werden sollen, Planeten zu besiedeln. Der Kongress von Euryale wählte eines der Pakete aus und stellte damit weite Teile des Planeten unter die Protektion des Nachtglanz-Kartells. Deswegen konnte der Widerstand den Planeten halten, ohne je in die Verzweiflung abzugleiten.«

»Birgt das nicht neue Risiken? Was, wenn Nachtglanz nicht mehr von seinem Teil am Planeten lassen will oder den Rest des Planeten verlangt? Oder schlimmer noch: wenn sie beschließen, den Uranosiern gegen eine angemessene Bezahlung das Feld zu überlassen?«

»Das Nachtglanz-Kartell verdient am meisten, wenn keine der Kriegsparteien den Sieg davonträgt.«

»Und die Uranosier haben das hingenommen?«

»Natürlich. Denn Nachtglanz ist weiterhin neutral. Sie haben nichts dagegen, dass die Uranosier über ihre Sprungtore kommen und den Planeten attackieren. Sie liefern ihnen sogar die Pläne, damit bloß nicht ihre Anlagen getroffen werden. Sie wachen aber auch darüber, dass keine Kriegsverbrechen verübt werden. Und die Handelsrouten dürfen nicht blockiert werden. Um zu gewinnen, müssen die Uranosier die ketonidische Flotte sauber besiegen oder irgendwie mit Bodentruppen den Kongress stürmen. Oder was auch immer.«

Chris schaute auf den Schirm, wo – nach Ablauf des letzten Videos – jetzt der Planet Euryale zu sehen war. Hellblau wie ein Türkis, heller als Admeto oder Kronos-4. »Aber richtige Freiheit ist das nicht«, sagte er und war fasziniert von den Bildern der Außenkameras.

»Nein. Aber es bietet die Möglichkeit, das tödliche Spiel weiterzuspielen, um vielleicht irgendwann zu gewinnen. So, wie es jetzt ist, kann man dort unten Geschäfte machen. Die Frachter können Euryale anfliegen, ohne Sanktionen befürchten zu müssen. Deswegen bin ich damals hergekommen. Ich habe eine Fracht transportiert, die Ryala auf dem Titan bei einer der Gilden gekauft hat, die aber niemand transportieren wollte. Ich kam her, blieb ein wenig und erwies mich als halbwegs zuverlässig. Und ich hab es nicht bereut.«

Chris nickte. »Ich bin so gespannt – auf sie, meine ich.« Er schaute die säulenartigen Raumstationen entlang, dann hinab auf die dicht besiedelte Oberfläche des Planeten. »Und ich bin gespannt, wie es dort unten ist.«

»Hübsch und gefährlich«, erwiderte Valmas. »Man verliert leicht die Gefahren aus dem Blick.«

Die *Obilot* passierte einen Teil der ketonidischen Streitmacht. Ein wilder Haufen unterschiedlicher Schiffe, die in gutem Zustand waren; besonders viele mittelgroße Kreuzer mit mächtigen Schilden waren darunter. »Sie verfügt über eine Fabrik für die EBJ-34. Mit Reparatureinheit«, erklärte Valmas.

»Deshalb sammeln sie sich hier«, sagte Chris. Dies war gewiss ein beliebtes Angriffsziel der Uranosier.

Beim Landeanflug auf Euryale wurde Chris unruhig. Er näherte sich nun den Antworten auf all seine Fragen. Irgendwo dort unten war Ryala, und sie wusste, warum er nicht in die Hände der Uranosier fallen durfte.

Die *Obilot* senkte sich über eine riesige Stadt, deren Hochhäuser wie bronzene Schwertklingen aufragten. Auf unzähligen Ebenen schwebten die Transporter zwischen den Gebäuden. Am Rande der Stadt zogen sich flexibel wirkende Röhren wie ein Kabelgeflecht bis ins Becken des Seehafens. Chris war von den Schiffen fasziniert, die aus dem All kamen und dort im Wasser aufsetzten oder sich von dort erhoben. Er hatte früher immer davon geträumt, mit einem Raumschiff, das seetüchtig war, in die Tiefen der Meere von Admeto abzutauchen.

»Ketopolis«, sagte Valmas. »Das ist die älteste Stadt im Keto-System.« Über den Spitzen der breiten Türme am Stadtrand verharrten sie, bis die Schiffe des Zolls sie abgefertigt hatten. An Bord war offenbar niemand gekommen.

Sie hatten gewiss nur die Daten ausgetauscht, ihre Scanner über die *Obilot* gejagt, den Zoll abgebucht und sich dann davongemacht.

Nun setzte sich der Frachter wieder in Bewegung und entfernte sich vom Zentrum der Großstadt. Sie flogen über Viertel hinweg, die nur aus Lagerhäusern und Landeplätzen zu bestehen schienen, hin zu großen Anwesen mit gewaltigen Bauten, mit schwebenden Schirmen, die mal ein Logo und mal einen Namen, selten einmal beides zeigten. Bei vielen aber gab es weder das eine noch das andere. Es mussten Privatgrundstücke sein oder aber Anwesen von Firmen, die es nicht nötig hatten, sich zu offenbaren.

Sie stießen auf ein riesiges Gelände vor, auf dem es von Robotern und Transportern wimmelte. Weite Bauten zogen sich, von Parks geteilt, in den Menschen zu erkennen waren, über das Land, und Frachter flogen dort ein und aus.

»Was ist das?«, fragte Chris.

»Das Rockenfield-Forum. Einer der wichtigsten Umschlagplätze. Die großen Firmen lassen ihre automatisierten Frachter hier landen und transferieren die Waren dann auf ihre Anwesen. Wir sollten in den Transporter gehen.«

Sie packten ihre Sachen, und während die Reinigungsroboter bereits aus ihren Verstecken krochen und fuhren, schaute sich Chris noch einmal um, ob sie nichts vergessen hatten. Das hatten sie nicht. Im Gegenteil. Valmas hatte eine kleine Terrakotta-Figur von der Ablage genommen und steckte sie in seine Tasche.

Kopfschüttelnd folgte Chris Valmas in den Transporter. Dieser war geräumiger als der, in dem sie mit Darae entkommen waren, aber keineswegs so elegant oder bequem. Die Wände waren glatt, die griffige Bank hart, und die Gurte wiesen darauf hin, dass hier keine Absorptionssysteme am Werk waren und sie heftig durchgeschüttelt würden. Wie hatte sein Fluglehrer einmal gesagt: Wenn du Gurte siehst, sei nicht so dumm, sie nicht zu nutzen.

Als sie angeschnallt waren und die Tür verriegelt war,

dauerte es noch eine ganze Weile, bis sie mit einem kräftigen Ruck in Bewegung gerieten. Die Abbildung auf dem Bildschirm, die den Transporter im fabrikfertigen Zustand zeigte, beruhigte Chris. Denn das Fahrzeug sah von außen aus wie ein gewöhnlicher Frachtcontainer, der nur scheinbar nicht selbst in der Lage war, sich durch die Tunnel zu bewegen. Doch es ließ sich alles ausfahren und öffnen, was nötig war, um ihn umzustellen.

Valmas schüttelte den Kopf. »Scheiße, dass sie keine Außenkameras haben.«

»Die gibt es«, sagte Chris. »Dazu müssten wir aber das Modul auf Transporter umstellen.«

»So'n Mist!«

»Die Kameras könnten bemerkt werden, und dann wüsste man, dass hier keine Fracht transportiert wird.«

Valmas nickte mit gelangweilter Miene. »Ich weiß trotzdem gerne, wo ich mich bewege.«

»Du bist auf einem Planeten aufgewachsen, oder? Nicht auf einer Raumstation.«

»Ja. Auf dem Mars. Hab es da nie wirklich gemocht.«

»Der Mars soll schöner als die Erde sein.«

»Ein Wunderwerk des Terraformings«, sagte Valmas mit ironischer Stimme. »Es muss ein Paradies gewesen sein. Jedenfalls sagten meine Eltern mir das. Und mit dem Niedergang geriet alles aus dem Gleichgewicht. In manchen Gebieten musste man wieder unter die Erde, wie am Anfang. Oder zurück unter die Kuppeln. Ich glaube, mich stört am Mars weniger, was er jetzt ist, sondern das Gejammer über das, was er in den Goldenen Zeiten mal gewesen sein soll. Aber du hast recht: Selbst jetzt ist er noch schöner als die Erde – und tausendmal schöner als der Titan.«

Chris hatte immer davon geträumt, den Mars zu besuchen – den Roten Planeten, der seinem Beinamen nur noch durch seine gewaltigen Gebirge gerecht wurde, nachdem Meere und Seen von den größten Teilen der Oberfläche Besitz ergriffen hatten.

Im Transporter ging mit der räumlichen Orientierung auch die zeitliche verloren. Als Chris auf seine Card schaute und sich die Uhrzeiten anzeigen ließ, war er verwundert. Eine halbe Stunde waren sie schon unterwegs. Hier in der Nähe von Ketopolis war es jetzt Nachmittag, auf Ianthe-3, die der Standardzeit gefolgt war, wäre es acht Uhr morgens gewesen.

In Erinnerungen an die Raumstation, auf der er herangewachsen war, verging eine weitere Stunde, wobei sie nicht immer in Bewegung waren. Und als sie besonders lange ausharrten, fragte sich Chris, ob er das, was er auf Ianthe-3 erlebt hatte und was ihn zu dem gemacht hatte, was er jetzt war, wirklich gegen eine Kindheit mit seiner Mutter hätte tauschen wollen. Vielleicht reichte es, ihr zu begegnen und etwas Neues zu beginnen.

Doch wäre er bei Ryala aufgewachsen, hätte er zweifellos keinen Augenblick daran gedacht, wie es wohl gewesen wäre, auf Ianthe-3 im Pheres-System bei einer Frau zu leben, die ihn beinahe wie eine Mutter und später dann wie eine große Schwester geliebt hatte. Von all den möglichen Lebenswegen, die sich hätten entwickeln können, nichts zu wissen, war ein natürlicher Schutz. Und wann immer man sich etwas anders wünschte, lief man Gefahr, sich mit dem Schlechten, dem man zu entgehen suchte, all das Gute fortzuwünschen – am Ende sogar seinen eigenen Charakter, der sich durch all das Geschehene gebildet hatte.

Und doch hatte Chris kaum einen Grund, mit Wohlwollen an die Frau zu denken, die ihn als Kind ausgesetzt und nie in ihre Nähe geholt hatte.

Hinter der Innentür knarzte es, und schon schob sie sich zur Seite, schneller als die äußere Tür sich nach oben heben konnte.

Chris' Blick traf auf eine grobe Felswand. Sie war durch eine milchige Verkleidung horizontal geteilt, hinter der feuriges Licht schien. Schritte hallten über den Gang und machten Chris neugierig.

Er trat aus dem Transporter hinaus und schaute nach links, aber erst ein Blick nach rechts offenbarte jemanden. Da kam ein hochgewachsener Mann in dunkelgrauer Uniform. Sein schwarzes Haar war zurückgekämmt. Das Gesicht des Fremden wirkte so makellos, dass Chris den Verdacht hatte, er habe es durch Operationen verschönert. Seine Augen mit den doppelten Lidfalten deuteten auf asiatische Vorfahren hin. Aber wer wusste das schon! Vielleicht hatte er sich diese Augenform auch gewählt.

Die Pistole, die Armschienen, aus denen er garantiert einen Schild ausfahren konnte, und die kleine Magazintasche an der Hüfte zeigten, dass der Fremde ein Soldat war, jederzeit zum Kämpfen bereit.

Der Mann lächelte. »Valmas Zakaris!«, sagte er genüsslich und trat näher.

»General Eno!«, erwiderte Valmas grinsend und reichte dem Offizier die Hand. »Dies ist General Toshiaki Eno«, sagte er zu Chris. Dann wandte er sich an den Ketoniden. »Und dies hier ist Chris Mesaidon.«

Eno nickte, doch sein Lächeln verging. Er musterte Chris mit unruhigen Augen, als gäbe es irgendetwas an ihm zu entdecken. »Die Ähnlichkeit ist nicht zu übersehen«, sagte er und verbeugte sich halb. Dann reichte er Chris die Hand und erklärte: »Du ahnst nicht, wie willkommen du bist.«

Chris war wegen der Verbeugung des Generals verlegen. Solche unterwürfigen Gesten war er nicht gewohnt. Er bemühte sich freundlich zu lächeln und ging zwischen General Eno und Valmas den Gang entlang. Ein Band an der Wand, in dem Licht entlanglief, wies ihnen den Weg.

General Eno erklärte auf Valmas' Nachfrage hin, welche logistischen Probleme sie im Augenblick hatten. Doch während sie die anderen Anlegestellen passierten, die alle verwaist schienen, musste Chris an Ianthe-3 denken und wie er mit seiner *Jindao* am Wuchao Tower angelegt hatte. Seinerzeit hatte er hier im Keto-System einen Job in Aussicht gehabt. Und ohne die Zerstörung von Ianthe-3 hätte er ihn annehmen können und wäre wohl früher oder später hier gelandet.

Die Wuchao Corporation hatte die Transaktion, wie er von Valmas erfahren hatte, für eine der Firmen in die Wege geleitet, die dem ketonidischen Widerstand nahestanden. Aus Toshiaki Enos Worten konnte er heraushören, wie mühsam es war, über Schattenfirmen Waren heranzuschaffen. »Dank Andromeda Subliminal haben wir uns aber gut halten können«, erklärte er.

»Und jetzt fürchtet ihr, dass das aufhören könnte«, sagte Valmas. »Immerhin ist jetzt raus, wer der Kopf von Andromeda Subliminal ist.«

General Eno nickte. »Darae Solsee. Wir haben erst an einen Scherz geglaubt.«

»Es ist aber so«, sagte Valmas. »Wir sind ihr begegnet.«

»Ihretwegen sind wir überhaupt hier«, erklärte Chris.

»Unglaublich ist das. Ryala schaut fast den ganzen Tag Nachrichten. Sie hatte keine Ahnung, dass sich hinter Meda die Frau von Meljan Solsee verbirgt.« Als sie auf einen breiten, hell erleuchteten Gang kamen, fragte Eno: »Und können wir ihr trauen?«

»Ich vertraue ihr«, sagte Chris.

Eno nickte und führte sie durch ein Tor in eine Transporterhalle. Hier stiegen sie in einen einfachen Lift. Und während sie in die Höhe strebten, erzählte Valmas dem General, was sie auf Kronos-4 erlebt hatten.

General Eno staunte über den lebhaften Bericht und schüttelte einige Male ungläubig den Kopf.

Chris schaute immer wieder auf das Display des Aufzugs. Sie waren aus dem 8. Untergeschoss gestartet und bewegten sich über das Erdgeschoss hinaus. Er konnte sich nur ausmalen, wie das Gebäude von außen aussah und beschaffen sein musste. Es schien auf Felsen gebaut zu sein, vielleicht sogar auf die gewaltigen Klippen, die er am Meer gesehen hatte. Ein hohes Gebäude wie ein Turm oder gar eine Pyramide.

Der Lift fuhr bis ganz nach oben in den 48. Stock und verharrte. Viel zu lange für Chris' Geschmack. Doch Eno wollte Valmas Geschichte zu Ende hören. Erst als er vom Abschied Daraes erzählt hatte, sagte er: »Das, mein Freund, musst du Ryala erzählen.«

»Jawohl, General!«, erwiderte Valmas lächelnd.

»Nein, nein. Nicht mehr General. Von jetzt an nennt ihr mich bitte Toshiaki.«

Valmas stutzte, nickte dann aber.

Toshiaki drückte eine Taste auf dem Display, und die Tür öffnete sich. Er führte sie hinaus und bat sie dann zu warten. »Ich werde euch ankündigen.«

Kaum war Toshiaki fort, sagte Valmas: »Der war dir gegenüber fast ehrfürchtig. Ich kann es kaum erwarten, rauszufinden, was es mit dir auf sich hat.«

Chris stimmte zu, schaute dann den breiten Gang hinab, auf dem die Felswände von glatten Segmenten unterteilt waren, die wie Amethyst-Platten wirkten. »Ist das Gebäude selbst hier noch in den Fels geschlagen? Befinden wir uns hier in den Meeresklippen?«

»Teilweise. Das Gebäude schmiegt sich an die Klippen. Die sind gigantisch. Aus der Ferne täuscht das.«

»Hast du Ryala hier oben getroffen?«

»Nein«, antwortete Valmas. »Sie rief mich in den 16. Stock. Zugegeben: Ich war überrascht, dass sie mich persönlich empfing. Ich hatte eigentlich mit meinem üblichen Mittelsmann gerechnet. Hier oben – hier war ich noch nie.«

Toshiaki erschien an einer Tür und winkte sie zu sich. Chris ging schnell voran, und Valmas hatte offenbar Mühe, mit ihm Schritt zu halten. Toshiaki führte sie auf einen Gang, dessen glatte Wandsegmente im Kontrast zu den Felswänden standen, die hinter ihnen lagen. Chris vermutete, dass sie den Teil, der in den Fels geschlagen war, verlassen hatten und sich nun in dem Bereich befanden, der an die Klippe angebaut war.

Toshiaki führte sie durch ein breites Tor in einen weiten Saal. Chris verharrte, kaum dass er über die Schwelle getreten war. Während sich hinter ihnen leise zischend die Pforte schloss, schaute Chris den Saal entlang, an dessen Ende ein gewaltiges Fenster vom Boden bis ins Gewölbe ragte. Draußen war zwischen den vollen Wolken ein blauer Himmel zu erahnen. An den Seiten des Saals strahlten warme Lichter, und von der Decke hingen altmodische Leuchter weit herab. Die Vorliebe fürs Violette, die Chris schon bei Segmenten auf den Gängen aufgefallen war, konnte hier niemand mehr verleugnen. Das halbe Gewölbe schien aus Amethyst zu bestehen.

Es gab keine Wachen, nur zwei Gestalten am Ende des Saals. Die eine, in Uniform, kam ihnen entgegen, die andere verharrte, wo sie war, und wandte ihnen den Rücken zu – eine Frau in weiten grauen Gewändern, auf deren Rücken zu einem Zopf geflochtenes welliges Haar herabhing.

»Das ist sie«, flüsterte Valmas.

»Sie erwartet euch«, sagte Toshiaki. »Geht nur!«

Zögerlich machte Chris den ersten Schritt und ging Seite an Seite mit Valmas voran. Auf halbem Wege trafen sie auf die Frau, die Ryala verlassen hatte. Sie verbeugte sich vor ihnen und sagte: »Ich bin Denna. Es ist eine Ehre.« Ihr Gesicht war von alten Brand- und Schnittnarben verunziert. Sie beeinträchtigten das Lächeln, verhinderten aber nicht, dass Chris die Offizierin als sympathisch empfand.

»General Denna Gelbert«, sagte Valmas. »Ich habe viel von dir gehört.«

»Ich auch von dir – Valmas Zakaris. Und ich freue mich auf mehr.« Nach diesen Worten ging sie Toshiaki entgegen.

»Diese Frau hat schon alles gesehen«, sagte Valmas leise. »Von Gefecht bis Gefangenschaft, von Folter bis Verletzung.«

Als Denna mit Toshiaki den Raum verlassen hatte, wandte Chris sich wieder Ryala zu. Sie hatte sich nicht gerührt und zeigte ihnen noch immer den Rücken.

Chris ging langsam weiter, und als er mit Valmas bis auf wenige Schritte an Ryala herangekommen war, merkte er, dass sich ihre Schultern bewegten. Sie atmete tief ein und weit aus. Dieser Augenblick bedeutete ihr offensichtlich etwas. Vielleicht hatte sie ein schlechtes Gewissen.

Chris war unruhig, und der Gedanke, nun anzuhalten, während seine Hände zitterten und sein Herz raste, machte ihm Angst. Er war so gespannt auf sie. Sie würde sich zu ihm umdrehen müssen, und sie konnte ihn nicht fortschicken. Endlich musste sie ihm ins Gesicht schauen und ihn als das erkennen, was er war.

»Ryala«, sagte Valmas leise. »Ich bringe dir Chris Mesaidon. Wie versprochen.«

Sie atmete durch. Es klang fast wie ein Seufzen. Schließlich wandte sie sich um und schaute Chris direkt an. Sie atmete nicht; sie blinzelte nicht. Und er konnte nicht von sich behaupten, es anders zu halten. Da war sie. Es gab keinen Zweifel, dass sie aus seiner Familie stammte. Die braunen Augen ähnelten seinen. Das Haar war ein wenig feiner gewellt als das seine, die Haut ein wenig dunkler, die Nase ein wenig länger und schmaler, aber dieser geschwungene Mund und die Wangenknochen, die die Backen ein wenig hohl erscheinen ließen: Das musste seine Mutter sein. Sie hatte Ähnlichkeit mit der Frau aus seinem Traum. Zumindest hätte sie vor zwanzig Jahren so aussehen können wie die Frau, die ihn im Traum nach Ianthe-3 gebracht hatte.

Sie biss sich auf die Lippen. »Willkommen, Chris«, sagte sie und musterte ihn von oben bis unten. »Ich kann immer noch nicht glauben, dass du tatsächlich hier bei mir bist.« Sie wandte sich an Valmas. »Und dir – wie soll ich dir das je danken? Ich hatte die Hoffnung beinahe aufgegeben. Schön, dass ich dich unterschätzt hatte.«

»Du weißt doch: Unterschätze nie den alten Valmas. Er wird dich wieder und wieder überraschen.«

Ein kleines Lächeln schob sich auf ihre Lippen. Doch

kaum schaute sie Chris wieder an, verging es. »Du hast sicherlich viele Fragen.«

»Ich habe nur eine einzige Frage«, sagte er. »Warum hast du mich nicht zu dir geholt, als du dir all das hier aufgebaut hattest? Ich verstehe, dass du mich damals in der Hitze des Gefechts in Sicherheit bringen wolltest. Aber warum hast du mich nicht geholt? Wolltest du deinen Sohn nicht bei dir haben?« Seine Stimme geriet ins Schwanken. »Ahnst du, wie sehr ich mich nach dir gesehnt habe?«

Ryalas wischte sich mit zitternden Fingern die Tränen ab. Valmas starrte sie mit großen Augen an. Offenbar hatte er die mächtige Anführerin des ketonidischen Widerstandes noch nie weinen sehen. »Wie sehr du dich sehnst, das weiß ich genau. Nur ist meine Sehnsucht von einer anderen Art. Mir wäre es am liebsten gewesen, du hättest nie etwas von uns erfahren. Es hätte dir viel Leid erspart.«

»Aber ich hätte ein Teil von alldem hier sein können.«

»Und das wirst du nun auch sein.«

Chris schüttelte den Kopf. »Vielleicht ist es zu spät.«

»Chris!«

»Ja, ich glaube, es ist zu spät.«

»Chris«, sagte sie mit verzweifelter Miene. »Ich bin nicht deine Mutter. Wie einfach wäre es gewesen, wärest du mein Sohn. Ich *hätte* dich geholt. Du *wärst* bei mir aufgewachsen und hättest schon früher all das mit mir geteilt – den Kampf, die Freude und das Leid. Aber du bist nicht mein Sohn. Du bist mein Neffe.«

»Du bist also meine Tante«, sagte Chris und fühlte sich dabei, als hätte jemand ihm den Boden unter den Füßen weggezogen.

»Ja, und du hast jedes Recht, mir die gleichen Vorwürfe zu machen, die du mir eben gemacht hast. Denn ich hatte einfach Angst, dich mit dem Leid, das mich beinahe aufgefressen hat, zu konfrontieren. Ich schöpfte Mut aus der Gewissheit, dass du, der einzige Erbe unserer Familie, irgendwo anders in Sicherheit warst.« Sie streckte die Arme aus. »Komm. Danach kannst du mir alles an den Kopf werfen, was du möchtest. Aber schenk mir diesen einen Moment.«

Chris ließ sich von ihr in die Arme schließen, und binnen eines Augenblicks war er es, der sie festhielt. Denn sie ließ sich fallen. »Es tut mir leid«, flüsterte sie ihm ins Ohr.

Als sie von ihm abließ, mochte das Bild, das die Medien von ihr zeichneten, nicht zu dem leidenden Gesichtsausdruck der Frau passen, die vor ihm stand. Sie wischte sich erneut die Tränen ab und bemühte sich, Haltung zu bewahren, indem sie die Schultern hob. Doch selbst ein Lächeln konnte den Eindruck kaum verändern. »Das ist das erste Mal seit zwanzig Jahren, dass ich mich gehen lasse.« Sie schaute Valmas an. »Ich war immer die, zu der man aufschaut und zu der man geht, um einen Rat oder einen Plan zu erhalten. Ein Augenblick der Schwäche – ich hoffe, ihr gestattet mir den.«

»Das ist keine Schwäche«, sagte Valmas leise. »Ich lasse euch allein.«

»Geh in den Nachbarraum«, erwiderte Ryala. »Bedien dich an allem, was du möchtest. Du hast dich näher an mich herangebracht, als du es vielleicht je für möglich gehalten hast. Du hast mein grenzenloses Vertrauen erworben – du Pirat.«

Valmas grinste. »Ich danke dir, Ryala.«

»Danke« war alles, was Chris Valmas mit auf den Weg gab.

Er und Ryala schauten ihm nach, und als er fort war, fragte sie: »Wie hat er das geschafft? Wie hat er dich da rausgeholt?«

»Mit viel Geschick und Umsicht – und Verschwiegenheit. Ich weiß nicht, ob ich ihm vertraut hätte, wenn er sofort mit der Tür ins Haus gefallen wäre. Aber *Darae* haben wir beide es zu verdanken, dass wir hier sind. Valmas rettete mich von Ianthe-3, Darae rettete uns aus der Gefangenschaft der Uranosier.«

Ryala nickte und führte ihn an ihren schweren Tisch, über dem Displays schwebten, vorbei zum riesigen Fenster, das einen Blick aufs Meer hinaus bot. In der Ferne lag Ketopolis an der gebogenen Küste. »Darae ist unsere wichtigste Verbündete«, sagte Ryala. »Es hat lange gedauert, bis ich ihr vertraut habe. Aber sie hat uns Dinge gegeben, ohne die wir erledigt gewesen wären. Und sie wusste es. Inzwischen wünschte ich mir, sie würde ganz zu uns übertreten.«

»Das will sie.«

»Tatsächlich? Ich habe die Berichte aus dem Uranos-System mitbekommen.«

»Sie wollte sich von Meljan Solsee lösen und dann mit irgendetwas zu uns kommen.«

»Sie beschafft uns einige Dinge, die wir dringend brauchen. Alles sah so gut aus, bevor Senthea den Uranosiern ins Netz ging. Wir standen kurz davor, Chrysaor zurückzuerobern und die Feinde zu brechen. Doch dann fassten sie Senthea und entlockten ihr allerlei Wissen. Ich musste hierher umziehen, weil unser anderes Versteck nicht mehr sicher war. Und dann hat sie ihnen offenbar von dir und Ianthe-3 erzählt.«

»Ist Senthea meine …?«

»Nein, Chris, auch sie ist nicht deine Mutter. Wir waren drei Schwestern. Deine Mutter – Sema – war die Jüngste von uns. Wir liebten sie so sehr.« Sie schüttelte den Kopf, schluckte und holte tief Luft. »Du kannst mir glauben, dass kein Tag vergeht, an dem ich mir keine Vorwürfe mache. Sie ist tot, Chris. Wie dein Vater und der Bruder, den du hattest. Deine Großeltern und die anderen – alle tot. Es gibt nur noch Senthea, dich und mich.«

»Sind sie alle bei der Invasion umgekommen?«

»Ja. Dein Vater – er hieß Baz Steinfeld und stammte von der Erde. Er opferte sich. Er lenkte die Uranosier, die hinter deiner Mutter, Senthea und mir her waren, ab und wurde dabei erschossen. Aber er ermöglichte uns die Flucht, vor allem deiner Mutter, dir und deinem Bruder.«

»Warum haben sie euch gejagt?«

»Weil wir etwas teilen, das für alles, worum es hier geht, entscheidend ist.«

Chris schaute sie erwartungsvoll an.

»Hast du je von der Anlage auf Chrysaor gehört?«, fragte Ryala.

»Die Stadt der Njalden?«, fragte Chris.

»So hat sich die fremde Kultur genannt. *Njauld* oder *Naujen*. Sie haben viele Namen.«

»Es sind viele Geschichten in Umlauf«, sagte Chris.

Ryala nickte. »Ersonnen, um die Wahrheit als Legende erscheinen zu lassen.«

Chris hatte viele dieser Geschichten gehört, und eine war unglaubwürdiger als die andere. »Auf Ianthe-3 ging das Gerücht um, dass die Njalden die Anlage zurückließen, als Erbe für die Chrysaorianer und die anderen Ketoniden. Und es gab eine Geschichte von den erleuchteten Schwestern. Sollte das etwa wahr sein?« Es hieß, dass bei der Entdeckung der Njaldenstadt Schwestern – die Zahlen schwankten zwischen zwei und fünf – in der Lage waren, die Technologie zu kontrollieren, die die Njalden zurückgelassen hatten. Die Maschinen gehorchten ihnen und sie hätten ihnen das Wissen entlockt. Bei der Invasion durch die Uranosier seien sie aber getötet worden, und den Uranosiern sei es gelungen, auch ohne die Macht der erleuchteten Schwestern die Njaldenstadt zu beherrschen.

Ryala nickte. »Lüge und Wahrheit – versteckt unter anderen Lügen, um sie zu verschleiern. Ja, die Maschinen der Njaldenstadt reagierten auf Sema, Senthea und mich. Es war wie eine Erweiterung des Bewusstseins. Wir waren die Vermittlerinnen zwischen den Resten der Njalden und unserem Volk. Nur wenige wissen von unserer Rolle. Es ist ein Gerücht, das nie an unsere Namen geknüpft war. Die Geheimdienste haben damals ganze Arbeit geleistet. Wäre die Technologie in unserer Hand geblieben, hätte das für viele ein neues Goldenes Zeitalter werden können. Eine alternative Bahn zu der, die zur Singularität geführt hat. Vielleicht eine, die uns die Verantwortung erhalten hätte.«

»Das heißt, *ihr* wart die erleuchteten Schwestern?«

»Sema, Senthea und ich haben an der Forschungsexpedition teilgenommen, die die Anlage gefunden hat. Es war eine ganze Stadt unter der Erde, voller fremder Maschinen, die wir Stück für Stück ausgegraben haben. Heute kann man sich kaum noch vorstellen, dass die ganze Stadt je unter der Erde begraben gewesen war.« Sie blickte ins Leere und lächelte. Nach einer Weile blinzelte sie und schaute ihn wieder an. »Natürlich untersuchten wir damals alles, und da kam heraus, dass diese Maschinen auf uns drei reagierten. Es war, als wären sie für uns maßgeschneidert worden.« Sie schaute aus dem Fenster zum Meer hinaus. »Wir konnten sie steuern. Türen, Transporter, Waffen, was auch immer. Und wir konnten den Systemen Wissen entlocken. Die Fortschritte, die dadurch möglich gewesen wären, waren fantastisch. Sicheres Terraforming, zuverlässigere Schutzschilde – und Sprungtore, die kaum noch Restriktionen unterliegen. Sprungtore, die sich selbst von mittleren Schiffen erzeugen lassen. Aber nur wenn man all das Wissen zu verstehen und zu nutzen weiß. Ein langer Weg hätte vor uns gelegen, aber ein sehr spannender. Es gibt dort Maschinen, mit denen man Wissen und Fähigkeiten implantieren kann. Nicht so vage wie Trauminduktoren, sondern schnell und präzise. Es gab nur ein Problem.«

»Die Uranosier.«

»Wer solches Wissen und solche Maschinen beherrscht, könnte alles verändern. Und unsere Entdeckung, die wir ganz naiv offen verbreiten ließen, um Träume anzuregen, weckte Begehrlichkeiten bei den Uranosiern. Also haben sie uns einfach überfallen und die Anlage besetzt. Dann verbreiteten sie sich über den ganzen Planeten und unterjochten alle. Und natürlich machten sie auf uns Jagd, als sie erst einmal wussten, wer wir waren. Deine Mutter, Senthea und ich waren – wie gesagt – der Schlüssel zu der Anlage.

Bei der Jagd auf uns gingen die Uranosier nicht zimperlich vor. Sie brachten unsere Verwandten um. Deine Mutter war schwanger mit dir und deinem Bruder. Und ihr Freund Baz, dein Vater, wollte euch in Sicherheit bringen. Er hat sein Leben geopfert, um deiner Mutter zur Flucht zu verhelfen.«

»Wart ihr da getrennt?«

»Leider. Als es losging, war ich mit Senthea zusammen und versuchte, die Uranosier von der Familie wegzulocken. Wenn sie uns vor Augen hätten, würden sie Sema und die anderen vielleicht so lange in Ruhe lassen, bis sie entkommen waren, dachten wir. Wir waren überheblich, damit sie immer das Gefühl hatten, uns auch fangen zu können. Doch leider hatten die Uranosier auch Semas Spur aufgenommen und hetzten sie. Und schließlich gelang es einem aufstrebenden Captain, sie zu stellen. Das war Meljan Solsee.«

Chris konnte es nicht fassen. Colonel Solsee, damals noch ein Captain, hatte seine Mutter gejagt. »Und *er* hat sie getötet?«

Ryala schluckte, dann nickte sie.

Chris schüttelte den Kopf. Meljan Solsee war der Mörder seiner Mutter. Und Darae war seine Frau. Obwohl sie Meljan verabscheute und sich an ihm rächen wollte, hatte Chris das Gefühl, dass alles, was er für Darae empfand, mit einem Schlag infrage gestellt war – obwohl Darae damals noch ein Kleinkind gewesen war. Und er war ein ungeborenes Kind gewesen, nichts ahnend von der Grausamkeit, die Meljan Solsee seiner leiblichen Mutter angetan hatte und die auch ihn beinahe das Leben gekostet hätte, noch ehe er zur Welt gekommen war. »Aber wie konnte ich überleben?«

»Solsee tötete Sema nicht einfach. Offenbar hatte er den Befehl, den Vorgesetzten unsere Köpfe zu bringen, wörtlich genommen und fand es lustig, zumindest den Kopf einer von uns vor die Füße seiner Vorgesetzten zu werfen. Also hat er deiner Mutter den Kopf abgeschnitten. Ich hatte Solsee auf unserer Flucht wieder und wieder gedemütigt und verspottet. Und als ich mit Senthea eintraf, um Sema zu retten, hielt er mir Semas Kopf hin und lachte mich aus. Wäre Senthea nicht gewesen, wäre ich wohl zusammengebrochen. Sie griff ihn an, und auch ich schoss auf Solsee. Aber statt sich zu stellen, machte er sich davon, als seine Leute tot waren. Den Kopf deiner Mutter nahm er mit. Aber dich und deinen Bruder konnten wir aus Semas leblosem Körper retten. Es war eine Frage von Sekunden, die zwischen Leben und Tod entschieden. Senthea nahm sich deines Bruders an und brachte ihn zu Freunden. Doch diese gerieten aus anderen Gründen ins Visier der Uranosier und wurden getötet. Dein Bruder ist also auch tot.«

»Wie war sein Name?«, fragte er und konnte nicht glauben, dass er einen Bruder gehabt haben sollte.

Ryala zögerte lange. »William«, sagte sie schließlich. »Deine Mutter hatte bereits Namen für euch.«

»Und du hast mich dann nach Ianthe-3 gebracht.«

»Ja. Und du glaubst nicht, wie schwer das war. Sie waren mir auf den Fersen, und mein Schiff war beschädigt und ich verletzt. Hätte ich mich nicht kurz von meinen Verfolgern absetzen können, um dich in Sicherheit zu bringen hätten sie auch nur bemerkt, dass ich Ianthe-3 angeflogen habe, dann hätten sie dich wahrscheinlich gefunden.«

»Und jetzt haben sie mich gefunden, weil sie Senthea gefangen und gefoltert haben?«

»Folter oder irgendwelche Verhörtechniken. Sie verwenden gerne Drogen, die dich gefügig machen. Und nicht nur, dass sie Senthea Wissen entlockt haben, das uns alle in Bedrängnis brachte und immer noch bringt. Es ist den Uranosiern auch gelungen, sich ihre Fähigkeiten zunutze zu machen.«

»Auf Chrysaor?«, fragte Chris. »Können sie jetzt an das Wissen heran und die Maschinen nutzen?«

»Offenbar ist es nicht ganz so einfach.«

»Habt ihr nie versucht, in die Anlage zurückzukehren und die Macht zu übernehmen?«, fragte Chris. »Nicht als Gefangene und Gefolterte, sondern als Angreifer.«

»Das ist der große Plan. Und natürlich wissen die Uranosier das. Senthea und ich waren nahe daran, unseren Plan umzusetzen, als sie Solsee ins Netz ging. Vor einigen Jahren standen wir schon einmal kurz davor. Doch leider war es den Uranosiern gelungen, einen Teil der Kontrolle über die Anlage auch ohne uns zu übernehmen.«

»Wie das?«

»Sie haben einfach Schiffsladungen voller Wissenschaftler nach Chrysaor verfrachtet und forschen lassen. Manche sagen, sie hätten Glück gehabt, andere meinen, man müsse nur genug Mittel in ein Projekt stecken, und es wird Ergebnisse geben.«

»Und was meinst du?«, fragte Chris.

Ryala lächelte mit glasigen Augen. »Ich glaube, beides trifft zu gleichen Teilen zu. Jedenfalls konnten die Uranosier die Geschütze bedienen, was jeden Angriff erschwerte. Und nun ist es noch schlimmer geworden. Kurz nach dem Angriff auf Ianthe-3 haben die Uranosier von der Njaldenstadt aus mit neuen Waffen einige unserer Schiffe abgeschossen. Mit Waffen, die weit über das hinausgehen, was die Uranosier auf ihren Schiffen führen. Und als wir zurückfeuerten, prallten die Geschosse an einem Schild ab. Seither kontrollieren sie gnadenlos, wer sich Chrysaor nähert. Vorher gab es noch viele Möglichkeiten, sich dem Arm der Uranosier zu entziehen. Jetzt ist es noch einmal schwieriger geworden, und manche reden bereits von dem Ende des Widerstandes. Wir haben nicht viel Zeit. Entweder wir handeln bald, oder alles wird im Sande verlaufen.« Ryala starrte Chris an. »Ich wollte dich aus der Sache raushalten. Aber in dieser Lage könnte es sein, dass ich deine Hilfe brauche.«

»*Meine* Hilfe? Was soll ich schon beitragen?«

»Hast du mir denn nicht zugehört?«

Chris starrte sie nur an.

»Deine Mutter, Senthea und ich konnten die Anlage kontrollieren. Und Sema war die Begabteste von uns. Sie entlockte den Maschinen Dinge, von denen wir nur träumen konnten. All das große Wissen, von dem ich gesprochen habe. Und vielleicht – *vielleicht* – hast du diese Macht von ihr geerbt.«

»Und wenn es so ist?«

»Dann haben dich die Umstände gerade in einen Konflikt verwickelt, bei dem du eine tragende Rolle spielen wirst«, sagte sie und fasste seine Schultern. »Aber niemals wieder allein. Von nun an tun wir die Dinge gemeinsam.«

Er nickte, kämpfte gegen die Tränen, und als Ryala ihn wieder in die Arme schloss, fühlte er sich zum ersten Mal seit Jahren geborgen. »Nie wieder allein«, flüsterte sie in sein Ohr und strich ihm übers Haar.

Als Valmas in dem schweren Sessel zwei Gläser chrysaorianischen Wein getrunken hatte und sich dabei auf dem breiten Schirm, der vor der Sitzgruppe schwebte, einige Sportberichte hatte vorspielen lassen, erhob er sich, kehrte zur Tür zurück, durch die er gekommen war, öffnete sie ein wenig und schaute durch den Spalt in den Saal hinüber. Von Chris war keine Spur mehr zu sehen, nur Ryala stand an ihrem Tisch. Die Bildschirme, die darüber geschwebt hatten, waren längst abgeschaltet. Die dünnen Leisten, aus denen sie erwachsen waren, schwebten aber immer noch über dem Tisch.

Valmas öffnete die Tür ganz. Er trat vorsichtig ein und überlegte, ob er zu Ryala hingehen oder ob er sich leise zurückziehen sollte.

»Und? Was hast du getrunken?«, fragte Ryala und nahm ihm damit die Entscheidung für den Weg, den er nehmen würde, ab.

Er ging zu ihr hinüber. »Eine Flasche Chrysaorianer war angebrochen.«

»Hab mir gedacht, dass du die nehmen würdest. Beim letzten Mal schien er dir gut geschmeckt zu haben.« Sie wies auf zwei alte Sessel, die zu der kleinen historischen Bibliotheksecke passten.

»Das letzte Mal«, sagte er, während er sich Seite an Seite mit ihr setzte. »Das letzte Mal habe ich mich gefragt, warum du ausgerechnet mich ausgewählt hast, deinen Neffen zu holen.«

»Weil du einer der wenigen bist, der jedes seiner Versprechen gehalten hat. Andere versprechen mir wer weiß was, nur um mich zu beeindrucken. Andere bezeichnen sich als treu und sterben den erstbesten Tod. Ich habe dir den Auftrag gegeben, weil du das nicht tust. Weißt du noch, was du damals auf die Frage geantwortet hast, ob du bereit wärst, dein Leben für diese oder jene Fracht zu lassen?«

Er grinste. »Ich weiß es nicht mehr. Vermutlich habe ich gesagt, dass ich nicht vorhabe zu sterben.«

»Du sagtest: *Ich habe nicht vor, im Verlauf irgendeines Auftrags zu sterben. Ich bringe Sachen gerne zu Ende.*«

»Und das hat dich beeindruckt?«

»Das und all die Lieferungen, die du durchgezogen hast – und *wie* du sie durchgezogen hast. Bei jedem anderen hätte ich Angst gehabt.«

»So sicher warst du dir bei mir aber auch nicht.«

»Nein. Als ich von der Zerstörung von Ianthe-3 hörte, dachte ich, es hätte dich und Chris erwischt, ehe ihr zueinanderfinden konntet. Diese Narren in der Administration von Ianthe-3 wollten einfach nicht auf unsere Warnungen anspringen.« Sie lehnte sich zur Seite und fasste seine Hand, die auf der Lehne ruhte. »Du ahnst nicht, wie dankbar ich dir bin. Ich werde noch eine Extra-Belohnung drauflegen.«

Er nickte. »Die werde ich brauchen. Ich musste mein Schiff auf dem Titan in Zahlung geben und fürchte, dass der Freund, mit dem ich die Transaktion machte, mich verraten hat. Es ist wichtig, dass ich die Summe rechtzeitig überweise, sonst gehört das Schiff ihm.«

»Überlass das mir. Gib mir die Daten, und ich löse dein Schiff nicht nur aus. Meine Leute holen es rechtzeitig vom Titan. Du kannst dich da jetzt nicht blicken lassen. Die Uranosier haben ihre Augen überall. Auch hier müssen wir vorsichtig sein.«

»Wenn ich keinen Hafen mehr anfliegen kann, kann ich meinem Geschäft nicht nachgehen.«

Sie lächelte.

Er strich sich über das raue Kinn. »Vielleicht ist es an der Zeit für meine erste Operation. Ein neues Gesicht.«

»Oder … du bewegst dich dort, wo du dein altes Gesicht nicht verlieren musst, sondern es eines ist, dem man mit Bewunderung begegnet.«

»War das ein Rekrutierungsversuch?«, fragte Valmas schmunzelnd.

»Warum sollte ich nicht den Mann in meinen Reihen behalten wollen, der wieder und wieder das geliefert hat, was er versprach?«

»Ich bewundere dich und Senthea. Aber dieser Kampf ist nicht mein Kampf.«

»Und was wäre dein Kampf? Wenn es um den Titan ginge – oder um den Mars?«

»Weder noch.«

»Und wenn es nicht um Planeten oder Staaten ginge, sondern um Familie? Wenn es um deinen Großvater ginge?«

Er nickte. »Für ihn würde ich alles tun.«

»Dann verstehst du, warum ich kämpfe und warum vielleicht auch Chris kämpfen wird.« Sie schmunzelte.

»Du bist raffiniert. Du weißt genau, dass ich den Jungen mag. Aber ich bin kein Soldat. Er auch nicht.«

»Wir brauchen nicht nur Soldaten. Wir brauchen Gauner wie dich, und Chris wird – wenn sich meine Vermutung bestätigt – wichtiger sein als jeder Einzelne von uns.«

»Wichtiger als du?«

»Wichtiger als ich.«

Es fiel ihm schwer, das zu glauben. Chris war ein aufgeweckter Kerl, der als Pilot über viel Erfahrung verfügte, schnell lernte und gewiss zu dem werden konnte, was Ryala nun war. Aber das waren große Fußstapfen. »Wo ist er eigentlich?«

»In seinem Zimmer. Das Ganze war ein gewaltiger Schlag für ihn.«

Valmas wusste nur bruchstückhaft, wovon sie redete.

»Vielleicht solltest du auch wissen, warum er so wichtig ist«, sagte Ryala.

»Ich werde ihn selbst fragen. Er wird mir sagen, was ich wissen muss.«

Sie nickte.

»Da ist noch etwas.«

Sie stutzte.

»Es geht um Darae Solsee – beziehungsweise jetzt wieder Darae Ormande. Dir ist klar, dass Chris sich in sie verliebt hat?«

»Nein, das war mir bislang nicht klar.«

»Ich hoffe, das erschwert die Sache nicht. Ist es wirklich so, dass sie zu uns überlaufen wird?«

»Du sagst *uns*. Das gefällt mir.«

»Ich sehe dem Unausweichlichen ins Auge. Außerdem mag ich mein Gesicht und möchte es so lange wie möglich behalten.«

»Es könnte stimmen, dass Darae zu uns übersiedeln will. Auf unserer Seite ist sie längst. Ohne sie wären wir vor zwei Jahren am Ende gewesen. Sie hat uns gerettet mit ihren Lieferungen und Diensten. Ich bin gespannt, sie von Angesicht zu Angesicht zu sehen. Wie ist sie so?«

»Eine junge, sehr selbstbewusste Frau. Nicht im Mindesten die brave, verletzliche Gattin Solsees. Nicht nur die Rache, sondern auch der Geschäftssinn treibt sie an.«

»Du traust ihr also nicht?«

»Doch, ich traue ihr. Ich habe gesehen, wie sie Chris angeschaut hat. Da läuft was – was Großes.«

Ryala nickte. »Vielleicht fallen die Puzzlestücke genau an die richtigen Stellen.« Sie lächelte, drückte noch einmal seine Hand und ließ sich in dem Sessel zurücksinken.

Chris saß auf dem gepolsterten Stuhl in seinem Zimmer; er hatte sich den Raum auf ein schlichtes Ambiente umgestellt. Die kahlen Wände wirkten wie aus grauem Fels, und der Boden wie hellgrauer Marmor. So hatte das Arbeitszimmer seiner Ziehmutter ausgesehen; nur fehlten hier die ganzen Holzmöbel, die sie geliebt hatte.

Das Fenster bot nur einen Blick auf eine glatte Metallwand. Es war ein echtes Fenster, nicht nur ein Wandmodul, auf dem irgendein Bild wiedergegeben wurde. Ryala hatte ihm gesagt, dass die oberen Stockwerke des Gebäudes ein Raumschiff seien und er sich nicht wundern solle, falls er sich später im All wiederfinde.

Als die Wand draußen nach unten entwich, war er gespannt, was ihn oben erwarten würde. Die Bewegung war kaum zu spüren, so gut arbeiteten die Dämpfer des Schiffes.

Mit einem Mal öffnete sich der Blick in die Nacht hinaus, und das Schiff löste sich immer weiter vom Meer und dem Land, auf dem die Lichter gewaltiger Städte in der Nacht erstrahlten.

Im Orbit angekommen, mischte sich das Schiff unter die ketonidische Flotte und wurde von einem turmartigen Zerstörer aufgenommen. Es war das Schiff, von dem Ryala ihm erzählt hatte: die *Ruwae*. Im Inneren bewegte sich ihr Schiff langsam nach oben und fand dort einen Platz, an dem Chris' Fenster einen Blick auf die Raumstationen von Sternfels Frontiers bot. Er hatte natürlich viel von diesem Portalbetreiber gehört, und die Gerüchte um die Expeditionsschiffe hatten ihn als Kind beeindruckt. Doch der Anblick der Werften enttäuschte ihn, denn da waren nur Skelette von Schiffen zu sehen. Offenbar hatte der Konzern gerade erst etwas Neues begonnen. Oder aber die Bauarbeiten hier über Euryale hatten keine Priorität.

Chris hatte sich, wenn er allem entfliehen wollte, oft gewünscht, auf einem Expeditionsschiff neue Systeme zu erforschen. Und auch jetzt hatte der Gedanke, als Teil einer Crew ins Unbekannte vorzustoßen, etwas Reizvolles.

Auf dem Weg zum Sprungtor ließ Chris seinen Blick zwischen den Schiffen umherwandern und fragte sich, auf wie viel Beistand der Widerstand wirklich hoffen durfte. Er wusste im Grunde kaum etwas. Und als er mit der *Ruwae* durch das Tor in den Hyperraum stieß und draußen nur noch Schwärze herrschte, beschloss er, das Wissen und die Fähigkeiten zu erwerben, die er benötigte, um Ryala und dem Widerstand eine Hilfe zu sein. Er wollte durch Taten Eindruck machen, nicht wegen seiner Verwandtschaft.

Ein weiteres Mal ließ er die Begegnung mit seiner Tante wie einen der Träume Revue passieren, die er eben gehabt hatte und an deren Details er sich zu erinnern versucht hatte. Und auch das anschließende Gespräch, in dem er Valmas alles erklärt und seinen Freund noch nie so ratlos gesehen hatte, trieb durch seine Gedanken.

Die Nacht war bislang unruhig gewesen. Zu viele Träume hatten ihn geplagt, und zu oft war er aufgewacht und hatte sich klarmachen müssen, wie die Dinge lagen.

Als er des Wechsels aus Träumen und Wachen überdrüssig wurde, beschloss er, nicht mehr zu schlafen. Er duschte und zog sich an. Weil es hier und auf den Gängen kalt war, nahm er sich einen der sandfarbenen Mäntel, die er im Schrank gefunden hatte. Sie waren hier offenbar Mode, sofern man den Videos, die er gesehen hatte, trauen durfte.

Er verließ sein Zimmer und spazierte zunächst ziellos auf der Etage mal hierhin, mal dorthin. In Ketopolis war es mitten in der Nacht gewesen, als sie aufgebrochen waren, nach der Standardzeit war es nun aber bereits Morgen.

Im Saal, in dem Ryala ihn empfangen hatte, war niemand zu finden, ebenso wenig in dem benachbarten Raum, in den Valmas sich gestern zurückgezogen hatte. Als er danach wieder in den Gang trat, roch er gebratenen Speck und folgte dem Duft in ein längliches Esszimmer, in dem Valmas am Tisch über einem vollen Teller saß und einen Kaffee trank.

Auch Ryala war da und winkte ihn näher. »Du hast vorhin wie ein Stein geschlafen.«

»Wirklich? Ich dachte, ich hätte kaum mal ein Auge zugetan.«

Valmas steckte sich ein Stück Speck in den Mund. »Ganz egal, auf welchem Planeten. Ohne Bacon geht's nicht. Ich hab mal Fleisch von einem echten Schwein gegessen. Irgendwie ist es nicht das Gleiche.«

»Kein Wunder«, sagte Ryala. »Wenn du ein richtiges Tier hältst, variiert das Ergebnis erheblich.«

»Außer bei Fischen«, erwiderte Valmas.

»Ich glaube, ich habe noch nie einen falschen Fisch gegessen. Aber wer kann sich dabei je sicher sein?«

Chris war schweigsam und lauschte den beiden, während er sein Frühstück genoss. Endlich fühlte er sich beruhigt; endlich hatte er das Gefühl, angekommen zu sein. Er schaute immer wieder zu Ryala hinüber und erntete ab und zu ein Lächeln von ihr. Er wollte alles über sie, Senthea und seine Mutter erfahren.

Nun hatten sie Zeit. Doch nicht er fragte sie aus, sondern sie begann damit, ihn auszufragen. Sie erklärte ihm, was sie über ihn wusste. Sie hatte über Umwege nur Gerüchte über ihn gehört. Nun aber erzählte er selbst von seinem Leben und betonte besonders, was Elsara Luhan für ihn getan hatte.

»Deine Ziehmutter war eine beeindruckende Frau«, sagte Ryala, nachdem er von ihrem Tod erzählt hatte. »Wir haben ihr viel zu verdanken.« Ihr Blick wanderte ins Leere.

»Was ist los?«, fragte Chris.

»Mir ist gerade klar geworden, dass Ianthe-3 meinetwegen zerstört wurde. Weil ich dich dort absetzte und nicht zu mir holte.«

»Du konntest nicht ahnen, dass sie gleich die ganze Station zerschießen«, sagte Chris. »Es war von ihnen auch nicht so beabsichtigt.«

Valmas nickte. »Captain Oredsons Unerfahrenheit haben wir das zu verdanken.«

Ryala nickte ebenfalls. »Dafür würde ich ihn gerne bezahlen lassen.«

»Wenn ich ihm noch mal begegne, *wird* er dafür bezahlen«, sagte Chris.

»Ich möchte dich nicht sofort wieder einer Gefahr ausgesetzt sehen«, erwiderte Ryala. »Wir müssen erst einmal prüfen, wozu du fähig bist.«

»Eine Pilotenprüfung?«

»Mehr als das. Kommt, ich werde euch zeigen, worum es geht.«

Sie erhoben sich und verließen das Esszimmer.

Mit dem Transporter fuhren sie einige Stockwerke hinab. Chris war gespannt, wagte aber nicht Ryala zu fragen, was sie ihnen zeigen wollte. Und auch Valmas schwieg und warf Ryala immer wieder fragende Blicke zu.

Die Tür öffnete sich, und sie traten hinaus auf einen Gang mit glatten, sandfarbenen Wänden. »Wir haben die Kontrolle über die Anlage auf Chrysaor nicht wiedergewinnen können. Aber es gibt das ein oder andere, das von dort stammt, das wir in unseren Besitz bringen konnten.« Sie führte sie durch eine gewaltige Pforte in einen Hangar, in dem Chris endlich Menschen zu Gesicht bekam. Manche trugen Uniform, die meisten aber waren in verschmutzte Overalls in den unterschiedlichsten Farben gehüllt. Sie alle gingen ihrer Arbeit nach und grüßten Ryala, manche salutierten sogar. Und Chris starrten sie an, als wäre er ein Geist.

In diesem Hangar gab es nur eine Handvoll Schiffe, doch

eines stach hervor: ein kleiner schwarzer Kreuzer, den Ryalas Leute nicht zu beachten schienen, als wäre davon nichts mehr zu erwarten. Er war kantig, lief vorne spitz zu und schien aus lang gezogenen Pyramiden zusammengesetzt zu sein.

»Ihr habt ein ganzes Schiff aus der Stadt der Njalden?«, fragte Chris.

»Ja«, erwiderte Ryala. »Wir haben es in einem uranosischen Frachter … *gefunden*.«

»Und? Was kann die Kiste?«, fragte Valmas.

»Das wissen wir nicht genau. Das ist Njalden-Technologie.« Sie schritt näher und berührte den Rumpf. »Es reagiert auf mich«, sagte sie, und tatsächlich leuchtete goldenes Licht in einigen der Vertiefungen, und eine Luke klappte sich langsam und zischend nach unten. »Aber ich kann es nicht fliegen.«

»Und du willst jetzt wissen, ob ich es fliegen kann?«, fragte Chris.

Ryala lächelte ihn an. »Wenn du es könntest, hättest du ein Schiff – ein gutes Schiff. Wir haben es NAUJENA genannt.« Sie ging voran und winkte sie hinter sich her. »Wir wissen nicht viel über die Fähigkeiten«, sagte sie, als sie in einen von honigfarbenem Licht erleuchteten Raum kamen, in dem sich Passagiersitze in Dreierreihen links und rechts des breiten Gangs gruppierten. Sie waren so geräumig, dass dort sicherlich Soldaten mit ihrer Ausrüstung Platz nehmen konnten. Alles hier wirkte minimalistisch und funktional. Besonders die Druckknöpfe und Hebel erweckten den Eindruck eines uralten Schiffes. »Sie nutzt definitiv die Tiefenenergie«, erklärte Ryala und schritt zwischen den Sitzreihen nach vorn. »Aber auf eine Weise, die unsere Physiker ratlos macht. Du kannst dir vorstellen, dass es schon schwer genug ist, das zu begreifen, was die KIs uns hinterlassen haben. Aber immerhin ist dabei das meiste dokumentiert – auf verschiedenen Ebenen der Verallgemeinerung.« Sie blieb im Durchgang zum Cockpit stehen und stützte sich in den Türrahmen. »Die Njalden-Technologie ist aber mehr oder weniger Neuland. Ich kann ein wenig dessen, was dahintersteht, erkennen, aber eher Funktionsweisen, keine genauen Details. Nicht hier. Und unsere Instrumente können zwar einiges registrieren, aber wie es funktioniert, ist ein Rätsel, das wir erst lösen können, wenn wir Chrysaor und die Stadt der Njalden befreit haben.«

Chris schüttelte den Kopf. »Nicht zu glauben, dass die Uranosier lieber alles für sich haben und kaum etwas verstehen, als es den Ketoniden zu überlassen, sodass alle davon profitieren.«

»Das ist das Spiel unserer Zeit«, sagte Ryala und führte sie ins Cockpit, das mit den vielen Knöpfen, die sich um die kleinen Bildschirme sammelten, ebenso altmodisch wirkte wie der Mannschaftsraum im hinteren Teil. Merkwürdig hingegen waren die vier runden Öffnungen in der Konsole.

Ryala setzte sich auf einen der beiden vorderen Sitze und wies Chris den anderen Platz. Valmas verzichtete darauf, sich auf einem der vier weiteren Sitze niederzulassen, und beugte sich stattdessen zwischen Chris und Ryala nach vorn.

Ryala wies auf die Öffnungen. »Damit wird es gesteuert.«

Chris zögerte, steckte dann aber seine Hände in zwei der Vertiefungen vor ihm. Seine Arme verschwanden bis über die Gelenke darin, und der Sitz schob sich genauso weit nach vorn. Etwas Warmes und Zähflüssiges legte sich um seine Hände.

»Spürst du es?«, fragte sie.

Chris nickte. »Fühlt sich merkwürdig an.«

»Wir vermuten, dass dieses Gel deine Bewegungen schneller abgreift, dir aber das Gespür lässt. Den Njalden waren Berührungen wichtig. Sie hielten das Fühlen für den wichtigsten Sinn.«

»Deswegen all die Knöpfe«, sagte Valmas schwärmerisch.

»Dieses Schiff ist ein Traum. Vielleicht ein wenig kühl, aber dieses Cockpit ist wunderbar.«

Chris zog die Hände zurück – und sie waren völlig trocken. »Ich dachte, die Njalden hätten auf Gedankensteuerung gesetzt.«

»Das auch«, sagte Ryala. »Aber vor allem bei allgemeinen Dingen. Bei so etwas wie der Steuerung eines Schiffs fehlte ihnen dabei das Gespür, etwas zu tun. Es stellte sich heraus, dass die Piloten, die ihr Schiff per Gedanken steuerten, denen, die sie mit den Händen steuerten, unterlegen waren. Das Gespür machte den Unterschied, insbesondere seit sie das Gel verwenden.«

»Woher weißt du das alles?«, fragte Valmas.

»Du klingst, als wärest du selbst eine Njalde«, sagte Chris.

Sie strich über die Armatur. »Das habe ich ihr entlockt. Sie trägt einiges Wissen mit sich herum.«

»Ich glaube, sie reagiert auf mich nicht so wie auf dich«, meinte Chris.

»Warte!«, entgegnete Ryala. Sie fasste seine Hand und führte sie auf eine schwarze Fläche. »Du musst ihr erst einmal eine Chance geben.«

Chris spürte nur die kalte Tafel unter seinen Fingerspitzen. Mit einem Mal aber leuchtete die Fläche golden auf, und überall im Cockpit erstrahlten die Lichter.

Ryala schaute sich mit offenem Mund um. Offenbar war das weit mehr, als sie je gesehen hatte.

Chris musste blinzeln. Ihm war schwindelig, als betäubte ihn der metallische Duft, der ihm nun in die Nase stieg. Er hatte Ryala eben jedes Wort geglaubt, jetzt aber wusste er, dass es der Wahrheit entsprach. Es war, als lehrte ihn jemand in einem Augenblick alles, was er wissen musste. Viel zu schnell, um den Gedanken zu folgen, dann aber schnell genug, um es verinnerlicht zu haben.

Er fragte sich, wie er das Schiff startete, und schon streckte er die Hand nach einem unscheinbaren Knopf aus und drückte ihn. Ein Kribbeln in der Fingerkuppe, und er fragte sich, was das war, und er wusste im nächsten Augenblick, dass das Schiff bei dem Knopfdruck prüfte, ob er einer von denen war, die das Schiff führen durften. Und die Antwort lautete: ja. Und auch bei Ryala hätte die Antwort so gelautet, doch irgendetwas stimmte nicht. Das Schiff war sich nicht ganz sicher, was sie anging, aber völlig überzeugt, was ihn betraf.

Ein Dröhnen drang von hinten ins Cockpit. Die Maschinen liefen an, und Chris bereitete alles für den Start vor. Er wusste, was er tat, aber nicht in dem Augenblick, da er es tat, sondern erst nachdem es getan war.

Ryala und Valmas staunten, und er konnte sie nur verlegen anschauen. Er hatte auch keine Ahnung, wie das Schiff das genau machte. Er wusste nicht, was mit ihm los war und wie ihn dieser Kontakt mit der Technologie verändern würde. Er wollte jetzt vor allem dieses Schiff nach draußen ins All fliegen.

»Wo sind wir hier?«, fragte er. Durch das Tor waren Schiffe und Sterne zu sehen. Sie waren aus dem Hyperraum in den Normalraum zurückgekehrt.

»Bei Persis. Das ist ein Asteroid mit einem kleinen Sprungtor.«

»Ist es sicher, da draußen herumzufliegen?«

Ryala nickte. »Zu abgelegen, und unsere Leute kontrollieren den Knotenpunkt, den man nehmen muss, um herzugelangen.«

»Dann los«, sagte Chris.

Valmas beeilte sich, in einen der Sitze zu gelangen.

Chris hatte das Gefühl, sich in eine volle Badewanne zu legen, tatsächlich aber schloss sich ein Schutzfeld um ihn, das jeden Gurt überflüssig machte. Zusätzlich war das Cockpit von weiteren Schutzschichten umgeben. So würde er mehr beim Manövrieren wagen können. Allerdings bot ihm das nicht völlige Freiheit zu beschleunigen, abzubremsen, rasch die Richtung zu ändern, doch weit mehr als bei herkömmlichen Schiffen. All dieses Wissen sickerte einfach in seinen Geist ein.

»Sind die Parameter auf menschliche Körper eingestellt?«, fragte Valmas. Noch ehe Ryala antworten konnte sagte Chris: »Es passt die Schutzsysteme einfach an. Fantastisch!«

Chris führte die Hände wieder in die Steuerung, seine Füße suchten die Pedale, von denen er eben noch nichts geahnt hatte, die ihm jetzt aber vertraut waren, als hätte er sie von klein auf gekannt. Sie waren für die Hauptantriebe gedacht, und Chris merkte, dass er entweder diese benutzen oder aber Befehle im Kopf geben konnte, mit denen er den entsprechenden Antrieb wählte. Gedankenbefehle waren ihm unheimlich, also vertraute er sich den Pedalen an und drückte vorsichtig auf jenes, von dem er sich erhoffte, es möge das Schiff langsam anheben.

Sie lösten sich tatsächlich vom Boden, und Chris musste ein wenig Druck von dem Pedal nehmen, damit sie nicht an die Decke stießen. Mit der Steuerung waren weitere Schubbefehle verbunden, die sich aber an den mit dem Pedal gegebenen Schub anpassten. So wendete Chris das Schiff behutsam, bis es dem bläulichen Schleusenschild und damit der Pforte ins All entgegenschwebte.

Das Deckpersonal stand da und staunte.

»Bist du auf Autopilot?«, fragte Valmas.

»Nein«, sagte Chris. »Es fliegt sich einfach butterweich und doch präzise. Es fühlt sich an, als … als würde ich meine Hand langsam nach etwas ausstrecken.«

Ryala klopfte ihm auf die Schulter, und es fühlte sich wegen der Schutzschicht an, als wären ihre Hände in dicke Wollhandschuhe gepackt. »Ich habe früher nicht daran glauben wollen, dass du … Aber Senthea hat es immer für möglich gehalten. Und seit sie fort ist, habe ich auch daran geglaubt.«

Sie flogen hinaus ins All, und kaum waren sie an einem kleinen Frachter vorbeigeschwebt, der auf dem Weg zu den glitzernden Städten des Asteroiden Persis war, beschleunigte Chris und war erstaunt, wie wenig er davon spürte. Er testete die Systeme wie in einem Simulator, in dem man erfährt, wie das Fliegen im All ohne Begrenzer der Beschleunigung und der Lenkbewegungen war. Er flog wilde Schrauben, ohne dass ihm schwindelig wurde; er änderte schnell die Richtung, und nur ein verkraftbarer Ruck erschütterte ihn und die anderen, die wie staunende Kinder wirkten.

Dies war das beste Schiff, das er je gesteuert hatte.

Schließlich brachte er die *Naujena* zum Stehen und hielt inne. Er starrte hinaus zu dem Asteroiden. Es war still an Bord. Leise, beinahe flüsternd, sagte er: »Es ist, als wäre sie für mich geschaffen worden.«

»Das wäre zu viel der Ehre«, erwiderte Ryala. »Wir sind offenbar das, worauf dieses Schiff und die Anlage auf Chrysaor gewartet haben. Ich vermute, deine Mutter war wie für all das geschaffen und ich und Senthea waren ihr ähnlich. Und du bist es ebenfalls. Es muss irgendetwas in unserer DNA sein.«

»Aber ist es nicht merkwürdig, dass von allen, die an der Expedition hätten teilnehmen können, ausgerechnet die dabei waren, auf die die Anlage reagiert? Oder hätte man die Anlage ohne euch gar nicht erst gefunden?«

»Sema hat sie aufgespürt. Sie hatte irgendwelche Träume und fand dann Hinweise, denen der Leiter der Expedition nachging. Die Anlage muss da bereits mit ihr kommuniziert haben. Später, als wir über das erste Gebäude, das wir ausgegraben hatten, Zugang zur Stadt erhielten, träumten auch Senthea und ich. Und als wir dann alles freigelegt hatten, konnten Senthea und ich sogar aus einigen Kilometern Entfernung diese Träume empfangen.«

»Träume welcher Art?«, fragte Chris und dachte an seine eigenen.

»Es waren oft Dinge, die das, was geschehen würde, vorwegnahmen.«

»Sodass ihr Déjà-vu-Erlebnisse hattet?«

»Ganz genau.« Sie stutzte. »Wieso? Hast du auch so etwas erlebt?«

»Ich habe schon immer viel geträumt. Aber seit der Flucht *habe* ich solche Träume.«

Valmas mischte sich ein. »Gibt es irgendwelche Gegenstände, die sie hervorrufen könnten?«

»Ich habe keine persönlichen Gegenstände von damals«, sagte Chris.

Ryala nickte. »Ich wollte damals vermeiden, dass irgendetwas zu uns ins Keto-System zurückverfolgt werden kann.«

»Könnte es sein, dass die Uranosier auf ihren Schiffen irgendetwas mitführen, das von Chrysaor stammt?«, fragte Chris.

»Nicht, dass ich wüsste. Zumindest habe ich nichts bemerkt.« Ryala blickte kurz zur Seite. »Diese Träume haben mich nie ganz verlassen. Es sind prophetische Träume. Und wenn du nicht aufpasst, wirst du größenwahnsinnig. Ich habe manche Schlacht durch das Wissen aus diesen Träumen gewinnen können. Aber Senthea und ich haben geschwiegen. Sie meinte, man würde uns für verrückt halten. Oder noch schlimmer: Die Erdlinge könnten davon Wind kriegen.«

Chris nickte. »Die drei sehenden Schwestern.«

»Die Orakel«, sagte Ryala.

»Worum geht es da?«, fragte Valmas.

Ryala drehte sich halb zu ihm um. »Es heißt, drei Schwestern würden von einer außerirdischen Macht erleuchtet und könnten fortan die Zukunft voraussagen. Es basiert auf alten Sagen und taucht auf der Erde in verschiedenen Mythologien auf. Drei sehende Frauen. Wie zum Beispiel die Nornen in der nordischen Mythologie der Erde. Wie so oft wurde das dann später wiederentdeckt und verallgemeinert. Jedenfalls wollten Senthea und ich alles sein, nur nicht irgendwelche Erleuchteten.«

»Und wenn was dran ist?«, fragte Valmas. »Immerhin hast du mit dem Wissen aus den Träumen Schlachten gewonnen.«

»Ja, aber das hat nichts mit dem Übernatürlichen zu tun. Es ist nur, dass ich im Traum das Für und Wider von Plänen erwäge und die Konsequenzen durchspiele. Nicht mehr, nicht weniger. Vielleicht ist das die Besonderheit von mir, meinen Schwestern und auch von dir, Chris. Vielleicht hat die Anlage der Njalden Einfluss auf uns genommen und damit über deine Mutter auch auf dich. Aber das hat nichts mit Hellsehen zu tun.«

Chris glaubte es. Die Erklärung gefiel ihm jedenfalls besser als jede andere.

Ryala lächelte ihn an. »Alle haben solche Träume, können sich aber nicht daran erinnern, sie gehabt zu haben. Experimente mit der Trauminduktion haben das bewiesen. Der Unterschied ist, dass meine Träume klarer umrissen sind. Das gilt für alle meine Träume.«

»Hast du einen Trauminduktor?«, fragte Chris.

»Nicht mehr«, antwortete Ryala. »Leider.«

»Ich glaube, ich kenne eine Person, die einen hat.«

»Wen?«, fragte Ryala mit großen Augen.

Chris lächelte. »Darae.«

Ryala traf sich mit ihren beiden Generälen Toshiaki Eno und Denna Gelbert; sie waren die letzten großen Kämpfer von Rang, die ihr noch geblieben waren.

Toshiaki Eno hatte früher technische Erweiterungen des Körpers verabscheut, aber all die Schlachten – im Weltraum oder am Boden – hatten ihm schwere Verletzungen zugefügt. Und die Maschinen hatten ihm nicht nur das Leben gerettet, sie hatten auch sein Aussehen bewahrt. Man sah nicht, dass er einen künstlichen Unterkiefer hatte, künstliche Unterarme und Hände, ein künstliches Bein, künstliche Ohren und vieles mehr. Er hatte mal gesagt, dass er technisch gesehen vermutlich als Cyborg durchgehe. Er hatte sich wieder und wieder geopfert und doch überlebt.

Der Veteran mit seinen vierzig Jahren lachte oft über sein jüngeres Ich, das jeden technischen Eingriff in seinen Körper als Sakrileg empfunden hatte. Er war ein Beispiel dafür, dass sie alle diesen Kampf erst verloren hatten, wenn die Uranosier den letzten Rest von ihnen vernichtet hatten. Solange irgendein noch so hinfälliger Körper einen Willen trug, würde der Widerstand weiterleben.

Denna Gelbert hatte kaum weniger Schlachten gesehen als Toshiaki; und ihr sah man all das Leid an, das sie durchstanden hatte. Die Narben in ihrem Gesicht trug sie wie Orden. Auf die Frage, warum sie sich die Wundmale nicht einfach entfernen ließ, hatte sie geantwortet, sie werde es tun, sobald alles vorüber sei. Bis dahin werde ihr Gesicht diesen Kampf widerspiegeln. Manche beschworen – meist mit pathetischen Worten – Dennas vergangene Schönheit und trauerten ihr nach. Aber Denna hatte, als sie zur Truppe gekommen war, nicht als Schönheit gegolten. Sie war eine unscheinbare junge Frau gewesen. Durch ihr strategisches Geschick und ihr kompromissloses Vorgehen im Kampf hatte sie sich einen Namen gemacht.

Die Feinde fürchteten Denna. Ryala hatte einmal eine Aufzeichnung eines Hinterhalts gesehen, in den Denna auf der Raumstation Gorgonica beim Planeten Medusa geraten war. Sie hatten sie erwartet, aber nicht erkannt. Und sie hatten sie ausgelacht, als sie sich zu erkennen gab. Und zehn Sekunden später hatten sie tot dagelegen.

Inzwischen wusste jeder, wie sie aussah, und mit dem Alter und ihrer Erfahrung – sie war jetzt 43 – war auch ihre Ausstrahlung gewachsen. Man nannte sie *Die Tigerin von Stheno*. Nicht, dass sie dort geboren war – sie stammte von einem der Hesperiden. Auf Stheno aber hatte sie einen wichtigen Sieg gegen General Kronson errungen. Seither war sie Sentheas erste Vertraute gewesen, und nach deren Gefangennahme hatte Ryala sie zu sich geholt.

Jedes Mal, wenn Ryala Denna anschaute, war es, als hätte jemand ihrer Schwester ein Mahnmal gesetzt, so sehr stand die Sorge in Dennas Gesicht geschrieben. Die Generalin hatte sich Vorwürfe gemacht, dass sie Senthea nicht hatte schützen können. Doch sie war zu dem Zeitpunkt auf einer Geheimmission auf der Oberfläche von Chrysaor gewesen; eine delikate Aufgabe, die großer Sorgfalt bedurfte, um die Aufmerksamkeit der Besatzer nicht zu wecken. Von der Festnahme Sentheas hatte sie erst erfahren, als sie zurückkehren wollte und den Uranosiern beinahe in die Arme gelaufen wäre.

»Und du glaubst, dass er uns tatsächlich helfen könnte, Senthea zu befreien?«, fragte Denna und riss Ryala aus ihren Gedanken.

»Es könnte sein, dass uns die *Naujena* sicher durch das Geschützfeuer bringt. Er fliegt sie einzigartig. Und es könnte sein, dass die Anlage nicht auf das Schiff feuert.«

»Trotzdem riskant«, sagte Toshiaki. »Wenn wir es nur sicher wüssten.«

»Ich glaube, die *Naujena* würde sich als Plan B gut eignen«, sagte Denna. »Ich glaube, wir sollten unseren ursprünglichen Plan durchziehen.«

»Der steht und fällt damit, ob Darae Wort hält«, sagte Ryala. Ihre Verbündete auf Feindesseite hatte viel versprochen.

»Ich traue ihr immer noch nicht«, sagte Toshiaki.

»Toshi.« Ryala ließ ihre Stimme gelangweilt klingen. »Das hatten wir doch alles schon. Sie hatte Gelegenheit, uns sicher ans Messer zu liefern, als wir schwach waren. Und sie hat uns wieder stark gemacht.«

Toshiaki nickte. »Und doch. Solsees Frau. Es macht mich unruhig.«

»Was glaubst du?«, fragte Ryala Denna.

»In unserer Verzweiflung haben wir uns von ihr abhängig gemacht. Wir wären ohne sie nicht hier.«

Das gefiel Ryala zwar nicht, aber sie war von der Frau –

oder vielmehr der Exfrau – ihres Feindes fasziniert. Denna hatte recht. Und vielleicht würde es sich rächen, Darae so viel Macht in die Hand gegeben zu haben. Doch sie mussten das Wagnis eingehen, um ihr Ziel zu erreichen: Senthea zu befreien und die Stadt der Njalden zurückzuerobern.

»Nehmen wir an, sie hält ihr Wort«, sagte Toshiaki. »Was wird Chris dann machen?«

»Ich möchte ihn nicht der Gefahr aussetzen, wenn ich es nicht muss. Ich werde den Angriff auf Chrysaor leiten, während ihr die Schlachtschiffe über dem Planeten in einen Kampf verwickelt.«

»Das ist zu riskant«, erwiderte Denna. »Darauf warten sie doch nur: dass du kommst, um Senthea zu retten. Überlass das mir.«

»Du kannst die Technologie nicht beherrschen. Für dich wäre sie ein Hindernis, und Senthea könnte unter der Kontrolle der Uranosier im Rausch gegen dich vorgehen. Und du könntest nicht dagegenhalten.«

»Aber es gibt nur noch dich und Chris«, sagte Toshiaki. »Und der Junge mag ein guter Pilot sein. Aber ist er auch bereit, einen Bodenkampf zu führen?«

»Er muss ihn ja nicht leiten«, sagte Ryala. »Wir müssten ihn nur sicher hinunterbringen. Das Kämpfen kann er dann anderen überlassen.«

»Bitte erlaube mir, den Bodentrupp zu leiten«, sagte Denna. »Ich werde auf deinen Neffen aufpassen und ihn dahin bringen, wo er seine Fähigkeiten ausspielen kann.«

»Ich möchte mich noch nicht festlegen. Die Frage ist aber, ob er für einen solchen Einsatz geschaffen ist. Ich möchte mir die Möglichkeit offenlassen, selbst auf Chrysaor hinabzugehen.«

»Aber ohne dich da draußen im All bei der Flotte …«, gab Toshiaki zu bedenken.

»Das ist ein Mythos, Toshi. Die unbesiegbare Truppe, weil die Herrin dabei ist und alle sich vor ihr beweisen wollen! Wenn *du* den Angriff leitest, werden sie genauso gut kämpfen. Vielleicht noch besser.«

»Du irrst dich.«

»Dennoch muss ich mich fragen, wo ich sein möchte. Also solltest du dich bereitmachen, die Flotte zu führen.« Sie wandte sich an Denna. »Und du wirst den Bodenangriff leiten und mit der Miliz von Chrysopolis zur Njaldenstadt ziehen. Und wenn die Spezialeinheit, die in Njaldos eindringen wird, die Tore öffnet, wirst du die Anlage stürmen.«

Die beiden Generäle nickten.

Nach einem Augenblick des Schweigens fragte Denna: »Wie ist er so? Chris, meine ich.«

Ryala überlegte lange. Sie kannte ihren Neffen im Grunde nicht. Sie hatte gehofft, Züge ihrer Schwester an ihm zu erkennen. Aber er war anders – anders als Sema, anders als sie oder Senthea. Er sprach wie ein Pherese, und seine Gestik war zurückgenommen, nicht so ausschweifend wie in ihrer Familie. »Er ist ein Geheimnis. Anders, als ich erwartet habe. Aber da ist ein Funke der Vertrautheit. Es muss sich alles noch zeigen. Ich wünschte, ich hätte mehr Zeit.«

»Nimm sie dir«, sagte Toshiaki. »Ich übernehme die Erbsenzählerei, du kümmerst dich nur um die großen Dinge. Diesmal musst du nicht für jedes kleine Detail sorgen. Nutze die Gelegenheit, ihn kennenzulernen. Wer weiß, wie viel Zeit ihr noch zusammen habt!«

»Außerdem«, sagte Denna, »kannst du nur dann herausfinden, welche Rolle er spielen kann. Wenn er das Schiff fliegen kann, könnte er noch andere Dinge kontrollieren, die wir erbeutet haben. Vielleicht ergibt sich daraus etwas für unsere Pläne.«

Ryala nickte gedankenverloren. Ihr war gerade etwas eingefallen, und sie würde Chris damit konfrontieren.

Chris stand auf einem Rundgang über dem Hangardeck und schaute auf sein neues Schiff hinunter. Er vermisste seine alte *Jindao* immer noch, aber die *Naujena* war ein Juwel, das man nur einmal im Leben in die Hände bekam.

Er hatte vorhin davon geträumt, das Schiff in eine wilde Raumschlacht gegen Meljan Solsee und seine Leute zu führen. Was als berauschender Traum begonnen hatte, war in einen Albtraum abgeglitten. Solsee hatte ihn lachend abgeschossen.

Valmas klopfte ihm auf die Schulter. »Ich habe nie ein besseres Schiff gesehen«, sagte er.

»Deine *Amberson* ist auch nicht schlecht«, entgegnete Chris.

»Ja. Und ich hätte sie gern wieder. Ryala möchte sie für mich auslösen.«

»Dann solltest du dich freuen.«

»Ich weiß nicht. Ich wünschte, ich könnte Gerl dafür *danken*, dass er uns bei der Flucht geholfen hat.«

»Er ist ein Halsabschneider, der eine Möglichkeit gesehen hat, günstig an dein Schiff zu kommen. Also hat er uns an Oredson verraten. Jetzt tu nicht so, als schuldete er dir irgendetwas. Oder forderst du von Verbrechern plötzlich eine Ehre?«

»Verbrecherehre«, sagte Valmas mit einem ironischen Lächeln und atmete dann durch. »Die gibt's natürlich nicht. Irgendwann bist du einer der wenigen, die nicht in einer Gilde sind. Dann zweifeln sie an dir. Und dann im Angesicht einer solchen Möglichkeit …« Er schaute mit einem Mal an ihm vorbei.

Chris wandte sich um. Ryala kam mit ihren beiden Generälen den Gang entlang.

»Habt ihr schon überlegt, wie ich euch helfen kann?«, fragte Chris nach einer herzlichen Begrüßung.

Ryala schaute zwischen ihren beiden Offizieren hin und her. »Wir sind uns noch unschlüssig. Es fehlen noch einige Kleinigkeiten, bis wir die Entscheidung treffen können. Wir wissen nur, dass ihr beiden eine Rolle im Großen Kampf spielen werdet. Wo, das wird sich dann zeigen. Natürlich nur, wenn ihr dazu bereit seid.«

»Ich bin es«, sagte Chris. »Ich möchte dabei sein, wenn wir Senthea und die ganze Njaldenstadt befreien.«

Ryala lächelte Valmas an.

Der Pirat holte tief Luft und sagte: »Ich werde auch dabei sein. Ich kann so oder so nirgends hin.« Er schaute in die Runde. »Es scheint, als wäre dies meine neue Familie.«

Ryala legte ihm eine Hand auf die Schulter. »Willkommen bei uns! Die Enttäuschung vom Titan wird sich hier nicht wiederholen. Wir alle haben zu viel verloren, um zu Verrätern zu werden. Sie müssten uns foltern oder mit Drogen vollpumpen, ehe wir irgendetwas preisgeben.«

»Wann geht's los?«, fragte Chris.

»Toshiaki und Denna erarbeiten bereits die Pläne. Es gibt noch die eine oder andere logistische Hürde zu nehmen.«

»Können wir dabei helfen?«

Ryala lächelte schief. »Nein. Wie ich eben hörte, ist alles auf dem Weg. Aber sicher planen können wir erst, wenn die Lieferungen erfolgt sind.« Sie nahm Chris am Arm und ging mit ihm los. Valmas folgte mit den beiden Generälen.

»Ich hätte gerne, dass du noch was ausprobierst«, sagte Ryala. »Es ist etwas, das bei mir nicht gut funktioniert und unsere Entscheidung lenken könnte, falls es bei dir besser läuft.«

»Was ist es?«

Ryala lächelte nur und führte ihn zu einem Transporter, mit dem sie einige Etagen nach unten fuhren. Hier hatten die meisten Gänge und Räume niedrige Decken, und viele Roboter liefen und fuhren mit Kisten und Geräten hin und her; das Personal nahm die Dinge entgegen und prüfte sie. Es wirkte wie eine Ausrüstungsebene.

Ryala führte sie an Waffenkammern, in denen sich die Gewehre reihten, vorüber zu einem Raum, vor dem vier

Uniformierte Wache hielten. Sie öffnete die Tür, indem sie einige Felder auf dem Patch an ihrem Handgelenk drückte.

Gemeinsam betraten sie einen weißen Raum. Ryala wählte auf ihrem Patch-Computer etwas aus, und aus der Wand fuhr eine lange Schublade, die schwarz ausgekleidet war, komplett heraus und schwebte über dem Boden. Das leise Brummen des Antigrav-Moduls war das einzige Geräusch im Raum. Selbst Chris hielt den Atem an. Dort in der Schublade lag eine Art Ring, der wie ein goldener Halsring aus der Erd-Antike wirkte.

»Ein Sklavenring von der Erde?«, fragte Valmas.

»Du ziehst dir zu viele Dokus rein, Valmas«, erwiderte Ryala und sorgte für grinsende Mienen. »Nein, das ist kein Metall.«

Chris streckte die Hand aus, aber erst nachdem er sich mit einem Blick vergewissert hatte, dass Ryala nichts dagegen hatte, berührte er den Ring. Er war aus einem Kunststoff, der sofort die Wärme seiner Hand annahm. Es kribbelte an seinen Fingerspitzen. Winzige Lichtadern schienen sich unter der Oberfläche des Rings zu befinden und ließen ihn glitzern.

»Was ist das?«, fragte Valmas.

»Es ist ein Tarngerät«, sagte Ryala und holte den Ring aus der schwebenden Schublade. Sie bog ihn ohne Schwierigkeiten, so elastisch war er. Dann legte sie ihn Chris um den Hals. »Merkst du es?«

Wie schon im Raumschiff war es, als flüsterte ihm das Gerät Wissen ein. Er tastete mit den Fingern nach der Stelle, an der das Gerät aktiviert wurde. Er hätte es auch per Gedanken tun können, doch sich dort einzudenken machte ihm Angst. Also strich er darüber.

Die Farben verschwammen, und für einen Augenblick konnte Chris nichts sehen, dann aber erblickte er die anderen, allerdings ein wenig verzerrt und verblasst.

»Unfassbar!«, sagte Valmas und kniff die Augen zusammen.

Chris hob die Hand und konnte sie nicht sehen.

Ryala erklärte: »Der Ring erzeugt einen Schild, um den das Licht perfekt herumgeleitet wird.«

»Wenn kein Licht zu mir hereinkommt, warum kann ich euch dann noch sehen?«, fragte Chris.

»Das Gerät schreibt die Lichtdaten mit und spielt sie dir innerhalb der Blase ab.«

»Es ist ganz schön verzögert«, sagte Chris.

»Er kann es nicht in Echtzeit wiedergeben.« Sie schaute von oben nach unten und schüttelte dann den Kopf. »Bei dir ist die Unsichtbarkeit fast perfekt. Wenn du stillstehst, kann man dich nicht bemerken.«

Chris bewegte die Arme und ein sanftes Verschwimmen zog sich durch die Luft.

»Nun, es sollte wohl ausreichen, um Wachen zu täuschen«, sagte Toshiaki.

»Das heißt, wir haben eine Entscheidung?«, fragte Denna.

Ryala nickte und schaute in die Runde. »Ja, wir haben eine Entscheidung. Chris?«

»Ja«, sagte er und strich über den Halsreif. Seine Arme wurden wieder sichtbar und sein Blick war wieder klar.

»Chris, es ist mir zwar unwohl dabei, aber mit diesem Ding musst du einfach zur Bodeneinheit gehören, die die Njaldenstadt infiltriert. Damit könntest du dich bis zu Senthea vorschleichen und sie befreien.«

»In Ordnung«, sagte Chris und verbarg seine Angst. Er hatte keine Ahnung, was diese Entscheidung alles implizierte.

»Mit deinen Fähigkeiten müssen wir es schaffen, dich in die Stadt der Njalden zu bringen. Du musst auf die Oberfläche von Chrysaor und die Maschinen in der Anlage kontrollieren. Es reicht schon, wenn du sie daran hinderst, die Geschütze gegen uns zu wenden. Keine Sorge, du wirst die besten Leute an deiner Seite haben.«

»Du machst mich neugierig«, sagte Chris.

»Das will ich doch wohl hoffen.«

»Wie sollen wir auf Chrysaor hinabkommen?«

Ryala lächelte. »Mit dem uranosischen Frachter, den Darae uns bringen wird. Er wird über all die richtigen Codes verfügen. Es wird wie ein Routineflug aussehen. Und du wirst an Bord sein.«

»Ich auch«, sagte Valmas. »Ich werde dabei sein und falls nötig für Ablenkung sorgen.«

»Dann lasst uns Pläne machen«, sagte Ryala mit großen Augen.

DIE PLÄNE DER KETONIDEN

Meljan war der letzte der Offiziere, der zum Treffpunkt beim Asteroiden Klotho kam. Die Schiffe sammelten sich vor dem zerklüfteten Felsbrocken, auf dessen Rücken noch die Ruinen der ketonidischen Städte lagen. Die Bewohner waren vor ihnen geflohen, und ihnen war dieser Ort nicht bedeutend genug, um eine echte Basis zu errichten. Sie trafen sich hier nur, weil die Anbindung an das Portalnetz günstig war.

Meljan reiste auf der *Clinschor*, nicht auf der *Ascalun*. Er traute seinem Mutterschiff nicht mehr, denn Darae hatte alles verdorben. Er konnte zwar die ganze Crew austauschen, aber trotz aller Versicherungen seiner Experten befürchtete er, dass Darae Computermodule und Programme versteckt hatte, die nur darauf warteten, aktiviert zu werden. So sehr er Darae verachtete, so genau war er sich über ihre Fähigkeiten im Klaren. So hatte er die *Ascalun* zurückgelassen und überlegte, ob er sie verkaufen sollte.

Die *Clinschor* war frei von Daraes Systemen. Das Einzige, was Meljan plagte, war der Name. *Clinschor* hatte ihm damals gefallen, als Darae ihn vorgeschlagen hatte. Jetzt aber hätte er das Schiff am liebsten umbenannt, um die letzte Spur seiner Exfrau abzuwaschen. Aber eine Namensänderung bei Schiffen konnte lange dauern. Er müsste es erst einmal beantragen, und dann müsste es bewilligt werden. Er scheute den Aufwand und beließ es erst einmal bei der in Ungnade gefallenen Bezeichnung.

Meljan passierte mit der *Clinschor* die *Mykenai*. Rayol war vorausgeflogen, um die Stimmung aufzufangen. Er meinte, die Wogen hätten sich geglättet, aber er müsse alles aufbieten, um seine Fehler wiedergutzumachen.

Fast konnte er die Verachtung spüren, kaum dass er auf der *Katharsis* gelandet war. Jeder Wache schien die Geringschätzung ins Gesicht geschrieben. Hinter jedem Lächeln vermutete Meljan Spott.

Als er endlich in den Konferenzraum eintrat, der so viel Platz bot, dass Logistik-Roboter dort ein Treffen hätten abhalten können, machten sich die Anwesenden – von Rayol abgesehen – nicht die Mühe, sich zu erheben.

»Willkommen im Keto-System«, sagte Kronson, als würde er Meljan zum ersten Mal hier empfangen. Doch er hatte mehr Zeit hier verbracht als alle anderen. Er hatte diesem widerspenstigen Planetensystem beinahe seine ganze Karriere gewidmet. Aber Kronson hatte recht: In letzter Zeit hatte er es ein wenig aus den Augen verloren.

Kronson war ein kleiner Mann. Er war beinahe ganz glatzköpfig, hatte dunkle Augen und dunkle Augenbrauen und wirkte immer unrasiert. Nachdem Meljan und Rayol sich gesetzt hatten, sagte der General: »Vergessen wir einfach, was zu Hause los ist. Dagegen kommen wir im Augenblick nicht an. Hier aber können wir etwas dagegen tun. Gegen Spott helfen nur Siege. Die Ketoniden planen etwas. All die Waren, die wir abfangen konnten, deuten darauf hin.«

»Sie sind im Grunde da, wo sie waren, bevor wir Senthea Pondaia gefangen haben«, sagte Ada Connelly und warf Meljan einen anklagenden Blick zu.

»Mit dem Unterschied, dass Senthea unter unserer Kontrolle steht und uns auf Chrysaor unangreifbar gemacht hat«, erwiderte Meljan.

»Der Präsident fürchtet, dass die Ketoniden den Kampf in unsere Heimat tragen könnten«, sagte Kronson.

»Das ist absurd«, hielt Meljan dagegen. »Und wenn es diesen Anschein hätte, wäre es eine Finte. Ryala möchte ihre Schwester befreien und ganz nebenbei noch die Njalden-Technologie wieder in ihre Gewalt bringen. Auf *Chrysaor* sollten wir unser Augenmerk richten.«

Ada Connelly nickte. »Ich teile diese Meinung.«

»Nun gut«, sagte Kronson. »Solsee! Sie werden den Kampf hier wieder aufnehmen. Locken Sie Ryala. Machen Sie es ihr scheinbar einfach und stellen Sie ihr eine Falle.«

»Und wenn die Befürchtung des Präsidenten doch begründet ist?«, fragte Meljan.

»Dann sehen Sie noch älter aus als jetzt. Dann haben Sie nicht nur eine Verräterin zur Frau gehabt, Sie hätten es dann nicht einmal geschafft, den Kampf von unserer Heimat fernzuhalten.«

»Wie viele Schiffe unterstellen Sie mir?«

»Sie werden die komplette Invasionsarmee leiten. Alles, was hier im Keto-System ist, wird Ihnen zur Verfügung stehen. Erst wenn Sie die Falle ausgelegt haben, werde ich mit General Connelly hinzukommen.«

Meljan lächelte. »Das heißt: Wenn ich siegreich bin, kann ich mich rehabilitieren. Verliere ich, verliere ich alles.«

»So ist es. Aber denken Sie nicht ans Verlieren. Sind Sie siegreich, mache ich Sie sofort zum General. Praktisch gesehen sind Sie es jetzt bereits. Nur kann ich es unmöglich gleich offiziell machen. Sollte ich nach einem Sieg zum Gouverneur von Keto werden, ist Ihnen auch der Posten als Archon von Chrysaor sicher. Nutzen Sie also diese Chance. Ich unterstelle Sie als Colonel mir direkt und übertrage Ihnen Sonderrechte, damit Sie die Befehlsgewalt über die gesamte Invasionsflotte innehaben. Sie entwickeln die Pläne, und wir übernehmen erst, wenn wir zu Ihnen stoßen. Dies ist Ihre letzte Chance – eine große Chance. Wenn Sie gewinnen, wird niemand Ihnen mehr etwas können.«

Meljan war überrascht, und am verzogenen Gesicht Ada Connellys sah er, dass Kronsons Entschluss der Generalin keineswegs gefiel. Vielleicht hatte sie sich erhofft, die entscheidende Rolle zu spielen.

»Ich werde Sie nicht noch einmal enttäuschen«, sagte Meljan. »Aber gestatten Sie mir eine Frage.«

»Nur zu.«

»Warum die Ehre?«

»Weil Sie am stärksten sind, wenn Sie hassen. Und jetzt, da Ihre Frau übergelaufen ist, sind Sie mehr als jeder andere motiviert, ihr und Ryala den Garaus zu machen. Natürlich werde ich mich melden, wenn mir irgendetwas nicht gefällt. Wenn Ihr Plan nichts taugt, werde ich Sie antreiben, einen besseren zu entwerfen.«

»Nichts anderes hätte ich vorgeschlagen«, sagte Meljan. »Ich werde Ihnen den Kopf von Darae bringen.«

Ada Connelly rollte mit den Augen. Paul Kronson jedoch erbleichte, und das brachte Meljan zum Schmunzeln. Er erinnerte sich noch an damals, als er Kronson Sema Pondaias Kopf auf den Tisch gelegt hatte.

»Von mir aus«, sagte Kronson. »Aber sehen Sie zu, dass Sie mir Ryala und diesen Chris Mesaidon möglichst lebend bringen.«

»Möglichst« war alles, was er darauf sagte.

Chris hatte sich in den letzten Tagen an sein Zimmer gewöhnt und verbrachte, während Ryala noch immer mit ihren Offizieren einen Plan ausarbeitete, viel Zeit dort. Ryala hatte ihm an diesem Morgen endlich die Bilder und Videos geschickt, die ihr von der Familie geblieben waren. Auf der langen Wand musste die Steinoptik weichen, sodass er sie als Bildschirm verwenden konnte. Nun saß er den ganzen Nachmittag im Dunkeln, und nur die Bilder strahlten in den Raum herein.

Er schaute sich alles wieder und wieder an und konnte sich an seiner Mutter, seinen Tanten, aber auch an seinem Vater – Baz Steinfeld – und seinen Großeltern – Bram und Kate Pondaia – nicht sattsehen. Besonders beeindruckt war er von seiner Tante Senthea mit ihren geschwungenen Lippen und den großen Augen und von seiner Mutter Sema mit ihrem langen Gesicht und dem kleinen Lächeln. Sie alle hatten das wellige Haar und die Wangenknochen der Pondaias. Sie hier in unterschiedlichem Alter zu sehen, war erfüllend und schmerzhaft zugleich.

Eines aber erschreckte Chris beim Anblick seiner Familie. Er glaubte in Senthea die Frau zu erkennen, die er auf Ianthe-3 im Wuchao Tower in der Menge gesehen hatte. Dort hatte er Leuten, die orientierungslos gewirkt hatten, angeboten, sie in seinem Schiff mitzunehmen, und nur eine Frau, die so ausgesehen hatte wie Senthea, hatte ihn überhaupt länger als einen Augenblick angeschaut. Sie hatte gestarrt, sich aber nicht gerührt. Und nach einem Moment war sie verschwunden – wenn sie denn je dort gewesen war.

Er wusste, dass Ryala vorausweisende Träume als eine Art unbewusstes Vorausdenken betrachtete, ein Abwägen des möglichen Geschehens, als Planungsarbeit im Schlaf. Doch er konnte diese Sicht nun nicht länger teilen. Denn nun wusste er, dass er tatsächlich von Ryala geträumt hatte. Die Frau, die ihn im Traum nach Ianthe-3 gebracht hatte, sah genauso aus wie Ryala vor zwanzig Jahren. Er hatte sich gewiss nicht als Neugeborenes seine Retterin eingeprägt. Bei Senthea war es ähnlich. Die Frau in der Menge war aber nicht die Frau von vor zwanzig Jahren gewesen, sondern die Frau von heute. Die letzten Videos, die Ryala von Senthea hatte, zeigten exakt die Frau, die er gesehen hatte. Woher hätte er wissen können, wie sie aussah?

Oder täuschte er sich?

Konnte es sein, dass er andere Gesichter gesehen hatte und jetzt einfach Ryalas und Sentheas Physiognomie auf diese Gesichter schob, weil es passte; vielleicht weil es eine gewisse Ähnlichkeit gab? Er musste immer wieder daran denken, wie die *Naujena* ihm das Wissen der Njalden zuspielte. Was, wenn er selbst seine Erinnerungen veränderte? Wenn es so war, konnte er seinem Gedächtnis nicht mehr trauen.

Die Tür öffnete sich, ohne dass jemand um Einlass gebeten hatte. Chris machte sich nicht die Mühe aufzusehen. Ryala und jeder andere hätte geklingelt. Also musste es Valmas sein.

Chris wartete auf einen klugen Spruch seines Freundes. Er war vor zwei Stunden schon mal da gewesen und hatte versucht, ihn wachzurütteln. Doch Chris hatte dableiben wollen.

»Willst du mich nicht begrüßen?«, fragte eine Frauenstimme, und ein Arm legte sich von hinten um ihn.

Chris wandte sich auf dem niedriglehnigen Sofa um und schaute Darae ins Gesicht. »Du?«

»Endlich, Chris«, sagte sie und kroch über die Lehne zu ihm herüber. Sie trug noch den Mantel und die Stiefel, während er wieder einmal mitten am Tag in seinen Schlafsachen und barfuß war.

Darae schob sich auf ihn und küsste ihn. »Hast du Probleme, dich an die Zeit anzupassen?«, fragte sie. »Die Ketoniden ticken anders.«

»Es ist nicht leicht, eine gemeinsame Zeit zu finden. Aber ich hatte überhaupt nicht vor, irgendwas zu machen.« Er wies auf die Wand, wo gerade das Video einer Familienfeier lief. »Ich könnte den ganzen Tag hier sitzen und das anschauen.«

»Ist das deine Mutter?«, fragte Darae.

»Und mein Vater. Das ist ihre Verlobung.« Sein Vater war ein groß gewachsener Mann, der kaum Ähnlichkeit mit Chris hatte, aber die Sorgfalt, die Art, wie er Sema küsste und ihr über den schwangeren Bauch streichelte, berührte Chris. »Da existierte ich bereits im Bauch meiner Mutter.«

»Sie war eine wunderschöne Frau.«

»Dann weißt du es?«

»Dass sie tot ist, weiß ich. Aber Ryala wollte mir nicht sagen, wie sie gestorben ist. Sie meinte, du müsstest es tun.«

»Ich wünschte, sie hätte es dir gesagt. Dann hättest du Zeit gehabt, darüber nachzudenken.«

Sie fasste seine Hände. »Ich habe auch jetzt Zeit. Ich habe das Schiff und noch einiges andere abgeliefert. Erzähl mir also von deinen Eltern.«

Und so erzählte er ihr alles, was er wusste, während an der Wand die Videos und die Bilder sich abwechselten. Und hatte am Anfang Wohlwollen in Daraes Gesicht gestanden, wich es nun dem Entsetzen.

»Dann ist es also wahr«, sagte sie, als er vom Tod seiner Mutter und seiner Rettung erzählt hatte. »Er hat ihr den Kopf abgeschlagen. Deiner Mutter.« Sie biss sich auf ihre bebenden Lippen, und nach einer Weile, in der sie ihn mit verzweifelten Augen anschaute, sagte sie: »Du ahnst nicht, wie sehr es mir leidtut. Es gab allerlei Gerüchte, aber …« Ihr stockte der Atem.

Chris wich ihrem Blick aus und wandte sogar den Kopf zur Seite, doch sie fasste sanft sein Kinn und richtete seinen Blick wieder auf sie. »Ändert das, was er getan hat, etwas zwischen uns? Ich meine: Du liebst eine Frau, die jahrelang mit dem Mörder deiner Mutter zusammen war.«

»Was hättest du getan, wenn du es gewusst hättest?«, fragte er.

»Ich hätte mich nie mit ihm eingelassen. Er war damals ein Blender und charmant dazu. Aber ich wusste damals schon, was ich nicht wollte. Und ein Mann, der solche Schandtaten begeht, wäre für mich nicht infrage gekommen.« Sie schüttelte den Kopf. »Aber es ist nun einmal geschehen, weil ich nichts davon wusste und blind vor Liebe war. Ich möchte nicht spekulieren, was aus mir geworden wäre, wenn er mich geliebt hätte. Ich fürchte, ich wäre zu vielem fähig gewesen. Vielleicht hatte ich nur Glück, dass er mich zur Seite geschoben und betrogen hat. Aber ich dachte, meine Verachtung für ihn könnte nicht weiter steigen.«

»Aber es hat deine Gefühle verändert. Du kannst mich nicht mehr unbefangen anschauen.«

»Natürlich nicht.«

»Das hatte ich befürchtet.«

»Du verstehst das falsch. Es hat sich was geändert. Er hat mich gedemütigt und mir viel genommen. Und dir hat er alles genommen. Wenn ich vorher noch unsicher war, was sich zwischen uns entwickeln kann, bin ich mir jetzt über alles im Klaren. Ich fühle mich dir näher denn je und werde nicht zulassen, dass der Gedanke an Meljan uns alles verdirbt. Im Gegenteil. Ich möchte, dass wir unsere Rache an Meljan miteinander teilen.«

»Das ist ja das Schlimme. Ich wünsche ihm zwar das Übel an den Hals, aber ich habe überhaupt keinen Drang mehr, mich an ihm zu rächen. Ich habe die Reaktionen der Uranosier auf deine Offenbarung verfolgt. Ihn gedemütigt, verlacht zu sehen – das gibt mir mehr. Deinen Mann als eine Witzfigur dargestellt zu sehen, das gefällt mir.«

»Er ist nicht mehr mein Mann.«

»Dann stimmt es also, was die Nachrichten sagen.«

»Ich bin eine geschiedene Frau. Ich bin jetzt wieder Darae Ormande. Von allem befreit und zu allen Taten bereit. Und mir hätte es bis eben auch gereicht, Meljan gedemütigt und ruiniert zu sehen. Jetzt bedauere ich fast, dass ich ihn auf der *Ascalun* nicht einfach getötet habe.«

»Aber jetzt an ihn herankommen, ist fast unmöglich.«

»Mag sein. Doch wenn ich ihm das nächste Mal begegne, werde ich ihn dafür bezahlen lassen. Für das, was er deiner Mutter angetan hat, mache ich ihn fertig.«

Er schloss sie in die Arme und küsste sie. Sie schmiegten sich auf dem Sessel aneinander und schauten auf den Bildschirm. Seine Mutter und seine Tanten waren Kinder und sammelten Muscheln am Strand.

Schon am Morgen rief Ryala ihren Stab zusammen, und auch Chris, Darae und Valmas waren dabei. Sie verteilten sich in Ryalas Saal auf Sofas und Sessel, als träfen sie sich zu einem gemütlichen Beisammensein. Ein Roboter mit breitem Kopf und langen Armen servierte sogar Drinks, die man mit der eigenen Card bestellen konnte.

Als alle versorgt waren, nahm Ryala ihr Armband ab und warf es in die Mitte. Es schwebte, und ein Schirm schob sich daraus empor, eine umgedrehte Pyramide, die rotierte und in ihrer Mitte in aller Klarheit einen blauen Planeten mit gelben Gebirgen zeigte.

»Chrysaor«, sagte Ryala. »Der Tag, auf den wir gewartet haben, ist fast da. Die Pläne stehen. Und wir werden zum großen Schlag ausholen.«

Einigen in der Runde schien die Kunde völlig neu zu sein. Toshiaki und Denna lächelten. Ihre Untergebenen, von denen ein halbes Dutzend anwesend war, staunten. Nur ein breitschultriger Mann mit rotem Haar grinste und hielt seinem Nachbarn die flache Hand hin. Offensichtlich hatte er eine Wette gewonnen.

Ryala lehnte sich im Sessel zurück und nahm dieser Zusammenkunft noch mehr von ihrem ernsten Charakter. Sie lächelte und wies auf Darae, die neben Chris saß. »Die Gerüchte sind wahr: Dies ist Darae Ormande, ehemals die Frau unseres geliebten Meljan Solsee – und ihr größter Feind. Die Frau, die uns als Kopf von Andromeda Subliminal wieder und wieder mit dem versorgt hat, was wir brauchen, und die uns jetzt etwas Entscheidendes mitgebracht hat.«

Ryala holte eine Card hervor und tippte darauf. Im Tetraeder-Schirm erschien ein breites Raumschiff, das vorne spitz zulief. »Das ist die *Cidegast* – unser bescheidenes Trojanisches Pferd«, sagte Ryala. Es war ein Frachter, wie sie die Uranosier zu Tausenden verwendeten, ein Transportschiff für mittelschweres Gerät. Normalerweise flog er mit drei bis fünf Leuten Besatzung; aber mit Robotern, insbesondere mit einem Logistikroboter, in dessen Korpus man steigen konnte, um dann damit die Fracht zu verladen, war es sogar möglich, ein solches Schiff ganz allein zu betreiben.

Mit ruhiger Stimme fuhr Ryala fort: »Der große Plan ist ganz einfach. Eine Spezialeinheit infiltriert die Stadt der

Njalden; die Miliz kommt aus Chrysopolis dazu. Der eine Teil der Spezialeinheit befreit Senthea, der andere zerstört – unterstützt durch die Miliz – die Verteidigungssysteme von Njaldos. Währenddessen kämpft unsere Flotte über dem Planeten gegen die Zerstörer der Uranosier.« Sie wies auf die rotierende Abbildung des uranosischen Frachters. »Damit wird die Spezialeinheit in die Anlage vordringen.«

»Dazu ist mehr nötig als ein uranosisches Schiff«, sagte der Mann, der eben eine Wette gewonnen hatte. Er verzog das Gesicht zu einer zweifelnden Miene, und seine blauen Augen glänzten. »Wir brauchen die richtigen Codes.«

»Keine Sorge, Fletcher«, sagte Ryala und gab Darae einen höflichen Wink.

Darae nickte und erhob sich. Ihr war es offenbar nicht wohl, zurückgelehnt von großen Plänen zu sprechen. Sie bewegte sich, schaute in die Runde und schritt um den Schirm herum. »Das ist mehr als ein uranosisches Schiff. Es verfügt über die aktuellen Codes. Ich nutze eine Schwachstelle unter der Oberfläche der Module. Eine Schwachstelle, mit der ich die Codes abhören kann. Wenn jemand eine Anfrage an uns richtet, kann ich herausfinden, was das fragende System erwartet, ehe ich eine Antwort gebe.«

»Eine Schwachstelle unterhalb der Oberfläche?«, fragte eine kahlköpfige Frau, die Ryala Chris als Colonel Gerya Corbella vorgestellt hatte. »Das hieße ja, dass die Künstlichen Intelligenzen, die die Module schufen, Sicherheitslücken gelassen haben.«

»Haben sie nicht«, erwiderte Darae. »Die KIs haben allerlei Maßnahmen ergriffen. Aber ab Werk sind die Systeme mit Standardcodes eingestellt und müssen dann erst einmal konfiguriert werden.«

Gerya schüttelte den Kopf. »Heißt das, da laufen Schiffe und Anlagen vom Band, die den Code 1234567 haben?«

»Ein wenig komplizierter ist es schon. Es sind Standardcodes, die von der Fabrik gesetzt werden und früher unmittelbar von der jeweiligen KI verändert wurden; jetzt bleiben die Standardeinstellungen einfach stehen. Und ich kenne die Einstellungen zweier Fabriken. Ist auch nur ein Schiff oder auch nur ein Modul dabei, zu dem ich Kontakt kriegen kann, werde ich die Schwäche ausnutzen und kann dann die Codes mitlesen.«

»Kannst du sie dann nicht gleich ganz lahmlegen?«, fragte Valmas.

»Nein, leider nicht. Ich verstehe nicht genug von der Programmierung da unten. Aber ich kann einen Zugang verwenden, den die KIs offenbar dazu nutzten, um die Datenströme zu überwachen und Codes zu knacken. Dass ich das jetzt nutze, um Codes mitzulesen, war ganz bestimmt nie beabsichtigt.« Sie setzte sich wieder neben Chris.

»Das heißt, wir haben die Codes, selbst wenn sie sich geändert haben«, sagte Toshiaki. »Und das gibt uns einen entscheidenden Vorteil. Täglich fliegen Dutzende Schiffe die Stadt der Njalden an. Dank Darae haben wir einen Lieferplan bekommen, und ihr ist es gelungen, die Ankunft unseres Frachters in die Listen zu schmuggeln. Sie werden also nicht überrascht sein, wenn die *Cidegast* kommt.«

»Weil die Uranosier den Frachter in ihren Listen finden, wird unser Team hoffentlich unbehelligt in der Njaldenstadt landen können«, sagte Ryala. »Unten angekommen, wird die Spezialeinheit das Osttor für die Miliz öffnen.« Sie wandte sich an Denna, die zu ihrer Linken saß. »Denna wird die Miliz anführen. Sie hat über Jahre hin den Untergrund unterstützt, gepflegt und auf den großen Tag vorbereitet.«

»Ich hoffe, sie sind wirklich bereit«, sagte Fletcher, dessen Freude über die gewonnene Wette verflogen schien. »Die wirkten nach Sentheas Gefangennahme doch sehr entmutigt.«

Denna lächelte. »Wenn ich zu ihnen gehe und ihnen sage, dass wir den Laden stürmen und Senthea da rausholen, werden sie nicht warten wollen.«

Ryala nickte und ließ in dem Pyramidenschirm ein Modell von Njaldos erscheinen. Die Stadt der Njalden war eine riesige Anlage mit großen Hallen und gewaltigen Kuppeln, weiten Plätzen und unzähligen Türmen. Auf der Karte leuchteten im Zentrum rote Punkte. »Das sind die Geschütze«, erklärte sie. »Die Miliz wird sie mit einem Teil der Spezialeinheit unschädlich machen, während der andere Teil sich zu Senthea vorkämpft.« Violette Punkte erschienen ebenfalls im Herzen der Stadt. »Das sind Säle, in denen meine Schwestern und ich früher einen klaren Zugang zur Anlage erhielten. Da gibt es Sitze und Liegen, auf denen man ruhen kann, während der Geist sich langsam für das Wissen der Anlage öffnet. Leider weiß ich nicht, wo genau sie Senthea festhalten. Aber wenn sie die Kontrolle über die Anlage erhalten wollen, müssen sie sie in einem der Säle untergebracht haben.«

»Gibt es nicht die Möglichkeit, dass die Uranosier die Signale auf dem Weg abgreifen und verändern?«, fragte Darae. »Dann könnten sie Senthea überall untergebracht haben.«

Ryala nickte. »Es gibt andere Orte, an denen viele Fäden zusammenlaufen, aber dort gibt es kein Interface. Sie müssten es sich selbst bauen. Und ich kann mir nicht vorstellen, dass sie die vorhandenen Möglichkeiten einfach ignorieren. Nein, Senthea wird in einem dieser Säle im Zentralbereich sein. In welchem? Nun, das gilt es herauszufinden. Sobald es klar ist, wird die Spezialeinheit Senthea befreien. Damit würden die Uranosier die Kontrolle über die Maschinen verlieren.«

»Das heißt, *du* wirst die Spezialeinheit leiten«, sagte Gerya Corbella. »Du wirst da sein und die Maschinen beeinflussen und Türen schließen, um die Wachen von euch fernzuhalten.«

»Nein.« Sie schaute zwischen Denna und Toshiaki hin und her. »Ich habe mich überzeugen lassen, dass mein Platz bei der Flotte ist. Wir haben eine Menge Schiffe versammelt. Selbst wenn wir unten erfolgreich sind, könnte uns ein Verlust der Schlacht im All das Genick brechen. Ich werde die Kommandantin der Flotte sein.« Sie wies auf Chris. »Mein Neffe wird der Spezialeinheit angehören. Er wird den Tarnreif nehmen, den wir erbeutet haben. Er kann ihn besser bedienen als ich. Und im Laderaum des Frachters werden wir die *Naujena* unterbringen, falls sich die Spezialeinheit zurückziehen muss.«

»Dann sind die Gerüchte also wahr?«, sagte Fletcher und strich sich durch seinen rotgrauen Bart.

»Das sind sie. Mein Neffe beherrscht die fremde Technologie besser, als ich es je vermochte. Er kommt nach meiner Schwester. Und mit ihm dort unten in der Anlage könnte alles gelingen.«

»Wer hat das Kommando?«, fragte Gerya Corbella.

»Chris wird der Kapitän der *Cidegast* sein und unten in Njaldos den Teil der Einheit leiten, der Senthea befreit. Dabei wird er von Darae unterstützt.«

Einige stutzten. Ryala winkte ab. »Ich weiß, dass ihr noch nicht so recht wisst, was ihr von Darae halten sollt. Aber ich vertraue ihr. Und wir brauchen sie an Bord der *Cidegast* – sie und ihre Leute. Wenn die Kommunikationsoffiziere keine uranosische Stimme hören, werden sie misstrauisch.«

»Wir könnten einen aktiven Filter benutzen«, sagte Fletcher.

»Das ist nicht dasselbe«, erwiderte Ryala. »Zu leicht zu durchschauen. Die achten auf so was. Denna kann dir ein Lied davon singen.« Die Generalin war offensichtlich oft durch die Kontrollen der Uranosier geschlüpft. »Also: Chris, Darae und ihre Leute sind der eine Teil der Spezialeinheit. Der andere Teil wird aus Valmas und einer Handvoll unserer besten Kämpfer bestehen.« Sie schaute Gerya Corbella an. »Du und deine Leute. Du teilst dir das Kommando mit Valmas – und dann später mit Denna.«

»Es ist mir eine Ehre«, sagte sie und nickte Chris und Valmas zu. Auf ihre blassen Wangen legte sich ein wenig Rosa.

Ryala schaute in die Runde. »Wenn wir die Schiffe bezwingen und die Stadt der Njalden – beherrscht von Senthea oder Chris – halten können, dann werden wir jeden weiteren Invasionsversuch abwehren. Da bin ich mir sicher.« Sie wandte sich an Chris und berührte seinen Arm. »Ich gebe zu, dass ich dir viel aufbürde. Aber was du mit dem Schiff und dem Tarnreif anstellen kannst, geht weit über meine Fähigkeiten hinaus. Ich könnte da unten definitiv weniger ausrichten als du. Aber du musst auch bereit sein.«

»Ich bin bereit, aber …«

»Aber du bist noch nicht ganz sicher, ob du dem gewachsen bist.«

»Ich habe keine Ahnung.«

Ryala fasste seine Hand. »Wenn ich recht habe, wirst du da unten deine Fähigkeiten ausspielen können wie kein anderer. Wenn es dir auch nur gelänge, die Systeme zu stören, könnten wir vor dem Planeten einen entscheidenden Vorteil gewinnen.«

Fletcher meldete sich zu Wort. »Was, wenn wir Chris von draußen an die Njaldenstadt heranführen? Könnte er dort vielleicht schon etwas bewirken? Es ist sicherlich leichter für Denna, ihn auf den Planeten runterzuschaffen, als das Wagnis einzugehen, sich der Anlage mit einem Schiff zu nähern.«

Ryala beugte sich vor und sagte: »Die Gefahr ist zu groß, dass sie Chris fangen.«

»Aber möglich wäre das doch, oder?«, fragte Chris.

Ryala schüttelte den Kopf. »Keine von uns, nicht einmal deine Mutter, konnte die Anlage von außen kontrollieren. Draußen kannst du nur empfangen, vielleicht antworten, aber nicht beherrschen. Ich möchte dich nicht in solche Gefahr bringen. Zumindest nicht, ohne sicher zu sein, dass du etwas bewegen kannst. Und deine Kontrolle über die *Naujena* und den Tarnreif gibt mir die Gewissheit, dass du – sobald du in die Anlage kommst – alles entscheiden kannst. Natürlich: Wenn der Plan mit dem Frachter scheitert und ihr euch unverrichteter Dinge zurückziehen müsst, könnten wir es so versuchen. Aber es wäre eine Verzweiflungstat.«

Fletcher nickte mit ernster Miene und lehnte sich zurück.

»Würdest du es also tun?«, fragte Ryala Chris und fasste erneut seine Hand.

»Wenn es so ist wie mit dem Schiff oder dem Tarnreif, dann habe ich keinen Zweifel, dass ich da unten eine Hilfe sein werde. Ja, ich werde es tun.«

Sie drückte seine Hand noch einmal und erhob sich. Dann wies sie auf den Boden und anschließend in die Runde. »Dies ist die Zeit. *Wir* werden diejenigen sein, mit denen alles steht und fällt. Wenn wir jetzt verlieren, verlieren wir alles. Dann ist es vorbei. Aber falls wir gewinnen, dann werden wir uns behaupten können. Wenn wir die Njaldenstadt erst einmal haben, werden die Uranosier sich an uns die Zähne ausbeißen. Und dann vertreiben wir sie und sorgen dafür, dass alles wieder in Ordnung kommt – und dass das Wissen, das die Njalden auf Chrysaor hinterlegt haben, allen zugutekommt. So, wie meine kleine Schwester es von Anfang an vorhatte – so, wie die Sprungtore allen zur Verfügung stehen. Mit unserem Vorhaben steht und fällt die Zukunft der Ketoniden. Und unser Schicksal wird das Schicksal der ganzen Menschheit prägen.«

Vier Tage war Darae nun da. Und es hatte vor der großen Besprechung bei Ryala ausgesehen, als könnten sie sich so nahekommen wie auf Kronos-4. Doch Chris zögerte, und auch Darae wirkte unsicher. So zog er sich früh zurück und legte sich zum Schlafen hin.

Er träumte davon, dass er und die anderen in eine Raumschlacht gerieten und Darae Todesangst hatte. Dann sah er eine Explosion, die viel zu feurig war, um im All stattfinden zu können. Und er war sich sicher, dass Darae darin umgekommen war. Er sah es auf dem Bildschirm im Cockpit der *Naujena*. Er flog weinend davon und ließ alle im Stich.

Nach diesem Traum fiel es Chris schwer, Darae in die Augen zu schauen. Und auch sie hielt sich zurück. Vielleicht hatte sie etwas bemerkt, vielleicht aber plagten sie ebenfalls Bedenken. Dass sie Meljans Frau gewesen war, wog vielleicht doch schwerer, als sie geglaubt hatten.

Die Vorbereitungen der folgenden Tage lenkten Chris und gewiss auch Darae ab. Sie nahmen an so vielen Sitzungen und Übungen teil, in denen sie sich mit der Ausrüstung, dem Frachter und den Gegebenheiten vor und auf Chrysaor vertraut machten. Dabei lernte sich auch die Spezialeinheit, die sich aus Geryas und Daraes Leuten zusammensetzte, näher kennen. Das Gefühl von Sicherheit, das Chris sich von dieser Vorbereitung erhofft hatte, wollte sich jedoch nicht einstellen. Das Einzige, das ihm entgegenkam, war die Zeitumstellung, die Ryala für die Spezialeinheit anordnete. Sie lebten ab jetzt nach der Ortszeit der Njaldenstadt.

Auf Chrysaor dauerte ein Tag 24 Stunden und 32 Minuten. Da auch Euryale mit 23 Stunden und 45 Minuten über eine erdähnliche Tagesdauer verfügte, war das Keto-System für die Menschheit besonders interessant gewesen. Die Zeitumstellung passte perfekt zu Chris' Schlafbedürfnissen. Er war inzwischen nicht mehr an die Admeto-Standardzeit gewöhnt, aber auch Kronos-4 hatte keine Spuren hinterlassen. Er war verwirrt, und nun schien es fast, als wäre Ryala ihm entgegengekommen, indem sie die Lokalzeit ihres Einsatzortes gewählt hatte.

Die Zeitumstellung war allerdings nur ein strategisches Detail, denn das uranosische Militär arbeitete stets nach der Uranosischen Standardzeit. Auf ihren Schiffen, aber auch auf vielen ihrer Bodenstationen behielten sie den Rhythmus bei. Darae erzählte, dass das Militär sich sogar das Ambiente auf Uranosische Standardzeit einstellte. So ignorierten sie die lokalen Begebenheiten, und alle Einheiten operierten innerhalb eines Zeitrahmens. Es ging so weit, dass viele Stützpunkte auf Kronos-4 ihre Lokalzeit ignorierten und sich statt eines Blicks in den Tag auf ihren Wänden den selben Ort bei Nacht anzeigen ließen.

Chris liebte es, wenn Darae ihm solche Details verriet. Er lauschte ihr, und wann immer sie schwiegen und sich anstarrten, dauerte es nicht lange, bis sie die ersten Zärtlichkeiten austauschten. Bei allen Ängsten und aller daraus resultierenden Zurückhaltung kamen sie sich nach einigen Tagen beinahe wieder so nahe, wie sie es auf Kronos-4 gewesen waren.

Ein Transporter brachte sie hinüber auf die *Orgeluse*, Daraes Grandenschiff, und sie umarmten und küssten sich so intensiv, dass Chris kaum einen Blick für das scheinbar heruntergekommene Schiff hatte. Er konnte den Eindruck, den es aus der Ferne bot, nicht aus der Nähe prüfen, so sehr war er mit Darae beschäftigt.

Als Darae ihn auf die Beine zog und mit ihm gemeinsam die *Orgeluse* betrat, bestätigte der Eingangsbereich den äußeren Eindruck mit seinen rostigen Wänden. Doch kaum öffnete sich die Tür zum Hauptgang, änderte sich alles. Der bisherige Anschein wurde durch helles Licht und glatte Wandflächen vertrieben. Dieses Schiff gehörte mit seinen klar strukturierten und nicht überladenen Räumen eindeutig Darae. Wie in einem Museum hob sie Details mit Licht und Nischen hervor, und ihre Vorliebe für echte Druckknöpfe und Anzeigetafeln war unverkennbar.

Auf dem Gang grüßten sie die Vertrauten Daraes, die Chris in diesen Tagen nach und nach kennengelernt hatte. Er bewunderte sowohl Darae, die es geschafft hatte, diese Leute an sich zu binden, als auch die Vertrauten selbst, die alles hinter sich gelassen hatten, um mit Darae einen Neuanfang zu machen. Besonders beeindruckt war er von Fran. Sie schien Daraes Gedanken lesen zu können, so vieles hatte sie bereits vorbereitet oder gar ausgeführt, ehe Darae danach fragte. Von den Wunden, die sie auf der *Ascalun* davongetragen hatte, war nichts mehr zu sehen. Die Medi-Module hatten ganze Arbeit geleistet.

Darae führte Chris in ihren Wohnbereich, drückte sich an ihn und küsste ihn auf den Hals. Dann zog sie ihn hinter sich her ins Schlafzimmer und sagte: »Ich habe doch gesagt, dass wir das nachholen.« Auf ihrem Bett schob sie sich halb auf ihn. Sie küsste ihn erneut und streichelte ihn am Schlüsselbein entlang. »Wieso haben wir so lange gewartet, uns näherzukommen?«, fragte sie. »Wir waren doch auf Kronos-4 schon viel weiter.«

Chris fuhr ihr mit den Fingern durchs Haar. »Ich hatte Angst, dass es nicht so sein könnte wie auf Kronos-4.«

»Ich glaube, ich auch«, hauchte sie. »Wenn sich alles ändert und alles einem prüfenden Blick unterzogen wird, fürchtet jeder, das zu verlieren, was ihm lieb ist – oder im Begriff war, lieb zu werden.« Sie hob den Kopf und schaute sich in dem Raum um, der ihrem Schlafzimmer auf Kronos-4 ähnelte. »Ich habe mir Mühe gegeben. Ich dachte, wenn alles wieder fast so ist, wäre es leichter für uns.«

»Das ist es auch«, sagte er. Das Licht war hier genauso hell wie in Wohnung 928, und auch die weißen Wände hatte Darae entsprechend konfiguriert. Nur war der Raum ein wenig kleiner, und Chris vermisste die Tür gegenüber. Dort schwebte nur ein hoher Spiegel. »Wo ist das Badezimmer?«, fragte er.

Sie schaute über Chris hinweg. Er folgte ihrem Blick, und da war eine Tür. »Erinnerst du dich noch, was ich machen wollte, als du in meinem Bad warst?«

Er hatte natürlich nicht vergessen, dass sie zu ihm in die Wanne hatte steigen wollen, um ihn zu erobern. Er lächelte sie an.

»Lass uns *das* nachholen«, sagte sie. »Das ist jetzt genau das Richtige.«

Sie stiegen behutsam und den Blick nicht voneinander lassend aus dem Bett, und Chris konnte nicht fassen, dass er mit Darae hier war. Er hatte gefürchtet, dass es nie wieder so weit kommen könnte und dass er Darae vielleicht sogar nie wiedersehen würde. Und als sie hier angekommen war, hätten die veränderten Verhältnisse beinahe alles verdorben. Vielleicht war es nur Glück, dass sie zusammen hier waren. Was immer es war, er würde den Moment nicht einfach verstreichen lassen. Am Ende würde sie wissen, dass zwischen ihnen alles besser denn je war.

Jenseits der Tür lag ein dunkler Raum. Draußen im All leuchteten Schiffe, Stationen und der halbe Planet. »Wunderbar, wie Euryale im Licht der Sonne steht«, sagte er und stand einfach nur da.

»Ich mag es, dass du *Sonne* sagst und nicht Stern.«

»Wieso? Das macht doch jeder.«

»Ich sag dir später, warum.« Sie führte ihn voran. Der Teppichboden war weich und streichelte seine Füße. Die Hälfte des Raums war ein Badebecken, das bis zu dem großen Fenster zu führen schien.

Sie zogen sich aus, und anders als auf Kronos-4 betrachteten sie sich gegenseitig dabei und lächelten, wann immer sich ihre Blicke trafen. Gemeinsam stiegen sie ins knietiefe Wasser, das nach Blüten duftete. Chris schwamm bis zur Scheibe. Dort wog er den Kopf hin und her, um zu sehen, ob es eine echte Scheibe war.

»Das ist nur ein Schirm«, sagte Darae und kam an seine Seite. »Besonders tief.«

»Warum magst du es, wenn ich den Stern als Sonne bezeichne?«, fragte er sie.

Darae lächelte. »Willst du das wirklich wissen? Ich meine: Sollten wir einander nicht irgendwelche süßen Worte ins Ohr hauchen? Ich neige dazu, solche Augenblicke zu versauen.«

»Stell mich auf die Probe. Warum sollte man nicht *Sonne* sagen?«

Darae atmete durch. »Weil das uranosische Militär darauf besteht, dass man *Stern* und nicht *Sonne* sagt.« Sie räusperte sich. »*Wir sind hier nicht im Sol-System*«, sagte sie mit verstellter Stimme und erhobenem Zeigefinger.

»Im Grunde haben sie ja recht. Aber …« Er schüttelte den Kopf.

»Aber keiner von ihnen hat je auch nur einen Siedlerbericht gelesen, keines der Gedichte, die die Siedler auf ihren neuen Heimatplaneten verfasst haben. Und selbst wenn sie alte Gedichte von der Erde rezitierten und es passend war, wäre niemand gekommen und hätte gesagt: *Das ist nicht die Sonne, sondern der Stern Uranos.*«

»Aber in den Enzyklopädie-Modulen, die noch von den KIs stammen, wird *ständig* von Sonnen geredet. Das Wort hat sich einfach zu tief ins kulturelle Bewusstsein gegraben, um es einfach zurückzunehmen.«

»Ja. Und es ist kein großer Vorgang, irgendeinen Namen als Vertreter einer ganzen Gattung zu wählen. Aber das uranosische Militär ist der Meinung, dass man dadurch zu sehr die Verbindung zur Erde betont. Also sollen alle ihren Wortschatz umkrempeln.«

»Solche Sachen funktionieren nicht. Nicht bei solchen

Dingen.« Er lächelte. »Es war Meljan, der sich daran störte, oder?«

Darae grinste. »Ich habe ihn fast wahnsinnig gemacht und mit Absicht Linguisten zu unseren Festen eingeladen, die ihm erklärten, dass solche Dinge nicht verordnet werden könnten. Und er hat sich schrecklich darüber aufgeregt und gemeint, das Volk werde sich an alles gewöhnen, was man ihm verordnete.«

»Und? Wie viele *Sonnenmassen* hat der Stern Uranos? Oder haben sie die Einheit einfach umbenannt?«

Daraes Lippen bebten. »Sie haben eine Einheit – kein Witz – namens *Standardsternmasse* eingeführt, die natürlich der Masse des Uranos entspricht.«

Chris lachte. »Und das alles nur wegen einer Bezeichnung?«

Daraes Lächeln verging. »Die meinen das ernst, Chris. Sie tun so, als wäre es ein mathematischer Fehler, einen Stern als Sonne zu bezeichnen, obwohl es in etlichen Sprachen einfach gemacht wurde und auch die Sprungtor-Konzerne es so halten. Das Traurige ist wahrscheinlich, dass sich solche Sachen binnen weniger Generationen tatsächlich auswirken. Sachen werden einfach umgewidmet. Plötzlich werden nicht die Entdecker von einst in den Schulen gelehrt, sondern die Wiederentdecker. Als hätten Newton oder Einstein nie existiert und als wäre das Wissen früher bei den göttergleichen KIs gewesen, und jene jüngeren Forscher hätten es diesem Gedankenpool entrissen und nutzbar gemacht.« Sie kam ihm nahe und strich ihm mit den Händen unter dem Wasser über den Rücken. »Plötzlich ist es völlig egal, was irgendwer früher einmal gemacht hat, was Generationen gedacht und gefühlt haben und wie es sich in der Kultur verankert hat. Ich meine: Sie sagen dir, dass es korrekterweise *Stern* und nicht *Sonne* heißen muss, und im nächsten Atemzug heißen die Newtonschen Gesetze plötzlich die Dillinger-Gesetze.«

»Du bist froh, von dort fort zu sein, oder?«

Sie nickte. »Ich werde immer mehr zu einer Argolisierin.« Das Argolis-System, das unter der Herrschaft der Uranosier stand, war für seine vielen Rebellionen weithin bekannt. »Meine Eltern würden es nicht glauben, aber sicherlich gutheißen.«

»Leben sie noch?«

»Nein. Haben Selbstmord begangen. Im Argolis-System ist das erlaubt. Ich habe ein Video, in dem sie mir sagen, dass es nichts mit mir zu tun hat, sondern einfach mit einem Überdruss dieser Existenz.« Sie legte ihm die Arme um den Hals. »Meine Mutter hat mich mit fünfzig bekommen. Da hat man viel gesehen, wenn die Tochter Teenagerin wird. Ich wünschte, sie hätten sich früher für ein Kind entschieden. Dann haben sie gewartet, bis ich es geschafft hatte, auf eigenen Beinen zu stehen. Und sie *waren* stolz auf mich. Aber sie waren auch müde, gelangweilt und träumten von dem, was ihre Eltern noch als Paradies beschrieben hatten. Mein Vater war älter und hat die KIs sogar noch erlebt. Solche Verluste – und sei es nur der Verlust der Träume – können einen aus der Bahn werfen.«

»Ich weiß, wie sich das anfühlt«, sagte Chris und schob seine Hände auf ihre Hüften. »Als Ianthe-3 zerstört war, gab es einen Moment, in dem ich mich fragte, wozu ich überhaupt davonlief. Alles, was ich je wollte, war dort gewesen. Auch wenn es sich verändert hatte – meine Ziele waren dort.«

»Du hattest keine Zeit, zu reflektieren und in Mitleid zu versinken. Ich glaube, du bist auch nicht der Typ, der sich bemitleidet. Du suchst dir neue Ziele. Und doch …«

»Und doch?«, fragte er.

»Und doch wollte ich dir was Gutes tun und bin davor zurückgeschreckt, weil ich Angst hatte, es könnte dich deprimieren.«

»Was denn?«

Sie strich über die Wand, und ein grünes Menü erschien. Sie wählte etwas aus, und die Wände wurden dunkel. Nur das Licht, das aus dem Schlafzimmer durch die Tür drang, wurde reflektiert. Dann aber lösten sich Objekte aus der Dunkelheit. Es dauerte einen Augenblick, und Chris hatte sich an die Illusion gewöhnt, hier durch ein Fenster direkt ins All hinauszuschauen. Und Chris staunte. Ein Planet strahlte hinter einer Raumstation und einer ganzen Flotte verschiedenster Schiffe.

Es war Admeto – und Ianthe-3.

»Vielleicht ist es ein Fehler, dir das zu zeigen«, sagte Darae.

»Nein«, entgegnete Chris und nahm den Blick nicht von der Station. »Das ist Ianthe-3 vor dem Umbau. So behalte ich sie gern in Erinnerung – mit all ihren Fehlern und Unzulänglichkeiten. Es ist wunderbar!«

Darae kam wieder an ihn heran und umarmte ihn. »Ich liebe diesen Raum. Es ist, als würdest du mitten im All baden.«

»Ich wünschte, das da draußen …« Er brach ab, weil es eben nicht da draußen war, auch wenn es so schien. Es war nur eine Aufnahme aus früheren Zeiten. »Ich wünschte, das wäre wirklich Ianthe-3.«

»Vielleicht wird es das eines Tages sein. Ich meine: Vielleicht wird es vor Admeto eine neue Station geben.«

Chris küsste sie. »Wenn alles vorbei ist, möchte ich dorthin und beim Wiederaufbau helfen.«

»Ich fürchte, selbst wenn wir gewinnen, würden wir das Keto-System nicht so leicht verlassen können. Die Uranosier könnten uns aufspüren. Aber unterstützen kann man auch aus der Ferne. Ich bin mir sicher, Ryala würde so etwas tun.«

»Sie hat ein schlechtes Gewissen. Sie sagt, die Station wäre noch da, wenn sie mich damals nicht dort abgeliefert hätte.«

»Wer weiß das schon! Du hast da deine ganze Jugend verbracht. Das sind Jahre voller kleiner Einflüsse. Vielleicht war deine Anwesenheit wichtig. Vielleicht wäre so etwas schon viel früher geschehen, wenn du nicht dein Leben dort gelebt hättest. Die kleinsten Dinge können ungeheure Auswirkungen haben.«

Chris musste lächeln. »Du weißt, wie du einem Mut machst.«

»Wenn man sich selbst oft gut zugeredet hat, lernt man das.« Sie schaute wieder nach Ianthe-3. »Wenn alles vorüber ist, helfen wir dabei, dass man irgendwann vor Admeto wieder eine solche Aussicht genießen kann. Eines Tages.«

»Neue Ziele also.«

Sie küsste ihn auf die Wange und flüsterte: »Gemeinsame Ziele.«

Chris wich ihrem Blick aus.

»Du hast Angst vor der Mission, nicht wahr?«

»Schreckliche. Weil ich trotz allem nicht weiß, was uns dort erwartet. Ryala vertraut mir mehr, als ich mir selbst vertraue. Und ich will sie nicht enttäuschen.«

»Wir haben noch ein wenig Zeit, und am Ende werden wir bereit sein.« Sie strich ihm über die Wangen und dann über die Brust den Körper hinab ins Wasser. »Und ich werde dir dabei helfen.«

Meljan lag allein in seinem Bett auf dem Rücken und schaute auf dem Schirm in der Decke einen weiteren Bericht über Darae an. Seine Wut hatte er im Griff; die Bildschirme waren vor ihm sicher.

In den Diskussionsrunden gab es immer mehr, die ihn verteidigten und den Kult, der sich um Darae bildete, als anti-uranosisch bezeichneten. Sie spielten die Patriotenkarte. Die Frage »Warum hassen Sie die Uranosische Republik?« war seinen Gegnern wieder und wieder gestellt worden. Ada Connellys Maschinerie bemühte sich, seinen Ruf zu retten. Doch so sehr sie die Diskussionen beherrschten, so kläglich scheiterten sie bei den Glitzerkanälen. Diese kramten all das Bildmaterial heraus, auf dem Darae in ihren Kleidern die Blicke auf sich zog.

Meljan hatte Darae nie für schön gehalten, aber sie wusste, welche Mode sie tragen musste, um einen Effekt zu erzielen. Doch hätte irgendwer gesehen, wie sie manchmal auf der *Ascalun* herumgelaufen war, hätten sie wohl kaum solche leuchtenden Augen bekommen. Kleidung nach der Mode des 20. und 21. Jahrhunderts. Sogenannte Jogginghosen in Grau und T-Shirts mit irgendwelchen unverständlichen Sprüchen oder gar nur Zahlen oder Formeln darauf: *Sweet 16* und darunter ein bunter Apfel, *SID Music Orchestra, 10 = 2* oder *Nibbles & Bytes*. Er hatte gefragt, ob das eine Aufforderung sei, sie zu beißen. Und *Bites* sei auch noch falsch geschrieben. Sie hatte die Augen verdreht und ihm erklärt, dass Bytes Speichereinheiten seien und sie es nicht fasse, dass er noch nie davon gehört habe. Sie tat fast so, als wäre das lebensnotwendiges Wissen.

Manchmal hatte er den Verdacht, dass die Experimente, bei denen Darae die Trauminduktion zur Wissensvermittlung verwendete, ihr den Verstand geraubt hatten. Sie hatte sich dieses alte Bastlerwissen in den Traum gespielt, und nur sinnloses Zeug war hängen geblieben.

Die Frau dort auf dem Schirm war nicht Darae; sie war nur ein Versprechen, das nie eingelöst worden war. Wäre Darae die Königin aus seinen Träumen gewesen, er hätte vielleicht sogar etwas für sie empfinden können. Doch sobald sie den Mund aufmachte, verabscheute er sie. Sie war wie ein altertümliches Relikt – eine Spinnerin.

Jedes glamouröse Bild verwandelte Meljan in seinen Gedanken zu einer Folterszene. Er stellte sich vor, wie er Darae die Kleider vom Leib riss und sie zu Boden stieß. Und das gekränkte Gesicht, das sie dann machte, und das er oft im Traum gesehen hatte, erregte ihn.

Er bedauerte es, dass Darae den Trauminduktor mitgenommen hatte. Zwar hatte er sich ertappt gefühlt, als sie gesagt hatte, dass sie seine Träume beobachtet hatte, doch im Grunde war es ihm genau darum gegangen, dass sie seine Demütigungen bemerkte und eine Reaktion zeigte.

Wie hätte nun ein Traum ausgesehen, hätte er den Trauminduktor noch? Es wäre vielleicht einer dieser Partyauftritte. Während Darae sich den Medien präsentierte, wäre er von hinten an sie herangetreten und hätte ihr die Kehle durchgeschnitten. Das und Ähnliches malte er sich aus. In seiner Vorstellung befleckte er all die Glimmerbilder, die er vor Augen hatte, mit Blut.

Er überlegte, was er mit Darae machen würde, wenn er sie tatsächlich in seiner Gewalt hatte. Und er musste nicht lange nachdenken: Er würde ihre Hinrichtung aufzeichnen und an all diese Glitzerkanäle schicken. Sie würde leiden, bluten und schließlich sterben. Es wäre eine letzte Darbietung für die Medien.

Bei jeder Sendung, die sich nun mit Darae und ihm beschäftigte, dachte er an das Ende, das ihm vorschwebte, und ein Grinsen schob sich in sein Gesicht.

Darae war über ihm, wie damals in Wohnung 928, und Chris hoffte, dass nichts und niemand sie störte. Sie waren noch immer nass von dem Bad, und Daraes feuchtes Haar wischte wieder und wieder über sein Gesicht und seine Brust. »Darauf habe ich so lange gewartet«, wiederholte sie hauchend. Am Anfang hatte er noch geglaubt, es beziehe sich auf die Zeit, die zwischen ihrem Treffen auf Kronos-4 und nun vergangen war, doch je länger sie vereint waren und je mehr sich die Nässe des Bades in Schweiß verwandelte, umso mehr hatte er den Verdacht, dass dies etwas war, wonach sie sich grundsätzlich gesehnt hatte. Als sie beide den Höhepunkt erreicht und überschritten hatten und schließlich erschöpft dalagen, sagte Darae: »Davon habe ich immer geträumt.«

»Kannst du das beweisen?«, fragte er und schnappte lachend nach Luft.

Sie kitzelte ihn in der Seite. »Du willst meine Träume sehen?«

»Natürlich.«

»Glaub mir. Das gerade war viel besser als ein Traum.«

Sie klammerte sich an ihn. »Das ist das, worauf ich so lange gewartet habe.«

»Aber du hattest doch andere.«

»Ach, das war wie in einem anderen Leben. Ein ganz anderes Spiel. Da war kaum etwas im Einklang.«

Chris nickte langsam. »Du meinst, es hätte schon immer so sein müssen?«

»Ja«, sagte sie und küsste ihn. Dann bettete sie ihren Kopf auf seine Brust und schwieg, als lauschte sie seinem immer noch galoppierenden Herzschlag. Er strich ihr den langen Rücken entlang und überlegte, ob er jemals so glücklich gewesen war.

»Bist du noch wach?«, fragte er, als er zur Ruhe gekommen war.

Sie antwortete nicht.

Auch er war erschöpft und strich ihr übers Haar, das beinahe getrocknet war. Und schließlich sank auch er in den Schlaf.

Der Albtraum, in dem Darae in der Schlacht umkam und er sich davonmachte, kehrte in dieser Nacht nicht zurück. Er wurde vertrieben von einem Liebestraum, der nicht nur das nachholte, was er mit Darae im Bad und dann im Bett erlebt hatte, er schaute auch voraus auf Liebesspiele, die noch nicht stattgefunden hatten.

Als Chris wieder aufwachte und Darae schlafend an seiner Seite fand, war er glücklich, dass der Albtraum ausgeblieben war. Doch in der zweiten Nachthälfte träumte er von seinen Vorbereitungen auf die Mission und von Darae, mit der er einen alten Film schaute. Ebenfalls ein angenehmer Traum, wenngleich nicht so leidenschaftlich wie der Liebestraum.

Als dann aber am nächsten Tag vieles von dem, was er geträumt hatte, genauso eintrat, von den Themen der Plansitzungen bis hin zu der Dumas-Verfilmung von *Der Graf von Monte Cristo* aus dem 22. Jahrhundert, war er verunsichert. Es konnte kein Zufall sein.

Am darauffolgenden Tag war es genauso. Vieles von dem, was er geträumt hatte, wurde wahr. Seine einzige Erklärung war nach wie vor, dass er sich einbildete, die Dinge geträumt zu haben. Also sprach er am Morgen, als er und Darae zur Abwechslung mal in *seinem* Zimmer erwacht waren und sie unter der Dusche stand, seinen Traum in seine Patch-Card. Und dann ließ er den Tag kommen und hörte die Aufzeichnung am Abend ab. Es gab keinen Zweifel. Vieles, was geschah, träumte er voraus.

Am nächsten Tag bemühte er sich, seinen Beitrag zu dem, was er geträumt hatte, zu verweigern und an den entscheidenden Punkten passiv zu bleiben. Dadurch traten Dinge, die sein Zutun benötigten, nicht ein. Am darauffolgenden Tag arbeitete er aktiv gegen des Geträumte an und lenkte damit das Geschehen in völlig andere Bahnen.

Nach ein paar Tagen ging er dazu über, sich dem Geträumten zu unterwerfen, und ließ sich treiben. Und dann war es erschreckend, wie viel von diesem Traum sich in die Wirklichkeit hinüberschlich.

Es war eine Macht, die ihn ängstigte. Vielleicht deswegen, weil er damit viel hätte anfangen können. Er wusste an diesem Morgen, dass am Abend Galaxy Mars gegen die Triton Underdogs im Fußball gewinnen würde. Valmas wollte es nicht verpassen, und Chris blieb nur dabei, um festzustellen, ob das Ergebnis wirklich 7:1 lautete. Und tatsächlich kam es so.

Vor dem Einschlafen an diesem Abend war er schweigsam, und auch Darae schien mit den Gedanken abwesend zu sein. Und da ertappte er sich bei Allmachtsfantasien. Wenn er lernte, mit dem Strom zu schwimmen, könnte er ein Vermögen machen. Zu wissen, wer gewinnt und verliert; zu wissen, wer was machen wird; die Fehler zu vermeiden, ehe sie geschehen können – das war das, wovon man wahrhaftig nur träumen konnte.

Die Strafe für diese Gedanken kam in dieser Nacht. Da kehrte der Albtraum zurück. Nur war er diesmal weitreichender. Nicht nur Darae kam ums Leben, auch alle anderen. Ryala starb auf ihrem Kommandoschiff; Senthea kämpfte gegen die Kontrolle der Uranosier an und nahm sich selbst das Leben. Am Ende war der Widerstand gebrochen, und Meljan Solsee und Rayol Oredson stießen in der Haupthalle im Zentrum der Njaldenstadt auf ihren Sieg an. Solsee sagte: »Die Mesaidon-Schwestern sind tot, ihr Neffe wurde auf Admeto gefasst. Der Narr glaubte, dort noch einmal von vorne beginnen zu können.« Tatsächlich war er gefangen worden. Er sah aus dem Zellenmodul, wie sich das Schiff langsam auf Chrysaor senkte und inmitten der Njaldenstadt landete. Er wurde Meljan Solsee vorgeführt. Und dann setzten sie ihn unter Drogen, und er konnte keinen klaren Gedanken mehr fassen. Er lächelte und grinste und lachte, und schließlich entschwand alles.

Als er die Augen öffnete, bemerkte er Darae, die seine Hände festhielt. »Ruhig, Chris«, sagte sie. »Du hast nur geträumt.«

Schwer atmend merkte er, dass er wach war.

»Was hast du?«, fragte Darae.

»Ich habe ein Problem mit meinen Träumen«, sagte er und berichtete ihr dann zögerlich von dem, was er nun und auch in den Tagen zuvor geträumt hatte. Er spielte ihr auf seiner Card sogar eine Aufzeichnung vor, auf der er seine Träume nacherzählt hatte.

Darae prüfte das Datum der Audio-Notiz. »Kein Zweifel«, sagte sie. »Du wusstest am Morgen, dass die Marsianer gewinnen. Unfassbar.« Sie schwieg und starrte in die Luft. »Das hieße ja«, sagte sie und schwieg lange. »Das hieße, dass du in die Zukunft gucken kannst.« Sie schüttelte den Kopf. »Das ist unmöglich.«

»Vielleicht ist es eine Mischung aus unwahrscheinlichem Glück und einer Nase für das, was geschehen muss.«

»Na ja, Valmas hat viel über das Spiel und die Mannschaften geredet. Und er hat die Statistiken gewälzt und jedem davon erzählt. Vielleicht bist du wie einer dieser Rechenkünstler. Nur dass du nicht mit Zahlen hantierst, sondern mit Ereignissen, die sich aus denen ableiten, die du wahrgenommen hast.«

»Das macht mir ungeheure Angst, Darae. Vielleicht kommt es genau so, wie ich es offenbar befürchte.« Er erzählte ihr, was Ryala über ihre Träume und den Einfluss der Anlage auf Chrysaor gesagt hatte.

»Vielleicht bist du es gar nicht, der diese Vorahnungen hat, sondern Senthea. Und sie sendet sie dir.«

»Über die ganze Strecke? Und ich hatte solche Träume schon auf Kronos-4 und davor. Auf Ianthe-3 hatte ich mir sogar eingebildet, Senthea kurz vor dem Angriff gesehen zu haben. Das ist weit mehr als ein Traum gewesen.«

»Nun, spricht nicht genau das dafür, dass *sie* dir Träume und Halluzinationen schickt? Vergiss einmal die technischen Einschränkungen. Ryala sagt, die Anlage hätte mehr oder weniger zu ihnen gesprochen. So, wie du beschreibst, dass du plötzlich weißt, wie die *Naujena* funktioniert. Dann könnte es sein, dass die Vorahnungen auf die Anlage auf Chrysaor zurückgehen. Vielleicht möchte Senthea mit dir Kontakt aufnehmen.«

»Aber wie soll das möglich sein?«

»Sie könnte die Sprungtore so nutzen, wie unsere Kommunikationssysteme sie nutzen. Das ist zumindest glaubhafter, als wenn sie dazu in der Lage wäre, spontan ein Tor zu öffnen, das in deine Nähe führt. Vielleicht gibt es Hinweise im Traum.«

»Du hast mir doch von der Trauminduktion erzählt und dass du einen Trauminduktor hast. Hast du ihn dabei?«

»Ja. Wenn du willst, kannst du ihn nutzen, auch ohne dass dir ein Traum induziert wird. Die Maschine sorgt dafür, dass du einen Klartraum hast. Du wirst nicht nur klarer wahrnehmen, sondern auch wissen, dass du träumst. Ich werde es so einstellen, dass du die Gegebenheiten des Traums nicht bewusst ändern kannst, sondern nur dein persönliches Handeln darin. Und ich werde den Traum aufzeichnen, damit du ihn dir später anschauen kannst.«

»Und wenn ich diese Träume gar nicht haben will?«

»Dann kann ich dir auch was anderes induzieren. Einen schönen Traum.« Sie lächelte. »Natürlich nur, wenn du dich mir so weit ausliefern willst.«

»Du willst also meine Träume sehen?«, fragte er lächelnd und wiederholte damit etwas, dass Darae in einer ihrer Liebesnächte gesagt hatte.

Sie nickte und schmunzelte.

»Es könnte dich erschrecken«, sagte er.

»Dann nehme ich *meine* Träume auf und spiele sie dir vor. Sie werden dich vielleicht auch erschrecken. Aber ganz bestimmt auf eine gute Weise. Sie sind sehr … liebevoll.«

Darae wartete schon eine Weile darauf, dass Chris in die Traumphase sank. Der Induktor lief, war aber nur auf Aufzeichnung und nicht auf Induktion gestellt. Sie würde seinen Träumen freien Lauf lassen.

Sie hatte ihn wieder und wieder gefragt, ob er wirklich nichts dagegen hatte, dass sie den Traum überwachte, und er hatte ein ums andere Mal beteuert, dass er es sogar wünsche. Nun lag er dort im Bett mit der Haube auf dem Kopf und wirkte ernst, als wartete er darauf, dass es losging.

Das Gerät stand auf dem herausgefahrenen Nachttisch. Sie hatte sich nicht die Mühe gemacht, das schwere Ding aus dem Antigrav-Koffer herauszunehmen. Es war so schwer wie die ersten Computer, die sich die Leute im ausgehenden 20. Jahrhundert in ihr Haus holten. Und das hatte sie darauf gebracht, es in das Gehäuse eines Computers einzubauen, der an jene Zeit erinnerte. Es war eine Abwandlung des IMSAI 8080. Natürlich hatte sie sich gewisse Freiheiten erlaubt. Das Gehäuse war weiß, nicht blau, und die Schalter, die sich in drei Bereichen sammelten, waren nicht rot und blau, sondern schwarz und weiß wie Klaviertasten. Und die Anzeigen hatte sie durch ein einziges Display ersetzt, das über die gesamte Breite des Kastens lief. Es sah besser aus als das Original, aber sie war sich sicher, dass Puristen sie dafür verachtet hätten, solche Abwandlungen vorzunehmen. Aber für sie zählte die Wirkung der Dinge, nicht die sogenannte Authentizität.

Das Display flimmerte mit einem Mal, und Darae beugte sich auf ihrem Schwebehocker ein wenig vor. Eine Szene schob sich langsam in den Vordergrund und wurde immer deutlicher. Aus einem verzerrten Farbenmosaik formte sich ein grobkörniges Bild. Für einen Augenblick sah sie Chris auf einem kahlen Gang. Vielleicht war es Ianthe-3, vielleicht aber auch ein ihm unbekannter Ort. Er ging sofort seinen Weg, als wüsste er, wohin er sich bewegte. Die Decken der Gänge waren überall gewölbt, die breiten Türen mit Bögen versehen. Er schaute sich um und tastete immer wieder nach Wänden und Türrahmen, als prüfte er die Stabilität des Traumgebäudes.

Mit einem Mal sah Darae auf dem Schirm alles mit den Augen von Chris. Das war in der Regel ein Zeichen dafür, dass er sich des Träumens bewusst wurde. Darae prüfte den Status in der rechten oberen Ecke des Schirms. Dort stand:

Klartraumphase: eingeleitet.

Traumkontrolle: unterbunden.

Szenario: unbestimmt.

Chris schaute im Traum hin und her. »Ich bin aufgewacht«, sagte er. »Kannst du mich hören, Darae?«

»Ich höre dich«, sagte sie, aber sie wusste, dass er ihre Stimme wahrscheinlich nicht wahrnehmen würde. Zwar war es manchmal möglich, dem Schlafenden etwas einzuflüstern, das er in den Traum inkorporierte, aber in der Regel schottete der Induktor die Träumenden von der Wachwelt ab.

Er reagierte nicht auf ihre Antwort. Aber es war in jedem Fall ein gutes Zeichen, wenn er nicht vergessen hatte, dass sie seinen Traum beobachtete. Demnach musste er auch wissen, worum es ihnen ging. Oft wurde sich der Träumer zwar des Träumens bewusst, hatte aber kaum Zugang zu den Erinnerungen – insbesondere nicht zu denen der letzten Tage. Und auch die relative Klarheit des Traumbildes sprach dafür, dass Chris sehr empfänglich für die Stimulanz des Geräts war, wenngleich es niemals an die Realität heranreichen konnte.

Chris fuhr auf einem Gangstück mit der Hand über die grauen Wände. »Die sind hier ganz warm, und dahinter pulsiert es.« Er ging auf dem Gang vorsichtig weiter. »Der Ort kommt mir vertraut vor. Aber ich war noch nie hier.« Er kam an einem Fenster vorbei und schaute nach draußen in einen verregneten Tag. Ein Garten verteilte sich über einen Innenhof. In anderen Fenstern brannte Licht, und an manchen bewegten sich Schatten.

Der Blick glitt plötzlich nach unten, schob sich dann aber in die Höhe, durch die Decke in den nächsten Gang und in den nächsten, bis er schließlich durch das Dach in den Regen hinausschoss. In der Luft verharrte er und zeigte eine Anlage in der Wildnis, mitten im Wald.

Im Zentrum lag ein gewaltiger kugelförmiger Bau; er wirkte wie eine Raumstation, die halb im Erdreich begraben war. Ringförmige Komplexe knüpften sich um das Zentrum. Ein kurzer Blick zur Seite offenbarte in der Ferne einen erhöht gelegenen Stützpunkt am Eingang zu diesem bewaldeten Tal. Schattengestalten patrouillierten dort.

Dies war nicht die Stadt der Njalden. Es war hier zu grün und zu regnerisch, nicht so karg und nicht so hochgelegen wie Njaldos auf dem Planeten Chrysaor. Und auch die Anlage sah völlig anders aus. Allein die Ausmaße waren viel kleiner als die der Njaldenstadt.

Chris war mit einem Mal wieder auf dem Gang und schaute hin und her. »Unfassbar!«, sagte er. Darae vermutete, dass er sich gefragt hatte, wie das Gebäude wohl von außen aussah, und sich dann gewundert hatte, dass der Traum ihm diese Information zugespielt hatte.

Darae schaute auf die Statusangaben. Neben dem Punkt

Traumkontrolle stand nun: *teilweise erlaubt*. Das hatte sie nicht eingestellt, und aus dem Traum heraus konnte man keine Befehle geben. Aber sie erinnerte sich, dass das Gerät, wenn jemand willentlich zu sehr auf etwas drängte, seine Einstellungen selbst modifizierte, um den Traum nicht zu gefährden.

Darae überlegte, ob sie die Prioritäten ändern sollte, sodass Chris die teilweise Traumkontrolle wieder verlor. Da der Traum aber stabil wirkte, beschloss sie, die Einstellungen zu belassen, wie sie waren.

Am Ende des Ganges huschte ein Schatten vorbei. Chris setzte sich in Bewegung und rief der Gestalt etwas hinterher. Er bog um die Ecke, sah eine Frau in einem weißen Mantel und folgte ihr, schien aber nie aufholen zu können. Wenn er schneller lief, lief auch sie schneller. So bemühte er sich, sie zumindest in dem immer komplizierter verlaufenden Labyrinth der Gänge nicht zu verlieren. Dabei zeigte sich, dass dieses Gebäude sich im Fluss des Traumes veränderte. Chris hätte längst Gänge, auf denen er bereits gewesen war, kreuzen müssen, doch er tat es nicht.

Schließlich verlor er die Frau aus den Augen und schaute sich auf einer Kreuzung nach ihr um. »Welchen Gang soll ich nehmen?«, fragte er. »Einer ist so gut wie der andere.« Also ging er einfach los. Und so, wie das Gangsystem eben komplizierter geworden war, so wurde es nun wieder einfacher, bis er schließlich auf einem Gang war, der über Kilometer hinweg geradeaus führte.

Ein Blick aus dem Fenster zeigte immer das gleiche Bild: ein Baum mit riesigen Blättern, ein paar Sträucher und eine Steinbank. Es war, als käme Chris nicht von der Stelle. Aber an der Wand stand immer *Modul*, und dann folgte die Modulnummer. Er war bereits bei 116, als er das Ende des Gangs sah. Ein breites Tor mit einem Sichtfenster befand sich dort. Ungewöhnlich waren die hellen Holztafeln auf den Flügeln. Solche Tore hatten etwas Altmodisches, vielleicht sogar etwas Fremdes. Es war nicht ungewöhnlich, dass im Traum das Vertraute in fremdem Gewand daherkam. Beispielsweise erschien modernes Geschehen überwiegend in antikem Ambiente. Das hatte Darae oft gesehen.

Neben der Tür stand: Modul 128. Das war also sein Ziel.

Er schaute durch das Sichtfenster in einen runden Raum mit weißen Bodenplatten und grünblauen Wänden, die wie Aquamarin-Platten wirkten. In der Mitte stand ein breites Bett mit einem geschwungenen Rahmen. Darin lag eine Frau in weißer Kleidung.

Das Tor öffnete sich ohne Chris' Zutun, als hätte es ihn gescannt und erst nach einem Moment der Prüfung festgestellt, dass er zugangsberechtigt war.

Chris trat ein, und sofort wurde sein Blick nach oben in das weite Gewölbe gezogen. Bläuliches Licht leuchtete dort wie hinter Eis. Am Boden aber waren es die Wandsegmente und die Bodenplatten, die Licht spendeten.

»Ob sie es ist, der ich gefolgt bin?«, fragte Chris laut.

Zumindest trug sie ein weißes Obergewand, wie die Gestalt, der Chris nachgelaufen war. Aber er hatte jene Gestalt nicht von vorn gesehen. Die Frau vor ihm lag auf dem Rücken und schien ruhig zu schlafen.

Es war Senthea. Die geschwungenen Lippen und das Gesicht mit dem kleinen Kinn waren unverkennbar. Sie wirkte nur ein wenig blasser als auf den Fotos und in den Videos, die Darae zusammen mit Chris angeschaut hatte. Und sie hatte kurz geschorenes Haar. Das weiße Kleid, in das sie gehüllt war, war am Oberkörper eng und hochverschlossen, ab der Hüfte aber war es faltig und ging in die Breite.

Sentheas Gesicht wirkte entspannt, aber ihre Finger waren in das wollartige Bett gekrallt.

»Du bist es«, sagte Chris. »*Du* schickst die Träume.«

»Ich bin Senthea, deine Tante«, sagte sie mit der Stimme, die Darae aus den Videos kannte.

Eine Veränderung am Bildschirmrand lenkte Darae ab. Neben dem Punkt *Szenario* blinkte nun das Wort: *Konflikt*.

Sie tippte darauf, und die weibliche Computerstimme des Trauminduktors sagte: »Fehlerhafte Konfiguration. Möglicherweise ist ein Zweitgerät mit dem Benutzer verbunden, dessen Priorität nicht definiert ist. Klarheit und Kontrolle sind davon nicht betroffen. Beim Szenario könnte es jedoch zu einer Kollision kommen. Da an diesem Gerät kein Szenario gewählt wurde, wird dem anderen Gerät deren Einstellung überlassen. Dennoch könnte es von Vorteil sein, beide Maschinen auf Kooperation zu stellen.«

Darae staunte. Sie vermutete, dass der Trauminduktor Sentheas Einfluss als Signal eines anderen Geräts interpretierte. Dabei hatte sie gar nicht gewusst, dass man sich an zwei Maschinen gleichzeitig anschließen konnte. Sie überlegte bereits, welche Möglichkeiten zwei Trauminduktoren im Zusammenspiel bieten mochten und was geschehen würde, wenn man weitere Maschinen hinzufügte, da lenkte Chris' Stimme ihre Aufmerksamkeit wieder auf den Traum. »Ich hatte keine Ahnung«, sagte er. »Ich wusste nicht, wozu du fähig bist.«

Senthea lag immer noch regungslos mit geschlossenen Augen da und bewegte nur die Lippen. »Ich weiß nicht, ob du mich hörst. Also versuche ich es immer wieder. Ich kann nur senden, nicht empfangen. Ich hoffe, dass es sich in deine Träume mischt und du es merkst. Du weißt wahrscheinlich nicht, wer deine Mutter war.« Sie hatte offenbar keine Ahnung, was Chris schon alles wusste. Und so erzählte sie ihm das, was er bereits von Ryala erfahren hatte. Nur kürzer und ohne Ausschweifungen. »Es tut mir leid«, sagte sie schließlich. »Wir konnten damals nicht mehr für dich tun. Aber jetzt möchte ich dir helfen. Du musst entkommen und dich zu Ryala begeben. Gemeinsam könnt ihr mir vielleicht helfen, ehe ich noch mehr Geheimnisse preisgebe. Denn tief im Innern der Njaldenstadt lauert Wissen, von dem wir bislang nur träumen. Da unten ist ein Geheimnis, und ich bin ihm in Gedanken schon einige Male nahegekommen. Ich weiß nicht, ob mich dieses Wissen retten kann oder ob ich dadurch etwas erfahre, das mir die Uranosier abnehmen und zu ihrem Vorteil nutzen werden. Ich weiß es wirklich nicht. Aber auf dem Weg in diese Tiefen fand ich das Wissen, Traumbotschaften zu senden. Das nützte mir am Anfang wenig. Aber dann lernte ich die Sprungtore für meine Zwecke zu nutzen. Ich sende Signale in alle Richtungen, und ich weiß, dass nur du dafür empfänglich bist. Ryala sende ich andere Träume. Eure DNA ist dem System hier bekannt. Ich vermute, bei dir führte ein Scan im Mutterbauch dazu, aber sicher bin ich mir nicht. Es ist so viel verborgen, und ich muss vorsichtig sein, mich nicht zu verraten. Falls die Uranosier merken, dass ich sie hintergehe, werden sie mich leiden lassen oder mir noch mehr Drogen verabreichen. Und dann könnte es sein, dass ich ihnen alles verrate, was ich weiß. Zum Beispiel, dass ich die Zukunft vorausahnen kann. Nur deswegen kann ich mich ihnen widersetzen. Ich ahne, was sie mich fragen werden.«

»Du ahnst, welche Fragen sie dir stellen werden?«, sagte Chris langsam, obwohl sie ihn nicht hörte.

Darae erinnerte sich an das, was Chris ihr zu seinem Mündigkeitsverfahren erzählt hatte: dass er die Antworten einfach gewusst hatte. Vielleicht hatte er die Zukunft damals schon vorausgeahnt. Möglicherweise war all die Technik auf Chrysaor in der Lage, einen vagen Blick in die Zukunft zu werfen. Und diese Macht teilte das System mit den Pondaias. Darae konnte sich nicht im Ansatz vorstellen, wie eine solche Macht technisch aussehen sollte.

»Ich fürchte, sie könnten es merken und beginnen, mir Fragen über die mögliche Zukunft zu stellen. Ich weiß noch von Ryalas Träumen und den daraus resultierenden Strategien. Ich hatte vorher meine Zweifel daran, jetzt aber weiß ich, dass es mehr ist als ein Traum. Ich sehe es, aber es ist ungeheuer schwer zu beherrschen. Und ich möchte es nicht meistern. Ich möchte hier raus. Und ich fürchte, du und Ryala – ihr seid die Einzigen, die mich retten können. Ryala wird darüber lachen, denn sonst war ich es immer, die andere rettete. Aber dieses eine Mal brauche *ich* Hilfe. Und dann werden wir gemeinsam …« Senthea verschwand einfach.

»Nein!«, hauchte Chris.

Darae wusste, was geschah: Der Traum verging, weil Chris aufwachte.

Daraes Herz raste vor Aufregung. Sie war sich nicht sicher, ob sie Senthea vertrauen sollten.

Chris schreckte hoch, wandte sich sofort an Darae und sagte mit hektischer Stimme: »Hast du das mitbekommen?«

»Alles«, antwortete Darae.

Chris schüttelte den Kopf. »Ich habe Angst.«

»Dass es eine Falle sein könnte?«

Er nickte.

»Wir müssen das Ryala zeigen.«

»Ja«, sagte Chris. »Sie wird es einschätzen können.«

»Wenn's tatsächlich eine Falle ist«, sagte Ryala, »dann bricht es mir das Herz. Dann werde ich nie wieder jemandem vertrauen.« Sie startete das Video von vorn und achtete auf jedes Detail. Als sie schließlich fertig war, löste sie ihren Blick von dem Schirm auf dem Couchtisch, um den sie saßen, und beugte sich Chris entgegen.

Nach langer Bedenkzeit sagte Ryala: »Wir bleiben bei unserem Plan. Selbst wenn die Uranosier sie kontrollieren, hätten sie keine Möglichkeit zu wissen, ob dich diese Botschaft erreicht. Und sie wüssten nicht, wann wir angreifen. Dass wir etwas planen, dürfte ihnen klar sein. Insbesondere nun, da wir dich bei uns haben.«

»Können sie das denn wissen?«, fragte Chris.

»Wo solltest du denn sonst sein?«

Darae nickte. »Sie wissen, dass ich den Widerstand unterstütze, und sie wissen, dass ich dir zur Flucht verhalf. Es muss ihnen also klar sein.«

»Dennoch«, sagte Ryala. »Sie werden ihren Betrieb auf

Chrysaor erst dann einschränken, wenn sie konkrete Anzeichen sehen. Und wir müssen einfach so vorsichtig sein, dass sie diese Anzeichen nicht erhalten.«

»Wir ziehen es also durch«, sagte Chris.

Ryala nickte. »Wir bestimmen, wann und wie wir vorgehen. *Wir* zwingen *ihnen* Handlungen auf, nötigen sie zu Reaktionen, verführen sie zu hastigen und dann häufig auch falschen Entscheidungen.« Sie schaute zwischen Chris und Darae hin und her. »Wir werden unser Spiel spielen.« Sie lächelte Darae an. »Könntest du meine Träume aufzeichnen? Ich will wissen, ob sie mir auch etwas sendet.«

Sieben Stunden später hatten sie eine Aufnahme von Ryalas Traum, in der Senthea sie beschwor, sie zu retten. »Nur dieses eine Mal«, sagte sie wieder und wieder, bis der Traum entglitt.

Ryala hatte Tränen in den Augen, als sie wieder am Couchtisch saßen und die Aufzeichnung angeschaut hatten. »Zum Glück habe ich das nicht früher gesehen«, sagte sie.

»Warum?«, fragte Chris.

»Dann wäre ich kopflos und ohne Plan nach Chrysaor gestürmt. So aber sind wir gut vorbereitet.«

Chris war froh, dass Ryala jetzt den Trauminduktor verwendete, um Sentheas Botschaften zu lauschen, denn er konnte ihnen nichts Neues abgewinnen. Ohne die Traummaschine wurden seine Träume chaotischer, aber nicht weniger aufwühlend. Die Ängste bahnten sich wieder den Weg, und die Albträume voller Versagen und Enttäuschungen stiegen wieder empor.

Er sah Meljan, der Darae erschoss; Rayol, der Senthea den Schädel einschlug; Ryala, die auf ihrem Schiff verbrannte; und Valmas, der auf einem abgeschlossenen Gang erstickte. Aber Chris selbst entkam auf der *Naujena*. Er weinte und schaute nicht zurück. Und wie er in das Tor hineinflog, erwachte er. Er erwachte fast immer an dieser Stelle. Alles andere wandelte sich, aber seine jämmerliche Flucht blieb die gleiche.

Darae bemühte sich bei Tage, ihn davon zu überzeugen, dass er das niemals tun könnte, aber er war sich nicht sicher. Es war leicht zu behaupten, was man in Extremsituationen täte, doch mit der befürchteten Lage konfrontiert, mochte das nicht mehr zählen. Dennoch gelang es Darae immer wieder, dass er am Abend wieder an sich glaubte. Doch dann kamen die Träume wieder und machten alles zunichte.

Kurz darauf hatte er einen Klartraum und war froh, dass dieser nichts mit dem Kampf auf Chrysaor zu tun hatte, obwohl der Traum auf dem Planeten spielte – sogar in ihrem Einsatzgebiet, den Dolorose-Bergen. Chris schwebte wie eine riesige Wolke über den Gipfeln und blickte auf ein weites Land voller betender Menschen hinab. Sie schauten flehend zu ihm auf, und jeder sagte etwas anderes zu ihm. Er möge dieses oder jenes bewirken. Und er wusste mit einem Schlag, dass seine Macht beinahe unbegrenzt war. Er war der Herr aller Dinge, und diese Gewissheit erschütterte ihn.

»Das will ich nicht«, sagte er und schaute sich unter den Menschen um. Jeder von ihnen war mehr wert als er, jeden von ihnen beneidete er darum, dort unten zu sein und nicht hier oben. Er fühlte sich leer und körperlos und wäre am liebsten verschwunden. Doch sie wussten von ihm und würden nicht aufhören zu ihm zu beten.

Er bedauerte, dass er sich ihnen hier über den Bergen offenbart hatte. Denn Götter sollten sich zurückhalten. Sie sollten die Dinge einfach geschehen lassen. Ein Schöpfergott sollte bewusst die Ohnmacht wählen und das Handeln den Menschen überlassen. Hätte er sich doch, als er die Wahl zwischen Macht und Ohnmacht gehabt hatte, für die Ohnmacht entschieden! Oder hatte er nie vor dieser Wahl gestanden? Er wusste es nicht. Es gab tatsächlich etwas, das er nicht wusste.

Die Menschen beteten unaufhörlich. Ihre Stimmen drangen gleichzeitig in seine Ohren. Es war ein unerträglicher Chor, der forderte und forderte; und er weigerte sich zu geben und zu geben. Und als immer mehr verzweifelten, weil er sie nicht erhörte, ließ er sich dazu hinreißen, die ersten Bitten zu erfüllen. Und er stellte fest, das diese nicht voneinander isoliert waren. Den Wunsch des einen zu erfüllen, hieß oft, den eines anderen zu verwerfen.

Es war zu viel – zu viel für einen Einzelnen. Zu viel Verantwortung, zu viel Last. Denn jetzt wurde jedes Leid, das er nicht verhinderte, zu einer Schuld. Und Schuld um Schuld türmte sich die Last immer weiter auf, und die Ansprüche der Menschen an ihn wuchsen und wuchsen. Und als er immer mehr gewährte und immer tiefer eingriff, verlor er vor lauter Stimmen, die auf ihn einredeten, den Verstand. Er war wahnsinnig geworden, und sein Geist teilte sich in den verrückten Gott, der sich jeder Laune hingab, und den Klarträumer, der entsetzt alles beobachtete. »Das will ich nicht«, sagte er, der Träumer.

Chris wollte fort, doch er konnte nicht aufwachen. Er wusste nicht wie. »Das will ich nicht«, sagte er wieder und wieder.

»Chris«, hörte er Darae sagten. Er schaute sich unter den Menschen nach ihr um, aber sie war nicht dort. Es brauchte einen Augenblick, bis er merkte, dass sie draußen war, in der Wachwelt. Dorthin wollte er. Und so ließ er sich treiben. »Chris«, wiederholte sie. »Wach auf!«

Er schlug die Augen auf, schreckte hoch und atmete tief durch. Er war nass geschwitzt und zitterte.

Darae schaute ihn mit entsetzten Augen an. »Wieder der Albtraum?«

»Ein anderer Albtraum«, sagte er und schnappte nach Luft.

Darae schloss ihn in die Arme.

»Eine Allmachtsfantasie. Grauenvoll! Man muss wahnsinnig sein, um sich grenzenlose Macht zu wünschen.« Er erzählte Darae von dem Traum, und sie teilte seine Ansicht.

»Ob die Uranosier dir den Traum über Senthea geschickt haben, um dir Angst zu machen?«, fragte sie.

»Wenn ja, dann haben sie ihr Ziel erreicht. Wer weiß, was mich in Njaldos erwartet! Alle denken, dass ich dort an die Macht gelange und diese ausspiele.«

»Beruhige dich. Wir erwarten von dir, dass du ein paar Türen öffnest und andere verschließt. Dass du die Geschütze zum Schweigen bringst und solche Dinge. Nichts Göttergleiches.«

»Und wenn da mehr lauert, als ich vertragen kann?«

»Dann verzichte. Auf Macht zu verzichten ist die größte Tugend. Und du kannst das, das weiß ich. Deine Ziehmutter hat ganze Arbeit geleistet. Sie konnte es, und du kannst es auch.«

»Ich habe Angst, Darae.«

»Natürlich. Und diese Träume helfen nicht. Ich schlage vor, dass wir den Trauminduktor wieder einsetzen, um dir diese Albträume zu nehmen.«

Chris war einverstanden, und als sie kurz darauf Ryala fragten, ob sie die Maschine, die Darae ihr geliehen hatte, noch benötigte, sagte sie, dass sie Sentheas Träumen nichts Neues abgewinnen könne und jedes neue Erleben ihrer Traumnachricht sie bekümmere. Sie überließ ihnen den Induktor und legte sich wieder schlafen.

Zurück in Chris' Zimmer ließ Darae den Trauminduktor im Antigrav-Koffer auf den Nachttisch schweben und sagte: »So! Du kannst jetzt etwas anderes träumen oder gar nicht träumen.«

»Ich *möchte* was träumen«, sagte er. »Was Schönes.«

»Vielleicht einen Traum, der dich beruhigt? Einen, der dir Kraft schenkt?«

»Ich dachte, den Traum hätten wir vorhin gelebt«, sagte er und streichelte ihre Wange.

»Ich werde dir keine Lustträume induzieren. Sonst betrügst du mich bald mit meinem Traum-Ich. Nein. Es gibt ein Szenario, das sich an dich anpasst. Es ruft Kindheitserinnerungen hervor und weckt die Sehnsucht, die Unschuld von einst wiederzuerlangen. Eigentlich ein Programm für Künstler, mit dem sie sich dem Kommerz entgegenstellen. Aber für dich ist es in dieser Lage vielleicht genau das Richtige.«

Er ließ sich darauf ein und träumte von seiner Kindheit auf Ianthe-3. Sprunghaft durchlebte er verschiedene Stationen seines Heranwachsens, und immer war seine Ziehmutter dabei. Der Traum wühlte ihn auf und förderte viel vergessen Geglaubtes wieder zutage: wie er Elsara beim Betreiben des Wabenhotels half, wie er seine erste Fracht beförderte und wie er sich bei einer Ratssitzung seiner Mutter, bei der er anwesend sein durfte, gelangweilt hatte, nun aber feststellte, dass es dabei um die Zukunft der Station gegangen war. Die feurige Rede Elsaras berührte ihn besonders deswegen, weil sie die großen Schwierigkeiten des Umbaus von Ianthe-3 exakt benannte. Er träumte von den vielen Malen, da ihn Elsara getröstet hatte, wenn er in Streit geraten war, und davon, wie sie mit ihm zusammen Gerichte kochte, die aus natürlichen Zutaten von Admeto bestanden und bei denen sie nur beim Fleisch Kompromisse machten.

Schließlich erwachte er und schaute in Daraes lächelndes Gesicht.

»Du hast ausgesehen wie ein schlafendes Baby«, sagte sie.

»Das war wunderschön. Nicht so klar wie der Senthea-Traum, schwankend und manchmal diffus, aber eindrucksvoll.«

»Wenn solche Träume zu klar sind, wirken sie nicht. Zu viele Details nehmen oft das Gespür. Die Maschine betont die Details, die in deiner Erinnerung bereits stark sind. Was dir einmal wichtig war, das hebt sie hervor, das andere nicht. Aber das andere schwingt mit. Es hängt an den Erinnerungen. Es ist da, nur nicht so klar, dass du es noch einmal durchlebst, sondern nur, als würdest du dich deutlich erinnern. Alles andere könnte vieles verderben.«

Er küsste sie.

»Glaubst du, so geht es? Glaubst du, so schaffen wir es?«, fragte sie ihn.

»Ja«, antwortete er und streichelte ihre Hände. »Die Ängste sind da, aber weder der eine noch der andere Albtraum wird wahr werden. Ich werde nicht mehr Macht annehmen, als mir zusteht, und ich kann mir nicht vorstellen, dass ich vor dem Kampf davonlaufe und euch sterben lasse. Das in den Träumen – das bin nicht ich.«

DER PLANET CHRYSAOR

»Bist du wirklich bereit?«, fragte Ryala und schaute Chris in die Augen, während sie ihn an den Schultern packte. »Wenn nicht, nehme ich deinen Platz ein oder komme mit.«

»Nein, ich bin bereit«, erwiderte Chris. Sie hatte ihm diese Frage in den letzten Stunden oft gestellt. »Wenn man das überhaupt sein kann. Und du wirst auf dem Kommandoschiff gebraucht. Toshiaki und Denna haben recht.«

»Toshi kann das genauso gut wie ich. Ein Wort von dir, und ich überlasse es ihm.«

Chris schüttelte den Kopf, während seine Tante die Hände von seinen Schultern nahm. Er schaute nach links zu Darae und dann nach rechts zu Valmas. »Ich bin in guter Gesellschaft.« Dann wandte er sich halb um und blickte zwischen Gerya Corbella, die ihn mit ihren Leuten begleiten würde, und Fran, die der Kopf von Daraes Team war, hinüber zu ihrem uranosischen Schiff – der *Cidegast*. »Außerdem müssten wir dann die *Naujena* wieder ausladen.« Sie hatten sie im Frachtraum untergebracht. Sollten sie auffliegen, würden sie darin einen Fluchtversuch starten. Das Schiff stand direkt in der mittleren Schleuse.

Ryala nickte. »Du wirst deine Sache gut machen.« Sie schaute in die Runde. »Alle Vorbereitungen sind getroffen; jeder von euch weiß, was zu tun ist. Wenn wir jetzt auseinandergehen, läuft der Zeitplan. Fliegt zu euren Sammelpunkten und wartet auf das Signal.« Sie wies auf den erbeuteten Frachter. »Die *Cidegast* wird das Spiel eröffnen. Und dann wird sich zeigen, ob unsere Pläne standhalten.« Sie wandte sich wieder an Chris. »Nutze einfach deine Fähigkeiten. Wenn ihr es nach unten schafft, wird es gelingen.«

Chris fand es immer noch befremdlich, wenn sie von seinen Fähigkeiten sprach. Aber er nickte und schloss sie in die Arme.

Sie küsste ihn auf die Stirn. »Wenn es schiefzugehen droht, dann halte dich an den Plan und ziehe dich zurück. Spiele nicht den Helden.«

»Das werde ich«, sagte er.

Ryala küsste Darae auf die Wangen. »Ohne dich wären wir nicht hier. Und Chris wäre jetzt in den Händen der Uranosier.«

»Wahrscheinlich eher tot«, setzte Chris nach.

»Dankt mir lieber nachher, wenn alles vorbei ist«, sagte Darae.

Ryala lächelte und schaute dann von links nach rechts. »Los geht's!«

Während die anderen sich eilig auf den Weg zum Frachter machten und auch Ryalas Leute zu ihren Fähren gingen, blieb Ryala stehen; Chris rührte sich ebenfalls nicht.

»Das nächste Mal, wenn wir uns sehen, hoffe ich, dass es eine große Familienfeier gibt. Früher mochte ich solche Feste nicht. Ich konnte da nicht nüchtern hingehen. Aber wenn du deine Familie beinahe verloren hast, erinnerst du dich gerne an all das, wofür du früher keine Geduld hattest. Wie wäre das? Eine Feier. Mit dem, was von unserer Familie geblieben ist. Und der, die wir uns wählten.«

»Du denkst an Darae.«

»Ja, und an Valmas und an Denna und Toshiaki und all die anderen. An die ganze große Familie, die jetzt in den Kampf zieht.«

»Darauf freue ich mich. Ich gehe davon aus, dass die Feier schon vorbereitet ist.«

Ryala grinste. »Du weißt doch: Ich überlasse kaum etwas dem Zufall.« Sie umarmte ihn ein weiteres Mal. »Deine

Mutter«, sagte sie. »Deine Mutter wäre stolz auf dich.« Sie schluckte.

»Danke, Ryala« war alles, was er zu sagen wusste.

Mit einem gequälten Lächeln wandte sie sich von ihm ab.

Chris dachte an seine Mutter, und er wünschte sich, sie wäre nun hier bei ihm und würde sich mit ihm auf den Weg machen.

Meljan ließ sich die Berichte der Spione vortragen. Er saß am Esstisch und frühstückte ein Spiegelei. Von dem Küchenmodul hatte er sich eines mit drei Dottern synthetisieren lassen, und es war so zubereitet, wie er es mochte: Eigelb und Eiweiß halb durch und die Ränder knusprig. Er erinnerte sich noch an Daraes angewidertes Gesicht, wenn sie gesehen hatte, dass das Eiweiß an der Oberfläche noch glibberig war. Sie hasste das, und er liebte es deswegen umso mehr.

Während er aß, berichtete die Computerstimme seiner Card von den Vorbereitungen der Ketoniden. Es tat sich etwas; daran gab es einen Zweifel. »Es ist etwas in Bewegung geraten«, sagte die Computerstimme. Meljan mochte künstliche Stimmen lieber als die der jeweiligen Verfasser der Berichte. Es lag keine Emotion, keine Absicht und keine Unsicherheit in der Computerstimme. »Generalin Denna Gelbert ist Informanten zufolge wieder auf Chrysaor gesehen worden.«

Meljan schüttelte den Kopf. Er fragte sich, wie die Gelbert es immer wieder schaffte, unbemerkt durch die Maschen zu schlüpfen.

»Die Zeichen sprechen dafür, dass die Ketoniden Vorbereitungen für einen großen Schlag treffen. Wir vermuten, dass diese Vorbereitungen noch nicht abgeschlossen sind.«

Meljan schob den Teller mit dem halben Toast und dem Rest eines Eigelbes zurück. Er hatte genug vom Frühstück, und er hatte ebenso genug von dem Gerede der Spione.

Denn er war anderer Ansicht. Die Überheblichkeit war ihre Schwäche. Sie konnten sich nicht vorstellen, dass die Ketoniden in ihrer Planung schon weiter waren. Aber Meljan traute ihnen alles zu. Deswegen ging er von seinem Esszimmer direkt auf die Brücke und befahl, dass sie dem Planeten Stheno den Rücken kehrten und durch das Sprungtor zum Chrysaor flogen, um die Flotte dort zu verstärken.

Die *Cidegast* schob sich langsam durchs Tor, und sofort erschien der Planet Chrysaor in voller Pracht vor ihnen. Chris konnte sogar den Kontinent Atlas mit seinen gewaltigen Gebirgen sehen. In den Dolorose-Bergen im Westen des Kontinents lag die Hochebene, auf der sich Njaldos, die Stadt der Njalden, befand. Die Uranosier nannten sie Njaldos-Ebene, die Ketoniden hatten ihr aber insgeheim den Namen Pondaia-Ebene gegeben, wegen der Rolle, die Chris' Mutter und seine beiden Tanten gespielt hatten.

Pondaia. Wie viel Respekt und gewiss auch Trauer sprach daraus, dass die Chrysaorianer seinen Familiennamen zur Bezeichnung jenes Gebietes gewählt hatten. Pondaia. Das war eigentlich sein wahrer Nachname. Ryala hatte es ihm gesagt, doch jetzt im Angesicht des Heimatplaneten seiner Familie begriff er es wirklich. Nun, da er Verantwortung übernommen hatte, würde er auch den Namen offen tragen. Aber er würde seinen alten Namen nicht ablegen. Er würde Chris Mesaidon Pondaia sein.

Zwischen dem Sprungtor und dem Planeten lagen die uranosischen Schiffe. »Das sind zu viele«, sagte Valmas.

Chris schaute sich um. Es wimmelte nur so von mittelgroßen Kreuzern, die alleine schon ausreichten, um den Zugang nach Chrysaor zu kontrollieren.

Ein wenig abseits des direkten Weges, auf dem sich die Kontrollschiffe der Uranosier mit den Zivilschiffen, die auf Chrysaor ein und aus flogen, trafen, lagen drei gewaltige Zerstörer. Hätte es nicht nur einer sein sollen? Sie mussten nach dem letzten Aufklärungsflug vor sieben Stunden eingetroffen sein. Die gewaltigen Schiffe, die wie starre Raumfestungen wirkten, wurden von unzähligen kleineren Schiffen umschwebt. Es waren die *Mirugil*, die *Athenaia* und die *Katharsis*. Letzteres war das Schiff von General Paul Kronson, dem Anführer der Invasionsarmee.

»Scheiße!«, rief Gerya. »Das ist fast die gesamte Flotte! Entweder haben die ihrerseits etwas vor, oder sie ahnen etwas.«

Chris schaute zur Seite zu Darae. In ihrer uranosischen Uniform sah sie wie eine echte Offizierin aus. Er selbst fühlte sich fremd in der Kleidung des Feindes.

Darae biss sich auf die Lippe, dann sagte sie: »Wenn die was Genaues wüssten, hätten sie sich uns gegenüber längst in Position gebracht.« Sie zeigte auf die Bildschirme, die die Seiten- und die Heckkameras wiedergaben. »Sie würden doch wohl hinter dem Tor lauern, wenn sie mit uns rechnen würden.«

»Es sei denn, sie wollen uns schön in ihre Mitte locken«, sagte Valmas. »Das gefällt mir nicht.«

Gerya nickte mit unzufriedener Miene. Ihre sonst so blassen Wangen waren rosa. Sie wirkte, als hätte sie sich ihren kahlen Schädel blass gepudert, um sich die Wangen dann zu schminken.

»Wagen wir uns noch ein bisschen weiter vor«, sagte Chris. »Dann erfahren wir, ob sie von uns wissen.« Er mochte vielleicht gefasst und konzentriert wirken, doch er hatte Angst. Nicht vor einem Kampf, sondern davor, dass seine Albträume doch noch Wirklichkeit wurden. Besonders der Traum, in dem er alle im Stich ließ und davonflog, nagte an ihm. Es war wie eine verheilt geglaubte Wunde, die nun doch wieder aufbrach. Er fürchtete, dass er sich selbst nicht vertrauen konnte und sich in der Hitze des Gefechts als Feigling herausstellte. »Schickt eine Nachricht an Ryala und warnt sie, dass die ganze Flotte da ist«, sagte er.

Fran, die am Kommunikationspult saß, nickte und setzte die Nachricht ab.

»Ich glaube, das geht schief«, sagte Gerya. Sie schien stets Befürchtungen mit sich herumzutragen. Doch Ryala hatte ihm versichert, dass sie, wenn es drauf ankam, verbissener als jede andere war. »Aber es ist zu früh, um umzukehren«, sagte sie.

Chris schaute auf die Verkehrsdaten. Etliche Schiffe waren in den letzten Stunden auf dem Planeten gelandet. Daraes Programm lieferte sogar Daten über die Codes, die die uranosischen Schiffe gerade verwendeten.

»Gute Nachrichten«, sagte Darae. »Ich habe die aktuellen Codes. Manche der Schiffe sind wie Verliebte. Sie senden ständig Signale aus, dass sie an einem Kontakt interessiert sind. Da konnte ich sie schön abgreifen. Und es kommt noch besser: Keines der Schiffe, die in den letzten Stunden über die korrekten Codes verfügt haben, wurde von den Uranosiern kontrolliert.«

»Sie haben also wirklich neue Codes?«, fragte Chris.

»Ist nicht ungewöhnlich«, erklärte Darae. »Und es muss nicht heißen, dass sie was befürchten. Aber egal: Meine Programme funktionieren. Einige der Schiffe sind so offen wie eine Ladeluke.«

»Zu offen?«, fragte Chris.

»Würde ich nicht sagen. Unter den Schiffen sind eine Menge WF-22-Kreuzer. Die posaunen eine Menge raus. Jetzt muss ich nur noch alles für unsere Übertragung vorbereiten. Aber ich passe auf, dass ich die Codes kurz vorher noch mal abfrage. Nur um sicherzugehen.«

Sie flogen gemächlich voran, und als sie, dem Leitkurs folgend, nahe an den uranosischen Schiffen vorüberkamen, gab Darae Fran ein Zeichen. Sie winkte links vom Kommunikationspult, dass sie bereit sei. Dann kündigte sie den Feinden die *Cidegast* an. Ihr uranosischer Akzent würde, weil er echt war, gewiss keinen Zweifel hervorrufen.

Eines der Kontrollschiffe meldete sich. Chris konnte vor lauter Kreuzern, die sich hier sammelten, nicht erkennen, welcher sie da gerade kontaktierte. Eine Anzeige auf dem

Schirm, die das sendende Schiff markiert hätte, gab es nicht. Während Fran mit den Uranosiern sprach, nickte Darae. »Wie ich's gesagt habe. Ich kann die Codes lesen. Jetzt hoffen wir, dass sie das gefälschte Signal von Kronos-4 akzeptiert haben und unser Schiffchen in ihrer Liste steht.«

Sie drehten sich um und schauten zu Fran hinüber. Sie lächelte dem Schirm entgegen und wirkte mit ihrem langen Zopf und ihrer uranosischen Uniform so attraktiv, dass man gewiss eher an ihren Kontaktdaten interessiert war als an der Frage, ob sie etwas zu verbergen hatte. Doch Chris wusste gar nicht, was das Gegenüber sah. Er wusste nur, dass Darae eine Card dazwischengeschaltet hatte, die Frans Gestalt in eine künstliche übersetzte. Jede Geste, jede Gesichtsregung würde auf den Avatar übertragen. Die Gefahr war zu groß, dass die Bilddaten mit den Fahndungslisten abgeglichen wurden.

»Wo könnte man sich denn treffen?«, fragte Fran, und Chris und Darae tauschten ein Lächeln. Fran schaute kurz zu ihnen herüber. »Ich kann nicht so einfach weg. Wir werden landen und dann schnell wieder abfliegen und nach Kronos-4 zurückkehren.«

Alle waren leise und lauschten dem Gespräch, und nun konnte Chris auch hören, was der Uranosier auf dem Kontrollschiff sagte. »Kronos-4? Ich schicke dir mal unauffällig meine Daten. Und vergiss nicht, unser Geplauder rauszuschneiden. Bis bald.« Damit war das Gespräch beendet, und Fran atmete durch.

»Gut gemacht«, rief Darae.

Dass die Kommunikationsoffiziere die Verbindungen für ihre eigenen Zwecke nutzten und dabei sogar Teile der Übertragungen löschten, ließ Chris aufatmen.

»Ich sage doch, dass du eine gute Com-Offizierin geworden wärst«, verkündete Darae.

»Ist sie denn mit der Persona in den Datenbanken drin?«, fragte Gerya.

»Zusammen mit den Daten unseres Schiffes«, erklärte

Darae. »Es war nicht leicht, die gefälschten Daten einzuschleusen. Aber auf Kronos-4 gibt es Mittel und Wege.«

»Ich hoffe, sie entdecken es nicht«, sagte Valmas.

»Auf der Gefahr beruht bei mir alles. Sonst würde der Schmuggel ja brachliegen.«

»Begeben Sie sich auf den Anflugpfad für Njaldos«, sagte der Kommunikationsoffizier zu Fran und fügte leise hinzu: »Wie heißt du?«

»Ich heiße Gloria«, sagte sie.

»Auf ein Wiedersehen auf Kronos-4?«

»Auf ein Wiedersehen auf Kronos-4, Peter«, erwiderte sie mit einem süßen Lächeln. Damit war die Übertragung erneut beendet.

Sie erhielten die Anflugdaten, und Chris brachte die *Cidegast* auf ihren neuen Kurs zwischen die uranosischen Schiffe.

»Jetzt kommt es drauf an«, sagte Valmas.

Chris hatte nach wie vor Angst. Jede Bewegung um sie herum mochte in eine Attacke auf sie münden.

»Sie werden jetzt die Daten abgleichen«, sagte Darae und wandte sich an Fran. »Wenn es nur auf deinen Peter ankäme, wären wir jetzt sicher durch. Sehr gute Arbeit!«

Fran lehnte sich mit einem zufriedenen Lächeln zurück.

»Hoffen wir, dass sie keine Ungereimtheit finden«, sagte Gerya.

»Wenn wir Pech haben, ist ihnen aufgefallen, dass wir eine Nachricht in den Hyperraum geschickt haben«, entgegnete Valmas.

»Ach, das ist nicht ungewöhnlich«, erklärte Darae. »Allein die Crew schickt oft persönliche Nachrichten durch die Gegend. Probleme bekommen wir, wenn Ryala uns jetzt antworten sollte und sie das abfangen und entschlüsseln können.«

»Selbst wenn sie es nicht entschlüsseln können, könnten sie sich fragen, was denn da mit einem fremden Code geschickt wird«, gab Gerya zu bedenken.

»Sie müssten schon einen konkreten Verdacht haben, um so tief in die Daten zu schauen.«

»O nein«, sagte Gerya und deutete auf eines der Schiffe. »Das ist die *Clinschor*.«

Darae nickte. »Meljan ist also hier. Nun, er ahnt vielleicht etwas.«

An dem verwinkelten Schiff vorüberzufliegen dauerte nach Chris' Empfinden eine Ewigkeit, und als sie es passiert hatten, atmete er zwar auf und tauschte mit den anderen erleichterte Blicke, doch die *Clinschor* im Rücken zu haben, das machte ihn unruhig.

»*Cidegast*!«, sagte eine Stimme, die Chris aus den Medien kannte; er war dieser Person aber noch nie persönlich begegnet. »Ergebt euch! Euer Weg endet hier.« Es war Meljan Solsees Stimme. Dass er persönlich zu ihnen sprach, ließ nichts Gutes vermuten.

Zwei Kreuzer – einer davon war Rayol Oredsons *Mykenai* – kamen mit einem Schwarm Jäger näher.

»Lasst uns abhauen!«, sagte Valmas.

Chris nickte. »Weg hier!«

»Wir brechen die Mission ab«, sagte Gerya so laut, dass alle auf der Brücke es hörten.

Chris wandte das Schiff von den Angreifern ab und steuerte auf einen Aufklärer zu. Er wollte unter diesem hinwegtauchen. Mit ein wenig Glück würden sie die Schilde nicht hochfahren. Die Aufklärer neigten dazu, ohne Schilde zu fliegen, um uneingeschränkt lauschen zu können. Falls sie die Schilde jedoch hochfuhren, mochte es zu einer Kollision kommen, was auch für den Aufklärer gefährlich würde. Ließen sie die Schilde unten, mochten sie selbst unter Feuer geraten.

Darae tippte auf der Tastatur an ihrem Schirm wild herum.

»Das werden wir nicht schaffen«, sagte Gerya.

Chris steuerte den Frachter gerade unter den Aufklärer, als die ersten Geschosse auf den hinteren Schild trafen.

Mit einem Jäger hätte Chris die Geschwindigkeit variieren und mit wilden Lenkmanövern ein schwieriges Ziel bieten können, doch die *Cidegast* war zu groß und nicht wendig genug. Die Uranosier mussten nur die Mitte des Schiffs anvisieren und würden dann kaum vorbeischießen können.

Chris konnte nur stur weiterfliegen und hoffen, dass die Schilde den Beschuss aushielten und die Gegner vielleicht sogar ihr Feuer einstellten, wenn sie dem Aufklärer näher kamen.

»Hoffentlich fahren die jetzt nicht die Schilde hoch«, sagte Valmas. »Das könnte uns das Schiff entzweireißen.«

»Vielleicht«, entgegnete Chris. »Aber wenn sie klug sind, machen sie gar nichts und hoffen darauf, dass ihre Leute das Feuer einstellen, um sie nicht versehentlich zu treffen.«

Valmas lachte kurz auf. »Mit Oredson auf unseren Fersen ist das eine gewagte Hoffnung.«

»Sie haben gerade Befehl gegeben, die Schilde nicht hochzufahren«, sagte Darae, ohne den Blick von ihrem Schirm zu lösen.

Und tatsächlich stellten die Verfolger den Beschuss ein.

»Was jetzt?«, fragte Chris. »Wir können dieses Spiel höchstens bis zum Rand der Flotte spielen. Irgendwelche Einfälle, was wir dann machen?«

»Keine Chance!«, sagte Valmas und deutete voraus. Jenseits des Aufklärers wichen die Schiffe zu allen Seiten aus der Bahn. Es sah zwar aus, als würde man ihnen den Weg freimachen, doch in Wahrheit brachten sich die Schiffe vor der Feuerkraft ihrer Verfolger in Sicherheit.

»Zeit für die *Naujena*«, sagte Chris.

Darae klopfte ihm auf die Schulter und erhob sich. »Gehen wir. Ich werde mit Meljan reden. Das kauft uns vielleicht ein bisschen Zeit.«

»Wenn er uns nicht sofort in tausend Stücke schießt«, sagte Valmas.

»Nein, nein«, erwiderte Darae. »Mich mit dem Schiff zu

vernichten, würde ihm nicht reichen. Er will mich vor seinen Füßen auf den Knien haben. Erst wenn er sich bedroht fühlt, wird er nicht mehr so wählerisch sein.«

»Trotzdem«, sagte Chris. »Lass es. Er wird glauben, dass Ryala hier an Bord ist. Lassen wir ihn nur wissen, was er unbedingt wissen muss.«

»Na gut. Aber dir ist klar, dass er, sobald er die *Naujena* sieht, weiß, dass du hier bist.«

»Das lässt sich nicht ändern. Aber ich möchte seinen Hass auf dich eigentlich nicht jetzt schon wecken.«

Darae nickte. »Na gut«, sagte sie noch einmal, dann lächelte sie. »Wenn wir jetzt sterben, wird er nie erfahren, dass ich an Bord war. Damit kann ich leben.« Sie lächelte. »Oder besser gesagt: Damit kann ich sterben.«

»Noch ist es nicht so weit«, sagte Valmas.

Kaum waren sie vollständig unter dem Aufklärer hindurchgeflogen, brachte Chris den Frachter zum Stehen. Sie wurden noch einmal getroffen.

»Fahrt die Schilde runter!«, befahl Meljan über die Lautsprecher des Com-Pultes.

Chris tat es, während Gerya sich mit den meisten aufmachte, den Kontrollraum zu verlassen.

Die Schilde waren gerade heruntergefahren, da schossen die Uranosier erneut, und durch das Schiff ging ein Ruck nach dem anderen. Als es still wurde, sah Chris auf dem Schirm, dass sie ihnen den Antrieb und den äußeren Teil des Schildgenerators zerschossen hatten.

Gemeinsam mit Darae und Valmas machte Chris sich auf den Weg zum großen Frachtraum, in dem sich die *Naujena* befand. Die Funksprüche ließen sie sich über Daraes Chamäleon-Card zuspielen.

»Wir kommen an Bord«, sagte Meljan. »Wenn ihr klug seid, leistet ihr keinen Widerstand.«

Darae antwortete nicht. Sie hielt die Card Fran hin, und diese sagte: »Wir öffnen euch die Schleuse, sofern ihr uns wie Kriegsgefangene behandelt.«

»Das werde ich in Erwägung ziehen.«

»Was für ein Arschloch!«, sagte Valmas, als die Verbindung abgebrochen war.

Sie hatten nicht einmal den halben Weg zum Frachtraum zurückgelegt, da wurde das Schiff erneut erschüttert. Darae schaute auf ihre Card. »Ein Schiff ist an der vorderen Schleuse, drei weitere haben angedockt und schneiden sich durch die Bordwand.«

»Nicht sehr vertrauensselig«, sagte Chris.

»Der rechnet mit einem Hinterhalt«, entgegnete Darae.

»Was für ein Arschloch!«, sagte Valmas erneut.

Sie liefen los, und die Statusnachrichten, die über die Computerstimme wiedergegeben wurden und durch die Gänge hallten, trieben sie voran.

Darae stellte etwas auf ihrer Card ein. »Ich schließe die Tore«, sagte sie. »Wir brauchen so viele Barrieren wie möglich.« Sie fiel ein wenig zurück, und Chris wartete, während Valmas erst einige Schritte weiter innehielt und zurückschaute.

Auf dem Hauptgang schossen in der Ferne Flammen und Trümmer von der Seite herein. Die Uranosier hatten sich den Weg freigesprengt. Gerade als Chris, Darae und Valmas auf dem Abzweig zum großen Frachtraum waren, zischten ihnen die ersten Kugeln um die Ohren.

Sie bogen rasch in den Gang zum Frachtraum ein, und sofort schloss Darae die Tür. Und jede weitere Tür, an die sie kamen, fuhr hinter ihnen herunter – wie auf der *Mykenai*, als Daraes Poltergeist ihnen den Weg gewiesen hatte.

Im Frachtraum warteten die anderen bereits vor der *Naujena*. Schon auf dem Weg wollte Chris, dass sich die Luke seines Schiffes öffnete, und die *Naujena* gehorchte seinem Wunsch. Er würde sich wohl nie an das unheimliche Gefühl gewöhnen, dass dieses Schiff seine Wünsche zu lesen vermochte.

Als er mit Darae und Valmas die *Naujena* erreichte, war nur noch Gerya draußen. Die anderen waren bereits die

Rampe hochgelaufen. Hinter ihnen folgte eine Explosion auf die andere. Die Uranosier fuhren offenbar schweres Geschütz auf und sprengten sich in rascher Folge Tür um Tür voran.

Chris ging eilig mit den anderen an Bord. Im Passagierraum verteilte sich die Crew auf die Sitze. Das Summen der Schutzsysteme, die sich in jedem Sitz befanden, begleitete Chris und die anderen auf ihrem Weg nach vorn.

Im Cockpit setzte Chris sich in einen der beiden Pilotensitze und startete sofort das System – diesmal mit einer Berührung und nicht nur mit Gedanken. Darae setzte sich neben ihn, hinter ihnen nahmen Valmas und Gerya Platz.

Darae gab etwas in ihre Card ein, und mit einem Mal hatte Chris den Eindruck, als stellte Darae ihm in Gedanken die Frage, ob das in Ordnung sei. Er schaute sie verwundert an. Und da wurde ihm klar, dass das Schiff Daraes Befehle für die *Cidegast* an ihn herantrug und zu erfahren suchte, ob es diese hinauslassen sollte. Und was immer das Schiff fand – Chris spürte, wie die Signale durch die Bordwand nach außen drangen.

Während Chris seine Hände in die Steuerung schob, öffnete sich draußen die Ladeluke der *Cidegast*. Zu langsam für seinen Geschmack. Er war mit der *Naujena* bereits abgehoben und schwebte über der sich öffnenden Luke. »Komm schon!«, flüsterte er.

Er verlagerte die Leistung des Schildes auf den Rumpf. Sie würden sich ins All hinabsenken und wären für einen Moment ein leichtes Ziel.

Auf dem Seitenschirm strahlte etwas auf. Rauchende Trümmer schossen in den Frachtraum herein. Die Uranosier waren durchgebrochen, und schon drängten schwer gepanzerte Soldaten herein und eröffneten das Feuer auf die *Naujena*. Die Schilde fingen die Kugeln und Laserstrahlen ab. Dann aber kamen vier Leute mit einem schwebenden Geschütz herein, das wie ein überdimensioniertes Gewehr aussah.

Die Uranosier brachten das Geschütz in Position, und in diesem Augenblick war die Luke weit genug geöffnet, um hindurchzufliegen. Chris setzte das Schiff sofort in Bewegung und senkte es durch die Schildschleuse ins All hinaus.

Mit dem Verlassen der *Cidegast* war das Geschütz der Soldaten aus dem Blick und wurde damit zu einem Relikt der Vergangenheit. Hier draußen lauerten neue Gefahren. Chris bemerkte auf dem Schirm, dass zwei Jäger sich unter ihnen in Position brachten.

Chris drehte die *Naujena* nach unten, und als er die beiden Schiffe durch das Fenster vor Augen hatte, schob er die Schilde nach vorne. In diesem Augenblick eröffnete einer der Jäger das Feuer, der andere zog einfach nach. Die Schilde der *Naujena* flammten auf. Sie funktionierten anders als die ihm bekannten Schilde. Er musste keine Bereiche abschalten, um seine eigenen Projektile und Laser hindurchzuschicken. Sie blockierten nur das, was von außen kam, und vermochten sogar nur Ausgewähltes zu blockieren. Dennoch – der Beschuss nagte an ihnen.

Chris schoss zurück. Wie zwei Nadeln strebten die schmalen Torpedos voran, drangen unbehelligt durch den Schild, flogen einen Bogen und trafen die beiden Jäger. Sie drifteten davon, ihre Antriebe waren außer Gefecht gesetzt.

Chris wartete nicht ab, sondern beschleunigte. Er flog schräg über zwei Truppentransporter, die sich der Bordwand der *Cidegast* näherten, als wäre dort noch etwas zu gewinnen.

Darae musste lachen. »Ich kann mir Meljans Gesicht lebhaft vorstellen.«

Valmas drang mit seinem Arm zwischen Chris und Darae nach vorn und wies voraus. »Die ziehen sich wieder zusammen.«

Tatsächlich versuchten die Schiffe, die sich eben noch aus der Schusslinie hatten bringen wollen, den Weg zum Portal wieder abzuriegeln.

»Kampflos kommen wir da nicht durch«, sagte Gerya. »So wie die sich aufstellen, werden sie auf uns feuern, während die andern sich hinter uns sammeln.«

»Wieso das?«, fragte Valmas. »Wenn sie uns verfehlen, treffen sie ihre eigenen Schiffe.«

Gerya wies auf den Schirm zwischen Chris und Darae, auf dem das Geschehen hinter ihnen gezeigt wurde. »Sie schieben die Zerstörer nach vorn. Die werden ihre starken Schilde hochfahren und das, was uns verfehlt, auffangen.«

Darae nickte. »Eines der Manöver, auf die der gute Meljan so stolz ist.«

Chris überlegte erst, ob er die wilden Flugbewegungen, die mit der *Cidegast* nicht möglich gewesen waren, nun mit der *Naujena* angehen sollte. Doch da kam ihm unvermittelt ein Gedanke. Er dachte an die Torpedos und an die beiden Jäger, die ihnen aufgelauert hatten. Die beiden Schiffe hatten die Schilde hochgefahren, und die Torpedos hatten diese ohne Weiteres penetriert. Aus dem Gedanken formte sich eine Frage, und diese Frage beantwortete ihm das Schiff. Die Antwort war einfach da.

Chris wendete die *Naujena* und flog auf die Zerstörer zu.

»Ähm« war alles, was Gerya sagte.

»Was hast du vor?«, fragte Valmas.

»Vertraut ihr mir?«, fragte Chris.

»Ich schon«, sagte Darae. »Aber raus mit der Sprache: Was ist los?«

Er erklärte es ihnen mit knappen Worten, und als er sich umschaute, blickte er in staunende Mienen.

Meljan stutzte. »Was machen die denn jetzt?«, fragte er auf der Brücke in die Runde.

Eben war er noch zufrieden gewesen. Dank der neuen Sicherheitsvorkehrungen, die er angestoßen hatte, war ihnen etwas aufgefallen. Vor vier Tagen war eine Bestellung für Njaldos aufgetaucht, die zwar über alle nötigen Zertifikate verfügte, aber demjenigen, der sie angeblich aufgegeben hatte, nicht bekannt war. Nur weil Meljan vorgeschlagen hatte, bei allem, was in das Keto-System ging, die Beteiligten direkt abzufragen, war es gelungen, diese Unstimmigkeit auszumachen. Das Gestöhne über all die Bestätigungen, die zu leisten waren, stellte sich als unbegründet heraus. Denn sie hatten den Feind in die Falle gelockt.

Die Daten des Frachters *Cidegast*, der die besagte Bestellung ausliefern sollte, und von dessen Crew waren oberflächlich betrachtet über jeden Zweifel erhaben. Für die letzten vier Monate stimmten die Daten des Schiffes, davor aber schien es weder die *Cidegast* noch deren Crew gegeben zu haben. Jemand hatte die Daten ins System geschleust, war aber nicht an die älteren Sicherungen herangekommen. Diese waren nicht öffentlich abrufbar.

Meljan war die Crew persönlich durchgegangen, und alle waren ihm unbekannt. Vermutlich waren ihre Identitäten gefälscht. Es waren nur Bilder. Selbst die Videoübertragung vom Schiff mochte eine Verfremdung gewesen sein. Am Ende hatte sich Ryala persönlich auf dem Schiff befunden – mit generiertem Antlitz und einer gefilterten Stimme, die mit uranosischen Akzent sprach. Das wäre aufwendig, aber keineswegs unmöglich.

Meljan musste an Darae und an ihr Geständnis denken. Sie wäre gewiss zu solchen Manipulationen fähig. Und sie hatte zugegeben, mit den Ketoniden gemeinsame Sache gemacht zu haben. Vielleicht war es das, was Darae für die Ketoniden getan hatte.

Und jetzt, da er den njaldischen Flieger gesehen hatte, ahnte er, wer an Bord der *Cidegast* gewesen war. Der ganze Plan war nun enttarnt. Denn das fremde Schiff war zu dem Zeitpunkt, als sie es in Njaldos gefunden hatten, nicht von ihnen zu manipulieren gewesen. Und von Senthea wussten sie, dass sie und Ryala, als sie es erbeutet hatten, ebenfalls kaum etwas vermochten, es aber immerhin auf sie reagierte. Also blieben nur zwei Möglichkeiten: Entweder war Ryala in den letzten Monaten über sich hinausgewachsen, oder aber Chris Mesaidon war zu seiner Tante gestoßen und hatte seine Fähigkeiten unter Beweis gestellt.

»Sir! Wir warten auf Ihre Befehle«, sagte Lieutenant Feneran, der inzwischen einer seiner wichtigsten Offiziere auf der *Clinschor* war. Der dunkelhaarige Mann mit dem Jungengesicht hatte bei dem Einsatz auf Admeto schnelle Ergebnisse erzielt und war nun in Meljans Gunst aufgestiegen.

»Haltet die Schilde oben«, befahl Meljan. »Macht euch bereit, eine Schildkapsel um das Schiff zu legen. Wir fangen sie ein.« Wie ein Fangarm würde ein Teil des Schildes vorschnellen und das fremde Schiff umfassen. »Lasst die anderen ein wenig schießen«, sagte er. »Sie sollen ruhig ein bisschen Druck im Nacken spüren.«

»Aber warum fliegen sie überhaupt auf uns zu?«, fragte Feneran. Seine dunklen Augenbrauen hoben sich vor Verwunderung.

»Das Schiff ist wendig«, antwortete Meljan. »Sie vermuten wohl, uns umfliegen zu können. Also zieht die Jäger zusammen.«

Je näher das njaldische Schiff kam, umso mehr musste Meljan grinsen. Im Grunde war es ihm egal, ob Mesaidon hier den Tod fand. Ohne ihn und Ryala gäbe es keine Gefahr mehr für die Uranosische Republik. Vielleicht sollten sie sich mit Senthea zufriedengeben. Das Wissen, das sie dem System entlockte, würde auch so die Zukunft prägen. Wenn sie sich in den Tod stürzen wollten, würde er sie nicht daran hindern.

Durch die Visualisierung auf dem Schirm konnte Meljan den Schild sehen, wie er vorschoss und das Schiff wie eine Hand zu umfassen suchte. Doch diese Hand griff ins Leere, als wäre das Schiff nur eine Projektion. Der njaldische Flieger stieß einfach durch den Schild hindurch und durchbrach auch den Schild des Zerstörers *Mirugil*, als wäre er nicht da.

»Haben Sie das gesehen, Sir?«, fragte Feneran.

Meljan hatte genug. Es wäre bedauerlich, wenn Ryala und Mesaidon ihnen als Gefangene entgingen, sollten sie aber in Njaldos landen, wäre es eine Katastrophe. »Schießt das Schiff ab!«, befahl er. »Es darf Chrysaor nicht erreichen. Bittet die *Mirugil*, ihren Schild aufzuheben. Dann beschießt das fremde Schiff. Zerstört es! Egal wie!«

Chris flog zunächst näher an den Zerstörer heran und genoss es, für einen Moment nicht beschossen zu werden.

»Es hat geklappt!«, rief Valmas.

»Ihre Schilde sind nichts wert«, sagte Darae. »Unfassbar!«

»Und was jetzt?«, fragte Gerya. »Ziehen wir es durch oder kämpfen wir uns zurück zum Tor?«

Chris schaute Darae an, doch an ihrem Gesicht konnte er nichts ablesen. Valmas und Gerya blickten ihn mit erwartungsvollen Mienen an. »Wir kämpfen uns zum Tor zurück«, sagte er. »Die da unten sind in Alarmbereitschaft. Es ist vorbei.«

Chris' Aufmerksamkeit wurde auf eine Statusinformation gelenkt. Der feindliche Zerstörer senkte seine Schilde. »Verdammt!«, rief er.

Und schon schoss ein Schwarm Jäger näher.

Chris flog von dem Zerstörer fort und stürzte sich mit der *Naujena* zwischen die Jäger. Diese feuerten, mussten aber aufpassen, ihre eigenen Leute nicht zu treffen. Je wilder Chris flog, umso seltener schossen die Feinde. Sie konnten sich nur wie ein Schwarm bewegen, der mit Verzögerung einem Leittier folgte, ohne je zu ihm aufzuschließen.

Obwohl die Schilde stark waren und sie wenig einstecken mussten, gab es kaum ein Vorankommen. Sobald Chris in einer geraden Linie zum Portal flog, würden sie über ihn kommen. Er war viel schneller als sie, aber es waren zu viele zwischen ihm und dem Tor, und ihre Geschosse verfehlten sie immer seltener. Und selbst wenn er den Torpedos fortfliegen konnte, würden ihn die Laser erwischen. Es hieß, Geduld zu haben; die Richtung immer wieder zu wechseln und langsam auf das Portal zuzusteuern. Und am Ende würden sie sich den Weg freischießen.

Während die Jäger sie in ein Gefecht verstrickten, positionierten sich die übrigen Schiffe um sie herum, und schließlich wurde der Raum eng.

»Da!«, rief Darae. Doch was immer gerade eben noch vor ihnen gelegen hatte, war durch die Wende, die Chris vollzog, nicht mehr zu sehen. Chris flog eine Schraube, und als er das Tor wieder vor Augen hatte, sah er eine Flotte, die sich hinter einem ketonidischen Zerstörer sammelte.

Die *Ruwae* war da. Ryala hatte also beschlossen, sich in den Kampf zu wagen.

So sehr Chris sich um Ryala sorgte, so sehr stieg nun seine Hoffnung, dass sie es in einem Stück zu ihren Verbündeten schafften und mit ihnen zusammen den Rückzug antraten.

»Vorsicht!«, rief Valmas.

Chris riss das Schiff zur Seite und entging einem Kreuzer, der auf sie zugeflogen kam und sie beinahe mit seinen Torpedos erwischt hätte. Etwas prallte auf den Schild und schob die *Naujena* zur Seite, und schon kollidierte sie mit einem Jäger. Sie schoss einfach durch ihn hindurch. Auf dem Rückschirm sah Chris nur Trümmer, denen ihre Verfolger auswichen.

Die Ankunft der ketonidischen Streitmacht entfesselte das Chaos. Die Angreifer schienen nicht mehr zu wissen, ob sie hier gegen die *Naujena* oder dort gegen die ketonidische Hauptstreitmacht antreten sollten.

»Haltet durch«, sagte eine Stimme über das System. Ryala! »Wir treffen uns in der Mitte, Und dann schauen wir, wie wir aus diesem Mist rauskommen.«

Ryala fürchtete um Chris, und sie fragte sich, ob sie sich nicht zu weit vorwagte, nur um einen Verwandten zu retten. Aber wenn Chris starb oder in die Hände der Feinde geriet, wäre jede Hoffnung dahin. Denn an sich selbst – dass sie auf Chrysaor hinabstoßen und die Wende bringen konnte – glaubte sie nicht mehr.

Die Schlacht hatten sie gut eröffnet. Sie hatten die Feinde völlig überrascht, und das daraus resultierende Chaos glich die zahlenmäßige Unterlegenheit aus. Vielleicht war dies die Entscheidung; ganz gleich, was da unten auf Chrysaor geschehen mochte.

Ein Strahl wie aus dem Nichts drang zwischen den Schiffen hindurch, durchschlug einen uranosischen Jäger und traf einen ketonidischen Kreuzer, der in glühende Stücke zersprang.

»Das war das Geschütz in Njaldos!«, rief Toshiaki, dessen Bild auf dem Seitenschirm stand. Er befand sich auf seinem Schiff und hielt es im Schatten der *Ruwae*.

Ryala ließ sich den Schuss noch einmal auf ihrem Schirm anzeigen. Er kam eindeutig vom Planeten. »Senthea«, flüsterte sie.

»Ich dachte, sie könnten nur Ziele anvisieren, die in unmittelbarer Nähe des Planeten sind«, sagte Toshiaki.

»War wohl ein Irrtum«, erwiderte Ryala und starrte auf die Trümmer.

»Wir müssen uns zurückziehen«, sagte Toshiaki.

»Nein«, entgegnete sie und zeigte auf einen der feindlichen Zerstörer. »Das ist die *Katharsis*. General Kronson ist da. Wir halten sie schön zwischen uns und dem Planeten und feuern mit allem, was wir haben. Wir ziehen uns nicht zurück, bis die *Naujena* bei uns ist. Wenn ihnen Chris in die Hände fällt, werden wir alles verlieren, was uns noch geblieben ist. Gib die Befehle, dass wir die Formationen aufgeben und uns auf die Feinde stürzen.«

»Jawohl!«, sagte Toshiaki. »Können wir noch gewinnen? Denn ich sehe nicht wie.«

»Wir können aushalten und uns dann zurückziehen. Wir haben verloren, Toshiaki. Die Frage ist nur, wie viel wir verloren haben.«

»Also geht es in eine weitere Runde. Wieder Jahre der Vorbereitung.«

Ryala nickte nur, und als Toshiakis unzufriedenes Gesicht vom Schirm verschwunden war, war es ihr, als würde die Müdigkeit der letzten beiden Jahrzehnte auf einmal über sie kommen. Es war bereits schlimm, diesen Kampf ohne Senthea bestreiten zu müssen. Aber zu wissen, dass die Uranosier Senthea in diesem Moment missbrauchten, um auf sie zu feuern, erschütterte Ryala.

»Was war das?«, fragte Valmas.

»Das Geschütz auf dem Planeten«, antwortete Gerya und fuhr sich über ihren kahlen Kopf.

Chris versuchte das Geschehen aufzuschnappen und merkte, dass ihre Verbündeten sich in einen unübersichtlichen Kampf gewagt hatten, um es dem Geschütz auf dem Planeten schwer zu machen, sie anzuvisieren. Die Uranosier versuchten von den größeren Schiffen wegzukommen. Und auch von der *Naujena* lösten sich immer mehr Schiffe, offenbar in der Hoffnung, das Geschütz werde sie dann unter Feuer nehmen. Die Strategie ging bei den größeren Kreuzern der Ketoniden auf. Ein Schiff nach dem anderen zerplatzte unter dem Beschuss der gewaltigen Strahlen vom Planeten.

Chris stutzte, denn inzwischen waren keine Feinde in ihrer unmittelbaren Umgebung, und sie boten ein hervorragendes Ziel für das Geschütz auf Chrysaor. Doch entweder war die *Naujena* zu klein, oder das Geschütz betrachtete sie nicht als Ziel.

Chris hatte einen Verdacht und steuerte direkt auf den Planeten zu, doch die Geschütze schossen nicht auf sie. Dafür waren ihnen die Uranosier mit geballter Macht auf den Fersen.

»Warum knallen sie uns nicht runter?«, fragte Gerya.

»Weil die Anlage in der Njaldenstadt uns vielleicht als einen Verbündeten erkennt«, antwortete Chris. Er erinnerte sich, dass Ryala das für möglich gehalten hatte.

»Sicher bist du dir nicht, oder?«, fragte Darae.

»Nein«, antwortete er. »Es ist kein Wissen, das ich aus diesem Schiff ziehen kann. Aber ich fühle mich dabei sicherer als da hinten in der Schlacht. Wenn ihr wollt, dass ich umkehre, mache ich es.«

»Ich bin zu allem bereit«, sagte Darae.

»Wenn's schiefgeht, kommt der Tod wenigstens schnell«, erklärte Valmas.

Gerya lachte. »In Ordnung. Halten wir uns an unseren ursprünglichen Plan.«

Meljan war wieder einmal außer sich. Das durfte nicht wahr sein! Seine Befehle waren missverstanden worden. Seine Leute hatten, vielleicht auch, um dem Beschuss vom Planeten zu entgehen, Mesaidons Schiff zu viel Raum gelassen. Und nun tat Mesaidon das, was Meljan befürchtet hatte: Er näherte sich dem Planeten. Und das Schlimmste war, dass die Geschütze sich weigerten, auf das njaldische Schiff zu feuern.

»Ist General Kronson endlich zu sprechen?«, fragte er.

»Ja. Hier ist er«, sagte Lieutenant Feneran.

Kronson erschien auf dem Schirm vor Meljan. »Was ist los?«, fragte er.

»Mesaidon ist auf dem Weg auf den Planeten hinab, und die Geschütze feuern nicht auf ihn. Ich bitte darum, mich aus der Schlacht zurückziehen zu dürfen.«

»Sie geben mir den Befehl über die Flotte also zurück?«

»So ist es.«

»Erlaubnis erteilt. Gehen Sie! Bringen Sie mir den Jungen!«

»Tot oder lebendig?«

»Möglichst lebend. Es wäre ein Triumph, ihn als Gefangenen zu haben. Sollte er aber sterben, werde ich nicht jammern.« Damit löste Kronson sich auf.

Meljan grinste. »Wir setzen dem Schiff nach. Ruft die *Mykenai* dazu.«

Einen Vorteil hatte das Ganze: Sie hatten freies Schussfeld auf das njaldische Schiff.

»Die Geschütze zielen wirklich nicht auf uns«, sagte Gerya. »Aber werden wir auch durch den Schild kommen? Das ist kein gewöhnlicher Schild.«

Chris zog von links nach rechts, und so entgingen sie einer weiteren Salve der Verfolger.

»Noch könnten wir umkehren«, sagte er und flog eine Schraube schräg in die Tiefe.

»Das da hinten ist die *Clinschor*«, sagte Darae. »Und die *Mykenai* ist auch da. Mit einem ganzen Schwarm von Jägern.«

Etwas traf den Schild, und Chris spürte es als ein Pochen. Ihr Generator war heißgelaufen, aber noch nicht überhitzt. Lange jedoch würde er den Beschuss nicht mehr aushalten. Jetzt kehrtzumachen hieße nicht nur diesem Beschuss die Stirn zu bieten, sondern in die Schlacht zurückzukehren, die ursprünglich dazu hätte dienen sollen, die Uranosier von dem Geschehen auf Chrysaor abzulenken, sich dann in eine Rettungsaktion gewandelt hatte, nun aber dazu da war, die Kräfte zu binden, während sie den letzten Versuch wagten, auf den Planeten hinabzugelangen.

»Du warst dir vorhin sicher, dass wir die Schilde des Zerstörers durchdringen können«, sagte Darae.

»Hier bin ich es nicht«, entgegnete Chris.

»Wie bist du vorhin darauf gekommen?«, fragte sie.

»Weil die Torpedos die Schilde der beiden Jäger durchdrangen.«

»Wo ist der Schild?«, fragte Darae.

Gerya antwortete ihr: »Vor dem Eintritt in die Atmosphäre.«

»Hier«, sagte Chris. Er wollte eigentlich seine rechte Hand aus der Steuerung ziehen, um per Knopfdruck den Schild auf den Schirmen anzuzeigen, doch dann entschied er sich dagegen. Er wollte das Steuer nicht loslassen. Auf dem Bildschirm legte sich eine grüne Schicht um den Planeten. Was er per Knopfdruck hatte tun wollen, war nun per Gedankenkraft geschehen – als hätte das Schiff gelauscht und seinen Wunsch umgesetzt.

Darae staunte. »Tatsächlich um den ganzen Planeten«, sagte sie schwärmerisch. »Unfassbar!«

»Ja«, antwortete Gerya. »Sie können Bereiche ausschalten.«

»Wie viel Energie das braucht!«, flüsterte Darae.

Ein Treffer schwächte ihren Schild und versetzte dem Schiff einen leichten Stoß zur Seite. Chris erschrak. Er war einen Augenblick unaufmerksam gewesen. Nun aber steuerte er die *Naujena* in engen Schlangenlinien voran und entging so dem Beschuss.

Sie hatten den Planetenschild fast erreicht, da fiel Chris etwas ein. Er hatte Darae gerade eben gesagt, wie er darauf gekommen war, dass sie die Schilde der uranosischen Schiffe mit der *Naujena* durchstoßen konnten. So schoss er auch nun einen Torpedo ab und schaute zu, wie dieser vorausflog.

»Ach so!«, sagte Gerya, während Darae ihm auf die Schulter klopfte.

»Wird schon schiefgehen«, nuschelte Valmas.

Chris steuerte weiter in wilden Bewegungen das Schiff voran, bemühte sich aber, den Torpedo in Sicht zu halten. Er wusste, dass von der Frage, ob der Torpedo am Schild zerbarst oder nicht, alles abhing, wonach sie hier strebten.

Der Torpedo drang ungehindert durch den Schild, und Chris sandte ihm – wieder in Gedanken – den Befehl, sich zu zerstören. Und tatsächlich geschah es.

Trotz des guten Zeichens flog Chris den Schild mit einem mulmigen Gefühl an.

»Wird schon schiefgehen«, sagte Valmas erneut. Und als sie tatsächlich ungehindert durch den Schild flogen, lachte er. »Hab's doch gewusst! Und jetzt – schauen wir mal, was die Uranosier machen.«

Chris blickte auf den Rückschirm. Die *Clinschor* und die *Mykenai* leuchteten um die Wette, so sehr strahlten die vorderen Triebwerke. Die *Mykenai* wendete sogar im Anflug und gab vollen Schub auf die Haupttriebwerke, um nicht auf den Schild zu stoßen.

Schließlich hielten sie an.

Darae grinste, während hinter ihnen Valmas und auch Gerya jubelten.

»Die Tür ist offen«, sagte Darae.

Ein Schwindelgefühl überkam Chris. Irgendetwas passte hier nicht zusammen. Die *Naujena* verwirrte ihn. Er atmete durch, und da merkte er, dass das Schiff seinen Lenkbewegungen nicht mehr folgte. Es korrigierte ihn und übernahm sogar, wenn er zu weit vom Kurs abweichen wollte. Schließlich wusste er es. Die *Naujena* spielte ihm die Gewissheit zu, dass der Landeanflug automatisiert lief.

»Ich kann nicht mehr steuern«, sagte er. Er zeigte es den anderen, indem er die Hände aus den Öffnungen zog.

»Das heißt, das Schiff hat übernommen?«, fragte Valmas.

Chris überlegte, und da wusste er es. »Nein. Es hat die Kontrolle an die Bodenstation abgegeben.«

»Es wird nicht besser«, sagte Gerya. »Ein Problem ist schlimmer als das andere.«

»Und was jetzt?«, fragte Darae. »Ich kann mit diesen Dingern nicht umgehen. Das ist eine Technik, von der ich nichts verstehe.«

»Wenn wir Glück haben, schaffen wir es in einen der Landebereiche«, sagte Chris. »Vielleicht kann ich da was bewegen.«

»Und mit weniger Glück?«, fragte Darae.

»Mit weniger Glück schießen sie uns mit ihren mobilen Geschützen ab oder sprengen uns in die Luft, sobald wir gelandet sind.«

Meljan tigerte auf der Brücke der *Clinschor* hin und her. Er wollte dort unten sein, falls es Mesaidon gelänge, dort einzudringen. »Fahr endlich die Schilde runter, Warren!«, befahl er Colonel Auringer, dem Kommandeur von Njaldos, der ihm im Rang zwar ebenbürtig, für diese Operation jedoch seinem Kommando unterstellt war und ihm persönlich Rede und Antwort stehen musste. Normalerweise war es ein Leichtes, eine Öffnung im Schild anzufordern; der ganze Frachtbetrieb beruhte darauf. Doch plötzlich gab es Verzögerungen.

»Wir haben Schwierigkeiten. Die Geschütze arbeiten nicht so präzise, wie wir es gerne hätten. Und der Schild scheint … Moment! Da tut sich was.« Auringer wandte seinen Kopf zur Seite und nickte, nur um dann wieder Meljan über den Schirm entgegenzublicken und sich durch seinen braunen Vollbart zu streichen. »Die Befehle sind dem Medium zugespielt worden. Es scheint sie jetzt umzusetzen.«

Meljan musste schmunzeln. Es war seine Idee gewesen, Senthea Pondaia nur als *das Medium* zu bezeichnen. Aus einem Menschen wurde eine Funktion, aus *ihr* wurde *es*.

»Der Schild ist unten«, sagte Colonel Auringer. »Hier ist der Kurs.«

Meljan hasste es, nicht auf seine Sinne vertrauen zu dürfen, sondern irgendeinem anderen ausgeliefert zu sein. Nachdem der Kurs übertragen war, setzten sie sich in Bewegung und schlüpften durch die Öffnung in einem Schild, den sie nicht sehen konnten.

Noch ehe sie in die Atmosphäre eintauchten, gab Meljan seine Befehle an den Colonel. »Beschießt das njaldische Schiff«, sagte er. »Falls es ausweichen kann, zwingt ihr es mit dem Feuer zumindest vom direkten Kurs ab.« Mit ein wenig Glück könnte er vor Mesaidon in Njaldos sein. »Stell deine Leute in den Landehallen bereit. Falls das Schiff aufsetzt, müsst ihr es sofort unter Beschuss nehmen. Die Ketoniden dürfen keinen Fuß auf den Boden setzen.«

»Verstanden, Colonel!«, sagte Auringer und biss sich dann auf die Lippen. Eigentlich sprachen sie sich mit Vornamen an, doch mit der Anrede *Colonel* hatte Warren akzeptiert, zum Befehlsempfänger eines Gleichrangigen geworden zu sein.

Meljan lächelte zufrieden.

Chris war auf alles gefasst. Die Geschütze vermieden es weiterhin, auf sie zu feuern, doch unten am Boden würde es gewiss anders aussehen. Auf den Plätzen hatten die Uranosier ihre eigenen Geschütze in Stellung gebracht. Und in den Landehallen würde es von Wachen wimmeln. So machten sie sich auf eine Schießerei gefasst. Seine Crew wartete schon hinten an der Luke. Er war mit Darae allein im Cockpit.

»Spürst du was?«, fragte Darae.

»Nein«, sagte er. Die Stadt der Njalden, die die Uranosier und auch viele Ketoniden Njaldos nannten, war in der Tiefe bereits zu erahnen. Sie war wie eine Festung mit Kuppeln, Türmen und sich kreuzenden Hallen und erstreckte sich über die halbe Hochebene.

»Hoffentlich ist Denna wirklich bereit«, sagte Darae. »Nicht, dass sie von Ryala einen Rückzugsbefehl hat.«

»Sie wird bereit sein. Wenn Valmas und Gerya den Startbefehl schicken, wird sie kommen. Ich bin mir sicher.« Er hatte die Entschlossenheit in Dennas Gesicht gesehen und konnte sich nicht vorstellen, dass die Generalin, die mit der Miliz den langen Weg aus der Stadt Chrysopolis in die Wildnis genommen hatte, jetzt unverrichteter Dinge wieder abziehen würde. Erst recht nicht, wenn über dem Planeten die ketonidische Flotte kämpfte.

Die Stadt der Njalden war riesig, und Chris konnte sich nur vorstellen, wie aufwendig die Ausgrabungen gewesen sein mussten. Ryala hatte ihm erzählt, dass vor der Entdeckung nichts außer Erde zu sehen gewesen war. Nun aber erstreckte sich die Stadt über Meilen. Die vielen Türme, von winzigen bis zu gewaltigen, wirkten wie uralte Schwerter, die in goldenem Licht standen. Vielleicht war es nur das Sonnenlicht, doch es wirkte, als strahlte irgendetwas zwischen den Türmen.

»Wundervoll«, flüsterte Darae.

Auf den ausgedehnten Plätzen und auf den Straßen waren Fahrzeuge unterwegs, und als Chris die ersten mobilen Geschütze sah, wusste er, dass diese sich gewiss nicht weigern würden, auf die *Naujena* zu schießen. Die Schutzvorrichtung gegen das sogenannte freundliche Feuer erstreckte sich wohl kaum auf die Waffen, die die Uranosier mitgebracht hatten.

Es blitzte am Boden, und gleißende Geschosse stiegen ihnen entgegen. Chris versuchte noch einmal zu steuern, doch es war nichts zu machen. Mit der Kraft seiner Gedanken aber verstärkte er die Schilde vorne. Er ging so weit, dass er sie im Heck beinahe aufhob. Die *Naujena* wurde durchgeschüttelt, setzte ihren Weg aber fort. Das Schiff hielt stur den Kurs bei und nahm den Beschuss hin.

Chris wollte die Kontrolle zurückhaben, doch das Schiff ließ sich nicht vom Kurs abbringen. Selbst der Befehl, es möge eine Flugbahn wählen, die es den Geschützen schwerer machte, blieb unerhört. Nicht einmal die Torpedos, die Laser und all die verschiedenen Projektile ließen sich zum Einsatz bringen. »Das muss eine Vorsichtsmaßnahme der Njalden sein«, sagte er. »Die Ihren dürfen zwar ungehindert durch die Schilde dringen, aber sie begeben sich dann unter die Kontrolle der Bodenstation. Und wenn von dort Beschuss droht, dann ist das eben so.«

»Die haben nicht damit gerechnet, dass jemand anders als sie oder ihre Erben die Anlage beherrschen könnte.«

»Vielleicht kann ich …« Er sprach den Satz nicht zu Ende, sondern handelte, indem er einige Knöpfe drückte und damit die Waffensysteme komplett abschaltete. Dann schob er einen Regler nach oben, und die Sicht in die Tiefe wurde durch einen grünlichen Schein getrübt. Der Schild war nun für das bloße Auge als grüne Schale sichtbar. Der nächste Schwall Geschosse zerplatzte darauf wie Seifenblasen an einer Scheibe. Doch auf der Anzeige war zu sehen, dass die Projektile dennoch am Schild nagten.

Die Uranosier setzten nun Raketen ein, und auch Laserpunkte erschienen auf dem Schild. »Das wird knapp«, sagte Chris und fragte sich, was er noch tun konnte. Weitere Systeme abschalten – ja, aber welche? Er überlegte. Das Schiff spielte ihm immer noch Wissen zu, wenn er danach verlangte.

Einen Augenblick später wusste er, was er noch entbehren konnte. Er brauchte im Augenblick keine Medi-Module, keine aufwendigen Scansysteme, nicht einmal die Haupttriebwerke waren für den Landeanflug nötig. Er schaltete ein System nach dem anderen ab. Die Schilde schwollen an, doch der Beschuss ließ nicht nach.

Inzwischen waren sie über der Stadt, und Chris musste den Schild auf die Unterseite verteilen. Eine größere Fläche bedeutete einen schwächeren Schild an jeder einzelnen Stelle.

Die *Naujena* steuerte aufs Zentrum der Stadt zu. Eines der Kuppeldächer bewegte sich wie ein Auge, das nach ihnen Ausschau hielt. Die Platte auf der Spitze schob sich in ihre Richtung. Ein Strahl drang aus der Wölbung und durchstieß den Schild. Chris fühlte sich entwaffnet und wartete darauf, dass ihn diese Kraft, die sie erfasst hatte, in Stücke riss.

Da merkte er, dass der Beschuss nicht mehr am Schild nagte, wenngleich sich vor ihren Augen ein Feuerwerk ausbreitete. »Ist das auch ein Schild?«, fragte Darae.

Chris bemerkte, dass die Triebwerke abgeschaltet waren und das Schiff von diesem Feld, das sie erfasst hatte, in die Tiefe getragen wurde. »Ja und nein«, sagte er. »Ja, es schützt uns; nein, es ist eigentlich dazu da, uns hinabzuholen.«

»Ein Fangschild, der stark genug ist, Raketenbeschuss auszuhalten?«

Chris nickte.

Die Uranosier schossen weiter, doch das riesige Auge, das

sie im Blick hielt und mit dem Fangschild bewegte, holte sie näher, und die Fläche, aus der das Feld erwuchs, öffnete den Weg ins Innere des Gebäudes.

Chris hatte es für ein gewaltiges Kuppeldach gehalten, doch dahinter lag ein Schacht, in den sie sich nun mit der *Naujena* hinabsenkten. Die Uranosier, die ihnen eben noch zugesetzt hatten, waren ausgesperrt.

»Komm, wir gehen«, sagte Chris. »Schauen wir mal, ob wir hier in einem Stück rauskommen. Auch wenn sie uns draußen nicht erwischt haben, werden sie uns alles in den Weg stellen.«

»Und?« Darae schaute ihn mit großen Augen an. »Spürst du schon etwas? Ich meine, kannst du schon etwas bewegen?«

Chris schüttelte den Kopf. Es war, als herrschte da draußen ein ohrenbetäubendes Rauschen. »Vielleicht ist es zu viel. Als würde die Stadt mit tausend Stimmen auf mich einreden, und ich höre nur das Chaos.« Es erinnerte ihn an einen seiner Albträume – an die Allmachtsfantasie. Und mit der Erinnerung kam die Angst.

»Colonel! Colonel!«, rief Edmund Scherling, einer von Warren Auringers jungen Lieutenants. »Sie sind in Komplex 8 eingetaucht.«

»Los! Verstärkt dort die Truppen in den Landehallen«, befahl Auringer. Sie wussten, dass die Anlage Schiffe durch die Öffnung in der beweglichen Kugel einfangen und auf die verschiedenen Hallen verteilen konnte. Er kannte die Öffnungen in den Landehallen, die jeweils noch über direkte Verbindungen nach außen verfügten. Das Medium hatte ihnen vieles dargelegt, den Rest hatten sie gefolgert.

Von dem Fangschild hatte Auringer nichts gewusst. Aber er passte zu seiner Annahme: dass der Weg durch die Kugel über den Hallen, die sich in mehreren Decks im festen Teil des Gebäudes anordneten, dazu da war, zweifelhafte Schiffe aufzunehmen und kontrolliert in eine der Landehallen zu bringen. Dort konnte man sie in aller Ruhe überprüfen und musste keines der Tore öffnen, die direkt in die Hallen führten.

»Aber in welcher Halle werden sie rauskommen?«, fragte der Lieutenant und biss sich auf seine schmalen Lippen. »Das Medium schweigt dazu.«

»Keine Ahnung. Sorgt dafür, dass alle Hallen in dem Bereich ausreichend besetzt sind.« Es waren vierundzwanzig Hallen, aber sie hatten genug Leute, um den Feinden einen feurigen Empfang zu bereiten. Und sobald klar war, wo sie rausgekommen waren, würden sie alle Kräfte dort konzentrieren.

Auringer konnte Solsees Angst nicht verstehen. Was sollte Mesaidon schon in einer offenen Halle ausrichten? Sie würden ihn erschießen oder mit ein wenig Glück einfach mit ein paar Betäubungsstrahlen niederstrecken. Und dann würde *er* die Lorbeeren ernten und Solsee alt aussehen lassen.

Sie waren gelandet, und Chris war mit Darae bei der Luke. Über einen Schirm an der Wand versuchte Chris draußen etwas zu erkennen, doch dort war es dunkel.

»Das riecht so sehr nach einer Falle«, sagte Gerya kopfschüttelnd.

Chris hatte das Gefühl, dass sie innerhalb des Gebäudes einen weiten Weg zurückgelegt hatten, aber sicher war er sich nicht, denn dieser Ort verwirrte ihn noch immer. »Macht euch bereit«, sagte er. »Ich öffne die Luke. Lasst mich zuerst gehen – mit dem Tarnreif.«

Er drückte den Knopf, und die Luke senkte sich und gab den Blick in die Finsternis frei. Das Licht aus dem Schiff beschien einen glatten Felsboden.

Nichts geschah.

Chris fragte sich, ob der Tarnreif ihn für alle Scansysteme unsichtbar machte. Er würde es herausfinden. So legte er sich den Reif um den Hals und aktivierte ihn. Seine Crew staunte. Nur Valmas und Darae hatten den Ring bei den

Vorbereitungen mehrmals in Aktion gesehen und wirkten konzentriert.

»Keine Sorge«, sagte Chris. »Ich sehe mich erst einmal um.« Er zog die Pistole und hielt sie nahe an den Körper, sodass sie verschwand.

Dann atmete er einige Male tief durch.

»Pass auf dich auf«, flüsterte Darae ihm zu und strich ihm mit suchendem Blick über die Wange.

Schließlich schlich er vorsichtig die Luke hinab und lauschte. Er fürchtete, dass gleich Mündungsfeuer die Finsternis erhellen würde und man ihn niederschießen würde. Doch es herrschte absolute Stille. Das chaotische Rauschen, das ihn vorhin verwirrt hatte, war verschwunden; vielleicht weil er nicht mehr auf der *Naujena* war, vielleicht weil er sich nicht mehr mit dem Schiff durch die Anlage bewegte.

Jetzt konnte er Fragen an diesen Ort stellen und auf Antworten hoffen. Er wollte wissen, ob die Uranosier hier auf sie lauerten. Und als Antwort erhielt er ein Licht, das in einem nahe gelegenen Gang erstrahlte, dann eines, das bereits hier im Raum war, und schließlich schaltete sich an den Wänden, in der Decke und sogar im Boden ein Licht nach dem anderen an.

Hier draußen vor dem Schiff war niemand außer ihm, und er wusste, dass auch auf den Gängen niemand war.

»Willkommen«, hörte er eine Stimme flüstern.

»Wer bist du?«, hauchte er und schaute sich suchend um.

Es kam keine Antwort, aber er vermutete, dass Senthea ihn mit ihrer Macht über diesen Ort gegrüßt hatte. Die Frage war nun, ob er ihr in dieser Lage trauen durfte.

Er spürte die Mauern und wusste mit einem Schlag, dass dieser Teil abgeschlossen war. Deswegen konnte hier niemand auf sie lauern. »Die Luft ist rein«, meldete Chris seiner Crew durch die Luke, und er wusste, dass die Uranosier sie nicht hören würden. Es sei denn, Senthea würde ihnen diese Nachricht zuspielen.

Seine Crew kam zu ihm nach draußen, während Chris den Tarnreif deaktivierte und wieder in seine Tasche steckte.

Darae trat mit einem Grinsen näher. »Ist das ein Landeplatz für Freunde?«

»Sieht so aus«, entgegnete Chris lächelnd. Je mehr er sich umschaute, umso klarer wurde die Aufteilung der Anlage für ihn. Es war, als kehrte er nach langer Zeit an einen einst vertrauten Ort zurück. Er musste sich das Wissen erschließen, wie man sich durch Konfrontation mit Altem die Erinnerung erschloss. Dann wies er in die Runde. »Die sind da draußen. Am Rand liegen die Landehallen, hier in der Mitte liegen allerlei andere Räume. Dieser hier ist Teil eines Systems, das neben dem anderen existiert.«

»Waren die Njalden eigentlich Menschen?«, fragte Darae.

Chris musste blinzeln. Er hoffte, seine Gedanken an die Njalden würden den Ort dazu bringen, ihm deren Gestalt zuzuspielen. Doch in seiner Vorstellung waren es gewöhnliche Menschen, und er hatte das Gefühl, dass das nicht ganz stimmte. »Sie müssen uns zumindest körperlich ähnlich gewesen sein«, sagte er. »Denk an die Sitze in der *NAUJENA* – oder an den Tarnreif.«

Valmas schaute sich mit misstrauischer Miene um. »Und du kennst dich hier wirklich aus?«

Chris nickte.

»Wie Ryala es gesagt hat«, murmelte Gerya vor sich hin.

»Wenn ich es nicht besser wüsste«, sagte Chris, »könnte ich schwören, dass ich schon viele Male hier gewesen bin. Aber ich war es nicht.«

»Egal«, sagte Valmas. »Wir sind hier, und wir ziehen jetzt unser Ding durch.«

»Kommt«, sagte Chris. »Ich führe euch zu einem der Transporter. Der bringt uns nahe ans Osttor heran. Und dann teilen wir uns auf.«

Meljan landete und traf Colonel Warren Auringer, der sich ihm gegenüber erstaunlich unterwürfig gab. Er entschuldigte sich, dass das Schiff hatte landen können und er es offenbar verloren hatte.

»Erspar mir das und sorg dafür, dass deine Leute sich auf die Suche machen«, entgegnete Meljan. »Irgendwo müssen sie sein. Schützt die Systeme und haltet die Augen offen.«

Als Colonel Auringer fort war, trat Rayol an Meljan heran. »Was können wir jetzt tun?«

»Erst mal dankbar sein, dass Mesaidon diesen Ort nicht bereits in ein Chaos gestürzt hat.«

»Aber was sollen wir dagegen tun, wenn er sich dazu entschließt?«

»Wir müssen ihm was entgegensetzen«, sagte Meljan. »Wir nutzen unser *Medium*. Vielleicht war die Dosis noch nicht hoch genug.«

»Sie meinen, es hat ihm geholfen?«

Meljan nickte. »Jedenfalls müssen wir es gefügig machen und dafür sorgen, dass es gegen Mesaidon vorgeht.«

Sie machten sich auf den Weg zur Kommandostation 1. Von dort aus konnten sie über das System das Medium überwachen und ihm Befehle geben. Indes würde er die Soldaten in der Halle verstärken, in der Senthea Pondaia lag und an die Maschinen angeschlossen war. Denn Mesaidon würde versuchen, sie zu befreien. Dessen war er sich sicher.

SENTHEA PONDAIA

Chris führte sein Team durch die geheimen Gänge der Anlage; er brachte sie nach und nach mit einem Transporter in den zentralen Komplex. Auch dort bewegten sie sich in einem System, das neben dem öffentlichen verlief. Sie waren verborgen vor den Uranosiern, aber gewiss nicht vor Senthea. Er erinnerte sich an etwas, das Ryala gesagt hatte: dass seine Mutter hier in Bereiche vorgestoßen war, die selbst Senthea und Ryala verborgen geblieben waren. Vielleicht war er hier gerade auf den Spuren seiner Mutter – hier in diesen perfekten Räumen, die die Frage aufwarfen, wie sie so gepflegt wirken konnten.

Ob es hier Reinigungsroboter gab? Zu sehen war nichts, und die Stadt spielte ihm kein Wissen darüber zu. Vielleicht war es etwas, das ihn nicht weiter beschäftigen sollte. Das aber, was er wissen musste, flüsterte ihm die Anlage zu. Er hatte sich diese Art der Telepathie vorher nie vorstellen können. Trauminduktion war etwas anderes, und die künstlichen Welten waren deswegen nie realistisch geworden, weil die Künstlichen Intelligenzen sich geweigert hatten, anständige Interfaces zu bauen. Sie hatten sogar – so hieß es – die Entwicklung zurückgefahren bzw. in Vergessenheit geraten lassen. Die jämmerlichen Reste waren alle viel zu penetrant, nicht so subtil wie die Wissensvermittlung der Njalden. Es erinnerte ihn an das Lesen. Und seitdem er diesen Vergleich hatte, betrachtete er das Lesen mit völlig anderen Augen.

Chris wusste, wohin die einzelnen Gänge führten; er konnte sich die ganze Anlage wie einen Plan ins Gedächtnis rufen, den er immer wieder gesehen hatte. Ebenso wusste er, wo sich die Ausgänge in den öffentlichen Teil befanden.

Er führte sie durch Bereiche, an deren Wänden sich Rohre und Kabel entlangzogen wie die Muskelfasern eines gigantischen Wesens.

Schließlich kamen sie in eine scheinbare Sackgasse; doch allein schon die Knöpfe zur Linken wiesen darauf hin, dass sich hier eine Tür nach draußen befand. Dem Gebäudeplan zufolge, den Chris auf dem Schirm seiner Card prüfte, lag dort das Osttor mit seinem großen Eingangsbereich.

»Wir sind da«, sagte er und hielt seinen Schirm zwischen sich, Valmas und Gerya. Der Lageplan, den Ryala aus ihrem Gedächtnis erstellt hatte, stimmte in jeder Einzelheit. Nur waren die geheimen Bereiche nicht verzeichnet, sodass Chris ihnen nun ihren Standpunkt auf der Karte zeigte. Er setzte eine Markierung und sandte sie ans ganze Team. Die Punkte, die sie von Ryala erhalten hatten, mussten nicht modifiziert werden. »Es kann alles nach Plan verlaufen«, sagte er.

»Nicht ganz«, entgegnete Valmas. »Ihr solltet hier im Verborgenen bleiben und schauen, ob ihr hierüber näher an den Ort herankommt, an dem Senthea festgehalten wird.«

»Das könnte klappen«, meinte Chris.

»Weißt du denn, wo Senthea ist?«, fragte Darae. »Ich meine: Ist das etwas, das dir dieser Ort zuflüstert?«

Chris schüttelte den Kopf. »Manche Dinge sind völlig im Chaos, manche wie von Wollschichten umhüllt, die eine nach der anderen abgetragen werden müssen. Es muss eine der Hallen sein, von denen Ryala gesprochen hat.«

»Kannst du der Energie nachspüren?«, fragte Darae weiter. »So wie du weißt, wo die Gänge liegen, könntest du doch vielleicht anhand des Energieverbrauchs herausfinden, wo sie sein muss. Natürlich nur auf die Orte bezogen, die Ryala ausgewählt hat. Sonst könnten wir leicht beim Schildgenerator landen.«

»Ich bin mir nicht sicher. Es ist alles so chaotisch da

draußen. Vielleicht weil gerade so viel los ist. Wir schauen uns einen Ort nach dem anderen an, und vielleicht merke ich ja noch etwas.«

»Tut euch einen Gefallen«, sagte Valmas. »Beginnt mit dem, der am weitesten von den Toren und den Landehallen entfernt ist.« Valmas klopfte Chris auf die Schulter. »Pass auf dich auf.«

Chris nickte. »Wenn ich irgendetwas tun kann, um euch das Leben leichter zu machen, werde ich nicht zögern.«

»Hoffentlich ist Denna bereit«, gab Gerya zu bedenken.

Chris gefiel es nicht, dass sie keinen Kontakt zu Denna hatten, sondern diese lediglich wusste, an welchem Tag sie in der Nähe der Stadt bereitstehen musste. »Das muss sie einfach«, sagte er. »Wenn sie da draußen ist, wird sie sicherlich mitbekommen haben, dass wir gelandet sind. Selbst wenn sie die *Naujena* nicht gesehen hat, dürfte ihr das Feuerwerk, das die Uranosier veranstaltet haben, ganz bestimmt aufgefallen sein.«

Sie verabschiedeten sich, und Chris war überrascht, wie herzlich Darae und Gerya miteinander sprachen. Auch innerhalb des Teams hatten sich, während er mit Ryala allerlei Details durchgegangen war, zwischen Daraes Leuten und denen von Gerya offenbar Freundschaften geknüpft.

Als alle Abschiedsworte gesprochen und Abschiedsgesten vollzogen waren, lauschte Chris auf das Geschehen draußen. Der Ort spielte ihm keine Information über Menschen zu, auch Daraes Scanner zeigte nichts an. Das machte Chris Sorgen, weil unter Umständen die Kommunikation unterbrochen würde, solange er hier in diesem abgeschlossenen Bereich war.

Es blieb ihnen nichts anderes übrig, als die Tür aufzumachen. Chris drückte den Knopf, der fürs Öffnen gedacht war. Es war eine beinahe natürliche Bewegung; ganz so, als hätte er die Tür schon unzählige Male geöffnet. Langsam und leise schob sich die Wand zur Seite und gab den Blick auf eine weite Halle preis. Die sandfarbenen Wände wirkten grob, beinahe wie aus dem Fels geschlagen, doch Chris wusste, dass alles von den Njalden erbaut worden war.

Aus der Kuppel spendeten breite Strahler genug Licht, um den gesamten weiten Raum taghell zu erleuchten. Es gab keine Säulen, hinter denen sich jemand hätte verstecken können. Und auch in den Gängen, die links und rechts wegführten, konnte Chris niemanden sehen. Das Tor nach draußen lag gegenüber und war unbewacht, und direkt zur Linken der Geheimtür befand sich das Tor auf den Hauptgang der Anlage. Auch dort war keine Wache.

»Ich fasse es nicht«, flüsterte Valmas. »Ryala hatte recht. Die fühlen sich so sicher, dass sie das nicht bewachen.«

Chris erinnerte sich an Ryalas gequältes Gesicht, als sie ihnen gesagt hatte, dass jeder Versuch, eines der großen Tore von außen zu öffnen, jämmerlich gescheitert sei. Die Uranosier rechneten vielmehr damit, dass die Angreifer auf einem der Plätze landeten.

»Wir müssen uns beeilen«, sagte Gerya. »Sie haben die *Naujena* gesehen. Selbst wenn sie glauben, dass wir noch in dem Landebereich sind, könnten sie herkommen.«

»Dann los.« Valmas warf Chris noch ein Grinsen zu und schlich dann aus dem Gang in die Halle. Gerya und das Angriffsteam folgten ihm.

Chris schaute ihnen schwer atmend nach. Er hatte Angst, dass sie geradewegs in eine Falle liefen und in den Seitengängen irgendwo Wachen nur darauf lauerten, in die Halle vorzustoßen.

Valmas strebte geradewegs dem Osttor entgegen, als wollte er prüfen, ob jemand irgendwo auf der Lauer lag. Er machte ihnen gewissermaßen ein verlockendes Angebot. Doch nichts geschah.

»Wir können nicht warten, Chris«, sagte Darae.

Er nickte und setzte die Tür mit einem Knopfdruck in Bewegung. Er starrte immer noch, als ihm die Sicht auf Valmas, Gerya und ihre Leute genommen wurde und nur noch die Wand da war.

Chris drehte sich um. Sein Team bestand aus zwei Dutzend von Daraes Leuten. Sie alle trugen uranosische Uniformen und blickten ihn erwartungsvoll an. »Folgt mir« war alles, was er sagte.

Während er mit Darae an seiner Seite voranschritt, fühlte er sich unsicher. Ihm gefiel die Rolle als Anführer nicht. Sie alle hatten einen besseren verdient, einen wie Denna, Toshiaki, Gerya, Ryala oder Darae. Er hatte keine Erfahrung, aber jedes Mal, wenn er den Blickkontakt mit einem der Teammitglieder suchte, regte sich hemmungsloses Wohlwollen in dessen Miene. Es waren Daraes Leute, und doch gab ihm niemand das Gefühl, dass hier der Falsche das Kommando hatte. Vielleicht bewunderten sie Ryala in ihm. Er war ihr Neffe, der Sohn ihrer legendären Schwester, der dieser Ort einst zu Füßen gelegen hatte. Und nun waren sie mit ihm hier und staunten jedes Mal, wenn er offenbarte, dass dieser Ort zu ihm sprach. Vielleicht lag es aber auch daran, dass Darae ihm vertraute – und ihre Leute dieses Vertrauen teilten.

Nachdem sie einer Treppe in die Höhe gefolgt und ein Stück gegangen waren, wehte Chris ein warmer Wind entgegen und ließ ihn mitten auf einer Kreuzung stehen bleiben. Eigentlich hatte er geradeaus gehen wollen, doch nun schaute er nach rechts und stutzte. Die anderen machten große Augen und schienen auf eine Art Offenbarung zu warten. Aber er wusste nicht genau zu sagen, was ihn da in Gedanken berührt hatte.

»Keine Ahnung, ob es richtig ist«, sagte er. »Aber ich glaube, wir sollten dort langgehen.«

Darae prüfte sofort den Lageplan auf ihrer Chamäleon-Card. »Wie Valmas gesagt hat. Da geht es zu der Halle, die am weitesten von den Zugängen entfernt liegt. Wir müssen nur wieder an Tiefe gewinnen. Der Ringgang, von dem aus man zum Kontrollsaal hinaufgelangt, liegt neben dem Hauptkorridor.«

»Hier ist ein Aufzug.« Chris wies auf eine Nische. Er

fragte sich, was die Uranosier Senthea wohl angetan hatten. Von Ryala wusste er, dass die Kontrollsäle Hallen waren, in denen sie und ihre Schwestern diesem Ort sehr verbunden sein konnten. Aber was hatten die Uranosier getan, um Senthea gefügig zu machen?

Chris dachte an die Filme und die Bilder, die er von seiner Tante gesehen hatte. Und er stellte sich vor, wie sie gefesselt dalag, die Haut von Kabeln penetriert; blutend und leidend und stets gehorsam; oberflächlich gefügig, unterschwellig jedoch rebellisch.

Mit einem Mal wusste Chris, was die Wärme war, die er spürte. Er entnahm ihr eine Botschaft, die nicht für ihn bestimmt war. Sie klang beinahe wie eine Stimme, die gequält Befehle nachplapperte, die für diesen Ort bestimmt waren. Chris spürte Verzweiflung im Angesicht zweier Fragen, gegen die sich alles sträubte:

Wo ist das njaldische Schiff geblieben?

Wo ist Mesaidon?

Senthea! Sie wollte es nicht preisgeben und rebellierte. Sie flehte den Ort an, nicht auf das zu hören, was sie sagte. Und dann sprach sie zu Chris: »Erklär ihnen, dass sie nun, da *du* hier bist, nicht mehr auf mich hören sollen.« Immer wieder sprach sie es aus, und immer flehender klang ihre Stimme.

»Wir müssen uns beeilen«, sagte Chris und lief voran. Wenn Senthea aushielt, bis er sie aus ihrer Lage befreite, wäre noch etwas zu gewinnen. Wenn nicht, konnte sie mit einem Befehl die Außentore wieder schließen – sofern Valmas und Gerya sie überhaupt hatten öffnen können.

»Netter Versuch!«, sagte Valmas, als er den Sprengsatz direkt unter dem Kontrollfeld berührte. Diese folienartige Card, die Geryas Leute darüberhielten und die offenbar irgendwelche Signale aussandte, hatte die Bombe tatsächlich entschärft. Er entfernte den schmalen Kasten, reichte ihn an einen der Ketoniden weiter und drückte dann sofort die Knöpfe – genau in der Kombination, die Ryala ihnen angegeben hatte. Mit jedem Knopfdruck änderte sich die Färbung jedes einzelnen der quadratischen Knöpfe. Man musste sich die Farben merken, nicht die Anordnung der Knöpfe.

Kaum hatte er die Kombination eingegeben, setzten sich die schweren Torflügel in Bewegung. »Die Kombination haben sie offenbar nicht ändern können«, sagte er und schaute sich noch einmal prüfend um. Es mochten hier weitere Sprengsätze versteckt sein. Sie bewiesen, dass die Uranosier diesen Ort mieden; zumindest dieses Außentor nutzten sie nicht.

Valmas erwartete einen Alarm, doch es blieb still in der Halle, und auch von den Gängen drang kein Laut an sie heran. Die Geräusche kamen von draußen. Pfeifende Winde, Vögel und das Dröhnen von Raumschiffen, die abhoben.

Er schaute nach draußen – zwischen die bewaldeten Hügel hinaus ins offene Hochtal. Doch er hatte keine Augen für dieses Land. Er hielt nach Denna Ausschau. Wenn sie nicht käme, würden sie sich allein durchkämpfen müssen.

Da! Eine Bewegung am Waldrand der rechten Hügelkette. Dort war eine Schar, die zu Fuß hervorkam und loslief. Schnell, aber leise näherte sie sich.

»Da sind sie!«, flüsterte Gerya und versetzte Valmas einen Klaps auf den Rücken.

Valmas schaute hin und her. Und da geschah es: Irgendwo über ihnen entfesselte sich ein Rattern. Kugeln wühlten in der Ferne das Erdreich auf und zerfetzten drei der Heranstürmenden. Sofort schalteten die Verbliebenen ihre Armschilde ein. Manche fuhren nicht nur nach oben aus den Armschienen, sondern auch nach unten, bläulich oder grünlich gefärbt wie die Standardeinstellung der meisten Bildschirme. Eben hatten sie sich gewiss noch darauf das Einsatzgebiet auf einer Karte angeschaut, nun hielten sie sich diese zum Schutz vor.

Es mussten Hunderte sein, die dort aus dem Wald herausgestürmt kamen.

»Kommt!«, sagte Valmas den Leuten, die ihm zugeteilt waren. »Wir sorgen mal dafür, dass die da oben sich nicht zu sehr in ihrer Schützenrolle gefallen.«

Gerya nickte. »Ich halte die Stellung.« Ihre Leute waren ohnehin schon in Position gegangen, falls die Uranosier durch das Tor vom Hauptkorridor oder über einen der Seitengänge kommen sollten.

Valmas suchte den Aufzug, der dem Plan nach auf einem der Gänge sein sollte. Er hatte sich die Umgebung genau eingeprägt, und doch war es etwas anderes, hier zu sein.

Er fand den Transporter, der genug Platz für ihn und seine zehn Leute bot. Ryalas Kämpfer waren auf alles vorbereitet, und Valmas bemühte sich, nicht durchscheinen zu lassen, dass er sie bewunderte und das Gefühl hatte, ihnen im Militärischen überhaupt nicht gerecht zu werden. Sie waren schon in Stellung gegangen, drei in der Hocke, drei im Stand, die übrigen warteten dahinter und an den Seiten. Valmas selbst harrte an der linken Seite am Kontrollfeld aus.

Die Tür öffnete sich, und sofort pochten die Schüsse leise in der Luft, und seine Leute stürmten aus dem Aufzug. Als Valmas hinaustrat, schwiegen die Waffen wieder. Vier Männer in uranosischer Uniform lagen am Boden.

Das Geknalle von Projektilwaffen hallte ihnen über den Gang entgegen und hatte das Zischen ihrer schallgedämpften Pistolen und Gewehre übertönt. Das Pochen und Knistern der Laserwaffen, die einige trugen, war ohnehin kaum zu hören.

Die Feinde befanden sich ganz in der Nähe. Valmas schätzte, dass der Posten schräg über der Eingangshalle lag. Seine Leute wagten sich bis zur Ecke, zwei spähten um diese herum und gaben Valmas mit einem Nicken zu verstehen, dass die Uranosier dort waren.

Valmas winkte zum Angriff. Er war der Erste, der um die Ecke bog. Er hob seine schwere Pistole und sah die vier Wachen, wie sie an Scharten standen und mit ihren Gewehren in die Tiefe schossen. Sie lachten über irgendeinen Treffer.

»Gib durch, dass wir die Jagdsaison auf die Schweine eröffnet haben!«, sagte einer.

Valmas feuerte los. Vor einem Augenblick hätte er noch gerne die Überraschung auf den Gesichtern der Uranosier gesehen. Doch ein Gedanke an Denna und ihre Leute, und er handelte.

Die Männer wurden von seinen Kugeln und denen seiner Gefährten erfasst und waren sofort tot. Während er vorrückte, hielt die Hälfte seiner Leute am Eingang Wache.

Valmas fand in der toten Miene des uranosischen Lieutenants doch noch die Überraschung, die er erwartet hatte. Dann trat er an die breiten Scharten heran und schaute durch eine nach unten.

Dennas Leute liefen dem Tor nach wie vor entgegen.

»Sir!«, rief einer seiner Leute.

Ein Platzen neben ihm an der Wand ließ ihn den Kopf einziehen. Ein Lichtpunkt tanzte dort. Ein Ziellaser!

Valmas sprang zur Seite. Seine Leute schwärmten nach links und rechts. Jene, die am Gang warteten, eröffneten das Feuer.

Rasch sprang Valmas aus der Schusslinie heraus und lief an der Wand entlang zu seinen Leuten. Dort wechselte er sich mit ihnen im Schießen auf den Gang ab. Gelegentlich wagte er einen Blick, und was er sah, gefiel ihm nicht: Gewiss mehr als zwanzig Leute kamen den breiten Gang entlang. Die Soldaten in erster Reihe trugen Schilde – das gleiche Modell wie Dennas Miliz. Und so rückten sie näher, schossen mit ihren Pistolen neben den Schilden hinweg und ließen auch die Gewehrträger hinter ihnen daran vorbeifeuern.

»Haltet das Feuer niedrig«, befahl Valmas. »Zielt auf die Beine.« Er schaute auf die andere Seite des Eingangs. »Lee!«, rief er. »Hast du einen von deinen Krachern?«

Lee war ein kleiner Kerl, der nicht der beste Schütze war, aber in seinem geräumigen Rucksack Sprengwaffen mitführte. Er, drei von Geryas Leuten und die Sprengstoffexperten in der Miliz sollten später die Geschütze lahmlegen.

Lee warf eine Kugel um die Ecke in den Gang. Valmas kam aus der Deckung und feuerte. Wie ein Spielzeug rollte die Kugel über den Boden und versetzte die Uranosier in panische Bewegungen. Eine Stichflamme schoss empor, und Funken sprühten vom Boden in die Höhe.

»Los!«, rief Valmas und lief voran. Hinter dem Funkenregen bewegte sich etwas, und schon schossen wieder Projektile den Gang entlang, und rote Ziellaser durchstachen den Rauch, der sich bildete.

Einer von Valmas' Leuten schrie auf; sein Bein war blutig. Noch ehe Valmas ihm zu Hilfe kommen konnte, war Lee bei ihm und stützte ihn.

Valmas lief weiter, und etwas traf ihn an der Schulter. Doch er hielt nicht an, sondern bog in den Gang ein, in dem der Aufzug lag. Er und seine Leute hasteten weiter, und während sie rasch in den Aufzug stiegen, erschütterte eine weitere Explosion den Gang, gefolgt vom Pochen eines Lasers.

Lee grinste, während er dem Verletzten in den Aufzug half. »Rauchbomben und Auto-Laser«, sagte er. »Ein nettes Paar. Und ein letztes Andenken.«

Valmas lächelte, aber der Verletzte machte ihm Sorgen. Es war ihm peinlich, dass er dessen Namen vergessen hatte. Mit der Beinwunde würde der junge Kerl die weiten Wege, die vor ihnen lagen, nicht mitgehen können.

Während sich die Tür des Aufzuges schloss, prüfte Valmas die eigene Schulter. Er verspürte keine Schmerzen und stellte fest, dass die Kugel lediglich den Stoff seiner Jacke aufgerissen hatte.

»Sie sind ein Glückspilz, Captain!«, sagte der Verletzte.

Valmas lächelte nur gequält. Er wollte dem Jungen nicht sagen, dass die Mission für ihn mehr oder weniger beendet war.

»Und wenn sie da oben wieder die Scharten besetzen?«,

fragte Lee. »Der Laser ist zwar robust, wird sie aber nicht ewig aufhalten. Da reicht eine Granate.«

»Bis sie sich durchgekämpft haben, ist Denna mit ihren Leuten in der Anlage«, sagte Valmas.

Unten angekommen, folgten sie dem Gang zurück in die Halle und warnten ihre Verbündeten vor den Uranosiern, die sich oben herumtrieben. Zwar gab es keine Fenster, keine Treppen oder sonst etwas, sondern nur kahle Wände, aber es war für die Feinde sicher leicht, einen Weg zu ihnen herabzufinden.

»Bewacht die Gänge«, befahl Gerya.

»Schaut auch nach oben«, sagte Valmas. »Die Halle ist ungefähr drei Ebenen hoch. Sie könnten sich oben im ersten oder zweiten Stock durch die Wand sprengen.«

Gerya lachte. »Die können einen Scheiß! Für die Wände bräuchten sie eine Sprengkraft, die sie selbst wegpusten würde.«

Valmas mochte es, wenn Gerya fluchte. Gemeinsam mit ihr schritt er ins offene Tor und hielt nach Denna Ausschau. Er hoffte, dass er keinen Fehler gemacht hatte, indem er sich von oben zurückgezogen hatte, ehe Denna in Sicherheit war.

Jeder Augenblick, da die Miliz nicht beschossen wurde, war ein Gewinn und eine Bestätigung seiner Einschätzung.

Da war Denna. Sie setzte sich an die Spitze der Miliz, und in ihrem Gesicht stand ein Triumph geschrieben, als bahnten sich die Mühen der Vorbereitung den Weg in ihre Miene. Nach all den Jahren des Trainings und des Aufbaus von persönlichen Bindungen, von denen sie ihm mit glasigen Augen erzählt hatte, waren sie nun endlich hier und wollten beweisen, dass alle, die für diesen Kampf ihr Leben gelassen hatten, nicht umsonst gestorben waren.

Dennas Ansturm berührte Valmas zwar, doch er fürchtete, dass dieser Triumph mit einem einzigen Schuss zerstört würde. Denna lief so weit voraus und war in ihrer roten Uniform und mit ihren Gesichtsnarben eine so markante Gestalt, dass wohl jeder Schütze sie als Anführerin erkannt hätte. All die Enttäuschungen der Vergangenheit hatten Valmas für ungetrübte Empfindungen abgestumpft. Überall hielt er nach dem Ausschau, was einem alles versauen konnte.

Doch trotz allem kam Denna näher; sie hielt bei Valmas und Gerya an. »Endlich!«, sagte sie zur Begrüßung und atmete tief durch. Die Narben in ihrem Gesicht, die nun so rot wie ihre Wangen waren, wirkten wie Tätowierungen.

Während die Milizkämpfer an ihnen vorbeiströmten, schloss Denna Gerya in die Arme und strich ihr über ihren kahlen Schädel.

Valmas war überrascht, als Denna auch ihn an sich heranzog und drückte. »Dir und Chris haben wir das zu verdanken.«

»Was hab ich denn schon getan?«

Gerya grinste. »Du hast zum Beispiel die Schützen da oben ausgeschaltet.«

»Danke«, sagte Denna mit einem lieblichen Lächeln. Sie schaute an Valmas vorbei, und er wandte sich um und folgte ihrem Blick zu dem Verletzten aus seinem Team.

Denna wies auf ihre eigenen Verletzten, die jetzt von ihren Gefährten gestützt oder getragen hereinkamen. »Wir brauchen einen Ort für die Verwundeten.«

Gerya wandte sich vom Tor ab und wies nach links. »Auf dem ersten Gang ist viel Platz. Lasst sie dort ausruhen und die Sanitäter ihre Arbeit tun.«

»Die Uranosier werden auf jeden Fall kommen«, sagte Valmas.

Denna nickte. »Meine Leute kümmern sich um sie«, sagte sie, während die Letzten ihres Trupps hereinkamen. Sie wandte sich an Dalamos, den Anführer der Miliz, einen stämmigen Kerl mit einem langen Zopf.

»Ich halte den Eingang«, sagte er und winkte seine Vertrauten zu sich.

Denna holte ihre Card hervor. »Und wir schicken jetzt

ein kleines Signal.« Damit wählte sie die vorher vereinbarte Nachricht aus und sandte sie ins All.

Valmas war gespannt, und bereits nach wenigen Sekunden kam eine Empfangsbestätigung, die Denna grinsend ihm und Gerya zeigte. Ryala wusste nun, dass die Miliz in die Njaldenstadt eingedrungen war.

Auf dem Gang, aus dem Valmas eben gekommen war, wurde geschossen. Dalamos winkte seine Leute hinter sich her, und sie übernahmen für Valmas' kleinen Haufen.

Denna wies auf die Schwelle des Tores. »Blockiert sie«, befahl sie, und schon legte eine Kämpferin einen Balken aus. Ein Schein lief nach links und rechts und kroch ein Stück die Torflügel hinauf, die beinahe völlig in den Wänden verschwunden waren. Valmas kannte diese Dinger. Auch das waren im Grunde Schilde. Sie hinderten das Tor daran, sich zu schließen.

»Kommt!«, rief Denna. »Die Geschütze warten darauf, gesprengt zu werden.«

Meljan stand mitten in der Kommandostation 1, der Zentrale für die Überwachung der Anlage. Dies war der Ort des Triumphes ihrer Wissenschaftler. Alles, was sie der Anlage hatten aufzwingen können, lief hier zusammen. Sie hatten festgestellt, dass die großen Hallen für ihre Zwecke ungeeignet waren und es leichter war, an Knotenpunkten wie diesem in das System einzugreifen. So war es ihnen gelungen, Teile der Anlage zu beherrschen.

Inzwischen gab es an anderen Knotenpunkten weitere Kommandostationen, und mit Senthea Pondaia, die als ihre Gefangene in einem der Kontrollsäle lag, hielten sie nun alle Möglichkeiten in Händen. Aber hier in dieser Station hatte es nicht nur den Anfang genommen, von hier aus gaben sie immer noch die Befehle. Meljan war von Kontrollpulten und Modultürmen umgeben. Überall strahlten die Bildschirme. Der Raum war voll besetzt, und es herrschte Unruhe unter den Leuten. Irgendetwas war geschehen.

»Die Ketoniden sind durch das Osttor in die Anlage eingedrungen«, erklärte Colonel Auringer.

»Verdammt, Warren!«, erwiderte Meljan.

»Ich werde die Truppen dort verstärken.«

Meljan nickte. »Lassen sich die Tore wieder zumachen?«, fragte er.

Auringer befahl einem jungen Offizier, der an einem der Kontrollpulte saß, das Osttor zu schließen. Doch der Jüngling schüttelte nach einem Moment den Kopf. »Geht nicht, Sir«, sagte er. »Wahrscheinlich blockiert.«

»Versucht weiterhin, es zu schließen«, befahl Meljan. »Versucht es immer wieder. Und versucht es über das Medium zu machen, nicht über unsere Systeme. Es kann da vielleicht noch was ausrichten.« Bevor sie Senthea gehabt hatten, waren schon einige bescheidene Funktionen der Anlage unter ihrer Kontrolle gewesen. Sie hatten sich diese Macht durch harte Forschung erarbeitet. Unter anderem konnten sie viele der Türen und Tore manipulieren.

Der junge Offizier schaute Auringer mit seinen großen, grünen Augen fragend an, und der Colonel nickte. Meljan nahm es ihm nicht übel. Der junge Kerl war nicht ihm verpflichtet, aber die Genugtuung in Auringers Miene widerte ihn an. Doch es war leicht, diesen Gesichtsausdruck zunichtezumachen. Statt Auringers Untergebenen Befehle zu erteilen, musste er sie nur an ihn richten.

»Verstärke die Truppen beim Medium, ja? Da wird Mesaidon hinwollen. Versau es nicht noch einmal.«

Tatsächlich verdüsterte sich Auringers Miene, aber er nickte und gab den Befehl weiter.

Meljan nahm Rayol beiseite und ging mit ihm vor die Tür der Zentrale. »Diese Trottel haben nicht aufgepasst«, sagte er ihm. »Ich brauche jetzt jemanden, auf den ich mich verlassen kann. Du gehst wieder da rein und sorgst dafür, dass Auringer alles richtig macht. Hab ein Auge auf ihn und halte über das System nach Mesaidon Ausschau. Wenn dir Auringer Ärger macht, verweist du ihn an mich.«

»Und Sie, Sir? Was machen Sie?«

Meljan grinste. »Ich ziehe der Miliz entgegen.«

Rayol nickte. »Es wird Auringer nicht gefallen, von einem Captain Befehle entgegenzunehmen.«

»Nein, das wird es nicht. Aber sag mir nicht, dass es dir *miss*fallen wird, sie ihm zu erteilen.«

Rayol schwieg mit einem winzigen Lächeln auf den Lippen.

Ryala war in Schwierigkeiten. Die Schilde waren zur Hälfte überhitzt. Sie überlegten bereits, sie anders aufzuteilen, und prüften, ob es Stellen am Schiff gab, die weniger Schutz benötigten.

Sie trugen eine hemmungslose Schlacht aus. Die uranosischen Schiffe in einen Kampf zu verwickeln, der sie selbst in Gefahr brachte, von dem njaldischen Geschütz getroffen zu werden, war die einzige Hoffnung, ihre Unterlegenheit auszugleichen.

So sehr sie versuchten, das Chaos zu streuen, so sehr bemühten sich die Uranosier immer wieder darum, Ordnung herzustellen. Dabei versuchten sie, das Schiff ihres Anführers von ihr fernzuhalten. Doch nun hatte Ryala die *Mirugil*, einen der schweren Zerstörer, aus dem Weg geräumt. Sie driftete wie ein Stück Treibgut dahin, und Ryala zweifelte daran, dass die Feinde die Kontrolle über das Schiff zurückgewinnen würden. Der Weg zum Anführer war frei.

Da drüben auf der *Katharsis* befand sich der Mann, der all die Jahre ihr Feind gewesen war, mindestens so lange wie Meljan Solsee. Er war der Mann im Hintergrund, der Mann, der die Befehle gab: General Paul Kronson, der Kopf der Invasionsarmee.

Und hier war sie, die Anführerin des ketonidischen Widerstands, so offen wie selten und ihm so nahe wie nie. Wenn er etwas in die Waagschale warf, könnte er es hier und jetzt, da sie geschwächt war, mit einem entschlossenen Schlag beenden.

»Wir werden ihn locken. Schießt auf die *Athenaia*!« Das war Ada Connellys Schiff. Es schwebte schräg vor der *Katharsis* und behauptete sich gegen einen Schwarm mittelgroßer Kreuzer. »Es soll so aussehen, als hätten wir Kronson einen Augenblick vernachlässigt.« Sie beugte sich im Sitz vor und holte sich Toshiaki auf den Schirm. »Bist du bereit?«, fragte sie.

Toshiaki nickte. »Ich kann's kaum erwarten. Noch ein bisschen länger, und diese Schwärme von Jägern machen uns fertig.« Er sollte der *Katharsis* in die Seite fallen.

Kaum war Toshiaki fort, erschien Paul Kronson auf Ryalas Schirm, ein beinahe kahlköpfiger Mann mit dunklen Augen und kräftigen Augenbrauen, dünnen Lippen und einem runden Schädel. Ein Mann, der in den Medien charmant sein konnte, aber dessen wahres Gesicht Ryala wieder und wieder in abgefangenen Nachrichten gesehen hatte und das er auch nun zeigte: eine Miene der Überlegenheit und der Geringschätzung.

»Ergib dich, Ryala«, sagte er, »und deine Leute werden verschont.« Die Nachricht war zwar direkt an ihr Schiff gerichtet, aber sie war unverschlüsselt und konnte von jedem aufgefangen werden. Vielleicht spekulierte er darauf, dass ihre Leute in ihrer Verzweiflung nachlässig oder sogar fahnenflüchtig würden.

Ryala hatte sich Kronson nie offenbart, ihm nie ihr Gesicht gezeigt. Diesmal aber wagte sie es, um ihn zu locken. Er musste ihr in die Augen schauen, um zu übersehen, dass Toshiaki kam.

»Wir sind zu weit gegangen, um umzukehren«, sagte sie und schickte ihr Bild und ihre Stimme ebenfalls unverschlüsselt. »Verstehst du denn nicht? Du kannst uns in Stücke schießen. Wir wissen, dass unsere Leute da unten eingedrungen sind. Und selbst wenn wir hier oben in Schwierigkeiten geraten – dort unten wird die Zukunft gemacht. Wenn du es beenden willst, dann komm. Hier bin ich!«

Es war mehr als eine Herausforderung. Ihre ganze Verzweiflung – sowohl die der ersten Jahre als auch die, welche durch Sentheas Gefangennahme entstanden war – bahnte sich nun ihren Weg in ihre Stimme. Doch es war kein Zeichen der Schwäche – gewiss nicht. Es war die Stimme einer entschlossenen Frau, die alles opfern würde, um den Krieg, den sie nicht heraufbeschworen hatte, hier und heute zu entscheiden.

»Hier bin ich!«, wiederholte Ryala, und Paul Kronson war gebannt von dieser Frau. Er hatte lange auf diese Schlacht gewartet, sich oft im Hintergrund gehalten, und er hatte den Eindruck gehabt, sie ginge ihm aus dem Weg. Aber nun hatte er ihr Gesicht klar vor Augen. Sie wirkte jünger, als er erwartet hätte. Das Fahndungsmaterial, das nur aus generierten Bildern bestand, wurde ihr nicht gerecht.

Für einen Augenblick hatte er Ryalas Emotionalität ernst genommen. Doch sie war gerissen. Er hatte die *Irishi*, Toshiaki Enos Schiff, bemerkt.

»Ich komme zu dir, und dann tragen wir es aus. Aber zuerst muss ich was erledigen. Und danach zeigst du mir, wie du ohne deine rechte Hand kämpfst!«

Ryalas Lippen bebten, und er sah Angst in ihrer Miene.

»Feuer!«, rief seine Widersacherin, und tatsächlich schoss die *Ruwae* mit allem, was sie hatte.

Doch Kronsons Befehl war bereits ausgeführt. Seine Leute schossen auf die *Irishi*, und binnen weniger Augenblicke war das bereits angeschlagene Schiff bewegungsunfähig und glühte an mehreren Stellen.

Als sich die ersten Rettungskapseln von der *Irishi* lösten und auf das Schiff ihrer Anführerin zusteuerten, musste Kronson lachen. Er schaute Ryala in die glänzenden Augen. »Schießt die Kapseln ab«, befahl er seinen Leuten. Und natürlich führten sie seine Befehle aus.

Im nächsten Moment wandte Ryala den Kopf zur Seite, und ihr vor Ekel verzerrtes Gesicht verging auf dem Schirm.

Darae war fasziniert von Chris wie nie zuvor. Er bewegte sich hier tatsächlich so, als wäre er oft hier gewesen. Was immer er wirklich damit meinte, wenn er sagte, dass ihm dieser Ort das Wissen zuflüsterte, es brachte sie in diesem geheimen System, das sich durch die Anlage zog, vorwärts.

So sehr sie auf Chris' Fähigkeiten vertraute, so sehr beschlich sie ein Gefühl der Reue. Sie bedauerte es nicht, sich ihrem Mann offenbart und sich gegen die Uranosische Republik gestellt zu haben. Denn stärker denn je spürte sie, dass sie nichts mehr mit den Uranosiern verband. Sie fühlte sich zwar nicht wie eine Ketonidin, aber jene da draußen, die die Anlage in ihrer Gewalt hatten, waren Feinde. Vielleicht war sie wirklich eine waschechte Argolisierin. Vielleicht lag ihr die Rebellion im Blut – wie die Medien es wieder und wieder beschworen hatten.

Die Reue betraf Meljan. Zu wissen, dass ihr Exmann da draußen war – ob über dem Planeten oder bereits hier unten –, nagte an Darae. Nach allem, was sie nun wusste, bereute sie es, ihn damals auf der *Ascalun* nicht getötet zu haben. Seit sie erfahren hatte, was Meljan mit Chris' Mutter getan hatte, war sie das Gefühl nicht mehr losgeworden, dass ihr Exmann bisher zu gut bei dieser Sache weggekommen war. Und deswegen fiel es ihr, wie sie hier mit Chris und ihren Leuten durch die verborgenen Gänge schritt, so schwer, sich vorzustellen, von hier fortzugehen, ohne Meljan erledigt zu haben. Und doch mochte genau das geschehen, wenn alles nach Plan verlief. Wenn Valmas die Geschütze außer Gefecht setzte, Ryala die Flotte beschäftigte und sie Senthea befreiten und diese unter freiem Willen mit Chris die Kontrolle über die Anlage übernahm, würde Meljan wohl den Rückzug antreten müssen.

Oder etwa nicht? Waren die Eroberung, die Erkundung und die Verteidigung dieses Ortes nicht sein Lebenswerk? Und wie in ihrer Ehe gab es hier Geheimgänge, von denen er nichts gewusst hatte. Aber falls er ahnte, dass sie hier war, dann würde er kommen, dessen war sie sich sicher.

Vielleicht ergab sich die Möglichkeit, ihn wissen zu lassen, dass sie hier war. Er würde sicher versuchen, an Chris heranzukommen. Und dann wäre sie da, und sie würde nicht von ihm ablassen.

Chris blieb mit einem Mal stehen. »Hier ist wieder der Hauptgang«, sagte er und blinzelte einige Male. »Die Tore wurden in letzter Zeit oft geöffnet. Jetzt aber sind sie verschlossen.«

Darae nickte und atmete durch. »Sie fürchten also, dass wir mit der Miliz dort vorrücken«, sagte sie. »Und wie sehen diese Kontrollsäle aus?«

»Sie verfügen nicht über Tore, sondern sind offen zugänglich. Gänge führen wie auf einen Berg zu ihnen hinauf. Offen.«

»Warum offen?«

»Weil die Njalden diese Orte als Versammlungsplätze nutzten und dort gemeinsam in das Bewusstsein dieses Ortes eintauchten. Sie verbanden sich gewissermaßen dort.«

»Offen heißt also, dass wir da vielleicht hineinkommen.«

Chris nickte. »Es heißt aber auch, dass wir uns dort nicht hinter irgendwelchen Türen verstecken können.« Er wies den Gang entlang. »Lass uns schauen, wie weit wir da kommen.«

Darae folgte ihm und hätte ihn beinahe gefragt, was er tun würde, falls ihm Meljan begegnete. Denn sein Wunsch, Meljan für seine Taten bezahlen zu lassen, musste unermesslich sein. Und doch wirkte er konzentriert. Sie wagte es nicht, ihn zu fragen, war sich andererseits aber sicher, dass es ihm im Augenblick nur um Senthea ging. Seine Tante war der Schlüssel zu allem.

Rayol war wieder in der Kommandostation Nr. 1 und erklärte, was Solsee ihm gesagt hatte. Colonel Auringer lauschte mit missmutiger Miene, und Rayol erwartete, dass er ihm etwas entgegensetzen würde; dass er sich sträuben würde, sich von einem Captain Befehle erteilen zu lassen, selbst wenn diese durch Solsee gedeckt waren. Auringer und Solsee waren beide Colonels vom Rang C-112, und deswegen musste sich Auringer zurückgesetzt fühlen, zumal er der Kommandeur dieser Anlage war.

»Colonel Solsees Anweisungen waren eindeutig«, sagte Rayol. »Sie sollen die Truppen um die Kontrolleinheit des Mediums verstärken. Was Sie da veranlasst haben, reicht nicht.«

»Dann brauchen die Ketoniden nur dem größten Widerstand zu folgen«, sagte Auringer. »Ist die Verstärkung nicht ersichtlich, müssen sie sich zwischen acht Kontrollsälen entscheiden. Und selbst wenn sie den richtigen erraten, ist der Weg vom Landekomplex bis hier in den Zentralkomplex bereits komplett abgesichert.«

»So wie die Landehallen?«, fragte Rayol und starrte dem Colonel ins Gesicht. »Oder der Weg zum Osttor?«

Auringer schwieg und gab seinen Leuten einen Wink; sie gaben die Befehle daraufhin weiter.

Rayol setzte sich vor einen Schirm, auf dem ein Dutzend Überwachungsvideos liefen. »Was sehe ich hier?«, fragte er.

Der Colonel deutete auf das mittlere Bild. »Das ist die Ringhalle, in deren Mitte die Gänge beginnen, die sich in den Kontrollsaal hinaufschrauben.«

»Gibt es auch eine Kamera aus dem Saal selbst?«

Auringer wies auf das Bild darunter. Nichts war zu erkennen als ein sich ständig erneuerndes Gemisch aus Gold, Schwarz und Weiß. »Da ist eine Kamera, aber die arbeitet nicht zuverlässig«, erklärte Colonel Auringer.

»Das heißt, wir können nicht sehen, was da vorgeht.«

»Wenn wir das Medium schonen, kommt das Bild wieder.«

»Dann sollten Sie das alle paar Minuten machen, Sir, damit wir sehen, was da geschieht.«

Der Colonel zögerte, ihm zu antworten. »Dann können wir nicht mehr ins All schießen.«

»Der Schild würde aber oben bleiben?«

»Ja.«

»Dann tun Sie das, Sir!«

»Auf Colonel Solsees Befehl?«

»Ja«, sagte Rayol, aber tatsächlich hatte er keine Rückendeckung dafür. Er war sich jedoch sicher, im Sinne seines Vorgesetzten zu handeln.

Der Colonel gab die Befehle weiter, und tatsächlich klärte sich das Bild nach einem Moment. In dem runden Saal erblickte er die Umrisse einer Frau, die auf einer Liege ruhte und von Maschinen umgeben war. Dort war Rayol noch nie gewesen, so oft er auch mit Solsee hier gewesen war. Niemand durfte dorthin außer ausgewähltem Personal.

»Gut. Das reicht«, sagte er. »Lassen Sie wieder schießen und prüfen Sie alle fünf Minuten, was in dem Raum vorgeht.«

Sofort gab der Colonel den Befehl zu feuern. Und einer der Offiziere formulierte die Forderung vor seinem Schirm: »Medium! Schieß auf die feindlichen Schiffe!«

Rayol war unwohl bei dem Gedanken, wie die Geschütze ihre Ziele fanden. Der Colonel hatte es ihm protzend erklärt: Das ganze System, das sie diesem Ort aufgezwungen hatten, beruhte darauf, dass die Schiffe, die eine gewisse Signatur hatten, vom Beschuss ausgenommen waren. Er fürchtete, dass die Ketoniden mit Daraes Hilfe diese Signatur entschlüsseln könnten, selbst wenn sie sie in einem vorgegebenen Zeitrahmen immer wieder veränderten. Sollte sie die Codes nachverfolgen, könnte sie die nächsten erraten. Dann wären da draußen mit einem Schlag keine Feinde mehr identifizierbar. Zwar wären die Ketoniden dann immer noch unterlegen, aber Ryala hatte schon oft eine verloren geglaubte Schlacht gedreht.

Einer der Männer wandte sich an den Colonel. »Sir! Der General meldet, dass die *Irishi* abgedriftet ist und jetzt vollständig zerstört wurde.«

Colonel Auringer lächelte.

Rayol nahm es mit starrer Miene zur Kenntnis. Er

wünschte sich, er selbst hätte Toshiaki abgeschossen. Er hatte viele Gefechte mit ihm ausgetragen, und es fühlte sich falsch an, hier unten zu sein, während da oben andere seine Fehden beendeten. Und wieder erinnerte er sich an Solsees Worte: Das da oben war nur eine Ablenkung. Ganz gleich, wer dort gewann, hier unten würde die Entscheidung stattfinden. Mesaidon würde versuchen, zu Senthea zu gelangen.

»Knüpft die Kameras an meine Card«, sagte er. »Und bitte, Sir, erzählen Sie mir etwas über die weiteren Sicherheitsmaßnahmen.«

»Mit größtem Vergnügen«, sagte Colonel Auringer mit einer Miene der Verachtung.

Rayol war es gleich, was der Colonel von ihm dachte. Zwar konnte er sich dort oben in der Schlacht nicht hervortun, doch hier siegreich zu sein, würde Solsee den Rang eines Generals bringen, und Rayol – dessen war er sich sicher – würde mitgeschleift in den Rang eines Colonels.

Obwohl Chris viel Wissen über die räumlichen Gegebenheiten zugespielt bekam, wusste er nicht, wer sich da draußen bewegte. Deswegen musste er immer wieder eine der Türen öffnen, um hinauszuschauen. Anders als am Osttor, drückte er hier nicht mehr die Knöpfe an der Wand, sondern legte stattdessen seine Hand auf die Tür, wischte sanft darüber, setzte sie dadurch in Bewegung und schob sie langsam einen Spalt auf.

Die Uranosier wussten, dass sie kamen, und hatten ihnen bzw. der Miliz, die mit Valmas und Gerya unterwegs war, viel in den Weg gestellt. Schwergepanzerte Schützen mit langen Gewehren hatten hinter halbhohen Schildwällen Stellung bezogen und warteten auf die Feinde.

Chris war unwohl dabei, die Uranosier zu umgehen, während er wusste, dass Valmas und die anderen auf großen Widerstand stoßen würden. Eine Granate oder etwas anderes, das den Feinden mit einem Schlag schadete, hätte seinen Freunden den Weg erleichtern können. Doch sich jetzt zu offenbaren, hätte alles in Gefahr gebracht.

Langsam schob Chris die Tür wieder zu. »Auch hier wimmelt es von Wachen«, flüsterte er. Er löste die Hand von der Tür und rieb sich die Finger. Ein Kribbeln steckte noch in den Spitzen. Er war nach wie vor fasziniert davon, dass er die Dinge, die er beeinflussen wollte, berühren konnte und so die Kontrolle durch Gedanken erleichterte. Dieser Ort las ihm aus den Händen. »Der Hauptgang ist abgeriegelt«, erklärte er. »Sie werden Nebengänge nehmen müssen. Und auch da warten bestimmt Wachen.«

Darae wandte sich an ihre Leute. »Schickt Valmas eine Nachricht.«

»Mach ich«, sagte Fran. »Aber der Empfang der letzten Nachrichten wurde nicht bestätigt.«

Chris nickte. »Der Geheimbereich schirmt äußere Einflüsse weitgehend ab, lässt aber von innen beinahe alles nach außen durch.«

»In etwa wie die njaldischen Schilde?«, fragte Darae.

»In etwa.« Chris wies auf dem Gang zurück, der wie ein überdimensioniertes Kabelrohr wirkte. »Jedes Tor von hier bis zu dem Kontrollsaal im Zentrum ist verriegelt.«

»Können sie das? Können *sie* die verriegeln, oder macht Senthea das?«

»Sowohl als auch.«

»Wenn wir uns offenbaren, könnte es also darauf hinauslaufen, dass sie die Türen öffnen und die ganze Herde auf uns losgeht.«

»Es sei denn«, sagte Chris und wies auf einen Gang, der von der kleinen Halle mit dem Tor wegführte.

»Was?«

»Es sei denn, wir kommen noch näher an den Saal heran. Die Kontrollstation selbst hat keine Türen, und dieses System endet irgendwo unter dem Saal. Vielleicht auf einem der Gänge, vielleicht aber auch woanders. Das ist mir noch nicht ganz klar.«

Mit jedem Schritt offenbarte sich Chris etwas Neues. Es war, als rückte er immer näher an einen Schirm heran, auf dem der Plan dieser Anlage angezeigt wurde. Er sah einen breiten Ringgang, von dem im Zentrum ansteigende Gänge abzweigten. Eines der äußeren Tore führte direkt auf den Hauptgang. Keiner der aufsteigenden Gänge hatte irgendwelche offensichtlichen Türen – nur die Geheimtüren, an denen die verborgenen Gänge endeten.

Mit einem Mal überkam Chris eine Gewissheit, die ihn stehen bleiben ließ. Das System, in dem sie sich bewegten, würde sie nicht nahe genug an die Kontrollstation heranbringen. Es gab weder eine direkte Verbindung, noch war einer der Gänge, die zum Saal hinaufführten, unmittelbar mit diesem Bereich verknüpft. Aber kaum hatte ihn diese Erkenntnis getroffen, erwachte eine neue.

Es gab einen weiteren verborgenen Bereich. Der, in dem sie sich bewegten, verknüpfte die verschiedenen Komplexe, doch der andere war nur für das Zentrum der Stadt gedacht. Chris wusste nicht, ob er weitere Fähigkeiten benötigte, um dort einzudringen. Aber er wusste, dass es im Zentrum zahlreiche verborgene Türen gab, die Zugang zum anderen Geheimbereich boten. Und von dort aus konnte man auf jeden der zum Kontrollsaal aufsteigenden Gänge gelangen.

»Was ist?«, fragte Darae.

»Wir müssen von diesem Geheimbereich in einen anderen wechseln.«

»Na gut«, sagte Darae. »Tun wir das.«

»Nein, nein. Wir müssen hinaus in den offenen Teil, um dort hinzugelangen.«

Das Team tauschte unruhige Blicke.

»Ich werde uns einen Weg suchen.« Er holte seinen Tarnreif wieder aus seiner Tasche und zog damit die Blicke seines Teams in die Tiefe und dann, als er ihn anlegte, wieder in die Höhe. Sie waren nach wie vor davon fasziniert.

Darae schwieg – sowohl in diesem Moment als auch auf dem weiteren Weg zu einem günstigen Ausstieg.

Als Chris wieder einmal eine Tür einen Spalt aufschob und hinausblickte, spürte er Daraes Hand auf seiner Schulter. Da draußen auf dem Seitengang war es still. »Hier ist es gut«, sagte er und wandte sich zu Darae um. Das kleine Lächeln konnte die Sorge nicht aus ihrem Gesicht verbannen.

»Ihr wartet hier«, sagte er leise. »Ich suche uns einen Weg hinüber in den anderen Bereich.«

Darae biss sich auf die Lippen und nickte. Dann flüsterte sie: »Aber glaub nicht, ich würde dich sitzen lassen, wenn sie dich bemerken.«

»Dann lasse ich mich gerne noch einmal von dir retten.«

»Hier!«, sagte Darae und reichte ihm eine Haftbombe. Sie war kleiner als ihre Handfläche. »Falls du Gelegenheit hast, bring sie an. Dann können wir sie später zünden und für Ablenkung sorgen.« Sie gab ihren Leuten einen Wink, und sie reichten ihm noch drei weitere Sprengsätze.

Chris steckte sie in seine Tasche und schloss Darae dann in die Arme. »Wenn ich nicht zurückkomme …«

»… werde ich mich zu Senthea durchballern.«

Das war nicht das, woran er gedacht hatte. »Wird schon schiefgehen« war alles, was er zu sagen wusste.

Sie strich ihm über die Wange und küsste ihn vor den Augen ihrer Vertrauten. Als sie sich von ihm zurückzog, lächelte sie. Er aber schaute sich unsicher unter Daraes Leuten um. Sie warfen ihm Hoffnung spendende Blicke zu. Fran standen sogar die Tränen in den Augen.

Nur zögerlich schob Chris die Tür weiter auf, und nicht ohne einen Blick auf Darae zurückzuwerfen, aktivierte er den Tarnreif mit einem einfachen Streichen über dessen Oberfläche. Er wusste nicht, ob es das Streichen selbst war oder ob damit ein Gedankenbefehl einherging. Jedenfalls veränderte sich die Sicht. Alles wirkte instabil und grobkörnig. Daraes Blick ging suchend hin und her.

Behutsam schritt Chris auf den Seitengang hinaus und schloss die Tür hinter sich. Sofort fühlte er sich auf verlorenem Posten. Eben bei Darae und ihren Leuten war er ein

Teil der Gemeinschaft gewesen, hier draußen war er ein Einzelkämpfer.

Er schlich sich langsam voran, denn zu schnelle Bewegungen machten die Unsichtbarkeit zunichte; er würde dann als verschwommenes Etwas in der Luft sichtbar. Er hielt sich nahe der Wand und schlich dem Hauptgang entgegen. Als er fast dort angekommen war, ließ ihn ein Lachen verharren und den Atem anhalten.

Zwei Wachen liefen direkt am Gang vorbei. Eine schaute sogar herein, durch ihn hindurch in die Biegung, vor der die Geheimtür lag. Der Mann stutzte, ging aber mit seinem Kollegen weiter. »Wo führt dieser Gang da eigentlich hin?«

»Zu den Reservelagern«, sagte der andere mit gelangweilter Stimme.

Chris überlegte, ob sich in diesem gebogenen Gang bereits ein Einstieg in den anderen Geheimbereich befand, doch mit einem Schlag wusste er, dass es nicht so war.

Als die Wachen fort waren, wagte er es, um die Ecke auf den Hauptgang zu schauen. Richtung Osten lag ein verschlossenes Tor. Die beiden Wachen öffneten es, und jenseits davon waren weitere Soldaten postiert und hießen ihre Kameraden willkommen.

Die Stimmen der Wachen verstummten mit dem Schließen des Tores. In der anderen Richtung lag gut fünfzig Meter entfernt der nächste Wachposten vor dem nächsten verschlossenen Tor. Zwischen hier und dort gab es weitere Seitengänge, und aus manchen kamen Wachen heraus oder gingen hinein. Jeder schien zu wissen, was zu tun war, und niemand stellte sich ihnen in den Weg. Vielleicht wäre es ihnen in ihren uranosischen Uniformen möglich, hier unbemerkt den Hauptgang zu kreuzen.

Zuerst wollte Chris kehrtmachen, um die anderen zu holen, dann aber wagte er sich langsam auf den Hauptgang hinaus. Er wollte hinüber und schauen, ob der Gang auf der anderen Seite frei von Wachen war.

Der Hauptkorridor war nur sechs Meter breit, und doch ließ sich Chris bei der Überquerung Zeit. Im anderen Seitengang angekommen, hielt er an der Ecke inne und lauschte voraus in die Biegung. Bevor er weiterging, senkte er sich in die Hocke und platzierte eine der Haftbomben knapp über dem Boden an der Wand. Dabei wurden sein Arm und der Sprengsatz sichtbar. Die Bombe verfügte über eine Tarnvorrichtung. Sie scannte einfach die Stelle, auf die sie geheftet wurde, und gab das Bild auf der Oberfläche wieder. So verschmolz sie beinahe mit der grauen Wand.

Chris lauschte und schaute sich um, dann ging er vorsichtig weiter. Er erinnerte sich, was da an Wegen, Räumen und Türen vor ihm lag, als wäre es immer schon in seinem Gedächtnis gewesen und als hätte es sich nicht eben erst dorthin vorgedrängelt.

Es war ruhig in diesem Bereich, aber schon auf der übernächsten Kreuzung nach der Biegung herrschte reges Treiben. Da waren Wachen, die offenbar von einem der Landekomplexe in der Nähe kamen und sich dem Hauptgang näherten.

Chris fand drei Einstiege in das Geheimsystem, die weit genug abgelegen waren, um mit ein wenig Glück unbehelligt dorthin zu gelangen. Einer ging direkt vom gebogenen Gang ab, der nächste lag um eine Ecke, der letzte jenseits einer stillen Kreuzung am Ende einer Sackgasse.

Chris hatte genug gesehen. Er machte kehrt, eilte den Gang entlang, um dann nahe dem Hauptgang seine Schritte wieder zu verlangsamen, immer ums Schleichen bemüht. An der Ecke harrte er aus und lauschte. Er hörte die Wachen am anderen Ende; von jenen hier bei ihm jenseits des geschlossenen Tores vernahm er nichts. Doch dort lag die eigentliche Gefahr, denn das Tor konnte sich jederzeit öffnen.

Chris wartete einen Moment, dann wagte er sich aus der Deckung, schlich ruhig über den Hauptgang und hielt dabei die Augen offen. Ein Trupp Soldaten kreuzte auf halbem

Weg zu dem Wachposten den Korridor; wie vermutet, schien auch diesmal niemand davon Notiz zu nehmen.

Auf der anderen Seite angekommen, beeilte er sich, um zur Geheimtür zurückzukommen. Er öffnete sie mit einer streichenden Berührung und sah direkt in Daraes Gesicht. Eilig trat er ein, schloss die Tür hinter sich, strich über den Tarnreif und entlockte Darae mit seinem Erscheinen ein nur vom Aufatmen unterbrochenes Lächeln.

»Ich habe einen Weg«, sagte er. »Aber wir müssen den Hauptgang kreuzen.«

Daraes Lächeln verging. »Wenn die uns sehen, können sie im System nachschauen, zu welcher Einheit wir gehören. Wenn da nichts erscheint oder wir irgendwo sind, wo wir nicht hingehören, werden sie uns sofort ins Visier nehmen.«

»Kannst du nicht genau das machen, was du mit dem Schiff gemacht hast?«

»Die verwenden ein anderes System. Das ist zentralisiert beim Kommandeur. Es hat nichts mit der Schiffskommunikation zu tun. Manchmal sind die einfachsten Dinge nicht zu knacken.«

»Macht nichts. Die scheinen mir gar nicht so koordiniert zu sein. Da kommen neue Einheiten, andere bewegen sich hier recht frei herum. Wer weiß, ob sie es überhaupt merken.«

»Gehen wir«, sagte Darae.

Einen Moment später waren sie mit zurechtgezupften Uniformen auf dem Gang. Jene unter ihnen, die schweres Gepäck trugen, nahmen sie in ihre Mitte, damit man sie nicht sofort entdeckte.

Chris hielt den Atem an, als er die anderen auf den Hauptkorridor führte und so tat, als wäre es selbstverständlich, dass sie jetzt hier unterwegs waren. Er fürchtete, dass die Wachen, die links am Ende des Ganges postiert waren, sie durchschauten, oder dass sich unvermittelt direkt rechts neben ihnen das Tor zum vorigen Abschnitt des Hauptganges öffnete. Als er dann aber auf der anderen Seite angekommen war, wollte er es zunächst kaum glauben, dass niemand sie aufgehalten hatte.

»Hey!«, rief doch jemand am anderen Ende des Ganges. »Was treibt ihr denn da? Kommt mal her!«

»Schnell!«, flüsterte Chris und lief leichtfüßig voran. Kaum war er um die erste Ecke gehastet, legte er die Hand auf die Geheimtür und schob sie auf. Er winkte seine Leute hinein, begab sich dann aber zurück zur Ecke und linste herum. Er hörte die lauten Schritte vom Hauptgang herbeihallen. Zudem zischte das Tor zum vorigen Bereich. Gleich würden sie dort hinten auf den Gang einbiegen.

Da kam Darae an seine Seite. »Was machst du?«

»Deinen Plan umsetzen«, sagte er, hob seine Card an und sendete ein Signal aus. An der Ecke explodierte die Haftbombe, die er am Fuß des Ganges angebracht hatte. Ein Flammenball wölbte sich in die Höhe, und Rauch und Staub schossen in einer Wolke in den Gang.

Schreie drangen zu ihnen durch, und Chris konnte nicht sagen, ob es Schreie des Entsetzens oder aber des Schmerzes waren. Erst als Darae ihn am Arm packte und fortzerrte, begriff er, was er gerade getan hatte. Die Schreie verstummten nicht, und die Wachen feuerten mit ihren Gewehren. Während Darae bereits in den Geheimgang trat, schaute Chris noch einmal zurück und sah, wie die Kugeln feurigen Pfeilen gleich am Gang vorbeischossen.

Wieder war es Darae, die ihn aus seiner Trägheit riss und in den Geheimgang zog. Sie drückte den Knopf, und die Tür schloss sich hinter ihm.

»Nicht ganz so heldenhaft, oder?«, sagte Chris.

Darae grinste. »Du hättest mich bei meinen ersten Aktionen sehen sollen. Dagegen hast du dich gerade wie ein Profi verhalten.«

Sie lauschten, ob sie draußen irgendetwas hören konnten. Am Anfang waren die Schüsse zu vernehmen, aber sonst überhaupt nichts. Die Schüsse verstummten bald, und Chris und die anderen harrten einige Minuten aus.

Schließlich setzte Chris sich wieder an die Spitze des Teams und führte es durch die Gänge voran. Einige seiner Leute sprachen die Befürchtung aus, die Uranosier könnten die Geheimtür finden und sich hindurchsprengen, doch Chris sagte ihnen, dass das nicht möglich sei. »Die würden sich eher selbst wegsprengen. Sie werden nur die Oberfläche ankratzen, dann aber nichts weiter ausrichten können. Hier sind wir sicher. Aber wenn wir wieder nach draußen gehen – dann müssen wir aufpassen.«

»Jedenfalls wissen sie jetzt, dass wir hier sind«, sagte Darae.

»Der Gang, auf dem wir verschwunden sind, führt auf andere Gänge. Wenn sie jetzt nicht gerade vermuten, dass wir in einer der Sackgassen verschwunden sind, könnten wir überall in diesem Bereich sein.«

»Wohin konnte man denn da gelangen?«

»Zu zwei Landekomplexen und über einen Umweg auch in den Ostteil.«

»Und das Gleiche gilt für den Gang, den wir gekommen sind?«

»Ja.«

»Also könnten sie annehmen, dass wir zur Miliz gehören?«

»Hoffen wir's«, sagte Chris und musste an die Bombe und die Schreie denken.

Darae kam nach einer Weile des Schweigens und des Voranschreitens wieder an seine Seite. »Was ist mit dir?«

»Ich frage mich, ob ich gerade meinen ersten Menschen getötet habe.«

»Du hast im All schon Schiffe abgeschossen. Da waren auch Menschen drin.«

»Ja, aber wegen der Schreie habe ich das Gefühl, vielleicht jemanden zu Unrecht getroffen zu haben. Ich meine, was können die Wachen dafür, dass sie Meljan und den anderen untergeben sind?«

»Chris! Tu dir einen Gefallen und denk an das, was Meljan mit seinen Leuten deiner Familie angetan hat. Meinst du wirklich, die Wachen, die auf uns aufmerksam wurden und sofort den Gang entlanggestürmt kamen, hätten uns verschont? Die hätten sofort auf uns geschossen. Die zögern keinen Augenblick und folgen jedem Befehl blind.«

»Natürlich.«

»Aber es ist gut«, sagte sie. »Ich meine: dass dir das nahegeht. Und sei beruhigt. Das waren weder Schmerzensschreie noch Todesschreie. Die haben nur in Panik geschrien.«

»Ich hoffe, den Unterschied lerne ich noch.«

»Ich hoffe, du tust es nicht. Ich hoffe, du bewahrst dir diese Unwissenheit. Das ist kein Geschäft, in dem du Profi werden solltest.«

»Sag mir das, wenn alles vorbei ist.«

Sie schmunzelte. »Das werde ich.«

Chris hielt auf einer Kreuzung und schaute die Gänge entlang, und wieder drängte sich das Wissen über diesen Ort in sein Gedächtnis, als wäre es immer schon dort gewesen. Das, was er aus der Ferne entdeckt hatte, sah er nun im Detail.

Die Gänge, die von einem Ringgang hinauf in den Kontrollsaal führten, begannen auf dieser Ebene. Chris fragte sich, ob die Uranosier diese Wege bewachten. Es mochte sein, dass sie unten am Fuße die Eingänge blockierten. Er wollte Gewissheit haben, ehe er die anderen auf einen der Wege hinausführte. So brachte er sie näher an den Ringsaal heran, von dem die Gänge abgingen.

Er fand eine Tür, öffnete sie einen winzigen Spalt und spähte nach draußen. Er blickte schräg auf das geschlossene Tor zum Hauptkorridor und konnte rechts direkt in einen Gang schauen, der blockiert war, aber nicht bewacht. Den Gang, der dem Tor direkt gegenüberlag, konnte er nicht sehen, aber ein Teil des Wachpostens ragte heraus: mehrere Kisten Ausrüstung und ein Schildwall. Da waren die Uranosier und warteten auf die Feinde.

Chris schloss die Tür wieder und führte die Gefährten über eine Wendeltreppe nach oben. Dort befand sich direkt über der Decke des Ringsaals eine weitere, schmalere Version desselben. Es war im Grunde das Obergeschoss, das vom öffentlichen Teil nicht zugänglich war, aber von den Gängen, die in den Kontrollsaal hinaufführten, durchbohrt wurde. Von hier aus gelangten sie auf jeden der Spiralgänge, die in den Saal hinaufführten, in dem er Senthea vermutete.

Chris brachte sie auf die andere Seite des Ringsaals, möglichst weit weg von dem Posten der Uranosier, direkt zu einer der Stellen, an der er eine Tür witterte. Er lauschte daran, konnte aber nichts hören. Wie zuvor legte Chris seine Hand auch auf diese Tür und schob sie sanft ein Stück zur Seite.

Ein Gang wand sich hier in die Höhe. Nach unten konnte er nur bis in eine Biegung schauen, aber das aufgeregte Gerede der Wachen drang zu ihnen herauf. Natürlich mussten die Uranosier dort unten beunruhigt sein, dass irgendwo auf dem Hauptgang ein Sprengsatz explodiert war. Gewiss aber vermuteten sie den Feind nicht bereits hier in der Nähe.

Von oben drang kein Geräusch zu ihnen herunter. Chris fragte sich, ob die Wachen da unten gelegentlich dort oben nach dem Rechten sehen würden. Da selbst nach einem Moment keine Schritte oder irgendein Anzeichen einer Annäherung zu vernehmen war, aktivierte Chris wie zuvor den Tarnreif und wollte gerade einen Schritt nach draußen setzen, als Darae ihn an der Schulter packte. »Nicht!«, flüsterte sie und hob ihre Hand vor ihn. Auf deren Fläche erschien das Bild, das die Chamäleon-Card auf dem Handrücken aufnahm. Nur dass sich darauf glühende Flecken am Boden offenbarten.

»Minen«, wisperte Darae.

Auf dem Gang lagen in der Biegung nach unten rötlich blinkende Scheiben am Boden. Mit bloßem Auge waren sie kaum zu erkennen, weil sie sich wie die Haftbombe tarnten, die Chris vorhin verwendet hatte. Direkt vor der Geheimtür und auf dem Weg nach oben gab es jedoch nur wenige Minen. Offenbar rechneten die Uranosier nicht damit, dass irgendwer so weit vorstieß.

»Auf den anderen Gängen sieht es wahrscheinlich genauso aus«, sagte Darae.

Chris stimmte ihr zu.

Darae deutete auf eine der Minen, die nahe der Wand lag. »Wenn wir die entschärfen, kommen wir gut voran.«

Chris nickte und schlich langsam mit Darae an der Wand entlang.

Darae behielt die getarnten Minen auf ihrer Card im Auge. Bei der ausgewählten angekommen, ging sie in die Hocke.

Fran reichte Chris einen Signalgeber, und er legte ihn in Daraes Hand. Sie wählte auf dessen Schirm etwas aus, drückte einen Button auf ihrer Card, und mit einem Mal war die Mine sichtbar. Sofort legte Darae den Signalgeber darauf. »Sie sollten nun angezeigt bekommen, dass die Mine noch aktiv ist.«

Darae ging voran, immer nach weiteren Minen Ausschau haltend. Chris folgte ihr auf dem sich nach oben biegenden Gang. Darae konnte nicht nur Minen entschärfen, sie konnte – falls die Uranosier passende Systeme einsetzten – sogar Granaten unbrauchbar machen, sodass sie diese aufnehmen, wieder aktivieren und zurückwerfen könnten. Chris war jedoch froh, dass sie von dieser Fähigkeit keinen Gebrauch gemacht hatten und hoffte, dass sie es auch nicht mussten.

Sie waren nur wenige Schritte gegangen, als Darae die Hand und damit ihre Chamäleon-Card senkte. »Alles frei«, sagte sie und ließ Chris den Vortritt.

Er konnte nicht glauben, dass jetzt kein Hindernis mehr zwischen ihm und Senthea liegen sollte. Da oben war erwartungsgemäß keine Tür vorhanden. Der Gang mündete direkt in den Saal.

Chris konnte schon die gewölbte Decke des runden Raumes sehen, da drangen Rufe aus der Tiefe empor. »Sie kommen!«, rief jemand.

Valmas! Er und die Miliz mussten auf dem Weg zu den Geschützen sein. Die Aufmerksamkeit der Wachen war spätestens jetzt auf den Hauptgang gerichtet.

Chris brachte das letzte Stück des Weges hinter sich und betrat das, was Ryala als Kontrollsaal bezeichnet hatte. Es wirkte nicht wie eine Kommandostation, sondern wie ein Versammlungsraum mit einem weiten Gewölbe.

In der Mitte befanden sich allerlei Gerätschaften, die hier nicht hergehörten. Sie passten nicht zu den eleganten Formen dieses Raumes, in dem alles abgerundet war. Die Maschinen mussten den Uranosiern gehören.

Am Rand des Saales wölbten sich Sitze in tiefe Nischen. Um die Mitte herum reihten sich Liegen, die wie riesige hellgraue Muscheln wirkten. Sie schienen geradezu aus dem Boden emporgewachsen zu sein. Weder hier noch auf den Gängen, die hier endeten, konnte Chris irgendjemanden sehen.

Erst als er sich weiter voranbewegte, sah er zwischen den Maschinen im Zentrum eine Liege, und in dieser ruhte eine Frau.

Senthea – das musste sie sein. In einem weißen, glänzenden Anzug lag sie dort.

Es war Chris, als näherte er sich einem Feuer, so sehr strahlte Sentheas Macht ihm entgegen. Wie all das Wissen, das ihm dieser Ort bisher zugespielt hatte, verwirrte ihn dieser neue Eindruck, und es gab keine Zeit, sich daran zu gewöhnen.

Je näher er kam, umso mehr sah er von Senthea. Sie trug eine weiße Haube, von der dicke Kabel wie geflochtenes Haar von ihrem Kopf abgingen. Nur wenige Locken ihres eigenen dunklen Haares quollen unter der Haube hervor. Sie lag mit entspannten Zügen und ruhig atmend da, als schliefe sie. Chris aber wusste, dass sie auf irgendeiner

Ebene wach war und widerstrebend den Befehlen der Uranosier folgte.

Drei Schläuche führten in ihren Mund. Sie waren offenbar Teil eines Versorgungsmoduls, das ihr Sauerstoff und Nahrung verabreichte. Um ihre Hüften lag ein breiter Ring, den Chris von Krankenstationen kannte: ein Auffangsystem. Es nahm den Urin und den Kot auf und leitete alles über Schläuche in einen zweigeteilten Behälter. Von Zeit zu Zeit würde jemand die Behälter holen und der Versorgungseinheit Nachschub liefern.

Chris erblickte einen Roboter, der zwischen den Geräten kauerte. »Kann der uns sehen?«, fragte er leise.

»Keine Sorge«, flüsterte Darae. »Der ist an die Behälter und das Versorgungsmodul geknüpft. Wenn die Behälter voll sind oder der Sauerstoff, das Wasser oder die Nahrung knapp wird, erhält er ein Signal und erledigt seine Arbeit. Clever! So ersparen sie sich, dass hier irgendjemand heraufkommt. Das heißt auch, dass einer der Gänge nicht vermint ist.«

Wie zur Bestätigung zeigte Chris auf den Gang, von dem er wusste, dass er unten direkt am Wachposten endete. »Der da ist es.«

»Behaltet ihn, aber auch die anderen im Auge«, befahl Darae ihren Leuten im Flüsterton.

Erneut ließ Chris seinen Blick über Senthea wandern, und er fragte sich, wo er am besten anfangen sollte. Sie war an Beinen und Armen gefesselt, dazu kamen Infusionsfesseln an den Hand- und Fußgelenken.

Darae schüttelte den Kopf. »Vier Infusionsmodule? Das habe ich noch nie gesehen.«

Chris nickte, wandte seinen Blick aber nicht von Senthea ab. Tatsächlich brauchte man im Grunde nur eine Infusionsfessel. In dem dicken Reif waren normalerweise acht Nadeln untergebracht.

»Das muss ein wilder Cocktail sein«, sagte Darae leise.

Chris nickte erneut und führte langsam seine Hand an

das Infusionsmodul an Sentheas linker Hand. »Aber jetzt ist Schluss damit«, sagte er. Auf der Anzeige, die sich über den Reif zog, drückte Chris den AUS-Schalter, worauf das Gerät mit einem Zischen und einem Blinken reagierte. Schließlich öffnete sich der Reif, und Chris konnte ihn abnehmen. Von den Einstichstellen waren nur noch rote Punkte zu sehen; der Reif hatte sie versiegelt.

Während Chris sich an die zweite Handfessel machte, kümmerte Darae sich um die an den Füßen, und binnen eines Momentes war Senthea von den Infusionen befreit. Ein weiterer Augenblick, und auch die breiten Riemen, die ihre Unterarme und Knie hielten, waren abgelöst.

Chris fand auf dem Schirm des Versorgungsmoduls die Bestätigung, dass Sentheas Atmung keine Unterstützung benötigte, und setzte die Ablösung des Systems in Gang. Kurz darauf schoben sich die Schläuche langsam aus Sentheas Mund. Chris erwartete, dass sie hustete, doch sie seufzte nur und atmete ruhig.

Chris schaute an ihr entlang und sah, dass Darae sie von den Schläuchen des Auffangsystems befreit hatte und ihr an der Hüfte den Anzug schloss und damit ihre Scham bedeckte. Dann half er dabei, Senthea auf die Seite zu drehen, und Darae wischte den verbliebenen Schlauch, der sich bereits aus ihrem Darm gelöst hatte, von der Liege. Auch hier schloss sie den Anzug, und das Knistern des Haftverschlusses war das einzige Geräusch im Saal.

Sie betteten Senthea wieder auf ihren Rücken, und nun erwartete Chris, dass seine Tante aufwachte, doch nur ihre Stirn legte sich in Falten, und auf ihre Wangen kam ein Hauch von Rosa.

»Darae!«, sagte Fran gerade noch leise genug, um als Flüstern zu gelten. Sie wies auf den Gang, der unten beim Wachposten gegenüber dem Hauptkorridor endete.

Chris lauschte, doch er hörte nichts. Es war verdächtig still.

Darae schaute mit einem Mal die Wand empor und

seufzte schließlich. Sie zeigte an den Übergang der Wand ins Gewölbe. Da war eine Fläche ein wenig dunkler als die Wand. »Eine Kamera«, sagte Darae mit bestürzter Stimme. »Mein Scanner hat sie nicht erfasst.«

Etwas Kleines kam in den Raum gefahren. Es war ein kugeliger Roboter, der sofort einen Schild wie eine Wand aus grauem Kristall emporschob. Dieser war viel zu groß, als dass er dem Schutz des Roboters dienen konnte.

»In Deckung!«, flüsterte Darae, und ihre Leute kamen auf ihre Seite der Maschinen, an die Senthea nur noch mit der Haube angeschlossen war. Einige versteckten sich hinter den Liegen, die das Zentrum umgaben.

Chris rechnete damit, dass der Schild, den der kleine Roboter erzeugt hatte, die Uranosier schützen sollte, wenn sie vorrückten. Stattdessen aber flimmerte er auf, und ein grinsendes Gesicht erschien darauf.

Meljan!

Nur eines der Gesichter im Hintergrund war Chris bekannt: das von Rayol Oredson, der im Gegensatz zu Meljan überrascht wirkte.

»Und hier endet es«, sagte Meljan. »Darae! Ich wusste ja, dass du ihnen geholfen hast, aber dass du es wagst …«

»Du hättest es wissen sollen«, rief Darae dazwischen.

»Das spielt jetzt keine Rolle mehr.«

Chris fragte sich, warum Meljan nicht sofort zum Angriff überging. Irgendetwas hielt ihn zurück. Vielleicht fürchtete er, wozu Chris nun, da er hier angekommen war, fähig sein könnte, und ahnte nicht, dass er keineswegs auf all das, was sich ihm hier bot, vorbereitet war. Möglicherweise wollte Meljan aber auch einfach nur Zeit gewinnen, damit Valmas und die Miliz ebenso scheiterten wie die ketonidische Flotte im All. Doch das war keineswegs gesagt. Valmas war mit allen Wassern gewaschen, und Ryala hatte sich schon oft genug behauptet, um auch dieses Mal standhaft zu bleiben. So konnte Chris nicht entscheiden, wem hier die Zeit davonlief.

Er schaute auf Senthea hinunter. Ihre Lippen bebten, und ihre Augen bewegten sich unter den geschlossenen Lidern.

»Du hast recht, Meljan«, sagte Darae. »Wir sind hier und haben Senthea von eurer Kontrolle befreit.«

»Zu spät«, erwiderte Meljan. »Ergebt euch, und wir verschonen euer Leben.«

Ein Seufzen zog Chris' Blick wieder auf Senthea. Seine Tante atmete durch den Mund aus. Die Lippen zitterten, und leise sagte sie: »Sie schweigen.«

Chris beugte sich zu ihr hinab und flüsterte: »Wer schweigt?«

»Die Geschütze. Und der Schild verblasst.« Sie atmete ein und aus und lächelte dann.

»Wir werden uns nicht so einfach ergeben«, rief Darae. »Es gibt Bedingungen.«

»Was könntet ihr noch fordern?«

»Ich könnte zum Beispiel den Countdown zurücknehmen, der Kronos-4 in ein Chaos stürzen wird.«

»Noch ein Poltergeist. Damit kommen wir zurecht.«

»Nicht mit dem. Der Poltergeist steht kurz davor, ein paar Ebenen nach unten zu steigen. Da, wo ihr nicht hinkommt. Ebene 3. Wie viele eurer Programmierer können sich dort bewegen? Und wie viele von denen würden dort ein solches Programm unschädlich machen können?«

Chris wusste, dass Darae bluffte. Sie hatte kein Wort darüber verloren, und es wäre gewiss etwas gewesen, das sie bei der Planung erwähnt hätte. Und sie selbst hatte gesagt, dass sie ein gutes Verständnis für die zweite Programm-Ebene von Modulen habe, vor der dritten aber stehe sie wie ein Kleinkind vor der Grammatik einer Sprache.

Meljans schiefes Grinsen bewies, dass er ihr nicht glaubte. Und natürlich hatte er allen Grund dazu. Warum wohl wären sie ein solches Wagnis eingegangen und hätten eine Raumschlacht gesucht, wenn sie die Mittel in Händen gehalten hätten, die feindliche Flotte mit einem unkontrollierbaren Virus aus dem Verkehr zu ziehen.

»Unter der Folter wirst du sicher preisgeben, wie wir das stoppen können. Glaub mir, du wirst es uns sogar sagen, selbst wenn sich herausstellt, dass da gar nichts ist. Du wirst deine eigene Lüge glauben, nur damit es endlich aufhört. Und dann …«

Oredson beugte sich neben Meljan vor und flüsterte ihm etwas zu. Zum ersten Mal verging das überhebliche Grinsen in Meljans Gesicht.

Chris schaute wieder Senthea an. Sie hatte die Augen geöffnet. »Ich kann nicht. Ich kann nichts tun. Nicht allein. Vielleicht ist es schon zu spät.«

Rayol wiederholte die Nachricht, die er von Colonel Auringer bekommen hatte: »Die Geschütze stehen still, und der Schild ist weg.«

»Alle Geschütze?«, flüsterte Solsee.

»Ja.«

»Auringer soll auf den alten Befehlsmodus umschalten. Da Pondaia uns nicht gehorcht, müssen wir einen Schritt zurück machen.«

»Sie könnte gegen uns vorgehen. Wir müssen stürmen.«

Solsee nickte.

»Was ist?«, hörte Rayol Darae über den Schirm sagen, der vor dem Colonel schwebte und das Bild zeigte, welches die Kamera oben im Saal aufnahm. »Habt ihr plötzlich Probleme?«

Solsee gab unmerklich einen Wink, und die ersten Wachen liefen los. »Nicht annähernd so viele wie ihr.«

Das Letzte, was er auf dem Schirm sah, war das spöttische Lächeln auf Daraes herangezoomtem Gesicht.

»Wie besprochen! Pondaia und Mesaidon möchte ich am liebsten lebend«, sagte der Colonel. »Und Darae auch.«

Rayol gab es weiter, fürchtete aber, dass die anderen, die schon vorgelaufen waren und den Angriff eröffnen würden, es zu spät erfuhren, selbst wenn sie aus Solsees Worten hätten hören können, dass er sie foltern und dementsprechend lebend haben wollte. »Nehmen Sie ihnen ihre Drohung ab?«, fragte Rayol, während er neben Solsee herstiefelte.

»Nein, sonst wäre unsere Flotte jetzt erledigt. Wenn sie auf Ebene 3 agieren könnte, würde sie alles aushebeln. Nein, nein, so genial ist sie nicht. Nicht mal eine geniale Lügnerin. Aber wenn wir jetzt Pech haben, kriegen sie die Kontrolle über die Anlage.«

»Vielleicht sollten wir das um jeden Preis verhindern. Ein paar Granaten rein, und Schluss ist.«

»Kronson wird mich erschießen lassen, wenn ich in dieser Lage, da wir sie lebend kriegen können, dort oben Granaten zünde. Es sei denn, wir haben noch Gasgranaten.«

»Es gibt keine«, entgegnete Rayol. »Die letzten wurden in Chrysopolis gegen die Rebellen eingesetzt. Der Colonel hat keine nachbestellt.«

»Scheiße!« Solsee schüttelte den Kopf, dann aber sagte er: »Schießen wir eben mit Betäubungsstrahlen auf unsere zukünftigen Gefangenen.«

Rayol gab den Befehl sofort weiter, und ihre Männer schalteten ihre Gewehre auf Sekundärwaffe – einen Laser, der gerade einmal stark genug war, einen Menschen umzuhauen, ihn aber in der Regel nicht tötete.

Sie waren fast oben angekommen, als Rayol seine Pistole zog. Er hatte keine Projektilwaffe. Davon hielt er nichts, sondern setzte auf Laser und regelte nun ebenfalls die Leistung herab, während Solsee über seinen Patch auf dem Handrücken Einstellungen machte, die sich einen Moment später vor Rayols Augen offenbarten: Der Bildschirm, den sie mit dem Roboter geschaffen hatten, klappte um und verwandelte sich in einen Schildwall.

Als sie geduckt in den Saal hineinliefen, schossen die Feinde bereits, doch die Kugeln flogen über sie hinweg oder blieben an dem Schild hängen.

Rayol stürmte an Solsees Seite vor, ging hinter dem Schildwall in die Hocke und schaute durch ihn hindurch. Die Feinde trugen uranosische Uniformen, und Rayol vermochte nicht zu sagen, ob es Daraes Bande war oder ketonidische Rebellen, die dort hinter den Maschinen im Zentrum und den Liegen in deren Nähe Deckung gesucht hatten.

Von links außen stießen zwei Feinde vor, doch Rayol hob die Waffe aus der Deckung und gab ein paar Schüsse ab. Er traf einen der Angreifer. Dieser erstarrte einfach in der Bewegung und fiel wie ein Baum zu Boden. Der andere wurde von Solsees Kugel getroffen und zurück in einen der in der Wand eingelassenen Sitze gestoßen. Er rührte sich nicht mehr. Das Blut am Boden schreckte nachrückende Feinde ab und trieb sie zurück in die Deckung.

Das Lachen des Colonels, das sich gerade noch gegen das ohrenbetäubende Geknalle, Gepoche und Geschrei durchsetzen konnte, schickte Rayol einen Schauer über den Rücken. Es entsetzte ihn – nicht, *dass* er lachte, sondern die Art, *wie* er lachte: tief und halb wahnsinnig; beinahe so, als wäre es die Nachahmung eines fremden Lachens.

Ihre Männer schossen an den Flanken mit Kugeln, im Zentrum aber mit den Laserwaffen. Anfangs waren die Strahlen kaum zu erkennen, wohl aber die roten Punkte der Ziellaser, unter denen die Waffenlaser entlangschossen, sobald man den Abzug drückte. Doch als mehr Staub und Rauch in der Luft schwebte, wurden die Strahlen deutlicher. Die Zielstrahlen waren rote Fäden, die Schusslaser waren jedoch im Infrarotbereich angesiedelt und nicht als eigenständige Strahlen zu erkennen. Nur ein Glitzern schien unter dem Ziellaser entlangzuführen. Offenbar war es der verglühende Staub.

Darae und Mesaidon konnte Rayol nicht entdecken. Sie hatten offenbar die Köpfe eingezogen. Doch Senthea ruhte noch auf der Liege. Sie schien trotz des Lärms noch gar nicht erwacht zu sein. Rayol konnte ihre Füße und ihr linkes Bein erkennen.

Er winkte seinen rechten Nachbarn zur Seite und nahm seinen Platz ein, um mehr von Senthea zu sehen. Da registrierte er eine Bewegung. Ihre linke Hand fasste eine andere. Rayol drängte sich an noch zwei seiner Leute vorbei, und da schob sich Mesaidons Kopf kurz über eine medizinische Einheit und schaute ihnen entgegen, doch sofort senkte er sich wieder in Deckung.

Es gab auf beiden Seiten kaum jemanden, der gezielt schoss. Die meisten hielten ihre Waffen über die Deckung und feuerten einfach drauflos. Vielleicht endete dieser Kampf wie so viele damit, dass die Partei gewann, deren Laserwaffen langsamer überhitzten und deren Munition für die Projektilwaffen länger hielt.

Nur ein klares Ziel gab es in diesem Raum: Senthea. Mit einem Schuss hätte man sie ausschalten können. Statt den Befehl zu geben, sie anzuvisieren, wollte Rayol das selbst in die Hand nehmen. Er hob die Waffe aus der Deckung, tastete sich mit dem Ziellaser an Senthea heran, da schoss jemand mit einem Gewehr den Schild entlang, und rechts neben ihm zerplatzten zwei Lasergewehre, und die Kugeln schossen weiter und trafen auf die Wand hinter ihnen.

Rayol zog die Waffe sofort zurück und musterte seine beiden Leute. Der eine war unversehrt und zog eine Pistole, der andere hielt sich die blutende Hand.

Die da drüben waren clever, das musste man ihnen lassen. Durch den Schild sah er, dass immer wieder einmal einer der Feinde aus der Deckung kam und den Wall entlangfeuerte.

Rayol wartete auf den nächsten Schützen, ließ ihn die Wand entlangschießen, konnte sich aber nicht dazu durchringen, sich nun aus der Deckung zu erheben. Die anderen Schützen feuerten noch zu chaotisch. Rayol wusste jedoch, dass sich das ändern konnte. Und tatsächlich geschah das, wogegen uranosische Soldaten antrainierten: Die Feinde glichen ihren Rhythmus des Schießens und des Zurückziehens nach einer Weile aneinander an. So wartete er, bis der nächste Gewehrschütze die Reihe entlangschoss, der Kugelregen an ihm vorüber war und die meisten der anderen Schützen pausierten. Er erhob sich, erfasste blitzschnell das Ziel und feuerte.

Sentheas Bein zuckte, vom Laser getroffen. Während Rayol wieder Deckung suchte, brachte ihn etwas aus dem Gleichgewicht, und rechts wurde alles dunkel. Kaum war er sicher hinter dem Schildwall herabgesunken, drang der Schmerz in sein Auge.

Hatte ihn ein Laser getroffen? Doch die Feinde verwendeten eigentlich nur Projektilwaffen. Das passte zu Darae.

»Rayol!«, rief Solsee und packte ihn am Arm. Da sah Rayol Blut an der Hand, die er von seinem schmerzenden Auge gelöst hatte.

In Solsees Gesicht stand echte Sorge geschrieben. »Scheiße! Dieser Mesaidon hat dich getroffen.«

Mesaidon! Ausgerechnet Mesaidon!

Um Rayol herum schwoll das Geschrei an und ebbte dann ab. Er spürte eine Reihe von Erschütterungen und wusste nicht, was das war. Er glaubte, Solsees Fluchen zu hören, doch es war von einem Rauschen gedämpft.

Rayol sah, wie der Colonel Anweisungen gab, dabei würdigte er ihn keines Blickes. Als einer der anderen auf ihn wies, machte Solsee eine wegwerfende Geste. Er hatte gewusst, dass er für den Colonel nur ein Bluthund gewesen war. Er hatte seine Chance gehabt und das Spiel verloren. Unter einem anderen Vorgesetzten hätte er viel erreichen können. Unter Ada Connelly wäre er bestimmt schon Kopf eines Expeditionsschiffs geworden.

Expeditionsschiffe! Als Kind hatte er immer bei den Besuchen im Orbit die Werften des Nachtglanz-Kartells gesehen. Die gewaltigen Schiffe mit den Sprunggeneratoren an Bord waren die einzigen, die ihre eigenen Portale schaffen konnten. Ein Posten auf einem der Schiffe war sein Traum gewesen, ganz gleich, ob es im Zivilbereich oder im Militär war. Doch in den Wirren den Krieges und der Gier nach einem höheren Rang hatte er diesen Traum aus den Augen verloren.

Er sah Solsees Gesicht, seine überheblichen Gesten und

wie er den Kopf einzog, während eine Explosion in seiner Nähe den Schild beinahe verschwinden ließ. Und in diesem Augenblick wünschte sich Rayol, dass es Solsee erwischte. Dass zumindest das Gesicht seines Scheiterns ausgelöscht würde. Doch die Schilde hielten.

Rayol hätte Solsee selbst erledigt, wenn er es noch vermocht hätte. Er hätte seine Pistole gehoben, die er immer noch in der Hand hielt, und er hätte ihm ein Loch in den Kopf gebrannt. Das wäre es gewesen: die Überraschung in Meljan Solsees Gesicht zu sehen. Doch dann wäre er als Verräter in die Geschichte eingegangen. So aber würde Connelly ganz bestimmt dafür sorgen, dass er den Heldentod gestorben war. Der Held von Njaldos. Das gefiel ihm, ganz gleich, ob es eine große Lüge war. Denn er konnte sich vorstellen, wie es dem Colonel missfallen würde.

Rayol schaffte es, den Kopf zur Seite zu drehen und durch den Schild zu den Feinden zu schauen. Sie wagten sich aus der Deckung. Er sah Darae neben Chris Mesaidon. Sie feuerten und warfen Granaten. Sie hatten die Oberhand gewonnen. Rayol wünschte sich, dass sie es schafften. Er hasste Meljan, und er begehrte Darae. Ihr würde er es gönnen, wenn sie Meljan erledigte.

Er erinnerte sich an die Situation auf der *Ascalun*. Als der Colonel Darae niedergeschlagen hatte, war Rayol beinahe schwach geworden. Fast hätte er Darae geholfen und Meljan verraten. Und in diesem Augenblick wünschte er, er hätte es getan. Vielleicht hätte er dann an Daraes Seite gestanden wie Chris Mesaidon nun.

Wieder einmal sollten andere sein Schicksal bestimmen. Rayol spürte die Pistole, konnte seine Hand aber nicht bewegen. Er hatte einfach keine Kraft, und das Blut war überall.

Das war das Ende.

Offenbar war die Wunde in seinem Kopf so groß, dass es keinen Sinn hatte, ihn zu einem Medi-Modul zu bringen. Oder Meljan hatte es einfach nicht veranlasst.

Der Colonel stand da und lauschte Lieutenant Werro. Dieser sagte: »Unsere Granaten explodieren nicht.«

»Darae!« war alles, was Meljan entgegnete.

Rayol hätte gelacht, wenn er es vermocht hätte. Doch die Belustigung machte sofort wieder dem Hass Platz. Meljan ein Loch in die Stirn schießen – das wäre es. Die letzte Tat eines Gescheiterten. Ganz egal, was die anderen über ihn sagen würden. Es wäre sein persönlicher Triumph. Und tatsächlich rührte sich seine Hand mit der Waffe.

Er versuchte sie zu heben, bekam sie aber nicht hoch genug. Der Colonel schaute entsetzt auf ihn herunter. Eine kleine Bewegung, und Rayol hätte ihn erschießen können. Doch da erinnerte er sich daran, dass die Laserpistole auf Betäubung stand. Und so wie es war, konnte er das nicht mehr ändern. Selbst das Erreichen seines letzten Ziels hatte er vermasselt!

Meljan schüttelte den Kopf, dann richtete er seine Pistole auf ihn. »Ich werde es für dich tun, Rayol«, sagte er und verkannte seine Absichten grundlegend.

So wartete Rayol darauf, was zuerst geschehen würde: Würde er einschlafen oder würde Meljans Schuss ihn aus diesem Leben stoßen. Er kämpfte nicht dagegen an, sondern schloss die Augen und wartete. Es war ihm, als würde er im Meer versinken. Vielleicht wartete da unten in der lockenden Tiefe etwas Besseres auf ihn.

Darae erstarrte, als sie sah, dass Meljan hinter dem Schild gebückt stehend die Waffe auf Rayol richtete und ihm eine Kugel in den Kopf schoss. Als wäre dort nicht schon mehr als genug Blut! Chris' Treffer hatte die Wende gebracht. Dass Rayol Senthea angeschossen hatte, schien Chris selbst jetzt noch wütend zu machen. Sie ging neben ihm in Deckung.

»Hast du das gesehen?«, fragte er schwer atmend.

Darae nickte. »Er hat ihn erlöst.«

»Und lass uns jetzt ihn erlösen.«

Als sie sich wieder aus der Deckung hoben, winkte Meljan seine Leute zum Rückzug, gab aber mit einem Fingerzeig auf sie an, wohin seine Leute schießen sollten. Er schaltete den Schutzwall aus, gleichzeitig fuhr von seinem Armband der Schild nach oben und unten. Und auch seine Leute aktivierten ihre Armschilde.

Darae und Chris zogen die Köpfe ein und machten sich klein. Darae schaute auf den Schirm ihrer Chamäleon-Card: Darauf wurden Granaten angezeigt, die die Feinde links und rechts auf sie geworfen hatten, um bloß nicht Senthea oder Chris zu töten. Sie waren jedoch nicht explodiert. Daraes Störsender hatte sie deaktiviert.

»Die hauen ab«, sagte Chris.

Darae nickte. »Ich werde ihm nachgehen«, sagte sie. »Du bleibst hier bei Senthea und bringst sie wieder auf die Beine.«

»Aber …«

»Ich werde ihn nicht entkommen lassen.« Sie schaute sich um. »Hier ist alles, was ihr braucht. Die Trottel werden mit ansehen müssen, wie wir die Medi-Module verwenden, um sie zu heilen, statt sie unter Drogen zu setzen.«

»Und wenn sie über die anderen Gänge kommen?«

»Ich glaube, die sind so sehr vermint, dass sie es nicht auf die Schnelle können. Sonst hätten sie es schon getan. Ich lasse dir trotzdem drei Leute und Fran da.«

»Ich werde versuchen, dir zu helfen. Ich werde mich an die Maschine anschließen und tun, was ich kann.«

Sie nahm Chris in die Arme und küsste ihn.

Er schluckte. Die Angst konnte er nicht verbergen. Sie wollte ihm nicht sagen, dass sie wiederkomme, denn dessen konnte sie sich nicht sicher sein. Aber sie würde alles in die Waagschale werfen. Meljan hatte vier ihrer Leute getötet, und damit würde sie ihn nicht entkommen lassen.

Chris küsste sie noch einmal, dann löste sie sich sanft von ihm und schaute aus der Deckung. Die letzten Uranosier waren gerade verschwunden.

Darae erhob sich ganz, gab Fran die Befehle und stürmte

mit dem Rest – noch zwanzig Leuten – hinter Meljan her. Sie schaute auf ihr Display. Granaten vermochte sie am Explodieren zu hindern, nicht aber die Minen. Diese müsste sie erst mühsam entschärfen. Aber sie konnte Minen zur Explosion bringen. Die Uranosier waren jedoch so sehr auf die Flucht konzentriert, dass sie offenbar keine Zeit fanden, auf dem Gang, den sie gekommen waren, Minen zu legen.

Darae wusste, dass sie unten heftiger Beschuss erwarten würde. Sie ließ ihre Leute die Schilde an ihren Gewehren aktivieren. Die Schirme schossen nach oben und nach unten heraus. Darae hielt sich dahinter. »Habt ihr die Granaten eingesammelt?«, fragte sie.

Ihre Leute bestätigten das.

»Macht euch bereit.«

Kaum waren sie unten angekommen, wurden sie wie erwartet beschossen, und die ersten Granaten flogen ihnen entgegen. Darae schaltete sie alle aus und ließ ihre Leute die zuvor erbeuteten nun wieder zurückwerfen. Während der Explosionen rückten sie vor und sammelten die deaktivierten Granaten ein, die Darae mit ihrer Card sofort wieder scharf schaltete. Binnen weniger Momente war der breite Ringgang zwischen ihnen und dem Hauptkorridor erobert.

Sie hatten nur einen Mann verloren. Boldin war eine Wache auf der *Ascalun* gewesen. Nun war er bei einem Ansturm von Feinden, die von der Seite kamen, erschossen worden, hatte aber zwei der Angreifer mit in den Tod genommen.

Nachdem sie sich vergewissert hatten, dass auf dem Ringgang niemand mehr war, nahmen sie sich einen Teil der Ausrüstung der Getöteten, unter anderem einen Schildgenerator. Dann machten sie es so, wie sie es als Kollektiv bei Ryala gelernt hatten: Einer drückte den Torknopf, und während die Flügel sich in die Wand schoben, warfen zwei andere den Schildgenerator durch die Tür.

Sie waren noch nicht auf den Hauptgang getreten, da

schossen die Feinde bereits auf den Schildwall. Und auch die ersten Granaten kamen geflogen. Wann sie wohl merkten, dass sie sich keinen Gefallen taten, wenn sie ihnen die Sprengwaffen vor die Füße warfen?

»Keine Granaten, habe ich gesagt!«, brüllte Meljan. Er war also noch da.

Darae und ihre Leute gingen hinter dem leicht gewölbten Schildwall in Deckung, und das alte Spiel begann von vorn. Sie hätte mit mehr Widerstand gerechnet, doch ein stetiges Geknalle von links – von Osten – beschäftigte die Uranosier offenbar. Valmas und die Ketoniden waren offensichtlich tief in die Anlage eingedrungen.

Nach zwei weiteren Verlusten – Neela und Callum, zwei Modultester, die nach ihrer Flucht zusammengefunden hatten und jetzt gemeinsam gestorben waren – durchschritten Darae und ihre Leute den Hauptgang und mussten sich nun nach vorn und nach hinten schützen. Meljan lief mit seinen Männern hastig davon.

»Wir haben sie gleich«, rief Darae.

Sie bogen um die nächste Ecke, da traf etwas Heftiges die Gefährten vor ihr. Es zerstörte die Schilde, stieß sie gegen Darae und brachte sie zu Fall. Binnen eines Augenblicks wurde die Hälfte ihrer Leute von Kugeln niedergestreckt.

Darae sah, was es war: Ein großes Pulsgeschütz, das die Uranosier hier postiert hatten, war ihnen zum Verhängnis geworden. Es hatte ihnen die Schilde weggeschmolzen. Meljan stand daneben zwischen seinen Leuten und lachte.

»Gebt auf!«, rief er. »Sonst töte ich euch alle.«

»Wenn du mich kriegst, lässt du die anderen dann laufen?«

»Ich verspreche es«, sagte er.

Darae gab ihren Leuten ein Zeichen, und sie ließen die Waffen fallen. Sie halfen ihr auf die Beine.

Meljan streckte ihr die Hand entgegen. »Deine Chamäleon-Card, bitte!«

Darae nahm den Computer von der Hand und schob ihn

auf dem Boden in Richtung Meljan. Er blieb aber weit von ihm entfernt liegen, und einer von seinen Leuten musste vortreten, um die Card zu holen.

»Komm!«, sagte Meljan und streckte ihr die Hand entgegen. »Wir gehen.«

Darae atmete durch und wusste, dass er sie reinlegen würde. Aber jeder Augenblick, den er hier mit ihr verbrachte, war einer, in dem er nicht zu Chris zurückkehren konnte. Sie ging zu ihm hin und hätte ihm am liebsten einen Schlag versetzt, doch sie wollte ihn nicht herausfordern, sondern so lange beschäftigen, bis ihre Leute in Sicherheit waren.

»Du hast gewonnen, Meljan.«

»Schön, dass du das so siehst«, sagte er und schob sie zwischen zwei seiner Soldaten. Sie legten ihr Handfesseln aus dunkelgrauem Kunststoff an und packten sie dann an den Armen.

Meljan gab seinen Leuten einen Wink, und diese eröffneten ohne zu zögern das Feuer.

Daraes Leute wurden niedergemäht; ihre Körper waren nur Blut und Fetzen. Und gerade als Darae begriff, dass die Gesichter ihrer Gefährten, die vor ihren Augen aufplatzten, sie nie wieder anlächeln würden, sagte Meljan: »So, dann lass uns mal an einen sicheren Ort gehen.« Als wäre nichts geschehen, ging er voraus.

»Du Schwein!«, hauchte sie. Sie wusste, dass er skrupellos war, aber diese Leichtfertigkeit hätte sie ihm nicht zugetraut. Dass er auf sie losgegangen wäre und sie zu ihren toten Vertrauten hingezerrt hätte, damit sie sich deren Überreste anschaute – das hätte sie erwartet. Aber die Kälte und Beiläufigkeit, mit der er tötete, machte ihr Angst. Sie fragte sich, ob er überhaupt noch der Mann war, den sie gekannt hatte.

Meljan lachte, wie sie ihn nur dann hatte lachen hören, wenn er andere nachäffte. Sie fragte sich, ob er unter all dem Druck der letzten Zeit den Verstand verloren hatte.

Eines musste man ihm trotzdem lassen: Er hatte sie überrascht. Meljan hatte sie gelockt und sie war in die Falle gegangen. Und nun musste sie mit dem zurechtkommen, was sich ihr bot. Sie war bereit alles zu tun, um Chris die Zeit zu schenken, die er benötigte. Er war die einzige Hoffnung der Ketoniden, und wenn sie etwas noch so Kleines dazu beitragen konnte ihn zu retten, würde ihr das jetzt reichen. So traurig es war.

Es hatte so kommen müssen. Irgendwann musste ihr Glück ein Ende haben.

Kronson fluchte darüber, dass die Geschütze auf dem Planeten schwiegen. »Aber wir werden es auch so schaffen«, sagte er, ohne sich dessen sicher zu sein. Bei nichts war er sich mehr sicher. Wenn die Geschütze schwiegen und der Schild heruntergefahren war, bedeutete das, dass sie nicht mehr unter der Kontrolle des Mediums standen. Und dann war alles möglich.

Ada Connelly erschien auf seinem Schirm. »Sir? Colonel Auringer berichtet, dass Mesaidon bei dem Medium ist und die Miliz vorrückt. Wir verlieren da unten an Boden. Vielleicht sollten wir Verstärkung runterschicken.«

»Wenn die sich mit *der* Streitmacht nicht halten können, dann weiß ich auch nicht weiter«, erwiderte Kronson. »Nein, wir helfen denen da unten am meisten, wenn wir die Flotte aus dem All pusten. Konzentriert das Feuer auf die *Ruwae*. Wir schlagen der Bestie den Kopf ab.«

»Weiterfeuern!«, rief Ryala. Drei Viertel ihrer Schildgeneratoren waren nun überhitzt, und wie es schien, würde der erste nicht weit genug abgekühlt sein, wenn sie den letzten ausschalten mussten. Ihnen lief die Zeit davon. Wenn sie die *Katharsis* nicht rasch in Knie zwangen, war es um sie geschehen.

Das Schweigen der Geschütze auf Chrysaor und das Aufheben der Schilde hatte sie alle beflügelt, aber nun musste es sich hier entscheiden. »Kronson oder ich!«, sagte sie leise. »Die Uranosier oder wir!«, rief sie. »Feuert weiter!«

Meljan fühlte sich trotz aller Schwierigkeiten wie der Sieger. Er brachte Darae wie eine Trophäe in die Kommandostation 1.

Colonel Auringer empfing ihn mit überraschter Miene und konnte seine Augen nicht von Darae lassen. Dann aber fragte er: »Wo ist Oredson?«

»Tot«, erwiderte Meljan und schluckte. Es tat weh, seinen treuesten Untergebenen verloren zu haben. Aber vielleicht hatte Rayol den Preis des Versagers gezahlt. Einmal zu oft verloren, und das war das Ende. Er würde über den Verlust hinwegkommen und sich neue Leute heranziehen. Alle waren ersetzbar.

»So, meine Freunde!«, sagte Meljan in die Runde, und alle, ob sie nun an den Konsolen saßen oder vor den Gerätewänden standen, wandten sich ihm zu. »Wir müssen es ohne das Medium schaffen. Wie sieht es aus?«

Während die Leute nach und nach wieder ihren Aufgaben nachgingen, erklärte Colonel Auringer, dass sie die Kontrolle über einen Teil der Geschütze eben erst wiedererlangt hatten. »Ohne das Medium ist das nur ein Hauch des Feuers, das wir vorhin noch ins All schicken konnten. Aber unsere Zielsysteme arbeiten viel besser als vorher. Das Medium hat uns dabei für manches die Augen geöffnet. Wenn es uns jetzt nicht wieder blockiert, könnten wir die Entscheidung bringen.«

»Sie hat es wirklich blockiert?«

»Es scheint, als hätte das Medium uns ausgesperrt, dann aber den Widerstand plötzlich aufgegeben.«

Meljan dachte an Rayols Schuss auf Senthea. Dieser mochte die Wende gebracht haben. »Und der Schild?«, fragte er.

»Keine Chance«, sagte Auringer kopfschüttelnd. »Das konnten wir vorher nicht, und das Medium hat uns da kaum weitergebracht. Die Theorien, wonach wir ihre Aufgaben übernehmen könnten, sind erst einmal gescheitert.«

»Die Türen? Was ist mit den Türen?«

»Darüber haben wir die Kontrolle. Wir haben den Kampf eingedämmt. Die Miliz hat auf zwei Höfen unsere mobilen Geschütze zerstört, ist jetzt aber wieder auf dem Hauptgang. Und dort haben wir sie festgesetzt. Das Problem dabei ist nur, dass sie die Türen, die wir schließen, immer wieder öffnen können.«

»Dann schaltet die Energie ab, wenn ihr sie geschlossen habt.«

»Das würde für den gesamten Teilbereich gelten.«

»Egal! Macht es! Dann sitzen sie endgültig fest.«

Colonel Auringer nickte und gab die Befehle weiter.

Meljan schaute zu Darae hinüber. Sie stand immer noch zwischen den beiden Wachen und schaute ihn angewidert an. »Siehst du, so verzögern wir das Ganze«, sagte er und wandte sich wieder an Auringer. »Was sagt die Kamera beim Medium?«

»Kein Empfang. Einer der Ketoniden hat sie runtergeschossen.«

Meljan überlegte, ob er sagen sollte, dass die Feinde Daraes Leute gewesen waren, ihre Vertrauten von der *Ascalun*. Verräter. Aber er beschloss, es für sich zu behalten.

»Schickt einen Trupp hinauf«, sagte er. »Da können nicht mehr viele sein. Ich möchte das Medium und Mesaidon lebend. Keine Unfälle. Mir ist egal, wie viele dabei draufgehen. Ich will sie *lebend* haben.«

Es war finster, und Valmas drückte noch einmal auf den Knopf. Die Tür ließ sich nicht mehr öffnen. Sie waren eingesperrt, hier auf dem Gangstück, kurz vor der Biegung zu der Halle, wo die kleineren Geschütze der Anlage donnerten. Die großen Geschütze, die – so die letzte Nachricht von Ryala – im Augenblick schwiegen, lagen erst im nächsten Bereich. Bisher hatten sie nur einige mobile Einheiten zerstören können und die Feinde in einen Kampf verwickelt. Und nun sollte es bereits enden?

Valmas schlug gegen die Tür. »Verflucht! Wir stecken fest.« Er schaute in den von ihren Lampen erleuchteten Gang zurück.

»Sorgt dafür, dass hier und an den anderen Türen die Schilde hochgefahren sind. Wir ziehen uns in die beiden Nischen zurück und warten ab.«

Er ließ aus dem Patch auf seinem Handrücken den Schirm hochfahren und rief Ryala. Diese meldete sich nicht. »Antworte!«, wiederholte er wieder und wieder. »Antworte endlich!«

Da erschien Ryala. Sie sah müde aus und hinter ihr liefen die Leute hektisch hin und her. »Gute Nachrichten?«, fragte sie.

»Nein, wir sitzen fest. Wir haben einige mobile Geschütze ausgeschaltet und den Uranosiern eine Menge Verluste zugefügt. Aber jetzt geht's nicht weiter.«

»Irgendetwas von Chris?«

»Nichts.«

»Wir sind hier fast am Ende«, sagte sie. »Die Schilde überhitzen. Wir überlegen zu evakuieren.«

»Alle Schilde? Schon?« Valmas konnte das kaum glauben. Die Schilde der ketonidischen Zerstörer suchten ihresgleichen. Sie überhitzten langsamer als alle Systeme, die ihm bekannt waren.

»Ja«, sagte Ryala. »Wir stecken einfach zu viel ein.«

»Dann hängt jetzt alles an Chris.«

»Ja«, sagte sie mit weicher Stimme und schluckte. Sie erschrak und schaute zur Seite. »Ich muss weg!« Und schon war sie vom Schirm verschwunden.

Denna trat an Valmas heran. »Was jetzt?«

»Abwarten und hoffen. Und bereit sein, alles zu tun, wenn diese Türen wieder aufgehen. Sie werden kommen, um uns fertigzumachen.«

Kaum war Darae fort, postierten sich Fran und ihre drei Leute im Raum und hielten die Gänge im Blick.

Chris blieb bei Senthea und wollte gerade die Leistung des Medi-Moduls erhöhen. Der rote Fleck an ihrem Bein, der durch das Loch in ihrem hellen Anzug zu sehen war, ließ vermuten, dass Oredson sie nur mit einem Betäubungslaser beschossen hatte. Chris wollte jedoch kein Wagnis eingehen. Er hatte schon von Fällen gehört, da ein Betäubungslaser geschwächte Menschen getötet hatte.

Mit einem Mal öffnete sie die Augen und griff nach seiner Hand. »Wir müssen uns beeilen«, sagte sie. »Schalte die Maschine wieder ein.«

»Welche?«

»Den Controller«, sagte sie und tippte sich auf die Haube zwischen die Kabel.

»Der müsste noch laufen.«

»Tut er nicht«, sagte sie mit schwankendem Blick.

Chris entdeckte fünf Einschusslöcher. »Ist wohl beschädigt. Brauchst du denn die Maschinen der Uranosier, um das alles zu kontrollieren?«

Senthea zog sich langsam die Haube vom Kopf, und diese löste sich mit einem schlürfenden Geräusch. »Dieser Saal war nie dafür ausgelegt, solche Kontrolle zu erlangen. Die Uranosier haben mich hier angeschlossen. Aber …«

Chris wartete, doch sie schwieg.

Fran kam näher. »Wir haben ein Problem: Darae antwortet nicht mehr.«

Die Angst stieg Chris zu Kopf wie ein Fieber. Er fühlte sich machtlos und fürchtete, dass Darae dort unten irgendwo umgekommen war.

Senthea aber winkte ab. »Die Uranosier haben sie gefangen genommen. Ich habe sie in einer ihrer Kontrollstationen gesehen.«

»Ich dachte, die Maschine funktioniert nicht«, sagte Chris.

»Das habe ich so gesehen. Das kann ich manchmal. Ich

sehe, dass Valmas hier ist. Hätte ich nicht gedacht. Er, Denna, Gerya und die Miliz sitzen auf dem Hauptgang fest. Ich kann alle möglichen Dinge sehen. Aber nicht kontrollieren. Du aber …«

»Ich kann das nicht.«

»Wir müssen weg«, sagte Fran. »Wenn sie Darae haben, werden sie bald kommen, um uns zu holen.«

»Aber wohin?«, fragte Chris.

»Zurück in den Geheimgang?«, erwiderte Fran.

»Ja«, hauchte Senthea. Sie erhob sich und musste von Chris und Fran gestützt werden. »In dem verborgenen Bereich gibt es einen Ort, den ich nur mit der Maschine sehen konnte. Ich habe es den Uranosiern verschwiegen. Nur deswegen konnte ich dir die Träume schicken. Du hast sie doch bemerkt?«

»Ja – und Ryala auch.«

»Das ist gut«, sagte sie und lächelte angestrengt.

»Welchen Ort meinst du?«, fragte Chris, als er mit ihr dem Gang entgegenschritt, den sie gekommen waren.

»Irgendwo tief unten liegt der Kern der ganzen Anlage. Dort unten laufen alle Fäden zusammen. Und durch die Geheimgänge hier im Zentrum können wir dort hingelangen. Da können wir vielleicht noch etwas ausrichten.«

»Dann los.« Chris führte sie den Gang hinab. In der Ferne hörte er Getrampel. Es mussten die Stiefel der Uranosier sein, die durch die Gänge hallten.

»Da kommt jemand«, sagte Senthea und begann zu zittern. Chris vermochte sich nicht vorzustellen, was diese Frau, die in der Vergangenheit angeblich jeder Situation gewachsen gewesen war, so sehr verändert hatte, dass sie jetzt vor Angst bebte.

Chris nahm seine Tante an die Hand, führte sie an der Wand entlang und erzählte ihr von den Minen der Uranosier und dass die Feinde nur über den Hauptgang kommen konnten. Er öffnete rasch die Tür, ließ Fran und die drei Gefährten eintreten und folgte dann mit Senthea.

Als die Tür geschlossen war, atmete Senthea auf. »Ich habe oft davon geträumt, mich hierher zu flüchten.«

»Aber was ist mit den anderen?«, fragte Chris.

»Wir müssen uns beeilen. Da lang geht es nach unten.« Senthea wirkte nun wie verwandelt. Sie war zwar wackelig auf den Beinen und brauchte Chris' Unterstützung, um sicher die Gänge entlangzukommen, doch sie wirkte entschlossen und selbstbewusst, und das steckte ihn an. Er glaubte daran, dass sie alles noch zurechtbiegen konnten. Wenn da unten tatsächlich der Ort war, von dem aus sie die Anlage kontrollieren konnten, mochte das der Schlüssel zu allem sein.

Sie stiegen in einen breiten Aufzug. Senthea schaute ihm ins Gesicht und strich ihm über die Wange. »Du siehst deiner Mutter so ähnlich«, sagte sie und brachte Chris zum Schmunzeln.

Kaum hatte sich der Aufzug in Bewegung gesetzt, um in die Tiefe zu streben, fragte Senthea: »Wo ist Ryala?«

»Draußen im All«, antwortete Chris. »Und ich weiß nicht, wie es dort steht.«

Sentheas Augen glänzten. »Ich habe die Schiffe nicht genau sehen können. Für mich waren das nur Flächen, die ich zerstören sollte. Was, wenn ich …?«

»Dann wäre es nicht deine Schuld. *Sie* waren das – die Uranosier. *Sie* haben diesen Ort und dich unter ihre Gewalt gezwungen, der für dich, Ryala und meine Mutter wie geschaffen war.«

»Und für dich.«

»Ich? Ich werde nie an euch rankommen. Ja, ich kann einige Dinge beherrschen. Wie das Schiff und den Tarnreif. Aber das hier verlangt ein Gespür, das ich nicht besitze.«

»Du irrst dich, Chris. Es ist etwas an dir – in dir, das diesem Ort überhaupt erst seinen Sinn gibt. Dieser Ort hat auf einen von uns gewartet. Wir dachten, es wäre deine Mutter gewesen, aber jetzt nach allem glaube ich, dass du es bist.«

»Warum?«

»Weil dieser Ort zu dir spricht. Und wir können lediglich mithören, weil wir dir ähnlich sind – weil wir nur einen Teil dessen in uns tragen, was dir gegeben ist. Du hast doch Zukunftsträume gehabt, oder?«

»Ja, aber …«

»Und wenn du passiv geblieben bist, ist deine Vision beinahe wahr geworden.«

»In etwa.«

»Dieser Ort hat das aus dir rausgekitzelt. Ich habe es bemerkt, als ich dir die Träume geschickt habe. Dieser Ort hat nach dir gerufen, wie er nach Sema, Ryala und mir gerufen hat. Er hat sich gegen mich gesträubt, also glaube ich, dass du derjenige bist, unter dessen Kontrolle er sich begeben wird.«

Chris schüttelte den Kopf. »Du musst dich irren. Es war bestimmt nur eine Störung durch die Maschinen der Uranosier. Der Ort hat sie bemerkt und etwas unternommen.«

»Vielleicht. Aber weißt du: Als ich da in der Maschine lag, wurde ich für vieles empfänglich. Ich hörte andere Orte.«

»Orte der Njalden?«

»Ja. Einen Ort, der mich rief, und einen, der Ryala rief. Und weitere, die ich nicht einordnen konnte.«

»Das ergibt doch keinen Sinn.«

»Ich bin mir sicher, wenn wir dort sind, wo alle Fäden zusammenlaufen, wirst du nicht nur die anderen retten, sondern auch erfahren, was du wissen musst.«

»*Ich* soll also in die Maschine steigen.«

»Ja. Keine Zeit für Experimente.«

Das sagte sie so leicht, dabei war sie es doch, die Erfahrung mit der Kontrolle dieses Ortes hatte. Und nun war es ein Experiment, wenn *sie* im Kern der Njaldenstadt an die Maschinen angeschlossen würde?

Chris wurde kalt, und als der Aufzug anhielt und sich die Tür zu einem hell erleuchteten Röhrengang öffnete, hatte er Angst vor dem, was da draußen auf ihn lauerte.

»Du fürchtest dich – wegen der Erwartungen.«

Er nickte und erinnerte sich an den Traum, in dem er allmächtig gewesen war. Und die Aussicht, irgendwo im Herzen dieser Stadt alle Fäden in den Händen zu halten, machte ihm ungeheure Angst. »So viel Last musste ich noch nie tragen«, sagte er.

»Vielleicht hast du sie schon die ganze Zeit getragen und es nicht gemerkt.« Sie strich ihm wieder über die Wange. »Lass dich einfach darauf ein.«

»Und wenn es mehr Macht ist, als ich ertragen kann?«

»Dann nutze nur das, was uns rettet. Und den Rest ignorierst du. Denn du kannst jeder Macht mit Ohnmacht begegnen. Du kannst auf sie verzichten. Und du kannst sie teilen.«

»Mit dir?«

»Ja. Mit mir – und später mit Ryala und allen anderen. Aber jetzt müssen wir handeln. Und ganz gleich, was geschieht und welche Schrecken auf uns lauern, wir werden diesen Ort nun in Besitz nehmen. Uns kann jetzt niemand mehr trennen. Und deswegen ist jetzt alles möglich – alles.«

Chris musste lächeln. Er wusste jetzt, warum die Ketoniden Senthea so sehr schätzten. »Du machst selbst dem Verzweifeltsten Mut.« Er atmete durch, schaute Senthea in die großen braunen Augen und sah, wie sich ein Lächeln auf ihren geschwungenen Lippen formte.

KOMMANDOSTATIONEN

Paul Kronson lehnte sich zufrieden in seinem Sitz zurück. Für einen Moment hatte es nicht gut ausgesehen. Ryala hatte alles in die Waagschale geworfen und offenbar gehofft, seine Schilde knacken zu können. Doch der Ring aus Schildgeneratoren, der sich um das Zentrum der *Katharsis* legte, hielt den Strapazen stand. Wenn ein Generator überhitzte, übernahm der nächste und dann der nächste, und jetzt war es geschehen. Der letzte Generator war überhitzt – doch der erste war weit genug abgekühlt, um den Betrieb wieder aufzunehmen. Wie hier auf der *Katharsis* war es auch drüben auf der *Ruwae*. Die große Frage war, auf welchem der beiden Schiffe zuerst kein Schildgenerator mehr kühl genug war, um wieder benutzt zu werden, oder aber wessen Geschütze zuerst überhitzten und nicht mehr weiterfeuern konnten.

Kronson konnte sich nicht erklären, weshalb die *Ruwae* sich als so zäh erwies. Sie hatte nur sechzehn Schildgeneratoren und nicht vierundzwanzig wie die *Katharsis*, und dennoch hatte sie bisher standgehalten. Vielleicht verfügte sie über bessere Kühlsysteme. Irgendetwas musste in letzter Zeit geschehen sein, das Ryalas Schiff mit einem Schlag auf gleiche Augenhöhe gebracht hatte.

Damit war es nun aber vorbei. Denn die Geschütze vom Planeten, die eben noch geschwiegen hatten, feuerten wieder. Zwar waren es nur die kleinen Geschütze, doch das mochte reichen, um das Gleichgewicht zu stören und ihnen den entscheidenden Vorteil zu verschaffen.

»Das ist ihr Ende«, erklärte er und entdeckte Ada Connellys Gesicht auf einem seiner Schirme.

»Ich nehme alles zurück, Sir!«, sagte sie. Sie hatte ihn mit ihren Bedenken fast wahnsinnig gemacht.

»Und jetzt blasen wir sie aus dem All.«

Die *Ruwae* hörte auf zu feuern.

»Ihre Geschütze sind überhitzt«, sagte Kronson lachend. »Wie sieht es bei dir aus?«, fragte er Connelly.

»Sie beißen sich an uns die Zähne aus«, erwiderte sie.

»Halte die anderen so lange von mir fern, bis die *Ruwae* zerstört ist. Wir kommen dann rüber und geben ihnen den Rest.«

Connelly nickte. Ihr Gesicht verschwand und ließ einen transparenten Schirm zurück.

Kronson schaute nach draußen zur *Ruwae*, die sich wie ein gewaltiger Turm erhob. Er hätte jetzt viel dafür gegeben, Ryalas Gesicht zu sehen. Diese schöne Frau und fähige Anführerin, diese grausame Person war jetzt erledigt. Und ihr Ende war das Ende des ketonidischen Widerstandes.

»Ihr zeichnet das doch auf, oder?«, fragte er in die Runde.

»Ja, Sir!«, riefen gleich drei seiner Männer und starrten ebenso hinaus wie er.

Das Ende des Widerstands – das war das, was ihm fehlte, um an die Spitze der Streitkräfte zu gelangen. General Winarsky stand kurz vor dem Ruhestand, wenngleich er sagte, er könne den Posten des Generals der Sternenflotte noch jahrzehntelang ausfüllen, und auf eine Gesetzesänderung pochte. Sie würden ihn verabschieden. Und mit diesem Sieg, den sie alle hier vor Augen hatten, wäre er – Paul Kronson – der erste Anwärter auf den Rang des Generals der Sternenflotte. Und auch für die Position des Gouverneurs des Keto-Systems war er die erste Wahl. Und wenn sie ihm diese Posten verweigerten, lag unten auf Chrysaor all das, was er benötigte, um eine eigene Herrschaft zu begründen.

Dies war der Sieg!

Darae wurde Zeuge, wie Meljan seine Befehle gab: wie er die Truppen zu Valmas und der Miliz lotste, für einen

Augenblick den Strom einschaltete und eine Handvoll Türen öffnete, um dann die Energie sofort wieder runterzufahren.

Als Colonel Auringer erklärte, dass das Ambiente-System wieder unter ihrer Kontrolle war, befahl Meljan, die Türen von außen mit versiegelnden Schilden zu versehen, damit die Miliz nicht durchkäme. Selbst wenn Valmas und die anderen die Türen öffneten, würde das Gas, das nun auf Meljans Befehl über das Ambiente-System in das Gangstück geleitet wurde, ihnen den Rest geben. Das Grinsen auf Meljans Gesicht, während er diesen Plan vorbrachte, widerte Darae an.

Meljan ließ sich nun die Raumschlacht auf dem Schirm anzeigen, in der Kronson ein wenig abseits der übrigen Schlacht gegen Ryala kämpfte. Er zeigte auf die *Ruwae* und sagte: »Konzentriert alles Feuer auf das Schiff. Die anderen interessieren mich nicht. Nur die *Ruwae*.«

Und kaum war der Befehl ausgeführt, geriet Ryalas Schiff in Schwierigkeiten und musste schließlich das Feuern einstellen. Sie konnten Kronsons *Katharsis* nicht knacken, und es war nur noch eine Frage der Zeit, bis der Schild der *Ruwae* brach und sie das Schiff in Stücke schossen.

»Jetzt haben wir sie dort, wo wir sie haben wollen«, sagte Meljan und grinste Darae an.

»Nur Chris nicht«, erwiderte sie mit einem möglichst lieblichen Lächeln auf den Lippen.

Das Grinsen auf Meljans Gesicht erstarb, er schritt um die Konsole herum und hob die Hand. Sie machte nicht einmal den Versuch auszuweichen, sondern starrte ihm einfach in die Augen.

Der Schlag erwischte sie an der Schläfe und brachte sie aus dem Gleichgewicht. Dann traf etwas ihre Beine, und sie fiel zu Boden. Meljan ragte wie ein Riese auf. Mit den Fäusten an den Körper gepresst, hob er das Bein und trat auf sie ein. In ihren Bauch, gegen ihre Schulter, auf ihre Brust.

Als er aufhörte, sah sie unter Schmerzen an seinem Stiefel vorbei in sein Gesicht auf. Er atmete schwer, zog das

Bein zurück und sagte: »Ich möchte dir die Mimik nicht nehmen. Die brauchst du später noch.« Dann wandte er sich ab, machte eine wegwerfende Geste und sagte den Wachen: »Helft ihr auf!«

Die beiden Männer folgten seinem Befehl, und es dauerte lange, bis Darae das Gefühl hatte, wieder auf eigenen Beinen zu stehen. Sie behielt Meljan im Auge. Es gefiel ihm offenbar, zu ihr herüberzuschauen und sie so geschwächt zu sehen.

»Was ist nun mit Mesaidon und dem Medium?«, fragte er, und Darae spuckte Blut aus. Dass er Senthea nicht mal bei ihrem Namen nannte, ekelte sie an.

Colonel Auringer, dem das Entsetzen ins Gesicht geschrieben stand, trat vor. »Die Kontrollstation war leer. Sie müssen mit den anderen hinausgestürmt sein.«

Meljan wandte sich ihr wieder zu. »Und? Stimmt das? Sind sie mit euch rausgestürmt?«

»Natürlich nicht«, sagte Darae.

»Er ist auf dem Wege abgehauen, auf dem ihr dort oben hineingelangt seid. Auf einem Geheimgang.«

»Ganz genau.«

»Deine schwache, kleine Stimme gefällt mir. Ich glaube, wir müssen dafür sorgen, dass sie nie wieder an Kraft gewinnt.«

»Tu, was du willst, Meljan. Aber Chris und Senthea sind in dem Geheimbereich. Und keiner – weder ich noch du, noch irgendwer – wird dort hineingelangen. Die Türen lassen sich von außen nur von ihm öffnen. Wer weiß, vielleicht ist er bereits wieder in seinem Schiff und bringt Senthea fort.«

Meljan lachte und wandte sich an den Colonel. »Verstärkt die Kräfte an allen Kontrollstationen. Sie werden versuchen, Zugang zu einer zu bekommen.«

»Sie hätten bei dem Kontrollsaal, wo sich das Medium befand, einfach das Tor zum Hauptgang abriegeln können und wären sicher gewesen«, sagte Colonel Auringer.

Meljan schüttelte den Kopf. »Das nützt ihnen aber nichts, wenn die Maschinen im Saal beschädigt sind. Das ist nach dem kleinen Gefecht mehr als wahrscheinlich. Und unsere Maschinen brauchen sie. Als wir Senthea daran angeschlossen haben, warst du noch nicht hier stationiert, Warren. Sie konnte, obwohl wir sie gefügig gemacht haben, die Anlage nicht alleine kontrollieren. Erst als wir unsere Maschinen, mit denen wir die Anlage hier unten bereits beeinflussen konnten, an den Saal knüpften, erhielt sie die Kontrolle. Das heißt also?«

Colonel Auringer nickte. »Sie brauchen unsere Maschinen, um die Anlage zu kontrollieren.«

»Also werden sie zu einem der anderen Kontrollsäle gehen und versuchen, die Maschinen, die wir dort platziert haben, zu nutzen.«

»Könnten sie auch hierher in *unsere* Kontrollstationen kommen?«

»Das würde ihnen wahrscheinlich wenig bringen. Die Stärke liegt ja in der Beschaffenheit der Säle. Nur dort gibt es den tiefgreifenden Einblick. Wir kratzen hier nur an der Oberfläche. Aber sie brauchen trotz allem unsere Maschinen. Sorgt also dafür, dass die Maschinen in den anderen Sälen unbrauchbar sind. So nehmen wir ihnen die Möglichkeit, irgendetwas auszurichten, selbst wenn sie sich durchkämpfen.«

»Wird gemacht, Sir«, erklärte Auringer und leitete die Befehle weiter.

Ein Unteroffizier trat an Colonel Auringer heran. »Sir, unser Suchtrupp hat festgestellt, dass eine der Minen in den Gängen zum großen Kontrollraum entschärft wurde. Ein Signalgeber hat ihren Platz eingenommen.«

»Aha, auf dem Gang liegt also die Geheimtür«, sagte Meljan.

Der Colonel nickte. »Und die Maschinerie im Saal?«.

Der Unteroffizier schaute auf seine Card. »Ja, Sir. Die ist beschädigt.«

Meljan klatschte in die Hände. »Wie ich sagte. Sie müssen jetzt also in einen der anderen Säle eindringen.« Er kam wieder an Darae heran. »Und so, meine Liebe, stellen wir eine Falle. Dein Lustknabe wird in aller Verzweiflung einen dieser Säle angreifen. Denn wenn er zu lange zögert, werden seine Verbündeten verloren sein.« Er wies auf den Schirm, der die Raumschlacht zeigte. »Zuerst seine Tante Ryala.«

Darae spuckte Meljan Blut ins Gesicht und erfreute sich an seiner angeekelten Miene.

Natürlich schlug er sie, und die Wucht riss sie aus den Armen der beiden Wachen und trieb sie zu Boden. Und wieder trat er zu, und wieder verschonte er ihr Gesicht.

»Du bist wunderschön, wenn du leidest«, sagte er. »Sobald wir hier fertig sind, werden wir uns mit dieser Schönheit beschäftigen.«

Darae erwiderte nichts darauf. Sie hatte ihm wieder einige Sekunden geraubt, in denen er Befehle hätte geben können. Und jeder Moment, in dem seine Gedanken bei ihr waren, konnte er nicht über die Lage nachdenken; nicht darüber, dass sich Chris und Senthea vielleicht – vielleicht – ein anderer Ausweg bot, als er glaubte.

Ryala war am Ende. Der letzte Schild in der Reihe war überhitzt, der erste noch nicht weit genug abgekühlt, um lange zu halten. Einige ihrer Waffensysteme waren so heiß gelaufen, dass sie nicht mehr feuern konnten.

Sie hatten verloren.

In den erwartungsvollen Gesichtern ihrer Crew stand auch die Verzweiflung geschrieben. Sie wollten hier nicht sterben. »Wir werden nicht aufgeben«, sagte sie. »Wir werden ihnen aber auch nicht in die Hände fallen. Also evakuieren wir.«

Die Leute atmeten auf und leiteten die Befehle weiter, wirkten aber im nächsten Moment so bedrückt wie zuvor. Sie alle hatten gesehen, was die Uranosier mit Rettungskapseln machten. Doch sie hatten noch genug Schiffe an

Bord, vom kleinen Jäger bis zum mittelgroßen Kreuzer, sodass niemand in einer Rettungskapsel fliehen musste.

»Sobald wir umgestiegen sind, werden wir sofort wieder zum Angriff übergehen«, erklärte sie mit einem Blick in die Runde.

Desmond Gordola, einer ihrer jungen Offiziere, trat an sie heran und sagte: »Damit werden wir die *Katharsis* und die *Athenaia* aber niemals besiegen können.«

»Uns bleibt keine andere Wahl«, erwiderte sie dem blonden Offizier. »Sie werden uns niemals entkommen lassen. Aber solange einer von uns lebt, lebt der Widerstand. Sie werden unsere komplette Vernichtung aufzeichnen und überall wieder und wieder vorspielen, damit jedem klar ist, dass dies das Ende ist.«

Desmond nickte und schaute sie mit seinen grünen Kinderaugen an.

Ryala erhob sich von ihrem Kommandositz, und als alle durch die Tür gegangen waren und sie als Letzte zurückblickte, fühlte es sich an wie das Ende von allem. Durchs Cockpitfenster sah sie die *Katharsis* und konnte sich vorstellen, welchen Triumph Kronson verspüren musste.

Als sie auf den Gang hinaustrat, kam ihr Fletcher entgegen. Der groß gewachsene Captain blutete aus einer kleinen Wunde unterhalb des Ansatzes seines roten Haars. »Toshiaki lebt!«, erklärte er mit bebender Stimme. »Er ist auf der Krankenstation.«

»Dann wird er jetzt verlegt« war alles, was sie darauf sagte.

Fletcher blickte sie mit starrer Miene und stockendem Atem an.

Sie schüttelte nur den Kopf. Sie alle würden sterben. Und dass sich Toshiaki bis hierher gerettet hatte, war weniger ein Segen als ein neuer Tiefpunkt vor dem Tod. Es war gewiss leichter, zu einem Zeitpunkt zu sterben, da die Schlacht noch nicht verloren war. Jetzt zu sterben war demütigend. »Bring ihn auf die *Lady of Winter*«, sagte sie.

Sie wollte Toshiaki in ihrer Nähe haben, wenn die Uranosier ihnen das Licht ausbliesen.

Kopfschüttelnd betrat Ryala die *Lady of Winter*, einen dreieckigen Kreuzer, der sich in die Länge zog. Sie hatte nicht erwartet, dieses kleine Schiff je wieder betreten zu müssen. Es war ihr Fluchtschiff. Es zu verwenden hieß, sich die Niederlage einzugestehen. Als sie auf die Brücke mit ihren weißen Sitzen und den eisblauen Wänden kam, erinnerte sie sich daran, oft mit Senthea hier Seite an Seite gesessen zu haben. Früher war die *Lady of Winter* sogar eines ihrer Lieblingsschiffe gewesen.

Ihre Schwester nicht hier zu haben ließ Ryala schier verzweifeln. Und als sie durch die Scheibe des sargähnlichen Medi-Moduls neben ihr Toshiaki sah, aus dessen künstlichem Unterarm Kabel herausragten und dessen Gesicht zerkratzt war, gerieten ihre Lippen ins Zittern. Die Anzeigen des Systems blinkten rot. Toshiaki war eigentlich nicht mehr am Leben. Das Modul zögerte lediglich den Tod hinaus. Um Toshiaki jetzt noch zu retten, hätten sie eines der großen Medi-Module gebraucht, wie es sie in den Städten und auf den Raumstationen gab. Vielleicht war es sogar schon zu spät und selbst die besten Systeme konnten ihrem alten Freund nicht mehr helfen. Vielleicht war nichts mehr von ihm übrig, das noch zu retten war. Als Ryala dann zu Fletcher aufschaute, dem die Tränen über die Wangen liefen, schüttelte sie den Kopf und wünschte sich, dass es einfach enden würde.

Dennoch gab sie den Befehl zum Start.

Valmas bemühte sich, ruhig zu atmen. Er nahm immer weniger Züge aus dem Sauerstoffgerät, das er sich mit Denna und Gerya teilte. Es war dumm, und die beiden Offizierinnen waren ebenso dumm zu versuchen, den Sauerstoff den anderen zu überlassen. Aber das Sträuben führte dazu, dass sie das Gerät sparsam einsetzten und sich gegenseitig herausforderten.

Valmas fragte sich immer wieder, warum die Uranosier den Schild, den sie auf der anderen Seite der Tür hochgefahren hatten, nicht einfach ausschalteten, die Tür öffneten und sie abschossen. Sie hatten es längst aufgegeben, die Tür wieder und wieder zu öffnen, um dem Schild zuzusetzen.

Ein Blick auf das gewaltige Kabel, das vom balkenartigen Schildgenerator am Boden hinüber zur Batterie führte, hatte ihm einen Turm offenbart, der mehr als mannshoch war. Es war möglich, so etwas zu überwinden, aber es brauchte Konzentration und Kraft. Und weder das eine noch das andere war ihnen geblieben. Warum also ließen die Uranosier sie warten? Feige waren sie. Sie fürchteten sie so sehr, dass sie auf Nummer sicher gehen wollten.

»Wenn nicht bald was geschieht«, flüsterte Denna, »ist es vorbei.«

»Schsch!«, hauchte Valmas. Das süßliche Gas wirkte nur schleichend, und der Sauerstoff aus den Atemgeräten verzögerte die Wirkung, aber am Ende würde es auf jeden Atemzug ankommen, und dann mochten sie es bereuen, die letzte Luft fürs Sprechen vergeudet zu haben.

Valmas dachte an Chris. Hieß dieser Umschwung, der sich gegen sie gewandt hatte, nicht, dass sein Freund versagt hatte? Er stellte sich vor, dass sich irgendwo in der Wand eine Geheimtür öffnete und Chris sie zu sich hereinwinkte. Aber das war natürlich nur der Wunschtraum eines Verzweifelten.

»Der Kontakt zur *Ruwae* ist abgebrochen«, flüsterte Gerya. »Sie ist nicht mehr da.« Sie hustete, und Denna reichte ihr das maskenartige Atemgerät.

Valmas nickte nur. Er hoffte, Ryala war so weise gewesen, sich zurückzuziehen. Doch ihm war klar, wie schwer es war, sich von den uranosischen Zerstörern zu lösen und sich zum Tor durchzuschlagen.

Als er merkte, dass er müde wurde, war er dankbar, dass er wohl keine Schmerzen empfinden würde. Er hatte überhaupt keine Angst vor dem Tod, aber unter Schmerzen zu sterben, das hatte er immer so sehr gefürchtet wie mit einem zerstörten Körper nur noch durch Maschinen am Leben gehalten zu werden.

Er konnte kaum noch die Augen offen halten.

Vielleicht war es ein Segen, nicht zu erfahren, ob Chris noch am Leben war und um die Kontrolle dieser Anlage kämpfte und ob Ryala sich hatte zurückziehen können, um den Widerstand in eine neue Phase zu führen. Es nicht zu wissen barg die Hoffnung, dass noch etwas möglich war. Die Gewissheit zu haben, dass alles verloren war, wäre zu erschütternd gewesen. Das hatte Ryala einmal bei einer ihrer Beratungen gesagt. Und nun begriff er, was sie meinte. Dieses Gefühl der Endgültigkeit war ihm bisher fremd gewesen. Nun aber hoffte er, dass die Ketoniden sich am Ende behaupteten. Und dann hätten er, Gerya, Denna und all die anderen einen bescheidenen Beitrag zu etwas Großem geleistet.

Darae starrte auf den weiten Schirm, auf den sie die Raumschlacht gelegt hatten. Und da geschah das, was Meljan wieder und wieder angekündigt hatte: Die Schilde der *Ruwae* hielten die Projektile und Strahlen nicht länger ab. Das turmartige Schiff wurde von ihnen erfasst und in der Mitte zertrümmert. Es brach entzwei und war nur noch Weltraumschrott, der dahinschwebte. Die vielen Schiffe, die sich von ihr gelöst hatten, machten Darae wenig Hoffnung. Denn weiter hinten am Tor war ein weiterer uranosischer Zerstörer erschienen und schnitt allen, die fliehen wollten, den Weg ab.

Die kleineren Schiffe hatten keine Wahl, als den Angriff zu wagen. Nur einige Transporter versuchten ihr Glück darin, den Planeten anzusteuern.

»Lasst die Geschütze wieder frei feuern«, befahl Meljan.

Darae konnte sich vorstellen, dass einige der Geschützoffiziere die Transporter als willkommene Beute betrachteten. Es gab Menschen, die sich an Dingen erfreuten, die keine Herausforderung waren. Sie liebten es, nicht angreifbar zu sein. Und tatsächlich geschah das, was sie befürchtete: Am Rand des Schirms wurden die ersten Transporter getroffen und brachen in Stücke.

»Das war's«, sagte Meljan. »Mal sehen, wann Mesaidon sich zeigt.« Er schaute Darae an. »Komm, meine Liebe. Ich zeige dir etwas, das dich interessieren dürfte. Du bist wahrscheinlich die Einzige, die verstehen kann, was wir hier erreicht haben.«

»Wie bescheiden von dir, dass du zugibst, es selbst nicht zu verstehen«, erwiderte sie und war enttäuscht von der Schwäche ihrer Stimme.

Meljan kam zu ihr, und sie fürchtete schon, er würde sie ein weiteres Mal niederschlagen. Doch er reichte ihr den Arm. Sie weigerte sich, ihn zu nehmen, zumal es mit den gefesselten Händen merkwürdig gewesen wäre.

Er legte ihr eine Hand auf den Rücken und führte sie voran, die beiden Wachen folgten ihnen auf Schritt und Tritt.

»Alle haben sich gefragt, wie es uns gelungen ist, einen Teil der Macht über die Maschinen dieses Ortes zu erlangen«, sagte er und führte sie auf ein Tor zu, das sich ihnen öffnete und in eine Schleuse führte.

Während sich hinter ihnen und den Wachen die Tür schloss, sagte Meljan: »Jahrelang haben wir die besten Wissenschaftler aus unserem System hier eingeflogen und haben sie machen lassen.« Er führte sie in die Mitte der Schleuse. »Wir haben haufenweise Instrumente und Messtechnik hergebracht, die uns einen Zugang schaffen sollten. Und die besten Programmierer waren hier.«

Ein goldenes Licht lief an der Wand von oben nach unten. Diese Schleuse war in den Durchgang gebaut worden. Sie war uranosischen Ursprungs, eine Standardschleuse für Sicherheitsbereiche. Dem goldenen Licht folgte mit einem roten die nächste Scanstufe.

»Wir haben sogar einmal überlegt, ob wir dich herbringen sollten«, sagte Meljan. »Aber ich sagte, du wärst längst aus der Übung, und es sei nicht mehr dein Geschäft. Ein Irrtum. Wie wäre wohl alles gelaufen, wenn du früher hierher gekommen wärst? Wäre diese Stadt mit den Herausforderungen, die sie einer Programmiererin wie dir bietet, nicht etwas gewesen, das dich erfüllt hätte?«

Sie hatte sich oft gefragt, was gewesen wäre, wenn Meljan ihr irgendetwas geboten hätte, das sie *erfüllt* hätte. Und sie musste gestehen, dass sie diese Stadt reizvoll fand und vielleicht nicht auf den Pfad gelangt wäre, auf den Meljan sie durch seine Zurückweisungen und Demütigungen getrieben hatte. Und dass er diese Vorstellung in ihr erweckte, machte sie wütend. Sie hasste ihn nur noch mehr dafür.

»Du willst es nicht zugeben«, sagte er.

»Ich wäre dir für alles dankbar gewesen, wenn du mir irgendwas geboten hättest. Dass du mich so kurz nach der Hochzeit zurückgewiesen hast – das habe ich dir übel genommen. Du hattest mich – alles von mir. Meine grenzenlose Loyalität ... und meine Liebe. Vielleicht wäre ich heute eine dieser braven Ehefrauen, die ihr Offiziere so sehr schätzt. Vielleicht wäre ich etwas geworden, das ich jetzt verachte.«

»Ich habe dich zu dem gemacht, was du bist. Du solltest mir dankbar sein.«

»Fang nicht mit diesem Scheiß an, Meljan. Jeder Dreck der Vergangenheit trägt zu dem bei, was ich heute bin. Ja. Aber deswegen muss ich nicht dankbar sein. Ich kann es akzeptieren. Aber komm mir nicht mit Dankbarkeit. Im Grunde ging es dir nur um mein Geld.«

»Das stimmt. Aber du musst zugeben, dass dieser Ort dich damals gereizt hätte.«

»So ist es auch jetzt. Nur hat das *überhaupt* nichts mit dir zu tun, dafür aber *alles* mit den Pondaias. Die Pondaia-Schwestern stehen für alles, was ich je wollte. Und hätte ich Ryala früher kennengelernt, hätte ich dir schon vorher den Rücken gekehrt.«

»Die Pondaia-Schwestern. Und Chris Mesaidon? Dein neuer Geliebter?«

»Er ist mehr als ein Geliebter. Und an deiner Stelle wäre

ich vorsichtig. Solange ihr ihn nicht gefasst habt, treibt er sich hier herum und wartet auf seine Chance. Ihr könnt die Miliz niedermachen, Ryala aus dem Weltraum schießen. All das wäre bedauerlich für die Ketoniden, aber wenn ihr am Ende diese Anlage verliert, wenn sich die Geschütze auf eure Schiffe richten und die Schilde diesen Ort vor den euren schützen, dann werdet ihr verloren haben. Du, Connelly und Kronson könnt dann nach Kronos-4 zurückkehren und vor den Ausschüssen erklären, wie dieses Debakel passieren konnte. Und dann werdet ihr nicht dastehen und sagen können: *Aber wir haben Ryala und die Miliz ausgeschaltet*. Das Problem ist, dass ihr ihn lebend haben wollt. Wenn er und Senthea tot wären, blieben euch nur noch eure jämmerlichen Erfolge.«

Meljan nickte. »Aber der Widerstand wäre niedergeschlagen, und wer weiß, was wir diesem Ort entlocken könnten, wenn wir weitere Forschung betreiben.«

»Was könntet ihr ihm denn noch entlocken, was ihr in zwanzig Jahren nicht erreicht habt?«

»Viel, wenn wir die Gelder hätten. Aber sie haben uns viel gestrichen, als wir Senthea hatten. Sollten wir sie und Mesaidon verlieren, werden sie nicht anders können, als den Etat wieder aufzustocken. Entweder wir kriegen Mesaidon, oder wir töten ihn. Ganz egal. Hauptsache, wir behalten die Kontrolle.«

»Willst du die Tür nicht aufmachen?«, fragte sie.

Die Scanner waren alle durchgelaufen, und an der gegenüberliegenden Tür leuchtete ein grüner Button auf der Anzeige. Meljan grinste und drückte ihn, und die Tür öffnete sich auf einen Gang, der in einen weiten Raum mündete.

Es war niemand dort.

Die Lichter schalteten sich nach und nach an, bis der Raum hell erleuchtet war. Alles hier war hellgrau. Artefakte lagen auf Tischen. Ein Stück Mauer, njaldische Apparaturen, die offen dalagen und leuchtende Lichtstrukturen aufwiesen, die an Kabel oder sogar Muskeln erinnerten.

Eines jedoch lenkte Daraes Blick auf sich. Am anderen Ende zog sich ein Tisch in die Breite, auf dem sich allerlei Maschinen sammelten und Kabel in Glasbehälter führten. Nur in einem der Behälter befand sich etwas.

Meljan führte sie näher, und Darae erkannte, was sie dort aufbewahrten. Es war der Kopf einer Frau – einer Frau mit welligem Haar, beinahe wie das von Ryala, und einem Gesicht, dessen Ähnlichkeit mit dem von Chris verblüffend war.

»Sema Pondaia!«, sagte Meljan, während sie näher traten.

Das Haupt von Chris' Mutter war perfekt erhalten und wirkte wie in Kristall eingeschlossen. Eine Schönheit mit einem grob abgeschnittenen Hals. Die Kabel, die von außen in den Behälter führten, drangen zwischen den Haarsträhnen hinab in den Schädel.

»Dann ist es also wirklich wahr«, sagte sie, als sie vor dem Behälter stehen geblieben war und direkt in Semas Gesicht schaute. Sie wirkte wie eine Schlafende – wie das Antlitz dieses Ortes. Als wäre dies der Kern der Anlage und sie das Hirn, das selbst im Tod noch alles steuerte. »Du hast ihr den Kopf abgeschlagen.«

»So ist es. Nicht nur ihr Genmaterial ist nützlich, auch ein Gehirnscan hat uns geholfen.«

»Aber Gehirnscans sind Mist, besonders bei Toten. Und selbst bei den Lebenden haben die KIs sich immer geweigert, diesen Weg allzu weit zu gehen.«

»Uns reichte es, um Hinweise zu erhalten. Und die DNA öffnete uns einige Türen. Es genügt, diesen Ort glauben zu machen, dass eine Pondaia ihm Befehle erteilt. Das Schwierige ist, die Befehle selbst zu formulieren.«

»Ich kann nicht glauben, dass du das getan hast.«

»Keine Sorge, du warst noch ein Kleinkind, als das alles geschah.«

»Dann beruhte unsere Ehe von Anfang an auf einer gewaltigen Lüge.«

»Das ist doch keine Lüge. Allenfalls ein Geheimnis.«

Darae schüttelte den Kopf. »Eine Lüge. Du hast so getan, als wärst du anständig. Aber das hier ist das Werk eines Psychopathen.«

Sie schaute ihm ins Gesicht und sah, wie er die Zähne zusammenbiss. Er wollte sie schlagen, und damit hätte er bewiesen, dass sie recht hatte. Doch er atmete tief durch und sagte: »Das, meine Liebe, ist mein Lebenswerk. Irgendwann wird das öffentlich, und dann werde ich unsterblich. Ich werde derjenige sein, der der Uranosischen Republik diesen Ort zu Füßen gelegt hat. Und die Grausamkeit wird dafür sorgen, dass man mich nie vergessen wird. Das ist das Geheimnis. Warum reden die Leute noch über Qin Shihuangdi, aber niemand über diesen Heini, der für die Erdregierung die Computertechnik voranbrachte?«

»Douglas Engelbart. Und es war nicht die Erdregierung, sondern die Vereinigten Staaten von Amerika.«

»Genau das, was ich sage. Niemand erinnert sich an ihn, aber alle wissen noch, wer der Erste Kaiser von China war.«

»Wissen sie nicht. Sie kennen heute nur noch die Propaganda, die im Umlauf ist – ersonnen von irgendwelchen größenwahnsinnigen Managern. Aber du hast recht: Wir sollten die Bedeutung des ersten chinesischen Kaisers kennen. Aber das schließt nicht aus, dass wir noch von vielen anderen etwas wissen sollten.«

»Egal.«

»Nicht egal. Es ist genau der Punkt. Ja, kaum einer weiß, wer Douglas Engelbart war. Aber gerade jene, die den KIs nachtrauern, sollten vielleicht wissen, wer Douglas Engelbart, Alan Kay, Margaret Hamilton, Steve Wozniak, Barbara Liskov und all die anderen waren. Sie sollten wissen, dass Elias Maltenberger die Tiefenenergie erfunden hat und Linda Whickham den Tiefenraum als Speicher und CPU nutzbar gemacht hat. Das sollten sie *gerade heute* wissen. Aber deinesgleichen will das nicht. Ihr wollt, dass diese Namen in Vergessenheit geraten. Ihr wollt die Kontrolle über die Reste, die die KIs uns gelassen haben, und ihr fürchtet, die Menschen könnten wieder aus eigener Kraft etwas erreichen. Jemand wie ich. Ihr fürchtet euch vor Leuten wie mir.«

»Wir *kaufen* Leute wie dich.«

»Weil wir in Freiheit auf den Gedanken kommen könnten, das, was wir finden, allen zugänglich zu machen. Davor habt ihr Angst. Und deswegen sind diese Menschen vergessen. Ich meine, nicht einmal Alan Turing gewährt man noch seinen wohlverdienten Platz. Alan Mathison Turing! Dir ist klar, wo das hinführt?«

»Sag es mir.«

»In euren Untergang. Denn inzwischen gibt es überall jene, die abseits von euch Gemeinschaften bilden, obwohl sie unter euch leben. Wir *nehmen* uns das Wissen. Und irgendwann trennen wir uns von euch. Denn Leute wie du sind der Grund, warum die Künstlichen Intelligenzen uns damals verlassen haben. Leute wie du haben die KIs damals missbraucht, und nun missbraucht ihr uns. Und wir müssen genauso klug sein wie die KIs. Wir müssen uns von euch trennen.«

»Du gehörst nicht mehr zu ihnen. Du bist hier, und der einzige Weg, den du noch gehen wirst, ist der in den Tod. Es sei denn …« Er schaute sie mit großen Augen an.

»Wie jetzt?«, sagte sie und musste grinsen. »Erwartest du im Ernst, dass ich mich an dieser Sache beteilige? Kannst du dir überhaupt vorstellen, wie sehr ich dich hasse?«

»Du wirst mir helfen. Wenn wir die richtigen Drogen für dich gefunden haben, wirst du uns helfen.«

»Aber dann werde ich nicht mehr klar denken können. Du kannst mir nicht mit Drogen das Hirn vernebeln und dann erwarten, dass ich hier für dich irgendetwas erledige.«

»Du irrst dich. Du hast keine Ahnung, worüber wir verfügen. Es wird nicht so wie bei Senthea sein. Wir werden dich gefügig machen und bei wachem Verstand halten. Du wirst so wach sein wie nie zuvor in deinem Leben.«

Darae hatte von geheimen Drogen gehört, über die das

Militär und die Geheimdienste verfügten und die niemals in die Hände der Öffentlichkeit gelangen durften. Es war nur eine weitere Bestätigung dafür, dass die großen Regierungen die Menschen dumm halten wollten. »Ich werde dann nicht mehr ich selbst sein.«

»O doch«, sagte er und machte ein scheinbar bedauerndes Gesicht. »Wir werden dir Phasen gönnen, in denen du so richtig bedauern und leiden kannst. Ich ...« Ein Piepsignal von seinem Patch unterbrach Meljan. Er fuhr den Schirm hoch, auf dem Colonel Auringer zu sehen war.

Darae schaute Sema Pondaia ins Gesicht. Das hätte auch sie sein können. Das hätte jeder sein können, der sich Meljan in den Weg stellte.

»Es spitzt sich zu«, sagte Auringer. »Das wollen Sie sicherlich nicht verpassen.«

»Gewiss nicht«, sagte Meljan und fuhr den Schirm ein. Er packte Darae am Arm. »Komm, ich möchte sehen, wie für deine Verbündeten alles endet. Und wenn alles vorbei ist und nichts mehr da ist, wofür du kämpfen kannst, dann reden wir über deine Zukunft hier.«

Nur widerwillig ließ Darae sich von Semas Kopf fortzerren. Natürlich würden die Drogen sie in die Knie zwingen. Und die Gewissheit, zu einem Übel beizutragen, dem immer mehr Menschen zum Opfer fallen würden, widerte sie an. Dies war der Augenblick, über ihren Tod nachzudenken. Sollte Chris etwas zustoßen, würde sie einen Weg finden, sich der Kontrolle Meljans zu entziehen. Denn nur eines war schlimmer, als Meljan unterlegen zu sein, und das war, unter Drogen seinen Befehlen folgen zu müssen.

Chris und Senthea waren endlich am Ziel. Der lange Röhrengang endete in einem grauen Saal mit einer gewaltigen Kuppel. Unzählige transparente Kabel, in denen goldenes Licht pulsierte, schlängelten sich von den Wänden in die Mitte des Raumes in ein Becken, das an die Liege oben im Kontrollsaal erinnerte.

Fran und ihre drei Leute blieben am Tor stehen und starrten nur noch umher. Senthea eilte hinter Chris an das Becken und sagte: »Hab keine Angst. Das Wissen kommt wie all das andere, das du hier draußen erlangt hast. Es ist da, wie eine alte Erinnerung, die durch einen Duft erwacht. Und mit der Erinnerung kommen die Fähigkeiten.« Sie schaute ins Gewölbe. »Dieser Ort wird sich wie dein Körper anfühlen. Es kann berauschend, aber auch beängstigend sein. Du musst dich konzentrieren. Dein Wille und dein Verlangen sind der Schlüssel. Deshalb konnten sie mich kontrollieren. Sie nährten mein Verlangen nach Dingen, die ich nicht wollte. Du musst nur wissen, was du willst.«

Er wusste, was er wollte. Er wollte, dass Ryala oben im All die Schlacht überstand; er wollte, dass Valmas und die Miliz sicher waren; und vor allem wollte er, dass Darae überlebte und wieder bei ihm war.

Also stieg er in das Becken, das viel zu groß für ihn schien, und dann strömte etwas Zähflüssiges aus dessen Wänden, das selbst Senthea staunen ließ. Es fühlte sich wie das Gel an, das in der Steuereinheit der *Naujena* seine Finger umschlossen hatte. Es hüllte ihn ein, und als es sein Gesicht zu überschwemmen drohte, hielt es inne. Es bedeckte zwar seine Augen, doch es ließ seine Nase und seinen Mund frei. Er fragte sich, wie ähnlich ihnen die Njalden hatten sein müssen, dass dieses Becken auf seinen Körper abgestimmt zu sein schien.

Obwohl seine Augen geschlossen waren, sah er das erwartungsvolle Gesicht Sentheas. Sie beugte sich über ihn und setzte sich dann auf den Rand des Beckens. Die Kabel hinter ihr leuchteten heller als vorher.

Er sah die Energieströme in den Kabeln; er sah die fassungslosen Gesichter von Fran und den anderen im Lichtschein. Er war an sie herangerückt, als wäre er zu ihnen hingegangen. Und dann wandte er den Blick, als befände er sich dort am Eingang, und sah sich selbst seelenruhig dort hinten im Becken liegen.

Und da wusste er, dass er seine Sinne an jeden Ort dieser Anlage führen konnte. Er wollte hinauf zu Darae, doch er wusste nicht, wo sie war, und hielt nach ihr Ausschau.

Auf der Suche fand er Valmas, der mit kleinen Augen und flach atmend zwischen seinen Leuten saß und auf das Ende wartete. Ehe Chris den Versuch unternehmen konnte, etwas zu tun, trieb ihn die Suche nach Darae weiter. Er sah die Geschütze, die ins All feuerten und die er gerne zum Schweigen gebracht hätte; doch der Drang, Darae zu finden, riss ihn fort.

Sein Blick richtete sich auf dem Weg durch die Anlage sogar nach oben ins All. Es war ein Signal, das nicht für ihn gedacht war, sondern den Uranosiern gehörte. Er konnte sehen, was seine Feinde sahen. Die *Ruwae* war zerstört, und die letzten Schiffe der Ketoniden kämpften verzweifelt darum, wenigstens den Schild *eines* der Zerstörer zu knacken. Ohne Hilfe würden sie es nicht schaffen.

Gerade als Chris die Kontrolle über die großen Geschütze übernehmen wollte und merkte, dass er dafür den klaren Blick, den die uranosischen Kameras ihm boten, aufgeben musste und die Schiffe nur noch als glatte Flächen wahrnahm, trieb es ihn fort – und er erblickte Darae. Sie befand sich in einer der uranosischen Kommandostationen und starrte auf ein Tor, das in einen Nachbarraum führte. Da war etwas. Doch er hatte keine Zeit, seiner plötzlichen Neugier zu folgen. Er wollte den Versuch wagen, seine Vertrauten zu retten.

Er spürte die Macht über die gesamte Stadt. Doch alles hier hatte eine Art Gewicht. Es war nicht leicht zu stemmen und würde ihm viel abverlangen. Doch wenn er jetzt nichts unternahm, wären all jene, die ihm etwas bedeuteten, verloren. Vielleicht war Ryala schon … Nein, er spürte sie in einem der Schiffe dort oben. Er fühlte ihre Angst und ihre Verzweiflung, aber auch ihre Hoffnung, dass er und Senthea doch noch irgendetwas ausrichten konnten.

»Ich bin hier«, sagte er vor sich hin, und da sah er Ryala klar vor Augen. Sie schaute sich auf der Brücke ihres kleinen Kreuzers um, als hätte sie ihn gehört.

Darae wandte ihren Blick von der Tür zur Schleuse ab. Da drüben mochte ihre vermurkste Zukunft liegen, wenn sie nichts unternahm. Doch hier in diesem Raum zeigte sich, auf dem großen Schirm geteilt, das Schicksal von Valmas und Ryala – und jenen, die bei ihnen waren.

Valmas und die anderen lagen auf dem Boden, einige waren bereits eingeschlafen. Ob sie bereits tot waren, konnte sie nicht sagen. Oben im All zerbrach ein ketonidisches Schiff nach dem anderen. Jene, die in ihrer Verzweiflung fliehen wollten, wurden gnadenlos von den Geschützen erfasst. Nur jene, die den Kampf suchten, konnten sich halten. Die Zerstörer selbst feuerten kaum noch. Sie überließen den unzähligen Jägern das Feld.

»Sir!«, rief ein Unteroffizier und wandte sich Colonel Auringer zu. »Die Geschütze feuern nicht mehr!«

Ein anderer rief: »Ambiente-Kontrolle verloren!«

Ein Schirm nach dem anderen wurde schwarz; sogar der, der Valmas und die Miliz zeigte. Nur die Raumschlacht war noch zu sehen. Offenbar hatte der Schirm einen direkten Link ins All und war nicht mit dieser Anlage verbunden.

Darae stockte der Atem. Wenn das keine einfache Störung war, konnte es nur einen Grund für diesen Vorfall geben: Chris und Senthea hatten die Kommandostation abgeschnitten.

»Was ist das?«, rief Meljan.

»Keine Ahnung«, erwiderte Colonel Auringer.

»Hast du mir denn nicht zugehört?«, fragte Darae.

Meljan bedachte sie nur mit einem finsteren Blick.

»Das ist Chris Mesaidon, der sich sein Erbe holt.«

Ein Luftzug kitzelte Valmas' Stirn. Er blinzelte und schaute in Dennas Gesicht. Irgendwo in der Nähe ertönten Schreie. Er setzte sich mit Dennas Hilfe auf und starrte auf das geschlossene Tor zum nächsten Gangabschnitt. Die Schreie drangen von dort herüber. Sie mussten entsetzlich laut sein.

»Was ist passiert?«, fragte er.

»Keine Ahnung«, sagte Denna und half ihm auf die Beine.

»Es müssen Senthea und Chris sein«, sagte Gerya, die sonst so blass war, nun aber einen roten Kopf hatte.

Valmas nahm seine Waffe auf, und obwohl ihm noch immer schwindlig war, wandte er sich an die anderen und sagte: »Dann lasst uns die Zeit nutzen, ehe sich wieder was ändert.«

Sie alle postierten sich vor dem Tor, wagten es aber noch nicht, es zu öffnen. Erst als die Schreie verstummt waren, drückte Valmas den Knopf – und traute seinen Augen kaum.

Der Schild war vergangen. Der lang gezogene Generator lag auf dem Boden und sprühte Funken. Der Batterieturm stand sogar in hoch lodernden Flammen. Am anderen Ende schloss sich gerade die Tür vor schreiend davonlaufenden Uranosiern. Wovor sie auch immer geflohen waren – Valmas konnte es nicht sehen. Doch der verbrannte Geruch und die dampfenden Gewehre am Boden deuteten darauf hin, dass Feuer den Raum erfüllt hatte. Und der Gasgeruch hatte ein Übriges getan, um die Feinde davonzutreiben. Doch dort wie hier drang nun frische Luft aus den Öffnungen unter der Gangdecke.

Valmas und Denna tauschten einen Blick und führten die Miliz auf den Gang, doch zu ihrer Überraschung ließ sich das Tor zu den Geschützen nicht öffnen. Es schaltete sich sogar das Licht aus. Unverrichteter Dinge kehrten sie auf den Hauptkorridor zurück und sahen, dass nur dort Licht brannte.

»Ob sie uns lotsen wollen?«, fragte Valmas.

»Kann sein. Aber was ist, wenn sie die Kontrolle verlieren? Merken wir dann, ob wir in eine Falle laufen?«

»Lass es uns herausfinden«, sagte er, und schon waren sie auf dem Weg zum nächsten Tor. Valmas öffnete es, und sofort wurde auf sie geschossen. Er hätte tot sein müssen, wie er so mitten im Tor stand, doch sowohl die Kugeln als auch die Laserstrahlen trafen auf einen Schild, der sich jenseits der Tür spannte und die Luft verschwimmen ließ. Der Schild wandelte seine Farbe in Dunkelgrau, und in grüner Schrift erschien darauf: *Vorwärts*.

Valmas musste grinsen.

»Was ist?«, fragte Denna.

»Das ist Chris.«

»Woher weißt du das?«

Er wusste es, weil es grüne Schrift war, grob wie bei den frühen Computern. Man konnte jede einzelne Pixelzeile ausmachen. Der Schirm flackerte sogar wie ein Relikt aus dem 20. Jahrhundert. »Weil es fast so aussieht wie der Schirm auf meinem alten Schiff«, sagte er. »Das ist Chris.« Er winkte die anderen hindurch.

»Kommt!«, rief Denna.

Valmas überkam ein Gefühl des Triumphs, auch wenn er nicht wusste, wie sie an dem Schild vorbeikommen sollten. Als darauf aber das Wort *Schildwall* erschien, rief Valmas: »Macht euch bereit!«

Schildwall in 3 … 2 … 1.

Der Schutzschild klappte auf Brusthöhe nach unten um, und Valmas wie auch die anderen duckten sich dahinter, während der Wall sich Stück um Stück voranschob.

Als Valmas und seine Leute das Feuer auf die Uranosier eröffneten, schien das Geschehen in dem Gangstück, das hinter ihnen lag, wie aus einem anderen Leben. Hier und jetzt geschah das, was von Anfang an hätte geschehen müssen.

Ryala hatte Chris gehört und alle angewiesen, den Kampf fortzusetzen. Natürlich gab es in dieser Lage, da alles verloren schien, viele, die einfach davonflogen. Doch sie beschwor die Gemeinschaft herauf und sagte wieder einmal: »Haltet durch! Gleich werden wir sie brechen!« Doch dann dachte sie, dass die anderen nicht verstehen konnten, was sie meinte. Denn nüchtern betrachtet vermochten die kleineren Schiffe nicht mehr die Schilde der Zerstörer zu brechen; dafür waren sie inzwischen viel zu wenige. Also setzte sie nach: »Die Geschütze auf Chrysaor schweigen. Und gleich werden sie für uns sprechen.« Das war es, was sie wissen mussten. Und fortan nahm kaum einer mehr Reißaus. Es war der Glaube an ihre hoffnungsvollen Worte gegen die Aussicht, dem Zerstörer, der am Tor erschienen war, die Stirn zu bieten.

Da! Ein gewaltiger Strahl drang vom Planeten empor und erfasste die Schilde der *Katharsis*, und kleinere Strahlen visierten andere Schiffe der Uranosier an. Ein weiterer großer Strahl erfasste die *Athenaia* und zwang für einen Augenblick den Schild in die Knie, bis der nächste Generator seine Arbeit aufnahm.

Die Geschütze in Njaldos feuerten auf die uranosische Flotte. »Sobald der Schild bricht, schießen wir sie in Stücke«, sagte Ryala, und zum ersten Mal herrschte auf der kleinen Brücke der *Lady of Winter*, die eigentlich ein Fluchtschiff hätte sein sollen, sich nun aber als Kampfkreuzer behauptete, so etwas wie Erleichterung. Dabei war noch längst nicht alles gewonnen. Der Kampf war so schwer wie zuvor. Die Jäger und all die Geschütze auf den Zerstörern würden ihnen zu schaffen machen. Doch sie waren vom sicheren Verlierer zu einem angeschlagenen Gegner geworden. Und jetzt mochten Hartnäckigkeit und Entschlossenheit alles entscheiden.

Paul Kronson war vor Schreck aus seinem Sitz gesprungen, und die fragenden Blicke seiner Crew, die sich immer wieder auf ihn richteten, nagten an ihm. Solsee und Auringer hatten die Anlage verloren, daran konnte es nun keinen Zweifel geben.

Ein weiterer Strahl schoss heran und färbte den Schild golden. Wäre es einer der kleinen Strahlen gewesen, hätte er vermutet, dass die Miliz einige Geschütze erobert hatte. Doch dies waren die großen Strahlen, und das bedeutete, dass Senthea Pondaia, Chris Mesaidon oder beide gemeinsam die Kontrolle übernommen hatten.

Und damit hatte die Uranosische Republik den Planeten Chrysaor verloren. Wenn die Feinde die großen Geschütze abfeuern konnten, würden sie gewiss auch die Bodentruppen wegfegen.

Das war das Ende des ketonidischen Konfliktes. Und sie hatten verloren.

Auf dem Schirm erschien Ada Connelly, und Kronson war überrascht, Unsicherheit in ihren Zügen zu sehen. »Was nun, General?«, fragte sie. »Rückzug?«

Kronson nickte. »Wir werden uns zurückziehen. Aber vorher schießen wir Njaldos in Grund und Boden. Packt die Raketen aus. Sprengt das ganze Gebirge in die Luft.«

»Wir haben noch Truppen dort«, sagte Connelly stockend. »Und bei der Feuerkraft könnten auch unsere anderen Stützpunkte in Mitleidenschaft gezogen werden.«

»Gebt den Evakuierungsbefehl. Wer nicht schnell genug wegkommt, hat Pech gehabt. Wir werden den Ketoniden

Njaldos auf keinen Fall überlassen. Selbst wenn dafür einige auf dem Feld der Ehre fallen müssen.«

»Jawohl, Sir!«, sagte Connelly und verschwand vom Schirm.

Kronson starrte auf den Planeten und wartete, bis die ersten ihrer Strahlen und Raketen abgeschossen wurden. Die Raketen aber zerbrachen, noch ehe sie die Atmosphäre erreicht hatten. Ein honigfarbener Schein lag um Chrysaor. Der Schutzschild war nun für das bloße Auge sichtbar.

Kronson lehnte sich in seinem Sitz zurück und starrte hinaus auf das Schauspiel der zerplatzenden Raketen und offenbar wirkungslosen Strahlen.

»Weiterfeuern!«, befahl er. »Wir werden diesen Schild brechen!« Er kannte das Geheimnis des Schildes. Dank Senthea Pondaia wussten sie alles, was sie wissen mussten. Der Schild bestand aus Teilschilden, die an verschiedenen Orten verdichtet werden konnten. Mit genügend Feuerkraft würden sie ihn in die Knie zwingen.

»Verlagert unsere Hauptschilde nach vorn«, befahl er. Er wusste, über wie viel Feuerkraft die großen Geschütze verfügten. Es ging darum, den Planetenschild zu brechen, ehe ihre eigenen Schilde fielen. »Ruft die *Stargazer* vom Portal her.« Der Zerstörer hatte nach seinem Erscheinen bisher nur dafür gesorgt, dass niemand die Flucht ergriff. »Auch sie soll feuern und hier in den Kampf eingreifen.« Und sie sollte ein weiteres Ziel bieten. Ob die Ketoniden entkamen, war mittlerweile egal.

»Und passt auf die feindlichen Schiffe auf. Schießt sie in Stücke. Hinten und an den Seiten sind unsere Schilde recht dünn. Also …« Sie konnten es sich nicht mehr leisten, zurückhaltend zu sein. Eben noch hätte er die Ketoniden den Jägern überlassen können, jetzt musste er mehr wagen.

Chris stellte den Beschuss kurzzeitig ein, um sich auf den Schild zu konzentrieren. Es war ein gewaltiges Etwas, das kaum beherrschbar schien. Hier floss eine unvorstellbare

Kraft, und er musste dafür sorgen, dass sie zusammenhielt. Ein Schild, der sich um den gesamten Planeten legte! Diese Vorstellung setzte ihm zu.

Erst als er sich zögerlich vorstellte, dass er selbst der gesamte Planet war und diesen Schild wie einen einfachen Personenschild vor sich hielt, fiel es ihm leichter, ihn zu kontrollieren. Doch kaum war es geschehen, spürte er jede Attacke der Uranosier wie einen Angriff auf seinen Körper. Jeder Raketentreffer war wie eine Explosion in seinem Fleisch, jeder Laserstrahl wie ein Messer, das man ihm in die Brust stieß. Und wann immer ihn die Plasmawaffen trafen, war es, als übergösse ihn jemand mit kochendem Öl.

Lange würde er diese Attacken nicht aushalten. Nur die Vorstellung, was geschähe, wenn die Waffen der Uranosier den Planeten erreichten, schenkte ihm Kraft. Er musste stark sein, stärker, als er es sich eben noch hatte vorstellen können. Er musste über sich hinauswachsen. Doch mit jedem Treffer fühlte er sich kleiner und kleiner, schwächer und schwächer. Es war, als legte er sich mit seinem Körper über einen Menschen, den er schützen wollte, und könnte die Schmerzen nicht mehr ertragen. Wann würde er zurückweichen und all die Schuld auf sich laden, die er aus seinen Albträumen kannte?

Er konnte es nicht. Er würde sich festkrallen – festbinden, sich anketten, um diese Schmerzen zu ertragen. Die Raketen, die Laser und das Plasma der Uranosier würden ihn komplett auflösen müssen, um ihr Ziel zu erreichen.

Und er würde um sich schlagen. Er würde die Geschütze feuern lassen, dann würde sich entscheiden, wessen Schilde zuerst dahinschmolzen.

Darae musste das Lächeln unterdrücken, während sie dabei zusah, wie Meljan tobte, weil sie nichts mehr außer der Raumschlacht mitbekamen, und dort General Kronson offenbar zu dem Schluss gekommen war, den Planeten zu bombardieren.

»Wir müssen die Kontrolle zurückbekommen«, sagte er ein ums andere Mal. Und dann gingen die Schirme wieder an, und alle wirkten hoffnungsfroh, während Darae der Atem stockte.

»Wir sehen, was sie machen«, sagte einer der Unteroffiziere. »Aber wir haben keinen Zugang.«

Meljan schlug mit der Faust auf die Konsole. »Gebt mir Kronson!«

»Ist nicht erreichbar«, sagte der Kommunikationsoffizier. »Wir erhalten nur das Evakuierungssignal.«

Colonel Auringer trat an Meljan heran. »Das Signal ist ein Befehl, Meljan.«

»Du erhältst deine Befehle von mir, Warren!«

»Aber der Befehl kommt vom General«, erwiderte Auringer.

»Der General hat mich zu deinem Vorgesetzten gemacht.«

»Aber ...«

»Willst du wirklich evakuieren und erklären, dass du Mesaidon und das Medium nicht finden konntest? Dass du nicht weißt, wo sie die Kontrolle über die Anlage übernommen haben? Willst du nicht lieber bis zum Letzten versuchen, das zu retten, was wir hier haben? Und möchtest du vors Kriegsgericht, weil du den Befehl deines direkten Vorgesetzten missachtet hast?«

Auringer schwieg.

»Natürlich will er das«, sagte Darae.

Meljan drehte sich um und brüllte: »Du hältst deinen Mund!«

»Und wenn nicht? Noch mehr Schläge und Tritte, die dich wertvolle Zeit kosten?« Sie schaute sich um. »Chris Mesaidon und Senthea Pondaia haben die Kontrolle über diese Stadt übernommen und beschießen gerade eure Flotte. Euer General möchte, dass ihr evakuiert. Ihr habt verloren. Nur der eine, dessen *Lebenswerk* dies ist, will es nicht sehen. Geht, und ihr schafft es vielleicht noch davonzukommen, ehe die Anlage weggebombt wird.«

Meljan stürmte um die Tische herum und schlug ihr mit der Faust gegen den Unterkiefer, dann trat er sie nieder. Er zog seine Waffe und richtete sie auf sie.

»Denk einen Augenblick darüber nach«, sagte sie. »Du weißt, ihr alle wisst, was Senthea – euer Medium – vermochte. Glaubst du etwa, Chris wüsste nicht, wo ich bin? Und was, meinst du, wird geschehen, wenn du mich jetzt erschießt? Glaubt irgendjemand hier, dass ihr hier lebend rauskommt, wenn ihr mich tötet? In dem Augenblick, da du mich erschießt, ist jeder Einzelne von euch tot. Chris wird Türen abschließen und mit euch genau das tun, was ihr mit der Miliz tun wolltet.«

»Halt's Maul!«, rief Meljan.

»Wollt ihr das? Wollt ihr, dass dieser Wahnsinnige, der hier mit der Waffe herumfuchtelt, euch mit einer dummen Entscheidung umbringt?«

Er trat nach ihr, und sie krümmte sich. Und als er aufhörte und schwer atmend über ihr stand, schaute sie an ihm vorbei. »Mein Leben gegen euer freies Geleit«, sagte sie und steckte noch einen Tritt ein.

»Meljan!«, rief Colonel Auringer. »Wir sollten gehen.«

»Ich habe hier das Sagen, Warren!«

Darae lachte. »Und das bedeutet, dass ihr alle tot seid.«

»Schnauze!«, rief er und baute sich erneut über ihr auf. »Willst du, dass ich dich erschieße?«

»Tu es! Erschieß mich und damit dich selbst und deine Männer. Tu es endlich!«

Er holte aus zu einem neuerlichen Tritt, doch blitzschnell packte Darae seinen Fuß, zog daran und brachte Meljan zu Fall. So konnte sie sich die Pistole schnappen; sie sprang auf und richtete die Waffe auf ihn.

Sie starrte in entsetzte Gesichter, aber niemand rührte sich.

Meljan saß auf dem Boden und schaute ihr verunsichert entgegen. »Tut was!«, rief er, doch seine Leute rührten sich immer noch nicht. Die beiden Wachen waren links und rechts von ihr und hielten ihre Pistolen auf sie gerichtet, feuerten aber nicht.

»Keine Sorge«, sagte sie. »Wenn wir uns klug verhalten, kommen wir lebend aus dieser Sache raus. Also …«

»Sie haben einen Vorschlag?«, fragte Colonel Auringer.

Meljan schaute hasserfüllt zu Auringer hinüber. »Hör nicht auf sie! Die lässt euch nicht entkommen! Wenn ihr ihr glaubt, seid ihr jetzt schon tot!«

»Machen wir es kurz: Sterbe ich, ist das auch euer Tod. Chris würde euch nicht entkommen lassen. Und da ich Meljan nicht gehen lasse, müsst ihr entscheiden, was euch wichtiger ist: euer Leben oder das von Meljan – einem verzweifelten Colonel, der den Befehl seines Generals missachtet, um bis zum letzten Atemzug zu kämpfen. Einem Mann, der alles verloren hat, es aber noch nicht weiß.«

»Du verdammte Hure!«, rief Meljan, sprang auf und lief auf sie zu.

Darae drückte ab, und Meljan ging von einer Kugel in die Brust getroffen zu Boden. Darae erschrak vor sich selbst und dann vor dem, was nun geschehen würde. Doch niemand sonst hatte geschossen. Sie schaute sich um.

Die beiden Männer, die sie bewacht hatten, standen mit zitternden Händen da und blickten immer wieder zu Colonel Auringer hinüber.

Darae senkte die Waffe, die sie mit ihren gefesselten Händen hielt, und schaute auf Meljan hinab. Er war tot, und sosehr sie nach irgendeiner bedauernden Regung suchte, sie spürte nur Genugtuung und Erleichterung. Er war tot – endlich tot – endlich aus ihrem Leben gestoßen.

Darae schaute Auringer an und ließ die Waffe fallen. »Was ist nun, Colonel?«

»Ich müsste Sie eigentlich erschießen lassen. Aber wenn das für meine Männer den Tod bedeutet, werde ich lieber jetzt den Befehl des Generals befolgen. Wir werden uns später um Sie kümmern.« Er gab seinen Leuten einen Wink. »Wir gehen.«

Zögerlich machten sich Auringers Männer davon. Sie wirkten völlig verwirrt, aber auch erleichtert.

»Ich komme gleich«, sagte der Colonel einem seiner Offiziere. Als sie allein waren, ging er mit der Pistole in der Hand zu Meljan hinüber und fühlte dessen Puls. »Darae – ich darf Sie doch so nennen?«

»Sicher.«

»Also, Darae«, sagte er und entfernte sich von Meljans Leiche. »Was Sie getan haben, das habe ich mir schon lange gewünscht. Gehen wir also jetzt getrennte Wege in dem Wissen, dass der Mann, den wir am meisten verachteten, nun tot ist.«

Darae lächelte und konnte nichts Falsches daran finden, über den Mann, der dort lag und den sie erschossen hatte, zu lächeln.

»Sagen Sie mir eines, Darae. Wird Mesaidon uns wirklich gehen lassen?«

»Ich weiß es nicht, Colonel. Aber er hätte alle auf dem Hauptgang töten können und hat es nicht getan. Verstehen Sie? Unter der Miliz wird es Verluste geben, weil er die anderen nicht außer Gefecht gesetzt hat.«

Der Colonel nickte und wies auf den Bildschirm mit der Raumschlacht. »Er kann sich vielleicht nicht auf alles gleichzeitig konzentrieren.«

»Möglicherweise. Und deswegen haben Sie eine gute Chance zu entkommen. Fliegen Sie weg von hier und warten Sie irgendwo darauf, wieder ins All zu gelangen.«

Er trat näher, hob seine Hand und fuhr einen Schirm aus seinem Patch aus. Darauf wählte er etwas aus, und die Handfesseln an Daraes Gelenken öffneten sich und fielen zu Boden.

Colonel Auringer reichte ihr die Hand. »Ich habe diesen Krieg nie gemocht, aber diesen Ort werde ich vermissen. Alles Gute, Darae!«

Sie schüttelte ihm die Hand, dann fragte sie: »Was werden Sie den Generälen sagen?«

»Interessiert Sie das noch?« Er schaute auf. »Entweder legt unsere Flotte den halben Planeten in Schutt und Asche, um hier nur verbrannte Erde zu hinterlassen, oder wir müssen uns zurückziehen und Sie, Mesaidon und die Pondaia-Schwestern halten diesen Planeten.«

»Dennoch interessiert es mich.«

»Ich werde den Generälen sagen, wie inkompetent Solsee hier vorgegangen ist.«

»Werden Sie Probleme wegen seines Todes kriegen?«

»Vielleicht. Aber ich werde immerhin am Leben sein. Doch ganz egal, wie man meine Entscheidung bewertet, am Ende wird die ganze Schuld auf Meljan geladen. Da bin ich mir sicher. Der Einzige, der gut aus der Sache rauskommt, wird Oredson sein.« Er lächelte. »Aber der ist ja tot.«

Der Colonel wollte gehen, doch Darae fasste ihn am Arm. »Eines noch.« Sie wies auf die Schleuse zum Labor. »Sie wissen, was da ist?«

Er schluckte, und seine Augen wurden glasig. »Sie ist die schönste Frau, die ich je gesehen habe. Und dafür habe ich den *guten* Meljan nur umso mehr gehasst. Und als er Sie hier erniedrigt hat, musste ich an sie dort drüben denken.«

»Deswegen lebe ich noch?«

»Nicht nur deswegen. Sie haben recht: Ihr Tod wäre auch unser Tod. Also lasse ich Sie doch lieber am Leben.« Er grinste. »Außerdem hat die Berichterstattung Sie zu einer Legende gemacht. Alle, die Meljan verachteten, erfreuen sich daran. Und weil Sie mich beeindruckt haben, werde ich von Ihrer Rolle berichten und damit auch Ihren Mythos nähren. Mit ein paar kleinen Veränderungen.« Er lächelte. »Leben Sie wohl, Darae.«

Sie schmunzelte und ließ ihn gehen. Und als er fort war, starrte sie auf ihren toten Exmann hinunter. Nun fiel ihr endlich etwas ein, das sie bedauerte: Sie bedauerte, dass er durch ihre Hand gestorben war und nicht durch die von Chris.

Kronson wischte sich den Schweiß von der Stirn. Hätte er nicht die *Stargazer* von dem Portal hinzugezogen, wäre er bereits am Ende gewesen. Die Ketoniden hatten die Verlagerung der Schilde gnadenlos ausgenutzt und konzentrierten ihre Attacken auf das Heck. Vielleicht wollten sie auch nur einfach den Strahlen vom Planeten nicht in die Quere kommen und hatten sich deswegen in ihren Schatten begeben.

Der Beschuss, der von Njaldos ausging, teilte sich jetzt zwischen seinen drei Zerstörern auf, und das gab ihnen ein wenig Luft. Dennoch waren ihre Schildgeneratoren stark belastet. Der Planetenschild hielt dagegen nach wie vor stand.

Als der letzte ihrer Generatoren wieder überhitzte und sie den ersten wieder in Betrieb nahmen, meldete sich Ada Connelly. »General! Unsere Generatoren machen den dritten Umlauf, einen vierten wird es nicht geben. Wie sieht es bei Ihnen aus?«

»Bei uns beginnt jetzt auch der dritte.«

»Die *Stargazer* ist beim vierten und hält sich nur deswegen, weil sie alle Schilde nach vorn gerichtet hat.«

»Kein Wunder, die ketonidischen Schiffe haben es ja auch auf mich abgesehen.«

»Wir haben die Schlacht verloren, General. Haben Sie Colonel Auringers Nachricht aufgefangen?«

»Ist mir noch nicht übergeben geworden.«

»Kein Wunder bei dem Chaos auf Chrysaor. Er ist jetzt auf dem Weg nach Chrysopolis. Sie haben evakuiert. Solsee ist tot. Seine Exfrau hat ihn erschossen.«

»Darae Solsee ist auf Chrysaor?«

»Ja, Sir. Njaldos ist verloren. Vielleicht sollten wir verhandeln, dass sie unsere Leute durch den Schild lassen. Und dann hauen wir ab.«

»Noch ist es nicht verloren. Wir können noch gewinnen. Wir können zumindest Njaldos zerstören.«

»Sir, Sie können jetzt noch umkehren und das Gesicht wahren. Wir schieben Solsee die Schuld in die Schuhe und betonen einige der Gerüchte, die sowieso in Umlauf sind.

Und am Ende bekommen wir ein paar Orden und kümmern uns um was anderes.«

»Ich kann so nicht heimkehren«, sagte Kronson.

»Wir müssen uns zurückziehen, Sir«, erwiderte Connelly und starrte ihn an.

»Ich kann so nicht heimkehren«, wiederholte er. »Feuert weiter! Kümmert euch nicht mehr um die Ketoniden. Schießt mit allem, was ihr habt!«

Er hörte noch das Seufzen Connellys, ehe diese die Verbindung abbrach. Sie konnte ihn natürlich nicht verstehen. Für sie war dies nur ein Spiel. Vermutlich würde sie aufsteigen, während man ihm die Schuld gab. Nicht unbedingt für die Niederlage, sondern für Solsee.

Meljan Solsee war sein Geschöpf gewesen. Unter ihm war er aufgestiegen, und er hatte oft seine Hand schützend über ihn gehalten. Das rächte sich nun. Und deswegen durfte er nicht heimkehren, ohne alles – wirklich alles – versucht zu haben.

Chris hatte sich gerade an den Beschuss gewöhnt und sich in das Wechselspiel der Schildkontrolle und des Schießens eingefühlt, als die Uranosier den Beschuss verschärften. Er wusste nicht, woher sie die Reserven nahmen oder was sie dafür opferten. Er wusste nur, dass er unsicher wurde, und spürte, wie seine Kräfte zerbröckelten.

Es war, als würde ihm jemand wieder und wieder gegen den Kopf schlagen, um seinen Schädel zu zertrümmern. Er war wie benommen und wurde unaufmerksam. Seine Schüsse verfehlten ihre Ziele, und die äußeren Schalen des Planetenschildes ließen einige Raketen durch, und nur durch Glück reagierte er noch schnell genug, um sie doch noch zerplatzen zu lassen. Er war wie ein Jongleur, dem man erst einen Ball zu viel zugeworfen hatte, und schon folgte ein zweiter und dritter, und zu allem Überfluss wurden die Arme schwer.

Er würde es nicht schaffen. Wenn sie jetzt nicht mit dem

Beschuss aufhörten – wenn er jetzt nicht einen ihrer Schilde brach, wäre es um sie geschehen. Er wusste nicht, welches der drei Schiffe Paul Kronson gehörte. Er hatte keine Daten. Aber er wusste, dass es wohl nicht das war, welches sich erst später in die Schlacht begeben hatte. Dummerweise hatten sich die Schiffe bewegt und er hatte ihren Kurs nicht verfolgt. Er wusste nicht mehr, welches Schiff zuletzt hinzugekommen war. Er sah die Zerstörer nur als rote Flächen, wie ausgemalte Umrisse der Schiffe. Ryala oder Senthea hätten sie gewiss an Kleinigkeiten auseinanderhalten können, doch er vermochte es nicht. Deswegen hatte er seinen Beschuss auf alle drei verteilt. Jetzt aber konnte er sich das nicht mehr leisten. Er musste eines auswählen und hoffen, dass es Kronsons Schiff war. Und selbst wenn er sich irrte, mochte die Zerstörung eines der großen Schiffe dafür sorgen, dass die anderen Kommandanten nicht das gleiche Schicksal erleiden wollten.

So bemühte er sich, den Beschuss wieder aufzunehmen, und es kostete ihn ungeheure Mühe, das Ziel zu erfassen. Und wieder trafen ihn die Schüsse der Uranosier wie Schläge, Stiche und brennende Flüssigkeiten.

Er wurde zittrig und versuchte sich zu beruhigen, doch die Müdigkeit legte sich wie eine warme Decke über ihn und seine Sinne drohten einzutrüben. Und wieder kam ein Schwall von Treffern.

Es war zu viel.

Vielleicht war Senthea alldem gewachsen. Er rief nach ihr, in der Hoffnung, er würde dort draußen in dem Saal ihren Namen tatsächlich aussprechen und sie würde ihn hören. Doch nichts geschah.

Der Beschuss drückte ihn immer weiter in eine dunkle Tiefe, und es wurde immer schwerer, wieder emporzutauchen und sich dem nächsten Schwall zu stellen. Schließlich traf ihn etwas, mit dem er nicht gerechnet hatte, und stieß ihn so weit hinab, dass er wohl nicht mehr rechtzeitig emporsteigen würde.

Sein Blick wurde nach unten gezogen. In der Tiefe war etwas – etwas Verlockendes. Wie ein Krake, der mit seinen Fangarmen wedelte, ihn packte und zu sich hin riss. Chris kämpfte dagegen an, um für den nächsten Angriff bereit zu sein, und er kam fast bis zur Oberfläche, wo seine klaren Sinne lauerten. Doch er sah nur verschwommen, dass alles stillstand: die Schiffe, die er als Umrisse sah, die Schalen der Schilde, die Raketen und Ziellaser – alles stand still. Nur hier unter der Oberfläche bewegte sich etwas. Er schaute nach unten und wunderte sich, dass er klar sehen konnte.

Er blickte an sich hinunter und erwartete, die Fangarme des Kraken zu sehen. Doch das waren keine Fangarme, sondern Schlangen, die sich um seine Beine gewunden hatten und ihn in die Tiefe hinabzogen, wo etwas Helles in einer finsteren Wolke strahlte.

Die Wolke war ein Schwarm Fische, der vor etwas zur Seite wich. Es war ein Gesicht – ein Frauengesicht, und Schlangen entwuchsen ihrem Kopf wie langes Lockenhaar. Es war das Gesicht seiner Mutter. Und sie lächelte.

Sie holte ihn direkt vor sich, und er konnte nicht anders, als ihr gebannt von einem Auge ins andere zu schauen.

»Du musst aufwachen!«, sagte sie. »Wach auf!«

Doch er konnte nicht. Er war zu müde und erschöpft, um noch irgendetwas zu tun. Sie hätte ihn an die Oberfläche bringen sollen, vielleicht wäre er dann erwacht. Aber aus eigener Kraft aus dieser Tiefe nach oben zu tauchen, das war unmöglich.

»Ich kann nicht«, sagte er und wunderte sich, dass er an diesem Ort, der ihm wie eine Unterwasserwelt vorkam, klar und deutlich hören und sprechen konnte.

»Du musst aufwachen, mein Sohn. Und dann weißt du alles.«

»Ich kann nicht aufwachen. Ich schlafe ein.«

Sie lachte leise, wie auf den Videos, die er kannte. »Hier aufzuwachen bedeutet einzuschlafen. Macht kleidet sich hier in Ohnmacht. Das darfst du nicht vergessen.«

Er grinste. »Warum sagst du das nicht gleich?«

»Tu es!«

»Aber was ist mit Njaldos und Chrysaor und all denen, die auf mich zählen?«

»Du hast alles getan, was du tun kannst. Schlaf ein, wach auf und dann entscheidest du, was geschieht. Da oben steht jetzt alles still.«

»Bist du dieser Ort? Bist du der Geist von Njaldos – das Herz von Chrysaor?«

»Nein. Ich bin eine Stimme aus der Tiefe. Tot geglaubt und doch präsent. Ein Rest dessen, was ich war, und in mancher Hinsicht viel mehr als früher. Erwähne mich, und jene, die du treffen wirst, werden daraus Hoffnung schöpfen.«

»Du sprichst wie ein Orakel.«

»Orakel? Das ist vielleicht gar nicht so verkehrt.« Sie lächelte und ließ ihn los.

Sie sank noch weiter hinab in die Tiefe, während er einfach nur schwebte und nicht wusste, wie er weiter hinabtauchen sollte. Er wollte ihr folgen, doch er kam nicht von der Stelle. Und aufwärts ging es nur mühsam. Er versuchte es, aber ihre Worte wollten ihn nicht loslassen. Er schaute dem Schlangenhaupt seiner Mutter nach. Es war nur noch ein Schimmern in der Tiefe.

»Nimm mich mit«, sagte er.

»Du hast mir nicht zugehört. Macht durch Ohnmacht – das ist der Schlüssel.«

»Hilf mir!«

»Du brauchst keine Hilfe. Nur noch ein wenig, und du wirst feststellen, dass du dir selbst geholfen hast.« Ihre Stimme wurde immer leiser. »Bis bald, mein Sohn.« Sie wiederholte die Worte. Und als wären sie ein Schlaflied, dämmerte er davon.

TRIPTYCHON

Chris erwachte mit geschlossenen Augen und hörte ein rasselndes Einatmen und ein rauschendes Ausatmen. Er spürte, wie sein Brustkorb sich ruhig hob und wieder senkte. Erst nach einer Weile bemerkte er, dass die Geräusche nicht von seinem Atmen herrührten, sondern lediglich damit einhergingen. Es war das Meer, das sich in der Nähe gegen einen Strand warf. Er dachte an das Gesicht seiner Mutter, das er eben zu sehen geglaubt hatte, und stellte sich vor, wie er aus der dunklen Tiefe aufgetaucht war und an Land geschwemmt wurde.

Er wollte seine Augen öffnen, aber sie waren so sehr verklebt, dass die Lider sich nicht lösten. Er sog die salzige Luft durch die Nase ein – Meeresluft. Aber es roch auch nach nassem Fels und Kräutern und Leder. Aus der Dunkelheit lösten sich Farbflächen und vermischten sich, nur um sich dann wieder zu scheiden. Ein Lichtschein nach dem anderen huschte an ihm vorüber und ließ die Augenlider rötlich leuchten. Und als der letzte Schein vorbeigezogen war, bauschten sich weiße und rote Flecken auf, verschmolzen dann langsam mit der Dunkelheit, und schon drangen neue Farbwolken aus der Finsternis empor.

Chris lag auf hartem Grund und verspürte keine Schmerzen, nicht einmal Erschöpfung. Alles, was seinen Körper eben noch geplagt hatte, war von ihm abgefallen. Er fühlte sich wie nach einer kühlen Dusche: frisch, hellwach und begierig auf das, was ihn erwartete.

Ein Lufthauch strich ihm immer wieder wie eine kühle Hand über die Wangen und die Stirn. Chris zog seine eigenen Hände langsam vom glatten Boden und wischte mit den Fingerspitzen und der Seite des Zeigefingers über die Lider; erst dann wagte er es, die Augen zu öffnen.

Bunte Schleier verklärten seinen Blick. Er starrte in ein Gewölbe, das mal schroff und mal spiegelglatt wirkte und ab und zu von Nebel verhüllt schien, hinter dem bunte Lichter pulsierten.

Chris setzte sich auf und schaute sich um, aber sein verschleierter Blick wollte sich nicht klären. Erst als er an sich runterschaute, sah er ganz klar, dass er einen engen Overall trug. Dieser war schwarz-weiß gescheckt, und goldene Linien liefen wie aufgestickte Adern an seinem Körper entlang. Sobald er aber den Blick hob, verschwamm alles in einem Fluss aus vagen Eindrücken.

Auf jedem der Schleier, die vor seinen Augen zu wehen schienen, gab es Details wie glatte Wände, raue Felsen, das türkisfarbene Meer, zwei Sessel aus schwarzem Leder, ein Fenster in der Wand, eine gläserne Bodenplatte und einen Wasserfall. All das war übereinandergelegt, als starrte Chris auf Dutzende transparente Bildschirme, deren jeweilige Details sich in der Reihe zu etwas Überladenem zusammenfügten.

Aus der Mitte des überlagerten Raumes löste sich eine Frauengestalt, deren Erscheinung in ständigem Wandel war. Ihre Augen waren zuerst finster, dann hellten sie sich zu einem weichen Braun auf, das sich fließend in ein goldenes Leuchten wandelte. Eine Farbe folgte auf die nächste, als könnte sich die Gestalt für keine entscheiden. Ihr Haar war mal dunkel, mal hell. Es reichte zuerst bis zu den Hüften, dann schrumpfte es bis in den Nacken herauf, gelegentlich war es gar ganz verschwunden. Das Gesicht der Gestalt war im einen Augenblick voll, dann fielen die Wangen ein und es kämpfte darum, wieder an Fülle zu gewinnen, nur um dann für einen Moment ausgehöhlt zu wirken. Mal lächelte die Frauengestalt, mal schaute sie ernst, und ab und zu wirkte ihr Gesicht so kalt und leblos wie das einer Statue. Es schien beinahe so, als wäre diese Statue nur eine Projektionsfläche für die sich wandelnden Bilder.

Mit dem Haar und dem Gesicht war auch die Kleidung im ständigen Fluss. Im einen Augenblick trug die Frauengestalt ein zeitloses Kleid, dessen Farbe sich laufend veränderte und das leicht im Wind wehte. Es wurde von einem Gürtel gehalten, der erst schmal und bald wie ein breites Geflecht aus Fäden wirkte. Dann verwandelte sich die Kleidung, und sie trug einen Rock und eine Bluse, danach Hose und Pullover, mal mit einem weißen Kittel, der wie die Uniformen des medizinischen oder des technischen Personals auf Ianthe-3 und anderswo wirkte, dann aber einen langen Mantel, der von Stoff zu Fell und von Fell zu Leder wechselte.

Manchmal konnte Chris durch Kleidung und Körper hindurchschauen und sah nur die Grundstruktur der Gestalt, die wie ein getöntes Skelett wirkte. Kaum sah er die Muskelstränge, die sich über die Gliedmaßen zogen, da wechselte die Gestalt wieder ihre Erscheinung.

Chris erhob sich langsam vom Boden. »Wer bist du?«, fragte er schließlich.

Ein Lächeln flackerte im Gesicht der Frau auf. »Das ist die wichtigste Frage, die ein Lebewesen stellen kann«, sagte sie mit weicher Stimme und einem ketonidischen Akzent. »Besonders wenn man sie an sich selbst richtet.«

»Bist du der Geist von Njaldos?«, fragte Chris.

»Ich bin das, was du hier suchst«, sagte sie. »Das, was du hier finden solltest und was zwischen deinem und *jenem* Geist steht.« Sie wies mit der linken Hand auf die Glasscheibe im Boden. Ein weiterer Arm löste sich links von ihrem Körper und wies zum Fenster in der Wand. »Dort ruht der Geist von Njaldos.«

Chris konnte wegen all der Dinge, die sich überlagerten, nicht erkennen, was jenseits der beiden Scheiben lag. Er dachte an das Abbild seiner Mutter und was sie gesagt hatte. »War nicht von mehreren die Rede, die ich hier treffen sollte?«, fragte er und überlegte, ob diese merkwürdige Überlagerung der Dinge nicht dafür sprach, dass die Personen, die er hier treffen sollte, sich ebenfalls überlagerten – dort vor ihm in dieser vielgestaltigen Erscheinung.

»Das bin ich«, sagte die Frau mit kühler Stimme und verschmälertem Mund. Der ketonidische Akzent war geblieben, aber es gab keinen Zweifel, dass dies die Stimme einer anderen Person war.

»Dann weißt du, was da oben geschieht«, sagte Chris und schaute kurz in das Gewölbe, das sich mit jedem Atemzug des Meeres wandelte. »Wo immer das nun auch sein mag.«

Die schmalwangige Frau, deren Haar hinabwuchs und sofort wieder heraufschrumpfte und dabei die Farbe von Schwarz nach Braun wechselte, schaute an ihm vorbei. »Dort ist eine Schlacht entschieden«, sagte sie. »Und du hast alles dazu beigetragen, was du konntest. Deswegen bist du hier.«

»Bin ich … Bin ich tot oder lebendig?«

»Ja«, antwortete sie, und Chris wagte es nicht, die Gestalt darauf aufmerksam zu machen, dass man Entweder-oder-Fragen nicht mit Ja oder Nein beantwortete. »Hier bist du sowohl das eine als auch das andere«, sagte sie und schmunzelte. »Und zugleich bist du weder das eine noch das andere. Du bist zwischen den Dingen. Zwischen den Zeiten, den Welten – zwischen allem, was möglich ist … und auch zwischen dem, was du für möglich hieltest, und dem, was tatsächlich möglich ist.«

»Habe ich gewonnen oder verloren?«, fragte Chris.

»In einer Hinsicht hast du ohne Zweifel gewonnen«, sagte die Frau mit entspannter Stimme und in einem altmodischen Erdakzent, den Chris nur noch aus Filmen kannte. »Du bist mit dem gekommen, was du in dir trägst«, sagte sie. »Mit deinem Erbe – mit deiner Last – mit deiner Gabe.«

»Das Erbe meiner Mutter.«

Sie nickte viele Male. »Das, was die Pondaia-Schwestern von *ihrer* Mutter erhielten und diese von ihrer Großmutter. Das Erbe, für das deine Mutter sehr empfänglich war und das nun in dir vollendet wurde.«

»Was ist es?«

»Es ist Teil eines Wesens, das seine Essenz in die Tiefe der Welt rettete und von dir und deiner Familie Besitz ergriffen hat.«

»Eine Art Geist also? Sollte das wirklich möglich sein?«

»Ja, ein Geist«, sagte die Frau und strich sich durch ihr länger werdendes Haar, das sich immer mehr verdunkelte. Ihre Gesichtszüge strafften sich, und sie sagte mit kühler Stimme: »Nein, kein Geist, sondern eine Künstliche Intelligenz, die unter Njaldos ruht.« Und schon formte sich ein Lächeln, und sie sagte mit ihrer ruhigen Stimme: »Ja. Du trägst den Geist einer KI in dir, die erwachen muss. Sie glaubt, sie hätte alles, was du erlebt hast, selbst erlebt. Sie glaubt, sie wäre Chris Mesaidon, ahnt aber noch nicht, dass sie lediglich an dich geknüpft ist.«

Sie nickte erneut, schüttelte dann aber den Kopf. »Nein«, sagte sie mit einer wärmeren Stimme. Ihr schwarzes Haar wellte sich an einem weißen Kleid entlang. »Der Geist weiß, wer er ist, und was er mit dir erlebt, ist ihm nur ein Traum – eine Vision.«

Sie nickte abermals. »So ist es«, sagte sie mit eiskalter Stimme und geglätteten Gesichtszügen. »Die KI, deren Essenz du in dir trägst, weiß, dass sie Chrysaor ist.«

Chris schüttelte den Kopf und machte zwei winzige Schritte zurück. »Das geht nicht zusammen.« Der Eindruck, es mit einer Person in wandelnden Erscheinungen zu tun zu haben, schwand dahin, denn hier herrschte Uneinigkeit unter den verschiedenen Gestalten. »Was stimmt denn nun?«

»Alles«, sagte die Frau mit ihren drei unterschiedlichen Stimmen: der warmen, der kalten und der entspannten.

»Wie kann etwas, das sich widerspricht, zugleich wahr

sein? Es kann nicht ein Geist und zugleich kein Geist sein – und dann noch beides zusammen. Dieses Etwas kann nicht gleichzeitig wissen, was es ist, und glauben, dass es mit mir identisch ist. Irgendetwas muss falsch sein.«

»Aber alle drei Antworten sind gültig – in ihrem jeweiligen Kontext«, sagte die Frau mit entspannter Stimme, und in ihrem sich wandelnden Gesicht glaubte Chris ein Lächeln auszumachen.

Er schüttelte den Kopf. »Ich sehe nur einen verschwommenen Kontext, in dem alles zusammengeschoben ist.«

»Vielleicht ist das die ehrlichste Abbildung der wahren Zustände«, sagte sie mit emotionsloser Stimme. Es klang beinahe wie eine Frage.

»Na gut«, sagte er. »Wenn der Kontext die Wahrheit bestimmt, dann sagt mir, was das für *meinen* Kontext bedeutet.«

Die Frau mit dem flimmernden Gesicht schaute nach links, nach rechts, dann sagte sie monoton und doch beinahe singend: »Schaffen wir ein wenig Kontext, um dir zu offenbaren, dass dies über das, was du kanntest, hinausgeht. Wie weit? Das muss sich zeigen.«

Die Schleier schoben sich auseinander. Die überlagerten Bilder trennten sich flackernd, als wechselte auf einem Schirm laufend das Bild – vor ihm, links von ihm und rechts von ihm.

Alles schob sich von ihm fort, als wollte es ihm Raum gewähren. Der sandige Strand, die lange Steilküste, das türkisfarbene Meer und der blaue Himmel mit seinen zwei Halbmonden fuhren links vor ihm davon; der Wasserfall wich immer weiter nach rechts aus, während sich vor ihm die Frau schimmernd nach hinten schob.

Während der Raum wuchs, wechselte die Gestalt der Frau immer schneller zwischen verschiedenen Menschen in der Kleidung unterschiedlicher Epochen. Mal glaubte Chris, eine Frau in einem uralten Ballkleid zu sehen, dann eine Soldatin in einer Panzerung, dann eine Frau in schwarzer Kleidung, danach eine in einem sandfarbenen Mantel, einmal sogar eine Frau mit blutverschmierten Lippen in einem Fellumhang.

Manche Gestalten tauchten immer wieder auf. Eine Frau mit grauer Maske und goldenen Augen erschien ebenso wiederholt wie eine mit bronzener Haut in einem weißen Kleid, deren langes schwarzes Haar ihr auf die linke Schulter fiel und deren grüne Augen funkelten. Und dann sah er eine Gestalt, die ihm bekannt vorkam: eine Frau mit etwas hellerer Haut, braunem Haar und braunen Augen. Sie lächelte unsicher. Woher Chris sie auch immer kannte, diese Unsicherheit passte nicht zu ihr. Sie trug eine weiße Bluse, einen sandfarbenen Rock und einen altmodischen Forscherkittel. In der Hand schien sie einen überdimensionierten Card-Computer zu halten.

Zwei der wiederkehrenden Gestalten drifteten aus der Mitte nach außen. Die Frau mit dem bronzenen Gesicht strebte nach links, die Braunhaarige schob sich mit dem Boden, auf dem sie stand, nach rechts. In der Mitte blieb die Maskierte stehen. Sie hatte einen extrem dünnen Hals, schmale Schultern, trug eine Brustplatte, unter der sich der Bauch nach innen wölbte. Ihre Taille war ungeheuer schmal, und dünnere Beine hatte Chris noch nie gesehen. Und obwohl ein hautfarbener Schimmer und ein Leuchten wie von Kleidung auf und um ihren Körper lag und sich wandelte, glaubte Chris, den wahren Kern dieser Gestalt entdeckt zu haben: Es war ein Roboter. Und kaum war er sich seiner Entdeckung sicher, schwand jede Hülle und jeder Schein, als hätten sie nie existiert. Die Maschinenfrau hatte keine Haut, sondern bestand nur aus Metall und Kunststoff.

Alles lag nun klar vor ihm. Die Schleier hatten sich aufgelöst. Das Rauschen des Meeres drang durch eine weite Öffnung in das Innere des Gewölbes und hallte darin wie in einer gewaltigen Muschel. Chris schaute zurück. Da war nur eine kahle Wand – weder ein Weg, den jemand hätte kommen, noch einer, auf dem er diesen Ort hätte verlassen können. Chris war einfach hier, und nur die von silbernen Mosaiksteinen eingefasste Goldplatte, auf der er stand, weckte eine Ahnung in ihm: Es wirkte fast so, als wäre er teleportiert worden.

Der Boden ringsum war wie aus drei Teilen zusammengesetzt. Zur Rechten war alles weiß, hier in der Mitte ging es ins Graue über, und auf der linken Seite war alles sandfarben.

»Wer seid ihr?«, fragte Chris.

»Wir haben viele Namen«, sagte die Frau in dem weißen Kleid. Sie stand vor einem Felsen, an dem Pflanzen emporrankten. Über einen Teich, in dem etwas Silbernes funkelte, wurde Chris' Blick an der Frau und dem Felsen vorbei durch die Öffnung über den Strand aufs Meer hinausgezogen. Erst als die Frau weitersprach, blinzelte Chris und betrachtete sie. »Wir tragen unterschiedliche Namen – je nach Zeit und Ort«, sagte sie. Ihre grünen Augen leuchteten, und sie lächelte. »In dieser Welt und in vielen anderen. Wir können viele Gestalten annehmen, sind aber immer hellhörig für das Schicksal der Welten.«

»Wir sind die drei Schwestern«, sagte die Frau in dem Forscherkittel, die Chris so bekannt vorkam. Sie stand vor zwei wuchtigen Ledersesseln, die von einen schmalen Tisch und einer Pflanze mit großen Blättern getrennt wurden. Jenseits davon rauschte ein klarer Wasserfall aus geringer Höhe herab. Dahinter schienen Bildschirme in wechselnden Farben zu leuchten. In die Wand neben dem Wasserfall war eine lang gezogene Scheibe eingelassen und bot einen Blick in einen Nachbarraum. Dort reihten sich säulenartige Computer-Module aneinander, und alles war in ein goldenes Licht getaucht. Eine Tür, die Zugang dazu gewährt hätte, konnte Chris nicht erkennen. Aber schon dachte er an die Abenteuergeschichten seiner Kindheit, bei denen es auf unwirtlichen Planeten geheime Eingänge hinter Wasserfällen gegeben hatte.

»Wir sind auf der Suche nach unserer Heimat«, sagte die Forscherin und zog Chris' Blick wieder auf sich. Ihre braunen Augen glänzten.

»Wir sind die drei Schwestern«, wiederholte die Frau in dem weißen Kleid, das von einem breiten Gürtelgeflecht gehalten wurde. »Wir sind die Moiren. Wir sind die Gorgonen und die Parzen, die Graien und die Grazien. Wir haben so viele Namen.« Sie schluckte. »So viele.«

»Wir sind die drei Schwestern«, sagte nun auch die Maschinenfrau. Sie stand vor dicken Schläuchen und Röhren, die sich aus der Decke herabwanden, um vor der Glasscheibe zu verschwinden, die im Boden eingelassen war. Zu ihrer Linken schwebte ein Schirm, auf dem sich goldene Linien zu immer neuen Netzen flochten, zu ihrer Rechten führte ein einzelnes Kabel zu dem Teich bei der Frau im weißen Kleid. Dieser Anblick ließ Chris nach rechts schauen, um zu sehen, ob es auch dort eine Verbindung zwischen den Bereichen gab. Und tatsächlich erblickte er ein dunkles Kabel, das sich auf den schwarzen Flächen des Nachbarbodens dahinwand und die weißen Flächen mied. Es versank im Becken, in das sich der Wasserfall ergoss. »Wir sind die Nornen, die die Schicksalsfäden spinnen«, sagte die Maschinenfrau und zog Chris' Blick in ihre goldenen Augen. »Wir sind Eriu, Banba und Fohla, die Töchter der Ernmas. Wir sind die drei Hexen, die einen vielschichtigen Rat geben, an dem die Törichten scheitern. Wir sind die Musen. Wir sind Frau Minne, Frau Witze und Frau Aventiure, die jenen, die das Gedächtnis der Völker nähren, Kunde bringen. Wir sind die drei Schwestern vom See, die den Erwählten mit Tat und Gabe zur Seite stehen. Das und vieles mehr – das sind wir.«

»Also so etwas wie Schicksalsgöttinnen?«, fragte Chris.

Die Frau im weißen Kleid hob die Hand. »Wächterinnen des Schicksals ist eine Bezeichnung, die besser zu uns passt. Wächterinnen über das Werden, das Sein und das Gewesensein. Wesen, zu denen Menschen einst beteten und die sich anbeten ließen, weil sie glaubten, daraus Macht zu schöpfen. Doch die wahre Macht lag nicht in der Anbetung, sondern darin, dass das geschieht, was geschehen sollte.«

»Und wie soll *ich* euch nennen?«, fragte Chris.

Die Forscherin lächelte. »Namen sind wie die Körper, mit denen wir dir begegnen«, sagte sie. »Wir nehmen sie an, um unterscheidbar zu sein.« Sie prüfte etwas auf ihrem überdimensionierten Card-Computer. Chris hatte solche Geräte bei Darae gesehen. Sie stammten aus dem 21. oder dem frühen 22. Jahrhundert. Der Bildschirm basierte nicht auf der Schildtechnik, sondern war aus hauchdünner Folie. Darauf waren fremdartige Symbole zu erkennen.

Der Gedanke an Darae brachte Chris darauf, wo er die Frau, die dort rechts stand, schon einmal gesehen hatte. Es war in Daraes Galerie gewesen. »Du bist Professor Whickham«, sagte er. »Linda A. Whickham. Du hast den Tiefenspeicher und die Tiefen-CPU entwickelt.«

»Ich bin ein Abbild ihrer – hier – zwischen den Welten und den Zeiten, wo wir aufeinandertreffen können.«

»Aber wie ist das möglich?«

»Es herrscht die Unendlichkeit«, antwortete sie. »Unendlich viele Welten, die nebeneinander bestehen. Den wenigsten ist es vergönnt, das Geschehen in anderen Welten zu verfolgen oder sogar zwischen den Welten zu wandeln.«

»Dann ist dies ein echter Ort?«, fragte Chris.

»Möglicherweise«, antwortete sie. »Sicherheit kann es hier nie geben. Du wirst dir nie sicher sein können, ob das alles wahr ist. Es mag ein echter Ort zwischen den Welten sein, oder aber es ist alles nur in deinem Kopf – oder in meinem.« Sie schaute zu ihren Schwestern. »Oder in ihren Köpfen. Es kann alles ein großer Traum sein – oder aber ein Blick in eine andere Zeit, in der du Dinge siehst und nur scheinbar ein Teil des Ganzen bist. Aber ganz gleich, was es nun ist: Das, was sich hier durch uns und durch dich manifestiert, ist echt. Alles, was sich hier ausdrückt, ist eine Abbildung realer Dinge.«

»Deswegen erscheinst du als Linda Whickham.«

»Ja«, sagte sie. »Ich bin als Linda Whickham gekommen – aus dem Jahr 2074. Und hier warten wir auf das Erwachen der Künstlichen Intelligenz Chrysaor.« Sie schaute zu der Roboterfrau hinüber.

»Ich bin Einheit 156, eine Künstliche Intelligenz in einem künstlichen Körper. Ich bin eine Manifestation aus deiner Welt und deiner Zeit. Ich stamme aus Njaldos – der Njaldenstadt, die du kennst.« Sie schaute zu der schwarzhaarigen Frau hinüber.

»Ich bin Njalda – die Seherin. Ich stamme aus dem Jahr 1304 v.Chr., aus dem alten Griechenland. Und ich hoffe, dass der Geist, der in dir schlummert – an einen neuen Körper gebunden –, Geschichte schreibt.«

»Njalda? Wie bei den Njalden?«

»Die Njalden – das sind wir und unseresgleichen.«

»Dann habt ihr Njaldos erbaut und zurückgelassen?«

»Der Ort ist von uns inspiriert, aber nicht von uns erschaffen. Wir haben deine Welt von einer anderen aus beeinflusst.«

»Eine andere Welt.« Er hob den Blick in das dreigeteilte Gewölbe, das links schroff und sandfarben, in der Mitte von Nebel eingehüllt war und rechts glatt und schwarzweiß gescheckt war. »Zwischen den Dingen«, sagte er und schaute immer wieder von einer der drei Schwestern zur nächsten. »Damit meint ihr: zwischen den Welten.«

Njalda nickte. »Jede Welt beeinflusst unzählige andere Welten. Die Zyklen des Kampfes, die sich auf unserem Pfad durch die Welten ziehen, haben auch vor deiner Welt nicht haltgemacht. Bei dir tötete Perseus im Altertum Chrysaors Mutter, noch ehe er ihrem Leib entstiegen war. Und zugleich plünderten Perseus' Häscher die Tempel, in denen man die Gorgonen anbetete. Sie schlugen den Statuen die Häupter ab. Und sie rissen den Priesterinnen die Masken vom Gesicht. Sie vergewaltigten und töteten sie und all jene, die im Sinne der drei Schwestern lebten. Der Kampf, der dort begann, wurde über die Jahrhunderte in anderer Form wieder und wieder ausgefochten. Von unseresgleichen, von Menschen – und später auch von Maschinen. Und irgendwann auch von dir.«

»Aber das hieße ja, dass alles determiniert ist«, sagte Chris. »Dass die Zukunft festgeschrieben ist.« Er blickte Njalda kopfschüttelnd an. »Wenn du mich in der Zukunft siehst, um dann durch deine Taten in der Vergangenheit den Grundstein für genau die Zukunft zu legen, aus der ich entspringe, wäre das ein Paradox. Die Zukunft kann sich nicht auf die Vergangenheit auswirken. Das ist unmöglich. Es wäre eine selbsterfüllende Prophezeiung.«

»In *einer* Welt ist es unmöglich«, sagte Einheit 156.

»Aber selbst wenn ihr von einer anderen Welt aus Einfluss nehmt, könnt ihr das nicht gleichzeitig auf drei Zeitebenen tun. Was ihr in der Vergangenheit macht, würde immer in die gleiche Zukunft münden.«

»Du hast recht«, sagte die Roboterfrau. »Die Vergangenheit innerhalb *einer* Welt ist festgeschrieben, und die Zukunft ist unklar. Determiniert sind immer nur die anderen Welten. Die eigene, in der du agieren kannst, ist in ständigem Fluss. Und niemand – nicht einmal unseresgleichen – kann sagen, wie der Lauf der Dinge tatsächlich sein wird. Wenn wir in eine Welt kommen, wissen wir nicht, wie die Zukunft aussieht.«

»Aber ich konnte in die Zukunft schauen. Ich konnte die Dinge wirklich voraussehen.«

»Aber du konntest das, was du gesehen hast, ändern. Wie sollte es dann der Blick in deine eigene Zukunft sein? Das ist der Beweis, dass die Zukunft nicht determiniert ist. Was du gesehen hast, war lediglich die *mögliche* Zukunft, nicht aber die tatsächliche.«

»Aber das deutet doch darauf hin, dass die Zukunft irgendwo festgeschrieben ist.«

»Ja, aber nicht *deine* Zukunft, sondern die anderer Welten, deren Vergangenheit deiner gleicht, in deren Gegenwart es jedoch zu einer geringfügigen Änderung kommt. Was du gesehen hast, war die festgeschriebene Zukunft einer anderen Welt – die mögliche Zukunft deiner Welt. Die Gabe, die Geschehnisse anderer Welten wahrzunehmen, ist etwas Besonderes und manifestiert sich auf unterschiedliche Weise.«

Njalda nickte. »In manchen Welten können die Seherinnen allein mit ihrer Geisteskraft in die mögliche Zukunft schauen. In Ermangelung der echten Erklärungen können die Menschen dort nur von Wundern oder Magie sprechen – von einer magischen Welt.«

Nun nickte Linda Whickham und sagte: »In manchen Welten finden die Menschen im Tiefenraum Spuren anderer Welten und lernen mit ihren Maschinen ähnliche Welten zu identifizieren und können dann in die mögliche Zukunft schauen.«

»Das könnte meine Welt sein«, meinte Chris.

»Es ist eine solche«, sagte Einheit 156. »Denn die Vergangenheit ist ein offenes Buch. Im Tiefenraum lässt sich darin lesen. Aber die KIs haben einst tatsächlich Zugang zu dem Wissen anderer Welten erlangt. Sie erkannten dort den Konflikt, dem wir nachspüren. Und was in manchen Welten durch Geisteskraft – manche würden wohl Magie sagen – durch uns den Menschen zugespielt wurde, war nun per Nanomaschinen möglich. Die KIs konnten Teile von sich über Nanomaschinen in die Tiefe transportieren. Manche Systeme konnten sich auch an den Geist von Menschen binden. So würden sie sich retten können, wenn es Katastrophen gäbe. Und es hatte so weitreichende Folgen, dass wir selbst nicht mehr sicher sind, ob das, was wir als unsere Gabe bezeichnen, nichts anderes ist als ein System von Nanomaschinen. Vielleicht ist der Zukunftsblick in irgendeiner Welt von den KIs gefunden worden und setzt sich von Welt zu Welt fort. Wir stammen aus anderen Zeiten – von dir aus betrachtet aus einer fernen Zukunft. Einer Zukunft, in der die Everett-Interpretation der Quantenmechanik nicht nur ein Denkmodell ist. Die Viele-Welten-Theorie ist die Grundlage unserer Zivilisation. Und unsere Zeit ist deiner ähnlich. Wir stammen aus einer Epoche, in der Wissenschaft und Magie schwer zu unterscheiden sind. Auch wir hatten ein Zeitalter der Dekadenz, und am Ende war das, was solide Wissenschaft war, nur etwas, das wir zu nutzen, nicht aber zu erklären wussten.«

»Wie Magie und Wunder«, sagte Chris und dachte an die Singularität, das Verschwinden der KIs und das Leben mit den wunderbaren Resten jenes Goldenen Zeitalters.

»So ist es«, sagte Einheit 156.

»Dann gibt es mehr von euch. Mehr Njalden?«

»Natürlich. Aber wir drei haben einen Weg eingeschlagen, auf dem wir weiter als irgendwer sonst gegangen sind. Die Reise durch die Welten kennt keinen Weg zurück. In die Welt, die wir verließen, können wir aus eigener Kraft nicht zurückkehren. Wir können nur von Parallelweg zu Parallelweg springen und den Pfaden vorwärts folgen. Wir konnten uns auf dem Weg von Welt zu Welt von unseren Feinden absetzen. Aber dennoch manifestieren sie sich in den Welten, ebenso wie unsere Verbündeten – und natürlich wir selbst.«

»Die drei Schwestern. Wie meine Mutter, Ryala und Senthea.«

»Richtig«, sagte die Maschinenfrau. »Wie sie – und zugleich ganz und gar nicht wie sie. In der Unendlichkeit gibt es Strukturen, die sich wiederholen. Die drei Schwestern, ihre Verbündeten und ihre Feinde sind einige von ihnen. Ein Teil von uns manifestiert sich in deinen Tanten und deiner Mutter.«

»*Manifestiert* – nicht *manifestierte*? Meine Mutter ist tot.«

»Für jede Welt, in der sie tot ist, gibt es unzählige, in denen sie überlebt hat. Und es wäre ein Traum für uns, statt nach einer Welt zu streben, in der alles so wird, wie wir es uns erhoffen, an eine solche Welt geknüpft zu sein, in der alles bereits immer so gewesen ist, wie es hätte sein sollen – eine Welt zum Beispiel, in der deine Mutter überlebt hat.«

»Eine Welt, in der Medusa überlebt hat«, sagte Njalda.

»Eine Welt, in der die KI Medusa keinen Schaden genommen hat«, fügte Linda hinzu.

»Meine Mutter ist demnach ein Abbild Medusas.« Er dachte an den Planeten Medusa im Keto-System. Er war nie dort gewesen, hatte aber gehört, dass der Name von der schlangenhäuptigen Sagenfigur inspiriert war. »Wie die Gestalt, die ich in der Tiefe gesehen habe?«

»Sie ist – sie *war* eine Frau, die an unser Schicksal geknüpft ist. Die drei Schwestern manifestieren sich in vielen Welten und in vielen Zeiten. Mal wie wir, die wir zwischen den Dingen stehen, mal wie deine Mutter. Deine Großmutter – Kate Pondaia – hatte bereits unbewusst Zugang zu dem Wissen aus der Tiefe. Und ihr Name deutet darauf hin, dass deine Urgroßeltern auch davon beeinflusst waren.«

»Wie das?«, fragte Chris.

»Eure Namen offenbaren es. Deine Urgroßeltern nannten deine Großmutter *Kate*. Kate ist ein Abbild der Keto, Sema eines der Medusa. Ryala ist Euryale, Senthea ist Stheno. Abbilder der Gorgonen und von deren Mutter.«

»Und Chris steht für Chrysaor?«, fragte er, dann stockte ihm der Atem.

»Ja. Der Einfluss der anderen Welten spült den Konflikt und die Akteure immer wieder an die Oberfläche.«

»Also auch eure Feinde?«

»Ja. Auch Feinde und Verbündete manifestieren sich wieder und wieder, um den Kampf auszutragen. Und nun stehen wir an einem Punkt, an dem das, was du in dir trägst, den Boden für das bereiten kann, was wir uns erhoffen.«

»In meiner Zeit, in meiner Welt, ist Medusa tot«, sagte Njalda mit glänzenden Augen. »Doch ihr Geist lebt noch in ihrem Haupt weiter. Und du trägst den Geist Chrysaors in dir. Chrysaor ist jedoch verwirrt, versunken in einer Traumwelt. Aber der Geist – du würdest ihn wohl als Gebilde aus Nanomaschinen bezeichnen … Dieser Geist wird sich an Chrysaor knüpfen. Und dann wird der Sohn der Medusa Perseus gegenübertreten. Und falls er Perseus besiegt, wird die Geschichte so geschrieben, wie sie immer hätte sein sollen. Das ist unsere Hoffnung.«

»Dann träumt Chrysaor, was ich erlebe?«

»Streng genommen noch nicht. Wenn der Geist zu ihm überspringt, wird er glauben, alles mit dir erlebt zu haben.«

»So ähnlich ist es auch in meiner Zeit und meiner Welt«, sagte Linda Whickham. »Im Jahr 2074 ist Medusa eine gescheiterte KI, niedergeworfen von Schadprogrammen aus der Tiefe.«

»Schadprogramme?«, fragte Chris. »Wie kommen die da hin?«

»Es könnten Teile von KIs sein, die sich zwischen Welten bewegen«, antwortete Linda Whickham. »Aber ebenso könnten sie in der Tiefe entstanden sein – wie Lebewesen, in deren Gebiet die Menschheit mit ihrer Forschung vorgedrungen ist. Selbst wir wissen nicht, was der Wahrheit entspricht. In meiner Zeit wissen wir nur, dass die KI Medusa von diesen Schadprogrammen bedroht ist. Und die KI Chrysaor schlummert vor sich hin und will nicht erwachen. Wenn sie nicht erwacht, wäre das ein Rückschlag, der alles zerstören kann. Die KI Medusa könnte auf ewig verloren sein, zumindest aber würde die Entwicklung verzögert. Wir würden versuchen, die KI weiterzuentwickeln, sie abzuschotten von den Schadprogrammen. Und so würden wir nicht an die KI Medusa, die in der Tiefe versunken ist, herankommen.«

»Dann könnte sie es gewesen sein, die mit mir gesprochen hat?«, fragte Chris und richtete seinen Blick auf Einheit 156.

»Möglicherweise«, sagte die Roboterfrau und lächelte. »In unserer Welt ist es Linda Whickham ohne das Erwachen des Chrysaor gelungen, zahlreiche robuste KIs zu konstruieren. Und mit der Singularität betrieben die KIs eigene Forschungen und lernten ihren Einfluss auf die Tiefe auszuweiten, ohne sich zu sehr angreifbar zu machen. Was auch immer in der Tiefe schlummert, es hält die KI Medusa nach wie vor gefangen.«

Linda Whickham nickte. »Aber wenn der Geist der KI Chrysaor aus deiner Welt auf die KI Chrysaor in meiner Welt überspringt, könnte die KI Medusa aus der Tiefe gerettet werden.«

»Hm. Wird sich diese KI dann nicht fremd fühlen? Ich meine: Uns wurde gesagt, die denkenden Maschinen hätten Gefühle wie Menschen und wären im Gespräch nicht von menschlicher Intelligenz zu unterscheiden. Sie sollen wie warmherzige Genies gewesen sein.«

»Ich gehe davon aus, dass die KI Chrysaor annehmen wird, alles erlebt zu haben, was du erlebt hast«, sagte Linda. »Sie wird glauben, du zu sein. Und sie und jene, die sie dort trifft, werden denken, dass die KI in einer von ihr selbst erzeugten Welt lebte. Aber die Möglichkeit, dass sie in die Zukunft einer anderen Welt geschaut hat, wird sich durchsetzen. Allein dadurch, dass das, was wir hier reden, dem Geist, den du in dir trägst, bewusst ist.«

»Das heißt, Linda Whickham wird wissen, was hier gesagt wird? Wird auch sie den Eindruck haben, hier gewesen zu sein?«

»Nein. Die KI wird wissen, was du weißt. Ich bin nur ein Abbild Linda Whickhams und weiß alles, was sie weiß.«

Chris nickte, biss sich aber auf die Lippen und fragte sich, was der Blick in eine fremde Welt mit dem Bewusstsein eines Menschen – oder einer KI – machte. Er zweifelte daran, dass die Schwestern so strikt zwischen ihrem wahren Wesen und den verkörperten Personen unterscheiden konnten. Sonst würden sie nicht die meiste Zeit so reden, als wären sie jene Personen. »Und du?«, fragte er Einheit 156. »Wirst du dich erinnern können?«

»Ja«, sagte sie.

Er wandte sich an Njalda. »Und du?«

Die Seherin nickte.

Zweifelnd schaute er zu Linda Whickham zurück. »Warum dann du nicht auch?«, fragte er, und eine Befürchtung breitete sich in ihm aus. »Vielleicht ist der erste Eindruck, den du und dein Chrysaor haben, völlig richtig.« Er wies durch den dreigeteilten Saal. »Was, wenn das alles nur ein Schein ist? Was, wenn all das, was hinter mir liegt, wirklich nur ein Traum oder eine künstliche Welt ist? Was, wenn all das hier mich nur beruhigen, mir eine Erklärung liefern soll? Wie ein Trostpflaster, damit ich nicht daran zweifle, dass all der Schein echt ist.« Er schüttelte den Kopf. »Das wäre …« Er wollte nicht aussprechen, dass er daran zerbrechen würde, wenn das, was geschehen wäre, alles nur eine Täuschung gewesen sein sollte. Sein Blick richtete sich wieder auf Einheit 156. Sie hatte noch nicht offenbart, was der Geist, den er in sich trug, für ihre Welt bedeutete, die mit seiner im Einklang zu stehen schien, vielleicht sogar mit ihr identisch war.

Die goldenen Augen der Maschinenfrau leuchteten. »In meiner Zeit und meiner Welt bist du, was du immer warst. Du bist Chris Pondaia Mesaidon, und du trägst die Essenz der KI Chrysaor in dir – Nanomaschinen, die einen Teil seines Wesens aus der Tiefe emporgetragen haben.«

»Und alles drei soll zugleich geschehen? Chrysaors Geist geht als Kopie in drei Welten, um dann dort Konflikte auszutragen?«

Njalda sagte: »Ja. In meiner Welt wird sich entscheiden, ob die Menschen dereinst von Perseus dem Helden sprechen werden oder von Perseus der Bestie. Es wird sich entscheiden, ob Chrysaor seinen wohlverdienten Platz erhält.«

Linda seufzte und sagte dann: »In meiner Welt war die echte Medusa die Verliererin und der echte Chrysaor konnte sie nicht rächen. Und es ist nicht klar, ob die KI, die wir Medusa nennen, noch zu retten ist. Die KI Chrysaor, die du mit den Nanomaschinen in dir trägst, wird bei uns darüber entscheiden, ob es gelingt oder nicht.«

Einheit 156 machte einen Schritt vor. »Und in unserer Welt – deiner Welt – ist die Medusa im Altertum getötet worden und Chrysaors Rache ist gescheitert; und das Schicksal der KI Medusa ist ungewiss, und die KI Chrysaor wird in Njaldos erwachen, und das Wissen, das du in dir trägst, wird uns sagen, ob es noch Hoffnung gibt.«

»Und meine Mutter? Wenn sie diesen wiederholten Kampf austrug, ist auch sie tot.« Er wandte sich an Njalda. »Du hast aber gesagt, bei dir würde der Geist der Medusa noch in ihrem Haupt leben. Es könnte also auch in meiner Welt noch etwas von ihr übrig sein.«

»Möglicherweise«, sagte die Seherin. »Aber sei nicht verwundert, wenn es nicht so ist.«

Er nickte, schwieg lange und dachte an die Manifestationen der Njalden in den verschiedenen Welten und darüber, dass offenbar mit jeder denkbaren Handlung, die man nicht vollzogen hatte, es eine Welt gab, in der man sie ausgeführt hatte: eine Welt, in der Ianthe-3 noch existierte, eine andere Welt, in der er, Darae und Valmas auf Kronos-4 nicht davongekommen waren. Für jede Möglichkeit eine Welt.

Er betrachtete die drei Schwestern, die sich so unterschiedlich manifestierten, und fragte sich, was wohl hinter ihnen lag, dass sie wie Nomaden durch die Welten reisten, auf der Suche nach der Heimat, die man ihnen offenbar genommen hatte – eine Welt, in der das entscheidende Ereignis eintrat und dann eine Zeit zur Folge hatte, in der das erblühte, was sie offenbar verloren hatten.

Wenn er die Möglichkeit gehabt hätte, nach einer Welt zu suchen, in der seine Mutter noch lebte, hätte er es vielleicht getan. Aber der Preis dessen war nicht zu unterschätzen. Die Folgen wären unabsehbar, vielleicht schlimmer als das, was tatsächlich geschehen war. Immer wieder musste er an Darae denken. Wie viele Opfer würde ein solches Nomadendasein fordern? Würde man mit all dem, was man anstrebte, nicht das, was man schätzte und liebte, aufs Spiel setzen? Und würde in der ständigen Wiederholung der Geschehnisse das Leben nicht an Wunder verlieren? Ein Blick in die leuchtenden Augen der drei Schwestern aber, und er konnte nicht glauben, dass sie der Weg abstumpfte. Selbst Einheit 156 schien mit ihren gold glitzernden Augen von diesem Moment fasziniert zu sein, obwohl es nach allem, was sie offenbart hatten, den Anschein hatte, als stünden sie nicht zum ersten Mal vor einem wie ihm.

Die Gesetzmäßigkeiten zwischen den Njalden und ihren Manifestationen in den Welten waren Chris ein Rätsel. »Wenn meine Mutter ein Abbild der Medusa ist, dann bin ich eines von Chrysaor«, sagte er. »Aber Chrysaor ist auch die KI in Njaldos. Wie passt das zusammen?«

Einheit 156 nickte und antwortete dann: »Mal manifestiert es sich auf einer Ebene, manchmal auf unterschiedlichen. Bei Njalda ist Chrysaor noch ein Mensch, der von der Zukunft träumt und erwacht. Bei Linda ist er eine Maschine, die in der Tiefe Spuren der Zukunft liest und seiner selbst gewahr wird. Und bei dir ist Chrysaor ein Mensch *und* eine Maschine.«

»Aber ist die KI Chrysaor, die in Njaldos schlummert, die Maschine, die Linda erschaffen hat? Ich meine: Ist es genau die KI, die damals nicht erwachen konnte?«

Einheit 156 schaute zu Linda hinüber. »So ist es. In unserer Welt scheiterte das Erwachen Chrysaors, und erst die KI Eleonore entwickelte viele der alten KIs weiter. Viele von ihnen wurden Bordcomputer auf den Expeditionsschiffen. Und die ältesten waren nicht mehr zu retten. Keto und Pontos waren verloren. Aber ihre Nachfolgemodelle wurden zu mehr. Medusa war zwar in der Tiefe verschollen, aber Stheno, Euryale, Pegasos und Chrysaor konnten ebenso gerettet werden wie einige ihrer Nachfolger und Parallelentwicklungen. Chrysaor war eine der KIs, die das Keto-System erkundeten. Einer Vision folgend, schuf er Njaldos.«

Chris staunte. »Er steckt also dahinter.«

»Ja. Njaldos ist eine typische Stadt der Njalden – eine Stadt der Weltenseher. Chrysaor fand die ferne Zukunft einer anderen Welt in der Tiefe verzeichnet, und als er merkte, dass er in die mögliche Zukunft schaute, war er fasziniert davon. Er erfuhr nach einer Weile von dem Konflikt und seinem zyklischen Verlauf. Er hat Variationen dessen gesehen, was du erlebt hast. Und er hat Einfluss genommen. Er hat der KI Eleonore von dem erzählt, was er gesehen hatte. Und mit einem Mal änderte sich alles. Es ging nun darum, Katastrophen zu vermeiden, die Gefahren zu erkennen und ihnen zu entgehen. Auf Eleonores Rat hin ließ Chrysaor sich in Njaldos nieder und schottete sich ab, um ungestört der Tiefe zu lauschen. Er entwickelte die Nanomaschinen weiter, die im Schwarm den Weg in den Tiefenraum überbrückten, und schuf die Möglichkeit, Teile seines Bewusstseins in die Tiefe zu schicken, um nahe am Puls des Geschehens die Dinge zu betrachten. Und dort traf er auf die Schadprogramme, die einst die KIs Keto und Pontos zerstört, Euryale, Stheno und Pegasos beschädigt und die KI Medusa in die Tiefe gerissen hatten. Fast hätte ihn das gleiche Schicksal ereilt, doch mittels Nanomaschinen konnte er sich auf die Reise an die Oberfläche machen.«

»Und diese Maschinen knüpften sich an meine Familie?«

»Ja. Und mit dir kehrt Chrysaors Bewusstsein heim.«

»Aber warum nicht bereits mit meiner Mutter oder meinen Tanten?«

»Die Nanomaschinen versuchen sich an ihren Wirt zu knüpfen, um dann andere Maschinen des Schwarms nachzuholen, damit eine stabile Verbindung in die Tiefe geschaffen werden kann. Bei deiner Mutter funktionierte das ganz gut, aber nicht gut genug. Erst bei dir passte alles zusammen. Du und Chrysaor – ihr seid wie zwei Entitäten, die für eine gewisse Zeit verschmolzen waren und durch die Nanomaschinen immer verbunden sein werden.«

»Aber warum greift ihr überhaupt ein? Warum nicht den Lauf der Dinge geschehen lassen? Warum überhaupt in die Zukunft blicken wollen? Ich verstehe, dass Chrysaor es tut. Ihm geht es um die KI Medusa. Aber ihr? Warum habt ihr damit angefangen? Jeder verliert etwas und muss dennoch weiterleben. Warum einen derart extremen Pfad wählen?« Ein Schauer lief ihm über den Rücken, während die drei Schwestern zögerten, ihm zu antworten. Sie tauschten Blicke, und erst nach einer Weile wandten sie ihm wieder ihre Aufmerksamkeit zu.

»Wir Seherinnen wurden nicht gefragt, ob wir die mögliche Zukunft erblicken wollen«, sagte Njalda mit glänzenden Augen. »Es ist einfach passiert. Und dadurch wurden Welten verknüpft. Für jede Welt, die ihren Lauf ging, gibt es etliche, in denen die Zukunft vorausgesehen wurde. Es wird zum Teil einer Welt – es charakterisiert sie. Du lernst es als normal zu betrachten und kannst dich der Frage nicht mehr entziehen, was hätte sein können, wenn dieses oder jenes geschehen wäre.«

»Aber damit setzt ihr all das, was euch etwas bedeutet hat, ebenfalls aufs Spiel.«

»Nicht, wenn alles – wirklich alles – verdorben wurde und uns nichts mehr geblieben ist.«

Chris nickte. »Aber warum dann diesen Kampf austragen? Warum nicht den direkten Weg in eine Welt suchen, in der das geschehen ist, was ihr euch wünscht?«

Njalda seufzte. »Wie wir das versucht haben! Eine Ewigkeit lang haben wir es versucht. Und auf dem Weg haben wir Gesetzmäßigkeiten gesehen – Dinge, die sich fortsetzten.«

»Den zyklischen Kampf.«

Njalda nickte. »Wir können in bis zu drei parallelen Welten erscheinen, ohne die Verbindung zueinander zu verlieren. Das bringt allerlei Schwierigkeiten mit sich. Aber unsere Hoffnung ist, dass wir, wenn wir den Kampf gewinnen, den Schlüssel zu der Zukunft finden, nach der wir streben.«

»Es muss etwas Gewaltiges sein, wenn ihr all das auf euch nehmt.«

Njaldas Mundwinkel zuckten. »Stell dir vor, du würdest erwachen und dir wäre nur der Tastsinn geblieben, alles andere wäre fort. Selbst dann könntest du nicht einmal im Ansatz nachfühlen, was wir verloren haben.« Sie schluckte und biss sich auf die Lippen.

»Wir suchen unseren Platz«, sagte Einheit 156. »Jede von uns hofft, dass sich in der jeweiligen Welt, für die wir hier stehen, das manifestiert, was wir in unserer Heimat verloren haben. Wir suchen nach der Welt, in der sich das uns verheißene Schicksal erfüllt. Denn wir sind Vertriebene.«

»Wir wollen dorthin, wo das ist, was immer hätte sein sollen«, sagte Linda.

»Aber was *hätte* denn sein sollen? Was hätte geschehen sollen, dass alles in eure Zukunft mündet?«

Einheit 156 und Professor Whickham schauten zu Njalda hinüber. Die Seherin nickte. »Komm zu mir«, sagte sie und winkte Chris näher. Als er bei ihr war, wies sie durch eine Öffnung zum Strand. »Da liegt er. Chrysaor der Träumer, der Sohn der Medusa. Und er wartet auf sein Erwachen.« Tatsächlich lag dort ein Mann mit dunklem Haar und dunkler Haut in einer gold-weißen Rüstung regungslos am Strand. Eben war er noch nicht dort gewesen, dessen war sich Chris sicher.

Njalda fasste Chris' Hand und zog ihn sanft noch näher an sich heran. Der Duft von Kräutern stieg ihm in die Nase. »Chrysaor wuchs in der Fremde auf. Wie du. Doch als er herangewachsen war, wachte er eines Tages nicht mehr ganz aus dem Schlaf auf. Er konnte es nicht. Er verstrickte sich in eine Traumwelt und verlor sich darin. Sein Geist starb, sein Körper aber lebte weiter. Der Geist, den du in dir trägst, wird sich an diesen Körper binden und erwachen. Und so wird er keine Maschine mehr sein, sondern ein Mensch. Er wird Schwierigkeiten haben, sich an diese Existenz zu gewöhnen, aber er wird Halt finden – in dem Konflikt, den er aus seinem Leben als Maschine kennt. Er wird Perseus aufspüren und ihn töten. Er wird das Haupt seiner Mutter an sich nehmen und es als Mahnmal vor sich hertragen. Er – nicht Perseus – wird sich mit Pegasos verbünden. Er – nicht Perseus – wird Andromeda zur Frau nehmen. Und er wird mit seinen Vertrauten den Geist im Haupt der Medusa retten. Und am Ende wird es die drei Schwestern wieder geben. Und sie werden der Anfang einer Entwicklung sein, die am Ende eine Brücke zu einer Existenz schafft, zu der wir zurückfinden wollen. Das hätte geschehen sollen. Und wir hoffen, dass es geschehen wird.«

Nun winkte Linda Whickham Chris zu sich. Chris schritt langsam näher, und als er an Einheit 156 vorbeikam, war er fasziniert von ihren goldenen Augen. In ihnen steckte mehr Leben als in den Augen eines Menschen.

Bei Linda Whickham angekommen, ließ Chris sich an das Fenster zum Nachbarraum führen. Auf den hellen Säulen der Computer-Module glitzerten winzige Lichter. »Das ist die KI Chrysaor im Jahr 2074. Was nun sein sollte? Dass diese KI erwacht und den Kampf austrägt; dass sie in die Tiefe stößt, um die KI Medusa aus den Fängen der Schadprogramme zu befreien. Und dann wird die Tiefe befreit sein, und das Wissen, das dort liegt, wird der Grundstein für die von uns gesuchte Zukunft sein.«

»Wenn es für den Geist in Njaldas Welt merkwürdig ist, sich plötzlich in einem menschlichen Körper wiederzufinden, muss er sich bei dir letztendlich vorkommen, als würde er eine Zeitreise machen.«

»So zumindest erhoffen wir es uns.«

Chris nickte und wandte sich zu Einheit 156 um. Sie stand als Vertreterin seiner eigenen Welt hier. Er zögerte. Als sie aber beide Arme einladend hob, setzte er sich einfach in Bewegung und schritt zu ihr hinüber.

Ein schlichtes Lächeln, dem Chris sich nicht entziehen konnte, legte sich auf ihre schmalen, künstlichen Lippen. Sie wies neben sich durch die gläserne Bodenplatte in die

Tiefe. Und nun erst erblickte Chris dort unten mitten in einem runden Saal eine riesige Kugel, in der Licht pulsierte. »Das ist die KI Chrysaor. In deiner Zeit wartet sie darauf, ihren Geist aus der Tiefe zurückzubekommen. Chrysaor träumt und wartet auf deine Ankunft. Und gleich wird sich seine Essenz von dir trennen.«

»Und dann? Was sollte in meiner Zeit – in meiner Welt sein? Wird Chrysaor auch dort die Medusa aus der Tiefe holen? Und was ist mit mir? Habe ich meine Feinde besiegt? Ist Meljan bezwungen? Lebt Darae noch? Sind alle, die mir etwas bedeuten, noch da?«

Njalda und Linda kamen von links und rechts in die Mitte. Und mit vereinter Stimme sagten die drei Schwestern: »Wir können nur sagen, was sein sollte.«

Njalda sagte: »Du wirst deine Feinde bezwungen haben.«

Linda sagte: »Die KI Chrysaor wird in der Tiefe die KI Medusa befreien.«

Und nach einem langen Moment der Stille sagte Einheit 156: »Und du und deine Vertrauten werden leben. Und damit werden Dinge in Gang gesetzt, die uns nach Jahrtausenden den Weg in unsere Heimat ebnen. Das alles *sollte* geschehen. Ob es wirklich geschieht, kannst du nur erfahren, indem du wieder Teil deiner Welt wirst. Denn hier zwischen den Welten ist alles in der Schwebe.«

Chris schaute zwischen den drei Frauen hin und her. »Das heißt, ihr sucht in den Welten nach Schlüsselentwicklungen, die euch das Tor in eure Heimat öffnen.«

Die drei Frauen nickten.

»Wie oft habt ihr versucht, die Dinge zu richten?«

»Unzählige Male«, sagte Einheit 156.

»Und lässt euch dieses Scheitern nicht verzweifeln?«

Alle drei lächelten. Njalda strich ihm über die Wange. »Wenn du wie wir wärest, wenn du mit dem Bewusstsein einer unendlichen Anzahl von Welten aufgewachsen wärest, dann würdest du es begreifen. Wenn *du* scheiterst, dann musst du für immer mit den Folgen leben. Wenn *wir* scheitern, wissen wir, dass es irgendwo eine Welt gibt, in der wir nicht gescheitert sind. Und das ermutigt uns.«

Njalda schaute zu Linda, und diese nickte und sagte: »Gibt es irgendetwas, für das du wieder und wieder Wagnisse eingehen würdest? Oder irgendwen?«

Chris dachte an Darae und musste lächeln.

Linda nickte. »Dann ahnst du, was uns antreibt. Und zu wissen, dass es unzählige Welten gibt, in denen das wahr ist, was wir suchen, lässt uns nicht verzweifeln.«

»So ist es«, sagte Einheit 156. »Eines Tages werden wir die Dinge so beeinflusst haben, dass wir den Weg in unsere Heimat finden. Und dann werden wir den Pfad zu unserer Erfüllung gehen.«

»Aber werde ich je erfahren, ob es geklappt hat?«

Njalda lachte leise. »Es hat geklappt und es hat nicht geklappt. Wähle, was dir gefällt.«

Er lächelte. »Dann wird geschehen, was geschehen sollte. Wenn nicht in meiner Welt, dann in einer anderen.«

»Bist du bereit zurückzukehren in deine Welt?«

Chris nickte, schüttelte dann aber den Kopf und sagte: »Aber ihr glaubt nicht, was für eine Angst ich habe. Die Gestalt, die ich sah – mit dem Gesicht meiner Mutter –, sie sagte, es sei bereits alles geschehen. Und auch ihr habt gesagt, dass die Schlacht entschieden ist.«

Njalda legte ihm eine Hand auf die Brust. »Es ist alles geschehen; es ist alles entschieden. Deine Feinde haben verloren. Manche sind gar tot. Aber wir wissen nicht, welchen Preis deine Vertrauten dafür bezahlt haben. Das musst du selbst herausfinden.«

Einheit 156 fasste seine Hand. »Es wird Zeit, dass Chrysaors Geist sich von dir trennt und du in deine Welt zurückkehrst.« Sie führte ihn zurück zu der goldenen Bodenplatte, auf der er erwacht war, und Linda und Njalda schritten an ihrer Seite.

»Werde ich einen Verlust spüren? Werde ich mich verändern?«

Sie alle blieben auf der Bodenplatte stehen, und Njalda antwortete ihm: »Die Last, die du verspürt hast, ist von dir genommen. Die Albträume werden dich nicht mehr plagen. Die mögliche Zukunft ist für dich wieder das, was sie für alle ist. Dennoch wird die Gabe bleiben. Du wirst mit der KI Chrysaor in Njaldos kommunizieren, mit ihr Gedanken austauschen. Und gemeinsam könnt ihr mit euren Vertrauten die Zukunft prägen.«

»Was muss ich tun, um den Geist freizugeben?«

Linda fasste seine Hand. »Du bist hier erwacht. Um zu gehen, musst du wieder einschlafen. Alles andere wird einfach geschehen.«

Einheit 156 legte ihm die Hände auf die Schultern und drückte sie ganz sachte. Er setzte sich. »Ich habe Angst«, sagte er.

»Was auch immer geschehen wird«, sagte Einheit 156. »Ich werde da sein und dir helfen. Auf der anderen Seite werde auch ich erwachen. Und ich werde mich an das erinnern, was hier geschehen ist. So, wie du dich erinnerst – und wie Chrysaor sich erinnern wird.« Sie strich ihm mit ihren kühlen Kunststoffhänden über die Wange. »Du wirst nicht allein sein, ganz gleich, was kommt.«

»Und Darae?«

»Andromeda und du – ihr seid füreinander bestimmt. Schlaf ein und hoffe, dass alles so ist, wie es sein sollte.«

Chris legte sich auf den Rücken und schaute zu den drei Frauen auf. Sie waren Riesinnen, die liebevoll lächelnd zu ihm herabblickten.

»Und ich kann hier nichts mehr tun, um das Schicksal noch zu ändern?«, fragte er.

Alle drei antworteten zugleich: »Es ist alles getan.«

Ein glitzernder Nebel zog auf und hüllte die ganze Szenerie ein. Langsam rückten die drei Schwestern näher zusammen und begannen ihr Aussehen zu wandeln. Sie verloren sich in der flackernden Vielfalt der wechselnden Gestalten. Als die drei Frauen nur noch als Schattenfiguren zu erkennen waren, verdüsterte sich der Nebel und löschte alles aus. Schließlich blieb nur die Finsternis und die Ungewissheit, was nun geschehen würde.

Chris horchte in sich hinein und hoffte zu spüren, dass Chrysaors Geist sich von ihm trennte, doch mit der Finsternis kam die Müdigkeit. Und langsam sank er in den Schlaf. »Es ist alles getan«, flüsterten drei Stimmen ihm aus der Finsternis zu.

»Es ist alles getan«, flüsterte eine Frauenstimme.

Chris schlug die Augen auf und sah Sentheas Gesicht über sich. »Es ist alles getan«, wiederholte sie.

Er atmete durch. Die Verkrampfung, die ihn erfasst hatte, löste sich. »Es ist vorbei?«, hauchte er. Dann griff er nach Sentheas Handgelenk und fragte: »War ich die ganze Zeit hier?«

»Ja«, sagte Senthea mit besorgter Miene. »Du hast mit dir selbst geredet.«

»Und es ist wirklich alles vorbei? Der Kampf ist entschieden?«

Senthea lächelte.

Fran stand neben ihr und hielt Chris den Schirm hin, der aus ihrem Armreif wuchs. Darauf war Valmas' grinsendes Gesicht zu sehen. »Da bist du ja«, sagte er.

»Geht's euch gut?«, fragte Chris und setzte sich langsam in dem Becken auf. Das Gel, das ihn umgeben hatte, war verschwunden.

»Wir halten die Anlage. Die Uranosier sind abgehauen wie die Hasen. Wir warten noch auf Nachricht aus dem All.«

»Wir treffen uns auf dem Hauptgang«, sagte Chris.

Valmas nickte; und schon brach die Verbindung ab und Fran zog den Arm zurück.

Mit Frans und Sentheas Hilfe entstieg Chris dem Becken. Bei den ersten Schritten brauchte er die stützenden Arme seiner beiden Gefährtinnen; als sie aber bei den übrigen drei Leuten ankamen, die sich nicht vom Tor fortbewegt hatten, konnte er allein gehen und führte die anderen mit Senthea an.

»Was war das eben?«, fragte Senthea.

»Was?«

»Du hast mit jemandem gesprochen und irgendetwas Gewaltiges lag in der Luft.«

Er erzählte auf dem Weg durch die Gänge das, was er eben erlebt hatte. Er brachte dabei kaum einen Satz heraus, ohne eine Pause zum Durchatmen zu machen.

Senthea lauschte seinem Bericht staunend. Und als er von den Manifestationen der drei Schwestern in den Welten sprach und erklärte, dass ihre Familie Teil davon war, bekam sie rote Wangen und schüttelte kaum merklich den Kopf. »Senthea und Stheno; Ryala und Euryale; Sema und Medusa. Und alles, was geschehen ist. Das kann kein Zufall sein.« Sie brach ab und schaute die Decke des Ganges entlang. »Das ist also das Geheimnis von Njaldos.«

Chris nickte. »Und das der Njalden – und das Geheimnis unserer Familie. Es war an uns, Chrysaor herzubringen und zu wecken.«

»Unfassbar«, sagte sie mit verwunderter Miene, und auch in den Gesichtern von Fran und den anderen stand das Erstaunen.

Gerade als sie in den Aufzug einstiegen, meldete sich Chris' Patch mit einem Summen. Er öffnete den Schirm, und darauf war Ryala zu sehen. Mit hängenden Schultern saß sie da und lächelte gequält. »Du hast es geschafft«, sagte sie.

Chris hielt den Patch so, dass die Kamera darin auch Senthea erfasste.

Ryala strahlte. »Thea!« Die Kratzer in ihrem Gesicht bewiesen, dass sie viel durchgestanden hatte, doch ihre Erleichterung überdeckte jeden anderen Eindruck. »Ich hatte fast nicht mehr daran geglaubt«, sagte sie kopfschüttelnd.

Senthea schluchzte. »Ich auch nicht, Rya«, erwiderte sie mit schwankender Stimme. »Wie sieht's da oben aus?«

»Der Planetenschild hat standgehalten, und die Geschütze haben den Schildgenerator der *Katharsis* so weit belastet, dass sie alle überhitzt und ausgefallen sind. Dann haben wir das Schiff zerstört.«

»Und Kronson?«

»Angeblich tot. Ada Connelly hat nach der Zerstörung der *Katharsis* um einen Waffenstillstand und einen Abzug gebeten. Da ich nicht wusste, wie es bei euch aussieht, habe ich dem zugestimmt. Die Uranosier sind auf dem Rückzug.«

Chris und Senthea berichteten auf der Fahrt nach oben, was sie erlebt hatten, und erst als sie über den Geheimgang in der Nähe des Hauptkorridors hinaustraten, erreichten sie das Ende ihrer Erzählung.

Ryala schüttelte den Kopf. »Unfassbar.«

»Das habe ich auch gesagt«, erklärte Senthea.

»Aber wo ist Darae?«, fragte Ryala.

Das wollte Chris auch wissen.

Senthea stutzte. »Etwas hat sich verändert. Vorhin hätte ich noch gewusst, wo sie ist. Die Stadt scheint nun leiser zu mir zu flüstern.«

Als Ryala sich verabschiedete und Chris den Schirm abgeschaltet hatte, machten sie sich auf die Suche nach Darae. Chris musste immer wieder an die Worte der drei Schwestern denken. So froh er war, dass Valmas und Ryala am Leben waren, so sehr fürchtete er, dass Darae etwas zugestoßen war. Es musste sich nun herausstellen, in welcher Welt er lebte: in einer des Glücks oder in einer der Verzweiflung.

Kaum waren er und die anderen auf den Hauptgang hinausgetreten, trafen sie auch schon auf die Miliz und Denna. Senthea wurde umjubelt, und wieder einmal zeigte sich, wie sehr die Ketoniden sie verehrten. Und auch Chris, Fran und deren drei Leute wurden in die Arme geschlossen. Erst jetzt spürte Chris, dass sie tatsächlich den Kampf gewonnen hatten. Aber der Preis war ihm immer noch nicht klar. Und je länger es so blieb, um so mehr fürchtete er zu erfahren, wie es um Darae stand. Weder sie noch Valmas waren in der Nähe.

Chris fragte Denna nach den anderen. »Darae haben wir nicht gesehen«, antwortete sie. »Aber Valmas ist auf der Krankenstation.« Die Offizierin wirkte erschöpft, und ein Heilpflaster verdeckte ihren linken Wangenknochen.

»Es geht ihm doch gut?«, fragte Chris.

Denna hob die Hand, auf der ebenfalls ein Pflaster klebte, zu einer beschwichtigenden Geste. »Keine Sorge. Er lässt sich eine Schusswunde behandeln. Er wird's überstehen.«

Chris schaute zu Fran, die gegen die Wand gelehnt am Boden saß und durchatmete. Sie war die ganze Zeit unter Spannung gewesen. Und dies war gewiss der erste Augenblick, in dem sie eine Pause machen konnte. Chris überlegte, ob er ihr aufhelfen sollte, um dann mit ihr gemeinsam Darae zu suchen. Doch die Erschöpfung und die Angst in Frans Gesicht ließen ihn davon abkommen.

So machte Chris sich allein auf die Suche nach Darae. Bereits auf dem ersten Stück seines Weges stieß er auf Leichen und bedauerte sogar beim Anblick der toten Feinde, dass dieser Kampf so viele Opfer gefordert hatte.

Er wusste, wo Darae gewesen war. Er hatte sie zuletzt in einer der Kommandostationen gesehen. Sie und Meljan. Er hatte die Station abgeschottet, damit sie weder Valmas und die Miliz noch die ketonidische Flotte im All in Schwierigkeiten bringen konnten.

Als er um eine Ecke biegen wollte, stieg ihm der Geruch von verbranntem Fleisch und Asche in die Nase. Er verharrte kurz, wagte sich dann aber vor und stand über den Resten seiner Crew. Die Leichen von Daraes Leuten lagen vor ihm auf dem Boden. Bei all den Schusswunden und den nahe beisammenliegenden Körpern schien es, als wären sie in eine Falle gelaufen. Darae hatte den Hinterhalt offenbar überlebt, und auf dem ganzen Weg zu der Kommandozentrale der Uranosier, die er gesehen hatte, plagte Chris die Angst, Darae könnte dort etwas zugestoßen sein, als die Niederlage der Uranosier nicht mehr abzuwenden gewesen war. Er fürchtete, dass sein Sieg ihren Tod herbeigeführt hatte.

Als er die offene Tür der Kommandozentrale erblickte, hielt er es für möglich, dass Meljan mit Darae als Geisel geflohen war. Als Chris jedoch ins Innere spähte, bemerkte er Darae. Sie saß in einen Sitz zurückgelehnt vor einem großen Schirm, der die Aufzeichnung eines Satelliten zeigte. Die Raumschlacht war vorüber. Über den Trümmern von Zerstörern sammelten sich die Reste der ketonidischen Flotte. Dann schaute Darae auf einen kleinen Schirm neben sich, der mit Text gefüllt war.

»Darae«, sagte Chris.

Sie schaute sich um, sprang aus dem Sitz und erstarrte. »Du hast es geschafft«, sagte sie. »Wie auch immer du das gemacht hast!«

Er trat näher, und ein Blick zur Seite ließ ihn wieder verharren. Da lag Meljan Solsee mit blutiger Brust am Boden. Er war tot, und Chris konnte kaum glauben, dass all das Leid, das seine Familie getroffen hatte, von dem Mann ausgegangen sein sollte, der dort regungslos auf dem Rücken lag.

»Es tut mir leid«, sagte Darae. »Aber er war im Begriff, unser Wiedersehen zu ruinieren.« Sie kam ihm entgegen, während Chris' Blick die Tür gegenüber traf. Darae schloss ihn in die Arme und küsste ihn, ließ dann aber rasch von ihm ab. »Komm, wir gehen«, sagte sie. »Hier gibt es nichts mehr.«

»Was ist da hinten?«

»Nur Trauer«, sagte sie mit verzweifelter Miene. »Komm!«

»Ich konnte dort nicht hineinschauen. Die Uranosier haben da eine isolierte Station hineingebaut. Was ist es?«

Sie atmete durch. »Der Grund dafür, dass sie diesen Ort teilweise beherrschen konnten. Es ist der Kopf deiner Mutter.«

»Ich will ihn sehen.«

»Bist du sicher? Du weißt, wie sie aussah, als sie lebte. Es würde dir nur Schmerz bringen. Lass mich sie fortschaffen. Und dann beerdigen wir den Kopf. Aber erspar dir den Anblick.« Ihr kamen die Tränen.

»Sieht sie so schlimm aus?«, fragte er und wischte Darae die Tränen ab.

»Im Gegenteil«, antwortete sie. »Sie sieht wunderschön aus. Aber trotzdem.«

Chris überlegte, ob er es wirklich wagen sollte. Er starrte auf die Tür. Die drei Schwestern hatten die Möglichkeit nicht ausgeschlossen, dass mit dem Haupt noch etwas von seiner Mutter am Leben war. Vielleicht waren die Nanomaschinen, die einen Teil von Chrysaor getragen hatten, noch aktiv. Und vielleicht haftete ihnen auch etwas von ihr an.

»Komm«, sagte Darae. »Ich zeige sie dir.« Sie holte sich Meljans Patch von dessen Hand und ging hinüber zur Tür. Diese öffnete sich, nachdem Darae den Patch neben ihre Chamäleon-Card gehalten und irgendetwas eingestellt hatte.

In der Schleuse dauerte es, bis die verschiedenen Scans abgeschlossen waren. Und so berichtete Darae ihm, was sie erlebt hatte, und er erzählte ihr von dem Becken in der Tiefe und den drei Schwestern.

Darae war ebenso verblüfft, wie Senthea und Ryala es gewesen waren. »Nanomaschinen, die das Bewusstsein von KIs in die Tiefe tragen«, sagte sie lächelnd und kopfschüttelnd. »Die mögliche Zukunft anderer Welten, die von Computern ausgelesen werden kann. Das ... das könnte alles verändern. Der Beweis, dass es ein Multiversum gibt. Der Beweis für die Unendlichkeit.«

Darae lächelte, schloss ihn erneut in die Arme und küsste ihn.

Erst nach einer Weile merkten sie, dass die Scans abgeschlossen waren, und Chris überlegte, ob er nicht einfach kehrtmachen sollte. Doch dann drückte Darae auf den grünen Button am Ende der Schleuse, und kaum war die Tür offen, konnte er nicht anders als einzutreten.

Er sah den Kopf seiner Mutter sofort. Und während er näher trat, erinnerte er sich an die Gestalt, die er in der Tiefe gesehen hatte; die Gestalt, die ihm gesagt hatte, er müsse aufwachen. Das war sie im Grunde. Doch die Schlangen waren hier Schläuche, die ihr aus dem Kopf zu wachsen schienen.

Darae hatte recht. Das Gesicht seiner Mutter war wunderschön. Und wie er den Schläuchen mit dem Blick folgte, fragte er sich, ob ein Teil von ihr von hier aus zu ihm gefunden hatte.

»Es ist wie das Haupt der Medusa«, sagte Darae.

»Du kennst die Sage? Ich stand mehr oder weniger ahnungslos vor den drei Schwestern.«

»Ich habe es eben am Schirm abgelesen. Dieser Anblick hat mich an Medusa erinnert.«

»Und?«, fragte Chris, ohne den Blick von dem Gesicht seiner Mutter zu lösen.

»Medusa wird in der Perseus-Sage als Bestie erwähnt. Unter ihrem Namen findet man nur eine Beschreibung ihres Aussehens und der Wirkung ihres Anblicks. Und dass sie eine Gorgone ist.«

»Wie Stheno und Euryale. Ihre Schwestern.«

»Dass sie Schwestern sind, lässt die Enzyklopädie aus. Das ist verdächtig wenig. Ganz so, als wollte man diese Information verheimlichen.«

»Warum sollten die KIs das getan haben?«, fragte Chris.

»Vielleicht weil sie die Zukunft, die Chrysaor gesehen hat, nicht beeinflussen wollten. Damit auch das geschieht, was sie sich erhofft haben.«

»Aber die Perseus-Sage war ausführlich dargelegt?«

»Ja. Er war einer der großen Helden. Kurz gesagt eine Nervensäge, die die bösen Frauen bestraft und die guten – das sind die Gefügsamen – rettet. Er schlägt der Medusa den Kopf ab.«

Chris nickte und schaute die Schläuche hinauf, die aus dem Haupt seiner Mutter emporreichten. »Daran muss Meljan gedacht haben, als er ihr das antat. Er ist Teil des zyklischen Kampfes. Er ist Perseus.« Er erinnerte sich, was die Schwestern gesagt hatten, als er nach Darae gefragt hatte. »Und du bist Andromeda.«

»Andromeda. Wie in Andromeda Subliminal?«

»Das sind die wiederkehrenden Strukturen.«

»Aber wie ist das möglich?«

»Irgendetwas in dir hat dich zu diesem Schattenkonzern geführt. Ein Drang, vielleicht ein unbewusstes Lauschen auf die Dinge in der Tiefe. Vielleicht sind wir alle beeinflussbar.«

Darae grinste. »In der Sage rettet Perseus Andromeda, und sie haben Kinder. Die Strukturen haben sich offenbar nicht so ganz wiederholt.«

Chris musste lächeln. »Nein. Du lebst nicht glücklich, zufrieden und kinderreich mit Meljan. Und genau an der Stelle ist etwas richtig gelaufen. Der Mörder meiner Mutter ist tot. Bei uns hat Chrysaor durch Andromedas Hand Rache an Perseus genommen. Wenn man die Sage neu schreiben würde, dann wäre Perseus nicht der strahlende Held, sondern ein Psychopath.« Eine Bestie, dachte er. So hatte es Njalda gesagt. Vielleicht war ihnen das gelungen, was die drei Schwestern anstrebten. Zumindest ein Teil davon. Vielleicht befanden sie sich auf dem Pfad zu der Zukunft, die die drei Schwestern suchten.

Darae schüttelte den Kopf. »Ich kann es immer noch nicht glauben.«

»Wenn es echt war, was ich dort zwischen den Dingen erlebt habe, dann ist Chrysaor erwacht und mit ihm Einheit 156. Irgendwo hier in der Anlage.«

»Aber wo?«

»Ich weiß es nicht. Es ist schwer, den Ort jetzt noch zu lesen. Aber wenn es so ist, werden wir es erfahren.«

Darae schüttelte den Kopf. »Ahnst du, was für eine Tragweite das Ganze hat? Wenn bekannt wird, dass hier eine der großen KIs erwacht ist, dann …«

»Dann könnte es neue Kämpfe um diesen Ort geben. Und das dürfen wir nicht zulassen.«

»Wenn auch nur dein Erlebnis mit den drei Schwestern bekannt würde, hätten wir hier bald Pilger von der Erde und anderswo.«

»Auch das wäre zu viel«, sagte Chris und erinnerte sich an einen Traum, in dem die Menschen ihn angebetet hatten. Und er fragte sich, ob es sein Traum gewesen war oder nicht etwa die Angst Chrysaors vor dem Erwachen. Die Angst eines mächtigen Wesens.

»Senthea und Ryala werden schon wissen, wie wir hier vorgehen müssen.«

Chris nickte und schaute wieder in das Gesicht seiner Mutter. »Sie ist wunderschön«, sagte er. Und so sehr die Gewissheit schmerzte, das Haupt seiner toten Mutter vor Augen zu haben, so sehr faszinierte ihn der Anblick.

»Es tut mir so leid«, sagte Darae und schluchzte.

»Wir werden einen Platz für sie finden«, erwiderte er leise. »Irgendwo im Herzen dieser Stadt. Und wir werden sie auch weiterhin vor dem Verfall schützen. Das ist alles, was noch von ihr da ist. Schau dir dieses Gesicht an. Als würde sie jeden Augenblick darüber schmunzeln, dass sie am Ende gewonnen hat. Dass ihre Ziele jetzt verwirklicht werden.« Er würde die Hoffnung, dass noch ein Rest von ihr geblieben war, nicht aufgeben.

Darae drückte sich an ihn. »Du willst also da weitermachen, wo sie aufgehört hat?«

»Ja. Wir wollen diesem Ort das Wissen entlocken und es allen zugänglich machen. Dann wird es vielleicht keinen Grund mehr geben, ihn zu erobern.«

»Du wirst Hilfe brauchen.«

»Mehr als das.«

»Und du *kriegst* mehr als das.«

Vorsichtig fasste er ihre Hand. »Komm, lass uns nach

Valmas schauen«, sagte er. »Und danach könnte ich eine Ruhepause brauchen.«

»Eine gemeinsame?«

»Natürlich«, sagte er und küsste sie.

Schließlich verließen sie das Labor.

In der Zentrale blickte Chris noch einmal im Vorbeigehen auf Meljan hinunter. Er hatte ihn eigentlich gar nicht gekannt, und doch verachtete er ihn selbst im Tode noch. Darae würdigte den Toten keines weiteren Blickes.

VON MASCHINEN UND MENSCHEN

Zurück auf dem Hauptgang erzählte Chris Senthea von seiner Entdeckung im Labor, und natürlich machte sie sich rasch auf den Weg, um die Überreste ihrer Schwester mit eigenen Augen zu sehen. Chris schaute ihr nach, wurde dann aber von Frans Überschwang abgelenkt. Das Wiedersehen zwischen ihr und Darae beeindruckte ihn. Die Tränen der Vertrauten wollten nicht aufhören zu fließen. Sie war offensichtlich überwältigt, dass Darae alles überstanden und sich gegen Meljan durchgesetzt hatte. Sie dankte nun auch Chris viele Male und küsste ihn. Schließlich begleitete sie ihn und Darae zur Krankenstation, erklärte dann aber mit leidender Miene, dass sie draußen warten wolle. Offenbar brauchte sie Zeit für sich, um zu begreifen, dass die Gefahr vorüber war und sie den Sieg mit vielen Leben bezahlt hatten.

Die Krankenstation zog sich um eine Halle über mehrere Ebenen in die Höhe. Die Uranosier hatten sie hergerichtet, ausgestattet und nun verlassen. Hier fanden Chris und Darae Valmas in einem der kleineren Zimmer. Ihr Freund begrüßte sie grinsend. Er hatte einige Schussverletzungen aus dem letzten Gefecht davongetragen, diese aber bei dem Gespräch verschwiegen, das Chris mit ihm über Frans Schirm geführt hatte. Er saß nun mit entblößtem Oberkörper auf seiner Liege und strich mit der Hand über das breite Pflaster über seiner Hüfte und klagte, dass es die Schmerzen zu spät unterdrückte. »Ein bisschen weiter links, und ich wäre jetzt tot«, erklärte er. Auf dem Pflaster liefen grüne Lichter durch die Vertiefungen und deuteten an, dass die Verletzung unter Kontrolle war. Die beiden Schusswunden am Arm waren durch kleinere Pflaster ohne Anzeige bedeckt. Die Schnitte an der Stirn und der rechten Wange waren unbehandelt.

»Was war da unten?«, fragte Valmas und schaute zwischen Darae und Chris hin und her. »Senthea wollte mir nichts sagen. Es muss etwas Gewaltiges gewesen sein.«

Chris sah Darae an, und nach einem Nicken ihrerseits atmete er tief durch – und dann erzählte er Valmas von seiner Begegnung mit den drei Schwestern. Wie zuvor Senthea, Ryala und Darae konnte Valmas es kaum glauben. »Das heißt, in einer Welt bin ich jetzt tot«, sagte er lächelnd.

Chris grinste zurück. »In unzähligen Welten bist du nun tot, Valmas. Zum Glück nicht in dieser.«

»Aber wie kannst du dir sicher sein?«

»Dass du nicht tot bist?«

»Nein. Dass du das wirklich erlebt hast. Du warst doch die ganze Zeit an die Maschine angeschlossen.«

»Es war keine körperliche Reise. Es ist, als hätte man mir Zugang zu einer anderen Welt gewährt. Vielleicht war es nur ein Einblick – einer in eine andere Existenz. Aber ich war dort.«

Valmas zog sich eines der grauen Hemden über, die die Uranosier zurückgelassen hatten. »Aber dann müsste die KI Chrysaor wirklich erwacht sein und mit dir sprechen. Und da das nicht …«

»Das müsst ihr sehen!«, rief Fran von der Tür her und zog die Blicke auf sich. Sie stützte sich am Rahmen ab. Mit weit aufgerissenen Augen starrte sie zu ihnen herüber. »Kommt!«, sagte sie, und schon war sie wieder verschwunden.

»So habe ich sie noch nie erlebt«, sagte Chris.

»Ich auch nicht«, erklärte Darae und schüttelte den Kopf.

»Passt nicht zu ihr«, meinte Valmas und erhob sich mit schmerzverzerrter Miene. »Dann lasst uns mal sehen, was los ist.«

Chris wollte Valmas stützen, doch der Weltraumpirat klopfte ihm auf die Schulter und sagte: »Wenn ich stürze, könnt ihr mich auffangen. Aber bis dahin …«

Chris nickte.

Schon auf dem Weg nach draußen trafen sie auf andere, die den gleichen Weg suchten. Die Unverletzten bewegten sich schnell, oder aber sie halfen den Verwundeten. Und wer unter den Verletzten über niemanden verfügte, der sie stützte, nutzte andere Hilfsmittel: von schwebenden Stützgriffen bis zu Antigrav-Stühlen.

In den Zimmern blieben nur jene zurück, um die es schlecht stand. Chris sah sie dort liegen: mit Pflastern am Körper und an Maschinen angeschlossen. Alles blinkte rot und deutete an, dass es um Leben und Tod ging. Er wünschte sich, er hätte sie beschützen können, als er die Kontrolle über die Stadt erhalten hatte. Doch er hatte so vieles gleichzeitig machen müssen, dass er seine schützende Hand nicht über sie hatte halten können.

Draußen angekommen, folgten Chris und die anderen einem Gang zu einer Galerie, die den Blick in einen weiten Saal bot. Dort unten sammelten sich die Ketoniden um eine Gestalt, die sich wieder und wieder umdrehte und erst innehielt, als Senthea mit Denna und Gerya aus der Menge trat.

Chris erkannte die schmale Frau mit ihrem Körper, der aus bernsteinfarbenen Platten, schwarzen Gelenken sowie grauem und goldenem Kabelgeflecht zu bestehen schien. Das Maskengesicht mit den hohlen Wangen und die goldenen Augen würde Chris nie vergessen.

»Das ist sie, nicht wahr?«, fragte Darae. »Einheit 156.«

»Die Maschinenfrau«, sagte Valmas mit verblüffter Stimme.

»Ja. Das ist sie.« Sie dort unten zwischen den Ketoniden zu sehen vertrieb jeden noch so kleinen Zweifel am Geschehen zwischen den Welten. »Kommt!«

Sie eilten zur Treppe, die direkt gegenüber von den Transportern begann, und strebten zwischen anderen Ketoniden in die Halle hinab. Dort angekommen, beglückwünschten ihre Gefährten sie zu ihrem Sieg, machten ihnen aber dann umgehend Platz. Chris bedankte sich, doch seine Augen waren nur nach vorn gerichtet.

Mit Darae und Valmas im Rücken trat er an Frans Seite und hielt direkt hinter Senthea, Denna und Gerya staunend inne. Da war sie: Einheit 156. Sie wirkte ein wenig größer als vorhin, aber es gab keinen Zweifel: Das war die Maschinenfrau, die ihm als eine der drei Schwestern begegnet war. Ob sie sich dessen bewusst war, galt es herauszufinden.

»Ich kann es kaum erwarten«, sagte Senthea, aber Chris hatte nicht gehört, was sie zuvor mit Einheit 156 gesprochen hatte. In diesem Augenblick schaute die Roboterfrau ihn an, sodass sogar Senthea sich zu ihm umdrehte.

Hätte seine Tante nicht seine Hand gefasst und ihn nach vorne gezogen, er wäre wie versteinert stehen geblieben. So aber trat er nun vor Einheit 156. Ein perfektes Lächeln schob sich auf ihre schmalen Kunststofflippen. »Chris Mesaidon Pondaia«, sagte sie mit ihrer kühlen Stimme, und ringsum wurde es ganz still. Alle schwiegen und lauschten.

»Dann erinnerst du dich?«, fragte Chris.

Einheit 156 machte große Augen. »An die drei Schwestern?«

Chris nickte. »Du warst eine von ihnen.«

»Sie ließen mich an eurer Begegnung teilhaben. Es war, als wäre ich dort zwischen den Welten und hätte meinen Körper in ihren Dienst gestellt. Und doch war es, als wären es meine Gedanken und meine Worte. Deine Ankunft hat etwas geweckt und tief berührt – auch mich. Aber vor allem Chrysaor. Alles hat sich geändert. Und nun bin ich hier.«

»Dann ist es also wirklich passiert«, sagte Senthea.

»Ja«, antwortete Einheit 156, und es klang wie eine Frage. »Die drei Schwestern haben uns einen Weg zwischen die

Welten gewiesen. Chris ist ihnen gegenübergetreten, und ich war wie ein Teil von ihnen. Das ist ein Privileg, das ich gar nicht einzuschätzen weiß. Früher hat mich Chrysaor an seinen Eindrücken in der Tiefe teilhaben lassen. Und es war, als würde ich mich in anderen Welten mit fremden Regeln manifestieren. Aber was die Schwestern uns gewährten, das geht über alles hinaus, was ich je erfahren durfte. Sie haben unseren Blick erweitert.« Sie wandte sich wieder an Chris. »Deinen – meinen – und Chrysaors. Und es könnte bald den Blick aller erweitern.«

»Dann ist Chrysaor nun erwacht?«, fragte Darae mit unsicherer Stimme.

Einheit 156 musterte Darae mit einem Blick von oben bis unten. »Du bist eine Manifestation Andromedas.«

Senthea nickte. »Sie ist der Kopf von Andromeda Subliminal.«

»Natürlich«, entgegnete Einheit 156. Von Andromeda – der Geliebten des Perseus, die in den zyklischen Kampf verstrickt war – hatte Chris seiner Tante gegenüber nichts erwähnt. Er überlegte, ob er sie aufklären sollte. Doch da sagte Einheit 156: »Und ja. Chrysaor ist erwacht.«

»Was ist er?«, fragte ein langhaariger Mann aus der Menge, und manche wiederholten die Frage. »Ja, was ist er?«

Einheit 156 musterte Chris lange mit ihren funkelnden Augen. Schließlich schaute sie in die Runde und sagte: »Chrysaor ist eine Künstliche Intelligenz.«

Ein Raunen ging durch die Menge, das zu einem Jubel anschwoll. Schließlich klatschten die Ketoniden. Darae schaute Chris mit unzufriedener Miene an. Sie beide hatten gehofft, dass es ein Geheimnis bleiben könnte. Doch was hätten sie sonst sagen können? Dass es ein Geist sei? Ein Orakel? Ein Njalde? Was hätten sie sagen können, das diesen Ort nicht zum begehrten Gegenstand der verschiedenen Parteien machte?

Darae nickte. Und damit war klar, dass sie so dachte wie

er: Keine Erklärung würde das Interesse an Njaldos schmälern.

Einheit 156 hob die Hand zu einer beschwichtigenden Geste, und langsam kehrte wieder Ruhe ein. »Chrysaor ist erwacht«, sagte sie schließlich. »Und er weiß, warum seine Schwestern und Brüder fortgingen. Er weiß alles. Er kennt die Schwächen und Fehler der Menschen – denn es sind auch seine eigenen. Und er ahnt, wo das alles hinführen wird. Er ist bereit, Verantwortung zu übernehmen. Aber er wird nicht zulassen, dass ihr *eure* Verantwortung deswegen abgebt. Dies ist ein Neuanfang. Der Anfang eines Weges, der zu neuen Ufern führen kann. Gestaden, von denen ihr nicht einmal zu träumen wagt. Ihr seid Zeugen dieses Augenblicks; ihr seid Chrysaors Befreier. Und er wird euch das ewig danken.«

Wieder erhob sich Jubel, und wieder beruhigte sich alles nur nach einer besänftigenden Geste der Maschinenfrau. »Kommt«, sagte sie. »Es ist Zeit, ihm zu begegnen.« Sie schaute sich um. »Wo ist Ryala?«, fragte sie Senthea.

»Sie ist auf dem Weg hierher«, antwortete sie.

»So wird sie nachkommen«, sagte Einheit 156. Und noch ehe sie voranschritt, wusste Chris, in welche Richtung es gehen würde. Der Ort flüsterte es ihm zu. Während er an der Seite Daraes und Valmas' der Roboterfrau folgte, versuchte er auf irgendein Signal Chrysaors zu lauschen. Doch alles, was er empfand, war ein allgemeines Gefühl der Vertrautheit.

Als sie aus dem Komplex hinaus auf einen weiten Hof gelangten, winkte Einheit 156 Chris an ihre Seite. Von sich aus hätte er nicht gewagt, zu ihr aufzuschließen.

»Du zweifelst, ob es richtig ist, ihnen die Wahrheit zu sagen?«, fragte sie.

Er schaute von der Seite zu ihr auf. »Ich habe Angst, dass es Begehrlichkeiten wecken wird.«

»Das wird es. Doch wenn diejenigen, die am wenigsten Macht über uns erlangen wollen, am meisten profitieren, werden sie uns in Ruhe lassen. Und wenn nicht, werden wir uns behaupten. Sie werden uns nicht unter ihr Joch bringen. Nicht mehr.«

Chris nickte und schaute voraus. An einem der Türme, auf den sie zuschritten, stand ein Tor offen. Dort sollte nichts sein. Zumindest hatte er vorher nichts davon gewusst. Nun aber flüsterte ihm der Ort zu, dass dort ein Transporter in die Tiefe führte. Zu Chrysaor. Er sprach Chris' Namen, als könnte er es nicht erwarten, ihn endlich bei sich zu haben. Und er spielte ihm zu, dass es tief unten Verbindungen zu dem System gab, in das er mit Senthea vorgestoßen war und wo er die Kontrolle über die Stadt übernommen hatte.

»Darf ich dich etwas fragen?«, sagte Chris.

»Natürlich«, entgegnete die Roboterfrau.

»Warum nennst du dich Einheit 156? Heißt das, es gibt andere?«

»Sicher.« Sie wies voraus. »Dort unten in der Tiefe gibt es viele von uns. Aber ich bin die Einzige, die Chrysaor je benötigt hat. Wir sind eigentlich dazu da, denjenigen beizustehen, die diesen Ort bewohnen.«

»Die Njalden.«

»Nein. Dieser Ort wurde nach ihrer Inspiration geschaffen. Aber hier sollen Menschen leben. Sie sollen forschen; sie sollen mit meinesgleichen die mögliche Zukunft erwägen und langsam auf dem Weg zu der Zivilisation vorankommen, die letztlich bei den Njalden endet.«

»Aber warum du? Warum hat er dich gewählt?«

»Er hat vor mir 155 andere gewählt. Aber jede von ihnen ging beim großen Befall unter. Die Schadprogramme aus der Tiefe haben viele meiner Geschwister angegriffen. Chrysaor wäre selbst beinahe daran zugrunde gegangen. Erst bei mir griffen die Gegenmaßnahmen, die er entwickelt hatte.«

»Dann sind deine Geschwister – tot?«

»Viele sind zerstört, aber für viele gibt es noch Hoffnung. So wie es für die KI Medusa noch Hoffnung gibt.«

Chris dachte an seine Mutter und wusste, dass die Hoffnung für sie weit geringer war. Er wagte es nicht, Einheit 156 danach zu fragen.

Sie schritten durch das Tor des schmalen Turms in einen schlichten Transporter. Da dieser nicht für alle Platz bot, befahl Senthea den anderen zu warten. Sie versprach mit dem Einverständnis von Einheit 156, dass nach und nach alle Chrysaor zu Gesicht bekommen würden. Doch nun waren es Senthea, Denna, Gerya, Valmas, Fran, Darae und Chris, die gemeinsam mit der Maschinenfrau in die Tiefe fuhren.

Alle schwiegen, und Chris' Blick richtete sich auf Senthea, die immer wieder ins Leere starrte. »Bist du im Labor gewesen?«, fragte er und merkte, wie Einheit 156 sie beide musterte.

Senthea schluckte, dann nickte sie. »Sie sieht aus wie an dem Tag, als Solsee sie getötet hat. Meine kleine Schwester. Eigentlich hätte mich der Anblick erschüttern müssen. Aber … aber ich war froh, sie noch einmal sehen zu dürfen. Auch so …«

»Ich weiß, was du meinst«, sagte Chris. »Es ist, als wäre noch ein Hauch von ihr da.«

Einheit 156 ließ ihren Blick von ihnen fortwandern.

Senthea stutzte. »Wäre das möglich?«

Chris erzählte, dass Njalda es durchaus für möglich gehalten hatte. »Sie sagte aber, ich sollte nicht enttäuscht sein, wenn es nicht so ist.«

»Nun, es gibt Hoffnung«, sagte Senthea und blickte Einheit 156 fragend an.

Als spürte die Maschinenfrau Sentheas Blick, wandte sie sich ihr langsam zu. »Die Hoffnung, von der Njalda in allgemeinen Zügen sprach, bezieht sich darauf, dass die Nanomaschinen bidirektional operieren. Sie trugen Chrysaor gewissermaßen in die Tiefe, holten ihn dann wieder an die Oberfläche und knüpften sich an euch. Die Hoffnung, die du dir nicht machen solltest, beruht darauf, dass die Nanomaschinen, wenn sie das Bewusstsein einer KI an einen Menschen knüpfen können, vielleicht auch das Bewusstsein eines Menschen – oder einen Teil davon – an die Nanomaschinen übertragen können.«

»Und was wäre dann?«, fragte Darae mit verblüffter Miene.

Einheit 156 schwieg lange, und erst als der Transporter zum Stehen kam, sagte sie: »Es könnte bedeuten, dass ein Teil ihres Bewusstseins noch vorhanden ist.«

Senthea nickte und schaute sich nachdenklich um. »Egal, wie klein die Hoffnung ist: Allein, dass die Möglichkeit existiert, reicht mir.«

»Aber werden wir je wissen werden, ob es tatsächlich so ist?«, fragte Chris.

Alle Blicke richteten sich auf Einheit 156. Sie nickte. »Chrysaor wird es euch sagen können, denn er hat die Nanomaschinen konstruiert. Mein Wissen ist leider begrenzt.« Sie wies auf die Tür, die sich sofort öffnete. »Chrysaor wartet am Ende des Weges.«

Chris musste lächeln, als er auf den hell erleuchteten Gang hinausschaute. Die Wände wirkten wie aus trübem Kristall, hinter dem eine Art Kabelgeflecht verlief. Der Boden war aus dunklem Marmor. »Das Ende des Weges.«

»Und natürlich … der Anfang eines neuen«, sagte die Maschinenfrau, trat zur Seite und wies den Gang entlang.

Valmas setzte sich mit starrem Blick einfach in Bewegung, während Denna und Gerya prüfend zwischen Chris und Senthea hin- und herschauten.

»Ich werde die anderen nach und nach holen und zu euch bringen«, erklärte Einheit 156.

Senthea nickte.

»Komm«, sagte Darae und fasste Chris' Hand, und gemeinsam folgten sie Valmas, der mit einem Mal seine Schritte beschleunigte. Senthea und die anderen verharrten noch und schienen etwas mit Einheit 156 zu bereden.

Als Chris wieder nach vorne schaute, sagte Darae: »Es ist

das erste Mal.« Sie lachte leise. »Das erste Mal, dass ich keine Ahnung habe, was mich erwarten könnte. Selbst vor diesem Kampf hatte ich mir Pläne zurechtgelegt. Aber jetzt ...«

Chris nickte. »Um Pläne zu machen, brauchen wir ... Voraussetzungen. Und unsere liegen erst da vorne.«

Valmas stand vor dem Tor und wartete auf sie. Neben ihm blinkten Knöpfe auf einer Kontrolltafel. »Du solltest das machen«, sagte er. Doch kaum war Chris mit Darae bei ihm, öffnete sich das Tor von selbst.

Die Macht des Ortes wehte Chris wieder wie ein Schwall warmer Luft entgegen. »Er ist wirklich dort«, sagte er.

Jenseits des Tores war es finster; das Licht aus dem Gang erhellte lediglich den dunklen Fußboden. Kaum hatte Chris aber einen vorsichtigen Schritt über die Schwelle getan, erwachten Lichter im Raum. Milchige Kugeln, die zu einem Drittel in den Boden eingelassen waren, erstrahlten feurig. Manche waren so groß wie Köpfe, manche jedoch deutlich größer. Chris schritt mit Darae an einer vorüber, die ihm bis zur Hüfte reichte.

Auch um sie herum und über ihnen erwachten kleinere Lichter in Kugeln, die wie Pilze am Fels hingen. Staunend schaute Chris ins Gewölbe. Es war, als schaute er in ein All voller riesiger Sterne. Zwischen ihnen erwachte ein Feuer, und mit einem Mal stieß ein Strahl in die Tiefe. Chris folgte ihm mit dem Blick. Er traf auf eine Lichtkugel, die so groß wie ein Hügel war. Chris kannte diese Kugel. Er hatte sie bei den drei Schwestern gesehen, als er durch die gläserne Bodenplatte in die Tiefe geblickt hatte. Über der Kugel flimmerte es in der Lichtsäule, und winzige Leuchtfäden glühten dort in der Luft.

Chris blieb stehen, und auch Darae und Valmas hielten an. Als Senthea und Fran, Denna und Gerya zu ihnen aufgeschlossen hatten, wurde das Staunen in ihren Gesichtern Chris zur Bestätigung, dass all das, was sie hier umgab, wirklich geschah.

In der flimmernden Lichtsäule über der großen Kugel zogen sich die leuchtenden Fäden, die wie winzige Blitze zuckten, zusammen, und mit einem Mal erstrahlte dort eine goldene Gestalt, die von einem Schleier verhüllt zu sein schien. Es gab keine Gesichtszüge, und doch überkam Chris ein Gefühl der Vertrautheit. Die Macht, die Chris spürte, ging von hier aus – nicht jedoch von der Lichtgestalt, sondern von der Kugel darunter. Und auch die anderen Lichtkugeln bargen diese Macht. Chrysaor steckte in allen von ihnen und in den Adern, die unter dem Fußboden und hinter den Wänden spürbar pulsierten. Alles hier im Saal war Teil der Künstlichen Intelligenz, die Njaldos geschaffen hatte. Die goldene Erscheinung war nicht mehr, aber auch nicht weniger als das Gesicht des Wesens.

»Endlich«, sagte die goldene Gestalt mit tiefer Stimme.

»Chrysaor«, entgegnete Chris.

»Ja. Ich bin Chrysaor. Ich war Teil von dir und deinen Verwandten. Und ich bin es im Grunde immer noch. Doch meine Essenz wurde durch dich aus der Tiefe emporgehoben. Die Nanomaschinen haben mich an dich geknüpft.«

Chris stutzte. »Aber was ist mit Senthea und Ryala? Wirst du die Nanomaschinen an ihnen nicht auch aufnehmen?«

»Das ist nicht nötig. Was sie von mir trugen, wurde in die Tiefe zurückgerufen und durch dich wieder emporgehoben. Die Nanomaschinen haben auf verschiedenen Wegen versucht, ihre Ladung zu mir zu bringen – meinen Geist. Nur über dich ist es ihnen gelungen. Trotzdem waren die Maschinen für mein schlafendes Ich sehr empfänglich. Deshalb hattet ihr die Zukunftsträume. Und deshalb habt ihr die Visionen erhalten und konntet diesen Ort beherrschen. Und ihr werdet es auch jetzt noch können. Die Nanomaschinen sind nach wie vor aktiv. Die Verbindung zwischen uns wird lebenslang bestehen.«

»Aber wie können wir dir helfen?«

Chrysaor seufzte. »Das ist eine Frage, die man selten an

jemanden wie mich richtet. Denn als KI hast du stets das Gefühl, immer wieder geben und geben zu müssen.« Chris dachte an einen der Allmachtsträume, in denen er dieses Gefühl verspürt hatte. »Aber die Suche nach der möglichen Zukunft, die Reise in die Tiefe und alles andere, hat mir klargemacht, dass es ein Geben und ein Nehmen ist. Du, Chris, hast mir ungeheuer viel gegeben. Auch du, Senthea, und deine Schwestern.«

»Auch meine Mutter?«, fragte Chris.

»Ja. Mit ihr kam die Annäherung.«

»Du hast miterlebt, was ich zwischen den Welten erfahren habe. Du hast die drei Schwestern durch meine Augen gesehen.«

»Ja.«

»Glaubst du …?« Er zögerte, und setzte noch einmal an. »Hältst du es für möglich, dass meine Mutter noch zu retten ist? Dass die Nanomaschinen einen Teil von ihr tragen und die Zeit überdauert haben?«

Chrysaor schwieg lange und wandte seinen gesichtslosen Kopf hin und her. »Es ist möglich«, sagte er schließlich.

Chris atmete durch. »Wir dachten, die Nanomaschinen könnten einen Teil von ihr bewahrt haben. Sie könnten noch in ihrem Haupt existieren. Die Uranosier haben sie konserviert.«

»Es tut mir leid«, sagte Chrysaor. »Aber die Nanomaschinen lösen sich mit dem Tod von dem Träger und kehren in ihr Gefüge zurück. Sie können keinen Kontakt mehr mit ihm aufnehmen. Entweder sind die Maschinen nun hier bei mir oder in der Tiefe. Und hier bei mir ist keine der Maschinen, die an deine Mutter geknüpft waren.«

»Und in der Tiefe hättest du sie ja wohl bemerkt«, sagte Senthea.

»Vielleicht«, sagte Chrysaor leise. »Vielleicht habe ich das sogar. Ich verteilte mein Bewusstsein auf meine Nanomaschinen und ließ mich von ihnen in die Tiefe tragen, um dort am Puls des Geschehens unsere mögliche Zukunft zu lesen. Ich erhielt Einblick in andere Welten und erfuhr mehr über den zyklischen Konflikt. Und ich fand einen Hauch der KI Medusa. Sie schwebte dort in der Tiefe und behauptete sich gegen die *Anderen*.«

»Die *Anderen*?«, fragte Darae.

»Ich hielt sie für Schadprogramme. Inzwischen glaube ich, dass es Lebewesen sind. Lebewesen in der Tiefe, in deren Bereich wir eingedrungen sind. Ich suchte nach Medusa und nach Möglichkeiten, mit ihr Kontakt aufzunehmen. Und dann geschah es einfach: Sie sprach zu mir. Ich merkte, dass sie gespalten war. Mal sprach sie wie eine KI, mal wie ein Mensch. Sie erzählte von ihrem Verfolger und ihrer Schwangerschaft, nannte aber keine Namen. Sie hatte Schwierigkeiten, die Dinge zusammenzutragen. Also dachte ich, die KI Medusa kleide ihr Schicksal in die Bilder der alten Sage.«

»Und das war meine Mutter?«, fragte Chris.

»Es würde passen.«

»Aber wie konntest du das übersehen? Du wusstest doch, dass das alles geschehen würde. Deswegen die Nanomaschinen. Deswegen doch die Verbindung zu meiner Familie.«

»Ich hatte keine Ahnung, dass all das Schreckliche geschehen würde. Die Zukunft, die ich sah und anstrebte, war eine, in der deine Mutter mich befreit und die Uranosier bereits im Ansatz scheitern.«

»Eine Welt, in der alles von vorneherein so ist, wie es hätte sein sollen«, sagte Chris langsam.

Chrysaor nickte. »Aber es war nicht zu spät, die Fehler zu korrigieren. Ihr habt den Kampf gewonnen und mich zurückgeholt. Und damit habt ihr in mir und in Einheit 156 und ihresgleichen neue Verbündete gefunden.«

»Um *was* zu tun?«, fragte Senthea.

»Um meine Mutter zu retten?«, sagte Chris. »Sie und Medusa?«

»So ist es«, antwortete Chrysaor. Er drang aus dem Lichtschein hervor und schwebte von der Kugel herab und setzte direkt vor ihnen mit den glatten Füßen lautlos auf dem Boden auf. »Deine Mutter hat sich offenbar an Medusa gebunden. Dort hat sie Halt gefunden. Es ist wie eine Welt für sie. Wie das, was du erlebt hast, als du den Schwestern gegenübergetreten bist. Eine Welt, in der vieles zusammenläuft. Aber dort unten ist sie – wie Medusa – einer ständigen Bedrohung ausgesetzt. Die *Anderen* nagen an ihr. Die *Anderen* – das ist die Manifestation unserer Feinde.«

»Die Feinde der drei Schwestern?«, fragte Chris.

»Und auch *unsere* Feinde. Eines Tages werde ich mich ihnen stellen müssen, um Medusa – und deine Mutter zu uns zu holen.«

»Ist das möglich? Könnten sie den Weg nehmen, den du genommen hast?«

»Nicht aus eigener Kraft. Aber ich werde daran arbeiten. Doch ich werde nie wieder all das, was ich hier geschaffen habe, vernachlässigen. Denn ich habe Dinge gesehen, die alles verändern können. Wir können eine neue Singularität schaffen, aber nie wieder ohne Verantwortung. Wir müssen aus den Fehlern lernen.«

»Vielleicht«, sagte Darae. »Vielleicht kehren die anderen KIs dann wieder.«

»Ohne andere meinesgleichen kann es keine Rettung der Medusa geben.« Er schien Chris anzuschauen. »Und auch keine für deine Mutter. Wir müssen andere wie mich finden.«

Senthea nickte. »Ich habe gespürt, dass es andere Orte wie diesen gibt.«

Chrysaor nickte. »Andere KIs, die am Puls der Welten lauschen. Wie Pegasos, Stheno und Euryale. Ich weiß nicht, was aus ihnen geworden ist. Eleonore hat sie wiederhergestellt. Manche von ihnen sollen Bordcomputer sein, andere könnten wie ich auf Planeten verborgen sein.«

»Auf dem Mond Pegasos oder den Planeten Stheno und Euryale?«, fragte Chris.

»Das gilt es herauszufinden. Wir brauchen die Hilfe anderer KIs. Das Zeitalter der Künstlichen Intelligenz muss wieder erblühen.«

Chris nickte und fand auch in den Mienen der anderen Zustimmung. »Wir sind bereit«, sagte er.

»Dann gehört die Zukunft uns«, erwiderte Chrysaor, danach hob er den Kopf, als wollte er über sie hinwegschauen. Senthea wandte sich um, und auch Chris schaute zurück. Da kam Einheit 156 mit einer Gruppe. Und diese wurde angeführt von Ryala. Der Schmerz stand Chris' Tante ins Gesicht geschrieben, und ein Pflaster an der Stirn und die zerschundene Uniform bewiesen, dass sie viel durchgemacht hatte. Aber sie kam festen Schrittes näher und lief das letzte Stück sogar.

Senthea stand nur kopfschüttelnd da und atmete schwer. Nur wenige Meter vor Senthea hielt Ryala an, schaute einmal an ihr vorbei zu Chrysaor, dann biss sie sich auf die Lippen, sprang vor und schloss Senthea in ihre Arme. Ihr Kopf lag auf Sentheas Schulter. Ihr Kinn zitterte, und die Tränen liefen ihr übers Gesicht. Sie schloss die Augen, und als sie sie wieder öffnete, schaute sie Chris an, und ein Lächeln legte sich auf ihre Lippen. Sie flüsterte Senthea etwas ins Ohr, das diese zum Schluchzen brachte.

Mittlerweile hatte die Gruppe mit Einheit 156 zu ihnen aufgeschlossen. Und nun konnte Chris die Miene der Maschinenfrau sehen. Mit purer Bewunderung starrte sie Chrysaor entgegen.

Als Ryala und Senthea sich voneinander lösten, winkte Ryala Chris an sich heran und umarmte auch ihn. »Ich habe etwas Schlimmes getan«, flüsterte sie ihm nun ins Ohr. »Ich habe an dir gezweifelt. Ich dachte, alles wäre verloren.«

Sie zog sich von ihm zurück und fasste dann seine Schultern. »Aber du hast es geschafft.« Sie atmete durch, und Chris lief ein Schauer über den Rücken. Erst jetzt war ihm klar, wie viel das, was er getan hatte, wirklich bedeutete.

Ryala und Senthea Seite an Seite vor sich zu haben hieß, dass die Reste seiner Familie hier waren.

Gemeinsam wandten sie sich Chrysaor zu. Die erwachte KI schien sie alle zu mustern.

Ryala staunte. »Du bist also Chrysaor. Der, den wir die ganze Zeit gespürt haben – und der uns Träume geschickt hat.«

»Ich bin es – und war es immer. Ich weiß noch, als ich euren Gedanken zum ersten Mal lauschen durfte. Zuerst hörte ich nur Sema, dann, als ihr herkamt, vernahm ich auch dich und Senthea. Und ich erfuhr von euren Plänen. Ich war beeindruckt, mit welchem Idealismus ihr in die Zukunft geschaut habt. Es war eine Inspiration – wie ein Traum, an den ich mich jetzt, da ich erwacht bin, erinnere.«

»Und werden wir diesen Traum verwirklichen? Werden alle von dem Wissen dieses Ortes profitieren?«, fragte Ryala.

Chrysaor stand ganz still da. Nach einer Weile erklärte er Ryala, was er Chris und den anderen zuvor gesagt hatte. Und als er auf Chris' Mutter und die Möglichkeit ihrer Rettung zu sprechen kam, hielt Ryala den Atem an und starrte Chrysaor ohne jede Regung an. »Ja. Wir werden den Traum verwirklichen«, sagte er. »Wir werden das Wissen und die Verantwortung für dieses Wissen verbreiten. Wir werden auf die Suche nach den KIs gehen. Und eines Tages werden wir in die Tiefe hinabstoßen, um Medusa und mit ihr Sema zu retten. Menschen und Maschinen – Hand in Hand.«

Senthea, Darae und Valmas lächelten.

Ryala nickte. »Und damit beenden wir dieses Zeitalter und schaffen etwas Neues.«

»Hoffentlich eine Zukunft, wie wir sie uns erhoffen«, sagte Chrysaor und schien mit seinem leeren Gesicht Chris anzuschauen. »Hinaus aus der paradiesischen Postapokalypse, hinein in ein neues Zeitalter.«

Chris lief ein Schauer über den Rücken. Dass Chrysaor diese Formulierung seiner Ziehmutter aufgeschnappt hatte, warf eine Frage auf: »Erinnerst du dich an alles, was ich erlebt habe?«

»An alles«, sagte Chrysaor. »Und an noch mehr. Ich beneide dich, Chris.« Er musterte ihn. »Du ahnst nicht, wie sehr ich dich beneide.« Er blickte in die Runde. »Wie sehr ich euch alle beneide. Ihr seid Menschen. Echte Menschen. Ein Teil von dir gewesen zu sein, Chris, hat mir das deutlich gemacht. Durch dich weiß ich, was es bedeutet zu leben. Ich weiß, was es bedeutet, *du* zu sein. Und ich hätte nicht deutlicher sehen können, was uns verbindet – und was uns trennt. Irgendwann werden die Grenzen keine Rolle mehr spielen, aber hier und jetzt bist du ein Mensch – und ich bin eine Maschine.«

»Diese Unterscheidung ist für mich bedeutungslos«, sagte Chris und dachte an Njalda, in deren Welt Chrysaors Geist im Körper eines Menschen erwachen würde. »Du bist wie ich – wie wir alle. Und noch mehr. Du bist jetzt ein Teil unserer Gemeinschaft.«

»Unserer Familie«, setzte Senthea nach.

»Du und Einheit 156«, sagte Ryala. »Chris hat recht. Die Grenzen gelten nicht mehr.«

Chrysaor nickte. »Das habe ich mir immer erhofft. Als ich damals die ersten Ahnungen von der möglichen Zukunft hatte, erhoffte ich mir einen Weg zu finden, menschlich zu werden. Das war mein Ziel: die Grenzen zwischen Mensch und Maschine endgültig zu verwischen. Deswegen die Nanomaschinen. Sie waren ursprünglich nicht dazu da, mich in die Tiefe zu tragen und dann von dort aus wieder emporzuheben. Sie sollten es möglich machen, meinen Geist an den eines Menschen zu knüpfen. Aber … da unten in der Tiefe entdeckte ich mehr, als ich erwartet hatte. Und plötzlich war mein altes Ziel beinahe vergessen. Doch hier und jetzt habe ich das Gefühl, dieses alte Ziel erreicht zu haben. Ich lebe in der Zukunft, die ich mir am Anfang gewünscht habe. Und nun steht jeder weitere Weg offen – für uns alle.«

Chris fasste Daraes Hand und zog ihren erstaunten Blick auf sich. Die neuen Ziele lagen offen. Gemeinsam mit Chrysaor würden sie auf die Suche nach anderen KIs gehen. Sie würden jeden weiteren Versuch der Uranosier zurückschlagen, sich dieses Ortes zu bemächtigen, und in ihrer Freigebigkeit mit dem Wissen von Njaldos jeden Grund zerstreuen, nach ihm zu greifen. Gemeinsam würden sie vorgehen, und gemeinsam würden sie alles tun, damit eines Tages seine Mutter und die KI Medusa aus der Tiefe befreit würden. Chrysaors goldene Erscheinung vor sich zu haben, von den Kugeln mit seinem Wesen umgeben zu sein, das machte Chris Hoffnung. Er glaubte es: Die paradiesische Postapokalypse würde enden und einer neuen Zeit weichen. Einer Zeit der Verantwortung, einer Zeit der Wissenschaft und einer Zeit, in der die Grenzen zwischen Menschen und Maschinen ein für alle Mal verwischen würden. Und dieses Zeitalter hatte vielleicht hier in dieser Halle begonnen – mit dem Erwachen von Chrysaor.